Sharon Bolton

Böse Lügen

Sharon Bolton

BÖSE LÜGEN

Thriller

Aus dem Englischen
von Marie-Luise Bezzenberger

MANHATTAN

Die Originalausgabe erschien 2015 unter dem Titel »Little Black Lies«
bei Bantam Press, an imprint of Transworld Publishers, London

MIX
Papier aus verantwortungsvollen Quellen
FSC® C083411

Verlagsgruppe Random House FSC® N001967
Das für dieses Buch FSC®-zertifizierte Papier *Super Snowbright*
liefert Hellefoss AS, Hokksund, Norwegen.

Dieses Buch ist auch als E-Book erhältlich

Für die deutsche Fassung der Zitate aus Samuel Taylor Coleridges Ballade *Der alte Matrose* (*The Rime of The Ancient Mariner*) wurde die Übersetzung von Hermann Ferdinand Freiligrath aus dem Jahr 1877 verwendet.

Manhattan Bücher erscheinen im
Wilhelm Goldmann Verlag, München,
einem Unternehmen der Verlagsgruppe Random House GmbH

1. Auflage
Deutsche Erstveröffentlichung Oktober 2015

Redaktion: Eva Wagner
Landkarte auf Seite 6: Copyright © Tom Coulson@Encompass Graphics
Umschlaggestaltung und Konzeption: Buxdesign | München,
unter Verwendung von Motiven von
plainpicture/Naturbild; fotolia.com/artikularis
Satz: Uhl + Massopust, Aalen
Druck und Bindung: CPI books GmbH, Leck
Printed in Germany
ISBN 978-3-442-54765-4

www.manhattan-verlag.de

Für Anne Marie, die mir als Erste gesagt hat, dass ich es kann,
und für Sarah, die dafür sorgt, dass ich es besser kann.

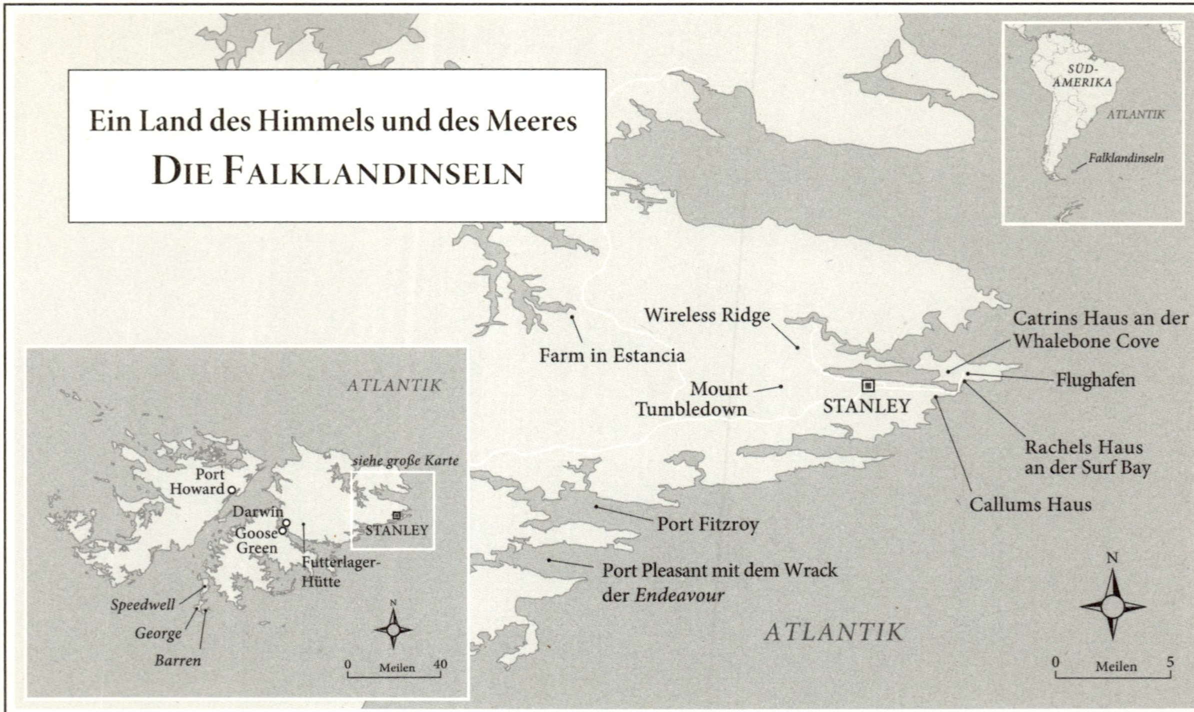
Ein Land des Himmels und des Meeres
DIE FALKLANDINSELN
SÜD-AMERIKA
ATLANTIK
Falklandinseln
Wireless Ridge
Farm in Estancia
Mount Tumbledown
STANLEY
Catrins Haus an der Whalebone Cove
Flughafen
Rachels Haus an der Surf Bay
Callums Haus
Port Fitzroy
Port Pleasant mit dem Wrack der *Endeavour*
ATLANTIK
N
0 Meilen 5
ATLANTIK
siehe große Karte
Port Howard
Darwin
Goose Green
Futterlager-Hütte
STANLEY
Speedwell
George
Barren
N
0 Meilen 40

Und Alt und Jung mit finsterm Blick
Kam auf mich zugegangen;
Den Albatros, den ich erschoss,
Hat man mir umgehangen.

Samuel Taylor Coleridge, *Der alte Matrose*

TEIL I

Catrin

Ich habe überlegt, ob ich wohl den Mumm habe zu töten. Ob ich einem lebenden Wesen in die Augen sehen und jenen einen, unwiderruflichen Akt durchführen kann, der ein Leben beendet. Die Frage ist dann wohl beantwortet. Zu töten fällt mir nicht schwer. Eigentlich bin ich sogar ziemlich gut darin.

Tag 2

Dienstag, 1. November 1994

1

Ich glaube, unter den richtigen Umständen kann so ziemlich jeder töten, vorausgesetzt, er ist motiviert genug. Die Frage ist nur: Bin ich schon so weit? Ich glaube schon. Weil ich in letzter Zeit nämlich anscheinend an nicht viel anderes denken kann.

Es ist eine Minute nach Mitternacht. In zwei Tagen ist der 3. November. Noch zwei Tage. Bin ich schon so weit?

Etwas bewegt sich. Nicht das Wasser um mich herum, das scheint erstarrt zu sein, sondern das Spiegelbild eines Vogels. Ich brauche nicht hochzublicken, um zu sehen, dass es ein Riesensturmvogel ist. Die Tiere sehen geradezu prähistorisch aus mit ihren fast zwei Metern Flügelspannweite und den riesigen, gekrümmten Schnäbeln. Sie folgen dem Boot oft, besonders wenn ich nachts draußen bin, und halten mit, egal, wie weit ich fahre oder wie schnell ich bin.

Im Augenblick mache ich gar keine Fahrt. Ich sitze im Cockpit und starre ein Foto von meinen beiden Söhnen an. Das tue ich bestimmt schon seit einer ganzen Weile, mir brennen nämlich die Augen. Ich kneife sie zu und zwinge mich dann wegzuschauen.

In der Ferne heben sich die Berge dunkel gegen einen etwas helleren Nachthimmel ab, und das Wasser, das mich umgibt, hat das Aussehen und die Beschaffenheit eines alten Spiegels: regungslos, hier und dort fleckig, nicht vollkommen durchsichtig. Manchmal tut er das, der Ozean, nimmt ein Wesen an, das ihm so überhaupt nicht entspricht, dass es einen ganz kurz kalt erwischt. Und man vergisst, dass man sich auf einem der rauesten, gnadenlosesten Meere der Welt befindet.

Ich liege vor der Küste der Falklandinseln vor Anker, einem winzigen Archipel im Südatlantik, so weit von allem Wichtigen entfernt, so unbedeutend auf der Weltbühne, dass ihn jahrhundertelang so ziemlich niemand beachtet hat. Und dann wurde er zum Knochen, um den sich zwei vom eigenen Ego getriebene Hunde der internationalen Politik in die Haare gerieten. Ein paar kurze Wochen lang wusste der ganze Erdkreis Bescheid über uns. Das war vor über zehn Jahren, und die Welt vergaß es bald wieder.

Wir dagegen vergessen nicht und Argentinien auch nicht. Immer wieder mal, selbst zwölf Jahre, nachdem sie den Hintern versohlt bekommen haben, wirft die argentinische Regierung scheele Blicke in unsere Richtung. Die Argentinier sagen, die Islas Malvinas gehören ihnen. Wir sagen: »Ihr könnt uns mal.«

Nicht, dass wir es so toll finden, das zu sein, zu dem wir geworden sind. Ein kostspieliger Luxus, einer der letzten verbliebenen Reste des britischen Empires. Wir sehnen uns nach Unabhängigkeit, nach einem Einkommen, um unsere Verteidigung selbst zu finanzieren. Diese Hoffnung ist dürftig. Und nie fühlen wir uns sicher.

Das Foto von meinen Söhnen ist verblasst. Jetzt sieht man es nicht so sehr, aber bei Tageslicht wird das Rot von Kits Jacke stumpfrosa aussehen, Neds gelbe Gummistiefel werden einen kränklichen Beigeton annehmen.

Um mich herum, auf dem Wasser, ist der gespiegelte Mond so regungslos und vollkommen, dass er glatt heil und unversehrt vom Himmel gefallen sein könnte. Ein kleines Stück vom Heck entfernt, liegt er auf dem Wasser, so schmal und körperlos wie ein zarter Hobelspan. Sterne liegen wie Abfall um ihn herum, als habe sie jemand nach Gutdünken auf die Meeresoberfläche gestreut. In diesem fernen Winkel des Südatlantiks gibt es keine Lichtverschmutzung, und jeder Stern, der heute Nacht am Himmel steht, spiegelt sich genau unter mir im Wasser. Ich scheine von Sternen umgeben zu sein. Als ich für kurze Zeit in den Städten der nördlichen Hemisphäre gelebt habe, wo die Sterne nur winzige Lichtpunkte und manchmal völlig unsichtbar sind, war es leicht zu vergessen, wie unermesslich zahlreich sie sind. Daheim werde ich jedes Mal, wenn ich nachts aufs Meer hinausfahre, daran erinnert, wie gewaltig groß der Himmel ist.

Ich stehe auf; genau weiß ich nicht, wie lange ich hier gesessen habe, aber ich weiß, dass ich noch ungefähr zwanzig Minuten zu arbeiten habe, ehe ich für heute Nacht fertig bin. Ich wechsle die Sauerstoffflasche aus, überprüfe den Druck, bringe Maske und Mundstück an ihren Platz und mache einen Schritt über den Rand des Hecks hinaus.

Augenblicklich legt das Wasser seine kalte Decke um mich, kühlt mich ab trotz des schützenden Neoprenanzugs, den ich trage, aber das macht mir nie etwas aus. Für mich ist das Teil des Akklimatisierungsprozesses, der Wandlung, die ich durchlaufen muss: vom Landwesen zum Meeresgeschöpf.

Das Wasser ist nicht tief, höchstens zwanzig Meter. Natürlich sollte ich nicht allein tauchen. Schon dadurch, dass ich allein auf dem Boot bin, verstoße ich gegen die erste Taucherregel, aber es ist niemand mehr am Leben, der entweder die nötige Autorität oder den nötigen Einfluss hätte, um mich daran zu hindern, und ich habe kein großes Interesse daran, mich zu schützen.

Ich schaue nach unten, sehe die Tauchleine abwärts führen und in der Dunkelheit verschwinden, dann lasse ich Luft aus meiner Weste ab und sinke. Einen guten Meter tiefer drehe ich mich herum und schwimme auf den Wald aus Kelp zu, der gerade unter mir in Sicht kommt.

Kelp – die meisten Leute sagen Seetang – wächst hier reichlich. Mit wurzelähnlichen Strukturen am Meeresgrund verankert, reckt er sich zum Licht empor; seine Wedel werden von gasgefüllten Blasen aufrecht gehalten.

Ein Schiff ist hier gesunken, vor langer Zeit, und mittlerweile ist das ganze Gebilde auseinandergebrochen und hat die majestätische Unterwasserarchitektur des Meeresbodens geformt. Riesige Holzstücke, von Meeresgetier bevölkert, ragen wie Unterwasserstädte vom Grund empor. Und über allem erhebt sich der Kelp, wie ein uralter Wald, nur in ständiger, anmutiger Bewegung.

Ich erreiche die Spitzen der Pflanzen und schwimme weiter abwärts. Bei Tageslicht und klarem Wasser wäre die schiere Leuchtkraft der Farben um mich herum verblüffend. Nachts, nur mithilfe meiner Lampe wahrgenommen, sind sie sanfter, gedämpfter. Das Senfgelb des Kelps, das Rauchblau des Wassers, das gelegentliche Aufblitzen von Rubinrot, wenn Krabben vorbeihuschen.

Ich sammle Seeigel, zu Forschungszwecken. Die Kelpwälder sind wichtige Laichgründe für Fische, aber seit Kurzem gehen sie zurück, und ein möglicher Verursacher ist der Seeigel, der an den Wurzelstrukturen nagt. Die Leute, für die ich arbeite, müssen wissen, ob hier eine neue, invasive Spezies ihr Unwesen treibt, oder ob die normale Population einfach nur ein bisschen gieriger geworden ist. Fischereilizenzen zu verkaufen, könnte für die Inselwirtschaft enorm lukrativ sein. Die Fische sind wichtig, also sind die Kelpwälder wichtig und meine Seeigel auch. Heute Nacht werden sie in Kühlbehältern auf meinem Boot gelagert, morgen früh bringe ich sie ins Labor in Stanley.

Ein paar Meter über dem Meeresgrund schwimme ich einen Pfad entlang, den ich mir bereits ins Gedächtnis eingeprägt habe. Viele Taucher mögen den Kelp nicht. Sie ekeln sich vor den glitschigen Pflanzen, die an ihnen entlangstreifen, sie fürchten die Momente, wenn sie sich wie Ranken um ihre Glieder schlingen. Ich mag das Gefühl der Geborgenheit, das die Kelpwälder mir geben. Es macht mir Spaß, verborgen zu sein, andere Lebewesen zu überraschen, manchmal auch selbst überrascht zu werden. Meine Sammelmissionen sind immer von mehr Erfolg gekrönt, wenn ich von Kelp umgeben bin.

Jäh wird mir klar, dass ich hier unten nicht allein bin. Der Kelpwald vor mir bewegt sich, und zwar nicht im sanften Takt der Wellen. Irgendetwas kommt auf mich zu. Sekunden später finden ein junger Seebär und ich uns praktisch Nase an Nase wieder. Er schaut mir in die Augen und schießt dann davon, verfolgt einen Fisch, der zu schnell ist, als dass ich erkennen könnte, um was für eine Art es sich handelt. Ich sehe zu, wie sie im Zickzack über den Meeresboden flitzen, doch das ungute Gefühl vergeht nicht.

Es geschieht binnen eines Augenblicks. Ein großer Schatten ragt über mir auf, das Wasser wird mit gewaltiger Wucht gegen mich gedrückt, und ein massiges Geschöpf schießt vorbei, hinter dem Seebären her. Sie treffen aufeinander. Ein heftiges Zappeln und Herumschleudern. Das Wasser brodelt vor Luftblasen, dann trennen sie sich wieder.

Der Neuankömmling ist ein Seeelefant, ein großes Männchen, über zwei Meter lang. Er ist viel langsamer als der Seebär, aber außerordentlich stark. Die beiden setzen zu einer verzweifelten Hetzjagd durch den Kelp an, und ich bin in Gefahr.

Normalerweise würde ein Seeelefant einen Menschen nicht angreifen, er würde nicht einmal einen großen Seebären behelligen – dieser jedoch ist ganz in seiner Jagd gefangen, getrieben vom Bedürfnis zu töten. Das Wasser um mich herum ist bereits vom Blut des jungen Seebären rot gefärbt. Wenn der entkommt und der Seeelefant mich sieht, dann könnte er rein instinktiv handeln. Ich erstarre und ducke mich tief in den Kelpwald, hoffe, dass die Jagd von mir wegführt.

Tut sie aber nicht. Der Seebär kommt genau auf mich zu; er will gerade in dem dichten Pflanzenwuchs Schutz suchen, als der Seeelefant über ihm auftaucht. Der Jäger schließt die mächtigen Kiefer um das Genick seiner Beute und schüttelt sie heftig. Binnen Sekunden hängt der Kopf des Seebären schlaff herab. Der Seeelefant schwimmt mit seiner getöteten Beute zur Oberfläche hinauf.

Und so macht man das. Schnell, brutal, ohne sich Zeit zum Zaudern oder Nachdenken zu lassen. So töten wir. Ich habe heute Nacht viel über den Tod nachgedacht, als ich oben auf der Wasseroberfläche gesessen bin, als ich darunter getaucht bin. Über den Tod und die Fähigkeit der Menschen, ihn anderen zuzufügen. Über meine eigene Fähigkeit zu töten.

Schließlich stamme ich von einer langen Ahnenreihe aus Mördern ab. Mein Großvater, ein Mann mit dem passenden Namen Bartholomew Coffin, war einer der erfolgreichsten und skrupellosesten Killer, die dieser Teil der Welt jemals gekannt hat. Tag für Tag zogen er und seine Bande aus, jagten ohne Einhalten oder Erbarmen und sahen zu, wie die See sich vom Blut rot färbte. Natürlich hat Grandpa Wale getötet, keine Menschen – aber wie groß kann der Unterschied denn sein?

Als ich mein letztes Forschungsexemplar eingesammelt und eingetütet habe, bin ich auch bereit, wieder aufzutauchen. Ich liefere mir ein Wettrennen mit den Luftblasen um mich herum und kann Sterne ausmachen, als ich noch gut einen Meter unter Wasser bin. Dann tauche ich auf und kann einen Augenblick lang das Boot nicht finden. Während ich unten war, ist der Bann, der auf dem Ozean gelegen hat, gebrochen, und das Wasser ist wieder in Bewegung geraten. Wellen wölben sich rund um mich herum empor, und einen Moment lang verspüre ich scharfe Erregung. Ich bin ganz allein, weit draußen auf See. Wenn ich es nicht aufs Boot zurück schaffe, sterbe ich hier draußen. Schon seit einiger Zeit habe ich jetzt das Gefühl, dass mein Leben seinem Ende sehr nahe kommt. Ist es jetzt also so weit? Werde ich heute sterben?

Und dann ist es da, keine zwanzig Meter entfernt.

Queenie ist aufgewacht. Sie hopst an der Reling entlang über das Deck und kläfft mich an, bis ich die Leiter zu fassen bekomme und mich hochziehe. Ich bücke mich, um sie zu streicheln, und tropfe sie dabei von oben bis unten voll. Sie rennt los und bringt mir das alte Handtuch aus ihrem Korb. Es ist voller Dreck und Hundehaare, aber gut gemeint war es trotzdem.

Queenie ist ein Staffordshire-Terrier, sehr klein für ihre Rasse, ein kompaktes kleines Bündel aus Muskeln und seidenweichem Fell. Ihre Nase, die Beine und die Schwanzspitze sind weiß, der Rest jedoch ist so schwarz wie das, was in meinem Kopf ist. Sie ist vier Jahre alt, und ich schwöre, es gibt Momente, wo sie sich auch an die Jungen erinnert. Wo sie auch um sie trauert.

Ich lichte den Anker, werfe den Motor an und nehme Kurs auf Stanley in Richtung Süden. Dabei denke ich von Neuem an meinen Großvater. Heute Nacht scheinen meine Gedanken entschlossen zu sein, auf jenem düsteren Weg zu wandeln, wo verstohlene Pläne wie klammernde Wurzeln über den Waldboden kriechen, wo die finstereren Gefilde unseres Verstandes freie Bahn haben.

Grandpa Coffin, der Vater meines Vaters, war einer der größten Walfänger im Südatlantik. Er war der Letzte einer Dynastie aus Jägern zur See, die 1804 Nantucket verließen und etliche Monate später auf New Island in den Falklands anlandeten. Die nächsten zweihundert Jahre lang plünderten sie die Inseln und die See, die sie umgab. Die Meeres- und Inselfauna müht sich noch immer ab, sich von dem zu erholen, was Grandpa Coffin und seine Vorfahren angerichtet haben.

Er ist gestorben, als ich noch klein war. Schade.

Ich fahre in das ruhigere Wasser des Port William ein und justiere meinen Kurs neu, sodass ich einen gehörigen Abstand zu dem Kreuzfahrtschiff halte, der *Princess Royal*. Von jetzt an bis zum Ende des Sommers werden wir einen stetigen Strom solcher Schiffe sehen, die auf dem Weg nach South Georgia und der Antarktis für ein paar Tage hier vor Anker gehen. Sie sind Fluch und Segen zugleich, die Hundertschaften von Touristen, die täglich an unseren Küsten anlanden, wenn ein Schiff im Hafen liegt, und wie jeden Segen lieben und verfluchen wir sie gleichermaßen. Heute Nacht scheinen die Leute auf dem Schiff angesichts der späten Stunde ungewöhnlich wach und laut zu sein, aber auf diesen Pötten kann mächtig gefeiert werden. Der Lärm der Partys dringt dann oft kilometerweit ins Landesinnere.

Unbemerkt von allen an Deck, schlüpfe ich vorbei und halte auf den inneren Hafen zu. Es ist fast ein Uhr morgens. Bald werde ich Stunden zählen und nicht mehr Tage. Es gibt Dinge, die ich noch erledigen muss, Versprechen, die ich anderen gegeben habe – aber stets beschäftigt zu sein ist bestimmt eine gute Sache. Rasch schaue ich mich auf dem Boot um; ich habe dafür gesorgt, dass Treibstoff- und Wassertank immer voll sind. In einem verschlossenen Schapp ist ein Betäubungsgewehr, für den seltenen Fall, dass ich ein großes Säugetier sedieren muss. Und außerdem eine alte Pistole von meinem Großvater, für den Fall, dass Euthanasie die einzige Option ist. Beide sind voll funktionsfähig. Ich bin bereit.

Bereit herauszufinden, wie viel vom Blut meiner Vorfahren durch meine Adern strömt. Ich steuere durch The Narrows in den inneren Hafen und sehe sofort, dass aus meinen sorgfältig geschmiedeten Plänen vielleicht doch nichts werden wird.

Die Polizei wartet auf mich.

2

In der kurzen Zeit, die ich auf See war, ist hier irgendetwas passiert. Die meisten Bewohner der Falklandinseln leben in Stanley, aber es ist trotzdem eine kleine Gemeinde. Nur ungefähr zweitausend Menschen in so um die siebenhundert Häusern. Vor drei Stunden, als ich ausgelaufen bin, haben die winzigen Lichtpunkte von hundert oder mehr Kürbislaternen die Hügel gesprenkelt wie Sterne, jetzt aber sind sie alle ausgebrannt. Um diese frühe Morgenstunde sollte Stanley eigentlich in fast völliger Finsternis daliegen. Dem ist aber nicht so. Ich sehe ein Polizeiauto die Küstenstraße entlangfahren, und im Hafen funkeln noch mehr Blaulichter.

Es ist fast auf den Tag genau drei Jahre her, seit ich das letzte Mal in den Hafen eingelaufen bin und die Polizei mich erwartet hat.

»Es hat einen Unfall gegeben.« Drei Jahre später kann ich noch immer Bens Stimme aus dem Bordfunkgerät dringen hören, knisternd und zittrig. »Ned und Kit sind beide auf dem Weg ins Krankenhaus, aber mehr weiß ich nicht. Fahr so schnell wie möglich hin.«

Hastig beendete er die Verbindung, und ich malte mir das Schlimmste aus. Nur eben doch nicht das Allerschlimmste. Das verbot ich mir. Ich stellte mir vor, wie sie Schmerzen litten. Ich stellte mir ihre kleinen Körper zerschlagen und zerbrochen vor, zerschnitten von rasiermesserscharfem Metall. Den ganzen Weg bis nach Stanley hörte ich ihre Stimmen in meinem Kopf, wie sie nach Mummy riefen, nicht verstehen konnten, warum ich nicht da war, wenn sie mich am dringendsten brauchten. Ich malte mir abgerissene Gliedmaßen aus, Narben auf ihren Gesichtern. Nie stellte ich sie mir als leblose Körper vor, die Seite an Seite im Leichenschauhaus lagen.

Im Klammergriff schlimmer Erinnerungen gebe ich zu viel Gas; ich sollte nicht mit solcher Geschwindigkeit in den Hafen einfahren. Hier gibt es Felsen, mehr als ein Schiffswrack, verborgene Hindernisse, die mein Boot in Stücke reißen können. Ich zwinge mich, Fahrt wegzunehmen, und warte darauf, dass auch mein Herzschlag und mein Atem langsamer werden. Beides erweist sich als schwerer zu kontrollieren als der Gashebel. Und doch muss ich den Schein des Normalseins wahren, des Zurechtkommens. Ein Weilchen muss die menschliche Hülle um mich herum noch halten.

Jemand wartet an meinem üblichen Anlegeplatz auf mich, einer von den ehemaligen Fischern, die inzwischen im Ruhestand sind. Er wohnt mit zwei Frauen in einem Cottage am Hafen; die Leute sind sich einig, dass es seine Mutter und seine Schwester sein müssen, doch wetten will niemand darauf. Er heißt Ralph Larken, hinter seinem Rücken auch Roadkill Ralph genannt. Als ich ihm die Heckleine zuwerfe, sehe ich, dass er unter seinem Ölzeug eine ausgeblichene gestreifte Pyjamahose trägt. Die Hosenbeine stecken in riesigen schwarzen Seestiefeln, und in dem merkwürdigen trüben Licht sieht er damit aus wie ein Pirat. Ich springe mit der Bugleine an Land. »Was ist denn los?«

»'n Kind wird vermisst.«

Ich starre ihn an und frage mich innerlich, wer von uns beiden es wohl laut aussprechen wird. Er tut es.

»Schon wieder eins.« Mit einem Kopfnicken deutet er auf eine Menschengruppe an der Hafenmauer. Ich kann Polizeiuniformen erkennen, jemanden in Militärkluft. »Die warten auf Sie«, sagt er. »Haben Ihre Positionslichter gesehen.«

Noch ein vermisstes Kind. Ich trieb noch immer haltlos im Strudel meiner eigenen Trauer, als das erste verschwand, vor etwas über zwei Jahren, aber ich weiß noch, dass die Leute sich erzählten, es sei ein schrecklicher Unfall gewesen, wenngleich ungeklärter Natur. Als das zweite verschwand, meinten dieselben Leute, wir hätten einfach fürchterliches Pech. Und jetzt ein drittes?

Jemand hat sich aus der Gruppe an der Mauer gelöst und kommt auf mich zu. Es ist diese junge Polizistin, die, die niemand ernst nimmt, weil sie so wahnsinnig jung und so wahnsinnig groß ist und weil sie sich anscheinend nicht rühren kann, ohne irgendetwas umzuschmeißen. Constable Skye McNair ist einer von den Menschen, von denen andere behaupten, sie würden sie gern mögen, weil sie ihnen leidtut und weil sie als mitfühlend gelten möchten. Ich habe niemandem etwas zu beweisen, also gebe ich zu, dass mich ihre Ungeschicklichkeit nervt.

Als ich sie jetzt kommen sehe, geht mir zum ersten Mal durch den Kopf, dass sie unheimlich lebendig aussieht. Ihr Haar, lang und drahtig und von exakt der Farbe frisch gekochter Orangenmarmelade, fliegt ihr um den Kopf, und ihr im Mondlicht papierblasses Gesicht verrät mir, dass sie angespannt und ziemlich aufgeregt ist. Ein paar Zentimeter um sie herum scheint die Nacht nicht ganz so dunkel zu sein.

»Catrin, entschuldigen Sie.« Sie ist viel größer als ich, beugt sich zu mir hin und biegt sich dann ein wenig zurück, als hätte sie Angst, mich zu bedrängen. »Ich muss wissen, ob Sie heute Nacht da draußen noch jemand anderes gesehen haben? Irgendwelche Boote, die Sie nicht kannten?«

Ich sage Nein. Mehrere große kommerzielle Fischkutter haben den Hafen ungefähr zur selben Zeit verlassen wie ich, aber die kannte ich alle. Viele Inselbewohner fischen nachts, aber normalerweise in kleineren Booten, dicht an der Küste.

»Es tut mir leid, das ist bestimmt sehr schwer.« Skye weiß anscheinend nie, was sie mit ihren Händen machen soll. Im Augenblick wedelt sie damit herum. »Ich weiß ja, es ist fast genau die Zeit …«

Vor drei Jahren war Skye noch nicht da. Sie war in England auf der Polizeischule. Und doch weiß sie, dass sich in zwei Tagen der Tag jährt, an dem mir mein Leben verloren gegangen ist.

»Was ist passiert, Skye?« Ich schaue kurz zu Ralph hinüber, der Queenie streichelt. »Irgendwas von wegen einem vermissten Kind?« Ich sage nicht *noch einem* vermissten Kind. Das ist wohl nicht nötig.

»Eine von den Touristenfamilien.« Sie blickt sich nach der Menschenmenge hinter uns um. »Nicht vom Kreuzfahrtschiff. Sie sind selbst angereist, haben in einem von den Gästehäusern in der Stadt gewohnt. Mittags haben sie in der Nähe von Estancia gepicknickt. Die Kinder haben im Gras gespielt. Sie haben den Jüngsten aus den Augen verloren.«

Estancia ist eine Farmsiedlung, ungefähr dreißig Kilometer entfernt, an der südöstlichen Spitze einer großen Bucht.

»Er ist erst drei.« Skye sieht aus, als würde sie gleich losheulen.

Drei Jahre alt. Die beiden Kinder, die davor verschwunden sind, waren älter, aber nicht viel. Beides Jungen. Ein dreijähriges Kind, stundenlang von seiner Familie getrennt, ganz allein, mitten in der Nacht. Bestimmt friert er, hat Hunger und schreckliche Angst. Ist verlassen zu werden nicht die größte Furcht kleiner Kinder? Auf dieser Insel wird er sich nachts vorkommen, als sei er von der ganzen Welt verlassen worden.

»Wurde schon gesucht?«

Skyes Gesicht zuckt ein wenig, als sie sich zusammenreißt. »Wir hatten den ganzen Tag Leute da draußen im Einsatz. Und ein paar sind auch noch mal hingefahren. Callum Murray zum Beispiel. Er ist mit ein paar Männern aus den Kasernen losgezogen. Wir warten darauf, von ihnen zu hören.«

»Ist das da die Familie?« Ohne mir wirklich Mühe zu geben, erkenne ich die Mutter, eine rundliche, dunkelhaarige Frau von Ende dreißig. Ihr ganzer Körper wirkt wie nach innen zusammengeballt, als hätte sie Angst, sie würde in Stücke gehen, wenn sie loslässt. Wenn ich näher herangehen würde, wäre jegliches Fleisch, das dort vielleicht einmal gewesen ist, aus ihrem Gesicht verschwunden, sodass nur noch über Knochen gespannte Haut zurückgeblieben sein wird, das weiß ich. Ihre Augen werden aussehen wie tot. Sie wird so aussehen wie ich.

Nur dass dort, wo es darauf ankommt, Welten zwischen uns liegen. Sie hat noch Hoffnung.

»Das ist die Familie.« Jetzt steht Skye anscheinend auf einem Bein. »Die Wests. Das Ganze wird echt schwierig, jetzt sind da auch noch Leute von dem Kreuzfahrtschiff zugange, und, na ja, ich will ja nicht unhöflich sein, aber die sind nicht gerade eine Hilfe. Anscheinend finden sie, wir sollten Häuser und Grundstücke zwangsdurchsuchen. Die wollen, dass wir ein Auslaufverbot für sämtliche Boote im Hafen verhängen, ab sofort. Können Sie sich vorstellen, was uns die Fischer erzählen, wenn wir sagen, sie können morgen früh nicht rausfahren?«

»Ich bezweifle, dass viele auf euch hören werden.« Autorität wird hier toleriert, aber nur bis zu einem gewissen Grad.

»Und die Angehörigen sind doch schon aufgelöst genug. Das Letzte, was die brauchen, ist, dass ihnen die Leute alle möglichen verrückten Ideen in den Kopf setzen.«

Ich bin versucht zu erwidern, dass die verrückten Ideen in Anbetracht unserer jüngsten Vergangenheit in Sachen vermisste Kinder wohl schon präsent sein dürften.

»Das ist alles ganz furchtbar.« Während Skye weiterredet und ich so tue, als würde ich zuhören, gehen wir auf mein Auto zu. »Seit neun Uhr sind wir zu fünf Vorfällen gerufen worden. Chief Superintendent Stopford versucht, die Kreuzfahrer alle wieder auf das Schiff zu schicken, aber die wollen nicht gehen, bevor der Kleine gefunden worden ist. Das wird eine schlimme Nacht.«

Da ich weiß, dass es von mir erwartet wird, murmele ich halblaut, sie solle mir Bescheid sagen, wenn ich irgendetwas tun kann, und verdrücke mich. Queenie springt ins Auto, und ich mache mich auf den Weg zu meinem Haus auf der Westseite der Halbinsel Cape Pembroke, eine winzige Landspitze zwischen dem Doppelhafen von Stanley und dem Ozean.

Ich denke nicht an das vermisste Kind. Oder vielmehr, ich denke schon daran, aber nur insoweit, wie es mich betrifft. Wenn für alle Boote ein Auslaufverbot verhängt wird, wenn sie durchsucht werden, macht das meine Pläne zunichte. Noch zweieinhalb Tage. Ungefähr sechzig Stunden. Bis dahin muss der Junge gefunden sein.

Ich nehme nicht den kürzesten Weg nach Hause. In manchen Nächten, für gewöhnlich wenn der schwarze Nebel in meinem Kopf die Oberhand gewinnt, scheint mich irgendetwas zum Haus der Grimwoods hinauszulotsen. Immer nur nachts, wenn die Chance, die Familie zu Gesicht zu bekommen, fast gleich null ist, zieht mich irgendetwas dorthin. Heute Nacht fahre ich um die östliche Spitze von Stanleys Naturhafen herum auf das große Haus mit dem pfauenblauen Dach zu, das nach Osten über die Surf Bay hinausblickt. Ich werde langsamer, als ich um die letzte Kurve komme und die weiß getünchten Mauern sehen kann, die schwarzen Fenster, die niedrige Ginsterhecke, jetzt prallvoll mit gelben Blüten. Zu beiden Seiten des niedrigen hölzernen Gartentors steht eine Kürbislaterne, und in den kunstvollen, akkuraten Schnitzereien erkenne ich das Werk des Großvaters der Kinder. Früher hat er auch für meine Familie Kürbisse geschnitzt.

Jemand ist wach. Ich kann Licht in einem der oberen Fenster sehen. Peters Zimmer. Ich habe Peter, das jüngste Kind der Grimwoods, noch nie gesehen. Die letzten zweieinhalb Jahre hat er in meinem Kopf gelebt. Ich sehe ihn als dünnen, blonden kleinen Jungen vor mir, mit ovalem Gesicht, wie seine Brüder im selben Alter. Außerdem wird er wie sie die leuchtend blauen Augen seiner Mutter haben.

Ich war seit Jahren nicht mehr in dem Haus, schon vor Peters Geburt nicht mehr; aber ich kenne Rachels Haus so gut wie mein eigenes. Peter ist wach, mitten in der Nacht, und Rachel wird bei ihm sein, wird ihren Körper schützend um seinen schmiegen und ihn sanft in den Schlaf wiegen. Sie wird den Geruch seines Haarschopfs einatmen, wird spüren, wie er an ihrer Brust zittert, und ihre Macht genießen, seine Ängste zu vertreiben.

In diesem Augenblick hasse ich sie so sehr, dass ich nur noch aufs Gaspedal treten und weiterfahren kann.

Ja, denke ich. Rachel zu töten wird mir leichtfallen.

3

Ich stoße die Tür meines Hauses auf und spüre sofort die Abweichung von der Norm. Irgendetwas ist hier – ein Geruch, das Echo eines Kicherns, eine minimale Veränderung der Atmosphäre. Winzige Anzeichen, aber unmissverständlich. Sie sind wieder da.

Leise schließe ich die Tür hinter mir und sehe mich um. Keine leuchtenden Augen in der Dunkelheit. Keine scharrenden Bewegungen, mit denen sich kleine Gestalten tiefer in den Schatten drücken. Ich drehe langsam eine Runde durch das altmodisch eingerichtete Zimmer und trete auf den Flur hinaus. Dabei bin ich zugleich wachsam und begierig. Es ist ein sonderbarer Hunger, dieses Bedürfnis, die Toten zu sehen.

In den drei Jahren seit dem Tod der Jungen haben sie mich immer wieder heimgesucht. Meine ich das wörtlich? Ich weiß es nicht genau. Ich bin Wissenschaftlerin, würde eher an Aliens glauben als an Geister, aber nach dem Unfall wurde ihre Anwesenheit im Haus binnen Tagen realer, zwingender als die meines Mannes oder irgendeines jener wohlmeinenden Mitmenschen, die gelegentlich auftauchten.

Die lebendigen Menschen gingen fort, aber die Jungen blieben, trieben immer wieder in mein Leben hinein und wieder heraus, mit der Zuverlässigkeit der Gezeiten, wenn auch nicht mit derselben Regelmäßigkeit. Immer dann, wenn ich es am wenigsten erwarte, sehe ich ihre Schatten hinter den Vorhängen, die Wölbung ihrer Körper unter den Decken auf den Betten, die ich immer noch nicht abziehen kann. Ihre Stimmen, manchmal kichernd und geheimnistuerisch, ziemlich oft zankend, vermischen sich mit den Geräuschen aus dem Fernseher oder dem Radio. Ich fange einen Hauch ihres Geruchs auf. Jenen ganz besonderen erdigen Apfelgeruch, den Kits Haar einen Tag oder so nach dem Waschen annahm. Den ätzenden Mief von Neds Turnschuhen, wenn der Schuhschrank offen stand.

Sie sitzen nicht unten auf der Treppe oder hocken auf dem Sofa und starren den Fernseher an. Gut so, ich kann es nicht ausstehen, wenn sie das tun. Ich steige die Treppe hinauf. Das Treppengatter, das wir nie abgebaut haben, ist zu. War ich das? Warum sollte ich es zugemacht haben? Und doch kommt es selten vor, dass ich den Jungen zutraue, Einfluss auf ihre physische Umwelt nehmen zu können. Vielleicht ist hin und wieder ein Spielzeug verschoben worden. Ist eine Delle in einem der Betten zu sehen. Für beides könnte natürlich auch mein Hund verantwortlich sein.

Queenie steht unten in der Küche vor der Hintertür und winselt, wie immer, wenn die Jungen da sind. Ich habe keine Ahnung, ob sie ihre Anwesenheit auch spürt oder ob sie es einfach hasst, mich in dieser Stimmung zu sehen, aber ihre Besuche machen ihr Angst. Das ist schade, sie hat sie nämlich auch geliebt, aber Haustiere sind wohl keine Mütter.

Ich bin mir sicher, dass ich sie in Neds Zimmer finden werde, aneinandergekuschelt wie ein Paar Welpen, aber die Gestalt, die ich erblicke, als ich die Tür aufmache, ist nur ein großer Teddy, der bäuchlings auf Neds Bett lieg. In Kits Zimmer sind sie auch nicht. Jetzt gehe ich schneller; ich ermahne mich, es ruhig angehen zu lassen, verspüre aber die normale Panik einer Mutter, die ihre Kinder nicht findet. Auch wenn es ihre toten Kinder sind. Mein Schlafzimmer ist leer. Oder scheint leer zu sein.

Sie verstecken sich.

Ich wünschte, sie würden das lassen, aber Verstecken war eins ihrer Lieblingsspiele, als sie noch am Leben waren, und manchmal spielen sie das immer noch mit mir. Wieder mache ich mich daran, das Haus abzusuchen, diesmal richtig, und die ganze Zeit über wird die Gewitterwolke in meinem Kopf immer dichter und dichter. Ich öffne Schranktüren, ziehe Duschvorhänge zurück, schaue unter das Bett im Gästezimmer. Wenn ich ehrlich sein soll, hat dieses Spiel mir schon immer zugesetzt, selbst als ich wusste, dass ich am Ende der Suche zwei warme, starke Körper finden würde.

Ich bin wieder unten. Sie können nur draußen sein. Ich mache die Hintertür auf, und der Wind kommt hereingefegt, als hätte er nur darauf gewartet.

Sie sind nicht dort draußen. Ich kann spüren, wie sie davonschlüpfen. Zwei Laute sind durch den Wind hindurch zu hören, beide ein Aufstöhnen tiefster Traurigkeit. Eins von Queenie und eins von mir.

»Ned! Kit!«

Sie sind weg. Genauso, wie ich mir vorhin sicher war, dass sie da waren, bin ich mir jetzt ihrer Abwesenheit gewiss.

In meinem Kopf ist jetzt nur noch sehr wenig Licht übrig. Ich bin wieder oben, in dem kleinen Raum, der an mein Schlafzimmer grenzt und den ich als Arbeitszimmer benutze. Knie neben meinem Schreibtisch und hantiere mit der Schublade herum, die ich immer abschließe. Ich finde, wonach ich suche; ich sorge dafür, dass es stets scharf ist.

Unten fängt Queenie an zu heulen.

Einige Zeit später lichtet sich der Nebel. Mühsam stemme ich mich vom Teppich hoch und in den Schreibtischstuhl. Meine linke Hand blutet. Ich lege die Harpunenspitze wieder in die Schublade. Das Foto von Rachel zu meinen Füßen ist zu einer zerrissenen, zerfransten Fetzenmasse zerstochen und zerschnitten.

Ich bücke mich und werfe die Fetzen in den Papierkorb. Ich habe noch mehr Kopien von demselben Foto. Fürs nächste Mal.

Ich bin so müde, dass ich kaum noch denken kann; ich muss unbedingt duschen und schlafen, aber irgendetwas hält mich hier fest, lässt mich meine verletzte Hand umklammern und die Wand anstarren. Den Rest des Hauses habe ich weitgehend so gelassen, wie es war, als die Jungen noch gelebt haben und Ben noch hier gewohnt hat; dieses kleine Arbeitszimmer jedoch ist im Laufe der letzten drei Jahre zu dem Raum geworden, in dem ich mich gehen lassen kann.

Überall an den Wänden hängen Fotos von Ned und Kit, manche gerahmt, die meisten einfach mit Reißzwecken angepinnt. Die Bilder, die sie in der Schule gemalt haben, sind auch hier. Kleine Urkunden aus dem Unterricht, sogar ein paar Babysachen, die ich behalten habe, das alles hängt als düstere Andenken-Montage an der Wand.

»Mein Gott, Catrin«, sagte Ben, als er noch einmal vorbeikam, um irgendetwas vom Dachboden zu holen. »Das ist kein Arbeitszimmer, das ist ein Schrein.«

An der Wand hinter mir jedoch hängt etwas anderes. Hier sind Fotos von zwei anderen kleinen Jungen, zwei dunkelhaarigen, dunkeläugigen Jungen, die verloren gegangen sind – ganz plötzlich und auf mysteriöse Art und Weise. Der Erste, Fred Harper, ist während des Sportfestes auf West Falkland verschwunden, vor etwas über zwei Jahren, als meine Trauer noch frisch war, wund und nässend wie ein offenes Geschwür. Er war fünf Jahre alt.

Natürlich hatte ich von seinem Verschwinden gehört. Das Radio war tagelang voll davon gewesen, und Ben, der als Teil des medizinischen Betreuungsteams auf der Insel gewesen war, hatte sich an der Suchaktion beteiligt. Als ich die Geschichte in den *Penguin News* sah, begleitet von einem großen Porträtfoto von Fred, machte mein Herz einen Satz. Fred sah Kit so wahnsinnig ähnlich. Instinktiv schnitt ich das Foto aus, versteckte es und pinnte es schließlich an die Wand, zusammen mit allem anderen, was in den nächsten Wochen über ihn in der Zeitung erschien.

Vielleicht behielt ich die Artikel als eine Art Test meiner Menschlichkeit. Wenn Fred gefunden würde und ich mich freute, dann wäre das ein Zeichen, dass es noch Hoffnung für mich gab.

Und dann, vor etwa anderthalb Jahren, verloren die Inseln noch einen kleinen Jungen. Der siebenjährige Jim Brown war zuletzt in der Surf Bay gesehen worden, wo Rachel wohnt. Ich kannte die Familie Brown einigermaßen gut; ich war mit Gemma, der Mutter, befreundet gewesen, deren Tochter – Jimmys kleine Schwester – mit Kit in eine Klasse gegangen war. Ben kannte den Vater, er arbeitete im Krankenhaus als Laborant.

Als Jimmy verschwand, als die ganze Stadt tage- und nächtelang nach ihm suchte, während seine Familie immer tiefer in einer Art hektischer Verzweiflung versank, sagte mehr als einer zu mir, ich hätte wenigstens Gewissheit. Ich wüsste, was mit meinen Söhnen geschehen war, ich hätte sie begraben, angemessen um sie trauern können. Ein Privileg, das den Familien der Vermissten verwehrt sei.

»Ja, vielen Dank«, sagte ich zu einer Frau. »Ich bin wirklich froh, dass ich so viel Glück hatte.«

Seitdem hat sie nicht mehr mit mir geredet.

Unter den Fotos von Fred und Jimmy hängt ein anderer Zeitungsausschnitt, der nicht direkt mit den Jungen zu tun hat, der mich aber damals berührt hatte. Ein paar Monate, nachdem Jimmy verschwunden war, als die Suche noch andauerte – wenngleich in kleinerem Rahmen und ohne echte Hoffnung –, schrieb der Chefredakteur der *Penguin News* einen Artikel über die Auswirkung, die vermisste Kinder auf eine Gemeinschaft haben, besonders auf eine kleine. Er sprach von einem kollektiven Gefühl der Schande, von dem Glauben, dass für Kinder alle verantwortlich sind und dass es auf uns alle zurückfällt, wenn eins von ihnen zu Schaden kommt.

Der Artikel war nicht in Bezug auf meine Söhne geschrieben worden, aber ich fand trotzdem ein wenig Trost darin. Er ließ mich begreifen, dass Ben und ich und unser engster Kreis die Auswirkungen des Todes der Jungen nicht allein empfanden. Dass unser Schmerz auf gewisse Weise ein kleines bisschen geteilt wurde.

Der Verfasser, ausgerechnet Rachels Vater, hatte sich weiter darüber ausgelassen, wie verschiedene Kulturen mit vermissten Kindern umgehen. Er schrieb darüber, wie ihr Verschwinden rasch in der lokalen Folklore aufginge, wie sie zuerst als geisterhafte Erscheinungen und dann später in der mündlich überlieferten Tradition des Geschichtenerzählens auftauchten. Vermisste Kinder, führte er an, stehen hinter sämtlichen Märchen, in denen Kinder von Feen geraubt oder von Trollen und Hexen gefressen werden. Wir verarbeiten unsere Scham, indem wir sie auslagern. Indem wir übernatürlichen Mächten die Schuld geben.

Er hatte alte Legenden über Kinder ausgegraben, die hier auf den Inseln umgekommen waren, und sie mit realen ungeklärten Todes- und Vermisstenfällen in Verbindung gebracht. In fünfzig Jahren, behauptete er, würden Fred und Jimmy den Weg in die Mythologie der Falklands gefunden haben.

Ned, Kit, Fred und Jimmy. Meine kleine Sammlung toter Jungen. Wird es jetzt noch einen fünften geben, wird unsere kollektive Schande noch größer werden?

Ich beuge mich über den Schreibtisch und schalte das Radio an. Der Lokalsender ist heute länger auf Sendung als sonst. Das vermisste Kind heißt Archie West, erfahre ich. Er ist drei Jahre und zwei Monate alt. Nur ein klein wenig älter als Rachels Jüngster.

Nein, denk nicht an Rachel, nicht jetzt.

»Nur zur Erinnerung«, sagt der Sprecher, auch als Bill der Fischhändler bekannt, »Archie hat blonde Locken und braune Augen und ist kräftig gebaut. Als er das letzte Mal gesehen wurde, trug er ein Arsenal-Trikot, rot mit weißen Ärmeln, weiße Shorts und rote Stutzen. Wenn Sie glauben, ihn gesehen zu haben, melden Sie sich bitte sofort bei der Polizei. Okay, hier ist der Falklands Islands Broadcasting Service, und Bill Krill führt Sie die nächsten Stunden durch die Sendung. Es ist ein Uhr dreiundvierzig, und nicht vergessen, morgen früh – oder ich sollte wohl sagen, später am heutigen Tage – haben wir Ray Green von der Astronomy Society hier, der uns alles über die Sonnenfinsternis am kommenden Donnerstag erzählen wird: Wo man sie am besten beobachten kann, wie man Schäden an den Augen vermeidet und wie dunkel es auf den Inseln denn nun eigentlich werden wird.«

Blonde Locken und kräftig gebaut. In meiner kleinen Bildergalerie wird er auffallen. Meine vier verlorenen Jungen sind dünn und dunkel, wie so viele Inselbewohner.

Ich mache das Licht aus, gehe zum Fenster und blicke nach Westen.

»Bei mir hier im Studio ist Sally Hoskins«, verkündet Bill. »Eine Freundin der Familie; gerade hat sie uns erzählt, dass Archie ein lebhaftes, neugieriges Kind ist. Nicht wahr, Sally?«

Natürlich ist es für mich unmöglich, die Suchmannschaft auszumachen. Sie sind fast dreißig Kilometer weit weg, und es sind Berge dazwischen.

»Ja, Bill, das stimmt. Archie ist ein reizender Junge. Sehr

fröhlich, hat nichts als Unsinn im Kopf. Er spielt gern Verstecken.«

Unten am Hafen sind weniger Lichter zu sehen. Bestimmt hat Skye die Passagiere doch noch überredet, auf das Kreuzfahrtschiff zurückzukehren.

»Und deswegen hat sich die Familie zuerst auch keine Sorgen gemacht?«

»Genau. Wir haben einfach gedacht, er versteckt sich. Das kann er stundenlang durchhalten.«

Ich kann gerade eben noch den Mount Tumbledown erkennen. Die Suche wird dahinter stattfinden.

»Wir haben alle über zwei Stunden nach ihm gesucht, bevor wir die Polizei verständigt haben.« Sallys Stimme stockt erneut. »Archies Eltern haben mich gebeten, allen für ihre Hilfe heute Nacht zu danken. Die Leute waren so toll. Haben suchen geholfen, haben ihre Häuser und Gärten abgesucht. Ich möchte einfach nur sagen: Bitte suchen Sie weiter. Und wenn Sie wissen, wo er ist, bitte tun Sie das Richtige. Bitte lassen Sie ihn zu seiner Familie heimkommen.«

»Sally, warum erzählen Sie uns nicht ein bisschen mehr über Archie?«, geht Bill rasch dazwischen. »Wir wissen, dass er gern Verstecken spielt. Was mag er denn sonst noch?«

»Ach, wissen Sie, Bill, er ist ein Riesenfan von Arsenal, wie eigentlich alle in seiner Familie. Er macht gerade so eine Phase durch, wo er nichts anderes anziehen will als seine Arsenal-Fußballsachen, und seine arme Mum muss die jeden Abend waschen, damit er sie am nächsten Tag wieder anziehen kann. Er kennt alle Fangesänge, und … also, ein paar von denen sind wirklich nicht für Dreijährige geeignet, aber was soll man machen?«

Ich höre nur halb zu, während Sally fortfährt, uns Archies Vorliebe für Popmusik zu schildern. Anscheinend kann er gar nicht still sitzen, wenn das Radio läuft. Und dass er nie eine Folge von »Power Rangers« versäumt.

»Und wenn jemand Archie bei sich hat, bitte tun Sie ihm nicht weh oder machen Sie ihm nicht irgendwie Angst«, sagt sie jetzt. »Wenn irgendjemand Archie entführt hat: Wir wollen ihn doch bloß wiederhaben. Bitte sagen Sie uns, wo wir ihn finden können. Bitte tun Sie ihm nichts.«

»Ja, okay. Also, vielen Dank, Sally. Aber ich denke, es lohnt sich, nur zur Erinnerung zu erwähnen, dass die Polizei davon ausgeht, dass der kleine Archie sich lediglich verlaufen hat. Darauf müssen wir uns jetzt konzentrieren, Leute. Ein kleiner Junge ist ganz allein losgezogen, und wir müssen ihn finden. Okay, hier ist Bill Krill, und Sie hören den Falklands Islands Broadcasting Service.«

»Herrgott noch mal, wie seid ihr denn drauf hier?« Sallys Stimme fährt heftig vor die Eröffnungstakte des nächsten Liedes. »Wie viele Kinder müssen noch verschwinden, bevor ihr …«

Sallys Stimme verstummt. Sie haben das Mikrofon abgeschaltet. Die Musik wird lauter: Der Reggae-Song, den wir gerade gehört haben, ist Archies Lieblingslied. Ich stelle mir vor, wie Sally sanft, aber bestimmt aus dem Hinterzimmer der Lokalzeitungsredaktion gelotst wird, wo der Radiosender ansässig ist. Eine andere Kultur, sage ich mir. Wenn in England ein Kind verschwindet, besteht die Standardreaktion darin, in Pädophilen-Panik zu geraten. Hier hoffen wir, dass der Kleine nicht in eine Seelöwenkolonie hineingetappt ist.

Drei verschwundene Kinder in zwei Jahren. Ganz schön viele, um sie den Seelöwen anzukreiden.

Ich höre ein leises Seufzen, das mir verrät, dass Queenie es für ungefährlich gehalten hat zurückzukommen. Sie springt auf mein Bett und kuschelt sich in die Kuhle zwischen den Kopfkissen. Ich mache das Radio aus und schalte den Computer an. Als er hochgefahren ist, schreibe ich die Notizen dieses Abends nieder und klicke dann auf das einzige Dokument, das ich mit einem Passwort schütze.

Bevor die Jungen ums Leben gekommen sind, habe ich nie Tagebuch geschrieben. Ich hatte nie das Bedürfnis, und mit einem Mann, zwei kleinen Kindern und einem Job, wo hätte ich die Zeit dafür hernehmen sollen? Mein Leben war zu voll, als dass es nötig gewesen wäre, es zu dokumentieren. Jetzt, mit leerem Herzen und einem bedeutungslosen Leben, ist es, als bräuchte ich diese regelmäßigen Berichte über mein Kommen und Gehen, meine Gedankengänge und meine emotionalen Jahreszeiten, um mich daran zu erinnern, dass ich noch existiere.

Ich beginne zu schreiben. Dabei schildere ich die Ereignisse des Tages immer in allen Einzelheiten, nicht weil ich echtes Interesse daran habe, mich daran zu erinnern, was ich bei der Arbeit tue, sondern weil das, was ich tue, mir dabei hilft zu ordnen, was ich empfinde. Es ist von allen mir möglichen Dingen das, was für mich einer Therapie am nächsten kommt, dieses tägliche Ausgießen von Elend und Wut. Hauptsächlich Wut, wenn ich ehrlich bin, die sich ausnahmslos gegen die Frau richtet, deren Fotografie zerfetzt im Papierkorb liegt. Die Frau, die früher meine beste Freundin war.

Ich war acht, als ich Rachel kennenlernte, und sie ein paar Monate jünger. Damals lief ich gerade einen Pfad entlang, der gerade eben breit genug war, dass ein Kind sich dort hindurchquetschen konnte, so dicht wucherte das Tussockgras. Plötzlich stieß ich auf ein kleines, mit Schmetterlingen verziertes Hinterteil, das sich himmelwärts reckte. Bestimmt hatte sie mich gehört, obwohl ich mich sehr leise bewegte, denn ohne sich umzudrehen, hob sie eine schmutzige Hand mit abgekauten Fingernägeln. Es war eine so gebieterische Geste, dass sie sofort das achtjährige Teufelchen in mir weckte.

»Was machst du denn da?«

Sie krabbelte rückwärts, bis ich ein kleines rundes Gesicht sehen konnte, mit großen blauen Augen, heller, sommersprossenfreier Haut und sehr langem Haar, dass ein klein wenig zu dunkel war, um blond zu sein. Ihre Augenbrauen schienen sich in der Mitte emporzuwölben, als wäre sie ständig verblüfft, und ihre Ohren standen vom Kopf ab wie die eines Elben.

»Dracheneier«, zischte sie mich an. »Kein Wort mehr!«

Verwirrt ließ ich mich in den Sand fallen und kroch neben sie. Sie starrte zwei cremegelbe Objekte an, jedes ein vollendetes Oval, ungefähr zehn Zentimeter lang. Das Nest eines Eselspinguins.

»Die gehören Ozmadschian.« Anscheinend war sie fest entschlossen, ganz leise zu zischeln, obwohl wir die einzigen beiden Menschen im Umkreis von einem Kilometer waren. »Einem sehr mächtigen Drachen. Sie ist geboren worden, als das tausendste Herz gebrochen wurde, also ist sie sehr alt, aber Drachengedächtnisse sind auch nicht so wie unsere.«

Mit acht Jahren wusste ich, dass Eselspinguine oft im Strandgras nisten, dass die Mutter ihr Nest normalerweise nicht so lange allein lassen würde und dass sie sich wahrscheinlich wegen uns beiden nicht herwagte. Ich wusste, ich hätte eigentlich sagen sollen, dass wir weitergehen sollten, aber ich gebe es zu, das mit dem Drachen hatte mich neugierig gemacht.

»Echt nicht?« Ich schlug denselben gedämpften, geheimnistuerischen Ton an wie sie.

Sie schob sich näher heran, drängte sich mit der vollkommenen Unbefangenheit kleiner Kinder an meinen Körper. »Nein, Drachen können sich an alles erinnern, was vorher war, was jetzt passiert und was jemals noch kommen wird.«

Also, das gab mir zu denken. »Wir sollten wohl lieber gehen«, meinte ich. »Sie kann doch jeden Moment zurückkommen.«

»Oh, sie kommt nicht zurück. Die Eier bleiben hier, bis drei Monde zu- und wieder abgenommen haben. Dann tragen die schwarzen Adler mit den Saphiraugen sie davon und bewachen sie, bis die Zeit zum Schlüpfen gekommen ist. Das könnte morgen sein. Es könnte auch im nächsten Jahrtausend sein.«

Mit acht konnte ich damals fast vierzig verschiedene Vogelarten unterscheiden, die auf den Falklands nisten, der schwarze Adler mit den Saphiraugen jedoch war mir neu. Inzwischen frischte der Wind auf, trug Salzgeruch heran, und ich machte mir allmählich große Sorgen wegen der Pinguinmutter. Wenn Muttertiere zu sehr unter Stress geraten, kann es sein, dass sie ihr Nest im Stich lassen.

»Der nächste Neumond ist in fünf Nächten.« Ich wusste immer schon genau, was der Mond gerade tat, sogar als Kind. »Bis dahin bleiben sie hier. Wenn du willst, kann ich ja wiederkommen und nachschauen.«

Sie hockte sich auf die Fersen und betrachtete mich mit neuem Respekt. Plötzlich beneidete ich sie geradezu schmerzhaft um diese glänzenden blauen Augen. Es erschien mir nicht fair, dass jemand (ich) Augen haben sollte so düster wie Gewitterwolken, und die von jemand anderem (Rachel) von so verträumtem Azurblau sein sollten wie das Meer an einem Sommermorgen.

»Wir kommen zusammen her«, verkündete sie. »Wo wir doch jetzt beste Freundinnen sind.«

Ich war mir nicht ganz im Klaren darüber, wie das gehen sollte; ich wusste nicht einmal, was sie hier machte – die Insel, auf der wir uns befanden, gehörte meiner Tante und meinem Onkel. Aber gegen die Idee, eine beste Freundin zu haben, hatte ich nichts einzuwenden. »Okay«, sagte ich.

»Ist das dein Haus?« Sie war aufgesprungen und zeigte auf das grüne Blechdach von Tante Janeys Farmhaus. Ich nickte, denn im Grunde genommen stimmte das. Ich wohnte den Sommer über dort, während meine Eltern arbeiteten.

»Habt ihr Eiscreme?«

Wieder nickte ich. Tante Janey sorgte immer dafür, dass sie alles auf Lager hatte, bevor ich kam.

»Dann komm.« Sie ergriff meine Hand, und wir rannten – sie war unglaublich flink auf den Beinen – durch das Gras, über die Koppel und auf den Hof der Farm.

Und das war's. Von diesem Tag an waren Rachel und ich beste Freundinnen, brauchten einander mit einer leidenschaftlichen Innigkeit, die ich seither wohl nie wieder in einer Beziehung gefunden habe, glaube ich. Wir hätten unterschiedlicher nicht sein können. Sie sah ineinandergeschachtelte Welten, durch Regenbögen aus endlosen Möglichkeiten miteinander verbunden. Ich sah Pinguineier. Und doch standen wir uns näher als Schwestern, denn diese Verbindung zwischen uns war eine, die wir selbst gewählt hatten. Näher als Liebende, denn Liebhaber kommen und gehen, und das, was wir hatten, war für immer. Sie war meine andere Hälfte. Der Sonnenschein auf den Felsen meiner schattigen Nische unter einem Baum. Der Dur-Ton unter meinen Moll-Akkorden. Sie war alles, was ich nicht war, und alles, was ich zu sein ersehnte, nur waren all diese Eigenschaften in ihr so viel besser, und das wusste ich. Sie und ich waren unzertrennlich, ganz gleich, wie groß die Entfernung zwischen uns war. Wir waren die Vergangenheit, das Jetzt und das Immer.

Bis zu dem Tag, als sie meine Söhne umbrachte.

Es ist fast vier Uhr morgens. Ich habe geschrieben, gedacht und nichts von beidem getan, und das sehr lange. Jetzt mache ich den Computer aus und gehe ins Schlafzimmer hinüber, um mich zu Queenie zu gesellen, als ich draußen ein Geräusch höre.

Dieses Geräusch kann ich nicht einfach ignorieren, kann nicht so tun, als sei es bloß das Wetter.

Genau kann ich nicht sagen, wann es angefangen hat. Es könnte schon Jahre so gehen, vielleicht ist es auch erst seit den letzten paar Monaten so – aber mehr als einmal, wenn der Wind aus der richtigen Richtung kommt, habe ich spätabends etwas gehört, das mich überlegen lässt, ob jemand draußen vor meinem Haus ist. Ich habe Bewegungen gehört, die nicht mit der Natur in Einklang zu stehen scheinen, ein Scharren, das von Schritten herrühren könnte. Ein paar Mal hat sich Queenie ziemlich aufgeregt, wollte unbedingt hinaus und verharrte dann doch nervös in der Tür, wenn ich sie aufmachte. Vor einigen Monaten, als die Abende dunkler waren, hatte ich das Gefühl, dass da draußen in der Finsternis Augen waren, die mich ansahen, bevor ich die Vorhänge zuzog.

Auf den Inseln schließt niemand seine Haustür ab, aber ich habe damit angefangen und bin jetzt froh darüber, denn das, was ich gehört habe, lässt wenig Raum für Zweifel. Da draußen ist jemand. Ich verlasse das Schlafzimmer, und Queenie schnarcht weiter. Sie spielt viele Rollen in meinem Leben, Wachhund jedoch gehört nicht dazu.

Unten trete ich ans Fenster, ohne Licht anzumachen.

Selbst für Falkland-Verhältnisse ist das Gelände um mein Haus herum ungewöhnlich. Es ist ein Monument, ein Freiluftmuseum, wenn man so will. Ein Walfangmuseum. Den Ehrenplatz nimmt der Schädel eines Blauwals ein. Er steht auf dem Rasen vor der Haustür, fast drei Meter hoch, mit klaffendem Kiefer, als sei er mitten im Schlingen erstarrt. Das fast vollständig intakte Skelett eines Schwertwals liegt ganz in der Nähe. Drüben am Zaun liegt das Rückgrat eines Pottwals, den Grandpa vor der Küste von South Georgia erlegt hat. Zwischen ihm und dem Haus ist eine Schule Delfinskelette verteilt. Den größten Teil der Sammlung hat mein Großvater beschafft. Auch die Waffen haben Grandpa gehört: die Harpunen und Leinen, die mächtige Harpunenkanone. Für die Botschaft des Museums jedoch ist ganz und gar mein Vater verantwortlich. Er hat das alles nicht zusammengestellt, um den Walfang zu verherrlichen, sondern um ihn zu verdammen. »*Über 2000 Wale wurden zwischen 1886 und 1902 mit dieser Kanone getötet*« steht auf dem Schild unter der Harpunenkanone. Dad hat sich zutiefst für die Verheerungen geschämt, die seine Vorfahren auf See angerichtet hatten. Er hat sich sein ganzes Leben lang bemüht, das Gleichgewicht wiederherzustellen.

Das Geräusch, das ich vor einigen Sekunden gehört habe, war ein Klappern von mehreren Metallgegenständen, die umgefallen sind. Irgendjemand hat die Walspeere umgestoßen, die drüben bei der Ginsterhecke stehen.

Ein Schatten huscht vor dem Umriss des Orcagerippes vorbei, und ich schiebe mich näher an die Tür heran, bis ich die große dunkle Gestalt ausmachen kann. Als ich die Silhouette erkenne, beruhigt sich mein Herzschlag allmählich. Und geht dann aus einem ganz anderen Grund wieder schneller. Ich sehe zu, wie der Mann in meinem Garten erst einen Speer wieder aufstellt und dann noch einen, ehe ich die Tür aufschließe und sie öffne.

»Bisschen spät für Süßes oder Saures.« Die Worte sind heraus, bevor ich Zeit habe zu überlegen, ob sie klug sind.

Callum Murray stellt den letzten Speer wieder an seinen Platz und dreht sich um. »Ich hab Licht bei dir gesehen. Und ich dachte, ich hätte dich im Garten gesehen. Wollte sicher sein, dass du okay bist.«

Darauf antworte ich nicht. Wozu auch? Ich werde nie okay sein. Dann hören wir ein Pferd wiehern. Was eigentlich nicht sein sollte, hier in der Nähe werden nämlich nirgends Pferde gehalten.

»Hört sich an, als ob da gerade jemand dein Pferd klaut.« Ich mache wohl einen Scherz; ich habe Callum noch nie zu Pferd gesehen, und ich bezweifle, dass es auf den Inseln eins gibt, das groß genug ist, um ihn zu tragen.

»Ich bin zu Fuß gekommen.« Er geht zum Rand des Gartens hinüber und schaut auf die Straße hinunter. Das Pferd muss außer Sichtweite sein, denn er verliert rasch das Interesse und kommt zurück. »Bist du okay?«, fragt er hartnäckig.

Callum Murray ist kein Kelper. Er ist Schotte, hat als Second Lieutenant beim Fallschirmjägerregiment im Konflikt mitgekämpft. Als er das Regiment verließ, nicht lange nach dem Sieg der Briten, hat er sich ein Cottage ein paar Kilometer außerhalb von Stanley gekauft. Wenn ihn die Leute fragen, ob er für immer hierbleibt, sagt er, er hält sich alle Optionen offen.

»Habt ihr das Kind gefunden?«, frage ich – mehr, weil ich das Bedürfnis habe, etwas zu sagen, als weil ich es mir nicht denken könnte.

In seinen Augen spiegelt sich das Licht des Schlafzimmerfensters im ersten Stock. Bei Tag sind sie ungewöhnlich, das Resultat einer genetischen Besonderheit, die als Iris-Heterochromie bekannt ist und wegen der sein rechtes Auge blau ist und sein linkes grün. Bei Mondlicht jedoch sind diese merkwürdigen Augen nichts weiter als ein Lichtschimmern. »In vier Stunden geht's wieder los«, sagt er.

Ein Geräusch in der Ferne kommt mit dem Wind auf uns zu. Ein Hubschrauber nähert sich.

»Wahrscheinlich ist er okay.« Ich versuche, die Worte so klingen zu lassen, als sei es mir wichtig. »Der ist bestimmt irumgelaufen, bis er erschöpft war, und hat sich dann irgendwo zusammengerollt und ist eingeschlafen. Morgen früh findet ihr ihn bestimmt.«

»Das will ich verdammt noch mal hoffen. Vorhin wurde das Ganze ziemlich hässlich. Hauptsächlich deswegen sind wir auch noch mal los, damit sich die Lage beruhigt.«

Warum tut er das? Warum ist er hier, in den frühen Morgenstunden, und tut so, als hätte ich auch nur das leiseste Interesse daran, was um mich herum geschieht? Ich sollte einfach ins Haus gehen, die Tür zumachen. Abschließen. »Skye hat irgendwas davon gesagt, dass die Leute von dem Kreuzfahrtschiff Schwierigkeiten machen.«

Callums Blick zuckt zum Himmel hinauf, dann wieder zu mir herab. »Die waren noch das kleinste Problem. Fred Harpers Familie ist heute Nachmittag mit dem Flugzeug rübergekommen. Die machen Stopford die Hölle heiß, weil er vor zwei Jahren so schnell aufgegeben hat.«

»Aber so was passiert doch nun mal«, sage ich. »Die Farmer verlieren doch andauernd Schafe; die bleiben im Torf stecken und versinken ganz einfach. Oder sie fallen von den Klippen, und die Flut schwemmt sie mit. Ponys und Kälber fallen in die Flüsse. Wenn sie klein genug sind, werden sie mitgerissen. Hin und wieder gehen auch mal Menschen verloren. Das ist furchtbar traurig, aber es passiert eben. Das hier ist doch kein Nationalpark.« Ich will nicht belehrend klingen, aber Callum macht es mir auch nicht leicht.

Der Hubschrauber, ein Sea King, ist über uns, hängt in der Luft, so wie Libellen über Teichen verharren. Der trockene, torfige Geruch der Hügel, so anders als der des Meeres, scheint in Callums Jacke zu hängen. Mir fällt wieder auf – wie immer, wenn er in der Nähe ist –, wie enorm groß er ist.

»Gehört das Ding da direkt über uns auch zu der Suchaktion?«, erkundige ich mich. »Wenn da nämlich was rausfällt, ist das hier kein guter Platz zum Rumstehen.«

So nahe bei Callum, das kann kein guter Platz zum Herumstehen sein.

»Die haben gewartet, bis wir fertig sind«, sagt er. »Damit wir die Suchgeräte nicht durcheinanderbringen.«

Der Sea King fliegt weiter, nachdem sich die Crew vergewissert hat, dass keiner von uns beiden ein dreijähriger Junge ist. Callum und ich sind wieder allein.

»Ich gehe dann mal ein bisschen schlafen.« Damit drehe ich mich um, gehe wieder hinein und schließe die Tür ab. Erst als ich weiß, dass er mich nicht mehr sehen kann, gestatte ich mir, mich zu entspannen, und lehne mich schwer gegen die nächste Wand. Er ist zu Fuß hergekommen? Warum sollte er das tun? Callums Haus ist mindestens sechs Kilometer von meinem entfernt.

Oben schnarcht Queenie weiter, als ich das Licht ausmache und zum Fenster schleiche. Callum wendet sich gerade zum Gehen, als hätte er darauf gewartet, dass das Licht in meinem Zimmer ausgeht. Ich sehe zu, wie er durch den Garten geht und über den niedrigen Lattenzaun steigt.

Sechs Kilometer von meinem Haus zu seinem, wenn er den üblichen Weg nimmt. In Anbetracht der Richtung, in die er geht, tut er das wohl nicht.

Vor ungefähr einem Jahr war ich einmal spätnachts wach und habe ihn zufällig an meinem Haus vorbeigehen sehen. Aus einem Impuls heraus, den ich unmöglich erklären kann, bin ich ihm gefolgt. Ich habe beobachtet, wie er von der Straße abbog, auf den hohen Stacheldrahtzaun zuhielt, drei der Drähte losmachte und durch den Zaun in das Minenfeld kroch.

Minenfeld?

Es gibt mehrere auf den Inseln, vor allem entlang der Küste, von der argentinischen Armee während der Invasion angelegt. Vorsichtigen Schätzungen zufolge könnten bis zu dreizehntausend potenzielle Explosionen in Sand und Torf lauern. Eines Tages, heißt es, werden sie entschärft. In der Zwischenzeit sind sie in Anbetracht der Tatsache, dass die Felder nur etwa sechzehn Prozent unserer ungenutzten Landmasse ausmachen, einfach eingezäunt worden.

Ich ließ ihn in der Dunkelheit verschwinden, ehe ich selbst an den Zaun trat. Die drei Drähte, die er gelöst hatte, waren abgekniffen worden, und er hatte sie mit kleinen Haken versehen, um sie wieder befestigen zu können. Er hatte sich einen eigenen geheimen Zugang zu einem Gelände verschafft, das über zehn Jahre nach dem Konflikt noch immer voller tödlicher Fallen war. Jeder Schritt, den er in diesem Feld machte, konnte sein letzter sein.

Heute Nacht frage ich mich, ob er abermals dorthin unterwegs ist, während ich auf die nunmehr leere Straße draußen vor meinem Haus starre. Ob er durch das Minenfeld gehen wird, um herauszufinden, ob es diese Nacht ist, dieser Moment, wo alles endet.

Und ich dachte, ich hätte Probleme.

Ich steige in ein Bett, das sich unnatürlich groß und leer anfühlt, auch wenn mein schnarchender, furzender Hund den besten Platz in Beschlag genommen hat. Normalerweise ist dies die schwerste Zeit des Tages, wenn es nichts mehr zu tun gibt, außer an das zu denken, was ich verloren habe. Der Schlaf kommt niemals schnell.

Manchmal merke ich in der Nacht, in jenem halb träumenden, halb wachen Zustand, in dem wir uns gelegentlich befinden, wie die Jungen zu mir ins Bett kriechen. Wenn das passiert, liege ich still, schwimme in ihrer Gegenwart, genieße ihre glatte, seidige Haut an meiner, rieche ihr Haar, spüre, wie sich ihre kleinen Glieder um mich schlingen. An den Morgen, nachdem ich so geträumt habe, erwache ich in einer Wolke purer Glückseligkeit, die sowohl unerwartet als auch verwirrend ist. Und so anders als das Elend, das darauf folgt, dass es nahezu unerträglich ist.

Kommt heute Nacht nicht, Jungs. Ich weiß nicht genau, ob ich noch viel aushalte. Lasst mich in Frieden, nur dieses eine Mal.

4

»Hat jemand heute früh den Gouverneur gehört?«, erkundigt sich Brian gerade, als ich das Büro der Falkland Conservation betrete, die ich immer als Familienunternehmen betrachte.

Grandpa Coffin hatte mehrere Töchter, jede auf ihre Art

genauso entschlossen und blutrünstig wie er, und einen Sohn, der sich als gewaltige Enttäuschung erwies. Mein Vater gründete die Falkland Conservation, den Wohltätigkeitsfonds, der die Tierwelt der Inseln für künftige Generationen schützt. Ich glaube wirklich nicht, dass er Grandpa damit persönlich beleidigen wollte, aber Mr Coffin sen. hat es so aufgefasst.

Brian ist Ende fünfzig, ein Ornithologe, den mein Vater vor zwanzig Jahren eingestellt hat. Er klettert noch immer die Klippen hinauf und hinunter, überprüft Nistplätze und beringt Küken, obwohl er dafür zehn Jahre zu alt und zwanzig Kilo zu fett ist. Eines Tages wird man ihn kalt und zerschmettert am Fuß einer Klippe finden. Wenn es jemals jemandem beschieden sein sollte, bei der Arbeit draufzugehen, dann Brian.

Wie immer macht sich sein üppiger Hintern auf meinem Schreibtisch breit. Seit Jahren sage ich mir, dass ich eines Tages mal ganz früh ins Büro komme und den Tisch mit Sekundenkleber einschmiere.

»Kann mir nicht vorstellen, dass der noch irgendwas Nützliches beizutragen hatte.« Susan steht vor der Küchenzeile und klappert mit den Bechern herum.

»Firmenpropaganda«, meint Pete, unser Praktikant. »Nicht dass am Ende noch jemand denkt, mit dem Kleinen wäre irgendwas anderes passiert, als dass er sich verlaufen hat.«

»Na, das kann ja auch nicht sein.« Brian rutscht auf dem Schreibtisch herum. »Genau das ist doch ganz eindeutig passiert.«

Der Boss räuspert sich. John Wilcox ist ein kleiner, drahtiger Mann mit dunklem Haar und fahler Haut; die letzten zwei Jahrzehnte lang hat er immer denselben geschniegelten dunklen Schnurrbart getragen. Wir glauben beide, dass wir irgendwie verwandt sind, möglicherweise durch eine Heirat vor ein paar Generationen, aber keiner von uns bemüht sich, das genau herauszufinden.

»Cat, wir haben eine Planänderung.« John macht sich nur selten die Mühe, mir Guten Morgen zu sagen, und das ist mir ganz recht. Ich habe kein Interesse an Smalltalk. »Deine Gruppe will bei der Suche mitmachen. Ich habe gesagt, du fährst sie raus. Als Teamleader.«

Der ursprüngliche Plan sah vor, dass ich mit einer Touristengruppe erst nach George und dann nach Barren hinausschippere, zwei kleine Inseln vor der Südküste von East Falkland, wo es viele Tiere gibt. Die beiden menschlichen Bewohner, meine Tante Janey und ihr Mann Mitchel, sind auch so etwas wie eine Touristenattraktion. Janey ist der einzige Mensch, den ich kenne, der es geschafft hat, ein Pinguinküken mit der Hand aufzuziehen. Sie hat »Ashley« gefunden, als sie versuchte, sich in der Asche eines Lagerfeuers warmzuhalten, und hat die letzten fünfzehn Jahre damit verbracht, ihr beizubringen, Bettel-Männchen zu machen, auf dem Bauch das Dach des Scherschuppens hinunterzurutschen und den Leuten Fischstücke aus den Taschen zu holen.

»Die Leute müssen etwas tun.« Susan sieht mir an, dass ich nicht allzu begeistert von dieser Idee bin. »Niemand amüsiert sich gern, wenn da draußen ein kleines Kind ganz allein unterwegs ist.«

»Hoffen wir, dass er allein unterwegs ist«, meldet sich Pete zu Wort.

»Ja, das ist nicht besonders hilfreich, Pete.« Es ist gerade mal halb neun, und John ist schon gestresst. »Steh bloß nicht auf, Brian, so viel Zeit haben wir wirklich nicht.«

»Wenn die Leute bereit sind, ihren Ausflug zu opfern, dann sollten wir auch bereit sein, sie zu führen«, meint Susan.

Ich greife zum Telefon und lasse Tante Janey wissen, dass sie heute Morgen doch nicht zu backen braucht. In ihrer Antwort zähle ich vier derbe Schimpfwörter, für ihre Verhältnisse ist das zahm. »Ich hab sogar mein verdammtes Kostüm vom Dachboden geholt.«

»Als ob irgendwer den Unterschied bemerken würde. Und Halloween war gestern.« Ich lege mitten in ihr Grummeln hinein auf.

»Ihr müsst euch am Polizeirevier treffen.« Susan sagt mir gern, war ich zu tun habe. »Alle Teamführer bekommen ihre Anweisungen um neun vom Police Commissioner.«

Endlich kommt der Hintern in Bewegung, und Brian steht vor meinem Schreibtisch und kratzt sich Teile seines Körpers, über die ich wirklich lieber nicht nachdenken möchte.

»Soll ich den Gästen anbieten, dass sie ihr Geld zurückkriegen?« Das frage ich nur, um John auf die Palme zu bringen.

»Nein, das tust du verdammt noch mal nicht. Es war doch deren Idee, nicht meine.«

Unsere Flaggensammlung knattert im Wind, genau wie die Überreste unserer Halloween-Dekorationen; die Flaute von gestern Nacht ist vorbei.

Als ich zum Polizeirevier fahre, komme ich an Leuten vorbei, die in dieselbe Richtung unterwegs sind. Ich sehe Gesichter, die ich schon mein ganzes Leben lang kenne, und Wildfremde. Außerdem bemerke ich selbst gemachte Plakate, die an Zäunen befestigt worden sind, und nehme genug Gas weg, um zu erkennen, dass darauf vergrößerte Fotos der beiden Jungen abgedruckt sind, die damals verschwunden sind. *Noch immer vermisst*, steht da. Man wird nicht zulassen, dass Archie alle Aufmerksamkeit für sich bekommt.

Ein Plastikskelett, vom Wind losgerissen, trudelt vor meinem Wagen über die Straße, und das kommt mir nicht gerade vor wie ein gutes Omen.

Es gibt nur eine Parklücke vor dem Polizeirevier.

»Catrin!«

Ich drehe mich um und sehe eine hochgewachsene Gestalt eilig auf mich zukommen, mit flappendem Ölmantel und wehendem roten Schal. Eine rot behandschuhte Hand winkt aus Leibeskräften, gibt mir entschlossen zu verstehen, dass ich warten soll, und ich fühle, wie mir das Herz schwer wird. Einer der wenigen Menschen, die ich im Laufe der letzten drei Jahre nicht habe vergraulen können. Einer der ganz wenigen, die nicht aufgeben.

»Ich komme mit, okay, Darling?« Mel ist außer Atem. »Diese Gummistiefel haben ein verdammtes Vermögen gekostet, und ich verliere die Dinger nicht in irgendeinem Torfsumpf, egal, wie viele Bälger hier in der Gegend rumrennen und sich verirrt haben. Ich halte mich an jemanden, der weiß, was er tut.«

Mel ist ganz bestimmt einer der bestangezogenen Inselbewohner; er gibt Unmengen für Importklamotten aus den Hauptstädten Europas und Südamerikas aus. Ich blicke auf die makellosen neuen Gummistiefel hinunter. »Die sind ja rosa.«

Mir wird spielerisch auf die Schulter geklopft. »Ich weiß. Man kriegt jetzt doch tatsächlich rosa Jagdstiefel zu kaufen. Wie soll ein Mädchen da widerstehen?«

Wenn ich jemals wieder lachen sollte, habe ich oft gedacht, dann über etwas, was Mel gesagt hat. Mit einer Größe von eins siebenundachtzig, gut zweiundachtzig Kilo Gewicht und, wie man mich informiert hat, einem ungewöhnlich großen Penis gesegnet, trifft die Bezeichnung *Mädchen* auf Mel wahrlich nicht zu. Er ist nicht einmal ein Transvestit – seine Klamotten, wenngleich wunderschön geschnitten und sehr farbenfroh, sind für Männer gemacht.

Er ist Koch im Pub »Globe Tavern« hier in Stanley. An zwei Abenden die Woche lässt er das Kochen bleiben und übernimmt am Klavier die Leitung eines spontanen Liederabends. Nach sieben Uhr ist es im wahrsten Sinne unmöglich, noch mehr Leute durch die Pubtür zu bekommen.

»Darling, ich werde bei deinem Wagen herumlungern, solange du da drinnen bist.« Genüsslich betont er das Wort *herumlungern*, rollt es im Mund herum wie ein extrastarkes Pfefferminzbonbon. »Aber trödel nicht rum. Dieser gemeine Wind könnte ’ner Hure glatt den Schlüpfer wegwehen.« Damit lehnt er sich wie eine Nutte auf Freiersuche an die Wagentür.

Um uns herum ist die Menschenmenge auf dem Parkplatz größer geworden, und PC Skye scheint das Sagen zu haben. Sie ist sogar noch blasser als gewöhnlich. Ihr Haar ist völlig durcheinander, und ich glaube fast, sie hat in ihrer Uniform geschlafen. Ich erinnere mich noch an sie als Kind, immer schmutzig, mit aufgeschrammten Knien und zerrissenen Kleidern, immer das Kind mit Eisceme im Haar oder Schokoladenflecken auf dem Hemd. Als ich auf die Tür zustrebe, kann ich hören, wie sie versucht, die stetig anwachsende Menge dazu zu bewegen, sich in Gruppen zu je einem Dutzend Personen einzuteilen, sich zu vergewissern, dass sie ein Transportmittel haben, und einen Anführer zu wählen.

Hohes Stimmengewirr lässt mich herumfahren, und ich sehe die Grundschüler die Straße hinunterkommen. Mein Magen verkrampft sich, denn da ganz vorn ist Christopher Grimwood, Neds bester Freund.

Er ist groß geworden. In dem Jahr, seit ich ihn das letzte Mal gesehen habe, ist er richtig in die Höhe geschossen. Sein Kopf dürfte mir jetzt ungefähr bis zur Schulter reichen. Auch sein Gesicht hat sich verändert, hat viel von der kindlichen Rundheit verloren. Sein Unterkiefer ist länger geworden, seine Nase hat einen ausgeprägten Rücken entwickelt. Der Schmerz kommt wie eine unverhoffte Welle.

In meinem Kopf – in meinem Herzen – ist Ned immer noch acht, das Alter, in dem ich ihn verloren habe. Er hat noch immer runde Knie und pummelige Hände, und wenn er zu Boden schaut, hat er wegen des Babyspecks am Hals ein Doppelkinn. Und doch, jetzt sehe ich in Christopher, diesem unbeholfenen, schlaksigen Jungen, der im Begriff ist, seine Kindheit für immer hinter sich zu lassen, was Ned heute wäre. Auf seiner makellosen Haut würden sich vielleicht erste Anzeichen von Akne zeigen, und er wäre so mies drauf wie ein Walross mit Kopfschmerzen. Er wäre wie ich, aber randvoll mit Testosteron, ein absoluter Horror. Würde mir das Leben zur Hölle machen, und meine Sehnsucht nach ihm zwingt mich fast in die Knie.

Natürlich beherrsche ich mich. Ich hatte drei Jahre Zeit, die Kunst des »Nach außen hin okay«-Erscheinens bis zur Perfektion zu erlernen.

Im Revier finde ich meinen Namen auf einer Liste hinter dem Schreibtisch, und man weist mir den Weg zum Besprechungsraum.

Ich stoße zu einer Gruppe aus zehn Leuten, von denen drei Militäruniform tragen und zwei Polizisten sind. Einer der beiden ist der ranghöchste Polizeibeamte der Inseln.

Ein großer, ordentlicher Mann mit bedächtigen Bewegungen. Für mich ist er immer *Stopford, Bob, Chief Superintendent*, denn so pflegt er sich Fremden vorzustellen. Er ist jemand, der ein paar Bücher gelesen und ein paar Doku-Sendungen gesehen hat und der es schafft, sich selbst und einer ganzen Menge anderen einzureden, dass er um einiges klüger ist, als es die Beweislage vermuten lässt.

Der Direktor der Schule, ein Mann namens Simon Savidge, gießt sich Kaffee aus der Thermoskanne auf dem Tisch ein. Er ist zu so etwas wie einem Helden dessen geworden, was nur halb scherzhaft als Falklands-Resistance bezeichnet wird. Zu Beginn der argentinischen Besetzung, während die Inselbewohner auf das Eintreffen der British Task Force warteten, nahm Simon mittels eines verbotenen Funkgeräts Kontakt mit britischen Einheiten auf und hielt sie über die Truppenbewegungen der Argentinier zu Land auf dem Laufenden.

Er war schon Direktor, als ich auf der Highschool war, und hat diesen Posten anscheinend schon seit einer Ewigkeit. Sein Sohn Josh ist der ranghöchste Detective auf den Inseln.

Es gibt keine Sitzplätze mehr, doch dann scharrt ein Stuhl über den Boden, und ich sehe, wie mein Exmann sich erhebt. In seinem Haar ist mehr Grau als bei unserer letzten Begegnung, und er sieht dünner aus. »Nimm den hier, Catrin.« Er hält die Lehne des Stuhls umfasst, bereit, ihn unter den Tisch zu schieben, wenn ich mich setze. Ben ist mir gegenüber immer zuvorkommend, privat und in der Öffentlichkeit. Mir gefällt das nicht besonders – wenn ich ehrlich bin, finde ich es herablassend. Aber mich zu sträuben, würde implizieren, dass ich einen Groll gegen ihn hege und ihm das Auseinanderbrechen unserer Ehe übel nehme. Tue ich gar nicht. Es war nicht Bens Schuld, dass unsere Ehe gescheitert ist. Sondern Rachels.

Und um fair zu sein, wohl auch meine.

Also setze ich mich hin und tue so, als merke ich nicht, dass seine Hände weiter auf meiner Stuhllehne liegen. Gegenüber spricht der Leiter der Feuerwehr mit Robert Duncan, dem Besitzer des Lokalradiosenders und der Wochenzeitung, der *Penguin News*.

Robert, Anfang siebzig, aber mit der Energie eines etliche Dekaden jüngeren Mannes, ist gut über eins achtzig groß und spindeldürr. Sein Haar ist dicht und weiß und wallt um seinen Kopf herum wie die Mähne eines alten Löwen. Er hat einen weißen Schnurrbart und einen kleinen weißen Kinnbart.

Er war eine weitere Schlüsselfigur in der Resistance, hat live gesendet, als die argentinischen Soldaten kamen, und trotzig seine eigene Vorstellung von patriotischem Liedgut gespielt. *London Calling* von The Clash dröhnte über den Äther, als der argentinische Kommandant und seine Truppe zum Studiogebäude marschierten. Die Studiotür zersplitterte zu den Klängen von *God Save the Queen* von den Sex Pistols unter argentinischen Stiefeln. Rob sendete die ganze Zeit weiter, während er sich mit den südamerikanischen Soldaten herumstritt, die gekommen waren, um seinen Laden dichtzumachen. Die Zeit hat ihn nicht sanfter werden lassen. Heute ist kein einziger Mensch auf den Inseln beliebter oder verschriener als Rob Duncan. Außerdem ist er Rachels Vater.

Da kommt mir der Gedanke, dass Rachel wahrscheinlich auch auftauchen wird, und das wäre zu viel. Ich kann nicht mit Rachel im selben Zimmer sein. Gerade will ich aufstehen, als ich bemerke, dass mich aus einer Ecke des Raums zwei verschiedenfarbige Augen beobachten. Callum hat nicht geschlafen. Sein helles Haar müsste gewaschen werden, und sein Bart ist diese spezielle Mischung aus Braun, Blond und Rotblond, die mir verrät, dass es ungefähr sechsunddreißig Stunden her ist, seit er sich das letzte Mal rasiert hat. Ich habe so eine Ahnung, dass er mir folgen wird, wenn ich gehe. Und dann kommt Ben uns vielleicht auch nach.

Die Tür schließt sich, und *Stopford, Bob, Chief Superintendent* hat das Wort. Major Wooton, der Civilian Liaison Officer des Militärs, steht zu seiner Linken, und mir ist klar, dass wir das übliche Zuständigkeitsgerangel zu sehen bekommen werden. Stopford wird die Autorität für sich beanspruchen und Wooton das Fachwissen.

»Unserer Schätzung nach beträgt die maximale Entfernung, die ein Kind dieses Alters in achtzehn Stunden zurücklegen könnte, etwa fünfzehn Kilometer.« Stopford tritt zur Seite, und an der Wand hinter ihm sehe ich eine große Karte von East Falkland. Jemand hat einen roten Kreis um jene Stelle bei Estancia gezogen, wo das Kind zuletzt gesehen wurde. Ein ordentlicher Teil dieses Kreises besteht aus Meer.

»Major Wooton fängt mit seinem Zug hier an.« Stopford zeigt auf die Mitte des Kreises. »Er und seine Männer arbeiten sich zum Rand des Suchgebietes vor. Gleichzeitig fangen wir anderen am äußeren Rand an, wobei die Strände natürlich berücksichtigt werden, und arbeiten uns zur Mitte vor.«

»Schließen wir die Möglichkeit aus, dass er nicht einfach allein losgezogen ist und sich verlaufen hat?« Callum rührt sich nicht aus seiner Ecke heraus. »Nachdem, was Skye mir erzählt hat, waren gestern noch andere Fahrzeuge in der Gegend unterwegs.«

»Alles Autos von hier.« Stopford nimmt Callum kaum zur Kenntnis. »Wir haben mit allen Betroffenen gesprochen, niemand hat den Jungen gesehen.«

Er erläutert weiter, dass die Suche vier bis fünf Stunden dauern wird.

»Und was machen die Schulkinder?« Wieder Callum. »Wir wollen doch nicht, dass da ein Haufen überdrehter Kids rumrennt. Sonst fehlt am Ende nicht nur eins.«

»Gott bewahre. Die Kinder suchen die Strände ab. Nur die Älteren, ab elf.« Stopford nickt mir zu. »Catrins Kollege Brian übernimmt die Leitung. Sie bleiben die ganze Zeit in Sichtweite eines Erwachsenen. Es kommen auch viele von den Müttern mit, als Aufsicht.«

Dort wird Rachel sein. Am Strand, um ein Auge auf Christopher zu haben. Ich bin in zweifacher Hinsicht froh, dass die Jüngeren nicht mitmachen. Christopher zu sehen war schon schlimm genug. Der Anblick von Michael, der jetzt acht sein muss – so alt, wie Ned damals war; so alt, wie Kit heute wäre –, wäre zu viel.

»Ben?« Stopford sieht meinen Ex hinter mir an. »Möchten Sie irgendwas hinzufügen?«

»Wir haben einen Krankenwagen in Bereitschaft, und Mrs West, Archies Mum, bleibt bei den Rettungshelfern. Wir wissen also die ganze Zeit, wo sie ist.« Ben räuspert sich, bevor er fortfährt. »Wenn wir ihn finden, wird er durchgefroren sein und Hunger haben. Wärmen Sie ihn, geben Sie ihm kleine Schlucke Wasser, aber geben Sie ihm nichts zu essen. Wenn er verletzt ist, versuchen Sie nicht, ihn selbst zu transportieren. Bleiben Sie einfach bei ihm, bis ich oder einer meiner Kollegen da sind. Das wär's.«

»Schön.« Stopford klatscht in die Hände. »Dann sehen wir mal zu, dass wir ihn schnell finden.«

Als die Leute einer nach dem anderen hinausgehen, wirkt die Schicht Optimismus, die Stopford aufgepinselt hat, so spröde, als könne ein kräftiger Atemstoß sie wegblasen. So etwas haben die Leute schon mal gemacht, zweimal sogar. Sie haben sich in Geländewagen, zu Pferde und auf Quads aufgemacht, um die Landschaft abzusuchen, und sich eingeredet, dass sie das Kind schnell finden würden. Dass hier nichts Schlimmes passiert.

»Kann ich bei dir mitfahren, Catrin?« Ben holt mich auf dem Weg nach draußen ein. Mir fällt nichts ein, was dagegen sprechen würde, doch ich weiß, dass Ben nichts ohne Grund tut.

Im Konvoi fahren wir los. In meiner Gruppe sind außer Ben, Mel und mir nur Touristen, aber sie sehen fit aus und sind angemessen bekleidet, mit Wanderstiefeln und Regenjacken. Der Typ, der den Mietwagen hinter mir fährt, ist im Moment meine größte Sorge; auf der Straße werden wir nämlich nicht besonders weit kommen.

Querfeldeinfahren ist schwer. Sogar Einheimische bleiben bei dem Versuch liegen, Flüsse zu überqueren, Felsen zu überwinden, steile Abhänge hinaufzufahren. Wenn ich ständig anhalten muss, um den da hinter mir aus dem Dreck zu ziehen, hätten wir unsere Pinguin-Expedition genauso gut doch nicht abzusagen brauchen. Ich habe ihm schon gesagt, dass er sich genau in meiner Spur halten soll, ohne zu dicht aufzufahren, und genauso stark beschleunigen und bremsen soll wie ich. Gräben soll er diagonal durchfahren, den Fuß so weit wie möglich von der Kupplung lassen und den Allradantrieb zuschalten, wenn er ihn braucht. Außerdem muss er nach deutlich sichtbaren Farbveränderungen des Pflanzenwuchses Ausschau halten, die für gewöhnlich auf weichen Boden hindeuten. Er hat zu allem Ja gesagt und eher ein bisschen nervös ausgesehen als ungeduldig; das habe ich als gutes Zeichen gewertet.

Am Stadtrand von Stanley kommen wir an dem wartenden Krankenwagen vorbei, und ich erhasche einen kurzen Blick auf Archies Mutter, die gerade auf einen der Beifahrersitze steigen will. Sie dreht den Kopf und sieht uns nach, als wir vorbeifahren.

»Jemand hat gesagt, Sie leiten das Notarztteam«, sagt eine Frau zu Ben. »Sollten Sie nicht in dem Krankenwagen sein?«

»Da gibt es doch nichts zu tun, bis das Kind gefunden ist.« Ben bedenkt sie mit seinem professionellen Lächeln. Er konnte schon immer gut mit Patienten umgehen, und er hat noch immer dieses dunkelhäutige Latino-Aussehen, das die meisten Menschen bezirzt. »Bis dahin kann ich draußen bei der Suche mehr von Nutzen sein.«

Besucher sind immer schockiert, wie schnell wir hier jegliche Zivilisation hinter uns lassen. Die meisten von uns, fast zweitausend Seelen, wohnen in Stanley. Der Rest – ein paar Hundert – sind über ein Gebiet verteilt, das ungefähr so groß ist wie Wales, wobei ein großer Teil davon aus kleineren Inseln besteht. Wenn man Stanley verlässt, gerät man in eine karge, fast schon urwüchsige Landschaft, wo es keine geraden Straßen und kaum Bäume oder Grünes gibt und menschliche Behausungen fast völlig fehlen. Außerhalb von Stanley handelt es sich bei den wenigen Ansiedlungen, die man zu sehen bekommt, um einsame Bauernhäuser, von Wirtschaftsgebäuden und schrottreifen, rostenden Autos umgeben.

Ein paar Kilometer weiter die Straße hinunter teilt sich der Konvoi auf. Einige Autos setzen die über dreißig Kilometer weite Fahrt nach Estancia fort. Wie man uns angewiesen hat, verlassen wir die Straße und fahren nach Westen. Sofort fangen die Wagen an zu holpern und zu schwanken.

»Oh Mann, das ist ja, als würde man bei Windstärke acht versuchen, ’ne Nummer zu schieben.« Mel klammert sich neben mir am Beifahrersitz fest.

Eisiges Schweigen auf dem Rücksitz. Im Rückspiegel fange ich Bens Blick auf. Er lächelt mir ganz leicht zu. Wir haben diese Sprüche schon oft gehört.

»Warum haben Sie denn so viele Soldaten hier?«, erkundigt sich eine der Frauen mit deutlichem walisischen Akzent.

»Auf den Falklandinseln sind jederzeit zweitausend Mann stationiert«, sagt der Mann neben ihr. »Da kommt ungefähr auf jeden Inselbewohner ein Soldat. Für den Fall, dass die Argentinier zurückkommen.«

Niemand antwortet sofort darauf. Ich war während des Konflikts auf der Uni im letzten Studienjahr. Ben war als Assistenzarzt in England. Mel hat das Ganze von seinem relativ sicheren Posten auf der MV *Norland* aus verfolgt, dem Zivilschiff, auf dem er damals gearbeitet hat und das das Fallschirmjägerregiment nach Süden gebracht hat. Keiner von uns hält sich für hinlänglich qualifiziert, um sich dazu zu äußern, wie die vierundsiebzig Tage der Besatzung wohl für die Menschen auf den Inseln waren. Und außerdem sprechen Inselbewohner nicht gern über den Krieg. Vielleicht sind wir ja der Ansicht, dass sämtliche Gespräche, die wir über dieses Thema jemals führen wollten, bereits stattgefunden haben. Aus welchem Grund auch immer, wir mögen einfach nicht darüber reden.

»Da gehen aber ’ne Menge britische Steuergelder dafür drauf, dass ihr euch sicher fühlt«, bemerkt einer der Männer.

»Bist du schon mal aufgewacht und hast eine Invasionsarmee die Hauptstraße runtermarschieren sehen, Darling?« Mel ist vielleicht kein Kelper, aber das hier wird er nicht auf sich sitzen lassen. »Schon mal unter Hausarrest gestanden? Schon mal ’ne Ausgangssperre beachten müssen? Schon mal mit fast fünfzig anderen und einem einzigen funktionierenden Klo in ’nem Gemeindezentrum eingesperrt gewesen?«

»Was wollen Sie damit sagen?«

»Was ich damit sagen will, Süßer, ist, dass die reizenden Argentinier, die denken, diese Inseln gehören ihnen, vierhundertfünfzig Kilometer weit weg sind. Großbritannien dagegen ist zwölftausend Kilometer weit weg, und der gegenwärtige Premierminister hat nicht die *cojones,* mit denen Mrs Thatcher gesegnet war.« Mel hält dem Blick des anderen unverwandt stand.

»Also, wenn ihr einen Soldaten für jeden zivilen Einheimischen habt, wie kommt’s dann, dass das hier das dritte Kind ist, das vermisst wird?«

»Festhalten.« Ich lenke den Wagen in einen Graben. Ächzen vom Rücksitz, ein paar gedämpfte Flüche von Mel, aber wir schaffen es die andere Seite hinauf und fahren weiter. Callum, der den Wagen vor uns fährt, verschwindet in einer steilen Senke, und ein erschrockenes Gänsepaar fliegt in seinem Kielwasser auf.

»Das sind Tanggänse«, erläutere ich; die Leute sollen ruhig ein bisschen was kriegen für ihr Geld. »Das Männchen ist reinweiß, daher ist es leicht zu sehen. Das Weibchen hat ein sehr auffälliges, schwarz-weiß gestreiftes Brustgefieder. Normalerweise findet man sie an der Küste, aber in der Senke dort drüben ist ein Süßwasserteich. Wir sind fast da, alle Mann festhalten.«

Auf der anderen Seite der Senke werde ich langsamer und halte an. Als ich aussteige, besteht der Boden, auf dem wir stehen, aus nacktem Fels, doch das Gelände wird sumpfig werden, wenn wir nach Westen gehen. Callum und sein Team sind weitergefahren.

Ich bin schon oft querfeldein gewandert, durch Tussockgras, die Stone Runs – jene merkwürdigen Ströme aus ineinander verkanteten Felsbrocken – entlang, durch die Sümpfe.

So ziemlich jedes Mal, wenn ich das tue, bin ich auf der Suche nach etwas, normalerweise nach Lebewesen, die viel kleiner und besser getarnt sind als ein Menschenkind und sehr viel geschickter darin, Jägern aus dem Weg zu gehen. Wenn der Kleine hier ist, sollte er leichte Beute sein. Ich halte Ausschau nach auffälligen Farben, nach Bewegungen, die nicht vom Wind verursacht werden, lausche auf die verstohlenen, scharrenden Geräusche, die mir verraten, dass irgendwo in der Nähe irgendetwas in Panik gerät.

Ich führe meine Gruppe weiter über mein wildes, windgepeitschtes Heimatland und denke dabei an die Mutter, an der wir vorhin vorbeigekommen sind. Als Ned fünfzehn Monate alt war, habe ich ihn mal aus den Augen verloren, nur ein paar Minuten. Wir waren am Strand. Ich war zum Wasser hinuntergegangen, um nach möglichen Ölverschmutzungen Ausschau zu halten, und hatte ihn oben zwischen den Dünen zurückgelassen. Als ich mich umdrehte, war er weg.

Unmöglich, das Grauen jenes Augenblicks zu beschreiben – bis dahin das Schlimmste, was mir je passiert war. Die Fähigkeit zu denken, logische Schlüsse zu ziehen, kam mir vollständig abhanden. Ich erreichte die Stelle, wo ich ihn zurückgelassen hatte, rief seinen Namen, rannte weiter, ins Seegras hinein, und da war er. Er war hinter einem Kormoranküken hergekrabbelt und sah zu, wie es im Gras herumhüpfte.

»Alles okay, Catrin?« Ben ist näher gekommen, mustert mich mit unverhohlener Sorge. Trotz des Windes schwitze ich, und ich atme viel zu schnell. Ich nicke, aber ich stecke noch immer tief in furchtbaren Erinnerungen. Weil dieser Moment in den Dünen eben nicht das Schlimmste war, das mir je passiert ist, bei Weitem nicht. Das Schlimmste kam später, als ich draußen auf See war und mein Mann sich über das Bordfunkgerät meldete.

Es hat einen Unfall gegeben. Rachels Auto ist von der Klippe draußen vor dem Haus gerollt. Sie hat Ned und Kit allein da drin sitzen lassen, Gott allein weiß, wieso. Bestimmt war was mit der Handbremse nicht in Ordnung. Vielleicht hat einer von den Jungs sie gelöst, niemand weiß es. Sie sind beide auf dem Weg ins Krankenhaus. Fahr hin, so schnell du kannst.

Als ich mich so weit gefangen hatte, dass ich das Ganze durchdenken konnte, ging mir auf, dass Ben gewusst hatte, dass sie beide tot waren, als er mich angefunkt hatte. Wie hätte es anders sein können? Er war doch zu Hause, als es passierte. Er hatte gesehen, wie sie aus dem Wasser gezogen worden waren. Sie waren beide auf der Stelle tot, und er ist doch Arzt, Herrgott noch mal, er versteht den Zustand des Totseins doch. Er hat sich einfach nicht getraut, es mir zu sagen. Hat es nicht gewagt, es darauf ankommen zu lassen, was ich vielleicht tun könnte, zwei Stunden entfernt auf See, mit so einem fürchterlichen Wissen im Kopf. Er hatte gedacht, ich könnte in meiner Trauer etwas Schreckliches anstellen, vielleicht auch mein Leben zerstören, und das konnte er nicht riskieren. Wo ich doch in der siebten Woche schwanger war.

»Was machst du am Donnerstag? Ist dann jemand bei dir?«

»Ich komm schon zurecht.« Ich halte den Blick starr geradeaus gerichtet; ich darf Ben nicht argwöhnen lassen, dass ich für Donnerstag irgendetwas Besonderes vorhabe. Vor allem nicht, dass ich vorhabe, meine ehemalige beste Freundin zu töten. »Es ist drei Jahre her. Man lebt weiter.«

»Ich lebe weiter.« Ich kann Bens Gesicht nicht sehen, aber ich weiß, dass er ganz nahe ist. Seine Stimme ist leise geworden, sodass nur ich ihn hören kann. »Ich habe Wege gefunden, damit klarzukommen. Du nicht, Schatz.«

Ich gehe weiter, doch ich höre den langen, traurigen Seufzer.

»Ich hab dich immer noch gern, Catrin.«

»Ich hab gehört, Seeelefanten können echt aggressiv werden.« Mel hat zu uns aufgeschlossen, Gott sei's gedankt.

»Wenn der Junge so einem Vieh begegnet, dann hätte er doch kaum eine Chance, oder? Oder einem Seelöwen.«

»Wahrscheinlich nicht.« Ich schaue mich um, um mich zu vergewissern, dass keiner von den anderen in Hörweite ist. »Aber wegen so was brauchen wir uns keine Sorgen zu machen, wenn er hier entlanggekommen ist. Es wäre sehr ungewöhnlich, so weit im Landesinnern Seeelefanten oder Seelöwen zu begegnen.«

»Und was ist mit Vögeln? Würden die einen Dreijährigen angreifen?«

Das, muss ich zugeben, ist durchaus denkbar. Raubmöwen sind dafür bekannt, dass sie Menschen angreifen. Während der Nistzeit gehen sowohl Inselbewohner als auch Touristen nur mit langen Stöcken bewaffnet in die Nähe ihrer Nistplätze. »Um ehrlich zu sein, das käme darauf an, wie hungrig sie sind. Aber um diese Jahreszeit gibt es reichlich zu fressen.« Ich versuche, Mel aufmunternd anzulächeln. Er ist ein lieber Kerl, und es bringt doch nichts, wenn er unglücklich ist. »Wahrscheinlich brauchen wir keine Angst zu haben, dass er von Vögeln totgepickt wird.«

»Alles klar, Catrin?« Callums Stimme dringt aus dem Funkgerät. Ich kann ihn in der Ferne sehen, auf etwas höher gelegenem Gelände, und mir wird klar, dass meine Gruppe fast stehen geblieben ist. Ich hebe die Hand, um ihm zu zeigen, dass alles okay ist. Ohne die Geste zu erwidern, wendet er sich ab, und seine Gruppe marschiert weiter. Ich tue dasselbe.

»Sag mir eins, Darling, glaubst du, ich verschwende meine Zeit?« Mel hat sich ein zusammengerolltes Seil über die Schulter gehängt wie ein Rancher.

»Wenn du versuchst, dir deine Stiefel nicht schmutzig zu machen? Mit an Sicherheit grenzender Wahrscheinlichkeit.«

»Mit Lieutenant Murray.« Mel seufzt mir theatralisch direkt ins Ohr. »Dieser gewaltige, mächtige, prachtvolle rotblonde

Recke. Ich bin doch nur seinetwegen auf diesen gottverlassenen Felsenhaufen zurückgekommen.«

So unwahrscheinlich es sich auch anhört, Mel und Callum haben sich während des Konflikts kennengelernt, an Bord der MV *Norland,* als Mel dort Chefsteward war. Laut Callum sind die typisch homophoben Soldaten Mel zunächst ziemlich feindselig begegnet, aber er war so gutmütig, so effizient und so fantastisch am Klavier, dass er sie alle für sich einnahm. Als sie hier ankamen, war er praktisch ihr Regimentsmaskottchen geworden.

»Ich glaube wirklich nicht, dass du sein Typ bist, Kumpel.« In Bens Stimme liegt eine Schärfe, die selbst Mel überlegen lässt, bevor er noch etwas sagt.

»Wir sind am Sumpf angekommen«, verkünde ich meiner Gruppe. »Er ist etwa dreißig Meter breit, also gehen wir ab hier in einer Reihe hintereinander.«

Eine der Frauen betrachtet beklommen die dicke Pflanzendecke aus Farn und blassem wilden Gras, die dunkle Erde darunter. »Und was ist, wenn er da reingefallen ist?«, fragt sie. »Er könnte doch jetzt da unten auf dem Grund liegen. Wir könnten glatt an ihm vorbeilaufen.«

»Wir sind noch ein ganzes Stück von der Stelle entfernt, wo das Kind verloren gegangen ist«, erwidere ich. »Es ist sehr unwahrscheinlich, dass er so weit gekommen ist.«

»Aber das ist das dritte Kind, das verschwindet. Bestimmt fragen Sie sich doch alle, warum?«

Ich versuche gar nicht, meinen Seufzer zu kaschieren, aber Ben ist schneller. »Stellen Sie sich mal vor, ein Kind geht auf Barry Island verloren, und niemand deutet irgendetwas Schlimmeres an, als dass es ins Meer gefallen ist.«

Sie hört ihm aufmerksam zu, seine Aufmerksamkeit schmeichelt ihr.

»Über ein Jahr später verschwindet ein Kind in Rhyl«, fährt Ben fort. »Da bringt man die beiden doch nicht unbedingt miteinander in Verbindung. Wir reden hier über ganz ähnliche Entfernungen, ähnliche Zeiträume. Dann vergeht wieder ein Jahr, und ein drittes Kind, um einiges jünger als die anderen, kommt abhanden, aber man hat noch jede Menge Hoffnung, es zu finden. Da würden Sie doch nicht rumschreien, von wegen Serienmörder und Pädophile. Und das tun wir auch nicht.«

Damit scheint sie sich zufriedenzugeben. Auf jeden Fall hält sie eine Weile die Klappe. Natürlich ist das, was Ben gerade geschildert hat, der Idealfall: dass ein Kind schnell gefunden wird und ihm sein Abenteuer nicht mehr eingebracht hat als einen Mordsappetit und ein paar blaue Flecke. Es erklärt nicht, warum gestern sämtliche Versuche, den Jungen zu finden, fehlgeschlagen sind.

Das Funkgerät erwacht von Neuem knisternd zum Leben. Ich bitte um Ruhe, und die anderen scharen sich um mich. In der Ferne sehe ich Callums Gruppe dasselbe tun. Mein Herz schlägt ein wenig heftiger. Eine Frau in meiner Gruppe fängt an zu reden, jemand anderes bringt sie augenblicklich zum Schweigen. Callum schaut wieder zu mir herüber. Ich starre zurück und denke, wie viel leichter das doch ist, wenn er ein Stück entfernt ist, wenn keine Gefahr besteht, dass unsere Blicke sich begegnen. Dann merke ich, dass Ben mich beobachtet.

Aus dem Funkgerät höre ich etwas von Fliegen, von Madenaktivität.

»Oh mein Gott«, stößt die Frau aus Wales in meiner Gruppe hervor. »Sie haben ihn gefunden.«

5

Während die Dame aus Wales sehr schnell die offensichtlichen, aber falschen Schlüsse zieht, schüttele ich den Kopf – eine private Botschaft an den Mann auf dem Hügel.

»Das kann nicht Archie sein.« Ich spreche lauter und reiche Mel das Funkgerät, während ich mich an die Gruppe wende. »Maden können zwar binnen vierundzwanzig Stunden schlüpfen, aber dafür brauchen sie sehr viel wärmeres Wetter, als sie es nachts auf den Falklands vorfinden, auch im späten Frühling. Archie hätte fast schon sterben müssen, bevor er überhaupt verschwunden ist. Und selbst dann …«

Mel tippt mir auf die Schulter und reckt den Daumen in die Höhe. »'n totes Schaf. Ich hab gesagt, sie sollen's in den Globe bringen, fürs Abendessen.«

Wir finden ihn nicht. Um zwei Uhr nachmittags haben wir den Suchbereich zweimal abgeschritten. Er ist nicht hier.

Als wir wieder auf dem Polizeirevier sind, ist Essen aufgetaucht, und die Suchtrupps stürzen sich darauf. Mel stürzt sich praktisch auf Callum. Ich halte mich zurück und möchte am liebsten gehen. Nach ein paar Minuten werden die Teamleader in ein anderes Zimmer gerufen.

»Es gibt Gerede von Nachtwachen heute Nacht«, berichtet Stopford. »Der Funkverkehr war den ganzen Vormittag voll von so was. Die Leute sollen draußen campieren. Feuer anmachen. Offenbar, um dem Kleinen was zum Anpeilen zu geben. Ist natürlich Schwachsinn. Es ist wahrscheinlicher, dass sie die halbe Gegend abfackeln, und ich sehe nicht ein, inwieweit ihm das helfen soll.«

»Das Gelände ist wahrscheinlich zu nass, um Feuer zu fangen, Bob«, meint Ben. »Und das ist doch ganz verständlich. Niemand möchte sich vorstellen, dass der Kleine nachts ganz allein da draußen ist. Wenn die halbe Insel auch draußen schläft, dann ist er doch nicht mehr allein, nicht wahr?«

»Ich denke, wir müssen die Möglichkeit in Betracht ziehen, dass er nicht mehr auf der Insel ist.«

Alles dreht sich nach dem Sprecher um, Major Wooton. Stille senkt sich über den Raum.

»Wo soll er denn hin sein?«, frage ich und weise damit auf das Offensichtliche hin. »Tierra del Fuego in Argentinien ist fünfhundert Kilometer weit weg. South Georgia liegt über fünfzehnhundert Kilometer entfernt in der Gegenrichtung. Und sonst? Na ja, die Antarktis, wenn man ein paar Wochen Zeit hat.«

»Auf einer der anderen Inseln natürlich«, erwidert Wooton.

»Na, da bleiben ja nicht allzu viele Möglichkeiten.«

Wooton funkelt mich böse an.

»Ich will ja nicht schwierig sein, aber das sind über siebenhundert Stück.«

Callum räuspert sich. »Ich glaube, worauf Major Wooton hinauswill, ist, dass es allmählich so aussieht, als hätte er die Gegend nicht allein verlassen. Und, jetzt seien wir doch mal ehrlich, wenn's um vermisste Kinder geht, sind diese Inseln doch einschlägig vorbestraft.«

Schweigen. Ein hartnäckiges Schweigen, und es ist ganz klar, was alle denken. Wir sind eine kleine Gemeinschaft. Wir kennen einander alle. Wenn man hundert Jahre zurückgeht, ist die Hälfte von uns miteinander verwandt. Hier gibt es keine Verbrechen, abgesehen von Falschparken, gelegentlichem Teenager-Ladendiebstahl und ziemlich regelmäßiger, aber harmloser Randale am Wochenende. In unserem Gefängnis sitzen Betrunkene. Die Vorstellung, dass jemand Archie West entführt haben könnte, ist ungeheuerlich.

»Wir müssen die Häfen schließen«, sagt Major Wooton, als gäbe es Dutzende. »Niemand verlässt die Inseln.«

Er gerät allmählich in Panik. Es kann sowieso niemand die Inseln verlassen, auch ohne sein Macho-Gehabe. Vor morgen geht kein Flug, selbst wenn es möglich wäre, ein dreijähriges Kind an Bord einer Maschine der Royal Air Force zu schmuggeln.

»Und was ist mit dem Kreuzfahrtschiff?«, fragt Ben. »Das soll doch am Donnerstag auslaufen.«

Ich entschuldige mich halblaut, gehe hinaus und nehme mir dabei ein paar Würstchen. Auf dem Parkplatz lasse ich Queenie aus dem Auto und gebe ihr die Würstchen. Sie leckt meine Hand ab, bis da nichts mehr dran sein kann als Hundesabber.

Hinter mir höre ich ein Geräusch, und ich weiß, wer mir nach draußen gefolgt ist. »Irgendjemand muss doch das Undenkbare denken«, sagt Callum.

»Niemand hier würde einem Kind etwas zuleide tun. Es muss einer von den Touristen gewesen sein.«

Er schüttelt den Kopf. »Touristen hätten vielleicht ein Motiv, aber nicht die Mittel. Jemand, der die Inseln nicht kennt, wüsste doch gar nicht, wo er ihn hinbringen soll. Oder wo er ihn verstecken soll.«

Ich antworte nicht.

»Vor siebzehn Monaten waren nicht dieselben Touristen hier, als Jimmy Brown aus der Surf Bay verschwunden ist. Und auch nicht vor siebenundzwanzig Monaten, als Fred Harper aus Port Howard verschwunden ist.«

Man kann sich darauf verlassen, dass Callum mir mit Fakten kommt.

»Niemand hat ihn entführt.« Ich drehe mich nach dem offenen Gelände außerhalb von Stanley um. »Er ist irgendwo da draußen. Er ist in den Fluss gefallen und ins Meer gespült worden, oder in einen Sumpf, und aus irgendeinem Grund ist er noch nicht wieder hochgekommen. Die beste Methode, ihn zu finden, ist, systematisch sämtliches Vieh aus der Gegend wegzuschaffen und die Armee dann noch mal mit Wärmebildkameras suchen zu lassen. Wir suchen jetzt nach einem Leichnam, und das ist furchtbar traurig, aber wir können den Tatsachen ruhig ins Auge sehen.«

Finster starren wir einander an.

»Heute Nachmittag wird das Kreuzfahrtschiff durchsucht«, sagt er nach einigen Sekunden. »Stopford wollte erst nicht, aber wir haben ihn überredet. Wooton stellt alles Personal frei, das nicht für den Wachdienst benötigt wird. Sie nehmen sich auch die Fischerboote vor. Mit unserer eigenen Privatarmee werden wir heute Abend die Touristen als Täter ausschließen können.«

Wenn die Boote heute durchsucht werden, sollten wir morgen alle von jeglichem Verdacht befreit sein. Uns wieder frei bewegen können. In der Zwischenzeit führt dieses Gespräch zu nichts. Ich sollte einfach ins Auto steigen und wegfahren.

»Sind's nicht immer die Eltern?«, frage ich. »Vielleicht sollte Stopford sich ja mal sehr lange und angelegentlich mit der Familie West unterhalten.«

Er lächelt halb, und in seinen Augen liegt ein mitleidiger Blick, als er sich umdreht und wieder zum Revier zurückgeht. Er denkt, ich und die anderen Einheimischen weigern uns schlicht und einfach zu akzeptieren, dass jemand, den wir kennen, böse sein könnte. Dass es ein Ungeheuer unter uns geben könnte.

Später am Nachmittag beschließe ich, dass ich etwas aus dem Laden brauche, also mache ich mit Queenie einen kurzen Spaziergang durch die Stadt. Ich weiß, dass die Schule bald aus sein wird, und dieses Wissen lässt mich schneller gehen als sonst, den Blick auf den Boden geheftet. Es fällt mir zu schwer zu sehen, wie die Kinder aus dem Schultor gestürmt kommen, und ich will nicht, dass die Mütter sich bemühen, nett zu mir zu sein. Allerdings ist Callums Land Cruiser unmöglich zu übersehen. Wahrscheinlich ist er das einzige Auto auf den Inseln in diesem speziellen Vergissmeinnicht-Blau.

Gerade als mir klar wird, dass er höchstwahrscheinlich in Bob-Cats Diner ist, und noch während ich denke, ich könnte ja vielleicht… nein, das werde ich nicht tun… sehe ich ihn. Er sitzt am Tresen, direkt am Fenster. Er ist nicht nach Hause gegangen; er hat noch immer dieselben Sachen an wie heute Morgen. Und er ist nicht allein.

Ein kleines Kind, ein Kind, das ich nicht kenne, das aber ungefähr zwei Jahre alt ist, beugt sich zu ihm hinüber, die kleinen Füßchen balancieren riskant auf dem Schoß der Frau, die neben Callum am Tresen sitzt. Eine Frau in hellen Jeans, die in Reitstiefeln stecken, und einem Pullover, der genauso blau ist wie ihre Augen. Callum sitzt mit Rachel zusammen.

Jemand geht auf dem Bürgersteig an mir vorbei. Ich habe das vage Gefühl, dass es Roadkill Ralph ist, aber ich kann den Blick nicht vom Fenster des Diners wenden.

So nahe war ich Rachel seit drei Jahren nicht mehr. In einer so kleinen Gemeinde wäre es unmöglich, ihr ganz aus dem Weg zu gehen, aber bei den wenigen Gelegenheiten, wo ich sie getroffen habe, habe ich mich immer schnell verdrückt. Wenn sie sich jetzt umdreht, wird sie mich sehen. Beide werden mich sehen.

Ich kann mich nicht bewegen. Irgendetwas lässt mich wie angewurzelt stehen bleiben.

Sie sieht toll aus. Ihr Haar ist länger, als ich es in Erinnerung habe. Vielleicht ist sie ein klein wenig rundlicher geworden, aber das steht ihr gut. Und sie lacht. Sie schaut zu Callum auf, und beide lachen, während das Kind zwischen ihnen hängt. Sie sehen aus wie eine Familie.

Mir wird schlecht. Während sich Speichel in meinem Mund sammelt, mache ich kehrt und zerre Queenie die Straße wieder hinunter.

Später am selben Abend bringe ich kaum die Energie auf, zu essen und hinterher aufzuräumen. Ich schlafe nie gut, und es bedarf keiner großen zusätzlichen Anstrengungen, um mich in einen Zustand völliger Erschöpfung zu versetzen. Die Suche nach Archie ist am Nachmittag fortgesetzt worden, allerdings weniger fokussiert. Polizei und Militär sind abgezogen, um die diversen Boote auf den Inseln zu durchsuchen, und haben Einheimische und Touristen sich selbst überlassen. Ich bin zur Arbeit gegangen, wo das Radio und ein stetiger Besucherstrom uns auf dem Laufenden gehalten haben, was das völlige Ausbleiben jeglicher Fortschritte anging.

Keine zwei Tage mehr. Noch ungefähr vierzig Stunden. Morgen werde ich den Brief schreiben, der sicherstellt, dass Queenie gut versorgt ist.

»Ich lebe weiter.« Den ganzen Nachmittag lang habe ich Bens Stimme im Kopf gehabt. »Ich habe Wege gefunden, damit klarzukommen.« Ben kam mit dem Verlust unserer Söhne, die ihm genauso wichtig waren wie mir, klar, indem er sich eine andere Frau gesucht hat, die er lieben konnte, indem er die Familie, die er verloren hatte, durch eine neue ersetzte. Hätte ich das auch tun können? Hätte ich es versuchen sollen?

Jetzt ist es zu spät.

Als das Tageslicht verblasst, frischt der Wind auf, und die Skelette im Garten beginnen zu knarren und zu ächzen. Queenie saust kurz von der Haustür zur Hintertür und wieder zurück und bellt Phantome im Dunkeln an. Meine Stimmungen machen sie schnell nervös. Eigentlich ist es nicht kalt genug für ein Kaminfeuer, aber ich bin trostbedürftig, und Queenie liebt nichts mehr, als sich auf einem sengend heißen Kaminvorleger zusammenzurollen. Ich schenke mir ein Glas Rotwein ein und kauere mich auf dem großen Sessel zusammen. Wenn ich abends nicht arbeite, lese ich meistens, oder ich schaue mir Filme an. Auf den Inseln gibt es kein Live-

Fernsehen. Unsere Sendungen verdanken wir dem British Forces Broadcasting Service; sie werden danach ausgewählt, wie gut sie wahrscheinlich bei Soldaten im Auslandseinsatz ankommen. Aber wir haben eine florierende Videothek, und die meisten von uns nutzen sie nach Kräften.

Heute Abend nicht. Würde ich mir eine romantische Komödie aussuchen, so würden sich die Gesichter der Hauptdarsteller prompt in die von Rachel und Callum verwandeln. Einen Krimi? Raten Sie mal, wen ich mir als die Leiche vorstellen würde. Das Ticken der Uhr kommt mir unnatürlich laut vor. Das Kind wird jetzt seit fast dreißig Stunden vermisst, und es kommt mir so vor, als warteten die Inseln auf irgendetwas.

Queenie springt auf, als das Klopfen durchs Haus hallt. Das ist nicht das höfliche Pochen eines Nachbarn. Da verlangt jemand Einlass. Mein Herz beginnt heftig in meiner Brust zu pochen, und Queenies hektisches Gebell macht das Ganze auch nicht besser.

Da steht er, Callum Murray, direkt auf meiner Türschwelle, und fordert persönlich meine Aufmerksamkeit. So, wie er es in meinem Kopf so oft tut. Er hat den Anstand, ein verlegenes Gesicht zu machen.

»'tschuldigung, ich weiß, es ist spät, aber ich finde, jemand sollte die Wracks absuchen. Wir sollten mit der *Endeavour* anfangen, die ist am wahrscheinlichsten, und dann die *Sanningham.*«

Als ich an heute Nachmittag denke, wie ich ihn da in dem Café gesehen habe, möchte ich ihm am liebsten eine knallen, aber das würde zu viele Erklärungen erforderlich machen. »Wovon redest du eigentlich?«, frage ich stattdessen.

»Ich habe überlegt, wo der Junge hingebracht worden sein könnte.« Callum macht einen Schritt rückwärts, wie um mich nicht zu bedrängen. »Alle haben doch in ihren Schuppen und Ställen und Torflagern nachgeschaut. Überall da, wo es logisch wäre, ist er nicht. Er ist irgendwo, wo niemand suchen würde.«

»Er liegt auf dem Grund eines Sumpfes. In ein paar Tagen treibt er auf, wenn sich seine Leiche mit Gasen füllt.« Ich weiß, das klingt herzlos, aber als ich diesen Mann das letzte Mal gesehen habe, hat er gerade die Frau angegrinst, die meine Kinder umgebracht hat.

»Die *Endeavour«,* wiederholt er. »Catrin, hörst du mir überhaupt zu?«

Die *Endeavour* war ein Versorgungschiff für die Antarktis, das jetzt vor der Küste von Fitzroy auf Grund liegt. Vor den frühen Morgenstunden wären wir nicht zurück.

»Der Junge kann nicht auf dem Wrack sein.«

»Frag dich doch mal, wo du einen Dreijährigen verstecken würdest«, erwiderte Callum. »Irgendwo, wo er in Sicherheit ist, bis du ihn wieder brauchst, wo er aber keine Möglichkeit hat zu türmen, und wo niemand darauf käme, nach ihm zu suchen.«

In unserer Kommunikation herrscht eine leichte Zeitverschiebung. Er spricht, aber ich brauche eine oder zwei Sekunden, um den Inhalt zu verarbeiten.

Er wartet meine Antwort nicht ab. »Die *Endeavour* ist nicht viel mehr als eine Autostunde von der Stelle entfernt, wo er verschwunden ist. Sie ragt größtenteils aus dem Wasser raus, aber sie liegt zu weit draußen, als dass man ans Ufer waten oder schwimmen könnte.«

»Du willst damit sagen, jemand hat ihn sich geschnappt, ist mit ihm zur Küste gefahren, hat ihn in eine Ruderjolle oder ein Motorboot gesetzt, ist zur *Endeavour* rausgeschippert und hat ihn im Ruderhaus versteckt?«

»Oder zur *Sanningham,* aber die *Endeavour* ist wahrscheinlicher, weil man nicht nahe an Stanley vorbei muss, um da hinzukommen. Willst du behaupten, das wäre unmöglich?«

Das würde ich ja gern tun. Nur … »Hast du das schon mit Stopford besprochen?«

»Der hat noch im Hafen mit dem Kreuzfahrtschiff zu tun.«

Ich weiß von dem Polizeieinsatz im Hafen. Mein eigenes Boot ist vorhin auch durchsucht worden. Der Constable, der vorbeigekommen ist, um die Schlüssel zu holen, hat gesagt, kein Boot, ob von einem Einheimischen oder einem Touristen gesteuert, darf ohne polizeiliche Genehmigung aus dem Hafen auslaufen, solange Archie West vermisst wird. Es liegt sehr in meinem Interesse, dass das Kind schnell gefunden wird.

Ich füge mich ins Unvermeidliche und hole meine Jacke und meine Hausschlüssel.

»Fahren kannst du«, sagte ich zu Callum, während Queenie uns zu dem Toyota folgt. »Ich bin fix und fertig.«

Er springt in den Wagen und lässt den Motor an. »Ja, ich kann mir vorstellen, dass Archie West auch gerade ziemlich alle ist. Von seiner Mum und seinem Dad gar nicht zu reden.«

Darauf gibt es eigentlich keine Antwort, also fahren wir schweigend auf den Hafen zu.

In der Stadt ist mehr los als sonst; Leute sind auf den Straßen unterwegs, mit Bierflaschen in den Händen. Wir haben ein mäßiges Alkoholproblem auf den Inseln. Radau, kleinere Schlägereien, geringfügiger Vandalismus. Der Fairness halber muss man sagen, dass es für die jungen Leute abends auch nicht viel anderes zu tun gibt, aber normalerweise läuft dergleichen, wenn schon nicht einigermaßen verträglich, so doch im Großen und Ganzen harmlos ab. Die Zielstrebigkeit, die ich in diesen Gruppen erkennen kann, gefällt mir gar nicht. Es gefällt mir nicht, wie die Leute verstummen und uns nachsehen, wenn wir vorbeifahren.

Wir erklären dem diensthabenden Constable die Situation, und er erklärt sich bereit, Chief Superintendent Stopford von unseren Plänen in Kenntnis zu setzen. Das Boot wird rasch noch einmal durchsucht, und dann sind wir auf dem Weg zu The Narrows.

Normalerweise haben Häfen nachts etwas Magisches an sich. Nicht einmal ich bin immun gegen die Schönheit der auf dem Wasser tanzenden bunten Lichter, des spielerischen Geplätschers des Wassers um die Schiffsrümpfe. Heute Nacht jedoch schwebt eine Spannung um die Masten, wie Möwen, die auf Luftströmungen treiben. Der Argwohn, der aufgekommen ist, als das Kind nicht gefunden wurde, breitet sich aus wie eine ansteckende Krankheit.

Wir nehmen Kurs nach Süden, um Cape Pembroke herum, und der antarktische Wind trifft uns mit voller Wucht von vorn. Queenie wirft mir einen verächtlichen Blick zu und tritt ihren üblichen halb rennenden, halb purzelnden Rückzug in die Bugkajüte an, während mir bewusst wird, dass dies das erste Mal seit Jahren ist, dass Callum und ich allein sind, richtig allein. Ich warte darauf, dass er etwas sagt, eine Bemerkung über die Suche macht, oder über die Pläne der Polizei oder des Militärs.

Er bleibt stumm, und als ich mich umdrehe, sehe ich ihn auf der Bank sitzen, mit gesenktem Kopf, die Unterarme auf den Knien.

Die See wird rauer. Sowohl der Wind als auch die Gezeiten arbeiten gegen uns, und es wird länger dauern als die übliche Stunde, das Wrack zu erreichen. Die Wellen sind anderthalb bis zwei Meter hoch. Sie prallen gegen den Bug, und Wassertropfen prasseln wie Kieselsteine gegen den Rumpf, laufen an den Glasscheiben des Ruderhauses hinunter. Callum hat sich nicht gerührt.

»Wenn's dir nicht gut geht, bis du wahrscheinlich draußen an Deck besser aufgehoben.«

»Mir fehlt nichts. Ich werde nicht seekrank.«

Seekrank oder nicht, irgendetwas macht ihm zu schaffen. Sein Gesicht hat dieselbe Farbe wie das Wasser, das über den

Bug schwappt, so ein kränkliches Graugrün. Er spürt, dass ich ihn ansehe, und hebt den Kopf.

»Ich weiß, du willst das nicht hören, aber es gibt hier auf den Inseln einen Mörder.«

Ich merke, wie mein Herz schneller schlägt, wie mich ein Frösteln überkommt, das nichts mit Wind und Wetter zu tun hat. »Das hier ist doch nicht Glasgow oder Dundee oder London.« Ich gebe mir alle Mühe, einen leichten Tonfall anzuschlagen, als spräche ich halb im Scherz. »Wir haben hier doch nur ein paar Tausend Menschen. Wie groß ist die Chance, dass einer davon ein Psychopath ist?«

Sein Blick wird härter. »Na ja, ich bin kein Statistiker, aber ich würde sagen, größer als die, dass drei Jungen im Alter zwischen drei und sieben Jahren innerhalb von zwei Jahren verschwinden.«

Dies scheint mir ein guter Zeitpunkt zu sein, mich ganz aufs Steuern zu konzentrieren.

»Ich war in Port Howard, als Fred verschwunden ist. Stopford auch. Ich hab ihn angefleht, sämtliche Besucherboote zu durchsuchen, aber er hat sich geweigert. Er hat gesagt, die Besitzer würden selbst nachsehen. Wenn der Kleine sich auf einem davon versteckt hätte, würde er auch ohne eine störende und nervenaufreibende Suchaktion gefunden werden.«

Ich antworte nicht darauf. Das hat keinen Sinn; ich merke, dass er noch lange nicht fertig ist.

»Überleg doch mal, Cat. Zwei von unseren größten Veranstaltungen, der Sports Day und der Midwinter Swim. Jede Menge Leute, die da durcheinanderwuseln. Kinder laufen ihren Eltern weg. Wenn du ein Pädophiler wärst, wär das nicht der Moment, sich eins auszusuchen?«

Ich schüttele den Kopf. Er kapiert es einfach nicht. Er kapiert nicht, dass so etwas hier nicht vorkommt.

Seine laute Stimme ist ein Schock, wie eine jähe eiskalte Welle. »Herrgott noch mal, Catrin, was ist mit dir passiert?«

Ich sehe ihn an, vergesse das Boot vollkommen. Dass ausgerechnet er …

»Entschuldige.« Er ist aufgestanden. »Das war blöd von mir.« Er fährt sich mit der Hand übers Gesicht. »Ich hab seit Gott weiß wie lange nicht mehr geschlafen.«

Ich drehe mich wieder zum Steuerrad um. »Archie ist nicht auf einer Veranstaltung verschwunden. Er und seine Familie haben doch bloß ein Picknick gemacht.«

»Dann wird der Kerl jetzt eben zum Opportunisten. Er könnte Archie und seine Angehörigen doch schon tagelang beobachtet haben.«

»Er?« Callum ist direkt hinter mir. Ich kann ihn in der Glasscheibe des Ruderhauses sehen, nicht ganz so groß, wie ich es erwarten würde. Breitbeinig steht er da, um bei dem Seegang die Balance halten zu können.

»Pädophile und Kindermörder sind meistens männlich.«

Wenn das Boot sich plötzlich auf die Seite legt, kippt er direkt auf mich drauf.

»Als Fred verschwunden ist, haben ein paar Teenager gesagt, sie hätten einen kleinen Jungen in Richtung Strand laufen sehen. Sie sind ihm nach, aber als sie dort angekommen sind, war er nirgends zu sehen. Was für mich darauf hindeutet, dass er es nicht bis zum Strand geschafft hat. Als Jimmy verschwunden ist, hat mehr als einer geglaubt, er hätte ihn in der Nähe der geparkten Autos gesehen.«

»Aber sicher war sich keiner von denen, soweit ich mich erinnern kann.«

»Was glaubst du, warum die Jungen alle in der Nähe des Wassers verschwunden sind?«

Er wird es nicht gut sein lassen.

»Wenn einem Kind hier etwas zustößt, dann wahrscheinlich im Wasser.«

»Ich glaube, er hat ein Boot. Ich glaube, er lockt die Kinder irgendwie auf sein Boot, und dann« – Callum hebt die Hände und spreizt die Finger weit –, »dann gibt es jede Menge Verstecke, wo er sie hinschaffen kann.«

»Und warum erzählst du mir das?«

»Weil es der Frau, die ich früher gekannt habe, wichtig wäre.«

Ich kann nicht einmal mehr sein Spiegelbild ansehen. Die Frau, die er früher gekannt hat, hatte zwei Söhne, die sie schützen musste. Natürlich wäre es mir wichtig gewesen, wenn hier ein Mörder sein Unwesen getrieben hätte, als Ned und Kit noch am Leben waren. Aber so, wie die Dinge liegen, kümmert mich das Ganze so wenig, dass ich nicht einmal ernst nehmen kann, was Callum sagt. Er hat recht. Was ist mit mir passiert?

Wir fahren weiter, und Callum setzt sich wieder hin. Ich starre aufs Meer hinaus. Einige Zeit später, als wir noch immer ein Stück von der *Endeavour* entfernt sind, schrecke ich zusammen, als er mir auf die Schulter tippt. Er schaut durch das Fenster des Ruderhauses zum Land hinüber. Am Strand und kilometerweit ins Landesinnere hinein sind Feuer angezündet worden. Wie Glühwürmchen sprenkeln sie die Landschaft. Ich nehme so viel Fahrt weg, dass das Boot fast zum Stehen kommt.

Etliche Minuten lang stehen wir Seite an Seite da und lassen das Boot seinen eigenen Kurs finden, betrachten die orangeroten Leuchtfeuer, die wie Feenstaub über die Hügelflanke verstreut sind. Dann öffnet Callum den Reißverschluss seiner Jacke. »Ich übernehme das Ruder.« Er tritt ans Steuerrad. »Du musst dir da mal was anschauen.«

Als wir wieder Fahrt aufnehmen – mehr, als ich in Anbetracht der Wellen machen würde –, nehme ich das zusammengefaltete Papierbündel, das er mir hinhält, und setze mich auf seinen Platz auf der Bank. Die Stelle ist noch warm. Er hat mir drei DIN-A4-Blätter gegeben. Eine Tabelle, eine Namensliste.

»Was ist das?« Ich kenne die meisten der Leute auf der Liste. Ich sehe Rob und Jan Duncan, Rachels Eltern. Simon Savidge. Meinen Kollegen Brian. Den Gouverneur.

Callum schiebt den Gashebel noch weiter nach vorn, und das Boot fängt an, auf den Wellen zu reiten. »Das sind die Leute, die beim Sports Day auf West Falkland waren, als Fred verschwunden ist, und in der Surf Bay, als es Jimmy erwischt hat.«

Ich blättere die nächste Seite auf, dann die dritte. »Insgesamt fünfundsiebzig Personen.«

»Es waren noch mehr. Ich habe die unter sechzehn weggelassen, und die älteren Ladys.«

Ich ziehe angelegentlich die Augenbrauen hoch, als eine Welle über den Bug kracht, doch er nimmt den Hinweis nicht zur Kenntnis. »Und die Fettgedruckten?«

»Männer zwischen sechzehn und fünfundsiebzig. Körperlich gesund. Einundvierzig Hauptverdächtige.«

»Mel steht auch auf dieser Liste. Glaubst du etwa, nur weil er schwul ist, muss er ein Kinderschänder sein?«

»Ich stehe da auch drauf. Und der Scheißgouverneur auch. Die mit einem Sternchen haben ein Boot, obwohl man ja der Fairness halber sagen muss, dass die meisten Leute hier jederzeit an eins rankommen können.«

»Und wie hast du das zusammengestellt?«

»Ich hab mit denen angefangen, an die ich mich erinnern konnte, dann hab ich mir die Mannschaften angeschaut, von denen ich wusste, dass sie teilgenommen haben. An die Mannschaftsaufstellungen kommt man ganz leicht ran. Ich hab andere gefragt, an wen sie sich erinnern. Skye McNair hat auch ein bisschen mitgeholfen, inoffiziell.«

»Hat Bob Stopford die Liste gesehen?«

Er macht eine gereizte Bewegung, und das Boot wird abermals schneller. »Natürlich, verdammt noch mal. Das Problem ist nur, er hört nicht zu. Ich bin ein Zugezogener, ich verstehe die Lebensart der Inseln nicht. Ich beurteile das, was hier passiert, nach dem Maßstab von Glasgows Asozialen-Wohngettos. Genau diese Worte hat er benutzt.«

Wir fahren geradezu leichtfertig schnell. Eine große Welle könnte jetzt glatt das Ruderhaus fluten. »Was willst du denn von Stopford?«

»Dass er die Liste durchgeht und rausfindet, wo jeder Einzelne war, als Archie verschwunden ist. Wenn jemand das nicht klarstellen kann, sollte er dessen Haus und Grundstück durchsuchen. Das tut er aber nicht, weil er dann zugeben müsste, dass ich recht habe.«

»Und warum sollte das so ein Riesenthema sein?« Ich stehe auf und gebe ihm mit einer Geste zu verstehen, dass ich bereit bin, das Ruder wieder zu übernehmen. »Ich sage nicht, dass du recht hast, aber wenn ja, warum wäre das so ein Problem für Stopford?«

Wir tauschen abermals die Plätze. Callum steckt die Liste weg, setzt sich aber nicht wieder hin. Er steht hinter mir und hält sich an einem Deckenbalken fest.

»Wäre er denn nicht scharf auf die Herausforderung, einen großen Fall zu bearbeiten?« Ich nehme Fahrt weg, aber ganz sachte. Er merkt es trotzdem. Ihm entgeht nichts.

»Aber es ginge ja nicht nur um ihn, oder? Der Gouverneur, die Legislative Assembly, das Außenministerium, verdammt, wahrscheinlich die ganze britische Regierung, die haben doch alle großes Interesse daran, dass diese Inseln nicht auf dem Radar auftauchen. Wenn ihr anfangt rumzunerven, wenn ihr die Köpfe wieder über die Mauer streckt, und obendrein noch aus den falschen Gründen – dann ist die unterschwellige Ansicht, dass ihr die Mühe oder die Kosten nicht mehr wert seid, vielleicht irgendwann nicht mehr zu kontrollieren.«

»Du meinst, einen Serienmörder können wir uns nicht leisten?«

Er schüttelt den Kopf, als verzweifle er an meiner Naivität.

»Von allen Ländern auf der ganzen Scheißwelt, Catrin, können sich die Falklands einen Serienmörder am allerwenigsten leisten.«

Ich ramme den Gashebel wieder nach vorn, und wir fahren weiter.

An der Südküste von East Falkland gibt es einen langen, schmalen Hafen namens Port Pleasant, und vor der Hafeneinfahrt liegt die flache Insel Pleasant Island. Sie kommt gerade als dunklerer Schemen am Horizont in Sicht. Die *Endeavour* liegt in dem schmalen Wasserstreifen zwischen der größeren und der kleineren Insel. Große Boote kommen selten hier herein, und das ist auch gut so, die *Endeavour* ist nämlich aus dunklem Metall und liegt tief im Wasser, und im Dunkeln könnte man sie leicht rammen. In einer rauen Nacht könnte man sie für eine Welle halten, bis man praktisch auf sie aufläuft.

Ich behalte die Wassertiefe im Auge, als wir näher kommen. Mein Boot hat nicht viel Tiefgang, aber es herrscht Ebbe, und entlang dieses Küstenabschnitts gibt es verstreute Klippen. Jetzt kann ich das Wrack sehen. Es liegt auf Grund, und die Bilge und die unteren Kabinen sind bestimmt überflutet, aber es ist ein großes Schiff, und zumindest das Ruderhaus ragt aus dem Wasser.

Ungefähr zwanzig Meter entfernt halte ich an und werfe Anker. Während das Knirschen der Ankerwinsch meinen Hund aufweckt, holt Callum tief Atem und reibt sich mit den Händen übers Gesicht. Die letzten zwanzig Minuten hat er kein Wort gesagt.

»Für das letzte Stück müssen wir die Jolle nehmen. Ich hoffe, du bist darauf gefasst, nass zu werden.« Ich überprüfe, ob der Anker hält, hole Ölzeug heraus und sage ein paar beruhigende Worte zu Queenie. Währenddessen holt Callum die Jolle vom Kajütendach. Ich reiche ihm eine Schwimmweste, schnappe mir meine Ausrüstungstasche, und wir steigen hinunter. Die Jolle hat natürlich einen Motor, doch auf ein Kopfschütteln von Callum hin werfe ich ihn nicht an. Er nimmt die Ruder, und wir gleiten lautlos durchs Wasser.

Vom Wasser aus sieht das Wrack gigantisch aus. Tot und schwarz ragt es vor uns auf. Vor vielleicht sechzig oder siebzig Jahren ist das Schiff von denen zurückgelassen worden, denen es gut gedient hatte. Nicht zum ersten Mal frage ich mich, ob Schiffe wohl Schmerzen empfinden, wenn ihre Tage auf See zu Ende gehen.

Es schwankt in der rauen See. Als wir näher kommen, schaukelt und rollt es in einem traurigen Echo seiner früheren Bewegungen auf dem Wasser.

Ich tauche von Zeit zu Zeit in Wracks, aber richtig Spaß macht mir das nie. Sie locken ganz besondere Arten von Meeresgetier in ihre geheimen Nischen. Schiffe gehören aufs Wasser, nicht in die Tiefe. Wracks sprechen von verlorenen Hoffnungen, von vergeudeten Leben, von Träumen, die den Sturm nicht überlebt haben.

Dies hier ist ein grauenhafter Ort, um jemanden gefangen zu halten. Ich kann mir nur wenige grausamere Dinge vorstellen, die man einem Kind antun könnte.

Andererseits, wenn der Kleine hier ist und gefangen gehalten wird, dann ist er noch am Leben.

»Und wie kommen wir an Bord?« Wir halten auf den Bug zu, und ich kann mich des Gefühls nicht erwehren, dass das alte Schiff uns beobachtet, dass da an Bord etwas ist, das empfinden kann, und dass unsere Gegenwart nicht willkommen ist.

Vielleicht hat Callum ja mit dieser ganzen Geschichte mehr recht, als ihm klar ist. Ich habe einen Moment Zeit, froh zu sein, dass er bei mir ist, dieses eins siebenundneunzig große Muskelpaket. Dann fällt mir wieder ein, dass ich überhaupt nicht hier wäre, wenn er mich nicht dazu genötigt hätte. Das Deck liegt bestimmt vier Meter über uns. Ich sehe keine Möglichkeit, da hinaufzukommen.

»Am Heck ist 'ne Leiter. An Steuerbord.«

Die Steuerbordseite zeigt vom Land weg. Callum pullt kräftig, und wir gleiten in den tiefen Schatten zwischen dem riesigen Schiffsrumpf und dem Mond.

»Warte hier.« Er verstaut die Ruder im Boot und steht auf.

»Du gehst da allein rauf?«

Als er die Hand ausstreckt, sehe ich, dass sie zittert. »Wir wissen doch nicht, was da oben ist.« Er zerrt an der Leiter, prüft ihre Stabilität. »Wenn irgendwas passiert, wenn ich länger als zehn Minuten weg bin, mach, dass du zum Boot zurückkommst, und ruf per Funk Hilfe.«

Er rechnet tatsächlich damit, auf dem Schiff etwas zu finden, begreife ich. Sein Schweigen auf der Herfahrt. Seine ungesunde grünliche Gesichtsfarbe. Die zitternden Hände. Er hat Angst.

Rasch und leise für so einen großen Mann klettert er hinauf und verschwindet über die Reling, und ich bin allein auf dem Ozean.

6

Ich lausche auf Schritte, auf die Stimme eines kleinen Kindes, und höre nichts außer dem Klatschen der Wellen am Rumpf und dem Wind, der um die nahen Hügel pfeift. Am liebsten würde ich aufstehen und Callum hinauf auf Deck folgen oder die Leine losmachen und zu meinem Boot zurückkehren. Ich will nicht hier sein, an diesem toten Schiff vertäut.

Wie lange ist er schon weg?

Ich lausche weiter, doch der Wind ist stark, und das Wasser zieht und saugt an dem Eisenrumpf, als versuche es, das Schiff aus seinem Grab am Meeresgrund zu heben. Callum könnte genauso gut spurlos in der Nacht verschwunden sein.

Wie lange kann es dauern, ein Wrack zu durchsuchen? Das Ruderhaus liegt oberhalb der Wasserlinie, ist aber zu einem großen Teil von den Elementen beschädigt worden. Direkt davor wird eine Kajüte sein; das ist das wahrscheinlichste Gefängnis für ein Kind. Sämtliche anderen Kabinen und die Laderäume sind bestimmt überflutet. Es gibt wirklich nicht sehr viel zu durchsuchen, und inzwischen hätte ich doch etwas gehört.

Ein Stück entfernt schaukelt mein Boot vor Anker. Ich glaube, ich kann das Schimmern von Queenies Augen auf dem Deck sehen, neben dem Ruderhaus.

Er ist zu lange weg. Ich greife in meine Tasche und finde, was ich suche, dann stecke ich die Pistole meines Großvaters in die Jackentasche, ehe ich nach der Leiter greife. Ich will ja nur raufklettern und kurz nachschauen; also steige ich eine Sprosse hinauf und dann die nächste, bis ich über die Reling spähen kann.

Ständige Bewegung an Deck. Wasser schwappt alle paar Sekunden darüber und rauscht dann wieder ins Meer zurück. Wolken über mir werfen dahintreibende Schatten. Ich halte Ausschau nach einer Bewegung, die kein Wasser ist, nach Dunkelheit, die nicht leer ist. Keine Spur von Callum. Eine große Welle drückt die *Endeavour* auf die Seite und wirft mich fast von der Leiter. Plötzlich scheint es die sicherere Option zu sein, ganz hinaufzuklettern.

Jetzt bin ich an Deck, stehe aber wie angewurzelt da. Das Eisen unter meinen Füßen ist von nassem Schlick bedeckt, ganz rau von den Muscheln, die sich dort festgesetzt haben. Seepflanzen sind überall, manche vom Wind dort hingeschleudert, manche wachsen von selbst. Die *Endeavour* liegt mitten in einem Kelpfeld, und die Pflanzen versuchen, sie in

Beschlag zu nehmen. Der Wind packt mein Haar, zerrt es mir um den Kopf. Ich greife in die Tasche, ziehe die Pistole meines Großvaters heraus und hoffe, dass meine Hände nicht zu sehr zittern. Mit Schusswaffen habe ich nicht besonders viel Erfahrung. Meine Schritte quatschen nass, als ich mich zum Ruderhaus vortaste, und die klamme Dunkelheit des Schiffes scheint mich zu umschlingen.

Es riecht widerlich. Es riecht, als verfaulten hier die Kadaver längst verendeter Tiere, als wären unaussprechliche Wesen aus dem Wasser gekrochen, um sich an ihnen gütlich zu tun.

Die Tür des Ruderhauses ist weg, und innen kann ich nur Schwärze sehen. Ich schiebe mich noch näher heran, und eine große Silhouette nimmt Gestalt an. Erschrocken habe ich mich schon halb umgedreht, um wegzulaufen, auch als mir klar wird, dass es nur Callum sein kann. Aufrecht und vollkommen regungslos steht er da. Ich sehe, wie sich seine Schultern heben und senken. Sein Kopf ist starr, er schaut auf etwas vor ihm. Etwas, das ich nicht sehen kann. Das kann kein verängstigter, aber durchaus noch lebendiger kleiner Junge sein, denn wenn es so wäre, hätte er sich inzwischen doch gebückt, um ihn hochzuheben, würde ihn zum Boot zurücktragen, mit einem triumphierenden Grinsen, so, wie er immer ausgesehen hat, wenn …

Ich habe den Arm ausgestreckt, die Hand auf seine linke Schulter gelegt. Er fährt herum, schlägt meine Hand so heftig weg, dass ich die Pistole fallen lasse und zurücktaumele. Dieses Taumeln ist es, das mich rettet, oder vielleicht auch der Seetang auf dem Boden, der ihm unter die Füße gerät und ihn auf die Knie fallen lässt. Ohne mein Taumeln, ohne sein Stolpern hätten seine vorschnellenden Hände mit Sicherheit meine Kehle gefunden. Augenblicklich ist er wieder auf den Beinen, aber ich falle nicht und bin ihm den Bruchteil einer Sekunde voraus.

Ich bin aus dem Ruderhaus heraus und renne auf die

Reling zu, habe die Leiter schon fast erreicht, als er mich zu fassen bekommt. Ich lande platt auf dem Deck; er auf mir drauf. Unmöglich, mich zu bewegen, mit diesem Gewicht, das auf meinem Brustkorb lastet. Seine Hände legen sich um meinen Hals. Ich strecke den Arm aus, und meine Hand schließt sich um etwas Hartes. Ein Ellenbogenverdrehen nach hinten, und ich erwische seinen Schädel. Sein Gewicht löst sich von mir, als er mit einem Ächzen wegrollt. Ich werfe mich nach vorn, drehe mich herum, und sein Blick begegnet dem meinen.

Blut tropft aus der Wunde, die ich ihm an der Schläfe zugefügt habe.

»Was machst du denn?« Anstatt zu türmen, solange es noch geht, wimmere ich wie ein Kind. »Callum? Ich bin's. Was zum Teufel soll das?«

Eine Hand greift an seinen blutenden Kopf. Die andere bleibt Halt suchend aufs Deck gestemmt. »Großer Gott, was hab ich gemacht?«

Ein paar Sekunden lang hocken wir da, einen Meter oder so voneinander entfernt, und blicken uns unverwandt in die Augen.

Dann stehe ich rasch auf und weiche zurück. Ich sehe die Pistole neben dem Ruderhaus auf dem Deck liegen und stürze darauf zu.

»Nein, geh da nicht ... Mein Gott, ist das Ding etwa geladen?«

Ich fahre herum. »Ja, sie ist geladen. Letztes Jahr war ich dabei, wie damit ein eineinhalb Tonnen schwerer gestrandeter Killerwal mit einem einzigen Kopfschuss erlöst worden ist. Ich nehme an, dein Gehirn ist kleiner.«

»Da will ich dir nicht widersprechen.«

»Und jetzt rede mit mir. Weißt du, wer ich bin?«

Er erhebt sich, aber ganz langsam, will mir keine Angst machen. Oder mir einen Anlass geben zu feuern. »Catrin

Quinn, Mädchenname Coffin. Du bist vierunddreißig und wohnst auf einer Klippe oberhalb von Stanley, in einem Haus mit dem gruseligsten Scheißgarten, den ich je gesehen habe.«

Er wartet und sieht meinem Gesicht an, dass das wahrscheinlich nicht reicht.

»Ich bin Callum Murray, ehemaliger Second Lieutenant des Parachute Regiment, ursprünglich aus Dundee in Schottland. Sir Bradley Rose ist gerade Gouverneur der Falklandinseln, und zu Hause in Großbritannien ist John Major Premierminister. Soll ich weitermachen?«

»Nein. Alles okay?«

»Alles okay.«

Ich rucke mit dem Kopf nach hinten in Richtung Ruderhaus. »Was ist da drin? Was hat das eben bei dir ausgelöst, und was soll ich nicht sehen?«

Sein Gesicht verspannt sich. »Wir müssen Stopford verständigen. Komm, wir fahren zum Boot zurück und funken ihn an.«

»Was ist da drin?«

Er schüttelt den Kopf. »Stopford.«

Ins Ruderhaus zu gehen bedeutet, dass ich ihm den Rücken zukehre, aber ich glaube nicht mehr, dass es Callum ist, vor dem ich mich fürchten muss. Also drehe ich mich mit einem Ruck um und trete hinein. Abgesehen von dem dünnen Lichtstrahl der Taschenlampe, die er fallen gelassen hat, ist es im Ruderhaus stockfinster. Hier drin ist der Gestank stärker, genau wie das Gefühl, dass ich von jenen kriechenden, halb verrotteten Lebensformen umgeben bin, die Albträume bevölkern. Ich erwische mich dabei, wie ich an das Gedicht denke, das Rachel so toll fand, das, das sie mir ständig vorzitiert hat. Das, von dem sie gedacht hat, ich würde es mögen, weil ich das Meer schon immer geliebt habe. Das stimmte nicht, ich fand es grässlich, aber jetzt kann ich immer noch zu viel davon auswendig.

Die Tiefe selbst verfaulte, – Gott
Im Himmel, gib uns Mut!
Schlammtiere krabbeln zahllos rings
Auf schlamm'ger Moderflut.

Ich bücke mich, um die Taschenlampe aufzuheben, schiebe die Pistole in die Jackentasche und höre, wie Callum zu mir hereinkommt. »Im Bugschapp. An Backbord. Wenn du dir wirklich sicher bist.«

Ich bin mir bei Weitem nicht sicher. Aber ich richte die Lampe dorthin und sehe den Kinderfuß. Er scheint in dem schmalen Lichtstrahl zu zittern wie die Bilder eines alten Films. Die Welt kippt zur Seite, und ich weiß nicht genau, ob die *Endeavour* wieder von einer großen Welle getroffen worden ist oder ob das an mir liegt.

Ich trete näher, drei, vier Schritte, und leuchte mit der Lampe den ganzen Körper des Kindes entlang, vom Kopf bis zu dem Fuß, der in einem Turnschuh steckt.

»Jimmy«, sage ich.

Das hier ist nicht die Leiche von Archie West. Der Knöchel, der aus dem geschnürten Stoffturnschuh ragt, ist fast skelettiert. Das könnte nicht innerhalb eines Tages mit Archie geschehen sein. Außerdem ist dieser Leichnam zu groß für einen Dreijährigen, zu groß selbst für einen Fünfjährigen. Das ist nicht Archie, und auch nicht Fred. Wir haben Jimmy gefunden.

»Würde ich auch sagen.« Callum steht im Türrahmen des Ruderhauses. »Sieht aus, als wäre er ungefähr sieben.«

Der kleine Junge hier vor mir, nur ein kleines bisschen jünger und kleiner, als Ned damals war, hat noch immer Reste seiner Kleider an, einschließlich beider Schuhe. Auf seinem Kopf sind noch immer Haarbüschel zu sehen. Die Haut ist zum größten Teil verschwunden. Das Gewebe, das ihm feste, rundliche Wangen verliehen hat, ein weiches Kinn, starke kleine Arme und streichholzdünne Beine, ist ebenfalls verschwunden. Alles, was von Jimmy noch übrig ist, ist das Calciumgerüst, das doch hätte wachsen, stärker werden, das ihn in einen großen, gesunden Mann hätte verwandeln sollen.

Ich blickte auf das faule Deck;

Die Toten lagen dort!

Colerigde. Jetzt fällt es mir wieder ein. Samuel Taylor Coleridges *Der alte Matrose*. Ein grauenvolles Werk. Ned wird inzwischen so ähnlich aussehen. Mein Engel ist jetzt ein Leichnam in der Erde, verrottet langsam, so wie dieses Kind hier. Ned ist schon länger tot, seine Leiche wird stärker verwest sein. Daran habe ich bisher noch nie gedacht. In meinem Kopf ist Ned noch immer der blasse, ansonsten aber völlig vertraute kleine Junge, der zu Hause aus den Schatten hervor- und wieder hineinhuscht und seinen Geisterbruder von einem Versteck zum nächsten jagt.

Es ist, als sähe ich Ned vor mir, als hätte mich jemand gezwungen, sein Grab zu öffnen und mich der Realität dessen zu stellen, was aus ihm geworden ist.

Das Boot schwankt, der Taschenlampenstrahl sinkt herab, und ich spüre das Gewicht von zwei großen Händen auf meinen Schultern. Die Versuchung, mich gegen sie zu lehnen, die Augen zu schließen, ist fast übermächtig.

»Sein Schädel sieht komisch aus.« Callum hat mir die Lampe abgenommen und richtet sie auf Jimmys Kopf.

Irgendwie schaffe ich es, ihm zu antworten. »Er hatte noch die Milchzähne.« Ohne Gesichtsgewebe und -haut kann man entlang von Jimmys Ober- und Unterkiefer zwei Zahnreihen erkennen, eine über der anderen, im Begriff durchzubrechen. Völlig normal für ein Kind dieses Alters, aber es sieht so ungeheuer seltsam aus.

Ned hatte wenige Tage vor seinem Tod einen Milchzahn verloren. Den mittleren Schneidezahn unten rechts. Ich habe ihn noch, in einer kleinen, herzförmigen Schachtel neben meinem Bett. Wenn dies hier Ned wäre, könnte ich die Lücke sehen. Ich kann das nicht ertragen. Ich kann nicht.

Callum senkt die Taschenlampe. »Ich sehe seinen Dad manchmal im Globe«, sagt er. »Er arbeitet im Krankenhaus.«

Er hatte eine Schwester in Kits Klasse. Ich versuche, das laut zu sagen, um zu zeigen, dass ich okay bin, aber ich kann nicht. Ihr Name war Emily, glaube ich. Ein hübsches kleines Ding.

Callum nimmt mich abermals bei den Schultern, doch ich schüttele seine Hände ab, weil mir etwas eingefallen ist. »Die anderen könnten doch auch hier sein. Archie, sogar Fred. Wir müssen sie suchen. Archie!«, rufe ich. »Archie, kannst du uns hören?«

Ich spüre seinen Atem in meinem Ohr. »Cat, sie können sonst nirgendwo sein. Das hier und die Kajüte sind die einzigen Räume, die über Wasser liegen. In der Kajüte hatte ich schon nachgeschaut, als ich ihn gesehen habe.«

Nicht, dass ich ihm nicht glaube, ich muss mich einfach nur selbst vergewissern. Ich drücke die schmale Holztür auf, die in die dreieckige Kajüte am Bug des Bootes führt. Irgendjemand – Callum, nehme ich an – hat die drei Schapps geöffnet. Alle sind leer, abgesehen von ein paar Zentimetern Wasser. Auch auf dem Kajütenboden steht das Wasser zwei oder drei Zentimeter hoch. Hier drin ist nichts.

Der Niedergang, der unter Deck führt, befindet sich auf der Steuerbordseite des Ruderhauses. Als ich darauf zustrebe, bekommt Callum mich zu fassen. »Kommt nicht infrage. Du gehst nicht mitten in der Nacht da runter.«

»Und was ist, wenn Archie da unten ist?«

»Wenn Archie da unten ist, ist er auch tot. Das Wasser reicht bis zur zweiten Stufe. Daraus wird nichts, Catrin.«

Er nutzt mein Zögern, um mich aus dem Ruderhaus zu schieben. Natürlich hat er recht. Hier drinnen gibt es nichts, wo eine Leiche versteckt sein könnte, und wenn unter Deck welche sind, hat es keine Eile. Das Adrenalin, das mich befähigt hat, an Bord zu klettern und gegen einen Mann zu bestehen, der doppelt so groß ist wie ich, das mir den Mut verliehen hat, nach einem toten Kind zu suchen, ist verebbt. Ich bin erschöpft und fühle mich elender als jemals in den letzten drei Jahren. Ganz ehrlich, das hätte ich nicht für möglich gehalten.

»Du hattest recht«, flüstere ich, als wir über das Deck stolpern. »Na ja, beinahe. Gratuliere.«

»Aye, oberschlau zu sein ist echt voll der Hammer.«

Auf dem Rückweg ist keine Heimlichtuerei mehr nötig; wir benutzen den Außenbordmotor und sind binnen Sekunden neben meinem Boot. Queenie gibt ein kleines »Jetzt beeilt euch doch!«-Kläffen von sich, als ich den Motor ausmache und Callum die Jolle vertäut.

»Der Funkempfang ist hier nicht gerade super.« Ich klettere hinter ihm an Bord, und er dreht sich um und zieht mich das letzte Stück hinauf. »Wir sollten um die Landzunge rumfahren, da ist es auch geschützter.«

Der nächste Hafen ist Port Fitzroy, auch ein Ankerplatz, den ich gut kenne. Während ich das Boot sichere, verständigt Callum über Funk Stopford. Da er weiß, dass alle möglichen anderen Leute die Nachricht mithören können, selbst um diese Uhrzeit, beschränkt er sich in Sachen Details auf ein Minimum. Ich ziehe mein Ölzeug aus und drehe den Heizlüfter auf. Er gesellt sich zu mir und nimmt mir gegenüber in der Kajüte Platz, die mir immer lächerlich klein vorkommt, wenn er hier drin ist. Er streift seine Jacke ab. Queenie kuschelt sich an mich und starrt ihn an.

»Ich nehme mal an, das war ein Flashback«, sage ich. »Das da eben auf der *Endeavour*. Als du durchgedreht bist.«

Er zieht ein Gesicht, das Zustimmung signalisiert. Und das verrät, wie sehr er sich schämt.

»Du hast mir doch erzählt, das hätte aufgehört. Du hast gesagt, du hast keine mehr.« Mir entgeht nicht, dass ich mich anhöre wie eine gekränkte Ehefrau.

Das Licht der Kajütenlampe hinter mir fällt direkt auf ihn; man sieht seine verschiedenfarbigen Augen. Ich merke, wie mein Blick zwischen dem grünen und dem blauen hin und her huscht. Ich konnte mich nie entscheiden, welches ich schöner finde.

Kurz nachdem Callum und ich uns zum ersten Mal begegnet sind, hat er mir von der Posttraumatischen Belastungsstörung erzählt, an der er leidet, wie so viele andere Soldaten aus dem Falklandkonflikt. Seine spezifische psychische Erkrankung – denn genau das ist es, daran besteht kein Zweifel – manifestiert sich normalerweise in Form von Flashbacks, als ein Wiedererleben des eigentlichen Konflikts. Dann ist er stundenlang ganz woanders. An einem düstereren, brutaleren Ort. Ich habe mal über Posttraumatische Belastungsstörungen nachgelesen; Flashbacks sind ein häufiges Symptom.

»Als ich dir das erzählt habe, hat es auch gestimmt. Nachdem ich hier hergezogen bin, hat das innerhalb eines Jahres mehr oder weniger aufgehört. Ich kann nicht erklären, warum es hilft, hier zu sein. Tut es aber. Oder vielmehr, es *hat* geholfen.« Er lässt den Kopf in die Hände sinken, fährt sich mit den gespreizten Fingern durchs Haar. »Vor zwei Jahren hat es dann wieder angefangen. Normalerweise sorge ich dafür, dass ich allein bin, wenn ich merke, dass es wieder losgeht.«

Jetzt redet er mit dem Kajütenboden. »Flashbacks werden durch Stress ausgelöst. Durch Angst. Es war blöd von mir herzukommen. Ich komme mit Wasser nicht gut klar, seit … Entschuldige, das willst du bestimmt nicht hören.«

»Was soll das heißen, du kommst mit Wasser nicht gut klar? Ich habe dich doch schwimmen sehen. Was hat denn Wasser damit zu tun?«

Er schaut auf, starrt mich lange, lange an. »Cat, weißt du das wirklich nicht?«, fragt er schließlich.

»Weiß ich was nicht?« Plötzlich hämmert mein Herz wie wild. Ich habe so ein Gefühl, dass ich es wirklich nicht weiß. Und dass es vielleicht besser wäre, wenn es so bleibt.

»An dem Tag, als Ned und Kit verunglückt sind, da war ich dort.«

Es ist, als hätte er noch einmal zugeschlagen. Ich weiß so gut wie nichts über den Unfall, der Ned und Kit das Leben gekostet hat. Ich weiß, dass das Auto, in dem sie allein gelassen worden waren, ins Rollen gekommen ist, dass wahrscheinlich einer der beiden mit der Handbremse herumgespielt hat, dass der Wagen über den Rand der Klippe vor meinem Haus gerollt ist. Dass er bei Flut sieben Meter tief ins Meer gestürzt ist.

»Ich hab das Auto ins Wasser fallen sehen. Ich war derjenige, der sie rausgeholt hat.«

Callum war dort. Er hat gesehen, wie es passiert ist. Und er hat sie nicht gerettet?

Er sitzt jetzt nicht mehr auf seinem Platz, er kniet vor mir. »Ich musste doch erst die Klippe runter. Steil ist es da nicht, das weißt du ja, und es geht auch nicht besonders tief runter, aber es hat ein bisschen gedauert. Der Wagen war untergegangen, bevor ich am Wasser war. Ich hab erst Kit rausgezogen und dann Ned. Ich hab sie auf die Felsen gezogen und gebetet, dass sie bloß eine Gehirnerschütterung haben, aber ich musste doch noch mal rein und mich vergewissern, dass nicht noch jemand in dem Wagen war. Ich hab gewusst, dass es Rachels Auto war, und ich dachte, sie wäre vielleicht auch da drin. Oder ihre Kinder.«

Ich glaube, mir war bekannt, dass jemand am Schauplatz des Geschehens gewesen ist. Ich habe nicht gewusst, dass er es war. Niemand hatte mit mir über die Details gesprochen, und ich habe nie gefragt. Ich war auch nicht bei der Anhörung.

»Der Aufprall hat Ned und Kit getötet, Catrin. Sie sind nicht ertrunken. Sie waren tot, als ich sie rausgeholt habe.«

Ich glaube, das habe ich gewusst; ja, das wusste ich. So viel war durch den Beruhigungsmitteldunst gedrungen, zu dem mein Leben in den Wochen nach dem Unfall geworden war. Ned und Kit sind nicht ertrunken. Sie waren auf der Stelle tot. Das hat mich immer ein wenig getröstet. Aber die Todesangst! Diese letzten paar Sekunden, als das Auto abgestürzt ist …

Callum hält meine Hände umfasst. »Da ist noch was«, sagt er.

Ich weiß nicht, ob ich noch etwas verkraften kann.

Er greift in die Jackentasche. Ich brauche einen Moment, um den Gegenstand zu erfassen, den er hervorzieht, und als es so weit ist, denke ich, ich muss mich gleich übergeben. Ich schlucke mit Gewalt etwas Widerliches hinunter und strecke dann die Hand aus. Er zögert kurz, bevor er es mir gibt.

»Genau das dachte ich auch, als ich das Ding gesehen habe«, sagt er. »Es lag auf dem Deck, war hinter ein paar Ketten eingeklemmt. Ich hab's sofort wiedererkannt, aber das kann doch nicht sein. Wie wahrscheinlich wäre so was denn?«

Ich halte ein Stoffhäschen in der Hand, mit langen Ohren, Glasaugen und blauer Jacke. Die Farben sind verblasst, es ist im Seewasser eingelaufen, aber ich würde es überall wiedererkennen. Benny Bunny, Kits Lieblingsstofftier. Als er und Michael noch ganz klein waren, haben Rachel und ich unseren Jüngsten die gleichen Spielsachen gekauft. Kit hat sein Häschen so geliebt, dass ich es ihm im Schlaf aus den Fäustchen winden musste, um es waschen zu können. Er hatte es an jenem Tag im Auto dabei, als er umgekommen ist. Seither habe ich es nicht mehr gesehen.

»Davon gab's auf den Inseln doch vor ein paar Jahren ziemlich viele, nicht wahr?«, sagte Callum, während ich den Blick nicht von dem Stoffhasen abwenden kann. »Wahrscheinlich ist das gar nicht der von Kit. Der Strand hier ist bei Strandgutsammlern echt beliebt, hier wird alles Mögliche angespült. Wirklich, das kann nicht Kits Häschen sein.«

Ich nicke.

»Ich hatte gerade Jimmys Leichnam gefunden und war auf dem Rückweg zu dir, als ich es gesehen habe.« Ich glaube, Callum redet jetzt ohne Punkt und Komma, weil er Angst vor dem hat, was ich tun könnte. »Ich glaube, es war eher das Stofftier, das den Flashback ausgelöst hat, nicht die Leiche. Das Nächste, woran ich mich erinnere, ist, dass du mir dieses Stück Eisen da an die Birne geknallt hast.«

»Hat's wehgetan?«

Ich wende den Blick von dem Häschen ab, um die Wunde an seiner Schläfe zu betrachten. Allzu schlimm scheint es nicht zu sein, aber ich wette, er hat höllische Kopfschmerzen.

»Gott, ja.«

»Gut.«

»Hab ich *dir* wehgetan?«

Mein Hals schmerzt immer noch ein wenig, aber es ist nichts ernsthaft kaputt. Was er getan hätte, wenn ich ihn nicht ausgebremst hätte, ist eine andere Frage. »Es geht schon. Aber du solltest wahrscheinlich zu einem Therapeuten gehen.«

»Das tue ich schon.«

Seine Hände zittern. Trotz der Wärme in der Kajüte und des stickigen Kerosinmiefs, der allmählich die Luft erfüllt, ist uns beiden immer noch kalt.

»Ich hol dir Aspirin.« Ich stehe auf.

»Schsch. Hast du das gehört?«

Er erhebt sich, quetscht sich um mich herum und tritt ins Cockpit hinaus. Verdutzt folge ich ihm und weiß nicht recht, ob ich beunruhigt sein soll oder nicht. Ich finde ihn hinten am Heck.

Geräusche von Wind und Meer. Von Einsamkeit. Von großer Entfernung von allem und jedem. Und dann etwas anderes. Etwas Melodisches, Wunderschönes, herzzerreißend Trauriges. Walgesang.

»Die müssen ganz in der Nähe sein.« Die Klangwelle erstirbt, und ich strecke den Arm ins Ruderhaus und greife nach einem Fernglas.

Callum dreht sich auf dem Deck langsam im Kreis und versucht, den Ursprung des Geräuschs zu lokalisieren. »So was hab ich noch nie gehört. Ich dachte, Walgesang könnte man nur unter Wasser hören.«

Im Augenblick sind die Laute verstummt; alles, was wir hören können, ist das Rauschen der Brandung und der Wind, der von den Hügeln herabpfeift. »So etwas ist ungewöhnlich, aber es kommt vor. Es gibt Geschichten, dass Wale mit Menschen kommuniziert haben. Sogar mit Hunden.«

»Was sind das für welche?«

Ich lege die Hand hinters Ohr, um zu zeigen, dass ich lausche, und warte darauf, dass es wieder anfängt. Einen Augenblick lang nichts als Wassergeräusche und dann ein langes, tiefes Brummen, gefolgt von einem Schnurren wie von einer gigantischen Katze. Dann ändert sich die Tonlage vollkommen, wird zu einem melodischen, hohen, fast klagenden Laut.

»Ich glaube nicht, dass das eine von den Delfinspezies ist.« Damit hebe ich das Fernglas und schaue in die Richtung, die ich für die richtige halte. »Die machen eher klickende oder zwitschernde Geräusche.« Ich sehe nichts. Es ist zu dunkel, und die Tiere sind zu weit weg. »Könnten Buckelwale sein. Deren Gesang ist am komplexesten, aber die findet man hier draußen nicht besonders häufig.«

»Klingt, als wären sie traurig.«

Die Laute ertönen jetzt in jenen rhythmischen Wiederholungen, die einige Ähnlichkeit mit menschlichem Gesang haben. Dann ist ein fauchendes Blasen zu hören. Ich reiche Callum das Fernglas, doch er kann sie auch nicht finden. Sie sind nicht hier in der Bucht, aber sie sind irgendwo in der Nähe. Wir lauschen fünf, vielleicht zehn Minuten lang, bis die Klänge zu Wind und Wellen verwehen. Dann gehen wir wieder hinein. Wir setzen uns nicht. Irgendetwas hat sich geändert. Plötzlich ist es nicht das tote und auch nicht das vermisste Kind, das in meinen Gedanken an erster Stelle steht.

»Wie lange dauert es, bis Stopford hier ist?«

Er schüttelt den Kopf. »Ich würde ja gern sagen, gut eine Stunde, aber der kann ja nicht so schnell los wie wir. Du solltest dich ein bisschen hinlegen.«

Wir schauen beide zur geschlossenen Tür der Bugkajüte hinüber. Ich weiß genau, was er denkt. Ich denke es auch.

»Callum, wegen … Es tut mir leid … Es ist nur …« Ich habe keine Ahnung, was ich eigentlich sagen will.

Er schenkt mir das erste Lächeln, das ich seit sehr langer Zeit auf seinem Gesicht gesehen habe. Allerdings glaube ich nicht, dass ich dort schon einmal ein so trauriges Lächeln vorgefunden habe. »Ich weiß«, sagt er.

Das ist gut. Ich weiß es nämlich nicht.

Queenie kommt zu mir auf die Koje, das Fell feucht von der Gischt, und beklagt sich nicht, als ich fest die Arme um sie schlinge. Wach und zitternd liegen wir zusammen da, hören, wie Callum in der großen Kajüte herumgeht, wie das Bordklo abpumpt, und dann Stille, als er sich hinlegt und zur Ruhe kommt.

Der Wind frischt auf. Stürme kommen in diesem Teil der Welt aus heiterem Himmel. Das Boot fängt an zu schaukeln und an seinem Ankertau zu zerren, und ein unheimliches Pfeifen gellt von der Landspitze herüber. Gerade als ich eindöse, höre ich von Neuem die Wale. Diesmal eindeutig zwei verschiedene Spezies: der stetige, schwermütige Gesang der großen, zahnlosen Wale und die helleren, zwitschernden Töne einer Delfinart. Callum hat sich geirrt, denke ich, während ich versuche, nicht richtig wach zu werden. Es klingt nicht, als wären sie traurig. Es klingt, als hätten sie Angst.

Als ich fünfzehn war, haben mein Vater und ich einmal ein junges Grindwalweibchen vor dem Ertrinken gerettet. Wir waren in seinem großen Flachboot draußen und fischten. Fischen hieß bei meinem Vater, dass wir an vorher ausgewählten Stellen gewaltige Netze auswarfen. Hin und wieder holten wir sie ein und zählten, fotografierten und notierten, ehe wir die gefangenen Fische wieder freiließen. Wir waren seit etwa einer Stunde zugange, als wir die große Gestalt im Wasser bemerkten. Grauschwarz, glatt, regungslos.

»Was ist das?«

»Ein junger Grindwal, glaube ich.« Dad steuerte uns näher heran. »Siehst du den runden Kopf? Und die Brustflosse da sieht ziemlich groß aus.«

»Ist er tot?« Der Wal bewies nachdrücklich, dass dem nicht so war, indem er laut ausatmete.

Aber irgendetwas stimmte da nicht, sogar ich konnte das sehen. Der Wal bewegte sich kaum, und sein Schwanz schien wie von Ballast nach unten gezogen zu werden.

»Ich schau mir das mal an.« Dad griff bereits nach Taucherbrille und Schnorchel.

Er näherte sich dem Tier ganz langsam, er war schließlich nicht blöd, und schwamm an seinem Körper entlang auf die Schwanzflosse zu. Nach ein paar Minuten kam er hoch und schwamm zum Boot.

»Er – sie – hängt in einem Fischernetz fest.«

Ich half ihm an Bord.

»Das Ding hat sich um ihre Schwanzflosse und um beide Brustflossen gewickelt, bis rauf zur Finne. Sie kann nicht schwimmen, und ihr hinteres Ende wird nach unten gezogen.«

Ich betrachtete die glatte dunkle Gestalt im Wasser. Sie

schien näher zu kommen, hatte den Kopf gedreht, sodass sie uns sehen konnte. »Was passiert jetzt mit ihr?«

Dad war ganz außer Atem. »Irgendwann wird es für sie zu anstrengend, sich an der Oberfläche zu halten. Dann geht sie unter und ertrinkt.«

»Dad, wir müssen doch was tun.« Mit fünfzehn denkst du doch immer noch, dein Vater kann alles schaffen, was er sich vornimmt.

Ich sah zu, wie er nachdachte. Sich einem verängstigten, verletzten Wal zu nähern war unglaublich gefährlich. Eine unvorhergesehene Bewegung, und wir würden im Wasser landen. Andererseits würde sie mit Sicherheit ertrinken, wenn wir nichts unternahmen.

Natürlich halfen wir ihr, daran hatten niemals wirklich Zweifel bestanden. Ich hätte sonst den ganzen Nachhauseweg lang geheult und Dad wohl auch, kann ich mir vorstellen. Wir paddelten ganz dicht an sie heran und machten uns dann an das langwierige Unterfangen, das Netz zu lösen, ich vom Boot und Dad vom Wasser aus.

Fischernetze sind riesengroß und sehr stabil. Wir hatten zwei Messer, die meiste Zeit jedoch mussten wir ziehen und zerren. Nach ungefähr einer halben Stunde bekamen wir die Rücken- und eine der Brustflossen frei. Als sie entdeckte, dass sie sich wieder bewegen konnte, schwamm das Walweibchen in einem verblüffenden Sprint vorwärts und zog uns hundert Meter oder noch mehr mit, ehe es wieder ermüdete und wir uns von Neuem an die Arbeit machten.

Nach einer weiteren Stunde war die zweite Brustflosse frei, und das Ganze sah allmählich sehr viel hoffnungsvoller aus. Noch eine Runde um die Bucht, und das Tier beruhigte sich so weit, dass wir den Rest des Netzes von ihrem Schwanz lösen konnten. Wir streckten uns der Länge nach im Boot aus, bis Dad wieder genug Kraft hatte, um aufzustehen und den Motor anzuwerfen.

Das Walweibchen war nicht davongeschwommen. Es verharrte ungefähr fünfzig Meter entfernt querab an Backbord. Als wir den Motor anließen, begleitete es uns, tauchte erst an Backbord auf, dann an Steuerbord. Es schnellte hoch in die Luft, bevor es tief abtauchte und irgendwo wieder hochkam, wo wir es am wenigsten erwarteten. Wir beobachteten Sprung um Sprung, Schwanzschlagen und Flossenklatschen, eine spektakuläre Wasserakrobatik-Darbietung. Das Tier blieb bei uns, bis wir den Hafen von Stanley erreichten und Dad den Motor wieder ausmachte. Als die Schraube aufhörte, sich zu drehen, und sich Stille über das Meer senkte, kam es längsseits, ganz nahe, bis wir das feuchte dunkle Auge sehen konnten, das uns anblinzelte. Wir beugten uns aus dem Boot und streichelten ihm den glatten, runden Kopf. Dann verließ es uns und schlug noch einmal in einem letzten, freudigen Salut mit der Schwanzflosse.

»Wie hast du sie genannt?«, wollte Rachel später wissen.

Ich zuckte die Achseln. Dad und ich hatten uns zu sehr abgemüht, sie zu retten – daran, ihr einen Namen zu geben, hatten wir nicht gedacht.

»Eines Tages, wenn du schiffbrüchig auf dem Meer treibst und kurz davor bist zu ertrinken, dann taucht sie auf und rettet dich«, verkündete Rachel mit jenem Nachdruck, der einem klarmachte, dass Widerspruch zwecklos war. »Und wenn sie das tut, gib ihr einen Namen.«

Von Rachel zu träumen, hat mich aufgeweckt, wie immer, und zwar mit jener mahlenden, unbezähmbaren Wut, die ihre Gegenwart in meinem Kopf stets mit sich bringt. Ich stehe auf und gebe mir dabei Mühe, Queenie nicht zu stören. In der großen Kajüte scheint alles still zu sein. Mitternacht ist vorbei. Es ist Mittwoch. Noch ein Tag, bis sich der Todestag der Jungen wieder jährt. Noch ein Tag, bis sich alles ändert.

Die Tür öffnet sich leise. Eigentlich sollte Callum gar nicht schlafen, wenn man bedenkt, dass die Bank, auf der er liegt, mindestens einen halben Meter kürzer ist als er. Die Füße hat er gegen die Kajütenwand gestemmt und die Schultern unbequem am Kühlschrank verkeilt. Doch er schläft. Sein Atem geht schwer, sein Gesicht ist völlig entspannt.

Ich atme mehrmals tief durch, zwinge mich dazu, mich zu beruhigen und mit dem Zittern aufzuhören.

Callum schläft immer so tief – ein Vermächtnis aus Armeezeiten, wo er kurze Ruhepausen nutzen musste, wann immer er konnte. Wir haben früher immer Witze gemacht, dass er zehn Minuten nach dem Einschlafen nicht mal aufwachen würde, wenn man einen Silvesterknaller unter seinem Hintern zünden würde.

So eine Chance bekomme ich nie wieder. Meine nackten Füße machen kein Geräusch, als ich hinübertappe. Jetzt bin ich schon ruhiger. Ich zittere nicht mehr, oder wenn doch, dann aus einem anderen Grund. Ich knie mich neben ihm hin und beuge mich herab, ganz nahe, bis ich seinen Atem auf meinem Gesicht spüren kann. Noch näher. Ich kann Kaffee riechen, die Sekrete seiner Haut, das Shampoo, mit dem er sich das letzte Mal die Haare gewaschen hat. Ich streife sein Gesicht mit meinem, spüre seine Haut an meiner Wange, seine Bartstoppeln, dann lasse ich meine Lippen auf seinen ruhen.

So verharre ich lange Sekunden, atme im Takt mit ihm, will, dass er aufwacht, bete, dass er es nicht tut. Und dann sehe ich im Geiste wieder, wie er auf Rachel herablächelt, und ich kann es nicht mehr ertragen, in seiner Nähe zu sein.

Noch einmal werde ich vor dem Morgen gestört. Ein Boot ist längsseits gekommen. Ich höre die Leinen auf dem Deck landen, spüre den sanften Stoß der Fender eines anderen Bootsrumpfes. Ich glaube meinen Namen zu hören und warte darauf, dass jemand mich wecken kommt. Das geschieht nicht, und so treibe ich in den Schlaf davon.

Tag 3

Mittwoch, 2. November

7

Noch vor dem Morgengrauen bin ich wieder wach, doch als ich aufs Deck hinaustrete, wird es allmählich heller. Queenie und ich sind allein. Was ich in den frühen Morgenstunden gehört habe, war das Polizeiboot, das Callum abgeholt hat.

Über Nacht ist Seenebel aufgekommen, und die Hafeneinfahrt ist von weißem Dunst erfüllt. Er sieht so solide aus, als könne man glatt darüberlaufen, eine Mauer aus Weiß. Wie eine riesige Woge, die sich zwischen zwei Klippen erstreckt, und einen Moment lang habe ich das Gefühl, er kommt auf mich zu. Er sieht aus wie eine Barriere, etwas, was mich daran hindern wird, diesen sicheren Hafen zu verlassen, und vielleicht sollte ich auf das hören, was die Natur mir sagt. Vielleicht ist diese Nebelmauer ja hier, damit mir nichts passiert.

Aber es wird heller, die Wolken nehmen die sanfte Elfenbeinwärme der ersten Sonnenstrahlen an, und die Mauer bricht allmählich auseinander. Nach einer Weile kann ich auf der anderen Seite den Punkt ausmachen, wo Meer und Himmel aufeinandertreffen. Was immer dort auf mich wartet, der Nebel lässt mich durch.

In der Fahrrinne ist einiges los, und ich höre über Funk, dass die Durchsuchung der Boote gestern Nacht vergeblich gewesen ist. Archie West, der verschollene kleine Arsenal-Fan, ist jetzt seit zwei Nächten verschwunden. Außerdem höre ich so einiges von dem, was auf der anderen Seite der Halbinsel geschieht.

Als ich in Port Pleasant einfahre, sehe ich sofort, dass ich auf keinen Fall nahe an die *Endeavour* herankommen werde. Zwei Polizeiboote liegen dicht bei dem Wrack vor Anker, eins vom Militär und außerdem noch ein Taucherboot. Callum steht am Bug. Geräusche tragen hier sehr weit, und er hat mich offensichtlich kommen hören. Er dreht sich um und spricht mit irgendjemandem an Bord, und dann erscheint Stopford. Ich sehe, wie die beiden in eines der Polizeiboote hinabklettern und auf mich zuhalten.

»Catrin, was wissen Sie über die Gezeitenströme hier in der Gegend?« Stopford verschwendet keine Zeit, als er und Callum erst einmal an Bord sind. »Man hat mir gesagt, hier wird alles Mögliche angespült.«

»Das stimmt.« Ich spreche mit Stopford, doch ich sehe dabei Callum an. Sein Bart, jene eigenartige Mischung aus blonden, roten und braunen Stoppeln, ist ums Kinn und unten an den Wangen deutlich zu sehen. Jetzt sind auch graue dabei. Sein Gesicht ist schmaler als damals, als ich ihn kennengelernt habe. Oder vielleicht ist er auch nur müde, nachdem er die letzten zwei Nächte kaum oder gar nicht geschlafen hat. Wie um meine Überlegungen zu bestätigen, sackt er auf die Bank aus Holzlatten, die sich seitlich am Deck entlangzieht, und Queenie springt ihm auf den Schoß. Er streckt die Hand aus, um ihre Schnauze zu streicheln, und seine Finger zittern.

»Was wir herauszufinden versuchen, ist, ob der Kleine auf dem Boot zurückgelassen wurde, oder ob er von der Flut mitgeschwemmt wurde und im Ruderhaus stecken geblieben ist.« Stoppford spricht lauter, damit ich ihm zuhöre.

Ich denke kurz nach. Wie die meisten Buchten der Falklands ist Port Pleasant lang, schmal und gewunden. Und mitten in der Bucht liegt eine Insel. Die Bucht ist ein Sammelplatz für alles mögliche Treibgut. Wohl auch für menschliches.

»Möglich wär's«, sage ich. »Eine große Welle könnte ihn auf das Boot gehoben haben, und danach ist es nicht mehr schwer, sich auszumalen, wie er da hängen geblieben sein könnte. Ist es Jimmy?«

Stopfords Gesicht verspannt sich. »Kann man noch nicht sagen. Wir bringen ihn zurück. Hoffentlich kann der Zahnarzt uns helfen.«

Ich denke an den kleinen Schädel zurück, den wir im Licht der Taschenlampe betrachtet haben, an die doppelten Zahnreihen, die Callum so erschreckt haben. »Haben Sie an Bord sonst noch irgendwas gefunden?« Ich meine natürlich nicht irgend*was*, ich meine irgend*jemanden*, ich will es bloß nicht laut aussprechen.

»Noch nicht. Aber die Taucher werden den größten Teil des Tages hier zugange sein. Wenn nötig, schleppen wir das Wrack nach Stanley. Es wäre nett, wenn Sie und Callum nicht darüber sprechen würden, was Sie hier gefunden haben. Bis wir die Möglichkeit hatten, die Identität zweifelsfrei festzustellen und mit den Angehörigen des Jungen zu reden.«

Inzwischen weiß bestimmt die Hälfte der Inselbevölkerung von dem Leichnam, den wir gefunden haben, aber ich nicke zustimmend und Callum auch. Stopford ermahnt uns, dafür zu sorgen, dass wir jederzeit erreichbar sind, dann steigt er wieder auf sein Boot und kehrt zur *Endeavour* zurück.

»Habe ich irgendwas verpasst?«, erkundige ich mich.

Callum zuckt die Achseln. »Noch ist das letzte Wort nicht gesprochen, ob wir ein Mordopfer gefunden haben oder das Resultat eines tragischen Unfalls. Für den richtigen Tipp, auf welcher Seite Stopford steht, gibt's keinen Preis.«

Ich überlege kurz. »Und was heißt das für Archie? Ich meine, für die Suche nach Archie?«

»Es gab Gerede davon, all die anderen Wracks abzusuchen. Oder zumindest die, auf denen es einen Unterschlupf oberhalb der Wasserlinie gibt. Das ist ja schon mal was. Wird aber eine ganze Weile dauern.«

»Wir müssen zurück. Du bist ja halb erfroren, du solltest reingehen. Sieh zu, dass du wieder warm wirst.«

Er widerspricht nicht, was mich ein bisschen verblüfft. Als

er in die Kajüte geht, folgt Queenie ihm, als wäre sie sein Hund, nicht meiner.

Ich werfe den Motor an, lichte den Anker und fahre los. Nachdem wir aus der Bucht heraus sind und ich unbesorgt auf Autopilot schalten kann, stehle ich mich leise zu der Sitzbank im Ruderhaus hinüber, wo Callum seine Jacke liegengelassen hat.

Das Stoffhäschen steckt in einer der Innentaschen. Um das eine Ohr herum sind von Hand genähte Stiche zu sehen, wo die ursprüngliche Naht aufgegangen ist und irgendjemand – ich, glaube ich – sie wieder zugenäht hat. Ich bin mir ganz sicher, dass dies hier Kits Stofftier ist. Wie groß die Chance ist, dass es letzten Endes auf der *Endeavour* gelandet ist, dass sowohl das hier als auch der Leichnam des armen Jimmy Brown dort geendet sind, kann ich nicht mal ansatzweise berechnen. Aber es ist das letzte Tröstliche, das mein Kleiner in seinem Leben gesehen hat. Ich stecke es unter mein Hemd. Es ist verdreckt und fühlt sich an meiner Brust kalt und nass an, aber ich will es nirgend woanders haben.

Als ich in den Hafen von Stanley komme, läuft die Fischkutterflotte gerade aus. Ich fahre rückwärts auf meinen Liegeplatz und mache das Boot fest. Während der ganzen Heimfahrt habe ich nichts von Mann und Hund gehört. Also überrascht es mich nicht allzu sehr, beide in der großen Koje zu finden, unter dicken Decken zusammengekuschelt und für die Welt nicht zu sprechen. Queenie öffnet die Augen. Ich warte darauf, dass sie von der Koje krabbelt und zu mir kommt, aber sie bleibt in Callums Armbeuge liegen.

Kurz bevor ich das Boot verlasse, stopfe ich Benny Bunny in eine Schublade im Ruderhaus. Ich will ihn in der Nähe wissen, wenn ich das nächste Mal auslaufe. Ich will ihn am Ende bei mir haben.

Ich bin müde. Körperlich und seelisch. Ich bin es müde, gezwungen zu sein, an Kinder zu denken, die mir nichts bedeuten. Das bisschen Energie, das ich habe, darauf zu verwenden, nach Jungen zu suchen, die nicht meine Söhne sind. Früher war ich nie so kalt. Ich bin von Natur aus kein Ungeheuer. Es hat mal eine Zeit gegeben, da hätte es mich genauso sehr mitgenommen wie jeden anderen, Archie zu verlieren, Jimmy zu finden. Es gibt Tage, da denke ich, dass jenes alte Ich fast nicht mehr vorhanden ist.

Und jetzt will ich die kurze Zeit, die mir noch bleibt, in Ruhe gelassen werden, allein mit den beiden einzigen Menschen, aus denen ich mir etwas mache. Auch wenn sie Gespenster sind. Doch in diesem Stadium darf ich nichts tun, was Aufmerksamkeit erregen würde. Ich muss so tun, als sei alles wie immer, nur noch einen Tag lang.

Also fahre ich ins Büro, um zu sehen, ob das Geschäft wieder normal läuft oder wir noch einen Tag damit zubringen, nach Archie zu suchen. Susan ist ganz aus dem Häuschen.

»Deine Tante Janey hat angerufen. Du musst sie sofort zurückrufen, drüben auf Speedwell gibt's ein Problem.« Sie hält mir das Telefon hin, und mir bleibt nichts anderes übrig, als es zu nehmen und die Nummer meiner Tante zu wählen.

Speedwell ist eine Insel vor der Südküste von East Falkland, ganz dicht bei George und Barren. Sie gehört Tante Janey und ihrem Mann, und die beiden wohnen zeitweise dort. Sie meldet sich so schnell, dass ich weiß, sie hat neben dem Telefon gesessen. »Catrin? Wir haben ein Riesenproblem. Gestrandete Wale. Hunderte.«

Susan beobachtet mich unverwandt. Ich ziehe eine Grimasse, um ihr zu zeigen, dass es schlimm ist. »Am Leben?«, frage ich Janey, und ganz ehrlich, ich hoffe, dass es nicht so ist.

»Die meisten. Aber die Vögel fangen an, auf sie loszugehen. Catrin, es ist wirklich furchtbar.«

Es ist schon eine ganze Menge nötig, um meine Tante Janey aus der Fassung zu bringen. Ich sage ihr, dass ich so schnell wie möglich bei ihr bin, gerade als John hereinkommt.

»Massenstrandung an der Südküste von Speedwell«, berichte ich ihm. »Laut Janey gut über hundert Tiere. Wahrscheinlich Grindwale, ihrer Beschreibung nach.«

Meine beiden Kollegen antworten beide nicht sofort. Das ist die Art von Katastrophe, die wir fürchten, auf die wir uns nie wirklich vorbereiten können.

»Wir kriegen bestimmt keine Helfer.« Susan ist vor Schreck ganz blass geworden. »Die suchen doch alle nach dem kleinen Jungen.«

Normalerweise könnten wir bei einem größeren Zwischenfall am oder auf dem Meer darauf zählen, dass sowohl die Polizei als auch das Militär uns hilft. Aber solange ein Kind vermisst wird, ist die Chance, dass sie Leute abstellen, sehr gering.

»Ich habe heute Vormittag ein Meeting mit den Fischereiunternehmen«, sagt John.

Dieses Treffen ist schon seit Monaten geplant. Wir diskutieren darüber, Fischereilizenzen für bestimmte Meeresbereiche zu verkaufen. Das ist wichtig. Die Inseln brauchen das Einkommen. John muss zu diesem Meeting gehen. Das bedeutet, dass ich zuständig bin. Susan wird als zentrale Anlaufstelle im Büro bleiben müssen.

»Aber das ist doch auch dein Fachgebiet, oder?« Bestätigung heischend sieht Susan John an.

»Wale sind Catrins Spezialität.«

Ich nicke. »Ich weiß, was ich tun muss.«

»Ich kann mich ans Telefon hängen.« John reißt sich als Erster zusammen. »Stopford und Wooton die Situation erklären und sehen, was sie für uns tun können.«

»Gib's auch über Funk raus«, weise ich ihn an. »Die Leute sollen selbst entscheiden können.« Am liebsten würde ich ihm sagen, dass Archie mit an Sicherheit grenzender Wahrscheinlichkeit auf dem Grund irgendeines Sumpfes liegt oder ins Meer hinausgeschwemmt worden ist, dass es aber vielleicht noch eine Chance gibt, die Wale zu retten. Ich tue es nicht. Vielleicht ist es die Erinnerung an das kleine Skelett, das die ganze Zeit ganz allein auf der *Endeavour* gelegen hat, aber ich tue es nicht.

»Was brauchst du?«, fragt er.

»Ein paar Transporthubschrauber wären gut. Wenn so was nicht zu haben ist, so viele Leute wie möglich. Kleine Boote mit starken Motoren, Jetskis gehen auch. Taue, Tragen, Eimer und jede Menge große Bettlaken oder Planen. Und Spaten. Viele Spaten. Hatte ich die Eimer schon?«

Susan macht eine Liste, während John sein Telefonverzeichnis suchen geht. »Ich kann im Laufe des Nachmittags dazukommen«, sagt er.

Die nächste halbe Stunde verbringe ich damit, mir alles zu beschaffen, was ich brauche. Pete kommt ins Büro und macht sich nützlich. Als John seine Telefonate erledigt hat, sprechen wir die verschiedenen möglichen Szenarien durch. Keines davon flößt uns irgendetwas anderes ein als Furcht. Wir hoffen alle, dass Janey das Ausmaß des Problems übertrieben hat. Dass Janey niemals übertreibt, behalte ich für mich.

Als ich mich gerade auf den Weg machen will, kommt PC Skye herein. »Der Chief Superintendent hat mich gebeten vorbeizuschauen«, sagt sie. »Wir werden unser Möglichstes tun, ein paar Leute nach Speedwell rüberzuschaffen, aber wir müssen uns auf die Suche nach dem kleinen Archie konzentrieren.«

»Treibt alles Vieh aus der Gegend weg, und sucht mit Wärmebildkameras«, erwidere ich. »Dann findet ihr ihn.«

Tränen steigen ihr in die Augen. Ich vergesse immer, wie jung sie ist. Ich vergesse, dass es möglich ist, so unerfahren und verletzlich zu sein, dass der Tod eines Wildfremden einen ernstlich treffen kann.

»Mr Stopford hätte es lieber, wenn Sie hier bleiben«, fährt sie fort. »Sie und Callum. Für den Fall, dass er noch mal mit Ihnen sprechen muss.«

»Ich bin den ganzen Tag über Funk erreichbar.«

Ich habe ihr nicht die Antwort gegeben, die sie hören wollte, aber sie entschließt sich, nicht weiter nachzubohren. »Er tut mir leid, dass ich nicht mitkommen kann«, sagt sie. »Der Boss hat mich als Kontaktperson für Archies Familie eingeteilt.«

Am liebsten würde ich ihr sagen, dass ich mir niemand Besseren dafür vorstellen kann, aber ich habe mir Freundlichkeiten weitgehend abgewöhnt, also nicke ich. Sie steht noch ein paar Sekunden unschlüssig da, dann läuft sie auf dem Weg nach draußen gegen die Tür und reibt sich den Hüftknochen, während sie verschwindet.

Pete hilft mir, die Ausrüstung zu verstauen, und wir fahren los. Mein Boot im Hafen ist verwaist. Einen Augenblick lang habe ich Hemmungen, Queenie bei einem Mann zu lassen, der eindeutig emotional labil ist. Als es um meine eigene Sicherheit ging, war ich bereit, nachsichtig zu sein, aber wenn er meinem Hund etwas tut, bringe ich ihn um.

Es ist nicht zu ändern. Ich habe keine Zeit, die beiden zu suchen, und außerdem ist Queenie den Umgang mit emotionaler Labilität seit drei Jahren gewohnt. Sie wird wohl keinen Unterschied bemerken.

Wir nehmen nicht mein Boot, das ist nicht schnell genug. Das Schnellboot wird uns in etwa einer Stunde an unser Ziel bringen, also werden wir eher da sein als die meisten anderen, selbst wenn sich schon Leute über Land auf den Weg gemacht haben.

»Grindwale?« Pete muss den Motor überbrüllen, als wir aus dem Hafen auslaufen.

»Wahrscheinlich.« Ich lasse das Boot volle Fahrt machen. Janey ist eine wahre Tochter von Grandpa Coffin, sie kennt sich mit Walen aus. Außerdem gehören Grindwale zu den Arten, die am häufigsten in großer Zahl stranden.

»Das wird kein schöner Anblick«, schreie ich zurück, was eine ziemliche Untertreibung ist. Von allen denkbaren Meereskatastrophen – Ölteppiche, ausgelaufene Chemikalien – ist das Stranden einer größeren Gruppe großer Meeressäuger eine der schwierigsten und erschütterndsten.

Als wir uns Speedwell nähern, überholen wir andere Boote, die in dieselbe Richtung unterwegs sind. Eins davon scheint zu dem Kreuzfahrtschiff zu gehören, was nicht gerade eine gute Nachricht ist. Einheimische werden das Ganze pragmatisch angehen; sie werden bereit sein anzupacken, wenn es etwas Sinnvolles zu tun gibt, und es stoisch zur Kenntnis nehmen, wenn dem nicht so ist. Bei Touristen, die die Welt der Natur nicht wirklich verstehen, wird das etwas anderes sein.

»Warum?«, formt Pete mit den Lippen. »Warum passiert so was?«

Das könnte ich ihm mit ein paar Worten und Zeichensprache nicht beantworten. Niemand weiß wirklich, warum so etwas passiert. Mein Vater, der es sich zu einer Art Lebensaufgabe gemacht hatte, über Walstrandungen zu forschen, behauptete, dergleichen gleiche einem tragischen Unfall. Alles Mögliche könne schiefgehen, das Resultat jedoch wäre dasselbe. Die Tiere können mit Schiffen kollidieren, von Raubfischen oder sogar von Seelöwen angegriffen werden. In den nördlichen Gewässern der USA ist Lungenentzündung ein häufiger Strandungsgrund. Die Tiere können mit einem Virus infiziert sein, eine Gehirnläsion haben oder von Parasiten befallen sein. Oft werden sie auch nach dem Tod angeschwemmt.

Bei Massenstrandungen jedoch ist etwas anderes im Gange. Der starke soziale Zusammenhalt innerhalb einer Walschule bedeutet, dass es, wenn ein Tier krank wird oder verletzt ist und in flacheres Wasser schwimmt, durchaus wahrscheinlich ist, dass die anderen folgen. Dann gerät die ganze Gruppe in Schwierigkeiten.

Manche Wissenschaftler glauben, dass die Echoortung, mit der Wale navigieren, nicht so gut dafür geeignet ist, die flach abfallenden Schelfkanten der Falklandinseln auszumachen. Die Wale erkennen den Strand ganz einfach nicht, bis es zu spät ist.

Die Umweltschutzlobby gibt schnell der menschlichen Angewohnheit, den Planeten zu plündern, die Schuld. Es heißt, militärische Sonargeräte können die Wale die Orientierung verlieren lassen, sodass sie sich in flaches Wasser verirren und schließlich auf dem Strand enden. Andererseits reichen Berichte über gestrandete Wale bis zu Aristoteles' Zeiten zurück. Ich selbst glaube, dass Dad wahrscheinlich recht hatte: viele verschiedene Gründe, dasselbe grauenvolle Resultat.

Wir sichten den ersten Wal, als wir noch einen knappen halben Kilometer vom Strand entfernt sind. Tot, mit dem Bauch nach oben. Janey hatte recht. Es ist ein Grindwal, glatt und schwarz, mit knolliger Nase. Ein ausgewachsenes Tier, ein Weibchen, denke ich, ungefähr vier Meter lang.

Als wir uns dem Land nähern, sehen wir noch mehr Wale. Manche treiben in den Untiefen, stoßen bei jeder neuen Welle sachte gegen das Ufer. Die meisten liegen in einer unheilvollen, weit verstreuten Formation auf dem Strand.

»Großer Gott!«, stößt Peter hervor.

Es sind noch etliche andere Boote in der Bucht, die alle langsam aufs Land zuhalten. Um Ufer zähle ich etwa zwanzig Leute; die meisten sind bestimmt von den Höfen in der Nähe, allerdings sehe ich auch ein paar von den roten Anoraks, die die Kreuzfahrttouristen tragen. Ich erblicke die knallblaue Baseballmütze, die Janey im Freien immer aufsetzt, um ihre dunkle Lockenmähne zu bändigen.

Sie hat nicht übertrieben. Es sind deutlich über hundert. Wahrscheinlich eher an die zweihundert. Die Brandung am

Ufer ist rot verfärbt von Blut. Ein paar von den Tieren werden gegen die Felsen geschleudert. Und die Sturmvögel haben nicht abgewartet, bis die Wale sterben.

Als ich Pete einen schnellen Blick zuwerfe, sieht er aus, als wäre er den Tränen nahe. Ich steuere das Schnellboot auf den Rand der Bucht zu und halte auf das Ufer zu. »Du musst damit klarkommen.« Das hört sich brutal an, ich weiß, aber das hier wird auch ohne menschliche Sentimentalität schwer genug werden.

Er schnieft. »Ich bin okay.«

Ein Mann kommt uns den Strand entlang entgegengejoggt. Es ist Mitchell, Janeys Mann. Pete wirft ihm die Leine zu, und er zieht uns an Land.

»Hundertsechsundsiebzig, hab zweimal nachgezählt«, berichtet Mitchell mir. Ich danke ihm mit einem Kopfnicken. Die Tiere zu zählen, wäre meine erste Aufgabe gewesen, und Mitchell hat mir die Mühe abgenommen. Die ganze Zeit kommen immer mehr Leute an. Sie laufen ziellos zwischen den Walen herum. Denen wird noch was passieren.

Ich nehme meine Tasche, bedeute Pete, dass er die Trage mitbringen soll, und marschiere den Strand hinauf. Als ich dicht bei der größten Menschengruppe angekommen bin, lasse ich meine Trillerpfeife zweimal kurz ertönen.

»Bitte alle mal herhören, Ladys und Gentlemen. Können Sie bitte alle herkommen und zuhören?«

Nicht alle hören auf mich. Ich pfeife noch einmal, brülle einen Mann an, der mich nicht beachtet. »Ich brauch Sie hier drüben, Kumpel, uns läuft die Zeit davon!«

Dann fahre ich rasch fort, solange ich mir ihrer Aufmerksamkeit sicher sein kann.

»Mein Name ist Catrin Quinn, ich arbeite für die Falkland Conservation, und Wale sind mein Fachgebiet. Ich leite diesen Einsatz.« Ich nenne es nicht Rettungseinsatz, ich will ihnen keine falschen Hoffnungen machen. »Danke, dass Sie gekommen sind. Also, wenn Sie sich den Walen nähern, dann ganz langsam und ganz ruhig. Die Tiere stehen massiv unter Stress, und wir wollen ihnen nicht noch mehr Angst machen, als sie ohnehin schon haben. Seien Sie äußerst vorsichtig, halten Sie sich von ihren Mäulern und ihren Schwanzflossen fern. Passen Sie auf, dass sie sich nicht auf Sie draufwälzen. Die Wale können Ihnen immer noch sehr viel mehr tun als Sie ihnen. Kinder und Hunde dürfen auf keinen Fall in ihre Nähe.«

Jetzt hören mir alle zu.

»Unsere oberste Priorität ist, sie zu kühlen und dafür zu sorgen, dass sie nass bleiben. Schützen Sie sie vor der Sonne. Legen Sie Laken und Planen über so viele, wie Sie können, und gießen Sie immer wieder Meerwasser darüber. Diejenigen, die Spaten haben, fangen bitte an, Rinnen zu graben, damit das Wasser an die Wale herankommt. Ich gehe jetzt den Strand entlang und kennzeichne die Tiere mit Flaggen. Rot bedeutet, sie sind so klein, dass sie auf der Trage ins Wasser zurückgeschafft werden können. Dafür ist mein Kollege Pete zuständig, er wird Ihnen Bescheid sagen, wenn wir damit anfangen können. Blau ist für die größeren, bei denen wir versuchen können, ihnen ein Geschirr umzulegen und sie mit den Booten wieder hinauszuziehen. Schwarz bedeutet zudecken und kühl halten.«

»Und wie kriegen wir die Schwarzen wieder ins Wasser?«

Ich sehe den Mann an. Massig, in mittleren Jahren, wichtigtuerisch. In dem roten Anorak, der es dem Schiffsteward leichter machen wird, ihn ausfindig zu machen, wenn es Zeit ist, alle Passagiere wieder aufs Schiff zu treiben. Er hält sich für schlau, glaubt, er hat mich kalt erwischt.

»Ich hoffe, dass die Royal Air Force einen Hubschrauber für uns erübrigen kann«, erwidere ich. Und sage ihm nicht, dass es ein zeitraubendes, schwieriges Unterfangen ist, einen Wal auf dem Luftweg ins Wasser zurückzubugsieren. Selbst wenn wir einen Hubschrauber und ein paar Männer bekommen, die unten am Boden mithelfen, stehen die Chancen schlecht, mehr als einen oder zwei zu retten.

»Das Beste, was Sie im Moment für die Wale tun können, ist, das Ganze für sie weniger unangenehm zu machen. Und versuchen Sie, die Vögel von ihnen fernzuhalten. Also los.«

»Kommen Sie, Sie haben gehört, was die Lady gesagt hat.« Janeys Stimme folgt mir den Strand hinunter. »Ketten bilden.«

Ich fange an einem Ende des Strandes an und mache mich daran, die Wale zu untersuchen. Grindwale sind nach den Orcas die zweitgrößte Meeresdelfin-Art. Die Männchen können bis zu sechseinhalb Meter lang werden. Nach Wal-Maßstäben nicht gerade gewaltig, aber trotzdem ganz schön groß. Es sind verspielte Geschöpfe, sie folgen gern Booten, reiten auf Bugwellen und haben die Angewohnheit, »Kuckuck« zu machen. Dabei hängen sie senkrecht im Wasser, strecken den Kopf heraus und nehmen einen eingehend in Augenschein. Grindwale gehören zu meinen absoluten Lieblingen unter sämtlichen Walarten.

Nach vierzig Minuten können wir anfangen, einige der kleineren Tiere auf die Trageplanen zu wuchten. Draußen in der Bucht liegt eine Flotte aus Booten bereit, sie in tieferes Wasser zu treiben.

»Wir müssen sie auf die Planen rollen.« Ich muss brüllen, damit mich auch jeder hört. »Seien Sie vorsichtig, die Tiere sind nämlich sehr empfindlich, obwohl sie so groß sind. Und sie haben Schmerzen, weil ihr Körpergewicht auf die inneren Organe drückt. Sand im Atemloch ist für sie ganz schlimm. Andererseits sollten wir so schnell wie möglich vorgehen, wenn wir erst mal angefangen haben.«

Keiner weiß, wie er anfangen soll, also knie ich mich neben den nächsten Wal und winke anderen, es mir gleichzutun. Gerade als ich die Hände unter den Wal schiebe, erscheint ein

Paar sehr große Hände neben mir, die mir wohlbekannt sind. Andere folgen unserem Beispiel.

»Und anheben«, kommandiere ich.

Wir können das Tier nur ein paar Zentimeter anheben, und das auch nur ganz kurz, aber Janey steht an seinem Kopf und ihre Freundin Kathie hinten am Schwanz, und die beiden haben so etwas schon mal gemacht. Der Mann neben mir steuert die nötige Muskelkraft bei.

»Und durchziehen«, befiehlt Janey, und die beiden Frauen ziehen eine Plane unter den Wal.

»Gut gemacht.« Ich wende mich Callum zu. »Wo ist Queenie?«

»In meinem Auto auf dem Festland. Pennt wahrscheinlich. Stopford ist nicht gerade begeistert von dir.«

Ich ziehe die Augenbrauen hoch. »Aber dass du hier bist, dagegen hat er nichts?«

»Ich bin größer als er.«

Je sechs von uns stellen sich zu beiden Seiten des Wals auf. Wir bücken uns, packen die Plane. Callum geht nach vorn zum Kopf, weil er der Größte ist.

»Und anheben.« Der Wal stößt einen gewaltigen Seufzer aus. Lange können wir ihn nicht halten. »Und vorwärts.«

Der Wal ist nur knapp einen Meter vom Meer entfernt. Callum marschiert los, und wir tun unser Bestes, ihm zu folgen. Das Wasser schwappt mir um die Beine, und ich schaue nicht nach unten; ich will nicht sehen, dass ich in verdünntem Blut wate. Der Wal keucht und stößt kleine, gequälte Laute aus, aber Callum ist jetzt tief genug im Wasser, dass wir ihn herunterlassen können, damit das Wasser einen Teil der Last trägt.

»Sobald die Plane weg ist, müssen wir auf Distanz gehen«, verkünde ich. »Fertig? Und loslassen.«

Wir lockern die improvisierte Tragbahre. Das Walweibchen schwebt einen Augenblick lang im Wasser. Ich kann erkennen, dass es drauf und dran ist, sich herumzurollen.

»Callum, weg da!«

Er schiebt sich eilig zur Seite, als das Tier sich auf den Rücken rollt. Es schlägt mit der Schwanzflosse aus und trifft mich am Oberschenkel. Ich taumele, bleibe aber auf den Beinen. »Alle ans Ufer.«

Andere Gruppen folgen unserem Beispiel, wickeln die kleineren Tiere ein und heben sie hoch. Langsam, aber stetig werden die Wale um uns herum ins Meer zurückgeschafft.

»Gibt's irgendwas Neues?«, frage ich. »Über … du weißt schon.«

Callum blickt sich um, ob auch niemand in Hörweite ist. »Nichts, was man mir so direkt gesagt hätte. Den Gerüchten nach fängt das Militär heute an, die Wracks zu durchsuchen. Weniger erfreulich ist, dass sowohl Fred Harpers als auch Jimmy Browns Angehörige sich anscheinend mit der Familie von Archie West in Verbindung gesetzt haben. Es gibt Gerede, dass sie britische Zeitungen kontaktieren wollen.«

»Na, das wird bestimmt eine enorme Hilfe sein.«

»Für Stopfords Bemühungen, das Ganze runterzuspielen, jedenfalls nicht. Er kriegt auch Druck vom Gouverneur. Die da oben wollen wirklich nicht, dass die Inseln in Verruf geraten, von wegen, hier wär's gefährlich für Kinder.«

Ich betrachte das Chaos, das uns umgibt. Im Augenblick scheint mir das hier wirklich kein besonders tolles Urlaubsziel zu sein.

»Wie viele können wir retten?«, will Callum wissen.

Das habe ich mich auch schon gefragt. Weniger als ein Drittel der gestrandeten Tiere ist klein genug, um sie tragen zu können. Wenn jeder den ganzen Rest des Tages hier am Strand verbringt, ohne zu essen und ohne auszuruhen, wenn wir noch zusätzliche Hilfe vom Militär bekommen, haben wir eine Chance, ungefähr siebzig Tiere ins Meer zurückzuschaffen.

»Verstärkung.« Mit einem Seufzer der Erleichterung schaue

ich zu den Dünen hinüber. Nur ein einziger Trupp, ungefähr ein Dutzend Soldaten, aber sehr viel besser als gar nichts. Ich danke dem rothaarigen, sommersprossigen Sergeant, der den Trupp führt, und bitte ihn, seine Männer anzuweisen, den Trage-Teams zu helfen, während ich einem der größeren Wale ein Geschirr anlege. Wenn wir einen von den Größeren ins Wasser kriegen können, funke ich die Air Force an und bitte um einen Chinook-Helikopter.

Mit Hilfe des Militärs können wir selbst die größten Tiere retten, und plötzlich fühlt sich das hier an, als wäre es das Richtige. Mehr noch, es fühlt sich an, als hätte ich zum ersten Mal seit Jahren ein Ziel. Ein Interesse an etwas Lebendigem.

Meine Güte, wie ist das denn passiert?

Mit unverhoffter Energie sause ich wieder zum Wasser hinunter. Callum wartet dort, aber er sieht mich nicht an. »Cat, sie kommen zurück.«

8

Die Worte, die ich gefürchtet habe. Trotzdem gebe ich mir alle Mühe, sie nicht zu hören.

»Die Wale.« Callum schaut auf eine Stelle ungefähr fünfzig Meter weit draußen. »Die, die wir gerettet haben. Sie kommen wieder zurück.«

Ich gehe bis zum Wasser; ich muss mich vergewissern, dass Callum recht hat, obwohl ich nicht daran zweifle. Ich sehe, wie drei, nein, vier von den kleineren Tieren, die wir ins Wasser getragen haben, wieder zum Ufer schwimmen. Wieder auf den Strand auflaufen. Um mich herum bemerken auch andere, was da vorgeht. Es spricht sich herum, und die Rettungsbemühungen kommen zum Erliegen.

»Warum machen sie das?«

»Was ist denn da los?«

Ich sage mir, dass dies nicht das Ende der Welt ist. In diesen Gewässern gibt es eine stabile Grindwalpopulation. Wir können es uns leisten, ein paar Hundert zu verlieren. So was passiert nun mal. Alles schauen mich an.

»Sind das dieselben?«

»Die stranden doch nicht gleich wieder, oder?«

Genau das werden sie tun. Warum, weiß auch niemand, aber das kommt nur allzu häufig vor. Entweder sie waren schon beim ersten Mal mit Absicht gestrandet und lassen sich von menschlicher Sentimentalität nicht von ihrem Plan abbringen, oder sie können es einfach nicht ertragen, die anderen zurückzulassen.

»Macht weiter«, sagte ich zu Callum. »Versucht, noch ein paar ins Wasser zu kriegen.«

»Na los, Leute, wir werden doch jetzt nicht aufgeben.« Ich lasse Callum stehen und gehe ins Wasser. Tante Janey und ihre Freundin Kathie folgen mir und außerdem noch zwei andere von den Inseln. Wir schreiten ins Wasser hinaus, direkt auf die zurückkommenden Wale zu. Janey klatscht mit den Händen aufs Wasser. Irgendjemand brüllt die Tiere an. Janey verfällt in Kraftausrücke, die sogar mich vertreiben würden. Das klappt auch, jedenfalls eine Zeitlang. Die Wale zögern, manche drehen sogar ab, aber von Herzen kommt dieser Rückzug nicht. Sie verharren an Ort und Stelle oder suchen nach einer anderen Route zum Strand und starren uns mit ihren großen, vorwurfsvollen Augen an. Sie werden ans Ufer zurückschwimmen, so oder so.

Ich warte, bis noch sechs weitere Wale ins Meer getragen worden sind, ehe ich mich geschlagen gebe.

Wir können nicht lange im Wasser bleiben, es ist zu kalt. Jetzt müssen wir einfach sehen, was passiert.

Was passiert, ist, dass alle zurückkommen. Die Tiere schwimmen auf das Ufer zu, drängen sich durch die Kadaver jener, die bereits verendet sind, quetschen sich an denen vorbei, die im Sterben liegen. Sie rollen sich hin und her und schlagen mit Schwanz und Flossen, wuchten sich aus dem Wasser und zurück auf den Sand.

Das Entsetzen um mich herum ist erbarmungswürdig. Ein paar von den Frauen und Jugendlichen haben angefangen zu weinen. Die Männer sind blass, blinzeln wie wild, reiben sich die Gesichter. Es ist nicht fair. Die Leute haben sich solche Mühe gegeben, und sie haben etwas dafür verdient. Aber leider funktioniert die Natur nicht so.

»Und was jetzt?« Callum spricht sehr leise; ich habe den Verdacht, dass er weiß, was als Nächstes kommt. Ich schüttele den Kopf, und er folgt mir, als ich auf den Sergeant zugehe. Zu dritt treten wir von der Menschenmenge weg.

»Ich muss die Tiere töten«, erkläre ich dem Sergeant. »Egal, wie oft wir sie ins Wasser rausschaffen, sie werden immer wieder zurückkommen.«

Der Soldat, selbst kaum mehr als ein halbwüchsiger Junge, sieht völlig schockiert aus. Er dreht sich zu dem Elend am Ufer um, schaut auf die schieren Massen, um die es hier geht.

»Und wenn wir sie in tieferes Wasser schaffen?«, fragt Callum. »Sie mit dem Schnellboot rausschleppen?«

Ich wusste, dass das passieren würde. Einsprüche und Gegenvorschläge, die nichts bringen, außer das Unvermeidliche hinauszuzögern und das Leiden der Tiere zu verlängern.

Ich schüttele den Kopf. »Wenn Wale absichtlich wieder stranden, kann niemand etwas dagegen tun.«

Eine Pause entsteht, während die beiden anderen vergeblich versuchen, mit einer Erwiderung aufzuwarten. »Wie wollen Sie's denn machen?«, fragt der Sergeant, der von Minute zu Minute jünger und unsicherer aussieht.

»Per Kopfschuss. Wenn Sie und Ihre Männer dabei helfen

können, wäre das toll. Wenn nicht, muss ich Sie darum bitten, den Strand zu räumen. Das will bestimmt niemand mit ansehen.«

Callum fährt sich mit der Hand durchs Haar. »Catrin, gibt's denn wirklich keine Alternative?«

Ich spüre, wie Zorn in mir aufsteigt. Das hier wird schon schwierig genug werden, und ich brauche diese zwei auf meiner Seite. »Nein. Wenn wir gar nichts tun, verenden sie langsam und qualvoll. Bei manchen könnte es Tage dauern. Sie immer wieder ins Wasser zu zerren, macht es für sie nur schlimmer, und irgendwann sind die Leute doch völlig fertig.«

»Ich rede mal mit meinem Kommandanten.« Der Sergeant geht wieder den Strand hinauf. Am Wasser schleppen die Leute die kleineren Wale immer noch ins Wasser zurück und versuchen, die, die zurückkommen, aus den Untiefen zu verscheuchen.

»Brauchst du nicht… ich weiß nicht, irgendeine Genehmigung für so was?«, erkundigt sich Callum.

»Wen soll ich denn deiner Meinung nach um Erlaubnis fragen? Gott?«

»Wo ist denn John?«

Die Andeutung, dass mein Urteil nicht genügt, dass ich bei meinem Boss nachfragen muss, macht mich stinkwütend. Glaubt er tatsächlich, John und ich hätten nicht genau dieses Szenario durchdiskutiert, bevor ich losgefahren bin? Und hätten nicht sorgfältig die Patronen abgezählt und protokolliert, die ich brauchen würde?

Der Sergeant kommt zurück, das Funkgerät noch in der Hand. »Mein Kommandant kann bei so etwas ohne offizielle Genehmigung nicht zustimmen. Er ruft den Gouverneur an.«

»Ihr Kommandant hat an diesem Strand keinerlei Befehlsgewalt, und über mich auch nicht«, entgegne ich. »Ich fange jetzt an.«

Damit gehe ich davon. Ich glaube zu sehen, wie der Sergeant einem seiner Männer bedeutet, dass er mich aufhalten soll, aber Callum ist als Erster bei mir. »Warte noch einen Moment.« Er spricht sehr leise, seine Stimme ist direkt an meinem Ohr. »Die Leute des Gouverneurs werden John anrufen, und der wird deine Position bestätigen. Vielleicht brauchst du ja keine Genehmigung von dem Typen, aber du brauchst seine Hilfe.«

»Was ich brauche, ist, dass der mir nicht in die Quere kommt.«

Er packt mich an der Schulter, hindert mich am Weitergehen. »Catrin, hier sind bestimmt an die fünfzig Leute. Weniger als die Hälfte von denen leben hier. Die werden doch nicht verstehen, was du da tust und warum es nötig ist.«

Der Sergeant spricht in sein Funkgerät. Bis sein Vorgesetzter den Gouverneur angefunkt hat, bis der Gouverneur mit John telefoniert hat und der ihn beschwichtigt und überzeugt hat, wird wertvolle Zeit vergehen. Zeit, in der die Wale weiter leiden und ich herumstehe und über eine der schrecklichsten Aufgaben nachdenke, die ich je zu bewältigen hatte.

»Die brauchen es auch nicht zu verstehen«, erwidere ich.

»Und was machst du, wenn die beschließen, die Wale zu beschützen? Sich zwischen dich und die Tiere stellen? Die Hälfte von denen hat Kameras dabei. Ohne die Hilfe der Armee geht das nicht.«

Er hat recht. Ich hasse ihn dafür, aber er hat recht.

Mittlerweile hat Tante Janey mitbekommen, dass irgendwas im Busch ist. Sie und ihre Freundin kommen den Strand herauf auf mich zu. Pete und Mitchell haben das Schnellboot zurück ans Ufer gebracht und kommen auch näher. Ich bin nicht ganz allein. Es fühlt sich nur so an.

»Ich lade die Leute alle zu uns nach Hause ein«, sagte Tante Janey. »Wir können ihnen ja die Farm zeigen, und die andere Seite der Insel. Ich hab Kuchen in der Gefriertruhe, und

Ashley hat einen neuen Trick gelernt. Jetzt stellt sie sich tatsächlich hin und macht Bittebitte.«

Ich bringe ein schwaches Lächeln zustande. Ihr Plan, so er denn funktioniert, wird dafür sorgen, dass die Touristen vom Strand verschwinden. Sie werden nicht mit ansehen, wie ich einhundertsechsundsiebzig Walen in den Kopf schieße.

Sandknirschen verrät mir, dass der Sergeant zurückkommt. Er blinzelt in die Sonne, und seine Sommersprossen heben sich scharf von seinem bleichen Gesicht ab.

»Mein Kommandant kann nicht gestatten, dass ich oder meine Männer uns an den Erschießungen beteiligen«, berichtet er. Ich bin enttäuscht, aber nicht überrascht. Kein ranghoher Armeeoffizier wird Bilder sehen wollen, auf denen seine Männer wehrlose Tiere abknallen. »Wir sorgen dafür, dass Sie Platz zum Arbeiten haben, wir bieten Ihnen alles an Hilfestellung an, was wir können«, vollendet er seinen Bericht.

Ich danke ihm mit einem Nicken. Das ist besser als nichts.

»Sind wir sicher, dass wir es lange genug versucht haben?« Callum lässt den Blick über den Strand wandern, über die Reihen japsender, leidender Tiere.

»Vom Wasser aus konnte man's besser sehen«, meldet Pete. »Jeder einzelne Wal, den wir ins Meer zurückgeschafft haben, schwimmt wieder zum Strand zurück. Ein paar haben das schon zweimal gemacht.«

Mitchell nickt bestätigend. »Wenn wir noch eine Stunde warten, wird's auch nicht anders.«

Genug. Ich wende mich an den Sergeant. »Können Sie die Leute bitten, den Strand zu räumen? Sie haben sich alle unglaubliche Mühe gegeben, aber jetzt müssen sie den Rest uns überlassen.«

»Ich komme mit.« Janey nimmt den jungen Soldaten am Arm und schiebt ihn sanft auf die wartenden Menschen zu.

»Na, hoffen wir mal, dass es so einfach ist.« Callum folgt den beiden und bildet die Nachhut.

Pete sagt, er geht die Pistole holen; dann macht er sich auf den Rückweg zum Boot, und ich bin allein.

Ein Sturmvogel stößt so tief herab, dass ich den Luftzug über meinem Kopf spüren kann. Das unerwartet reiche Futterangebot hat die Vögel noch aggressiver gemacht als sonst. Da ich weiß, dass ich es nicht mehr aufschieben kann, gehe ich auf die Menge zu, die von dem Sergeant schon das Schlimmste erfahren hat.

Die Leute fangen an, auf mich einzubrüllen, als ich näher komme. Manche wollen sich ganz aufrichtig hilfsbereit zeigen, sie haben Vorschläge, wie man den Walen helfen könnte, und denken ganz ehrlich, darauf wäre ich selbst noch nicht gekommen. Andere wollen sich nur über die Menge hinweg Gehör verschaffen. Die Kopfschmerzen, von denen mir gar nicht klar war, dass ich sie hatte, fangen an, gegen meine Schläfen zu hämmern.

Ich hebe die Hand.

»Es tut mir leid, dass es so weit gekommen ist, aber das war die ganze Zeit durchaus möglich«, sage ich, als es still genug ist, dass man mich verstehen kann. »In ungefähr fünfzig Prozent aller Fälle schwimmen Wale von sich aus wieder auf den Strand. Niemand weiß, wieso sie das tun, aber den Rettungseinsatz jetzt fortzusetzen, hieße lediglich, ihre Qualen zu verlängern. Euthanasie ist die barmherzigste Lösung.«

Ich warte. Lasse den Blick von einem entgeisterten Gesicht zum nächsten wandern.

»Wahrscheinlich sollten Sie den Strand jetzt lieber räumen. Noch einmal vielen Dank.«

Ein Hagel aus Fragen und Protesten folgt mir, als ich mich abwende. Eine junge Frau rennt an mir vorbei auf einen der größeren Wale zu. Einer der Soldaten sprintet ihr nach und packt sie am Arm. Ich gehe weiter. Die Menge im Schach zu halten, ist jetzt Aufgabe des Militärs.

Ich gehe auf einem Umweg zu Pete zurück, gehe zwischen

den toten und verendenden Tieren hindurch. Wir wissen so wenig über diese Geschöpfe. Abgesehen von der relativ kleinen Anzahl von Tieren, hauptsächlich Delfinspezies, die wir in Gefangenschaft halten, haben wir so wenig Gelegenheit, sie zu erforschen. Es wird viel über die Intelligenz von Walen und Delfinen geredet. Die Größe ihres Gehirns, an und für sich und in Bezug auf ihre Körpermasse, deutet darauf hin, dass ihnen ein Platz unter den intelligentesten Spezies des ganzen Planeten zusteht. Offenbar sind sie zu Problemlösungsverhalten und zu kreativem Denken fähig. Demonstrieren unverkennbar starken sozialen Zusammenhalt, gehen lang andauernde, intensive Beziehungen ein und sind auch für kooperatives Verhalten anderen Spezies gegenüber bekannt. Man glaubt sogar, dass sie ein Ich-Bewusstsein haben, dass sie sich in Spiegeln und auf Videofilm erkennen können. Aber die Wahrheit ist: Es gibt noch so viel mehr zu lernen.

Wissen sie, was ich vorhabe?, frage ich mich, als ich zwischen ihnen umhergehe, die Sturmvögel verscheuche, immer wieder stehen bleibe, um Wasser zu schöpfen und es über Nasen zu gießen. Es kommt mir so vor, als wüssten sie es. Dass ein Beben des Begreifens durch dieses Rudel läuft, als ich zu meiner Pistole zurückkehre.

»Hast du schon mal irgendetwas getötet?« Callum hat neben mir Tritt gefasst.

Ich muss einen Moment überlegen, ehe ich den Kopf schüttele. Ich habe nie zum Vergnügen gejagt. Ich war dabei, wenn Tiere getötet worden sind, aber ich war nie diejenige, die abgedrückt hat.

»Soll ich es machen?«, bietet er sich an.

Wieder schüttele ich den Kopf. Meine Verantwortung.

»Und was soll ich tun?«

»Sei meine letzte Verteidigungslinie. Wenn der Sergeant und seine fröhlichen Gesellen die Menge nicht zurückhalten können, dann musst du es tun.«

Inzwischen haben wir Pete erreicht; er hat den Kasten mit der zusätzlichen Munition dabei. Er reicht mir die Pistole.

Einem großen Säugetier den Gnadenschuss zu geben, ist nichts Sauberes, Schnelles oder Schmerzloses. Die Kugel fetzt ins Fleisch, lässt kleine Stücke in alle Richtungen fliegen. Blut spritzt wie an jedem Tatort, und es dauert nicht lange, bis ich von oben bis unten damit besudelt bin. Ich könnte Abstand halten, außer Reichweite bleiben, doch dann bestünde größere Gefahr, dass der erste Schuss danebengeht. Auch mit einem guten, sauberen Schuss – und ich bin eine gute Schützin, stelle ich an diesem Tag fest – dauert es seine Zeit, bis das Gehirn herunterfährt. Das Tier gibt einen einsamen, traurigen Schrei von sich, während es spürt, wie es stirbt, und die, die es umgeben, stimmen ein. Bald ist der ganze Strand vom letzten Gesang der Wale erfüllt. Pete weint hemmungslos, lange bevor wir fertig sind. Ich spüre, wie es feucht meine Wangen hinunterrinnt, und überlege, ob ich wohl auch weine, doch als ich die Hand hebe, um die Tränen wegzuwischen, ist sie hinterher rot. Das ist Blut, was mir da übers Gesicht läuft, keine Tränen. Das Gemetzel macht mich nicht traurig, wird mir klar, noch ehe ich auch nur zur Hälfte fertig bin. Es facht meine Wut nur noch mehr an.

Callum bleibt von all dem unberührt, geht von einem sterbenden Geschöpf zum nächsten, schirmt mich stets vor den Blicken ab und bringt nie die Anklagen zum Schweigen, die mir in den Ohren gellen.

Ich komme zu einem großen Weibchen. Als ich zu ihm trete, muss ich unwillkürlich an den Grindwal denken, den Dad und ich vor all den Jahren gerettet haben. Das Weibchen, das jetzt ausgewachsen und geschlechtsreif sein müsste. Dem ich einen Namen geben sollte, wenn ich ihm je wieder begegnete.

»Da bist du ja wieder, Rachel«, flüstere ich, bevor ich ihr in den Kopf schieße.

9

Rachel wurde wegen Verletzung der Aufsichtspflicht angeklagt. Offenbar galt es nicht als fahrlässige Tötung, zwei lebhafte kleine Kinder fast eine Viertelstunde lang in einem Auto am Rand einer Klippe allein zu lassen. Als der Prozess begann (dafür musste extra ein Richter aus Großbritannien eingeflogen werden), war sie im sechsten Monat schwanger. Sie bekannte sich schuldig und wurde zu einer zwölfmonatigen Haftstrafe verurteilt, die wegen ihrer fortgeschrittenen Schwangerschaft und ihrer beiden kleinen Söhne zur Bewährung ausgesetzt wurde. Ihr wurde für zwei Jahre der Führerschein entzogen. Wenn man ein gütiger Mensch wäre, würde man wahrscheinlich sagen, die Schuld, mit der sie leben musste, sei Strafe genug.

Eine Woche, nachdem sie verurteilt worden war, schaute Ben mich ganz genau an, begriff, dass das, was in meinem Kopf und in meinem Körper vorging, mehr war als nur Trauer, und brachte mich ins Krankenhaus. Ich hatte mir eine Infektion eingefangen, wahrscheinlich das Resultat von vier Monaten völliger Vernachlässigung und von Stress, und obwohl ich mich davon erholte, mein Sohn schaffte es nicht. Er kam tot zur Welt, drei Wochen zu früh. Als ich ihn das erste und einzige Mal in den Armen hielt und sein Körper noch warm von meinem war, ich schwöre es, da hörte ich ein hohes, singendes Geräusch, wie das Reißen einer Gitarrensaite, und wusste, dass die einzige Verbindung, die noch zwischen mir und dem Leben bestanden hatte, gelöst war. Ich sah mich selbst, ein leckgeschlagenes Schiff, das letzte Tau zerfasert und gerissen, in die Gefahren der offenen See hinaustreiben.

Was darauf folgte, war absolut vorhersehbar. Nach achtzehn Monaten hatte sich Ben weitgehend mit seinem Verlust abgefunden. Mit siebenunddreißig war er noch jung, und er war so viel stärker als ich, aber er kam nicht mit einer Ehefrau zurecht, die aufgehört hatte, als menschliches Wesen zu funktionieren. Oh, ich schleppte mich jeden Tag zur Arbeit, machte meinen Job einigermaßen kompetent. Ich schaffte es, das Haus in einem leidlich akzeptablen Zustand zu halten. Ich kaufte Lebensmittel und trug meinen Teil dazu bei, sie zu kochen. Ich ging mit Queenie raus und fütterte sie und kuschelte mich an sie, wenn ich mich daran erinnern musste, dass ein Köper warm sein und ein Herz schlagen soll. Ich ließ sogar Ben Sex mit mir haben, wenn ich merkte, dass er den Trost physischer Intimität brauchte, und gab mir Mühe, nicht zu schaudern, wenn seine Hände über mich strichen. Aber die Frau, die Ben geheiratet hatte, war nicht mehr da, und weder er noch ich wussten, wo sie zu finden war. Als er mir sagte, dass er ausziehen würde, dass er mit einer jungen Röntgenassistentin aus der Klinik zusammenleben würde, war ich nicht im Mindesten überrascht. Ehrlich gesagt, war es eine Erleichterung, mich nicht mehr bemühen zu müssen, normal zu sein, wenn er dabei war. Ich bemerkte es kaum, dass er nicht mehr im Haus war. Ich putzte weniger, aß weniger, redete mit niemandem, der nichts mit meiner Arbeit zu tun hatte. An dem Tag, an dem ich hörte, dass sein Sohn geboren worden war, weinte ich so lange und so laut, dass Queenie aus dem Haus floh. Danach tat die Frau, zu der ich geworden war, weiter so, als wäre sie okay.

Niemand verlässt den Strand. Trotz der Verlockungen von Kuchen, neugeborenen Lämmern und einem Pinguin, der Zirkustricks vorführt, will niemand Tante Janey zur anderen Seite der Insel folgen, und sie will mich angesichts von so viel Feindseligkeit nicht allein lassen. Die Leute bleiben und sehen zu, rufen »So eine Schande!« und machen Fotos, während ich von einem Tier zum nächsten gehe. »Mörderin!«, brüllen sie, als ich sorgfältig ziele und eine Kugel ins Gehirn einer Kreatur feuere, die so viel nobler und schöner ist und einen Platz auf dieser Welt so viel mehr verdient hat als der Mensch, der sie tötet. Ich schaue nicht zurück oder nach vorn, ich marschiere einfach weiter, gehe zum nächsten, ziele und schieße. Wieder und wieder töte ich, und lange bevor das Tageslicht zu schwinden beginnt, bestehen kaum noch Zweifel, dass ich zu dem geworden bin, als das sie mich alle bezeichnen. Eine Mörderin.

Nur einmal halte ich inne. Am Nachmittag, als noch etwa dreißig Wale am Leben sind und leiden. Ich halte inne, weil eine Gruppe Neuankömmlinge die Soldaten umgeht und direkt auf mich zukommt. So vertieft bin ich in meine grauenvolle Aufgabe, dass ich ihre Gegenwart gar nicht bemerke, bis sie meinen Namen sagen.

Ich drehe mich um, und es dauert ein paar Sekunden, bis der dunkle Nebel sich verzieht, der in meinem Kopf immer dichter geworden ist, seit ich angefangen habe zu töten. Callum ist nicht an meiner Seite. Gelegentlich ist er stehen geblieben, um sich zu vergewissern, dass die Wale, die ich erschossen habe, auch wirklich tot sind. Deshalb ist er ein paar Meter entfernt, hockt neben einem jungen Weibchen.

Sieben Leute. Alles Einheimische, obwohl mir ihre Namen nicht gleich einfallen wollen. Dann erkenne ich Gemma Brown. Deren toten Sohn ich vielleicht vor ein paar Stunden auf der *Endeavour* gesehen habe.

»Wir müssen wissen, was Sie gestern Nacht auf dem Wrack gesehen haben.« Es ist ein Mann, der das Wort an mich richtet, höchstwahrscheinlich ihr Ehemann, Jimmys Vater.

»Da müsst ihr mit Bob Stopford reden, Leute.« Callum kommt mit großen Schritten näher. Sie beachten ihn nicht.

»Wir wollen doch nur wissen, was Sie gesehen haben. Welcher von beiden es war. Das ist doch nicht zu viel verlangt.« Ein anderer Mann, er sieht dem ersten ähnlich, vielleicht sein

Bruder, der Onkel des Jungen. Es scheint nicht zu viel verlangt zu sein, aber wie kann ich den Angehörigen sagen, dass der Leichnam, den ich gesehen habe, nicht wiederzuerkennen war? Dass der kleine Junge, den sie einst geliebt haben, nicht mehr existiert.

»Was hatte er an?« Gemma, die Mutter, geht das Ganze am praktischsten an. Ich denke an den Stoffturnschuh, den ich gesehen habe, dunkelblau, mit Schnürsenkeln, die vielleicht einmal cremefarben waren. Ein paar Worte von mir würden ihre schlimmsten Befürchtungen bestätigen. Oder ihre Qualen verlängern. Ich darf es ihr nicht sagen, das wäre fürchterlich verantwortungslos.

»Es tut mir leid, ich kann Ihnen nicht helfen. Sie müssen sich an die Polizei wenden. Die können Ihre Fragen bestimmt beantworten, sobald es möglich ist.«

»Was zum Teufel hatten Sie da überhaupt zu suchen? Wer fährt denn mitten in der Nacht zu einem Wrack raus?« Der Mann tritt ganz nahe an mich heran, groß und drohend.

»Catrin, die Pistole«, sagt Callum leise und tritt neben mich. Ich löse meinen Griff um die Pistole und überlasse sie ihm, gerade als die Gruppe vor mir es ebenfalls bemerkt. Ganz andere Emotionen malen sich auf ihren Gesichtern. Ein paar treten einen Schritt von mir weg.

»Zu dem Wrack rauszufahren, war meine Idee.« Callum schiebt die Pistole in seinen Hosenbund. »Wir haben nach dem vermissten Touristenkind gesucht. Catrin hat mich hingefahren. Also, wir haben hier echt alle Hände voll zu tun, und Sie müssen sich an die Polizei wenden.«

Zwei der Soldaten sind herbeigekommen. »Sergeant, die Leute hier müssen vom Strand runter.« Callum lässt sich keinen Blödsinn bieten, aber ich bin diejenige, die die letzte Spitze von Jimmys Dad abbekommt. Er schaut sich um, sieht die toten Tiere, den rot gefärbten Strand, die Blutspritzer auf meinen Kleidern und meiner Haut.

»Mein Gott, wie sind Sie denn drauf?«

Er wendet sich ab, und die anderen folgen ihm vom Strand weg.

Am späten Nachmittag sind alle Wale tot. John, Brian und ein Polizist treffen ein, und wir machen uns ans Datensammeln. Niemand hat den Mut zu sagen, dass alles Schlimme auch sein Gutes hat, aber die Informationen, die wir heute bekommen, werden mit Walforschern auf der ganzen Welt geteilt werden.

Endlich leert sich der Strand langsam, bis nur noch die Conservation-Mitarbeiter, die Soldaten und diejenigen zurückbleiben, die meinetwegen hier sind. Tante Janey bringt Sandwiches, die niemand hinunterbringt, und heißen Kaffee, den wir gar nicht schnell genug trinken können. Außerdem bringt sie mir trockene Sachen zum Anziehen, wofür ich ihr noch dankbar sein werde, bevor der Tag zu Ende ist. Sie drängt mich zu bleiben, beteuert, mein Zimmer von damals sei stets bereit, aber jetzt bleiben mir weniger als vierundzwanzig Stunden. Ich muss heute Abend wieder in Stanley sein.

Als das Wenige, was noch zu tun bleibt, von John, Brian und Pete erledigt werden kann, gehe ich zur nächsten Bucht hinüber, wo so gut wie kein Lebewesen zu sehen ist. Jeder Vogel im Umreis von fünf Kilometern wird sich inzwischen an den toten Walen gütlich tun. Ich ziehe mich bis auf die Unterwäsche aus und gehe ins Wasser. Es fühlt sich kalt genug an, dass mein Herz versagen könnte. Ich gehe tiefer hinein, tauche ganz und gar unter, spüle das Blut von meinem Körper, meinem Gesicht, aus meinem Haar. Und weiß dabei die ganze Zeit, dass es nie aus dem Inneren meines Kopfes verschwinden wird, egal, wie lange ich lebe.

Einen Augenblick lang bin ich versucht weiterzugehen, loszuschwimmen, bis die Kälte zu viel für mich wird. Denn vielleicht kann ich ja den Zorn der Menschen besänftigen, die mich heute haben töten sehen, wenn ich mich selbst hingebe, um für die Wale zu bezahlen.

10

Vor ungefähr einem Jahr, ohne jeglichen Grund weiterzuleben, begann ich, mir ernsthaft Gedanken darüber zu machen, nicht mehr zu leben. Meine Eltern und meine Kinder waren tot, mein Mann hatte sich anderweitig gebunden, meine beste Freundin war zu jemandem geworden, dessen Anwesenheit ich nicht einmal in meinem Kopf ertragen konnte, geschweige denn in meinem Leben. Da war natürlich noch Queenie, und ich hatte ein schlechtes Gewissen, sie zurückzulassen, aber ich dachte mir, Ben würde sie schon nehmen, und das wäre ihr sicher ganz recht. Ich fing an, ihr Extraportionen Futter hinzustellen, für den Fall, dass ein Tag kommen würde, an dem ich die Gelegenheit beim Schopf ergriff und nicht mehr nach Hause kam, aber sie ist ein kleiner Vielfraß, und ich musste damit aufhören, als sie allmählich zu fett wurde.

Eines Sonntagmorgens gab ich meinem kleinen Hund einen Abschiedskuss, räumte das Haus auf und steuerte das Boot bis zur Küste von New Island am äußersten westlichen Rand der Falklands hinaus.

Im Laufe der Jahre hat meine Familie viel Land auf den Inseln besessen, New Island jedoch kam uns immer vor wie unser Zuhause, denn dort hatten meine Vorfahren zuerst angelegt und ihr Walfangunternehmen aufgebaut. Ein kleines Stück vor der Küste liegt ein Wrack namens *Isabella*, das mit einer Ladung Perlmutt Schiffbruch erlitten hat. Jahrzehnte später werden noch immer Fragmente am Ufer gefunden, manche zu jenen kleinen Tesserae zerstückelt, die in Mosaiken verwendet werden, andere sitzen noch an den Muschelschalen fest. Rachel war ganz hingerissen von diesem Ort und taufte ihn »die Schatzinsel«. An meinem Hochzeitstag schenkte ich ihr eine Halskette und Ohrringe aus Perlmutt von der *Isabella*, und sie weinte so lange, dass ich sie ganz neu schminken musste.

Als unsere großen Jungen sechs Jahre alt waren und die kleinen gerade mal vier, fuhren wir mit ihnen zur Schatzinsel. Wir machten Lagerfeuer, sangen Lieder, beobachteten, wie die Pinguine umherstrolchten und die Schwarzbrauenalbatrosse auf ihren ringförmigen Nestern hockten, die wie Donuts aussehen. Und in anderthalb Stunden am Strand lasen wir zwanzig Perlmuttstücke auf. Ich glaube, das war mit die glücklichste Zeit meines Lebens.

Wenn irgendein Ort mir endgültig klarmachen konnte, was ich verloren hatte, und es mir leichter machen konnte, dieses leere Leben zurückzulassen, dann würde es New Island sein.

Also gab ich mich an jenem Sonntagmorgen, an dem ich beschloss, dem Ganzen ein Ende zu machen, gar nicht erst mit einem Neoprenanzug ab; ich dachte, die Kälte würde mir den Abgang erleichtern. Ich schnallte eine Flasche um, in der nur für zehn Minuten Luft war, und tauchte in einer Diagonale, um weit vom Boot wegzukommen. Als ich den Meeresboden erreichte, hatte ich noch Luft für ungefähr fünf Minuten. Das Wasser war fast dreißig Meter tief, und die Sicht war schlecht. Ich dachte an meine Söhne und überließ mich dem Schmerz. Ich sann über die Möglichkeit nach, die beiden wiederzusehen, obwohl ich nie wirklich ans Jenseits geglaubt hatte. Dann hörte ich das saugende, schabende Geräusch, mit dem die Luft zur Neige ging.

Wie am Sand festgeklebt saß ich da. Als meine Lunge anfing zu kämpfen, nahm ich die Flasche ab und riss mir das

Mundstück aus dem Gesicht. Mein Magen begann zu pulsieren, mein Brustkorb fühlte sich an, als würde er gleich implodieren. Ich wusste, dass es nur noch eine Frage von Sekunden war, bis der Drang, Luft zu holen, unwiderstehlich wurde, und wenn das geschah, würde Wasser in meine Lunge strömen, und ich hätte dieses ganze Unterfangen nicht mehr unter Kontrolle. Und ich glaube, genau in dem Moment, als alles vor meinen Augen zu verschwimmen begann, drang ein Sonnenstrahl bis zum Meeresgrund vor. Dort, genau vor mir, lag ein kleines, schillerndes Fragment, das kein Stein war und keine Muschel, obgleich es einst in einer entstanden war. Ein Stück Perlmutt.

Rachel. Sie war hier, war zusammen mit mir auf dem Grund des Meeres. Ich sah ihr zwölfjähriges Ich, das Gesicht glühend vor Begeisterung über die glänzenden, schimmernden Dinge, die an den Strand gespült worden waren. Ich sah sie am Tag meiner Hochzeit, in Tränen aufgelöst und wunderschön. Ich sah sie in dem Silberbesteck, das sie Ned zur Taufe geschenkt hatte.

Sekunden später war ich wieder an der Oberfläche, das Perlmuttstück fest in der Hand.

Natürlich versuchte ich es noch einmal, ich lasse mich nicht leicht von etwas abbringen. Ich hortete Paracetamol und schaffte es lediglich, dass mir fürchterlich schlecht wurde. Ich nahm ein frisch gewetztes Küchenmesser mit ins Bad und schmiss es nach ein paar halbherzigen Versuchen, eine Delle in meine Haut zu machen, gegen den Spiegel. Ich las alles über die Psychologie des Suizids, was ich in die Finger bekam, und versuchte herauszufinden, was genau mir fehlte. Schließlich begriff ich. Ich war zu wütend, um mir das Leben zu nehmen. Es sei denn, ich könnte Rachel zuerst das ihre nehmen, natürlich.

Als ich hier im Meer stehe und das kalte Wasser über mich hinwegfluten lasse, als könne es irgendwie bewirken, dass ich mich wieder unbefleckt fühle, wird mir klar, dass sämtliche hartnäckigen Zweifel endlich verflogen sind.

Ich habe überlegt, ob ich wohl den Mumm habe zu töten. Ob ich einem lebenden Wesen in die Augen sehen und jenen einen, unwiderruflichen Akt durchführen kann, der ein Leben beendet. Die Frage ist dann wohl beantwortet. Fast zweihundert tote Meeressäuger am nächsten Strand bezeugen es. Zu töten fällt mir nicht schwer. Eigentlich bin ich sogar ziemlich gut darin.

Es ist dunkel, als Tante Janeys Boot Callum und mich wieder auf dem Festland absetzt. Als ich mich von ihr verabschiede, umarme ich sie so fest und so lange, dass ich sicher bin, sie ahnt etwas. Aber ich habe Glück. Sie schiebt es auf den Stress dieses Tages.

Queenie begrüßt Callum und mich überschwänglich und springt vor Freude hoch in die Luft, doch das kann auch daher kommen, dass sie seit Stunden nichts gefressen hat.

»Ich kann immer noch Blut riechen«, sage ich, als wir losfahren.

Callum rutscht auf seinem Sitz herum. »Janey hatte keine Klamotten, die mir gepasst hätten.« Er lächelt. »Und ich bin ein viel zu großes Weichei, um mich im Meer zu waschen.«

Überrumpelt lächle ich zurück. Wir haben hier auf den Inseln eine Tradition, die Midwinter Swim genannt wird. Am Tag der Wintersonnenwende, die hier im Juni stattfindet, versammeln sich ein paar Hundert Tollkühne in der Surf Bay und … na ja, schwimmen tun sie eigentlich nicht, sie rennen eher ins Wasser, tauchen den Kopf ein und kommen schreiend wieder herausgerannt. Früher war Callum jedes Jahr dabei. Als ich ihn das erste Mal in Badeshorts sah, dachte ich, ein Mann aus den nordischen Sagen sei dem Meer entstiegen, einer von den Helden aus alter Zeit, von denen Rachel immer erzählte. Sein Haar war damals ziemlich lang, und es leuchtete rotblond in der Wintersonne. Seine Haut war blass, sommersprossig und mit feinem blondem Flaum bedeckt. Er war gewaltig, prachtvoll, so ungemein männlich. Das war vor vier Jahren, ein paar Wochen, bevor ich ihm zum ersten Mal von Angesicht zu Angesicht begegnete. Damals war ich eine ganz andere Frau.

Ich habe mehr verloren als meine Söhne, als Rachels Auto über den Rand der Klippe gestürzt ist.

11

Ich erwache mit einem Ruck und habe keine Ahnung, wie spät es ist oder wo ich bin. Dann wird mir klar, dass ich quer über den Vordersitzen von Callums Land Cruiser liege. Seine Jacke klemmt unter meinem Kopf, eine karierte Decke ist über mich gebreitet. Der Wagen riecht nach dem Gemetzel, das wir am Strand von Speedwell angerichtet haben: Blut, Meeresstrand, Fleisch, das bereits zu faulen beginnt.

Queenie ist bei mir, nicht eng zwischen meinem Bauch und meinen Oberschenkeln zusammengerollt, wie es ihre Gewohnheit ist, wenn wir beide schlafen, sondern aufrecht und mit gespitzten Öhrchen. Sie ist hellwach, hält nach irgendetwas Ausschau, starrt zum Fenster hinaus. Vielleicht kann sie da draußen ja etwas sehen. Ich nicht. Ihr Atem und meiner haben die Fenster beschlagen lassen.

»Callum?« Ich rechne nicht mit einer Antwort. Ich bekomme auch keine.

Ich habe geträumt. Böse Träume von Schüssen und zerfetzendem Fleisch. Von Blut und Knochen, die in die Luft emporstieben. Es war sehr dunkel. Überall um mich herum war Krach, und ich hatte sehr, sehr große Angst.

Ich setze mich auf, wische erst die Windschutzscheibe und dann das Beifahrerfenster sauber. Queenie springt auf den Fahrersitz, um mir nicht im Weg zu sein, aber sie beobachtet jede meiner Bewegungen.

»Wo ist er hin?«

Sie drückt die Schnauze gegen das Fenster, dann sieht sie wieder mich an. Ihre Ohren legen sich eng an den Kopf. Sie weiß es auch nicht.

Der Schlüssel steckt nicht im Zündschloss.

Die Nachtluft, schwer von den Gerüchen von Ginster, Torf und Meer, strömt ins Auto, als ich aussteige. Die Sterne sehen aus wie Gischt im Sonnenlicht, aber der Mond ist nicht zu sehen. Es ist zu dunkel, um viel weiter sehen zu können als bis zum Diddle-Dee, dem dichten, flachen Gestrüpp, das entlang der Straße wächst wie der ausgefranste Rand eines Bandes.

Ich suche die kleine Taschenlampe hervor, die ich stets bei mir trage, und gehe um den Wagen herum. Jenseits des Diddle-Dee ist auf beiden Seiten der Straße ein breiter, tiefer Graben. Das heißt, ich bin irgendwo zwischen Darwin und Stanley. Ich leuchte mit der Taschenlampe, so weit der Strahl reicht. Keine Spur von Callum.

Eine jähe Explosion aus Krach und Licht in der Ferne lässt meine angespannten Nerven kribbeln. Feuerwerk. Als die bunten Funken erlöschen, erinnere ich mich an weitere Bilder aus meinem Traum. Schlamm und Gemetzel. Finsternis und ohrenbetäubendes Getöse. Die Schlacht um Goose Green.

Als ich ihn kennenlernte, hat Callum mir viele Geschichten über den Konflikt erzählt, aber immer nur lustige Sachen. Er hat mir erzählt, wie er mal ein Schaf geklaut hat, um Hammeleintopf zu machen; von dem Weingeschäft in Stanley, das einen Treffer abbekommen hatte, sodass Wein und Bier in den Straßen flossen. Vom Tod, von den Verstümmelungen hat er mir nicht erzählt. Er hat nichts vom wahren Grauen des Falklandkrieges mit mir geteilt.

Also habe ich es selbst herausgefunden. Ich las jeden Bericht, den ich in die Finger bekam. Von Callum erfuhr ich nichts von den fünf trostlosen Tagen, die sein Regiment nach der Landung auf dem Sussex Mountain verbrachte, umgeben von öden Hügeln und leblosen Hängen. Wie sie versuchten, sich im unablässigen Winterwind warm zu halten. Davon hat er mir nichts erzählt, doch ich wusste trotzdem, dass sie vergeblich versucht hatten, in festem Felsengrund oder durchweichtem Boden Gräben auszuheben; wusste, dass sie verzweifelt alles genutzt hatten, was sie an Schutz finden konnten, sogar Ginsterbüsche.

Ich weiß, was er auf diesem Hügel durchgemacht hat.

Während ich noch immer unschlüssig dastehe, saust Queenie los, die Straße entlang.

»Schweinchen, bleib hier!« Ohne nachzudenken, benutze ich Callums alten Spitznamen für meinen Hund. Sie nimmt die Nase aus dem Diddle-Dee und blickt sich nach mir um. Dann macht sie sich abermals auf den Weg.

»Ist er da langgegangen?« Queenie ist kein Spürhund, aber für gewöhnlich konnte sie die Jungen finden, wenn sie sich versteckt hatten.

Sie kläfft den Graben an. Ich stelle mich auf die Zehenspitzen, aber ich kann da nichts erkennen, außer dunklem Heideland und endloser flacher Leere. Dann rennt Queenie ein paar Meter weiter die Straße hinunter. Ich folge ihr, während ein weiteres Feuerwerksgewitter losbricht.

In der ganzen Zeit, die ich ihn kenne, hat Callum mir nichts über den Nachtmarsch seines Regiments nach Goose Green erzählt, davon, wie sie in der Winterfinsternis achtzehn Kilometer querfeldein zurückgelegt haben. Aus schriftlichen Berichten habe ich erfahren, dass die Fallschirmjäger leise durch flaches, ödes Gelände marschierten, wohl wissend, dass der Feind ihnen zahlenmäßig überlegen war und Zeit gehabt hatte, seine Verteidigung zu planen, sich gründlich zu verschanzen.

Ich übersehe eine Senke im Straßenverlauf und stolpere.

Das Moor, das die Fallschirmjäger 1982 überquerten, wurde zu einer Riesenfalle. Männer fielen in Sumpflöcher, verstauchten sich auf verborgenen Felsen die Knöchel, lernten, das Land zu hassen, das zu schützen sie in See gestochen waren. Sie näherten sich der Stelle, wo, wie sie wussten, feindliche Soldaten warteten, und fragten sich, ob die ersten Schüsse vielleicht das Letzte sein würde, was sie hören würden. Für alle Zeit.

Callum hat mir allerdings erzählt, dass sie auf jenem ersten Marsch zweimal umkehren und denselben Weg zurückgehen mussten, sodass sie klatschnass und erschöpft waren, als es schließlich zur Schlacht kam. Er sagte, dass dank irgendeines gigantischen Bockmists die BBC aller Welt verkündete, dass die britische Armee sich anschicke, Goose Green zu befreien, und somit dem Feind ihre Pläne verriet.

Callum, von unserem Abenteuer letzte Nacht auf der *Endeavour* ohnehin schon gestresst, war den ganzen Tag von Tod umgeben. Er hat zugesehen, wie ich einen Wal nach dem anderen erschossen habe, hat fast zweihundert Schüsse gehört. Stundenlang war er den herzzerreißenden Lauten verendender Tiere ausgesetzt. Er hat Menschen weinen hören, hat gebrüllte Beschuldigungen an den Kopf geknallt bekommen. Jetzt ist er irgendwo in der Finsternis, auf demselben Hang, auf dem er einst in einer furchtbaren Schlacht gekämpft hat.

Als ich Callum kennengelernt habe, besaß er Schusswaffen. Er bewahrte sie in einem abgeschlossenen Kasten hinten auf seinem Land Cruiser auf. Diesen Kasten hätte ich überprüfen sollen.

Queenies weißes Gesicht erscheint auf der anderen Seite des Grabens. Mit einem wachsenden Gefühl der Beklommenheit springe ich hinein.

Callum hat mir nichts von den Schützengräben erzählt, die beide Seiten aushoben, zum Schutz vor feindlichem Feuer.

Von anderen habe ich erfahren, wie die Fallschirmjäger in die feindlichen Gräben stolperten, nur um dort jede Menge kindliche Andenken an zu Hause vorzufinden: Spielzeugautos, Comic-Hefte, Briefe, Fotos. Er erzählte mir nicht davon, dass sie Gewehre fanden, mit religiösen Bildern auf dem Kolben und abgetrennten Händen, deren Finger sich noch um den Abzug krallten. Er hat nichts von enthaupteten Leichen erzählt, von Gesichtern mit riesigen klaffenden Löchern darin, von Männern, denen sämtliche Gliedmaßen glatt weggerissen worden waren und die noch immer am Leben waren. Von menschlichem Fleisch, das unter grauenvollen Phosphorverbrennungen wegschmolz. Er erzählte mir nicht, dass Napalm abgeworfen worden war.

Das fand ich alles selbst heraus.

Ich kann Taschenlampenlicht sehen. Direkt nördlich von dort, wo ich gerade stehe. Ungefähr hundert Meter entfernt. Ich gehe weiter, so wie die Fallschirmjäger es vor zwölf Jahren getan haben. Queenie läuft abermals ein kleines Stück voraus.

Ich hätte nie zulassen dürfen, dass Callum heute da am Strand bleibt. Nachts über Land zu fahren und Feuerwerk zu hören, das sich so ganz genau wie Schüsse anhört, könnte vielleicht ausgereicht haben, um ihn entgleisen zu lassen. Um wieder einen Flashback auszulösen.

Also bin ich gerade mitten in der Nacht kilometerweit von allem und jedem entfernt, und irgendwo ganz in der Nähe ist ein emotional labiler, gut ausgebildeter Killer, der glaubt, wir haben wieder 1982, und er sei im Begriff, in eine Schlacht zu ziehen. Und der vielleicht bewaffnet ist.

Irgendwie schaffe ich es, weiterzugehen.

Als sich die Fallschirmjäger dem Schlachtfeld näherten, begann von allen Seiten feindliches Feuer auf sie einzuprasseln. Mörser, Gewehre, Granatwerfer und Panzerfäuste ballerten auf sie ein, als sie Stück für kurzes Stück vorrückten, immer von einer winzigen Deckung zur nächsten.

Genau das tue ich jetzt. Taste mich Stück für Stück näher heran, ohne mich sehen zu lassen.

Als sie auf die feindliche Stellung zuhielten, hörten die Fallschirmjäger die niederschmetternde Nachricht, dass ihr Befehlshaber, Colonel H. Jones, Rufzeichen Sunray, bei einem selbstmörderischen Ansturm auf eine Maschinengewehrstellung getötet worden war.

Sunray gefallen. Wiederhole, Sunray gefallen.

Ich muss Callum wirklich unbedingt finden.

Ich erreiche einen Hügelkamm und habe von dort einen besseren Blick auf meine Umgebung. Ich kann das Auto sehen und die Lichter des Luftwaffenstützpunktes RAF Mount Pleasant, höchstens fünf oder sechs Kilometer entfernt. Queenie ist verschwunden.

Ich beschleunige meine Schritte, bewege mich so schnell, wie ich es nur wage. Noch ein Hügelkamm, und ich kann ein kleines Gebäude ausmachen. Jetzt weiß ich, wo ich bin. Das Gebäude ist eine Hütte, in der Futter gelagert wird. Das hier ist mein Land, aber ich habe es verpachtet. Es ist Jahre her, dass ich zuletzt hier war.

Ich habe das Licht der Taschenlampe vollständig aus den Augen verloren und kann mich des Gefühls nicht erwehren, dass die Lampe und der Mann, der sie in der Hand hält, in der Hütte sind.

Gegen Ende jener ersten Schlacht, als den Argentiniern klar war, dass sie besiegt waren, erschien eine weiße Flagge über einem stark befestigten Schulhaus. Drei Männer aus Callums Kompanie zogen los, um die Kapitulation entgegenzunehmen. Bestimmt hat Callum zugesehen, wie die drei sich der Schule näherten, wie Verwirrung ausbrach und das Feuer eröffnet wurde. Die Männer wurden getötet, ebenso wie sämtliche Argentinier in dem Schulgebäude.

Ich taste mich weiter an die Hütte heran, und niemand erschießt mich. Ich sehe keine Anzeichen dafür, dass jemand dort drin ist, aber ich bin mir ganz sicher, dass ich beobachtet werde. Schließlich bin ich nahe genug, um die Tür aufzuziehen.

Das Futterlager, an das ich mich erinnere, ist nicht so, wie ich es im Gedächtnis hatte. Der Boden ist aus Holz, das war immer schon so, um die Feuchtigkeit vom Heu fernzuhalten, aber irgendjemand hat rudimentäre Versuche unternommen, hier für ein bisschen Komfort zu sorgen. Eine Matratze liegt dicht an der einen Wand. Darauf ein Kissen und eine alte, fleckige Patchwork-Steppdecke. In der Hütte riecht es nach menschlichen Exkrementen, und in der einen Ecke sehe ich einen kleinen braunen Fäkalienhaufen.

»Callum.«

»Ich bin hier.« Ich drehe mich um und sehe seine Silhouette, die dunkel und wuchtig die Tür versperrt.

»Was ist los? Was läuft hier?« Ich habe Angst; ich will nicht hier sein, gefangen in dieser stinkenden Hütte. Und was ich von Callum sehen kann, gefällt mir nicht. Nicht mehr als ein großer, dunkler Umriss.

»Ich hab Archie gesehen. Glaube ich jedenfalls. Er hat an der Straße gestanden und uns vorbeifahren sehen. Tut mir leid, ich hab nicht dran gedacht, dich zu wecken.«

»Du hast ihn gesehen?« Ich drehe mich im Kreis, nehme das alles noch einmal in mich auf. »War er hier drin?«

»Ich denke schon. Sieht aus, als hätte ihm jemand Essen gebracht.« Callum betrachtet Chipstüten, die auf dem Boden liegen. Von hinten drängelt sich Queenie herein und strebt geradewegs auf ein Schokoladenpapier zu.

»Und ihm Bier gegeben.« Mit einem Kopfnicken deutet er auf die Bierdosen neben dem Kopfkissen. »Die ist noch fast voll. Sieht aus, als hätte das Zeug dem Kleinen nicht geschmeckt. Gott sei's gedankt, 'ne ganze Dose Bier könnte bei einem Kind von dieser Größe ganz schönen Schaden anrichten. Lass das liegen, Schweinchen.«

Callum erscheint durchaus rational. Seine Stimme klingt ruhig, sein Atem geht gleichmäßig. Also kein Flashback, Gott sei Dank. »Und wo ist er dann?«

»Weiß der Himmel. Weit kann er nicht gekommen sein, aber wir brauchen Hilfe. Wir können die Gegend im Dunkeln nicht allein absuchen.«

Ein letzter Blick in die Runde, und ich folge ihm nach draußen. Queenie kommt widerstrebend mit.

»Ich hab gerufen, aber ich glaube, vor einem Mann hat er vielleicht Angst. Vielleicht solltest du's mal versuchen.«

Ich versuche es. Ich rufe Archies Namen, versichere ihm, dass ihm nichts passiert, dass wir ihn zu seiner Mummy und seinem Daddy bringen werden, aber entweder hört er uns nicht, oder er glaubt uns nicht. Wir leuchten mit den Taschenlampen beide Seiten des Pfades ab, aber wenn Archie hinter den Felsen oder den Büschen ist, dann bleibt er hartnäckig in seinem Versteck.

»Wie hast du's geschafft, dass er dir entwischt ist?«, frage ich, als ich nach all dem lauten Rufen eine Pause brauche.

»Ich konnte nicht so schnell bremsen, sonst wären Schweinchen und du durch die Windschutzscheibe geflogen. Als ich ausgestiegen bin, hatte er sich zwischen ein paar Büschen durchgequetscht und war wieder verschwunden. Ich hab gerufen und bin in die Richtung gerannt, die er meiner Meinung nach genommen hatte, aber ich konnte ihn nicht finden. Ich wollte schon aufgeben, als ich die Hütte da gesehen habe.«

Inzwischen sind wir wieder an der Straße angekommen, der Wagen ist etwa dreißig Meter entfernt.

»Na, wenigstens lebt er noch.«

»Jep. Aber wir müssen ihn noch heute Nacht finden. Ich hab ihn nur ganz kurz gesehen, aber gut sah er nicht aus. Er sieht aus wie ein Gespenst. Warte mal, Cat, hast du die Fahrertür offen gelassen?«

Callum joggt voraus, auf den Land Cruiser zu. Ich würde ja dasselbe tun, aber ich kann kaum einen Fuß vor den anderen setzen. Ich sehe, wie er das Auto erreicht, hineinschaut und wie angewurzelt stehen bleibt. Sein Gesicht kann ich nicht erkennen.

Mühsam beschleunige ich meine Schritte, während er sich in den Wagen beugt. Mein Herz beginnt zu pochen. Als er sich wieder aufrichtet, renne ich los. Diesmal blicken mir zwei Augenpaare entgegen. Callum hat Archie West auf dem Arm.

Also ist er kein Geist. Er liegt nicht tot auf dem Grund eines Torfmoorlochs. Und auch nicht unter schmutzigen Decken im Haus irgendeines Pädophilen, mit Würgemalen am Hals. Verrottet nicht langsam in einem längst aufgegebenen, von der See umtosten Wrack. Während Callum und ich das Moor abgesucht haben, ist dieser clevere kleine Bursche in unser Auto geklettert.

»Sitzt der da rotzfrech auf meinem Sitz.« Callum macht einen Arm los und holt die Decke aus dem Wagen. »Aber verdammt kalt ist er.« Archie wird von Callum an mich weitergereicht, und zum ersten Mal seit drei Jahren halte ich ein lebendiges, atmendes Kind in den Armen.

12

»Der ist doch auf keinen Fall allein so weit gelaufen.« Callum macht das Radio aus und schaltet einen Gang hoch. »Und 'ne spontane Entführung war das auch nicht. Das war geplant. Irgendwer hat die Hütte doch vorbereitet.«

»Aber ihm scheint nichts zu fehlen.« Ich schaue auf den stummen, schlotternden Jungen auf meinem Schoß hinunter.

Archies Gesicht ist fest gegen meine Schulter gedrückt. Seine Augen sind geschlossen, aber ich glaube nicht, dass er schläft.

Callum antwortet nicht.

»Missbrauch hinterlässt Spuren. Abgesehen von Schrammen und blauen Flecken sieht er ganz okay aus. Und angezogen ist er auch noch.«

Callum senkt die Stimme so weit, dass ich ihm die Worte quasi von den Lippen ablesen muss. »In der Hütte hat's nach Sex gestunken.«

Ich bin schockiert. Ich habe Kleinjungen-Pipi und -Häufchen gerochen, das erdige Aroma von Torf und von Bier aus der offenen Dose, glaube ich. Ich habe kein …

»Können Stopford und seine Kollegen an einem Tatort Spuren sichern?«, frage ich. »Haben die überhaupt die nötige Ausrüstung dafür?«

Callum schwenkt aus, um ein Schlagloch zu umfahren. »Bei einem Fall wie diesem werden sie Hilfe brauchen. Jedenfalls können sie es sich bestimmt nicht leisten, dabei Mist zu bauen. Es ist doch nur eine Frage der Zeit, bis das überall in der britischen Presse auftaucht.«

»Und was ist mit der Armee? Die haben doch Militärpolizisten.«

Er schüttelt den Kopf. »Die arbeiten nach vollkommen anderen Regeln. Wahrscheinlich wird jemand eingeflogen werden müssen.«

»Na, der wird alle Hände voll zu tun haben, das Kreuzfahrtschiff hierzubehalten.« Ein ganzes Stück entfernt kann ich Scheinwerfer sehen. Jemand kommt uns entgegen. »Gar nicht zu reden von den ganzen Touristen, die auf eigene Faust hergekommen sind. Die haben doch alle Termine.«

Callum antwortet nicht.

»Was ist denn?«

Noch immer nicht. Es macht mich wahnsinnig, wenn er das tut.

»Du denkst, ich mach mir was vor, von wegen, es könnte einer von den Touristen gewesen sein?«

»Ist wohl nicht völlig ausgeschlossen.«

Wir verstummen beide. Aus den Scheinwerfern vor uns ist eine Lichterkette geworden. Viele Fahrzeuge kommen immer näher.

»Ich überlege, ob ich wieder nach Hause fahre.« Callum starrt den Konvoi an, der uns entgegenkommt. Einen Augenblick lang bin ich verwirrt. Meint er jetzt gleich? Wenn wir Archie übergeben haben?

»Nach Schottland, meine ich«, fügt er hinzu. »Für immer.«

Wir fahren weiter. Er behält die Hände am Lenkrad und hält den Blick weiter auf die Straße gerichtet.

»So anders als hier ist es da gar nicht. Jedenfalls nicht an der Küste. Scheißwetter. Massenhaft große, kreischende Vögel. Jeder weiß alles über jedermanns Angelegenheiten.«

Jäh hält der Land Cruiser an. Ich suche nach dem Schlagloch, dem verirrten Schaf, dem toten Hund. Nichts, die Straße ist frei. Callum hat sich zu mir herumgedreht. Ich blicke stur geradeaus, starre mein Spiegelbild in der Windschutzscheibe an, während der Wagen unter dem Hämmern meines Herzens sanft erbebt.

»Komm mit«, sagt er.

Es kommt mir vor wie Stunden, bis ich und Queenie endlich nach Hause kommen, und ich habe Mühe, einen Fuß vor den anderen zu setzen. Ich werfe meine Kleider ab, und dann kauern wir beide unter der Daunendecke. So erschöpft ich auch bin, es dauert lange, bis der Schlaf kommt.

Eines der Dinge, die mich beschäftigt haben, als ich älter wurde, ist, dass wir uns gleichzeitig stärker und schwächer machen, indem wir das Netz unserer Liebe immer weiter und weiter auswerfen. Als ich klein war, bestand das Universum aus drei Personen: Aus Mum, Dad und mir. Mit acht kam

Rachel dazu, und eine weitere Stimme gesellte sich laut und klangvoll zu meinem kleinen Trio, um dessen Harmonien mitzusingen. Als ich beide Eltern verlor – viel zu früh, aber so etwas passiert nun mal –, hielten mich Rachel und Ben jeder an einer Hand und verhinderten, dass ich abstürzte. Ein paar Jahre lang waren wir wieder zu dritt, und dann warfen wir unsere silbrigen Angelschnüre aus und zogen die Jungen an Land. Erst Ned, dann Christopher, Kit und Michael, vier zerzauste, kräftige, laute, müffelnde, freche kleine Kerle, wunderbare, fröhliche Individuen, die zusammenhielten wie ein Wolfsrudel. Sie hätten sich gegenseitig ihre Wunden geleckt, wenn es nötig gewesen wäre. Dann wurde ich zum dritten Mal schwanger, und Rachel erzählte mir, sie wolle es auch noch einmal versuchen. Aus vier würden sechs werden, und wir wussten, wir wussten ganz einfach, dass es wieder zwei Jungen sein würden. Manche Frauen sind dazu geboren, Krieger zur Welt zu bringen, und das war unsere Rolle. Ein paar kurze Jahre lang schien es, als sei die Welt zu klein, um all die Liebe in meinem Herzen zu fassen.

Und dann war da noch Callum.

Ich schlafe eine Stunde lang und träume von Gemetzel. Dann sitze ich im Garten, in die Daunendecke gehüllt und mit Queenie auf dem Schoß, inmitten meiner privaten Sammlung toter Wale. Als die Sonne aufgeht, fühlt es sich an, als würde ich ganz allmählich vom Tod verschluckt, und das erscheint mir absolut angemessen.

»Komm mit«, hat Callum gestern Nacht gesagt, kurz bevor wir den kleinen Archie seinen weinenden Eltern übergeben haben. *Komm mit nach Schottland, das den Falklands so ähnlich ist, wo das Wetter fürchterlich ist und wo die Leute neugierig und die Tiere groß und laut sind.*

Wie aufs Stichwort stößt ein Vogel direkt vor mir tief herab. Es ist ein Albatross, riesengroß und stark, ein Vogel, den man selbst hier nur selten über Land fliegen sieht, und plötzlich denke ich wieder an Rachels Lieblingsgedicht.

Der *Alte Matrose* ist auf einer langen Reise nach Süden, als er in einem sinnlosen Gewaltakt einen Albatross erschießt. Während des Rests der Geschichte symbolisiert der tote Vogel, der dem Matrosen um den Hals hängt, die Schuldgefühle und die Trauer, die dieser empfindet.

Manchmal denke ich, wir haben alle einen Albatross um den Hals hängen.

Das lebendige Exemplar über mir findet eine Luftströmung und schwebt hoch empor, dann wendet er sich ab und strebt hinaus auf See. Ich sehe ihm nach, bis man den Punkt, zu dem er geworden ist, nicht mehr von den Wolken unterscheiden kann.

Es tut mir leid, mein Liebster, es ist zu spät. Heute gehe ich fort, und ich komme nie wieder zurück. Aber nicht du wirst mit mir kommen. Sondern Rachel.

Tag 4

Donnerstag, 3. November

15 Uhr 45

13

Es ist Zeit. Die Titelstory des *Daily Mirror* – sensationsgeiler, ignoranter Schwachsinn, mit diesem lächerlichen Foto von mir am Strand von Speedwell – verschafft mir die Ausrede, die ich brauche. Niemand hält mich zurück, als ich sage, ich gehe nach Hause. Sie gehen davon aus, dass ich fix und fertig bin, dass ich etwas Zeit für mich brauche.

Ich glaube, ich war in meinem ganzen Leben noch nie gefasster.

Allerdings hat der Aufruhr im Büro mir ein großes Problem beschert. Ich hatte keine Zeit zu telefonieren; ich muss improvisieren. Ich trete in eine Art unheimliches Zwielicht hinaus, als sei der Schatten von etwas Bedrohlichem auf die Welt gefallen. Einen Moment lang habe ich Angst, dann fällt mir die Sonnenfinsternis wieder ein. Würde ich jetzt nach oben schauen, wie es die Menschen um mich herum tun, so würde ich sehen, wie der Mond das Licht der Sonne verzehrt.

Ich bin nicht abergläubisch, aber das erscheint mir durchaus angemessen.

Als ich losfahre, schalte ich die Scheinwerfer ein. Die Häuser, Geschäfte und Büros von Stanley fliegen vorbei. Die Straße windet sich bergauf, und ich fahre aus der Stadt heraus.

Jemand versucht, mich anzuhalten. Ich sehe eine Gestalt, Augen, die ich kenne, aber es ist zu spät. Zu spät, den Wagen anzuhalten, ein Gespräch anzuknüpfen, ein normaler Mensch zu sein. Ich bin kein normaler Mensch. Ich bin ein Killer. Ein Ungeheuer. Dank meines Fotos auf der Titelseite einer überregionalen britischen Tageszeitung weiß die ganze Welt, was ich bin.

Die haben ja keine verdammte Ahnung.

Ich fahre schneller, als es bei dem schlechten Licht ratsam ist, aber auf dieser Straße ist nie viel los. Dann biege ich um die Ecke und sehe das weiß getünchte Haus mit dem blauen Dach vor mir. Rachels Haus.

Da steht jemand auf der Straße. Ein Kind. Einen Augenblick lang denke ich, Archie West ist abermals aus den Büschen am Straßenrand aufgetaucht, und sein Erscheinen bedeutet das Endstadium meines Abgleitens in den Wahnsinn. Dann wird mein Kopf klarer, und ich sehe, dass es nicht Archie ist. Und auch keiner meiner eigenen Söhne. Dieses Kind ist dünner als Archie, vielleicht auch ein bisschen kleiner, mit hellem Haar und leuchtend blauen Augen, aber viel realer als die ätherischen Hirngespinste eines verwirrten Verstandes, die mich seit drei Jahren heimsuchen.

Dieses Kind sieht aus wie Rachel. Das ist Peter. Peter Grimwood, ihr Jüngster. Und das hier ist eine Gelegenheit, wie sie meine finstersten Gebete nicht hätten erflehen können.

Lauf weg, Peter, jetzt gleich. Dreh dich um, und lauf weg.

Er steht mitten auf der Straße, starrt mich an, während ich auf ihn zurase. Wie festgefroren. Ohne Angst. Schaut wie gebannt.

Wie viel leichter wäre es, anstelle der Erwachsenen das Kind mitzunehmen. Um wie viel vernichtender für Rachel, anstelle ihres eigenen Lebens ihren kleinen Liebling zu verlieren. Die perfekte Rache.

Ich trete mit voller Wucht auf die Bremse, und das Auto kommt schlitternd zum Stehen. Peter ist kaum weiter als einen Meter von mir entfernt. Er kann doch unmöglich allein sein.

Er ist allein. Ich kann Rachels Wagen in der Einfahrt stehen sehen, sie selbst jedoch ist nirgends in Sicht. Ebenso wenig die beiden älteren Jungen, die inzwischen aus der Schule zurück sein sollten. Ich lasse das Fenster herunter und lausche.

Nichts außer den Schreien der Raubmöwen und dem Grollen des Meeres. Und das unkontrollierbare Hämmern zweier Herzen.

Lauf weg, Peter. Vergiss alles, was sie dir erzählt haben. Monster gibt es wirklich, und dieses hier kommt dich jetzt holen.

Ich lasse den Motor laufen und steige aus, rechne damit, dass er sich umdreht und wegläuft, dass er wieder in der umzäunten Zuflucht des Gartens untertaucht. Er tut es nicht. Er starrt mich weiter an. Einen Moment lang überlege ich, ob es wohl der Anblick der allmählich verschwindenden Sonne ist, der ihm Angst macht, die jähe Verdunkelung seiner leuchtend hellen Welt. Aber nein, ich bin es, die er betrachtet. Er hat mich noch nie gesehen, doch in diesen glockenblumenblauen Augen zeigt sich Wiedererkennen. Oder vielleicht habe ich mir die Fähigkeit angeeignet zu hypnotisieren. Wie eine Schlange.

Letzte Chance, Peter. Brich den Bann. Ich bin einen Schritt entfernt. Eine Armlänge entfernt. Einen einzigen Schlag weit entfernt.

Der Bann hält. Peter rührt sich nicht. Also tue ich es.

Teil II

Callum

»Knall ihn ab! Erschieß ihn doch, verdammte Scheiße!«
»Knall du ihn doch ab!«
Die Hoffnung erstirbt in den Augen des Jungen. Keiner der Männer hat den Mumm, einen verängstigten Halbwüchsigen zu töten. Eine einzige Kugel. Ein heftiger Aufwärtsstoß des Bajonetts. Der Junge fällt in den Schlamm. Meine Kugel. Mein Bajonett. Manchmal will der Schwarze Peter einfach nicht weiter.

Tag 4

Donnerstag, 3. November

10 Uhr 30

14

Am Vormittag komme ich in Stanley an und gönne mir in Bob-Cats Diner ein spätes Frühstück. Der Diner ist ein langes, schmales, einstöckiges Gebäude mit einem knallorangefarbenen Blechdach und Tischplatten in derselben Farbe. Die Bilder an den Wänden sind verblasste Hafenfotos in Billigrahmen. Was ja eigentlich blödsinnig ist, man hat vom Diner aus nämlich so ziemlich die beste Aussicht auf den Hafen von Stanley.

Zu Hause würde das Gesundheitsamt den Laden sofort abreißen lassen. Fettflecken an den Wänden und tote Fliegen in den Lampenschirmen. Und ihr seid tapferer als ich, wenn ihr euch auf das Klo hinterm Haus traut. Aber, wie Bob-Cat immer wieder betont, niemand ist jemals innerhalb von vierundzwanzig Stunden abgekratzt, nachdem er hier gegessen hat.

Ich öffne die Tür und trete in den vertrauten Dunst von verbranntem Fett. An einem Tisch am Fenster sitzen ein paar Touristen, und ein paar Typen von den Fischkuttern hocken am einen Ende des Tresens. Ein paar Arbeiter aus der Gegend dehnen ihre »Rauchpause« aus, so lange sie können. Die traditionelle Vormittags-Rauchpause bedeutet Tee, eine Fluppe und Kuchen. Sie ist der Fluch des Lebens der meisten Arbeitgeber.

»Was gibt's denn da zu lächeln?« Roberta Catton, alias Bob-Cat, kratzt Speck vom Grill und klatscht ihn auf ein Brötchen. Dann packt sie ein von beiden Seiten gebratenes Spiegelei dazu und zwirbelt mit brauner Soße ein C für Callum obendrauf. Wie sagt sie immer so schön: Es sind die kleinen

Extras, die den Unterschied ausmachen. Mittlerweile serviert sie mir mein Frühstück schon sehr lange; sie braucht nicht mehr zu fragen, was ich möchte. Außerdem weiß sie, dass ich ihr auf ihre bescheuerten Fragen nicht immer antworte.

»Der Kaffee ist 'n bisschen abgestanden.« Sie lehnt sich an den Tresen. »Ich mach mal frischen.«

In den mehr als zehn Jahren, die ich jetzt hierherkomme, habe ich noch nie erlebt, dass Bob-Cat frischen Kaffee angeboten hätte. Man trinkt, was in der Kanne ist, bis sie den Satz wegschütten muss, und wenn man die Dreistigkeit besitzt, sich zu beschweren, wird man daran erinnert, dass man zu Hause doch bestimmt einen Wasserkessel und Instantkaffee hat.

Ich sage nichts; ich werde es nicht darauf anlegen. Bob-Cats Kaffee ist gar nicht schlecht, wenn er frisch ist.

»Du bist ja heute morgen echt gesprächig«, raunzt sie.

Der Teller, den sie mir vorsetzt, ist nicht angeschlagen, und sie hat den Fettfilm abgewischt. Und sie hat eine Serviette dazugelegt, ein kleines, von der Küchenrolle gerissenes Papierquadrat, aber das ist mehr Aufwand, als sie sonst betreibt. Sie will irgendwas. Ist nicht schwer zu erraten, was.

»Was ist eigentlich aus der ärztlichen Schweigepflicht geworden?« Ich sage das mehr, um meinen Standpunkt klarzumachen, als weil ich auch nur den Hauch einer Chance hätte, hier irgendetwas für mich zu behalten. Seit drei Jahren habe ich alle vierzehn Tage einen einstündigen Termin bei einer Therapeutin, und nach dem ersten wusste innerhalb einer Woche jeder auf den Falklands, dass ich zur Insel-Seelenklempnerin gehe. (Außer Catrin, wie ich Dienstagnacht herausgefunden habe.) Sie sind alle ziemlich locker damit umgegangen. Während Zugezogene aus dem Mutterland hier sonst als SMS bekannt sind – Söldner, Missionare und Störenfriede –, begegnet man ehemaligen Soldaten mit sehr viel Nachsicht.

Ich habe nie gefragt, in welche Buchstabenkategorie ich falle. Das war nie notwendig.

»Dass die beiden Jungen gefunden worden sind, ist doch nicht vertraulich. Der eine lebendig, der andere tot, Gott steh uns bei.« Bob-Cat macht ein beleidigtes Gesicht. Für jemanden mit so einer großen Klappe geht ihr ganz schön schnell das Nackenfell hoch.

Jetzt ragt es senkrecht empor, zusammen mit dem ganzen Rest. Sieben Zentimeter drahtiges grau-schwarzes Haar steht oben auf ihrem Kopf zu Berge und macht an den Seiten ganz merkwürdige Sachen. Sie ist eine von diesen Inselfrauen, die weder Zeit noch Geduld für die Feinheiten des Weiblichseins haben. Den Diner zu schmeißen, ist für Bob-Cat ein Nebenjob. Ich hab's mal als ihr Hobby bezeichnet, und sie hätte mir fast das Ohr abgebissen.

Ich sehe zu, wie sie sich abwendet, um irgendetwas mit der Kaffeemaschine anzustellen. Das Ding fängt an zu zischen, und ich rechne halb damit, dass sie ihm eine knallt.

Hauptberuflich ist sie Farmerin. Sie und ihr Mann bewirtschaften einen kleinen Hof außerhalb von Stanley, mit mehreren Schafen, ein paar Schweinen und einer kleinen Geflügelarmee. Ihre Hände sind blassbraun verfärbt von dem Torf, den sie zum Verfeuern sticht, und immer hat sie Dreck unter den Fingernägeln. Ihre Haut ist sonnengebräunt und runzlig, aber das Gewebe darunter hält sich gut; sie könnte in jedem beliebigen Alter zwischen vierzig und sechzig sein. Sie hat durchaus ein bisschen was auf den Knochen, aber niemand – jedenfalls kein Mann – würde sie als fett bezeichnen. Ich habe erlebt, wie sie sich beim Armdrücken gegen ein paar ganz schön stramme Typen behauptet hat. An den meisten Abenden in der Woche ist sie im Globe.

»Das kam doch gestern Nacht die ganze Zeit im Radio.« Sie redet noch immer über die Jungen, Archie und Jimmy, schreit über die Schulter nach hinten, während sie mit der

Kaffeemaschine kämpft. Um uns herum sind die Unterhaltungen verstummt. Natürlich weiß jeder schon alles, aber sie wollen es noch mal hören, aus erster Hand.

Daran habe ich mich schon vor Jahren gewöhnt, an diese gnadenlose Neugier.

Wenn man Hunderte von Kilometern vom Rest der Welt entfernt ist, wenn man immer zu wenig Neues von außerhalb erfährt, und immer zu spät, dann bekommt die Welt, die man bewohnt, eine wahnsinnige Bedeutung, egal, wie klein und wie dünn besiedelt sie ist. Auf den Falklandinseln weiß jeder alles über jeden.

Bob-Cat schenkt den Kaffee ein und stellt ihn mir hin. »Vorsicht mit dem Becher«, sagt sie. »Diese Woche ist ganz schön viel zu Bruch gegangen.«

Vor zwei Tagen habe ich einen von ihren Bechern fallen gelassen und weit über Wert dafür bezahlt. Noch mal werde ich mich nicht entschuldigen. Anderseits riecht der Kaffee, den sie mir hingestellt hat, gerade wie die Lösung aller meiner Probleme, und ich habe noch fünf Minuten Zeit für einen Fußweg von dreißig Sekunden. Ich kann es mir erlauben, großzügig zu sein.

»Dieses verdammte Radio kann echt nerven.« Ich beiße herzhaft in das Sandwich und denke wieder mal, dass es doch einen Gott gibt und dass er auf ein ordentliches Pfannenfrühstück steht. Für Bob-Cats Frühstücksspeck würden die Leute glatt in den Krieg ziehen. So dick wie ein kurz gebratenes Steak, so saftig wie ein ganz junges Hühnchen und genau die richtige Mischung zwischen Süß und Salzig. Bob-Cat bestellt Honig in Südamerika und beizt das Fleisch selbst. Das Salz stammt aus dem Meer. Das Resultat fühlt sich jedes Mal an wie das Allerbeste, was ich mir je in den Mund geschoben habe. Vielleicht haben die Argies damals vor zwölf Jahren ja ihren Speck gerochen.

Sie wartet darauf, dass ich weiterrede. Alle warten darauf.

»Der Umsatz im Globe ist bestimmt eingebrochen«, bemerke ich, nachdem ich schneller geschluckt habe, als mir lieb ist. »Ich glaube, alle sind uns entgegengefahren. Fast zwei Kilometer totaler Stau.«

Ich werde nur über Archie sprechen, beschließe ich. Diese Geschichte hatte ein Happy End. Jimmys Familie hat es nicht verdient, dass über sie getratscht wird.

»Ich hab's ihnen gesagt.« Bob-Cat schüttelt auf so eine »Auf mich hört ja keiner«-Art den Kopf. »Ich habe gesagt, sie sollen bleiben, wo sie sind, und die Straße für die Polizei und den Krankenwagen freihalten, aber haben sie auf mich gehört?«

Ich bin mir ziemlich sicher, dass ich gestern Abend an Bob-Cats altem Land Rover vorbeigekommen bin, der in der Autoschlange stand, aber ich habe nicht vor, ihr zu widersprechen. Ich habe nicht mal mehr drei Minuten, und auf gar keinen Fall lasse ich irgendwas von diesem Essen stehen.

Als wir gestern wieder im Land Cruiser saßen, Archie in meine Decke gewickelt auf Catrins Schoß (was Schweinchen uns sehr übel genommen hat), haben wir darüber diskutiert, ob wir's per Funk melden sollten. Also, ich habe mit mir selbst diskutiert – und zwar laut –, während Catrin mit großen Augen und verkniffenem Mund zugehört hat. Als ich entschied, dass es wichtiger war, Archies Eltern so früh wie möglich aus ihrem Elend zu erlösen, und dass das die Wahrscheinlichkeit aufwog, dass uns halb Stanley entgegenkommen würde, hat sie zustimmend genickt. Also funkte ich Bob Stopford auf der angeblich abhörsicheren Frequenz an, die aber natürlich alles andere als abhörsicher ist. Keine fünfzehn Minuten später hörten wir, wie die Neuigkeit im Radio verkündet wurde.

»Ich glaube, das war vielleicht die falsche Entscheidung«, meinte ich, als die Scheinwerfer des Empfangskomitees am Horizont auftauchten. Auf der Darwin Road einem Auto zu begegnen und sich irgendwie darum herumzuwinden ist keine große Sache. Sich um etliche Dutzend weitere herumzuquetschen, war angesichts der Tiefe der Straßengräben etwas ganz anderes. Und doch musste dieser zitternde, stumme kleine Junge doch irgendwie seinen Eltern übergeben und sicher im Krankenwagen verstaut werden, der dann seinerseits an all den anderen Autos würde vorbeimanövrieren müssen, um zum Krankenhaus zu fahren.

»Nein.« Endlich sagte sie mal etwas. »Seine Eltern wissen, dass er in Sicherheit ist. Sie wissen es seit einer Stunde. Du hast ja keine Ahnung, was das für sie bedeutet.«

»Auch wenn die Sonne aufgeht, ehe sie ihn bekommen?«

Sie starrte die Scheinwerferkette an, die sich uns entgegenwand wie eine riesige Science-fiction-Schlange. »Die werden sich von einem Stau nicht aufhalten lassen.« Ihre Hände waren ganz weiß vor Anspannung, und mir ging auf, dass Catrin wahrscheinlich gerade zum ersten Mal ein Kind angefasst hatte, seit ihre eigenen umgekommen waren.

»Na, wenigstens ist es jetzt vorbei«, bemerkt Bob-Cat. »Und dem Kleinen ist nichts passiert.«

Ihre Neuigkeit holt mich wieder in die Gegenwart zurück. Ich hatte vorgehabt, später zum Krankenhaus raufzufahren und mich nach dem kleinen Archie zu erkundigen. »Wissen wir, wie's ihm geht?«

Sie nickt einem der Arbeiter zu. »Die Nichte von Rons Schwägerin arbeitet im Krankenhaus. Der Junge ist außer Gefahr.« Sie wartet darauf, dass Ron das bestätigt. Er nickt bedächtig und drückt mit Daumen und Zeigefinger seine Zigarette aus.

»Ziemlich ausgetrocknet.« Bob-Cat redet weiter, ehe Ron Gelegenheit hat, den Mund aufzumachen. »Möglicherweise 'ne Lungenentzündung, aber sie haben ihm über Nacht Antibiotika verpasst und sind zuversichtlich. Keine schweren Verletzungen. Ein paar Schrammen und blaue Flecke.«

Sie beugt sich über den Tresen. Ich kann Rauch, Kaffee

und abgestandenen Alkohol in ihrem Atem riechen. »Und keinerlei Anzeichen dafür, dass mit dem Jungen rumgemacht worden ist, aber das merkt man ja nicht immer, nicht wahr?«

»Ehrlich gesagt, ich glaube doch. Besonders, wenn beim Rummachen penetriert wurde.«

Ihre Augen werden schmal. Bob-Cat kann binnen eines Augenblicks von freundlich auf superfies umschalten.

»Wer behandelt ihn denn?«

Ein böses Lächeln. »Ben Quinn. Catrins Mann.«

Ich weiß, sie will, dass ich sie verbessere, dass ich *Exmann* sage, also tue ich es nicht. Aber ich nehme mir vor, mir doch nicht die Mühe zu machen, zum Krankenhaus zu fahren. Wenn das, was sie gesagt hat, stimmt, dann ist diese Geschichte so gut ausgegangen, wie man es sich nur wünschen konnte.

Ich bedanke mich für das Frühstück, trinke den Kaffee aus, denke daran zu bezahlen – als ob sie mich sonst weglassen würde – und trete hinaus in den Wind.

Ich muss durch ein paar Straßen, aber ich gehe immer ganz gern zu Fuß durch Stanley. Die meisten Häuser hier bestehen aus Platten, die von den Bewohnern als »Kräuselblech« bezeichnet werden. Sie sehen aus wie horizontale Holzbretter, und wenn der Wind darunterfährt, knarrt und pfeift das Ganze wie eine Horde kurzatmiger alter Damen in einem Bingosaal. Die meisten Häuser sind in leuchtenden Farben gestrichen; ich denke immer, dabei geht es mehr um Trotz als um Dekoration. Als könne ein ordentlicher starker Sturm nicht die Hälfte davon glatt übers Meer fegen.

Als ich auf die Grundschule zugehe, kommt PC Skye durch das Tor. Sie fährt ein wenig zusammen, als sie mich sieht, und schlägt die Augen nieder.

»Morgen.« Ich trete vor sie hin; auf dem Polizeirevier vorbeizuschauen, war auch etwas, wozu ich mich für heute Vormittag bereit erklärt habe.

»Callum. Hallo.« Sie nimmt ihre Mütze ab und fängt an, damit gegen ihren Schenkel zu klopfen wie mit einem Tamburin. »Wie geht's denn? Ich meine, haben Sie sich von Ihrem Abenteuer erholt?«

»Aye. Archie auch, nach dem, was ich gehört habe. Keinerlei böse Folgen, heißt es.«

Ihre Miene bleibt beklommen und verrät mir alles, was ich wissen muss.

»Den Gerüchten nach ist ihm nichts passiert, Skye. Wenn das nicht stimmt, tun Sie niemandem einen Gefallen, wenn Sie irgendwas vertuschen.«

Sie schaut hastig über die Schulter. Und dann an meiner vorbei den Hügel hinunter. »Niemand vertuscht irgendwas. Soweit wir es sagen können, ist Archie nichts passiert. Außer dass er völlig durchgefroren war und großen Hunger hatte, scheint er ganz in Ordnung zu sein.«

»Und was ist dann das Problem?«

Wieder ein Blick in die Runde. »Er sagt, er ist von einem Mann mitgenommen worden. Was ja eigentlich unsinnig ist. Wer würde ihn denn mitnehmen und nichts unternehmen?« Sie zuckt die Schultern. »Chief Superintendent Stopford meint, er ist wahrscheinlich ziemlich durcheinander.«

Ich verbeiße mir eine obszöne Bemerkung. »Durcheinander ist er vielleicht, aber er ist nicht allein fünfzig Kilometer weit gelaufen.«

Sie macht einen Schritt zur Seite. »Ich muss zurück aufs Revier. Sie können Mr Stopford ja später persönlich fragen.«

Nicht mal ich bin blöd genug, eine Polizistin festzuhalten. Ich lasse sie gehen und marschiere weiter den Hügel hinauf.

Ein paar Schritte hinter der Schule sehe ich auf der anderen Straßenseite ein Kleinkind in einem Buggy sitzen. Der Kleine ist ganz rot im Gesicht, er zerrt an den Gurten, versucht sich loszumachen und brüllt dabei. Gerade will ich über die Straße gehen und nach ihm sehen, als ich sowohl das

Kind als auch den Buggy erkenne. Das da ist Rachel Grimwoods Jüngster, der Kleine, wegen dem ich mir vor ein paar Tagen Ärger dafür eingehandelt habe, dass ich Bob-Cats Becher zerschmissen habe.

Dann sehe ich ein paar Meter entfernt den Hintern einer Frau aus einem Land Rover ragen, und ich weiß, das ist Rachel, wegen den Reithosen und den Reitstiefeln. Ich bin gut darin, Frauen an ihrem Arsch zu erkennen. Aber der Wagen ist nicht ihrer, der gehört Bob-Cat. Diesen runtergekommenen Blechhaufen würde ich überall wiedererkennen.

Aus irgendeinem Grund wühlt Rachel auf dem Rücksitz von Bob-Cats Auto herum.

Ich zucke die Achseln. Geht mich nichts an. Und dem Kleinen scheint nichts zu fehlen. Ist stinkwütend, aber ihm fehlt nichts. Ich gehe weiter den Hügel hinauf.

Dr. Sapphire Pirrus ist keine Ärztin und ganz bestimmt keine Psychiaterin, aber sie hat die richtigen Kurse besucht, hat die richtigen Zertifikate an den Wänden hängen und kann vor allem gut zuhören.

Ihr Haus liegt hoch genug, dass ich eine schöne Aussicht auf den Hafen habe. »Papierkram«, hat Catrin geantwortet, als ich gefragt habe, was bei ihr für heute ansteht. »Mit den gestrandeten Walen werden wir noch tagelang zu tun haben.« Dieser Papierkram wird sie den ganzen Tag ans Büro fesseln. Doch es ist ihr Boot, nach dem ich Ausschau halte, inmitten der Fischkutter, Jachten und Fähren, die im Hafen herumwuseln. Ich glaube, ich sehe es am Kai liegen, aber das lässt sich schwer genau sagen. Ein Stück weit entfernt liegt das Kreuzfahrtschiff im äußeren Hafen vor Anker, die *Princess Royal*. Eigentlich sollte sie ja bereits auf dem Weg nach South Georgia sein und von da zur Antarktis. Bestimmt haben die Passagiere ein kleines Vermögen für diese Reise hingeblättert. Die wollen sicher keine Verzögerungen.

Und doch hoffen alle auf den Inseln, dass der Entführer von Archie West an Bord dieses Schiffes ist. Stopford kann die *Princess Royal* nicht auslaufen lassen.

Sapphire öffnet die Tür und lotst mich in ihr Sprechzimmer an der Vorderseite des Hauses. Wie üblich riecht es hier ganz schwach nach Patschuliöl. Sapphire war das Kind von Hippie-Eltern, lange bevor Hippies in Mode kamen. Ihre Familie ist auf die Inseln gezogen, als sie, ihr Bruder und ihre Schwester noch klein waren. Die Eltern träumten von einem einfachen Leben als Selbstversorger.

»Alles okay?«, frage ich, während ich mich wie immer auf den hölzernen Lehnstuhl am Fenster setze. Von hier aus kann ich weiterhin den Hafen sehen und die Boote beobachten. »Ist die Erkältung weg?«

Ihre Lippen zucken, während sie sich mir gegenüber niederlässt; es bringt sie immer aus dem Gleichgewicht, wenn ich mich nach ihr erkundige. Sie ist jemand, der die Dinge gern ordentlich einteilt. Die Stunde, für die ich bezahle, ist meine Zeit, sie ist dafür da, über mich und meine Probleme zu reden. Dabei mache ich nicht immer mit. Ich will nämlich nicht der bedürftige, ichbezogene Versager sein, zu dem mich, wie ich befürchte, zu viel Therapie machen könnte.

»Sie hatten ja ein paar recht bewegte Tage.« Sie nimmt ihr Notizbuch und vergewissert sich, dass der Bleistift griffbereit liegt. Sie hält ihn nie in der Hand, nimmt ihn sich nur von Zeit zu Zeit, um etwas aufzuschreiben. Das ist wohl Absicht, denn das eine Mal, als sie es vergessen hat, hat sie endlos damit herumgespielt, hat ihn hin und her gedreht und gerollt, hierhin und dorthin gepikt und gestochen. Wenn Sapphire einen Bleistift in der Hand hat, verrät sie, wie nervös diese ganze Nummer sie macht. Oder vielleicht liegt es ja auch an mir.

»Dürfen Sie sich Klatsch und Tratsch anhören?«

»Ist 'ne kleine Insel.«

Ich erwidere nicht, dass die Inseln in Wirklichkeit riesig sind, sie haben so ziemlich dieselbe Landmasse wie Wales, und dass es die Einwohnerzahl ist, die klein ist. Mir ist sehr bewusst, dass sie sich vielleicht weigern könnte, mich weiter zu behandeln, wenn ich sie zu sehr ärgere.

»Sie sehen reizend aus«, bemerke ich stattdessen, was wahrscheinlich noch schlimmer ist. Es stimmt aber. Sie ist groß und drahtig, eher dünn als schlank, aber sie zieht sich gut an und bevorzugt leuchtende Farben. Heute trägt sie das Saphirblau ihres Namens, eine knielange Strickjacke. Ihre Beine sind lang und schlank. Bei einem Namen wie Sapphire würde man erwarten, dass sie blaue Augen hat, aber sie sind grau; ein sehr helles Grau, ganz ähnlich wie ihr Haar, das sich bis auf die Schultern lockt. Auch ihre Haut ist sehr hell.

Ich habe sie mal gefragt, wie ein kleines Mädchen, das keine blauen Augen hatte, zu dem Namen Sapphire gekommen ist. Sie hat ein paar Sekunden lang die Lippen geschürzt und eindeutig überlegt, wie sie sich davor drücken könnte, mir zu antworten.

»Mein großer Bruder heißt Mistral«, sagte sie schließlich. »Und meine kleine Schwester Blaze. Ich würde sagen, ich bin ganz gut weggekommen.«

Wie gesagt, Hippie-Eltern.

»Worüber möchten Sie als Erstes sprechen?« Ihr Tonfall verrät mir, dass das Herumgeplänkel für heute vorbei ist. Es gibt eigentlich immer nur eins, worüber ich reden möchte, aber ich komme mir vor wie ein Mädchen, wenn ich damit anfange.

»Ich hatte wieder einen Flashback«, berichte ich ihr stattdessen und beschreibe den Vorfall auf der *Endeavour,* oder den Teil davon, an den ich mich erinnern kann. Sie hört zu, ohne mich zu unterbrechen, macht sich gelegentlich Notizen, und eine schwache Furche erscheint zwischen ihren hellen Augenbrauen. Ihre Reaktion auf meine Schilderung, wie ich

Jimmy Browns Leichnam gefunden habe, ist verhalten, lässt mich wissen, dass ihr das nicht wirklich neu ist. Doch als ich zu dem wirklich interessanten Teil komme (jedenfalls für sie), fängt sie an, mit dem Bleistift auf die Armlehne ihres Sessels zu klopfen.

»Sie sind auf Catrin losgegangen?«, fragt sie, als ich geendet habe. »Sie haben ihr wehgetan?«

»Nicht so sehr wie sie mir«, erwidere ich und denke daran, wie sie mir eins mit einer Eisenstange übergezogen hat. Ganz bestimmt nicht so sehr, wie sie mir hätte wehtun können, denke ich im Stillen und erinnere mich an die Pistole, die sie hervorgezogen hat.

Auf dem Wrack habe ich genug von der Halbautomatik zu sehen bekommen, um mir so meine Gedanken zu machen. Später, auf dem Boot, als Catrin in die Kajüte gegangen war, habe ich das Ding hervorgeholt und noch einmal näher betrachtet. Es war eine Ballester-Molina, etliche Jahrzehnte alt, im Großen und Ganzen eine argentinische Kopie des berühmten American Colt M1911. Der Colt war auf der ganzen Welt reproduziert worden; manchmal hatte die Kopie das Original als Waffe der Wahl abgelöst. Die britische Armee hat die Molina im Zweiten Weltkrieg bei mehreren Geheimoperationen verwendet. Wie genau diese hier in Catrins Hände geraten ist, weiß ich nicht, aber ein paar von ihren Vorfahren sind nicht gerade friedliebende Menschen gewesen.

Alles in allem ist die Molina eine recht respektable Waffe. Ich hatte Catrins Fähigkeit, sie zu benutzen, nicht ernst genommen. Die Frau, die ich zu kennen glaubte, könnte keine Waffe auf ein lebendiges Geschöpf richten und abdrücken. Da sieht man mal wieder, wie gut ich mich auskenne.

»Ich versuche nicht, das Ganze auf die leichte Schulter zu nehmen«, beteuere ich. »Catrin ist weiß Gott der letzte Mensch, dem ich wissentlich wehtun würde.«

»Erzählen Sie mir alles, woran Sie sich erinnern können.

Von dem Moment an, wo Sie auf das Schiff geklettert sind, bis zu dem, als Sie wieder zu sich gekommen sind.«

Ich gebe mir alle Mühe, aber Flashbacks sind wie Träume. Wenn ich sie nicht in den ersten Sekunden, nachdem ich daraus aufgetaucht bin, festhalte, vergehen sie rasch. »Es hatte irgendwas mit dem Bombenangriff auf die *Galahad* zu tun, glaube ich.«

»Ihr Regiment hat das damals mit angesehen, nicht wahr? Sie haben damals in der Nähe von Fitzroy biwakiert?« Wie alle Inselbewohner ab einem bestimmten Alter kennt sich Sapphire in der Geschichte des Konflikts gut aus. Am 2. Juni 1982 setzte uns der Chinook-Hubschrauber auf der kahlen, schneegepeitschten Hügelflanke oberhalb von Port Pleasant ab. Wir sollten uns ausruhen, während die da oben sich auf den finalen Sturm auf Stanley vorbereiteten. Nach der Einnahme von Goose Green völlig erschöpft, verschanzten wir uns und sahen zu, wie zwei Schiffe, die *Sir Galahad* und die *Sir Tristram,* unter uns in den Hafen glitten; sie brachten Truppen und Munition. Zu unserer Verblüffung blieben die Männer an Bord, was beide Schiffe im Falle eines argentinischen Luftangriffs zur wehrlosen Beute machte.

Ein paar Tage später geschah es. Wir hörten die Skyhawks kommen, hörten das Abwehrdonnern der Maschinengewehre und sahen, wie Männer von einem brennenden Schiff ins brennende Meer sprangen. Die Schüsse, der Motorenlärm der Hawks, die explodierende Munition, all das hätte ohrenbetäubend sein müssen. War es vielleicht auch. Vielleicht waren die Schreie gemarterter, verreckender Männer ja nur in unseren Köpfen zu hören. Ich weiß nur, dass es sich damals sehr real anhörte, und es hört sich immer noch real an, wenn ich die Flashbacks habe.

Wir rannten zum Strand hinunter und stellten fest, dass wir die Überlebenden nicht anfassen konnten, weil sich ihre verkohlte Haut in Fetzen ablöste. Der Gestank von Schießpulver und Phosphor erfüllte die Luft, drohte uns die Lunge von innen heraus zu verbrennen, und sogar das war besser als der Geruch von brennendem Fleisch. Bis heute würde ich mich am liebsten übergeben, wenn ich nur einen Hauch von Grilldunst rieche.

»Und Catrins Söhne, Ned und Kit. Die kamen auch darin vor. Aber an diesen Flashbacks ist nichts Logisches. Stellen Sie sich einen von Suff und Drogen ausgelösten Albtraum vor. Wie einem die gruseligsten Bilder, die man sich nur denken kann, eins nach dem anderen durch den Kopf rasen.«

»Das ist doch nicht abwegig.« Sapphire beugt sich zu mir vor. Ich kann das moschusschwere Parfüm riechen, das sie trägt. »In einem Stresszustand, der durch das Zusammensein mit Catrin noch verstärkt wurde, haben Sie einen Ort aufgesucht, wo Sie eins der schlimmsten Erlebnisse Ihres Lebens hatten. Und dann haben Sie nicht nur die Leiche eines kleinen Kindes gefunden – wenn auch nicht des Kindes, nach dem Sie gesucht haben –, Sie sind auch noch auf ein Spielzeug gestoßen, das einem anderen toten Kind gehört hat. Einem Kind, das Ihnen sehr viel bedeutet hat.«

»Vielleicht war's ja gar nicht Kits Hase.«

Sie tut das mit einem knappen Kopfschütteln ab. »Spielt keine Rolle. In dem Moment haben Sie gedacht, es wäre seiner. Es wundert mich gar nicht, dass das eine Episode ausgelöst hat. Was mich allerdings sehr wohl überrascht, ist, dass Sie sich überhaupt in diese Lage gebracht haben.«

Ich zucke die Achseln. »Wir wollten eben alle den Kleinen finden.«

»Es gibt zweitausend Soldaten auf diesen Inseln, die da hätten hinfahren können. Sind Sie sicher, dass Sie nicht nach einer Ausrede gesucht haben, um mit Catrin allein zu sein?«

Sapphire macht keine Gefangenen. Die Sitzung dauert gerade mal fünf Minuten, und schon hat sie mich ertappt.

»Haben Sie noch weiter über das nachgedacht, worüber wir beim letzten Mal gesprochen haben?«

Ich stehe auf und trete ans Fenster. Ein Fischkutter, der in den Hafen einläuft, hinterlässt weiß schäumendes Kielwasser auf dem Meer, und ein Schwarm Seevögel hängt in der Luft.

»Callum, nachdem Sie hierhergezogen sind, waren die meisten Ihrer PTBS-Symptome innerhalb von einem Jahr verschwunden. Sie waren auf dem besten Weg, gesund zu werden.«

Ich weiß, was jetzt kommt. Das habe ich schon öfter gehört.

»Und dann sind die massiven Flashbacks wieder aufgetreten, fast sofort nach dem Unfall mit dem Wagen der Grimwoods.« Sapphires lauter gewordene Stimme verrät mir, dass sie sich zu mir umgedreht hat. »Man braucht kein Genie zu sein, um zu kapieren, dass sie in direkter Beziehung zu dem stehen, was damals passiert ist, zu dem frischen Trauma, bei dem Sie persönlich involviert waren.«

»Wie geht's Ihrem Dad?«, erkundige ich mich. »Ist er bereit für seine ganz große Nacht?« Sapphires Vater ist für das Feuerwerk am Abend des 5. November zuständig.

Sie ignoriert die Frage. Ich kann's ihr nicht verdenken. War ja auch ein ziemlich dürftiger Ablenkungsversuch.

»Drei Jahre später zeigen sich keinerlei Anzeichen einer Besserung. Tatsächlich werden die Episoden sogar schlimmer, wenn man nach dem urteilt, was Sie mir gerade erzählt haben. Wenn Sie mir nicht irgendetwas verschwiegen haben, sind Sie bisher doch noch nie gewalttätig geworden.«

»Ich verschweige Ihnen nichts«, beteure ich. Das ist natürlich gelogen.

»Mir scheint, Catrin und ihre Trauer wirken sich unmittelbar und nachteilig auf Ihre psychische Gesundheit aus. Sie weigert sich, ihren Verlust zu verarbeiten, und solange sie in Ihrem Leben ist, kommen auch Sie nicht über das hinweg, was passiert ist.«

Ich drehe mich mit einem Ruck um. »Sie hat zwei Kinder verloren. Drei Kinder.« Ich höre, wie meine Stimme sich überschlägt, und weiß, dass ich einen Fehler gemacht habe, der Sapphire auffallen wird. »Wie schnell sollte sie denn darüber hinwegkommen? In sechs Monaten? In einem Jahr?«

»Sie müssen mit ihr reden. Das wissen Sie ganz genau.«

»Sie ist nicht stark genug.«

Eine helle, vollendet geformte Braue hebt sich. »Gestern hat sie fast zweihundert Wale abgeknallt. Ich würde sagen, sie ist härter im Nehmen, als sie aussieht.«

Eine Pattsituation. Ich bin sauer. Sapphires Miene nach zu urteilen, ist sie ebenfalls ziemlich ungehalten. Aber sie ist hier der Profi, sie reißt sich als Erste zusammen.

»Sie glauben, Sie können mit Catrin nicht über etwas derart Schmerzliches sprechen, weil Sie Angst davor haben, was ihr das antun wird?«

»Vielleicht hab ich ja Angst davor, was es mir antun wird.«

Ich bekomme ein sehr nachdrückliches Kopfschütteln als Antwort. »Da bin ich anderer Ansicht. Bei all dem ist es doch die ganze Zeit darum gegangen, was das Beste für sie ist. Ich bin nach wie vor der Meinung, dass das nicht so sein sollte. Sie sind doch beide involviert.«

»Sie hat doch alles verloren.«

»Na ja, Sie unter Umständen auch.«

Ich hole tief Luft.

»Es gibt doch noch andere Frauen auf der Welt«, sagt sie, nicht zum ersten Mal, aber diesmal ist ihre Stimme sanfter als sonst. »Es gibt noch andere Frauen auf diesen Inseln.«

Ich lächle, was nicht weiter schwer ist. Obwohl sie mir das Leben ganz schön schwer macht, ich mag Sapphire. »Sie zum Beispiel«, erwidere ich. »Allerdings würden Sie das vielleicht für unethisch halten.« Während ich auf ihre Antwort warte, wird mir klar, dass ich nur halb im Scherz gesprochen habe. Sapphire ist definitiv sexy, auch wenn sie zehn Jahre älter ist als ich. Auch wenn sie verheiratet ist. Sapphire zu bumsen scheint mir plötzlich die beste Idee zu sein, die ich seit einer Ewigkeit hatte. Gleich hier, gleich jetzt. Auf dem dünnen beigefarbenen Teppich, oder auf dem Schreibtisch, während ich zusehe, wie die Schiffe auslaufen. Sie hat den Blick auf ihren Notizblock gesenkt. Ich warte darauf, dass sie aufschaut. Die Antwort wird in ihren Augen zu lesen sein, und ich werde entsprechend handeln.

»Vollkommen unethisch«, sagt sie mit tonloser Stimme und blickt weiter auf ihren Notizblick. Ich komme mir vor wie ein Arsch.

Die Atmosphäre im Zimmer ist plötzlich ungemütlich. Ich überlege, ob ich gehen soll, obwohl noch zwanzig Minuten von unserer Zeit übrig sind.

»Wie war Catrin gestern Abend drauf? Als Sie beide das Kind nach Hause gebracht haben. Das muss doch sehr schwer für sie gewesen sein.«

Normalerweise widerstrebt es Sapphire, allzu viel Zeit damit zuzubringen, über Catrin zu sprechen. Dass sie jetzt abermals auf sie zurückkommt, bedeutet wohl, dass mir verziehen ist. Oder dass sie sich die beste ihr bekannte Methode ausgesucht hat, meine Aufmerksamkeit von ihr abzulenken. Ich gehe wieder zu meinem Platz und lasse mich nieder, entschlossen, mich den Rest der Sitzung zu benehmen.

»Sie war sehr still. Als könne sie das alles gar nicht wirklich erfassen. Aber nach Speedwell ging's mir eigentlich mehr oder weniger genauso. Ich glaube, wir waren beide auf Autopilot.«

Sie nickt, ihr Zeichen, dass ich weiterreden soll.

»Sie war ungewöhnlich schweigsam, sogar für ihre Verhältnisse. Kein ›Wie ist er bloß hierhergekommen? Dass wir ausgerechnet in dem Moment vorbeigefahren sind …‹ – keine Reaktion, wie man sie erwarten würde. Sie hat das Ganze, ich weiß nicht, irgendwie ganz locker weggesteckt. Wie gesagt, auf Autopilot.«

»Glauben Sie, das könnte sich positiv auf die öffentliche Meinung auswirken? Dass sie entscheidend dabei mitgewirkt hat, den Jungen zu finden?«

»Welche öffentliche Meinung muss denn hier positiv beeinflusst werden?«

»Sie hat zweihundert Wale getötet.«

»Sie hat zweihundert verendende Tiere von ihren Qualen erlöst.«

»Das werden aber nicht alle so sehen.« Jetzt liegt eine eindeutige Schärfe in Sapphires Stimme. Sie weiß genau, was sie tut, sie piesackt mich absichtlich wegen Catrin.

»Die Einheimischen werden damit kein Problem haben.«

»Manche nicht. Vielleicht die meisten nicht. Aber es wird immer ein paar geben, die das infrage stellen. Hat sie vorschnell gehandelt? Hat sie wirklich alles versucht? Und wie ich höre, gibt es eine Menge Gerede bei den Touristen.«

»Die sind doch in ein paar Tagen weg. Würde mich nicht überraschen, wenn das Kreuzfahrtschiff heute ausläuft.«

Wieder nickt sie, obwohl ich weiß, dass sie anderer Meinung ist. Und sie hat da etwas angesprochen, das mir zugegebenermaßen Kopfzerbrechen macht. Catrin sollte sich auf die Unterstützung der Menschen um sie herum verlassen können. Nach dem gestrigen Tag bin ich mir nicht sicher, ob sie die bekommen wird.

»Lieben Sie sie noch?«

Die Frage erwischt mich unvorbereitet. So direkt hat sie mich das noch nie gefragt.

»Sie geben sich große Mühe, sie zu schützen«, meint sie. »Nicht nur mir gegenüber. Diese überstürzte Fahrt nach Speedwell gestern, das war doch nur, um ihr den Rücken zu decken, nicht wahr?«

Ich nicke, weil es für uns beide Zeitverschwendung wäre, irgendetwas anderes zu behaupten. »Sie ist nicht mehr die Frau, die ich gekannt habe. Ich hoffe die ganze Zeit, dass sie zurückkommt, und wenn auch nur ganz kurz, aber sie ist eine leere Hülle. Eine … eine Pappfigur.«

»Ich bin ganz Ihrer Meinung, aber das habe ich nicht gefragt.«

Ich lehne mich zurück und schließe die Augen. Liebe ich Catrin noch? Vor ein paar Stunden habe ich ihr praktisch einen Heiratsantrag gemacht und war selbst ebenso schockiert darüber wie sie.

»Komm mit«, habe ich gesagt und gemeint: *Komm mit in meine Heimat auf der anderen Seite des Planeten. Verlass diesen Ort und seine schrecklichen Erinnerungen, und bau dir ein neues Leben auf. Hab den Mut zu glauben, dass du wieder glücklich sein kannst.* Sie hat nicht geantwortet. Hat die ganze restliche Rückfahrt über kein Wort gesagt. Ich würde mir ja gern einreden, dass sie darüber nachdenkt, aber so blöd bin nicht einmal ich.

»Ich weiß nur, dass sie zu einem Teil von dem geworden ist, was ich bin. Besonders toll finde ich das nicht, genauso wie ich's nicht toll finde, PTBS zu haben, oder wie meine Regimentskumpels ihre fehlenden Arme und Beine oder ihre verbrannten Gesichter nicht toll finden. Ich hab einfach gelernt, damit klarzukommen, dass sie da ist.«

»Interessant, dass Sie Ihre Gefühle für Catrin mit Kriegsverletzungen vergleichen.«

»Und welches von beiden bagatellisiere ich Ihrer Meinung nach?«

»Ich glaube, Ihre Gefühle für Catrin sind wie ein Granateneinschlag, der immer weiterbrennt. Drei Jahre, nachdem die Affäre zu Ende gegangen ist, tut sie Ihnen immer noch weh.«

Sie hat recht. Ich habe immer gewusst, dass sie recht hat, und in diesem Augenblick habe ich einfach nicht die Energie, weiter dagegen anzugehen.

»Und was soll ich da machen?«

»Na ja, ich denke, zuerst mal mit ihr reden.«

»Ich rede doch mit ihr. Ich war gestern den größten Teil des Tages mit ihr zusammen.«

»Ich spreche nicht von belanglosem Geplauder. Ich spreche davon, was zwischen Ihnen beiden passiert ist. Warum es passiert ist. Warum es zu Ende gegangen ist.«

Ich schaue auf die Uhr und beschließe, dass die Zeit um ist, ob das nun stimmt oder nicht. »Es ist passiert, weil es nicht *nicht* passieren konnte. Es ist zu Ende gegangen, weil sie mit nichts und niemandem mehr zurechtgekommen ist, nachdem ihre Söhne verunglückt sind. Da gibt's wirklich nichts zu sagen.« Ich stehe auf und lege Geld auf den Schreibtisch. Normalerweise mache ich dabei irgendeine scherzhafte Bemerkung über zufriedenstellende Dienste. Heute nicht.

»Oh, ich denke, da gibt es schon was.« Sapphire folgt mir aus dem Zimmer und den Flur entlang. Sie hat noch nie ein Gespräch fortgesetzt, nachdem die Sitzung vorbei war. »Das Kind, das sie erwartet hat, als die Jungen umgekommen sind. Das, das sie verloren hat.«

Ich weiß, was jetzt kommt, ich öffne die Tür und schaue nicht zurück. Das ist auch nicht nötig. Ihre letzte Bemerkung ist deutlich zu verstehen.

»Callum, Sie müssen wissen, ob dieses Baby von Ihnen war.«

15

Ich gehe nicht nach Hause. Zu arbeiten habe ich weiß Gott genug, aber dies wird wohl keiner von meinen produktiven Tagen. Stattdessen fahre ich zu einem Strand ein paar Kilometer außerhalb von Stanley. Ich steige aus und mache mich auf den Weg über die Dünen.

Ein Sturm zieht auf. Der Wind hat aufgefrischt und schleudert riesige Wellen gegen das Ufer. Die Vögel – Catrin könnte sie alle sofort benennen; für mich sind es einfach nur große, laute Vögel – amüsieren sich über meinem Kopf königlich, sie stoßen herab, schlagen Purzelbäume und kreischen, was das Zeug hält.

Dies hier ist einer der sogar bei den Inselbewohnern weniger beliebten Strände. Die Felsen sind größtenteils zu niedrig, um Schutz zu bieten, verhindern aber mehr oder weniger sämtliche Ballspiele. Außerdem machen sie es fast unmöglich, kleine Kinder im Auge zu behalten. Andererseits bieten sie ideale Nistbedingungen für alle möglichen Viecher, deshalb war das hier lange einer von Catrins Lieblingsplätzen.

Außerdem kann man hier super laufen, wenn man findet, dass es gut für die Reflexe und die Beweglichkeit ist, andauernd Steinen auszuweichen und sich zwischen Felsen hindurchzuwinden. So haben wir uns kennengelernt.

Ich war laufen, so richtig mit Vollgas, und fühlte mich ziemlich gut. Das Leben war schön. Seit ich auf die Falklands gezogen war, hatten die Albträume und die Flashbacks mehr oder weniger aufgehört. Ob das nun daran lag, dass ich ständig mit den Leuten zu tun hatte, deren Lebensweise wir mit all dem, was wir durchgemacht hatten, hatten bewahren wollen; oder daran, den Dämonen nahe genug zu sein, um das Weiß in ihren Augen zu sehen; oder einfach nur daran, dass ich genug Ruhe und Frieden zum Nachdenken hatte – mein Kopf war so klar wie schon seit Jahren nicht mehr. Gesund war ich auch. Fit und stark; ich ging regelmäßig laufen, arbeitete mit Hanteln, spielte Fußball. Die Arbeit lief gut, ich verdiente mir meinen Lebensunterhalt, konnte mir etwas zurücklegen, und es bestand durchaus Hoffnung, dass ich irgendwann den großen Durchbruch schaffen würde. Und ich hatte da was mit einer Frau laufen, die im Büro des Gouverneurs arbeitete. Wir wussten beide, dass nichts daraus werden würde. Oder zumindest ich wusste es und hoffte wirklich, dass sie es genauso sah. Wie dem auch sei: Hat der Schwanz zu tun, ist der Kopf gesund, wie die Jungs im Regiment immer zu sagen pflegten.

Alles war gut, mein Leben so ausgefüllt, wie es nur sein konnte, ohne auch nur die leiseste Ahnung, dass irgendetwas fehlte. Und dann bog ich um einen Steinhaufen, und es war, als hätte jemand einen Pressluftbohrer an dieses Leben angesetzt und ein verdammtes Riesenloch hineingerissen, das nur eine einzige Frau ausfüllen konnte.

Sie waren hundert Meter entfernt, als ich sie erblickte. Eine Frau und zwei Kinder, die den Strand entlang auf mich zukamen, um die Steine und Pfützen dicht am Wasser herum. Alle drei trugen Shorts und leichte Pullover in hellen Farben. Sie hielten sich an den Händen. Das jüngere Kind war am weitesten vom Meer entfernt; seine Shorts waren noch nass von den Wasserspritzern. Das Haar der Frau war lang und dunkel, wie der Seetang am Rand des Wassers.

Ich machte einen Bogen. Niemand steht auf die Vorstellung, dass da so ein Riesenkerl auf einen zugedonnert kommt. Die drei hatten auf irgendetwas im Wasser geschaut, doch als ich näher kam, blickten sie auf. Mir fiel plötzlich etwas ein, und ich blieb stehen.

»Da hinten ist eine Seehundkolonie.« Ich sprach laut, um den Wind zu übertönen, wandte mich direkt an die Frau und ruckte mit dem Kopf in die Richtung, aus der ich gekommen war. »Die werden ganz schön aggressiv. Vielleicht sollten Sie die Kleinen lieber von da weghalten.«

»Das sind Seelöwenbabys«, rief der ältere Junge mir über den Strand hinweg zu. »Die sind ungefähr sechs Wochen alt. Ihre Mummys haben sie nicht verlassen, die suchen im Meer nach was zu essen.«

»Nach Futter«, verbesserte seine Mutter ihn. Ich trat näher, bis ich die etwas gröbere Haut und die Fältchen um ihre

Augen erkennen konnte, nach denen sie etwa Ende zwanzig war, möglicherweise um die dreißig. Mehr oder weniger genauso alt wie ich.

»Du bist der Soldat«, sagte der Junge zu mir.

Ich riskierte es, noch näher zu kommen. Der Jüngere wich an die Beine seiner Mutter zurück.

»Ich heiße Callum.« Ich sah die Mum an. »Callum Murray.« Sie nickte, als hätte sie das bereits gewusst.

»Hast du ein Gewehr?« Jetzt stand der Ältere genau vor meinen Füßen und schaute unverwandt zu mir empor.

»Jetzt nicht mehr.« Das stimmte nicht ganz, aber ich hatte das Gefühl, dass es die Antwort war, die seiner Mum lieber wäre. So von Nahem war es schwer, den Blick von ihr abzuwenden. Ihr Gesicht war winzig, vollkommen, sämtliche Züge von exakt der Größe und Form, die sie haben sollten. Sie trug kein Make-up. Dies hier war kein Gesicht für Make-up. Jegliche Art von Kosmetik auf diesem Gesicht hätte ihm das Aussehen einer dieser gruseligen China-Puppen verliehen.

Ihre Augen, die im Wind tränten, hatten die Farbe der Felsen um uns herum. Ihr Haar war lang und glatt und wogte unablässig in der Brise. Aus der Nähe sah es mehr denn je wie Kelp aus. Ihre Haut hatte denselben warmen Elfenbeinton wie der Sand. Sie sah aus, als sei der Strand zum Leben erwacht.

Die Kinder waren ebenfalls dunkel. Der Ältere war seiner Mum wie aus dem Gesicht geschnitten; der Jüngere hatte noch dunkleres Haar und braune Augen. Selbst in diesem zarten Alter hatte er einen Zug um den Mund, der mich annehmen ließ, dass er später wohl Ähnlichkeit mit seinem Vater haben würde.

»Wir sind die Quinns«, sagte sie, während sich ihre Finger fester um das Kind schlossen, das sich an sie lehnte. Ich fragte mich, ob das wohl Absicht gewesen war, dass sie sich und die Kinder als Familieneinheit präsentiert hatte. *Wir sind vollstän-*

dig. Versuch gar nicht erst, uns auseinanderzusprengen. »Das hier ist Kit. Ned ist der mit dem zwanghaften Kriegsinteresse.«

Ich wartete mit hochgezogenen Brauen. Damit würde sie nicht durchkommen.

»Catrin«, sagte sie nach kurzem Zögern. »Mein Mann heißt Ben, er arbeitet im Krankenhaus.«

Ja, das war definitiv eine Botschaft. *Ich bin nicht zu haben. Mach dir keine Hoffnungen. Lass uns in Ruhe.*

»Außerdem, und genau weiß ich das nicht, aber ich glaube, da draußen ganz dicht vor der Küste könnte ein Rudel Orcas sein. Wenn die hier sind, um die Seehunde zu jagen, dann sollten Sie wirklich nicht …« Ich schaute nach unten, von einem Kind zum anderen, war mir sicher, dass sie die Andeutung verstehen würde. Wollte sie es wirklich riskieren, die Kids an einen hungrigen Killerwal zu verfüttern?

Sie blickte ebenfalls auf die Kinder hinab, und ihr Gesicht leuchtete plötzlich vor freudiger Erregung. »Na, das klingt doch wie etwas, das wir uns ansehen sollten.« Ein letzter kurzer Abschiedsblick auf mich. »Danke.«

Damit machte sie sich auf den Weg, trabte locker dahin, und die Kinder hielten mit. Kurz darauf näherten sie sich den Felsen, die den sichereren Teil des Strandes von der Seehundkolonie trennten. Seelöwenkolonie. Von mir aus.

Ich folgte ihnen. Die Tiere, die ich gesehen hatte, waren stämmig, aggressiv und zahlreich gewesen. Sie hatten mich nach Leibeskräften angebellt, als ich an ihrer Kolonie vorbeigerannt war, und mir gefiel der Gedanke nicht, dass diese kleine Schar winziger Menschlein angekaut werden könnte. Auch wenn die Seehundmütter nicht von der Futtersuche zurückkamen. Auch ohne die zusätzliche Bedrohung durch das Killerwalrudel.

Frau und Kinder verschwanden hinter ein paar Felsen, und ich beschleunigte meine Schritte. Als ich sie wieder sehen konnte, war ich erleichtert, sie auf einem breiten, flachen Felsen vorzufinden, in sicherer Entfernung von den Tieren. Catrin sah mich und lächelte in sich hinein, ehe sie dorthin zeigte, wo eine schwarze, dreieckige Rückenflosse ein Stück vom Ufer entfernt gemächlich dahinzog.

Ich wurde langsamer und ging zu ihnen hinüber, suchte mir einen Felsen ein kleines Stück weiter unten am Strand. Nahe genug, um sich zu unterhalten, aber nicht so nahe, dass es einschüchternd gewirkt hätte. Der kleinere Junge, Kit, saß auf dem Schoß seiner Mutter, der Größere schmiegte sich an ihre Seite.

»Es sind drei, vielleicht auch vier«, sagte sie, den Blick noch immer fest auf das schwarze Segel im Wasser geheftet. »Ein kleines Rudel, vielleicht Jungtiere, die allein unterwegs sind, um ein bisschen Spaß zu haben. Sie warten darauf, dass die Seelöwenbabys sich ins Wasser trauen. Dieses flache Strandstück hier ist ein sehr beliebtes Kinderschwimmbad.«

»Mummy, ich will aber nicht, dass die Wale ein Seelöwenbaby fressen.«

Sie legte den Arm um ihren älteren Sohn. »Ich glaub nicht, dass sie das tun werden, Schatz. Schau mal, die Pinguine da haben gemerkt, was die großen Orcas vorhaben.«

Es war, als erwache die Brandung plötzlich zum Leben, als ein Schwarm glatter, feister Pinguine am Rand des Wassers erschien. Sie drängelten und schubsten und schlugen in dem Bemühen, aus dem Meer herauszukommen, hysterisch mit ihren kleinen Ärmchen. Hinter ihnen glitten vier schwarze Segel heran.

Die Seelöwenbabys pöbelten die Neuankömmlinge an, die sich ihnen da aufdrängten, sich in dem Kelp verhedderten, den Strand mit Lärm erfüllten. Gleichzeitig erschienen wie aus dem Nichts Seevögel und hielten in hellen Scharen aufs Meer zu, wo sich, wie ich mir ziemlich sicher war, das Wasser allmählich rot färbte. Die Wale hatten irgendetwas zu fassen bekommen.

Näher am Ufer verwandelte sich der Strand in einen Wildtier-Rave, als die Pinguine die Felsen erreichten und anfingen, herumzuhüpfen wie Kugeln in einer Lotto-Drehtrommel. Als sie das Wasser hinter sich gelassen hatten, hopsten sie weiter, sprangen von Fels zu Fels, immer weiter weg vom Meer. Der kleinere Junge lachte lauthals los.

»Das sind Felsenpinguine. Sehen Sie die großen gelben Augenbrauen? Passen Sie auf, die hopsen jetzt den ganzen Weg die Klippe rauf, bis zu ihren Nestern.« Sie wandte sich an ihre Söhne. »Warum gehen wir nicht hinten rum da rauf und schauen mal nach, wie's den Küken geht?«

Sie hatte gesehen, dass die Wale dort im Meer etwas getötet hatten, und lenkte die Jungen ab. Als sie und die Kinder aufstanden, erhob ich mich ebenfalls. »Na ja, sieht aus, als ob ihr euch auskennt. Dann lasse ich Sie mal in Ruhe.«

»War nett, Sie kennenzulernen.« Sie streckte die Hand aus. Einen kurzen, unbeholfenen Moment lang dachte ich, sie strecke sie mir entgegen, schaute nach unten, wie um sie zu ergreifen, und begriff dann, dass sie nach dem älteren Jungen griff. Er nahm ihre Hand und ging rückwärts, starrte mich an, während seine Mutter ihn wegzog. Als mir klar wurde, dass ich ihnen nicht länger nachschauen konnte, ohne dass es komisch gewirkt hätte, rannte ich weiter. Noch einmal hundert Meter, und dann veranlasste mich irgendetwas, stehen zu bleiben. Ich drehte mich um und sah, dass Catrin Quinn über die Felsen hinweg zu mir zurückschaute.

Da wusste ich es. Sie auch, obwohl es noch vier Monate dauerte, bis ich sie dazu brachte, es zuzugeben.

Eine Möwe fliegt schreiend tief über den Strand. Wahrscheinlich bin ich ihrem Nest zu nahe gekommen. Nisten Möwen im November? Ich habe keine Ahnung. Catrin hat mir immer Vorträge über die Tierwelt hier gehalten. Ich habe nichts davon behalten. Ich versank nur im Klang ihrer Stimme.

Ich drehe mich um und gehe zum Wagen zurück. Hier gibt es keine Antworten für mich.

Meine Therapeutin mit dem lächerlichen Namen hat recht. Vor zweieinhalb Jahren, als der Schnee dick den Boden bedeckte, hat eine Frau, deren Herz gebrochen war, einen winzigen toten Jungen zur Welt gebracht. Ich muss wissen, ob er mein Kind war, und nur Catrin kann mir das sagen.

Nach jenem Tag am Strand fing ich an, Catrin absichtlich in der Stadt zu begegnen. Ich fand heraus, wo sie wohnte, wo sie stundenweise arbeitete, in welchem Klinikbereich ihr Mann tätig war. In welchen Kindergarten sie die Jungen an jenen Vormittagen brachte, an denen sie bei der Conservation arbeitete. Ich fing an, in Stanley zu sein, wenn es wahrscheinlich war, dass ich ihr begegnete, am Hafen herumzuhängen und Ausschau nach ihrem ein- und auslaufenden Boot zu halten, die Kennzeichen silberner Land Rover genauer zu lesen, für den Fall, dass es ihrer war. Höre ich mich an wie ein Stalker? Ich war auch einer. Ich konnte ganz einfach nicht anders.

Ich fing an, jeden Tag an genau diesem Strand zu laufen, weil sie dort vielleicht mit mir rechnen würde, und nachdem zwei Wochen vergangen waren, war sie dort, diesmal allein.

Leicht machte sie es mir nicht. Sie hatte zwei kleine Kinder, ein ausgefülltes Leben. Das Letzte, was sie brauchte, war jemand, der das Ganze wie ein Kartenhaus zum Einsturz bringen könnte. Als ich andeutete, dass ich auf mehr aus war als auf eine flüchtige Bekanntschaft, zog sie sich zurück.

Ich schloss mich dem gesellschaftlichen Leben von Stanley an, ging zu Tanzveranstaltungen und Filmabenden und Whist-Turnieren. Whist, verdammte Scheiße, so schlimm hatte es mich erwischt. Wieder und wieder wurde ich damit belohnt, dass ich sie zu Gesicht bekam, zusammen mit ihrem Mann. Er war ein ganz anständiger Kerl, und ich hatte ein schlechtes Gewissen, aber ich war mir auch ziemlich sicher, dass er sie nicht liebte. Nicht so, wie er es vielleicht früher einmal getan hatte. Er hatte etwas Kaltes. Er berührte sie nie in der Öffentlichkeit, legte ihr nie besitzergreifend die Hand auf den Rücken, strich ihr nie übers Haar oder schloss die Finger um ihr Handgelenk. Ich habe nie erlebt, dass er sie geküsst hätte. Das war wahrscheinlich auch gut so. Ich hätte ihm vielleicht eine verpasst, und das wäre schwer zu erklären gewesen.

Ich ging nie vor ihnen von irgendwo weg. Ich sah zu, wie sie wegfuhr – sie trank eigentlich nie –, und dann ging ich nach Hause, gefoltert von der Erinnerung an ihr dunkles Haar, so hoch aufgesteckt, dass Hals und Schultern frei waren, von der Wölbung ihres Spanns, wenn sie hohe Absätze trug. Ich dachte daran, wie es wohl wäre, sie zu berühren, holte mir einen runter und sagte mir, dass ich den Verstand verlieren würde, wenn es nicht bald passierte.

Und dann stieß ich eines Tages, als wir uns ein paar Monate kannten, auf sie, als sie sich gerade abmühte, ein paar Kisten vom Boot hinaufzuschleppen. Es regnete, und ihr Haar, das mehr wie Seetang aussah als jemals zuvor, floss ihren Rücken hinunter. Ich nahm die Kisten, trug sie zu ihrem Auto und schlug vor, einen Kaffee trinken zu gehen.

»Ich hätte lieber einen ordentlichen Drink«, erwiderte sie zu meiner Verblüffung.

Zehn Minuten später saßen wir mit zwei großen Gläsern Bourbon in der Victory Bar, und sie erzählte mir von einem Wrack, in dem sie getaucht war. Während ich Gott und all seinen liebreizenden Engeln für den Tauchkurs dankte, den ich beim Regiment absolviert hatte, trug ich meine Tauchbegeisterung so dick auf, wie ich es nur wagte. Vielleicht war es der Whiskey, vielleicht hatte ich sie mürbe gemacht, doch als wir austranken, schaute sie auf die Tischplatte hinunter.

»Ich fahre am Freitag wieder da raus.« Sie fuhr mit einem Finger durch einen Wasserspritzer auf dem Holz, als ginge ihr nichts Besonderes durch den Kopf, aber mir machte sie nichts vor. Ihre andere Hand zitterte wie eine Rumbarassel in einer Salsa-Band. »Ich muss ein paar Proben nehmen. Sie könnten mitkommen, wenn Sie möchten.«

Ich tat so, als dächte ich darüber nach. »Ich muss Freitagvormittag mit jemandem telefonieren«, sagte ich. »Aber das kann ich wahrscheinlich verschieben. Vielen Dank, das wäre toll.«

Während der drei Tage, die darauf folgten, schlief ich kaum. Ich lebte von Suppe, weil meine zugeschnürte Kehle keine feste Nahrung durchließ. Am Freitag wartete ich an dem selten benutzten Steg in der Whalebone Bay, nicht weit von ihrem Haus. Als sie gesagt hatte, sie würde mich lieber dort abholen, als dass wir dabei gesehen würden, wie wir zusammen aus Stanley wegfuhren, wusste ich Bescheid. Scheiße, ich hatte von dem Moment an Bescheid gewusst, als ich sie zum ersten Mal gesehen hatte. *Ob* war nie die Frage gewesen. Nur *wann*.

Sie kam zehn Minuten zu spät. Nach fünf Minuten war ich sicher, dass sie nicht kommen würde. Sie hatte kalte Füße bekommen. Das Ganze war ein Riesenscherz gewesen. Bestimmt saß sie gerade bei so einem Mädchen-Morgenkaffee und kicherte mit ihren Freundinnen über die Leichtgläubigkeit der Kerle. Vor allem dämlicher Ex-Militär-Kerle. Ich wusste ehrlich nicht genau, wie ich die nächste Stunde überleben sollte. Dann kam ihr Boot um die Landzunge herum in Sicht. Ich konnte sie nicht sehen. Die Sonne spiegelte sich in den Fenstern des Ruderhauses, aber ich konnte ihren dicken kleinen Hund am Bug erkennen.

Sie warf mir das Tau zu, ich fing es auf, sprang an Bord und stieß uns ab.

»Die vom Gesundheitsschutz mögen es gar nicht, wenn man so ablegt.« Sie legte den Rückwärtsgang ein, um vom Steg wegzukommen, dann wendete sie das Boot, und wir fuhren aufs Meer hinaus.

»Der Wind frischt auf.« Ich wickelte das Tau auf. »Wenn's zu kabbelig wird, möchten Sie vielleicht nicht mit einem Amateur wie mir tauchen, und dann würde ich mir wirklich ungern die Gelegenheit entgehen lassen, die *Mary Jane* zu sehen.«

Ich war ein Scheißlügner; mir war es völlig egal, ob wir tauchten oder nicht. Alles, worauf ich aus war, war, auf ihr Boot zu kommen und weit genug rauszufahren, dass uns niemand in die Quere kommen konnte. Wir hatten es ja schon halb geschafft.

Wir tauchten dann doch. Catrin war fest entschlossen, sich mich vom Hals zu halten, so lange sie konnte, und wenn sie denn den Schein wahren wollte, dass wir hier rausgekommen waren, um das Wrack zu erforschen, dann war ich bereit mitzuspielen. Wir legten Neoprenanzüge, Flaschen, Masken, Schnorchel und Flossen an und sprangen über Bord.

Das Wasser war kalt genug, um mich abzukühlen – beinahe jedenfalls. Inzwischen war die Sonne mehr oder weniger hinter Wolken verschwunden, daher war die Sicht nicht besonders gut. Ich schwamm Catrins heftig schlagenden Flossen und dem Strahl ihrer Stirnlampe hinterher, tiefer und tiefer hinab, und fragte mich, ob wohl schon mal jemand auf dem Meeresgrund Sex gehabt hatte. Dann folgte ich ihr in den Rumpf des alten Walfängers, schob den kitzelnden Kelp aus dem Weg, glitt zwischen Eisenplatten hindurch und tastete mich manchmal blind voran, wenn ich ihre Lampe aus den Augen verlor. Hin und wieder hielt sie an, um auf mich zu warten, und richtete den Strahl der Lampe auf eine Messingplakette oder einen Stapel Harpunen. Ich tat, als interessiere mich das alles, dabei wollte ich nichts anderes, als ihr Haar packen, das im Wasser um sie herumwallte, als sei es lebendig, und sie an mich ziehen. Ich konnte Ihre Augen hinter der Taucherbrille funkeln sehen. Dort unten war sie schnell, viel schneller als ich, eine gute, starke Schwimmerin. Dort unten hatte sie keine Angst vor mir.

Als wir in allen zugänglichen Bereichen des Wracks gewesen waren, schwammen wir durch ein Loch an der Steuerbordseite des Bugs hinaus, und sie drehte sich um, um sich zu vergewissern, dass ich ihr folgte. Ich streckte den Arm aus, ergriff ihre Hand.

Wir schwebten inmitten der wirbelnden Schatten über dem Meeresgrund, vom Wasser getragen, ihr Gesicht auf einer Höhe mit meinem. Ich zog sie näher heran, spuckte mein Mundstück aus und küsste ihre Hand.

Daraufhin geriet sie in Panik, griff nach dem Mundstück, hielt es mir hin. Ich lächelte, nahm es und schob es mir wieder in den Mund, ganz langsam, um ihr zu zeigen, dass ich keine Angst hatte. Als ich die Daumen in die Höhe reckte, das Zeichen zum Auftauchen, nickte sie.

Auf dem Boot wurde uns rasch kalt. Schlotternd streiften wir unsere Ausrüstung ab. Sie erlaubte mir, ihr den Neoprenanzug vom Körper zu schälen und ihr ein Handtuch um den schwarzen Badeanzug zu wickeln, den sie darunter trug. Das Haar hing ihr bis zur Taille und tropfte auf den Boden des Cockpits. Als ich nur noch Badeshorts anhatte, ging ich mit ihr durchs Ruderhaus in die Kajüte am Bug des Bootes.

Im Fallschirmjägerregiment hatte ich Dutzende von Sprüngen absolviert, den ersten aber werde ich nie vergessen. Die fast lähmende Angst, als das Flugzeug aufstieg und ich wusste, dass es nur eine einzige Möglichkeit gab, auf die Erde zurückzukehren, und zwar im freien Fall. Das Begreifen, dass der Augenblick gekommen war, dass ich jetzt aus der Maschine springen würde. Die Gewissheit, dass der Tod nur Sekunden entfernt war. Und dann die schier den Verstand sprengende Freude, in der Luft zu sein, wie ein Pfeil dahinzuschießen, das Gefühl absoluter, grenzenloser Macht, das Gefühl, dass alles möglich sei. So war das erste Mal mit Catrin für mich.

Bis heute brauche ich bloß die Augen zu schließen, um die

Erinnerung an die eiskalte Seide ihrer Haut an meiner heraufzubeschwören, als sie sich fester an mich drückte, zuerst, um sich zu wärmen, und dann, weil sie sich nicht mehr lösen konnte. Oder an ihr Haar, dessen Strähnen wie nasse Schnüre an der Haut klebten. Die berauschende freudige Erregung, als die Frau meiner Träume zu der Frau wurde, die mich in den Hals biss, die mit den Händen hinten an meinen Schenkeln hinabfuhr, mich zwischen beide Hände nahm und ihre Finger spielen ließ, bis ich kaum noch klar denken konnte.

Sie war so wunderbar naiv. Bisher hatte sie nur Ben gekannt, und der war eindeutig nicht gerade abenteuerlustig gewesen. Sie schnappte nach Luft und quiekte und stammelte Nein, aber sie wand sich wie ein Aal, bockte wie ein Fohlen und klammerte sich mit einer Kraft an mich, die mich verblüffte.

Als es vorbei war, als ich in dieser winzigen Koje platt auf dem Rücken lag und die holzgetäfelte Decke anstarrte und sie sich an mich schmiegte, den Kopf auf meiner Schulter und den Arm besitzergreifend über meiner Brust, sagte ich ihr, dass ich sie liebte.

Sie sagte das noch eine ganze Weile nicht zu mir. Das war mir egal. Was ich empfand, schien für uns beide zu reichen. Am Ende des ersten Monats flehte ich sie an, Ben zu verlassen. Das tat ich immer wieder, bis zu jenem Moment, als er sie verließ und sie mich mit diesen leeren Augen ansah. Ich glaube, das war der Moment, als ich aufgab.

Ich gehe nach Hause und fange an zu arbeiten. An der Westküste der USA, wo ich die meisten Geschäfte mache, ist es fünf Stunden später als bei uns, und allmählich dürften die Leute, mit denen ich sprechen muss, an ihren Schreibtischen sitzen.

Heute Abend gehe ich in die Stadt und gebe mir richtig die Kante, beschließe ich. In Stanley herrscht bestimmt Superstimmung, die Sorge wegen Archie Wests Verschwinden wird beiseitegeschoben werden. Der Globe wird brechend voll sein, sowohl mit Einheimischen als auch mit Touristen. Die Band wird spielen, und die Ladys werden gegen ein bisschen zahmes Flirten nichts einzuwenden haben. Sapphire hat recht, Catrin ist nicht die einzige Frau auf den Inseln, und vielleicht ist eine warme, willige Gespielin ja genau das, was ich im Augenblick brauche.

Ich rattere eine E-Mail an einen Kumpel namens Sam in Palo Alto herunter. Hier im Haus gibt es einen ISDN-Anschluss, den hat mein Arbeitgeber legen lassen, als ich hierhergezogen bin, und Kontakt mit der Außenwelt zu halten, ist kein Problem für mich. Abgesehen vom Militär habe ich wahrscheinlich das beste IT-System auf den Inseln. Deswegen bin ich auch der Erste, der von dem Sturm erfährt, der in der realen Welt losbricht – gerade als der, der sich über den Falklands zusammenbraut, seine Wut auf das Land um mich herum loslässt.

Es fängt ganz harmlos an.

Über euch war was in den Nachrichten, schreibt Sam.

Echt?, antworte ich. Meine Finger sind zu dick, als dass der Umgang mit der Tastatur einfach wäre, und ich mache selten viele Worte.

Ihr seid in sämtlichen Zeitungen. Hier und im UK. In Südamerika überschlagen sie sich vor Vergnügen.

Noch einmal: *Echt?* Allzu sehr interessiert mich das immer noch nicht. John Major wird den Argies eine »Ihr mich auch«-Botschaft gesandt haben, und die fühlen sich auf den Schlips getreten. Oder vielleicht hat der Gouverneur ein paar extrem voreilige Bemerkungen über Ölvorkommen rund um die Inseln gemacht.

Ich schau mal, ob ich ein Bild anhängen kann. Bleib dran.

Ich bleibe dran. Oder stehe vielmehr auf, mache Kaffee, gehe pissen, glotze den Regen an, der draußen wie aus Eimern niedergeht, und komme zehn Minuten später zurück, um festzustellen, dass eine E-Mail mit Anhang in meinem Postfach gelandet ist. Ich klicke sie an, sehe die eingescannte Titelseite des *Daily Mirror*, und mir wird klar, dass Catrins Anteil an Archies Wests unbeschadeter Heimkehr nichts daran ändern wird, wie man sie auf den Inseln sieht. Ihr Anteil an der Entdeckung der Leiche von Jimmy Brown und daran, dass für seine Eltern siebzehn Monate des qualvollen Nichtwissens ein Ende haben, wird keinerlei Einfluss darauf haben, wie sie in der Welt wahrgenommen wird. Selbst ich, ignoranter Ex-Fallschirmjäger, der ich bin, kann eine Superstory erkennen, wenn ich eine sehe.

Das Foto ist von einem der Touristen gemacht worden, mit einer ziemlich guten Kamera. Die Auflösung ist hervorragend. Bestimmt hat er ein Teleobjektiv benutzt, ich kann mich nämlich nicht erinnern, dass irgendjemand so nahe herangekommen wäre. Ich bin auch auf dem Foto, allerdings muss man sehr genau hinsehen, um mich zu erkennen, ich wende mich nämlich gerade halb ab. Pete, die zweite Person im Vordergrund, schaut zu Boden, als wäre ihm schlecht. Es ist ein Farbfoto, das Blut auf dem Strand trifft mich also mit voller Wucht, das Blut in dem Wasser, das der Frau, die im Mittelpunkt des Geschehens steht, übers Gesicht läuft.

Es ist ein Foto von Catrin. Mit wehendem Haar, das sie aussehen lässt wie eine rächende Furie, steht sie neben einem sechs Meter langen Grindwalmännchen. In der Hand hält sie die Pistole. Sie blickt auf das getötete Tier hinunter, und ein ganz schwacher Rauchschleier umgibt die Mündung der Waffe. Die Kiefer des Tieres klaffen auf; es ist kein Schrei, sieht aber aus wie einer. Die Schlagzeile sagt alles:

Killer Quinn.

16

Der Regen hat nachgelassen, als ich in Stanley ankomme. Aber nur vorübergehend; draußen auf dem Meer ballen sich neue Wolkenbänke zusammen. Erleichtert sehe ich, dass Robert Duncans Auto vor der Redaktion der *Penguin News* parkt. Ihn ausfindig zu machen hätte noch mehr Zeitverschwendung bedeutet. Der Tresen, an dem die Zeitung einmal die Woche verkauft wird, ist leer, also klappe ich ihn hoch und finde im Hinterzimmer alle drei ständigen Mitarbeiter der *News* am Telefon vor. Robert sieht mich, hält einen Finger hoch und redet weiter.

Ich will nicht, das Catrin das Foto sieht. Ich will nicht, dass überhaupt irgendjemand hier das Foto sieht. Wenn es sein muss, kann ich den E-Mail-Verkehr zwischen den Inseln und der Außenwelt ein paar Tage lang lahmlegen, da bin ich mir ziemlich sicher. An die Mails des Militärs komme ich natürlich nicht ran, die sind zu gut geschützt, aber der gesamte zivile Mailverkehr liegt durchaus im Bereich meiner Möglichkeiten. Die Leute werden einfach denken, es gibt da ein Problem mit den Telefonleitungen. Sie werden bei ihren Providern nachfragen, für die die Falklands nicht gerade oberste Priorität sein werden, und nach ein oder zwei Tagen lasse ich dann nach und nach wieder etwas durch. Ein paar Tage, vielleicht drei, das könnte reichen, damit der Sturm sich legt. Die Leute vergessen schnell, und in ein paar Tagen gibt es bestimmt etwas anderes, worüber die Welt sich entrüsten kann.

Was ich wissen muss, ist, ob sich die Nachricht bereits verbreitet hat. Ob Rob und sein Team die Story, die gegenwärtig in meiner Jackentasche steckt, schon gesehen haben.

»Also, die melden sich bestimmt bei Ihnen, sobald sie können.« Cathy, Robs leitende (und einzige) Reporterin, sieht ziemlich gestresst aus. »Die Falklands Conservation hat nur sehr wenige Mitarbeiter, und ich kann mir vorstellen, dass bei denen gerade sämtliche Leitungen belegt sind.«

Sieht aus, als käme ich zu spät.

»Callum, was kann ich für Sie tun?« Rob hat sein Telefonat beendet und kommt um seinen Schreibtisch herum. Ich ergreife seine ausgestreckte Hand mit der Rechten und ziehe mit der Linken das Foto aus der Jackentasche. »Haben Sie das gesehen?«

Er braucht nur einen flüchtigen Blick auf das Bild zu werfen. »Sämtliche Telefone klingeln seit einer Stunde wie wahnsinnig. Verdammte Touristen.«

»Weiß Catrin davon?«

Wieder nickt er unglücklich. »Bestimmt. Ich musste John doch warnen, als wir den ersten Anruf gekriegt haben. Wir kommen nicht zu ihnen durch, bei denen rufen also wahrscheinlich noch mehr Leute an als bei uns.«

»Und das will was heißen.« Mabel, Robs Mum und der Redaktions-Junior, hat ihr Gespräch ebenfalls beendet. »Die von *News International* chartern morgen ein Flugzeug, Rob. Wir können am frühen Nachmittag mit ihnen rechnen.«

»Wegen einem Haufen toter Scheißwale?«, stoße ich ungläubig hervor. »'tschuldigung, Mabel. Cathy.«

Robs Telefon klingelt von Neuem. Mit einer Grimasse, die eine Entschuldigung sein soll, wendet er sich ab, um den Anruf anzunehmen. Ich höre »Umweltkatastrophe« und weiß, dass das eine Weile dauern wird.

»Es sind ja nicht nur die Wale, Callum.« Cathys Telefon klingelt, doch sie beachtet es nicht. »Die sehen da eine Verbindung zwischen dem Erschießen der Wale und dem Verschwinden von Archie West.«

Einen Moment lang bin ich ratlos. »Wie zum Teufel geht das denn? Da gibt's doch gar keine Verbindung.«

Tiefe Kerben erscheinen zwischen Cathys Brauen. »Natürlich nicht. Aber Sie müssen das von ihrer Warte sehen. Wir haben ein entführtes britisches Kind und eine Einheimische, die maßgeblich an einer Massentötung beteiligt war.« Sie hebt die Hand, um mich zu bremsen. »Ja, wir wissen, dass sie einen guten Grund dadür gehabt hat, aber erzählen Sie das mal Leuten, deren Erfahrungen mit Walen sich darauf beschränken, dass sie mal *Free Willy* gesehen haben. Und dazu kommt noch, dass die fragliche Frau, die bekanntermaßen emotional labil ist, letzte Nacht mit dem entführten Kind in den Armen in die Stadt gefahren kam.«

»Catrin ist nicht emotional labil, und sie hat das Scheißbalg doch gefunden.«

Mabel steht auf und geht in die Küche.

Selbst die sonst so umgängliche Cathy sieht jetzt allmählich pikiert aus. »Kann schon sein, aber so stellen die Morgennachrichten das nicht dar. Laut denen ist sie von dem Strand verschwunden, von oben bis unten voller Blut, und ein paar Stunden später ist sie mit dem Kind in den Armen in Stanley wieder aufgetaucht.«

»So ein Scheißschwachsinn! Ich hab doch mit ihr im Auto gesessen. Den größten Teil der Fahrt hat sie geschlafen. Es war reiner verdammter Zufall, dass wir den Kleinen gesehen haben.«

Mabel ist wieder da; sie steht direkt vor mir und hält eine Flasche Geschirrspülmittel in der Hand. Ich schaue auf sie und auf die Flasche hinab.

»Halten Sie sich mit Ihrer Ausdrucksweise zurück, junger Mann, sonst wasche ich Ihnen den Mund aus«, fährt sie mich an. »Das hier ist vielleicht eine Redaktion, aber wir sind hier nicht in der Fleet Street, und wir sind auch nicht diejenigen, die diesen Bockmist schreiben.«

Mabel ist halb so groß wie ich und wiegt wahrscheinlich ungefähr ein Viertel von dem, was ich auf die Waage bringe, und trotzdem habe ich das Gefühl, dass ich es bereuen werde, wenn ich jetzt lächle. »Aber Bockmist darf ich sagen? Ja?«

Sie fuchtelt mir mit dem Spülmittel vor dem Gesicht herum. »Nein, *ich* darf Bockmist sagen, ich bin nämlich zweiundneunzig Jahre alt, und mir ist das scheißegal. Sie dürfen ›Ja, Ma'am‹, ›Nein, Ma'am‹ und ›Entschuldigen Sie bitte vielmals, Ma'am‹ sagen, aber an Ihrer Stelle würde ich mich auf die Socken machen und Catrin suchen.«

»Sie hat doch auch die Leiche von Jimmy Brown gefunden. In einer Bucht, wo sie bekanntlich oft hinfährt.« Mit Mabel als Rückendeckung ist Cathy ein bisschen mutiger geworden.

»Wovon reden Sie überhaupt? Es war meine Idee, auf dem Wrack zu suchen.«

Ein nachdrückliches Kopfschütteln von Cathy. »Das ist nicht das, was wir so in der Stadt hören.«

Rob hat zu Ende telefoniert, also kehre ich Cathy den Rücken zu. »Wissen wir ganz sicher, dass der Kleine auf der *Endeavour* Jimmy war?«

Er sieht mich über Mabels Kopf hinweg an. »Sie haben gestern Nachmittag die Erstuntersuchung gemacht, während Sie und Catrin auf Speedwell waren. Es ist definitiv Jimmy. Sie hatten Zahnarztunterlagen.«

Ich warte darauf, dass er weiterspricht.

»Natürlich sind seine Angehörigen unterrichtet worden. Jetzt müssen wir auf einen Rechtsmediziner warten.«

Wir haben auf den Inseln niemanden, der qualifiziert ist, Obduktionen vorzunehmen. Wenn ein Todesfall nähere Ermittlungen notwendig macht, muss jemand von Großbritannien eingeflogen werden. Es wird mehrere Tage dauern, bis wir wissen, was Jimmy zugestoßen ist, vielleicht sogar eine Woche oder mehr.

Rob verzieht das Gesicht. »Nicht dass wir damit rechnen, noch viel mehr herauszufinden, als wir schon wissen. Nach dem, was sie gestern festgestellt haben, gibt es keine offenkundige Todesursache, und die verbliebenen Kleidungsstücke deuten darauf hin, dass kein sexueller Missbrauch stattgefunden hat. Bob sagt, wir werden wahrscheinlich nie erfahren, was genau passiert ist, aber es spricht eine Menge dafür, dass ein Kind, das in der Surf Bay ins Wasser fällt, ohne Weiteres in Port Pleasant angespült worden sein könnte.«

Das Telefon klingelt wieder. Rob kann nicht anders, er nimmt ab.

Ich wende mich an Mabel. »Also ist Stopford wieder gut drauf. Archie ist lebendig und unversehrt aufgefunden worden, und, na ja, der Tod des armen kleinen Jimmy war ein Unfall. Also doch keine Monster auf den Falklandinseln.«

»Oh, so weit würde ich nicht gehen«, erwidert Cathy.

Mabel bedeutet ihr mit einem bösen Blick, den Mund zu halten. »Das Beste, was Sie im Augenblick tun können, ist, Catrin eine Weile aus Stanley wegzuschaffen«, sagt sie zu mir. »Nehmt heute Abend ihr Boot, fahrt nach New Island oder sonst wohin und verkriecht euch, bis das Ganze vorbei ist. Morgen wimmelt es hier vor Journalisten, und ich glaube wirklich nicht, dass sie damit klarkommt.«

Auf dem Weg hinaus blicke ich mich kurz nach Rob um, der am Fenster steht. Er telefoniert immer noch, doch er schaut zum Himmel hinauf, sieht auf seine Armbanduhr und dann wieder zum Himmel empor und sagt dem Anrufer, er solle sich verflixt noch mal beeilen, sonst würde er sie verpassen.

Die Falkland Conservation ist fünf Minuten entfernt. Wahrscheinlich bin ich zu Fuß schneller dort, also renne ich los, und keine zwei Minuten später weiß ich, dass ich die falsche Entscheidung getroffen habe. Catrins Land Rover kommt auf mich zugerast. Es ist keine Zeit, auf die Straße zu springen, und das ist wahrscheinlich auch gut so, ich bin nämlich nicht sicher, dass sie angehalten hätte. Sie rauscht vorbei, und mir bleibt nichts anderes übrig, als kehrtzumachen und zu meinem Wagen zurückzuspurten.

Als ich dort ankomme, japse ich nach Luft; mein Atem geht flach, und das ist kein gutes Zeichen. Ein sich anbahnender Flashback ist für mich so ähnlich wie das, was andere Leute vielleicht als Panikattacke bezeichnen würden. Mein Herz fängt an, schneller und weniger regelmäßig als sonst zu schlagen. Mit anderen Worten, ich kriege Herzrasen. Ich atme plötzlich sehr viel schneller. Mir wird schwindlig, und plötzlich kommt mir alles unwirklich vor, als hätte die Welt um mich herum sich von allem abgekoppelt. All das passiert jetzt gerade. Außerdem wird die Welt um mich herum dunkler. Ich schüttele den Kopf, damit er wieder klar wird. Es klappt nicht. Ich verliere die Kontrolle.

Normalerweise verziehe ich mich irgendwohin, wo es ruhig ist, wenn ich mich so fühle; ich lege mich hin und versuche, meinen Atem wieder unter Kontrolle zu bekommen. Wenn ich es rechtzeitig merke, kann ich es manchmal verhindern. Aber das hier ist kein guter Zeitpunkt, um sich hinzulegen. Ich muss Catrin finden.

Ich atme ein paar Mal tief durch und springe in den Wagen. Sie hat ungefähr acht bis zehn Minuten Vorsprung. Auf der rasch immer finsterer werdenden Ross Road fahre ich in Richtung Osten, und als ich den größten Teil der Stadt passiert habe, biege ich ins Landesinnere ab, auf die Airport Road. Noch ein paar Minuten, dann kann ich direkt nach Norden auf ihr Haus zufahren. Ich befehle mir weiterzuatmen, ruhig zu bleiben.

Fast habe ich die Abbiegung erreicht, als ich sie abermals auf mich zukommen sehe. Sie hält mit kreischenden Reifen an, setzt ein Stückchen zurück und fährt dann die flache Böschung hinauf, um an mir vorbeizukommen. Während ich ihr verwirrt zusehe, sieht sie mir nicht in die Augen, schaut nicht einmal in meine Richtung. Es ist, als fahre sie um einen verwaisten Wagen herum. Mit einer hoch aufspritzenden Schlammfontäne ist sie wieder von der Böschung herunter und rast in die entgegengesetzte Richtung davon. Wieder wird die Welt dunkel, und ich kann nicht weiterfahren.

Der Regen weckt mich, und ich komme hastig auf die Beine. Ich habe keine Ahnung, wieso ich draußen bin, aber mir ist klar, dass ich dafür nicht richtig angezogen bin. Ich bin mit einer leichten Jeansjacke bekleidet, trage Jeans und Schuhe, die ich normalerweise zu Hause oder im Pub anziehe. Nicht das, was ich vorhin anhatte. Zwischen der Fahrt hinter Catrin her die Küstenstraße hinauf und dem Moment, als ich hier gelandet bin, war ich irgendwann zu Hause.

Es ist unheimlich dunkel. Keine Sterne, kein Mond, kein Widerschein des bevorstehenden Sonnenaufgangs. Ich drücke auf den Knopf der Ziffernblattbeleuchtung meiner Uhr, und das plötzliche Aufleuchten verwandelt sich in Mündungsfeuer.

Ich schreie auf und blicke mich erschrocken um. Dann hole ich tief Luft und sage mir, dass es vorbei ist. Dass der Flashback und die Ereignisse, die ihn ausgelöst haben, vorbei sind. Doch beides geht nicht einfach so weg.

Der 13. Juni 1982. Der Sturmangriff auf Wireless Ridge. Meine Einheit hatte schon bei Goose Green schwere Verluste erlitten; wir waren nicht bereit für einen weiteren ausgedehnteren Angriff. Wir warteten, tief im Matsch. Die Geschütze verstummten. Der Befehl, ein Befehl, den ich geben musste: »Bajonett aufpflanzen, Jungs! Keine Gefangenen.«

Die Order kommt, und wir hetzen los. Ein Sturmlauf mitten in einen pechschwarzen Albtraum hinein. In den stinkenden Schlamm der feindlichen Schützengräben hinein, nur um sie verlassen vorzufinden. Wieder vorwärts, und es ist meine Stimme, die die Jungs vorantreibt. »Weiter. Los, kommt schon. Dafür sind wir schließlich hier.« In einer Schlacht ist Vorwärtsdrängen der Schlüssel zum Erfolg, ungeachtet der persönlichen Kosten.

Wir fordern Artillerieunterstützung an, mit katastrophalen Folgen. Geschosse regnen auf uns herab, wir verlieren weitere Männer durch Eigenbeschuss. »Weiter, Jungs. Dafür sind wir ausgebildet worden.« Als ob irgendjemand für diese Hölle ausgebildet werden könnte. Ein völlig verängstigter junger Argie springt mit erhobenen Händen vor uns auf.

Keine Gefangenen.

Unmöglich, das Leuten zu erklären, die nie im Krieg waren. Die die Genfer Konvention zitieren können, aber keine Ahnung haben, wie es ist, Feindberührung zu haben, dass man in der Hitze des Gefechts keine Gefangenen nimmt. Einen einzigen feindlichen Kombattanten gefangen zu nehmen und zu sichern könnte drei oder vier Männer erfordern, und das in einer Situation, wo jeder für den Sturmangriff gebraucht wird.

Das da vor uns ist ein Kind. Ein Teenager, der fleht, dass man ihn nicht umbringen möge.

»Knall ihn ab! Erschieß ihn doch, verdammte Scheiße!«

»Knall du ihn doch ab!«

Die Hoffnung stirbt in den Augen des Jungen. Keiner der Männer hat den Mumm, einen verängstigten Halbwüchsigen zu töten. Eine einzige Kugel. Ein heftiger Aufwärtsstoß des Bajonetts. Der Junge fällt in den Schlamm. Meine Kugel. Mein Bajonett. Manchmal will der Schwarze Peter einfach nicht weiter.

Ich schwitze trotz der Kälte. Zittere unter den Nachwirkungen jenes Flashbacks, den ich immer fürchte. Für mich war die schlimmste Nacht des Krieges die, in der ich einen verängstigten, unbewaffneten Jungen getötet habe.

Als Catrin und ich zusammen waren, hat sie oft von einem Gedicht gesprochen, auf das ihre Freundin Rachel abfuhr, und ich war damals so hin und weg von allem, was mit Catrin zu tun hatte, dass ich es nachgeschlagen habe. Es war echt lang, das weiß ich noch, und auch noch, dass ich das meiste nicht verstanden habe. Aber drei Zeilen sind mir aufgefallen:

Des Himmels Höh' und die blaue See
tut lastend meinen Augen weh,
und die Toten zu meinen Füßen.

Ich würde diese drei Zeilen gern vergessen können. Ich kann es nicht. Ich weiß, wie es ist, von Toten umgeben zu sein. Über sie zu fallen, auf sie zu treten. Es gibt Zeiten, da fühlt es sich an, als seien die Toten ständig zu meinen Füßen.

Wieder schaue ich auf die Uhr. Es ist nach zwei Uhr morgens. Ich greife in die Jackentasche, und Gott sei Dank ist mein Taschenmesser noch da, da hängt nämlich eine kleine Taschenlampe dran.

Ich stehe neben dem Stone Run, der die Straße nach Estancia kreuzt. Dem kann ich hangabwärts folgen. Wird verdammt unangenehm, aber verirren werde ich mich nicht. Ich mache mich auf den Weg, halte mich am Rand des Bandes aus Felsblöcken und mache alle paar Minuten die Taschenlampe an, um sicherzugehen, dass ich nicht vom Weg abkomme. Die Bilder in meinem Kopf verblassen bereits. Die Enge in meiner Brust beginnt sich zu lösen.

Ich versuche, das letzte Reale heraufzubeschwören, an das ich mich erinnern kann, bevor der Flashback losging. Catrin. Oben bei dem Haus der Grimwoods. Wie ich ihr zurück in die Stadt gefolgt bin. Wie ich ihr Boot aus dem Hafen habe auslaufen sehen und wusste, dass es keine Möglichkeit gab, ihr zu folgen. So, wie ich angezogen bin, weiß ich, dass ich kurz nach Hause gefahren bin, geduscht und mich umgezogen habe, und ich kann mich an den Globe erinnern, nicht lange nach vier Uhr nachmittags. Ein paar Männer von der Fischereiflotte waren dort. Außerdem mehrere Leute von den Farmen außerhalb von Stanley. Ein paar Mann vom Stützpunkt, die dienstfrei hatten. Ich hörte, dass Stopford es geschafft hatte, dass das Kreuzfahrtschiff freiwillig noch einen Tag länger bleibt, danach jedoch würde er einen Gerichtsbeschluss brauchen, um es hierzubehalten.

Ich fing mit Bier an, ging schnell zu Scotch über. Musik hat gespielt, und keine der Band fängt je vor acht Uhr an. Ich habe keine Ahnung, wann ich den Pub verlassen habe.

Vor mir taucht eine Silhouette auf, dichter als die Nacht, heller als der Abhang, an dem sie steht. Mein Land Cruiser.

Ich gelte auf den Inseln aus mehreren Gründen als unkonventionell, nicht zuletzt meines Wagens wegen. Die patriotischen Anwohner entscheiden sich normalerweise für einen britischen Land Rover, gelegentlich auch für einen Range Rover oder einen Land Rover Discovery. Mein Toyota Land Cruiser, ein FJ40, Baujahr 1974, den ich bei einem Autohändler in Texas gekauft habe, ist hier der Einzige seiner Art.

Ich klettere auf den Vordersitz, ziehe meine Jacke aus, finde die Decke – dieselbe, in die gestern Abend Catrin und Archie eingewickelt waren – und lege sie mir um. Irgendwo in meiner unmittelbaren Zukunft lauert ein höllischer Kater auf den richtigen Moment, um zuzuschlagen.

Der Flashback ist fast völlig vergangen, die schlimmsten Bilder sind verblasst. Und doch ist da noch etwas anderes und hält sich hartnäckig. Eine weitere Erinnerung, die sehr viel kürzer zurückliegt. Ich bin auf den Hügeln oberhalb von Port Fitzroy. Der Himmel ist noch hell, und ich schaue auf Catrins Boot hinunter, das tief unter mir in der Bucht liegt.

Real oder nicht? Warum in aller Welt sollte sie dorthin zurückkehren, wo wir neulich Nacht eine Leiche gefunden haben? Und wenn es real war, wann war das dann? Bevor oder nachdem ich aus dem Pub weg bin? Das Licht hat nichts zu sagen. Um diese Jahreszeit ist es fast bis zehn Uhr abends hell. Und wenn ich wirklich auf Catrins Boot hinabgeschaut habe, das in der Bucht ankerte, ist sie dann immer noch dort?

Endlich erreiche ich die Straße und fahre in Richtung Stanley. Als ich noch einen knappen Kilometer von der Stadt entfernt bin, wird mir klar, dass etwas passiert ist, und im

Augenblick bin ich so mit mir selbst beschäftigt, dass ich überzeugt bin, es hat etwas mit mir zu tun.

Ich habe irgendjemandem etwas getan. Blind vom Suff und düsteren Erinnerungen, habe ich jemanden angefahren und bin einfach weitergefahren. Ich sehe funkelnde Blaulichter und weiß, dass sie nach mir suchen, ganz bestimmt.

Ich fahre zum Hafen hinunter, warte auf Rufe des Erkennens, darauf, dass der Polizeiwagen vor mir auf die Straße hinausfährt. Um fast drei Uhr morgens ist Bob-Cats Diner noch offen.

Ein Trupp Soldaten marschiert auf das Polizeirevier zu.

Ich parke und ziehe meine nasse Jacke wieder an. Wenn ich richtig Glück habe, kann ich vielleicht einen Becher heißen Kaffee hinunterkippen, bevor sie mich festnehmen.

»Na, sieh mal, wer da kommt.« Bob-Cat stellt einen Becher auf den Tresen und hebt die Kaffeekanne. Das ist wohl besser, als wenn sie zur Tür rennen und schreien würde: »Er ist hier, er ist hier drin!«

»Was ist denn los?« Ich greife nach dem Kaffee, fast ehe sie fertig eingeschenkt hat.

»Nur zu deiner Information, wenn mir ein Mann anbietet, mir einen auszugeben, dann bleibt er normalerweise lange genug, um zu bezahlen.« Sie schwappt Milch in den Becher und tut zwei Stück Zucker hinein. Ich nehme keinen Zucker. Das weiß sie auch. »Wenn ich gewusst hätte, dass ich selbst für meinen Drink blechen muss, hätte ich mir 'n kleines Bier bestellt.«

Dass Bob-Cats Verdruss hauptsächlich darauf basiert, dass ihr ein Gratis-Drink durch die Lappen gegangen ist, gibt wohl Anlass zur Hoffnung.

»Weißt du noch, wann ich gegangen bin?«

»Du bist gegangen, nachdem du mir einen Drink bestellt und bevor du ihn bezahlt hast. Das macht fünf Pfund fünfzig, wenn's recht ist.«

Ich ziehe im Geist ein Pfund fünfzig für den Kaffee ab und denke bei mir, dass ich Bob-Cat wohl das Geld für eine große Bacardi-Cola schulde. Also bezahle ich und finde, dass ich recht glimpflich davongekommen bin. Und doch werde ich dieses Gefühl nicht los, das mir sagt, dass noch etwas Schlimmeres auf mich zukommt, egal, was ich hinter mir habe.

»Was ist denn hier los?«, frage ich sie, nachdem ich der Ansicht bin, dass zwischen uns wieder alles cool ist. Sie mustert mich mit einem Blick, der fragt *Von welchem Bananendampfer hast du denn abgeheuert?*

»Im Ernst.« Mit einer Geste deute ich nach draußen. »Das ist doch nicht alles wegen 'ner geprellten Zeche.«

Ihre Augen werden schmal. »Wir haben gedacht, du wärst irgendwie vorgewarnt worden. Und wärst deswegen abgehauen.«

»Wegen was denn vorgewarnt? Kommen etwa die Argies zurück?«

Draußen machen ein paar Soldaten Anstalten, sich zu uns zu gesellen. Sie stampfen mit den Füßen, schütteln sich den Regen von den Jacken. Die Tür geht auf, und ein kalter, nasser Luftzug trifft uns. »Ha'm Sie Kaffee, Schätzchen?«

»Kommt sofort.« Bob-Cat kehrt mir den Rücken zu.

Ich stehe auf, schlucke den Kaffee hinunter und gehe hinaus. Ein Stück den Hügel hinauf, vor der Zeitungsredaktion, hält Rob Duncan einen Regenschirm hoch. Darunter kann ich die Gestalt einer Frau ausmachen. Er bugsiert sie gerade auf den Beifahrersitz eines Autos. Sie scheint kurz vorm Zusammenbrechen zu sein, wird nur durch den Mann an ihrer Seite aufrecht gehalten. Die Tür schlägt zu, Rob klopft auf das Wagendach, und das Auto fährt los.

Das kommt mir alles beängstigend vertraut vor. Ich sehe es in den erschrockenen Gesichtern der Leute, die von einem dürftigen Regenschutz zum nächsten eilen. Ich sehe es in den hastigen Bewegungen der Polizisten, die Autotüren zuknallen und eilig ins Revier trotten, mit erhobenen Händen Fragen abwehren.

Die Leute scheinen alle in Richtung Rathaus zu streben, und ich wende mich dorthin. Drinnen sehe ich, dass sich zwei separate Gruppen gebildet haben. Die Touristen drüben in der roten Ecke. Ich sehe Archie Wests Dad, mit einem Funkeln in den Augen und energischen Bewegungen; beides hat völlig gefehlt, als ich ihn das letzte Mal gesehen habe. In der blauen Ecke, neben dem Rathaustresen, sind die Einheimischen. Da gibt es eine Gruppe, die ich nicht näher kenne, und ich überlege, ob die wohl aus Port Howard sind, ob das vielleicht Fred Harpers Angehörige sein könnten. Alle sind tropfnass. Keiner hat daran gedacht, die Heizung anzustellen, und die Luft hier drinnen ist fast genauso kalt wie draußen. Ich habe einen Augenblick Zeit, dankbar dafür zu sein, dass man irrtümlich denken wird, ich hätte bei der Suche mitgemacht, so nass, wie ich bin.

Woher weiß ich, dass eine Suche im Gange ist? Dass wieder ein Kind verschwunden ist? Ich weiß es ganz einfach.

Ich trete zu einem Grüppchen aus Leuten, die ich kenne. Terry aus meiner Fußballmannschaft. John, der zusammen mit Catrin für die Falklands Conservation arbeitet, Chad aus der Eisenwarenhandlung. Noch ein oder zwei andere. Alles Männer.

»Gibt's was Neues?«, erkundige ich mich, weil mir das das Sicherste zu sein scheint.

Ein paar der Männer starren mich an. Einer schaut zu Boden. Dann meldete sich eine Stimme von ganz hinten zu Wort: »Ich glaube, wir hoffen alle, dass du und meine Ex wieder eins von euren Wundern wirken könnt.«

Ich verfluche mich innerlich dafür, dass ich nicht genauer hingeschaut habe; ich habe Ben Quinn nicht gesehen. Er steht hinter Chad, tritt jetzt aber hervor und baut sich vor mir auf. Wenn ich kann, gehe ich Catrins Exmann aus dem Weg. Das hatte ich mir schon angewöhnt, bevor ich angefangen habe, mich mit ihr zu treffen. Ich vermeide es, ihn anzusehen, mit ihm zu sprechen, sogar, mit ihm im selben Raum zu sein. Ich weiß nicht mehr, wann wir beide das letzte Mal Blickkontakt hatten, so wie jetzt. Er hat sich nicht sehr verändert. Spanieraugen starren aus fahler Haut hervor. Dunkles Haar, dort, wo das Grau noch nicht vorgedrungen ist. Der kleine Kit schaut ihm geradezu aus dem Gesicht, und ich frage mich, wie Catrin es so lange in seiner Nähe ausgehalten hat.

Er ist schlank, bestimmt ganz fit, aber um einiges leichter als ich. Selbst halb betrunken könnte ich ihn plattmachen. Dass ich das möchte, liegt daran, dass ich halb betrunken bin. Zumindest hoffe ich das, was sagt das denn sonst über mich aus? Ich kann's dem Mann ja nicht verdenken, dass er mir gegenüber ein Arsch ist, ich habe schließlich seine Frau gebumst.

Was zwischen mir und Catrin passiert ist, war meines Wissens nie allgemein bekannt, aber wenn es da Gerüchte gibt, dann kann es gut sein, dass er sie gehört hat. Meinetwegen. Letzten Endes ist er doch derjenige, der weggegangen ist.

»Ich nehme an, der Schuppen, wo Archie West festgehalten worden ist, ist überprüft worden?« Ich richte diese Frage nicht explizit an Ben, aber ich schaue auch nicht weg. Das würde aussehen, als ob ich zurückweiche, und plötzlich ist es sehr wichtig, dass ich das nicht tue.

»Da haben sie zuerst nachgesehen.« Chad ist derjenige, der antwortet. Ben und ich beäugen einander wie zwei Halbstarke mit mehr Testosteron als Verstand.

Ich weiß noch immer nicht, welches Kind verschwunden ist. Nicht dass das so wichtig wäre, ich kenne die meisten Kinder in Stanley sowieso nicht.

»Falls du weißt, wo Catrin ist, wir machen uns ein bisschen Sorgen«, meint John. »Seit heute Nachmittag hat niemand sie erreichen können.«

»Ich hab sie nicht mehr gesehen, seit ich sie heute Morgen zu Hause abgesetzt habe«, erwiderte ich, was nicht ganz der Wahrheit entspricht – es war eigentlich noch Nacht, als ich Catrin nach Hause gefahren habe. Aber es macht mir Spaß, ihren Ex auf die Palme zu bringen. Als seine Augen noch schmaler werden, beschließe ich, dass das ziemlich mies von mir ist. Ich verabschiede mich mit einem Nicken und gehe hinaus. Als ich in die Nacht hinaustrete, fühle ich eine Hand auf meiner Schulter. Daran, wie sie mich zurückhält, ist nichts Freundliches. Ich drehe mich um und bin nicht im mindesten überrascht zu sehen, dass Ben Quinn mir nach draußen gefolgt ist. Na ja, dieser Tag musste wohl mal kommen.

»Sie gibt dir die Schuld, weißt du das? Für das, was mit den Jungen passiert ist.«

Ich hatte mich auf einen Schwinger gefasst gemacht, hatte überlegt, wie fest ich wohl berechtigterweise zurückschlagen könnte. Damit hatte ich nicht gerechnet.

Ich schüttele den Kopf. »Da irrst du dich. Bis vor ein paar Nächten hat sie nicht mal gewusst, dass ich dabei war.«

Ich frage mich, ob ich ihm mein Beileid aussprechen soll, ob ich sagen soll, dass die beiden ganz tolle Jungs waren. Wenn ich das tue, knallt er mir ganz sicher eine.

»Ich rede nicht von deiner großen Rettungsaktion. Wir wissen ja alle, was für ein Held du damals warst. Ich rede davon, dass Catrin das so sieht: Sie hat in der Gegend rumgevögelt, und die Jungen sind als Strafe dafür umgekommen.«

»So ein Schwachsinn.«

Er hat so eine Art, bedeutungsschwer zu blinzeln, schließt die Augen ein ganz kleines bisschen zu lange. »Natürlich ist das Schwachsinn. Aber in dem wirren Denken meiner Exfrau erscheint das vollkommen logisch. Was sie mit dir getrieben hat, hat sie ihre Kinder gekostet. Falls du dich also irgendwelchen sentimentalen Tagträumereien von ›Glücklich bis ans Ende ihrer Tage‹ hingibst, das würde ich an deiner Stelle vergessen.«

Ich darf nicht zuschlagen. Wenn ich damit anfange, höre ich nicht mehr auf. Und dann wird sie mir auch noch den Tod ihres Exmannes ankreiden.

»Um welches Kind geht's?«, frage ich, weil ich das Thema wechseln muss, und weil die Frage genauso geeignet scheint wie jede andere.

»Was?«

»Welches Kind wird vermisst? Ich war den ganzen Abend nicht in Stanley. Welches Kind ist entführt worden?«

Er macht einen Schritt rückwärts und schüttelt den Kopf, als hätte ich keinerlei weitere Aufmerksamkeit verdient. Doch er sagt es mir, ruft es über die Schulter, als er wieder ins Rathaus geht.

»Peter Grimwood. Der jüngste Sohn ihrer Freundin Rachel.«

Tag 5

Freitag, 4. November

17

Ich renne den Hügel hinauf. Die Leute starren mich an. Sie denken, ich weiß etwas. Es ist blöd, auf diese Weise Aufmerksamkeit zu erregen, aber ich muss in Bewegung bleiben, sonst fange ich an nachzudenken. Das Polizeirevier kommt nicht infrage. Wenn ich Skye allein zu fassen bekäme, dann könnte ich ihr wahrscheinlich ein paar allgemeine Fakten entlocken, aber nicht vor ihren Kollegen.

Peter Grimwood. Ich habe ihn diese Woche ein paar Mal gesehen. Ihn und seine Mutter. Vor ein paar Tagen hat er mich mit einer Spielzeugpistole fast zu Tode erschreckt. Ein komisches Kind. Ein bisschen still, fand ich, und hat ein bisschen geklammert.

Rachels Kind wird vermisst? Das kann nicht gut sein. In keinerlei Hinsicht.

Ich hämmere gegen die Tür der Redaktion und drücke sie gleich darauf auf. Ich weiß, dass sie noch hier sind, ich konnte sie durchs Fenster sehen, als ich vorbeigelaufen bin. Cathy lehnt an ihrem Schreibtisch. Mabel steht in einem rosafarbenen Nicky-Jogginganzug unschlüssig in der Küchentür, und Rob steht mitten im Raum. Alle drei starren mich an. Ein Telefon klingelt. Keiner beachtet es.

»Rob, Kumpel, was kann ich tun?«

Rob hebt die Hand, um sich imaginäres Haar aus den Augen zu streichen. »Gehen Sie nach Hause. Schauen Sie in Ihrem Gartenschuppen nach, im Torfschuppen, in Ihrer Garage, hinter den Büschen. Überall, wo sich ein kleiner Junge verstecken könnte. Und dann seien Sie wieder hier, sobald es hell wird, und suchen Sie mit. Mehr kann jetzt keiner tun.«

In diesem Moment sieht man ihm jedes einzelne seiner über siebzig Jahre an.

»Sie können Rob nach Hause bringen«, meint Cathy. »Oder, noch besser, zu Rachel. Sie sollte nicht allein sein.«

»Wo ist denn Sander?« Sander ist Rachels Mann. Er arbeitet in der Hauptverwaltung der Regierung.

»Verreist«, antwortet Rob. »Kommt morgen wieder. Und sie ist nicht allein, Jan ist bei ihr.«

Ein Blick, der zwischen Mabel und Cathy gewechselt wird, verrät mir, dass sie Jan nicht wirklich zutrauen, ihrer Tochter in einer Krise beizustehen. Ich kenne Rachels Mutter kaum, aber ich habe gehört, dass sie einen ausgeprägten Sinn für Dramatik hat.

»Jan kann sich nicht um Rachel und um beide Jungen kümmern«, sagt Mabel. »Und es ist ja nicht so, als ob wir hier Anrufe annehmen.«

Wie aufs Stichwort beginnt ein weiteres Telefon zu klingeln. Robs Hand streckt sich nach dem Apparat, und seine Mutter hält ihn mit einem scharfen Kläffen zurück. Sie geht zu einer Reihe Garderobenhaken und nimmt einen Mantel herunter.

»Du bist im Moment kein Zeitungsredakteur, Robert, du bist der Aufmacher, und ausgerechnet du solltest doch wissen, in was für einen Schlammassel du gerätst, wenn du anfängst, mit Leuten zu reden, die dich zitieren können. Komm schon.« Sie hält ihm brüsk den Mantel hin. »Callum fährt dich nach Hause, Cathy nimmt mich mit. Das letzte Kind ist wohlbehalten wieder aufgetaucht, und bei Peter wird's genauso sein.«

»Ich bin vorhin an Rachels Haus vorbeigekommen«, bemerke ich, als wir aus der Stadt hinausfahren. »Wann ist Peter denn verschwunden?«

»So gegen kurz nach vier. Als sich alle die Sonnenfinsternis angeschaut haben.« Plötzlich will Rob mich nicht ansehen. »Cathy hatte die beiden Großen gerade von der Schule nach Hause gebracht. Um halb fünf hat Rachel die Polizei angerufen, nachdem sie und die Jungen Haus und Garten abgesucht hatten.«

Die E-Mail mit dem Foto von Catrin ist um kurz vor drei gekommen. Ungefähr eine Stunde später bin ich in Stanley angekommen. Es muss so gegen vier gewesen sein, als ich Catrin den Hügel hinauf nachgefahren bin.

»Wann waren Sie denn dort?«, fragt er gerade. »Haben Sie ihn gesehen?«

»Früher«, lüge ich. »Von Peter habe ich nichts gesehen«, füge ich hinzu, dankbar, ihm etwas sagen zu können, das wahr ist.

Ich fahre denselben Hügel hinauf, auf den ich Catrin erst vor Stunden gefolgt bin. Wie weit war sie mir voraus? Ein paar Minuten? Zehn? Locker genug Zeit, um die Einfahrt vor dem Haus der Grimwoods zu erreichen, so wie ich jetzt, in dem weichen Matsch, der sie umgibt, zu wenden und dann den Hügel wieder hinunterzurasen. Ich versuche vergeblich, mich zu erinnern, ob ich bis hierhergekommen bin. So viel von diesem Nachmittag ist durch den Flashback verlorengegangen. Aber hier kann man am leichtesten wenden, also ist es durchaus möglich, dass ich genau das getan habe.

Ich setze vor und zurück und frage mich, ob ich mich mit Absicht bemühe, mögliche Reifenspuren von vorhin zu verwischen. Und wenn ja, was zum Teufel ich mir dabei denke. Rob springt aus dem Wagen, sobald ich die Handbremse anziehe. Er verschwindet im Haus, ehe ich dazu komme, Gute Nacht zu sagen, also bleibt mir nichts anderes übrig, als ihm zu folgen.

Während ich ins Haus gehe, bin ich wenigstens für eins dankbar: Rob hat mich an die Sonnenfinsternis von gestern erinnert. Ich wusste davon – wir alle wussten davon –, ich hatte es nur über all dem, was sonst noch los war, vergessen. Trotzdem ist es gut zu wissen, dass diese abgefahrene, unnatürliche Dunkelheit ein Naturphänomen war und kein Anzeichen des nahen Wahnsinns meinerseits.

Bei Tageslicht ist dies hier eines der schöneren Häuser von Stanley; es steht mitten in einem großen, abfallenden Garten hoch über der Surf Bay. In der Küche riecht es nach Instantkaffee, Ochsenschwanzsuppe und verbranntem Toast. Ich fühle mich nicht wohl dabei, so uneingeladen hier zu sein, aber einfach abhauen fühlt sich noch mieser an. Rob ist im Wohnzimmer, wo seine Frau Jan mit Rachels Ältestem, Christopher, unter einer Decke kauert.

»Gibt es etwas Neues?« Sie erblickt mich, und ihre Augen werden groß.

»Callum ist vorhin hier vorbeigefahren.« Rob dreht sich wieder zu mir um. »Haben Sie das Bob Stopford schon erzählt?«

»Wann war das? Waren Sie allein?«

»Irgendwann vor vier Uhr«, antworte ich Jan. »Allein. Peter habe ich nicht gesehen. Und ich habe es Stopford noch nicht gesagt. Hi, Chris. Wie geht's deiner Mum?«

Vor ein paar Monaten habe ich in Chris' Schule einen Vortrag für die älteren Schüler gehalten, über die Zukunft der Informationstechnologie und darüber, wie ganz normale Computer eines Tages unser Leben und die Welt verändern werden. Chris war einer der hellsten Köpfe, einer der Interessierten.

Sein Gesicht wird noch blasser. »Ich glaube, wenn Dad wieder da ist, geht's ihr besser.«

»Solltest du nicht im Bett sein?«, erkundigt sich sein Granddad.

»Ich kann nicht schlafen. Michael liegt in meinem Bett, und der pikt mich immer mit dem Ellenbogen.«

Ich schaue auf die Uhr. Bald vier Uhr morgens, das heißt,

Peter wird seit fast zwölf Stunden vermisst. Jan zieht sich die Decke höher um die Schultern.

»Ich könnte ja mal Feuer anmachen.« Ich betrachte den Torfbrenner. Er ist sauber ausgefegt, Anzünder und Anmachholz liegen daneben in einem Korb. Alles ist startklar, und dann hätte ich etwas zu tun. »Weißt du, wo die Streichhölzer sind, Chris?«

Ich folge Chris in die Küche. Er wird mal groß werden. Sein Dad Sander ist auch groß; Rachel auch, für eine Frau. Chris war immer ein Stück größer als Ned.

»Wann hast du Peter das letzte Mal gesehen?«, frage ich, als wir außer Hörweite der Erwachsenen sind.

»Als ich von der Schule gekommen bin, war er in seinem Gitterbett. Seine Windel war nass, ich hab ihm eine neue umgemacht.«

»Und was dann?«

»Michael hat nach mir gerufen. Wir wollten zum Strand runter und uns die Sonnenfinsternis anschauen.« Sein Blick huscht vor meinem davon. Er glaubt, er bekommt Ärger. Er ist hinausgerannt, schneller, als sein tapsiger kleiner Bruder ihm folgen konnte, und jetzt macht er sich Vorwürfe. Ich ziehe mir einen Stuhl heran und setze mich hin, damit ich auf gleicher Höhe mit dem Jungen bin.

»Und wo war deine Mum?«

»Die hatte sich hingelegt. In ihrem Schlafzimmer. Da ist sie meistens, wenn wir nach Hause kommen.«

»Er ist müde, Callum. Er muss ins Bett.« Rob ist mir aus dem Wohnzimmer nachgekommen.

»Sie haben doch den anderen kleinen Jungen gefunden, stimmt's?«, fragt Chris mich. »Gehen Sie Peter suchen?«

»Na klar, wir gehen ihn alle suchen. Hast du Peter mit nach unten genommen?«

»Ich hab ihn getragen«, berichtet Chris mir. »Und dann hab ich ihn abgesetzt. Er ist unheimlich schwer.«

»Der Kleine ist ein Monster«, wirft Rob ein. »Ich kann ihn kaum hochheben.«

»Und was ist dann passiert, Kumpel?«

»Ich bin zu Michael runtergerannt. Wir haben eine Höhle am Strand, da haben wir gespielt, bis wir gehört haben, wie Mum nach uns geschrien hat. Da haben wir mitgekriegt, dass Peter weg ist.«

»Rachel hat um halb fünf die Polizei angerufen«, meint Rob.

Chris sieht mich an. »Werden die Leute für Peter auch Feuer anzünden? So wie für den anderen kleinen Jungen?«

Ich stehe auf. »Heute Nacht ist es ein bisschen zu nass für Feuer. Aber der andere kleine Junge ist jetzt in Sicherheit, und ihm ist nichts passiert. Das darfst du nicht vergessen.«

Chris bleibt, wo er ist. »Bei Jimmy war's aber nicht so, stimmt's?«

Rob und ich wechseln einen Blick. Keiner von uns weiß darauf etwas zu sagen.

»Die Polizei hat gestern das Wrack in der Bucht abgesucht.« Jetzt hat Chris eine trotzige Miene aufgesetzt. Er weiß, das wollen wir nicht hören. »Sie haben nach dem anderen kleinen Jungen gesucht. Nach dem von West Falkland. Das macht dann vier.«

»Ab ins Bett«, sagt Rob, weil ihm nichts anderes einfällt.

»Ich bring dich rauf, Chris.« Seine Großmutter hat in der Tür gestanden und uns zugesehen.

»Callum soll mich raufbringen.« So erschöpft er auch ist, Chris ist entschlossen, seinen Kopf durchzusetzen.

Nachdem Rob zustimmend genickt und Jan gereizt die Achseln gezuckt hat, ziehe ich die Schuhe aus und folge Chris nach oben, nicht ohne einige Bedenken. Ich habe überhaupt keine Erfahrung mit Kindern.

Im Obergeschoss sehe ich vier Türen, eine davon ist zu. Dahinter ist bestimmt Rachel, nehme ich an. Chris bleibt kurz auf der Schwelle der einen Tür stehen, ehe er vorbeigeht. Als ich ihm folge, sehe ich eine kleine, in ein Bett gekuschelte Gestalt. Das nächste Zimmer ist das von Peter. Ich beuge mich hinein und mache das Licht an.

Dieser Raum sollte doch bestimmt abgesperrt sein, oder? Als Tatort? Fest entschlossen, nichts anzufassen, beuge ich mich über das Kinderbettchen und rieche einen ganz schwachen Hauch Pisse. Bei diesem Licht ist es schwer zu sagen, aber ich glaube, ich kann einen Fleck sehen, wo Peters Windel geleckt hat. Auf dem Boden liegt eine Wickelmatte, eine offene Windelpackung am Kopfende. Drei sind noch drin. Eine schmutzige liegt in der Zimmerecke.

Ich finde Chris im Zimmer nebenan. »Das ist Michaels Zimmer«, erklärt er die Poster und die Spielsachen, für die er als angehender Teenager zu alt zu sein scheint. »Sie suchen doch nach Peter, oder?«

»Ja. Wir alle.«

»Wo werden Sie denn suchen?«

»Ich denke, wir fangen hier in der Nähe an. Wenn er allein weggelaufen ist, kann er ja nicht weit gekommen sein.«

»Wir haben im Garten nachgeschaut. Michael und ich haben überall gesucht. Wir waren auch unten am Strand. Und in dem alten Bootshaus da unten. Er ist nicht hier in der Nähe.«

»Chris, wenn dir irgendwas einfällt, egal was, dann musst du es der Polizei sagen. Oder mir, wenn dir das lieber ist. Versprichst du mir das?«

Er nickt und kuschelt sich ins Bett. »Wird mit Mum alles wieder okay?«, fragt er, als ich das Zimmer verlasse. Ich weiß nicht mehr, was ich antworte, nur dass ich mich nach Rachels Zimmer umblicke und hoffe, ihre Abwesenheit bedeutet, dass sie schläft, dass sie sich all dem hier für ein paar Stunden entziehen kann.

Als ich auf das Wohnzimmer zugehe, höre ich Stimmen, die bestimmt nicht für mich bestimmt sind, das weiß ich.

»... ausgerechnet er hier ist!«

Ich drücke die Tür auf; ich habe noch immer keine Schuhe an, und für einen großen Mann kann ich mich sehr leise bewegen. Rob und Jan drehen sich um. Verblüffung malt sich in ihren Gesichtern, und auch noch etwas anderes. Etwas, das ich nicht für Angst um ihren Enkel halte. Rob hat halbherzige Versuche unternommen, das Feuer anzuzünden. Ohne auf die angespannte Atmosphäre zu achten, dränge ich ihn behutsam beiseite und habe es gleich darauf in Gang.

Ich war schon öfter in diesem Haus, aber das ist Jahre her. Ich erinnere mich an hochwertige Möbel und an ansprechende Bilder an den Wänden. Abends schimmerten Kerzen, die Luft duftete. Es standen immer Blumen da. Kinderunordnung war nie weit weg, aber es war nicht mehr als das eine oder andere herumliegende Spielzeug. Heute Nacht sieht es im Wohnzimmer aus, als hätte sich seit Wochen niemand mehr die Mühe gemacht aufzuräumen, und das ganze Haus riecht muffig. Das hier ist mehr als ein paar Stunden Nachlässigkeit einer verängstigten Mutter.

»Wie geht es Rachel?«

Jan und Rob wechseln einen Blick.

»Wir glauben, sie steht unter Schock«, antwortet Rob. »Zittert wie Espenlaub. Kann kaum sprechen. Versucht um der beiden Großen willen, sich zusammenzureißen, aber ...«

»Ich nehme doch an, Sander weiß Bescheid.«

»Ich habe mit ihm telefoniert«, sagt Rob. »War nicht das einfachste Ferngespräch, aber er musste doch Bescheid wissen.«

»Wann genau sind Sie heute Nachmittag hier vorbeigefahren?« Jan wartet meine Antwort nicht ab. »Wir wissen, dass Sie kurz vor vier aus der Redaktion weg sind, viel früher hätten Sie gar nicht hier sein können. Waren Sie mit Catrin Quinn zusammen?«

Ich weiß überhaupt nichts über Peters Verschwinden, aber

plötzlich fühle ich mich unheimlich schuldig. Jan ist rückwärts auf die Küchentür zugetappt, und mir wird klar, dass sie sich sachte auf das Telefon zuschiebt.

»Was hat denn Catrin damit zu tun?« Ich komme auf die Beine.

»Rachel hat sie heute Nachmittag gesehen.« Rob kann mich nicht mehr anschauen. »Ganz kurz, bevor Peter verschwunden ist. Gerade als es draußen dunkel geworden ist. Sie hat gesehen, wie Catrin ihn hochgehoben hat. Als sie nach draußen gerannt kam, waren beide weg.«

»Die Polizei sucht nach ihr. Sie werden sie finden, und wenn sie meinem Enkel etwas angetan hat …«

Rob legt seiner Frau die Hand auf die Schulter. »Wir sind alle ziemlich durcheinander, Callum. Vielleicht ist es besser, wenn …«

Das braucht man mir nicht zweimal zu sagen. Ich hole meine Schuhe, ziehe sie an und trete hinaus.

»Natürlich hoffen wir alle, dass hier ein Missverständnis vorliegt.« Rob ist mir nach draußen gefolgt.

»Das ist kein Missverständnis, Rob. Rachel hat sie doch gesehen.« Jan tritt an mich heran, packt meinen Arm. »Es ist vierundzwanzig Stunden her, dass sie angeblich den anderen Jungen gefunden hat. Der war auf ihrem Land, auf ihrem Grund und Boden. Und all diese Wale, die sie erschossen hat. Von dem toten Kind auf dem Wrack ganz zu schweigen. Niemand glaubt, dass das Zufall war. Sie ist nicht in Ordnung, Callum. Sie müssen uns helfen, sie zu finden, bevor sie etwas Schreckliches tut.«

Mit einem einzigen Gedanken im Kopf fahre ich zum Hafen hinunter. Catrins Auto steht dort, und ihr Boot ist immer noch weg. Also fahre ich zu den Hügeln oberhalb von Port Fitzroy hinauf. Die Dunkelheit am Himmel weicht allmählich. Ich fahre weiter, verlasse die Straße und halte auf die

Klippen zu. Bei Licht kann ich bis an die Kante fahren. Im Halbdunkel erscheint mir das riskant, aber ich muss wissen, ob ihr Boot da unten in der Bucht ist.

Ich fahre so weit, wie ich es wage, und steige dann aus.

Mir ist so kalt, dass sogar das Gehen wehtut, aber die Decke aus dem Auto hilft ein bisschen. Ich gehe weiter, und es wird heller.

So dicht am Klippenrand ist der Wind ein wahrer Dämon. Er zerrt an der Decke, wild entschlossen, sie mit sich zu reißen. Unter mir, umgeben von Felsen, die aussehen wie Zähne, inmitten von Wolken, die wild umherwirbeln, und der See, die heftig zuschlägt, liegt Catrins Boot.

Kein Leben herrscht dort, nichts rührt sich an Deck, und ich habe keine Möglichkeit, Kontakt mit ihr aufzunehmen. Wenn ich sie anfunke, bekommt die ganze Welt es mit. Wenn ich zum Hafen hinuntersteige und versuche, mir ein Boot zu besorgen und zu ihr hinauszufahren, wird man mich aufhalten oder mir folgen.

Ein weißes Flackern vor dem Stahlgrau des Wassers sticht mir ins Auge. Ein großer weißer Vogel fliegt dicht über dem Meer dahin, streift fast die Wasseroberfläche. Als er sich Catrins Boot nähert, gewinnt er an Höhe. Ich kann gewaltige Schwingen mit schwarzen Spitzen und einen Hakenschnabel erkennen. Der Vogel schwebt über dem Boot, und im Augenblick gäbe ich viel dafür, sehen zu können, was er sieht.

Was geht da unten vor, Catrin? Was zum Teufel treibst du da auf dem Boot?

Ich erwäge hinunterzuklettern, hinauszuschwimmen, und weiß genau, dass ich es nicht schaffen würde.

Catrin würde doch einem Kind nichts zuleide tun, rede ich mir ein. Ich sage mir, dass sie gestern am Haus der Grimwoods vorbeigefahren ist und Peter gesehen hat. Vielleicht hat er im Garten gespielt, vielleicht hat er durch den Zaun hinausgeguckt. Sie hat ihn gesehen, und das hat sie hart getroffen, weil ihr eigener Sohn – mein Sohn – jetzt fast genau im selben Alter gewesen wäre. Das hat ihr schwer zugesetzt, und sie wollte eine Weile allein sein. Sie hat sich dorthin abgesetzt, wo sie immer hinfährt, wenn sie sich sammeln muss. Aufs Meer.

Wenn sie Peter gesehen hat, wieso habe ich ihn dann nicht gesehen?

Der Wind drängt mich zurück, als fürchte er sich davor, was passieren könnte, wenn ich dem Klippenrand zu nahe komme. Dort unten kommt ein zweites Boot um die Landspitze, hält mit voller Kraft auf das von Catrin zu. Ein Polizeiboot. Sie haben sie gefunden.

Catrin und ich sind ungefähr um vier Uhr nachmittags bis zum Haus der Grimwoods gefahren. Um zehn nach vier hat Rachel ihren Jüngsten vermisst, hat bereits nach ihm gesucht. Nicht einmal ein Dutzend Wagen fahren pro Tag diese Straße entlang. Drei in weniger als zehn Minuten?

Und Rachel behauptet, sie hätte gesehen, wie Catrin den Kleinen hochgehoben hat.

Catrin hat mehr gelitten als jeder andere, den ich kenne. Ich habe Menschen leiden sehen, und trotzdem sage ich das aus voller Überzeugung. Sie ist bis zur Unkenntlichkeit beschädigt, wahrscheinlich irreparabel, aber trotzdem würde sie einem Kind nichts tun.

Daran muss ich weiter glauben. Sonst könnte ich genauso gut jetzt von dieser Klippe springen.

Das Polizeiboot nimmt Fahrt weg, als es sich Rachels Boot nähert. Ich sehe, wie Queenie an Deck gerannt kommt, um die Männer zu begrüßen. Dann erscheint Catrin. Sie bewegt sich ganz langsam, sieht aus, als schliefe sie halb. Sie, die sonst auf ihrem Boot so flink ist, so wendig, scheint unter Drogen zu stehen. Sie greift nach dem Tau, das sie ihr zuwerfen, und macht es fest. Ich sehe, wie ein Polizist an Bord ihres Bootes steigt, dann noch einer. Und ein dritter. Mit Queenie in den

Armen helfen sie Catrin auf das Polizeiboot hinüber. Sie wird unter Deck geführt, ihr Kopf wird sanft hinuntergedrückt, damit sie sich nicht am Kabinendach stößt. Handschellen kann ich keine erkennen, aber es ist vollkommen klar, was da vor sich geht. Catrin ist verhaftet worden.

18

Lange bevor ich drei Stunden später wieder in Stanley eintreffe, bete ich um noch mehr Regen. Ein verdammter Wolkenbruch, ein Gewitter, ein Hurrikan täte es auch. Was immer nötig ist, damit all diese Leute von den Straßen verschwinden. Überall sind Menschen. Bob-Cats Diner ist voll. Der Pub hat früher aufgemacht. Vor dem Postamt steht eine Menschentraube. Leute kommen aus dem Rathaus, andere gehen hinein. Vor zwei Tagen, als wir nach Archie West gesucht haben, war hier eine Zielstrebigkeit fast mit Händen zu greifen gewesen. Jeder war fest entschlossen, loszuziehen und den Jungen zu finden. Jetzt ist es ganz anders, und das ist kein Mitgefühlerschöpfungssyndrom. Viele von den Gesichtern kenne ich nicht, und ich bin mir sicher, dass das Leute von dem Kreuzfahrtschiff sind, die von dem Drama, das sich hier entwickelt, an Land gelockt worden sind.

Sie wissen alle, dass Catrin verhaftet worden ist. Wenn sie glauben, dass sie es war, warten sie bestimmt darauf, dass die Polizei ein Geständnis erzwingt, dass sie ihnen sagt, wo Peter ist. Niemand wird nach ihm suchen.

Es ist fast acht Uhr morgens. Ich habe der Versuchung widerstanden, mit Vollgas in die Stadt zurückzubrettern, nachdem ich gesehen hatte, wie Catrin festgenommen worden war. Stattdessen bin ich nach Hause gefahren, habe geduscht, trockene Sachen angezogen, etwas gegessen. Ich habe mich gezwungen, ruhig zu bleiben; ich wusste ja, dass Catrin wie jeder Verhaftete erst einmal die ganze Bürokratie durchlaufen musste. Man würde ihre Daten ins System eingeben, ihre Fingerabdrücke nehmen und sie fotografieren. Man würde ihr anbieten, einen Anwalt hinzuziehen, und wenn sie dieses Angebot angenommen hätte – ich hoffe inständig, dass sie das getan hat –, hätte es ein paar Stunden dauern können, bis einer ausfindig gemacht und aus dem Bett geholt werden konnte. Die erste Vernehmung könnte eine Stunde gedauert haben, und dann hätten sie eine Pause einlegen müssen.

Dieser ganze Mist sollte inzwischen gelaufen sein, und die anfängliche Aufregung wird sich allmählich legen, zumindest auf dem Revier. Bestimmt haben die jetzt Zeit, mit mir zu reden.

Köpfe drehen sich nach mir, als ich parke. Schon jetzt wirft meine Bekanntschaft mit der Frau, die die Polizei bekanntermaßen verdächtigt, ein schlechtes Licht auf mich. Gott steh mir bei, da ist ein Fernsehteam. Die sind hier aufgekreuzt, um über die gestrandeten Wale zu berichten, nur um völlig unverhofft auf eine Goldmine zu stoßen. Der eine Typ hat eine Kamera auf der Schulter, der andere hält eines von diesen großen, zotteligen Mikrofonen, die immer knapp außerhalb des Bildes warten. Eine Frau in einem apricotfarbenen Kostüm hat Haar, das aussieht wie ein Helm. In einem warmen Blondton biegt es sich um ihren Kopf. Der Wind weht ihr ihren Schal übers Gesicht. Ihr Haar bewegt sich nicht. Irgendjemand gibt ihnen einen Tipp, und als ich aussteige, kommen sie auf mich zu.

»Callum Murray, ihre gute Freundin Catrin Quinn ist heute Morgen verhaftet worden. Möchten Sie etwas dazu sagen?«

Ich trete zur Seite, sie hüpft wieder vor mich. Ihr Make-up ist dick aufs Gesicht gekleistert. Vor der Kamera funktioniert das vielleicht, im wirklichen Leben sieht es grotesk aus. »Behaupten Sie immer noch, dass es Zufall war, dass Sie beide Archie West vorletzte Nacht auf dem Hügel gefunden haben?«

Wieder weiche ich ihr aus und trete dabei dem Kameramann auf die Zehen. »Pass doch auf, Alter«, brummt der.

»Was ist passiert? Hat er Sie angegriffen?« Apricot-Lady wendet sich von mir ab, und ich gehe mit großen Schritten weiter. Sie eilt mir nach und baut sich abermals vor mir auf. »Haben Sie einen Kommentar zu der Kinderleiche, die Sie Dienstagabend gefunden haben?«

Zum Glück habe ich die Tür erreicht. Dort schiebt ein Constable Wache. Apricot versucht, mir zu folgen. Constable Rausschmeißer hält sie auf.

»Hallo, Neil.« Ich nicke dem diensthabenden Sergeant zu. »Ist Catrin hier?«

Er antwortet mit einem stummen Kopfnicken. Hinter mir fordern Apricot und ihre Bande das gleiche Recht, das Revier zu betreten, wie alle anderen. Constable Rausschmeißer hält die Stellung.

»Kann ich sie sehen?«

Neil blinzelt und setzt sich gerade auf. »Sie wird gerade vernommen.«

»Hat sie einen Anwalt?«

Er schaut auf den Tresen hinunter; er ist sich nicht sicher.

»Ist Anklage gegen sie erhoben worden?«

Ein starrer, leerer Blick.

»Wann kann ich sie sehen?«

Er schaut zur Tür hinüber. »Kommen Sie später wieder.«

Hinter der Apricot-Gang will jemand herein. Constable Rausschmeißer ist hin und her gerissen. Sein Zögern kostet ihn wichtiges Gelände, und eine jähe Flut aus Neuankömmlingen strömt in den Empfangsbereich. Sergeant Neil ist abgelenkt. Constable Rausschmeißer ist etwas von der Rolle. Second Lieutenant a. D. Callum Murray ist ein gerissener

Schweinehund. Ich trete zurück und schlüpfe unauffällig in den Flur.

Weit gehe ich nicht, nur bis zu dem Büro auf der rechten Seite, wo Skye ihren Schreibtisch hat. Sie blickt auf.

»Neil hat mich durchgelassen«, sage ich. »Da draußen herrscht Chaos.«

Sie nickt, zieht ein Gesicht. »Kann man wohl sagen.«

Ich trete zu ihrem Schreibtisch, ziehe mir einen Stuhl heran und setze mich. »Skye, sagen Sie mir, was mit Catrin ist.«

Sie wird rot und fummelt an einem Knopf an ihrer Bluse herum; wie immer fällt es ihr schwer, Blickkontakt zu halten. Irgendwer hat mir mal erzählt, Skye hätte sich in mich verguckt, und dasselbe habe ich mir auch schon gedacht. Ich bin nie darauf eingegangen, obwohl sie die einzige Frau auf den Inseln ist, mit der ich knutschen könnte, ohne dass mir hinterher der Nacken wehtut. Für mich ist Skye ein zu groß geratenes Kind. Aber wenn sie eine Schwäche für mich hat, dann werde ich das jetzt nach Kräften ausnutzen.

Ich beuge mich vor. »Catrin und ich kennen uns schon lange, Skye. Das ist alles schon lange her, aber ich kenne sie wahrscheinlich besser als sonst irgendjemand. Ich kann euch helfen.«

Skye ist jung genug und eifrig genug, um jedem Hinweis nachgehen zu wollen. »Möchten Sie eine Aussage machen?«

»Natürlich.« Wenn es sein muss, fällt mir bestimmt etwas ein. »Am liebsten bei Ihnen. Aber zuerst muss ich wissen, was hier läuft. Ist Catrin verhaftet worden?«

Sie nickt betrübt. »Wenn Sie mich fragen, war das ein bisschen voreilig. Ich hätte sie lediglich zur Befragung aufs Revier geholt. Aber so gleich nach Archie Wests Entführung und mit all der Presse, da wollte der Chief Superintendent wohl kein Risiko eingehen.«

»Ist Anklage gegen sie erhoben worden?«

»Nicht dass ich wüsste.«

»Wie ist die Faktenlage, Skye? Was habt ihr in der Hand?«

Sie schüttelt den Kopf. »Darüber sollte ich wirklich nicht reden.« Dann steht sie auf, geht zur Tür und macht sie zu. »Was soll's?«, sagt sie. »Bestimmt weiß doch sowieso schon ganz Stanley Bescheid. Wann hat sich hier schon mal was nicht rumgesprochen?«

Ich warte. Wahrscheinlich mache ich ein geduldiges Gesicht, aber ich weiß, dass die Zeit für mich knapp wird.

»Catrin ist gestern Nachmittag gesehen worden, wie sie um kurz vor vier den Hügel zum Haus der Grimwoods raufgefahren ist«, verrät sie mir.

»Von wem?«

»Von jemandem, der auf der Werft arbeitet. Zehn Minuten später hat er sie noch mal gesehen, nur ist sie diesmal in die Gegenrichtung gefahren, zum Hafen.«

Ich warte, lasse Skye Zeit.

»Sie hat vor dem Haus angehalten. Rachel Grimwood hat am Fenster ihres Schlafzimmers gestanden. Sie hat gesehen, wie Catrin ausgestiegen ist, und sie hat gesehen, wie sie Peter auf dem Arm gehabt hat.«

»Der Kleine könnte doch auf die Straße gelaufen sein. Natürlich hat Catrin seinetwegen angehalten.«

»Man hat sie – ich rede von Catrin – mit einem sehr großen Sack oder Bündel an Bord ihres Bootes gehen sehen.« Es macht Skye wirklich keine Freude, schlechte Nachrichten zu verkünden. »Etwas, das sie nur mit Mühe tragen konnte.«

»Was sagt sie denn, was das war?«

Skye schüttelt den Kopf. Das weiß sie nicht.

»Ist das alles? Sie ist an dem Haus vorbeigefahren, hat das Kind auf dem Arm von der Straße getragen und hat einen Sack auf ihr Boot geschleppt?« Ich beuge mich vor, strecke den Arm aus, als wolle ich Skyes Hand berühren, und tue dann so, als ob ich mich eines Besseren besinne. »Skye, das ist gefährlich. Solange sich eure Leute auf Catrin konzentrieren, suchen sie nicht nach Peter. Haben Sie den Zirkus da draußen gesehen? Niemand sucht nach dem Kleinen.«

Ich stehe auf, gehe zum Fenster und drehe mich wieder um, als ich es erreiche. »Das Wetter ist schlechter geworden. Für Peter wird das alles sehr viel schlimmer sein als für Archie. Ein kleines Kind wird bei diesen Witterungsbedingungen im Freien nicht lange überleben.«

Ihr Gesicht stürzt in sich zusammen, und ich habe Mitleid mit ihr, aber hier steht mehr auf dem Spiel als Skyes Gefühle. Sie macht eine plötzliche Bewegung, die anscheinend nichts Besonderes bewirken sollte, und fegt eine Bleistiftschale von ihrem Schreibtisch. Klappernd fallen die Stifte zu Boden.

»Für heute Abend ist Sturm vorhergesagt worden«, lasse ich sie wissen, was meines Wissens gar nicht stimmt.

»Das Militär hält sich bereit, mit der Suche anzufangen.« Sie hockt sich hin, um die Bleistifte aufzulesen. Ich bin mir ziemlich sicher, dass sie sich dabei den Kopf am Schreibtisch anhaut, aber sie beißt sich auf die Lippe und beklagt sich nicht. »Aber der Chief Superintendent hat gesagt, sie sollen warten, bis wir Gelegenheit hatten, die Hauptverdäch–… mit Catrin zu sprechen.«

»Er ist ein Idiot.«

»Außerdem sucht ein Taucherteam die Bucht ab, wo ihr Boot gestern Nacht vor Anker gelegen hat.«

Ich kehre zu ihrem Schreibtisch zurück und spüre den letzten Bleistift für sie auf. Als ich ihn ihr reiche, ergreife ich ihre Hand. Sie fühlt sich groß und warm an, so ganz anders als Catrins winziges, stets kaltes Händchen. »Skye, zwei Dinge sind jetzt ganz wichtig. Ich muss mit Catrin sprechen, und Sie müssen so schnell wie möglich die Suche in Gang setzen. Irgendwo gibt es ein zweites Versteck. Eine alte Hütte, ein Wirtschaftsgebäude.« Ich lasse sie los und hocke mich auf die Fersen. »Schauen Sie, es ist doch klar, dass derjenige, der sich Peter geschnappt hat, auch Archie entführt hat, und wir wissen doch bereits, dass es bei Archie ein Mann war.«

Ich habe noch immer die Liste in der Tasche, die ich am Dienstagabend Catrin gezeigt habe, aber die brauche ich jetzt nicht hervorzuholen. Ich habe sie Skye schon vor Monaten per E-Mail geschickt.

»Einundvierzig Männer zwischen sechzehn und fünfundsiebzig waren sowohl beim Falkland Sports Day als auch beim Midwinter Swim. Eine Handvoll von denen wird kein Alibi für die Zeiträume haben, in denen Archie und Peter verschwunden sind. Der Mann, der die Kinder entführt, wird durch gute, altmodische Polizeiarbeit gefunden werden, Skye. Sie selber können ihn finden, noch heute Vormittag, wenn Sie sich richtig reinhängen.«

Sie steht auf und reibt dabei ihre Hand. »Ehrlich gesagt, weiß Archie irgendwie gar nicht mehr richtig, was passiert ist. Er redet auch von einer Frau.«

»Was?«

Skye macht einen Schritt auf die Tür zu. Entlang des Flurs sind an beiden Wänden Alarmknöpfe angebracht. Sie braucht bloß einen davon zu drücken, und meine Zeit ist um.

»Der neueste Ansatz ist, dass Archie von einem Mann und einer Frau entführt worden ist, gemeinsam.«

»Das ist doch lächerlich«, sage ich. Nicht zu der Vorstellung, dass es in Archies Fall zwei Entführer gibt, sondern zu der ganz neuen Idee, die ich in Skyes Kopf auftauchen sehe. Wenn Catrin in ihrer neuen Rolle als Kindsentführerin einen Komplizen hatte …?

»Catrin hat für die Zeit, als Archie verschwunden ist, kein Alibi«, bemerkt Skye. »Sie hat den ganzen Nachmittag gearbeitet, zu Hause, allein.«

»Ja, ich auch«, erwidere ich, was angesichts der Richtung, die dieses Gespräch zu nehmen scheint, wohl nicht die klügste Antwort ist. »Und die Hälfte der Leute auf den Inseln auch.«

»Auf ihrem Boot war ein Spielzeug. Rachel hat es wiedererkannt, es gehört Peter. Tut mir leid, Callum, aber es sieht nicht gut aus.«

Ich bin unheimlich erleichtert, mit einem Beweisstück konfrontiert zu sein, das ich entkräften kann. »Was für ein Spielzeug? War's zufällig ein Häschen? Schon ein bisschen mitgenommen? Das ist nicht Peters; Catrin und ich haben es neulich Nacht auf der *Endeavour* gefunden. Ihr Sohn hatte genauso eins.«

»Ja, das hat Rachel uns auch erzählt. Wir glauben, Peter mit einem Spielzeug zu sehen, das sie wiedererkannt hat, war für Catrin der Tropfen, der das Fass zum Überlaufen gebracht hat.«

»Catrin würde keiner Fliege was zuleide tun.«

Skye zieht die Augenbrauen hoch. Auch wieder wahr.

»Und an ihrem Pullover waren Haare. So feine, kurze blonde Härchen. Definitiv nicht ihre eigenen. Und auch nicht Ihre. Natürlich müssen die eingeschickt werden, aber …«

»Die sind wahrscheinlich von Queenie. Sie trägt den Hund ständig durch die Gegend wie ein Baby. Stopford wird ein Vermögen dafür rausschmeißen, Hundehaare analysieren zu lassen. Wo ist Queenie übrigens?«

»Im Tierheim. Ich glaube, sie hat jemanden gebissen.«

»Sehr gut.« Ich gehe zur Tür und öffne sie. »Kann ich wenigstens den Hund sehen?«

19

In der Zeit, die Queenie braucht, um das aufzufuttern, was ich eigentlich als Abendessen eingeplant hatte, in meinen Garten zu scheißen und mein Bett von oben bis unten vollzuhaaren, schaffe ich es, mich ins Computersystem der Polizei zu hacken. Der Fairness halber sei gesagt, dass es schwieriger war als bei manchen anderen. Natürlich ist das verlorene Liebesmüh, wenn noch nichts Wichtiges zu Catrins Verhaftung oder der darauffolgenden Vernehmung eingegeben worden ist.

Ich fange mit Stopfords privatem E-Mail-Account an und finde eine Anfrage ans Militär drüben bei Mount Pleasant, doch bitte gleich heute Morgen die Bucht, wo Catrin über Nacht geankert hat, von Tauchern absuchen zu lassen. Aus der Antwort erfahre ich, dass die Suche im Laufe des Vormittags beginnen soll und hoffentlich irgendwann am Nachmittag abgeschlossen sein wird. Außerdem bieten sie an, von Experten für Gezeitenströmungen vorhersagen zu lassen, wo etwas, das in Port Fitzroy über Bord geworfen wird, am ehesten hingetrieben werden wird. Nur für den Fall, dass sie nicht gleich was finden.

Ich finde eine weitere Mail an das forensische Labor, das für die Londoner Polizei tätig ist. Darin steht, dass ihnen im Laufe der nächsten zwei Tage per Luftpost Kleidungsstücke einer der Kindsentführung verdächtigten Person zugeschickt werden. Eine dritte bezieht sich auf die Bitte um Unterstützung durch Zivilfahnder der Londoner Polizei. In einer weiteren geht es um die Möglichkeit, einen Forensik-Experten einzufliegen, um die sterblichen Überreste des kleinen Jimmy Brown noch einmal zu untersuchen. Stopford sichert sich ab. Ein internes Rundschreiben informiert sämtliche Mitarbeiter der Polizei, dass das Gelände rund um das Haus der Grimwoods zunächst nicht abgesucht wird. Da die Beweislage darauf hindeutet, dass Peter in einem Auto von zu Hause fortgeschafft worden ist, sieht Stopford wenig Sinn darin, kostbare Arbeitsstunden für eine Suche zu vergeuden, die wahrscheinlich ergebnislos verlaufen wird.

Arschloch.

Ich wühle weiter und finde das Transkript von Catrins Vernehmung von heute Morgen. Durchgeführt wurde sie von Detective Sergeant Josh Savidge, dem Sohn des Schuldirektors. Savidge jr. ist der ranghöchste Zivilpolizist auf den Inseln. Beisitzerin ist Detective Constable Liz Wilkins. Catrin hat sich entschieden, keinen Anwalt hinzuzuziehen.

Rasch überfliege ich die Anfangsformalitäten, die Belehrung, dass Catrin das Recht hat, sich durch einen Anwalt vertreten zu lassen, und ihre erneute Ablehnung.

Savidge: Um wie viel Uhr haben Sie gestern Nachmittag Ihr Büro verlassen, Mrs Quinn?

Catrin: Ich fürchte, ich habe nicht weiter auf die Uhrzeit geachtet. Irgendwann am Nachmittag.

Savidge: Ihre Kollegen sagen, es war kurz vor vier, nicht lange, nachdem das Foto von Ihnen auf der Titelseite des Daily Mirror gefaxt worden war, gerade, als die Sonnenfinsternis angefangen hat.

Catrin: Das kommt ungefähr hin.

Savidge: Also um kurz vor vier?

(Kurze Pause)

Savidge: Können Sie die Frage bitte laut beantworten, Mrs Quinn, für die Aufnahme?

Catrin: Ja, ich glaube, es war kurz vor vier, als ich gegangen bin.

Savidge: Allein?

Catrin: Mein Hund war bei mir. Wo ist er übrigens?

Savidge: Warum haben Sie Ihr Büro verlassen?

Catrin: Haben Sie das Foto gesehen, das Millionen Menschen auf der ganzen Welt gerade vor der Nase haben?

Savidge: Beantworten Sie bitte die Frage, Mrs Quinn.

Catrin: Ich war ziemlich fertig. Ich wollte eine Weile allein sein.

Savidge: Wo wollten Sie hin?

Catrin: Nach Hause.

Savidge: Und in welche Richtung sind Sie gefahren?

Catrin: Die Airport Road hinauf, nach Osten.

Savidge: Das ist aber nicht der kürzeste Weg, oder?
(Kurze Pause)
Savidge: Mrs Quinn?
Catrin: Nein. Aber manchmal fahre ich da entlang.
Savidge: Warum?
Catrin: Es gibt nur sehr wenige Straßen auf den Falklands. Manchmal wird's mir einfach langweilig.

Ich lehne mich auf meinem Stuhl zurück. Kein Laut von oben, nicht einmal leise grollendes Hundeschnarchen. Zurück zu dem Transkript, wo Savidge den Wunsch nach Abwechslung nicht als Grund dafür akzeptiert, dass Catrin gestern gerade diese Straße entlanggefahren ist, was mich nicht gerade überrascht. Er macht ihr Druck. Sie will nicht antworten. Er gibt nicht nach. Sie kapituliert als Erste.

Catrin: Auf dieser Straße komme ich an Rachel Grimwoods Haus vorbei. Früher habe ich dort viel Zeit verbracht, als ich jünger war, als meine Söhne noch am Leben waren. Es erinnert mich wohl an damals, als ich glücklich war.
(Undeutliches Gemurmel)
Savidge: Mrs Quinn, wir haben uns gestern mit Christopher Grimwood unterhalten, dem Ältesten. Netter Junge. Ist gerade zwölf geworden.
Catrin: Christopher ist mein Patenkind. Ich weiß, wer er ist.
Savidge: Ja, genau. Wann haben Sie das letzte Mal Zeit mit ihm verbracht?
Catrin: Entschuldigung, Sie wollen wissen, wann ich Christopher das letzte Mal gesehen habe?
Savidge: Ja. Wann haben Sie das letzte Mal, ich weiß nicht, mit ihm gegessen? Sind mit ihm spazieren gegangen? Haben mit ihm ferngesehen?
Catrin: Ich habe seit drei Jahren nichts mehr mit irgendeinem Mitglied der Familie zu tun gehabt.

Savidge: Seit drei Jahren? Und er ist Ihr Patenkind?

Catrin: Josh, du weißt ganz genau, was vor drei Jahren passiert ist. Du weißt genau, warum ich mit Rachel oder ihrer Familie nichts mehr zu tun habe.

Savidge: Ja. Und es hat uns damals sehr leidgetan, als wir davon gehört haben.

(Kurze Pause)

Catrin: Warten Sie jetzt darauf, dass ich mich bedanke?

Savidge: Ich warte darauf, dass Sie mir sagen, warum Sie, wenn Sie mit den Grimwoods nichts mehr zu tun haben wollen – übrigens aus durchaus verständlichen Gründen –, warum Sie dann völlig ohne Not an ihrem Haus vorbeifahren? Warum Sie so oft und so lange im Dunkeln davor parken.

Cartrin: Wer sagt denn, dass ich das tue?

Savidge: Christopher. Er hat Sie gesehen. Sein Zimmerfenster geht zur Straße hinaus, und er sagt, er habe Sie mehr als einmal gesehen, nachts draußen vor dem Haus. Er hat sich Ihre Autonummer gemerkt, es besteht also so gut wie kein Zweifel daran, dass es Ihr Wagen war.

Catrin: Das tut mir leid. Ich wollte ihm keine Angst machen.

Savidge: Dann geben sie also zu, dass Sie regelmäßig im Dunkeln vor dem Haus der Grimwoods halten?

Catrin: Ja, das tue ich dann wohl.

Savidge: Wie oft?

Catrin: Ich weiß nicht genau, ob ich das beantworten kann. Ich führe nicht Buch darüber.

Savidge: Einmal am Tag? Einmal die Woche?

Catrin: So oft nicht. Ein paar Mal im Monat.

Savidge: Und immer nachts?

Catrin: Sonst fahre ich vorbei. Anhalten tue ich nur nachts. Wenn ich denke, dass mich niemand sieht.

Savidge: Warum?

Catrin: Das habe ich doch gerade gesagt. Ich habe Erinnerungen an dieses Haus.

Savidge: Nachts davor zu parken scheint mir aber auf einen ziemlich verwirrten Verstand hinzudeuten.
(Kurze Pause)
Wilkins: Mrs Quinn?
Catrin: Entschuldigung, war das eine Frage?

Ich stehe auf, um mir die Beine zu vertreten. Für jeden, der sie gut kennt, ist Catrin ganz einfach Catrin. Sie hat etwas gegen Trottel, und Savidge ist nicht gerade der Hellste. Unglücklicherweise brauche ich nicht dabei zu sein, um zu wissen, dass sie sich da keine Freunde macht. Vielleicht kann die Polizei ja nicht beweisen, dass sie es war, aber solange sie sich auf sie konzentrieren, suchen sie nicht nach Peter.

Die Ironie an dem Ganzen entgeht mir nicht. Seit Monaten rede ich davon, dass hier ein Mörder sein Unwesen treibt, und niemand hat auf mich gehört. Jetzt sind sie endlich allmählich auch dieser Ansicht, und sie haben beschlossen, dass es Catrin ist.

Ich gehe zurück zu meinem Schreibtisch.

Savidge: Erzählen Sie uns, was gestern passiert ist. Als Sie wieder mal am Haus der Grimwoods vorbeigefahren sind. Nur eben diesmal am helllichten Tag.
Catrin: Ich bin den Hügel raufgefahren. Dann bin ich um die letzte Ecke vor dem Haus gebogen und habe Peter auf der Straße stehen sehen.

Ich kann praktisch sehen, wie das Interesse im Raum sprunghaft ansteigt. Wie Savidge und Wilkins einen Blick wechseln. Wie sich beide ein bisschen gerader aufsetzen.

Wilkins: Peter war auf der Straße?
Catrin: Ja, direkt vor mir.
Wilkins: Und was haben Sie gemacht?

Catrin: Ich habe angehalten. Habe den Motor ausgemacht, bin ausgestiegen und zu ihm hingegangen. Ich habe ihn hochgehoben und ihn auf die andere Seite des Gartentors gesetzt. Danach habe ich nachgeschaut, ob es abgeschlossen war und er nicht wieder rauskonnte. Und dann habe ich gewendet und bin den Hügel wieder hinuntergefahren.

Wilkins: Warum haben Sie nicht geklopft? Ihn seiner Mum übergeben, dafür gesorgt, dass ihm nichts passieren kann?

Catrin: Ich wusste, dass ihm nichts passieren kann. Ein kleines Kind kann nicht aus dem Garten raus, wenn das Tor zu ist.

Wilkins: Aber die meisten Leute würden doch mit seiner Mum reden wollen, meinen Sie nicht? Ihr sagen, was passiert ist. Vor allem, wo es doch so dunkel war.

Catrin: Ich bin aber nicht die meisten Leute. Ich bin die Mutter, die dank der Leichtfertigkeit dieser Frau ihre Kinder verloren hat. Ich rede nicht mit Rachel.

Savidge: Sie hassen sie wirklich, nicht wahr?

Nicht antworten, Catrin. Bitte antworte nicht darauf.

Catrin: Ich hasse sie mehr, als ich es jemals für möglich gehalten hätte, irgendjemanden zu hassen.

Ich kann eine Zeit lang nicht weiterlesen. Ich stehe auf, gehe nach oben und kuschele mit Queenie. Dann mache ich mir Kaffee und starre die Hügel an.

Catrin ist alles egal. Sogar in dem Transkript ist das ganz eindeutig zu erkennen. Sie hat nichts mehr zu verlieren. Es kümmert sie nicht, wenn die Leute denken, sie hätte den Jungen umgebracht. Sie ist ja schon jetzt die Frau, die fähig war, fast zweihundert Wale abzuknallen, und wie sie ganz genau weiß, ist das in den Köpfen vieler Leute viel schlimmer, als ein einziges Kind zu töten.

Wild entschlossen, es zu Ende zu bringen, gehe ich wieder zum Schreibtisch und überfliege den Rest. Ich lese, wie Savidge nach den blonden Haaren auf ihrem Pullover fragt und Catrin mit kaum verhohlener Ungeduld erläutert, dass die, wenn es denn Peters sind, dorthin geraten sein müssen, als sie ihn hochgehoben und zum Garten zurückgetragen hat. Ich lese, wie er sich erkundigt, was das für ein großes Bündel war, das sie auf ihr Boot getragen hat, und wie sie erwidert, das sei Bettzeug gewesen, das am Vortag nass geworden sei.

Durch mich wahrscheinlich, kann ich mir vorstellen, als Queenie und ich morgens früh dort gepennt haben. Das kann ich bestätigen. Und das mit dem Häschen auch, das ich auf der *Endeavour* gefunden habe. Ich werde bald mit den Polizeibeamten sprechen müssen. Wieder schaue ich auf die Uhr; ich weiß nicht genau, wie lange sie jemanden festhalten können, ohne Anklage zu erheben.

Als Nächstes kommt Savidge auf unseren Ausflug zur *Endeavour* am Dienstagabend zu sprechen. Warum wir dort hingefahren wären, was wir gefunden hätten. Catrin antwortet auf jede Frage mit brutaler Ehrlichkeit, nur sagt sie nichts davon, dass ich auf sie losgegangen bin. Allerdings gibt sie etwas zu, das ich nicht wusste. Nämlich dass sie oft über Nacht im Port Pleasant und im danebenliegenden Port Fitzroy ankert, dass sie die Bucht und das Wrack der *Endeavour* sehr gut kennt.

Ich muss mit den Polizisten reden. Auf der *Endeavour* zu suchen war doch meine Idee, nicht ihre. Sie hat sich sogar ziemlich dagegen gesträubt, mich dort hinzubringen.

In dem Transkript fragt Savidge Catrin, was sie heute Morgen im Port Fitzroy über Bord geworfen hat. Sie bestreitet, irgendetwas über Bord geworfen zu haben. Er beharrt, jemand hätte sie das tun sehen; sie verlangt von ihm, dass er sagt, wer das war. Das kann er nicht. Oder er will nicht. Sie sagt, wenn sie eine Leiche entsorgen wolle, würde sie sich nicht gerade diese Bucht aussuchen, weil das Wasser da nicht tief genug sei. Sie behauptet, es gibt jede Menge andere Stellen rund um die Inseln, wo die Chance, dass ein beschwerter Leichnam gefunden wird, winzig klein ist. Ich wünsche mir inständig, dass sie endlich die Klappe hält – obwohl ich doch weiß, dass das Gespräch in Wirklichkeit schon vorbei ist –, weil das Savidge nämlich auf ganz neue Gedanken bringt. Wo würde sie denn eine Leiche entsorgen? Ist das etwas, worüber sie schon oft nachgedacht hat?

Als er damit nicht weiterkommt, sucht er sich etwas Neues. Hat sie sonst noch jemanden auf der Airport Road gesehen? Nein. Hat sie Peter Grimwood gestern Nachmittag mitgenommen? Nein. Hat sie ihn auf ihr Boot gebracht? Nein, sie hat ihn wohlbehalten im Garten seiner Familie zurückgelassen. Wo war sie vor vier Tagen, als Archie West entführt wurde? Zu Hause, sie hat gearbeitet. Nein, das kann niemand bestätigen, sie lebt allein.

Sie unterbricht ihn mit der Frage, was jetzt aus ihrem Hund wird. Savidge weiß es nicht. Er macht weiter Druck. Hält sie es für einen Zufall, dass Archie West in einer Hütte festgehalten wurde, die ihr gehört und von deren Existenz nur relativ wenige andere Personen wüssten? Dazu hat sie keine Meinung. Hat sie Archie West entführt? Sie hatte Archie West noch nie gesehen, bevor sie ihn gestern Nacht an der Darwin Road gefunden hat.

So geht es weiter, bis ich völlig erschöpft bin. Die Vernehmung dauert etwas über eine Stunde. Ich suche nach weiteren Verhörprotokollen, finde aber keine. Wenn sie noch einmal befragt worden ist, dann ist das nicht im System dokumentiert worden.

Ich greife zum Telefon, komme schließlich zu Neil auf dem Revier durch und mache für später einen Termin aus. Mit ein bisschen Glück kann ich das Stoffhäschen als Beweisstück gegen Catrin entkräften.

Archie ist von einem Mann und einer Frau mitgenommen worden? Laut Skye redet er ziemlich wirres Zeug. Wenn der Kleine durcheinander ist, dann könnten der Mann und die Frau, von denen er redet, doch ohne weiteres ich und Catrin sein. Ein Mann und eine Frau haben ihn entführt? Oder ein Mann und eine Frau haben ihn zurückgebracht? Grundgütiger, jetzt fehlt nur noch, dass Archie Catrin bei einer dilettantisch aufgezogenen Gegenüberstellung wiedererkennt – was er mit an Sicherheit grenzender Wahrscheinlichkeit tun wird –, dann ist alles im Eimer.

Ich rufe eine Kanzlei in Stanley an, und die Anwälte bestätigen, was ich bereits ziemlich sicher vermutet habe. Bei einem ernsten Verbrechen wie einer Kindsentführung kann Catrin bis zu vier Tage lang ohne Anklage festgehalten werden. Wenn es vier Tage dauert, bis die Suche nach Peter Grimwood richtig losgeht, ist der Kleine tot.

Also rufe ich Bekannte in Mount Pleasant an und erfahre zu meiner riesengroßen Erleichterung, dass die Suche bereits im Gange ist. Dass ein Trupp Soldaten das Gelände rund um die Hütte absucht, in der Archie festgehalten worden ist. Das ist wenigstens ein Anfang, aber viel Hoffnung habe ich nicht. Wenn derselbe Täter Peter entführt hat – und was ist denn sonst möglich? –, dann hat er oder sie bestimmt noch ein anderes Versteck für ihn.

Da ich keine Ahnung habe, was ich als Nächstes tun soll, fahre ich wieder zum Haus der Grimwoods. Als ich dort ankomme, parken zwei Polizeiwagen davor, und das ganze Gebiet ist mit Tatort-Flatterband abgesperrt. Leute in weißen Overalls sind darin zugange. Wahrscheinlich besser spät als nie. Ich trete näher und räuspere mich.

»Schon was gefunden?« Ich weiß, dass sie mir nicht antworten sollten. Ich weiß aber auch, dass sie es wahrscheinlich tun werden, und ich werde nicht enttäuscht.

»'n Fußabdruck.« Einer der Spurensicherungstypen gießt gerade irgendeine helle Flüssigkeit in eine Kuhle im Boden.

»Aber bloß einen. Bestimmt hat der Regen den Rest weggespült, aber einer reicht. Da hat vor Kurzem jemand gestanden. Der Schuhgröße nach ein großer Mann.«

Catrin hat winzig kleine Füße.

Ich lasse sie weitermachen und drücke das Gartentor auf. Christopher und Michael sitzen beide auf der Schaukel dicht neben dem Haus. Als sie mich sehen, springen sie auf und kommen auf mich zu.

»Hi, ihr beiden, gibt's was Neues?«

»Dads Flugzeug hat Verspätung«, berichtet Chris. »Er kann erst morgen kommen.«

»Das ist aber schade. Ihr wollt ihn doch bestimmt alle ganz dringend wieder hier haben.«

Als Michaels Augen daraufhin verdächtig rote Ränder bekommen, bereue ich es, nichts Aufmunternderes von mir gegeben zu haben, zum Beispiel, was für ein Glück ihre Mum hat, zwei so vernünftige, erwachsene Jungs zu haben, die ihr helfen. Oder irgend so einen Blödsinn.

»Wo ist denn eure Mum gerade?«, erkundige ich mich.

»Die hat sich hingelegt. Gran sagt, sie muss schlafen.«

Wenn man mich fragt, ist Christopher hier derjenige, der Schlaf braucht. Ich weiß nicht, ob mir bis jetzt die Bedeutung des Begriffs »Augenringe« jemals wirklich klar war. Es sieht aus, als hätte jemand den Daumen in dunkelvioletter Farbe gerieben und wäre dann damit unter Chris' Augen entlanggefahren, vom Augenwinkel diagonal über die Wangen hinunter. »Sind Sie hier, um nach Peter zu suchen?«, fragt er mich.

»Wir können zusammen suchen, wenn ihr mögt.« Das schlage ich vor, weil ich weiß, dass Familien in solchen Situationen oft das überwältigende Bedürfnis empfinden, irgendetwas zu tun, das sich produktiv anfühlt, egal was. »Wir können ja zum Strand runtergehen.«

»Da waren wir schon.« Chris greift nach der Hand seines Bruders. »Gleich heute früh. Bevor jemand anders wach war.«

»Gestern haben wir da auch gesucht.« Michael hat noch seinen Schlafanzug an. Er hat einen Fleecepulli darübergezogen, und er trägt Turnschuhe, ansonsten jedoch hat er sich nicht die Mühe gemacht, sich anzuziehen. »Als Mum ihn nicht finden konnte, haben wir gleich überall nachgeguckt.«

»Sie im Haus und wir im Garten«, ergänzt Chris. »Er ist entführt worden. Hier in der Nähe ist er nicht.«

»Die Leute glauben, es war Tante Catrin.«

Ich hocke mich hin, sodass ich auf Augenhöhe mit Michael bin. »Wer sagt das, Kumpel?«

»Wir habe heute Morgen gehört, wie Gran und Granddad geredet haben«, antwortet Chris anstelle seines Bruders.

»Sie ist im Gefängnis«, gibt Michael zum Besten. »Gran sagt, sie ist krank im Kopf, weil ihre eigenen Jungen gestorben sind, und jetzt will sie Peter was tun.«

Ich nehme die beiden sanft bei den Schultern und gehe mit ihnen zu ein paar umgekippten Fässern hinüber, die zu einem Kreis gelegt worden sind.

»Jungs, habt ihr Catrin gestern hier beim Haus gesehen? So gegen vier? Kurz bevor Peter verschwunden ist?«

Sie schlagen die Augen nieder, dann schüttelt zuerst Christopher den Kopf und dann sein Bruder.

»Habt ihr sonst irgendjemanden gesehen? Irgendwelche Autos gehört?«

Wieder Kopfschütteln.

»Habt ihr irgendjemanden gesehen – nicht nur gestern, auch in den letzten paar Tagen? Vielleicht sogar in den letzten Wochen? Jemanden, den ihr nicht so gut kennt; vielleicht jemanden, der euch beobachtet hat?

»Das hat uns der Polizist gestern auch gefragt«, sagt Chris. »Ich hab gesagt, niemand. Niemand außer Tante Catrin.«

»Gran sagt, sie hasst uns.«

»Catrin hasst euch nicht«, beteuere ich. »Sie ist bloß sehr traurig.«

»Mum ist auch traurig«, meint Michael. »Sie weint ganz viel. Nicht nur wegen Peter. Sie weint wegen allem Möglichen.«

»Manchmal kommt's mir vor, als ob alle traurig sind«, sagt Chris. »Alle sind traurig und werden's immer sein.«

Da hat er recht.

20

Queenies Schwanz knallt gegen die Beifahrertür, als ich zurückkomme, und mir wird klar, dass ich Hundefutter brauchen werde, wenn sie die nächsten vier Tage mein Gast sein soll. Ich habe noch anderthalb Stunden Zeit, bis ich auf dem Revier sein muss, die kann ich genauso gut mit Einkaufen totschlagen.

»Callum!« Jemand ruft meinen Namen, als ich die Autotür zuschlage. Catrins Boss John kommt auf mich zugeeilt. Ich warte und lasse ihn herankommen. Mir ist sehr bewusst, dass noch immer zu viele Leute auf den Straßen von Stanley unterwegs sind, und dass viele von denen sich anscheinend ein bisschen zu sehr für mich interessieren.

»Wie geht's, John?«

Er lächelt sein listiges, fast schon verschlagenes Lächeln. Ich habe nichts gegen John, aber ich fühle mich in seiner Gegenwart auch nie so ganz wohl. Das geht großen Männern bei kleinen Männern oft so. Kleine Männer haben viel zu beweisen. Kleine Männer können einen überrumpeln. Sie würden sich wundern, wie viele kleine Männer große, scharfe Messer bei sich tragen.

»Haben Sie Catrin heute schon gesehen?«, fragt er, und ich widerstehe der Versuchung zu antworten: Nein, sie ist nämlich verhaftet worden, wegen mutmaßlicher Kindesentführung. Ich schüttele den Kopf.

»Sie muss sich unbedingt einen Anwalt nehmen.« Er tritt von einem Fuß auf den anderen und schaut zu Boden. »Nach dem, was ich auf dem Revier aus Neil rausgekriegt habe, will sie keinen. Ich habe versucht, mit ihr zu reden, aber sie will niemanden sehen.«

»Die haben nichts gegen sie in der Hand«, behaupte ich mit mehr Überzeugung, als ich wirklich empfinde. »In ein paar Tagen müssen sie sie laufen lassen.«

»Das ist es ja gerade. Sie denken, sie haben ziemlich eindeutige Beweise.« Er beugt sich vor. »Neil sagt, sie sind sicher, dass sie im Laufe des Tages Anklage erheben können.«

Bestimmt wegen dem Stoffhasen. Ohne den und die Tatsache, dass sie gestern Nachmittag am Haus der Grimwoods war – ein reiner Indizienbeweis –, was haben sie dann noch in der Hand?

»Anscheinend haben sie Fingerabdrücke gefunden«, beantwortet John meine unausgesprochene Frage.

»Von wem denn?«

»Von dem Kleinen. Catrin hatte gestern Nachmittag so eine Schultertasche aus weichem Leder dabei. Da sind Fingerabdrücke von ihm drauf.«

Ich rede mir ein, dass das überhaupt nichts zu sagen hat. Bestimmt sind Peters Fingerabdrücke aus demselben Grund auf Catrins Tasche, aus dem seine Haare auf ihrem Pullover sind. Sie hat ihn auf der Straße stehen sehen, hat ihn hochgehoben und in den Garten zurückgetragen.

Aber mir gefällt das nicht. Wenn Peters Haare auf Catrins Pullover waren, dann sind vielleicht auch welche in ihrem Auto und auf ihrem Boot. Da entsteht eine Beweiskette, die zwar Quatsch ist, aber immer überzeugender aussieht.

»Und Fingerabdrücke auf der Pistole, die sie auf ihrem Boot hat. Ganz frische, obwohl mir ja schleierhaft ist, woran die das merken wollen. Sie hat die Pistole vor Kurzem in der Hand gehabt.«

Sie hatte die Pistole in der Hand, als wir beide auf der *Endeavour* waren. Gott sei Dank, dass sie nicht damit geschossen hat, und zwar nicht nur meinetwegen.

»Einen vernünftigen Rechtsbeistand, den hat sie jetzt am dringendsten nötig«, erklärt John mir gerade.

Was am dringendsten nötig ist, denke ich, als ich mich verabschiede und den Hügel hinaufgehe, ist, dass Peter gefunden und der wahre Entführer identifiziert wird.

»Callum!«

John ist mir nachgekommen. »Hören Sie, da ist noch was. Ich wollte ja nichts sagen, aber ich habe das Gefühl, niemand passt auf sie auf, und ganz gleich, was für Probleme sie vielleicht hat, sie braucht Hilfe.«

»Peter muss gefunden werden, und dieser Scheiß muss aufhören, das braucht sie.«

»Callum, haben Sie die beiden verschwundenen Jungen gekannt? Jimmy Brown war von hier, wahrscheinlich haben Sie ihn öfter mal gesehen. Die andere Familie, die Harpers, die sind von Zeit zu Zeit rübergekommen. Haben Sie sie gekannt?«

Ich schüttele den Kopf. »Tut mir leid, Mann, warum ist das wichtig?«

»In der Bibliothek gibt's bestimmt alte Auflagen von den *Penguin News*. Von beiden Jungen waren Fotos in der Zeitung, als sie verschwunden sind. Schauen Sie sich die mal an. Ich würde Ihnen nicht empfehlen, sich damit direkt an Rob Duncan zu wenden. Wahrscheinlich haben sie auf dem Revier auch Fotos von den beiden. Allmählich sehen die Leute die Verbindung, mein Freund. Und die müssen Sie auch erkennen.«

Er schüttelt den Kopf, als wünschte er, er könne noch mehr tun, dann macht er kehrt und geht den Hügel wieder hinunter.

Noch eine Stunde, ehe ich auf dem Polizeirevier sein muss. Die Bibliothek von Stalney befindet sich im Gemeindezentrum, also gehe ich dorthin und grabe die Archivexemplare der *Penguin News* aus.

Jimmy ist im Juni 1993 verschwunden. Ich finde den Artikel auf der Titelseite der Ausgabe jener Woche und mache eine Kopie davon.

Einen Augenblick lang zieht mich die Geschichte über die beiden Jungen in ihren Bann, oder vielmehr die Schilderung dessen, wie sich ihr Verschwinden auf die Inseln auswirken wird. Laut Rob Duncan werden sie in ein paar Jahrzehnten in der Folklore auftauchen, als Kinder, die von Feen geraubt worden sind. Und binnen eines Jahres, behauptet er, wird es heißen, ihre geisterhaften Gestalten wären an den Stränden der Inseln gesichtet worden.

Ich erinnere mich, dass ich das damals schon einmal gelesen und mich gefragt habe, ob der Artikel nicht vielleicht ein bisschen unsensibel war, obgleich er in dem Kontext verfasst worden war, dass wir alle immer noch für Jimmys Rückkehr beteten. Mit einem hatte Rob allerdings recht: Es gibt wirklich nichts Schlimmeres für eine Gemeinschaft als ein verschwundenes Kind. Ich weiß nicht, ob diese hier noch eines verkraftet.

Mir ist klar, dass ich mir keine Ablenkungen erlauben darf, also blättere ich zurück bis zum August 1992 und kopiere den Artikel über den verschwundenen Fred Harper. Dann räume ich die Zeitungen weg und gehe mit meinen beiden Kopien zu einem Tisch am Fenster.

Oh nein.

Ich setze mich hin und ziehe die beiden Blätter zu mir heran, hoffe, dass mein flüchtiger erster Eindruck einer genaueren Betrachtung nicht standhält.

Jimmy war sieben und hat mit seiner Familie in einem Haus in Stanley gewohnt, Fred war fünf, aus einer Siedlung auf West Falkland. Nichts deutet darauf hin, dass die beiden Familien sich besonders gut gekannt hätten. Sie hatten nichts gemeinsam. Außer dass die beiden Jungen Brüder hätten sein können, so ähnlich sahen sie sich.

Dunkles Haar, dunkle Augen, dunkle Haut; beiden sieht man den spanischen Einschlag an, der so viele der Menschen hier prägt. Beide hatten verdammt große Ähnlichkeit mit Catrins Söhnen.

Niemand hat lauter und leidenschaftlicher behauptet als ich, dass ein Mörder auf diesen Inseln sein Unwesen treibt. Niemand hat öfter darauf beharrt, dass drei vermisste Kinder, von vier ganz zu schweigen, kein Zufall sein können. Endlich beginnt der Rest der Inselbewohner, genauso zu denken.

Großer Gott, was habe ich getan?

Etliche Stunden später frage ich mich, ob ich überhaupt irgendetwas erreicht habe. Zu sagen, dass meine Geschichte, wie ich den Stoffhasen auf der *Endeavour* gefunden habe, die Polizei nicht überzeugt hat, ist eine Untertreibung. Die Beamten wollten wissen, warum wir das nicht gleich gesagt haben, und obgleich es für mich völlig logisch ist, dass die Entdeckung des toten Kindes den Hasen vorübergehend aus unseren Köpfen verdrängt hat, scheinen sie das nicht so zu sehen. Ebenso wenig beeindruckt sie mein Beharren darauf, dass es ganz allein meine Idee war, auf dem Wrack zu suchen.

Man hat mir sogar eine Kopie meiner eigenen verdammten Liste vor die Nase gehalten. Auf der Catrins Name hinzugefügt worden ist. Als ich versucht habe zu widersprechen, hieß es, Catrin sei von mehr als einer Person beim Midwinter Swim in der Surf Bay gesehen worden. Allem Anschein nach war sie oben auf der Klippe und hat die Schwimmer durch einen Feldstecher beobachtet. Und auch wenn niemand behaupten kann, sie beim Sports Day gesehen zu haben, lag ihr Boot doch laut dem Logbuch des Hafenmeisters während dieser Zeit in Port Howard.

Als ich schließlich gehen darf, ist es völlig klar, dass sie Catrin und mich für ein sehr merkwürdiges Paar halten, und dass ich nicht weit davon entfernt bin, selbst als Verdächtiger zu gelten. Erst als ich nach Hause komme, fällt mir wieder ein, dass ich Futter für Queenie hätte kaufen sollen. Sie verschmäht die Dose Tomatensuppe, die ich für mich selbst aufmache, und Cornflakes beeindrucken sie ebenfalls nicht. Es ist zu spät, um noch einmal nach Stanley zu fahren, und anscheinend bleibt mir nichts anderes übrig, als Futter aus Catrins Haus zu holen.

Aber so kann ich zwei Fliegen mit einer Klappe schlagen; ich kann ein paar Klamotten zusammensuchen und sie ihr morgen früh aufs Revier bringen. Dann habe ich auch einen Grund, noch einmal darum zu bitten, sie sprechen zu dürfen.

Ich lasse den Wagen stehen. Catrins Haus ist querfeldein nur sechs Kilometer von meinem entfernt, und ich bin geradezu lächerlich angespannt. Nichts beruhigt mich mehr als ein Fußmarsch. Was eigentlich merkwürdig ist, wenn man es recht bedenkt; schließlich war meine erste Erfahrung mit Querfeldeinmärschen auf den Falklands eine der eher beschissenen Episoden meines Lebens.

Aber es ist ein Riesenunterschied, habe ich in den Jahren seither festgestellt, ob man im Stockfinstern mit klatschnasser Marschausrüstung unbekanntes Gelände durchquert, geradewegs auf einen unmittelbar bevorstehenden gewaltsamen Tod zu, oder ob man unter einem goldenen Mond über eine Moorlandschaft wandert, die ich inzwischen gut kenne, während sich die Gerüche des Meeres mit denen des Landes vermischen.

Als die Sonne verschwindet, bietet mir nur noch ein schwacher Silberschein am Horizont einen Anhaltspunkt, in welche Richtung ich mich halten muss, doch das genügt. In ungefähr einer Viertelstunde werde ich auf einen schmalen Fluss stoßen und diesem bis gut zur Hälfte der Strecke folgen. Dort kehre ich dem letzten Rest des Sonnenuntergangs den Rücken und stiefele direkt nach Osten auf Catrins Haus zu.

Ich komme gut voran, Queenie trottet neben mir her und wird ab und zu von Gerüchen oder Geräuschen abgelenkt, kommt aber jedes Mal, wenn ich pfeife. Der Wind frischt allmählich auf, als wir uns dem Flughafen nähern, und von hier aus kann ich die Lichter von Stanley sehen.

Als der weiße Umriss des Hauses über der Whalebone Bay in Sicht kommt, weiß Queenie, dass sie beinahe zu Hause ist. Sie rennt voraus, als wir auf den schmalen Pfad einbiegen, der uns zum Rand des Gartens bringt. Die Nacht ist so finster, dass ich diese ganzen verdammten Fischskelette kaum erkennen kann, nicht einmal von ganz nahe. Mein Gott, die von der Presse werden sich vor Begeisterung überschlagen, wenn sie Catrins Haus sehen. Für jeden, der sich die Mühe macht, genau hinzuschauen, richtete sich die Botschaft ganz eindeutig gegen den Walfang, aber ein paar sorgfältig gewählte Kameraeinstellungen und ein bisschen cleveres Retuschieren werden eine ganz andere Geschichte zu erzählen wissen. So könnte man sehr leicht den Eindruck erwecken, dass sie auf einem Friedhof lebt, könnte sie als eine Art morbide Leichenfetischistin darstellen.

Die Leute hier schließen ihre Haustüren nur selten ab. Ich tue es, aber alte Gewohnheiten wird man nun mal schwer wieder los. Catrin hat früher nie abgeschlossen, doch als ich es mit der Hintertür versuche, rührt sich da nichts. Also schaue ich unter dem Blumenkübel unter dem Esszimmerfenster nach, und tatsächlich, der Schlüssel liegt an seinem üblichen Platz.

Im Haus rennt Queenie herum, als wäre in ihrer Abwesenheit alles Mögliche passiert. Sie beschnuppert den Boden, die Wände, die Schranktüren, saust nach oben und kommt gleich darauf wieder heruntergepoltert. Währenddessen stehe ich in der Küche und orientiere mich erst einmal; ich war noch nie ohne Catrin hier. Ohne sie fühlt sich das Haus vollkommen anders an.

Im Wirtschaftsraum finde ich Queenies Hundefutter, stopfe meinen Rucksack voll und gehe dann nach oben. Am Ende des Flurs ist ein Zimmer mit einer weißen Tür. Die Tür ist zu.

Ich bin noch nie in Catrins Schlafzimmer gewesen. Die wenigen Male, die wir uns hier getroffen haben – für gewöhnlich waren wir bei mir oder auf ihrem Boot –, ist sie mit mir ins Gästezimmer gegangen. Als Geste der Loyalität erschien mir das immer ein wenig dürftig und ein wenig verspätet. Ich war in seiner Frau gewesen, Herrgott noch mal, da spielte es doch wohl kaum eine Rolle, ob ich auch in sein Bett stieg. Aber wenn es für Catrin wichtig war, diesen Unterschied zu wahren, dann sollte es mir recht sein.

Trotzdem bin ich merkwürdig nervös, als ich die Tür aufdrücke und eintrete.

Das breite Doppelbett ist ordentlich gemacht; eine Patchworkdecke, die echt alt aussieht, ist über dem Fußende zurückgeschlagen. Die Decke ist aus Stoffstücken aller Arten und Farben gemacht, und während ich sie betrachte, stelle ich mir vor, wie Falklands-Frauen mehrerer Generationen im Lampenschein zusammensitzen und an diesem gigantischen Kunstwerk sticheln. Ich sehe vor meinem inneren Auge, wie Catrins Großmutter ein winziges, dunkelhaariges Kind auf die Reise der Erinnerungen mitnimmt, die darin stecken. »Und das hier ist das Kleid, das ich anhatte, als ich deinen Großvater kennengelernt habe. Oh, schau mal, damit war dein Kinderwagen ausgeschlagen, als du noch ein Baby warst, weißt du das noch?«

Wir hätten Jahre unter dieser Decke verbringen können, Catrin und ich, eng aneinandergeschmiegt, während sie mir die Lebensgeschichte jedes einzelnen der Stoffstücke erzählt hätte, aus denen sie besteht.

Der Raum ist L-förmig, und ich schaue um die Ecke in ein kleines Büro. Schreibtisch, Aktenschrank, Stuhl. Die unterste Schublade des Aktenschranks ist offen. Ein Computer ist aus dem Büro weggeschafft worden; nach den Kabeln zu urteilen, die auf dem Tisch und dem Boden herumliegen, würde ich sagen, erst vor Kurzem. Ein Laserdrucker steht noch da, ein altes Hewlett-Packard-Modell. Das Kabel, das ihn mit dem Computer verbunden hat, hängt auf den Teppich hinunter. Aus etwas größerer Nähe ist ein Staubrand zu sehen.

Drei der Wände sind mit Fotos von Ned und Kit bedeckt; allein, zu zweit, mit ihren Eltern. Bilder, die sie in der Schule gemalt haben, hängen dort, sogar Blätter aus Kinderarztakten. Die vierte Wand ist leer, allerdings kann ich dort Reißzweckenlöcher und Klebestreifenreste erkennen.

Queenie fährt zusammen und rennt hinaus. Ich höre sie auf der Treppe, dann wetzt sie unten durch den Flur. Ich fange an, Schubladen aufzuziehen und versuche, mich nicht ablenken zu lassen, als Catrins Geruch daraus hervorsteigt. Ich suche Hosen, Pullover, Socken zusammen. In der Schublade mit ihrer Unterwäsche finde ich Sachen, die ich gekauft habe, aus irgendeinem Klammerbedürfnis heraus, sie in Kleidungsstücken zu sehen, die ich bezahlt habe. Bei unserem Umgang mit Frauen geht es doch zu einem großen Teil um territoriales Besitzverhalten, nicht wahr?

Eine zweite Tür führt zum Bad, und ich überlege, dass sie doch bestimmt eine Zahnbürste und Zahnpasta braucht. An der Rückseite der Tür hat sie ihren Schlafanzug aufgehängt, und ich kann nicht anders. Ich hebe ihn ans Gesicht und atme sie ein. Seit drei Jahren, so fühlt es sich an, ist sie mir nicht mehr so nahe gewesen wie jetzt. Ich schließe die Augen und kann fast glauben, dass sie jetzt hier ist, hier bei mir in diesem Zimmer.

»Hi«, sagt sie.

Ich fahre zusammen, lasse den seidigen Stoff los und habe ein geradezu lachhaft schlechtes Gewissen. Es ist keine Einbildung. Da steht sie, in der Tür. Neben ihren Füßen droht Queenie sie alle beide aus dem Gleichgewicht zu bringen, so wild wedelt sie mit dem Schwanz.

Sie ist geschrumpft, das ist das Erste, was mir durch den Kopf schießt. Ihre Kleider sind viel zu groß, hängen an den Schultern herab, sind an Handgelenken und Knöcheln aufgekrempelt. Ihr Haar sieht stumpf aus und ist schlaff aus dem Gesicht gestrichen. Ihre Augen wirken riesengroß und in dem Dämmerlicht beinahe silbern.

»Die haben gesagt, du hast Queenie genommen. Danke.« Sie bückt sich, um den Hund zu streicheln, und hält den Blick dabei weiter auf mich gerichtet.

»Ich dachte, du brauchst vielleicht was zum Anziehen.« Ich habe das Bedürfnis zu erklären, warum ich hier bin, in ihrem Schlafzimmer, ein ungebetener Gast.

»Stimmt.« Sie lächelt schwach, schaut an sich herunter, hebt die Arme. »Die Sachen hier gehören Skye. Ich bin mir nicht sicher, ob wir so ganz dieselbe Größe haben.«

»Die haben dich gehen lassen?«

Ihr Kopf neigt sich ein ganz kleines bisschen zur Seite. »Nein, ich habe gewartet, bis sie weggeguckt haben, und bin getürmt.«

»Wie bist du hergekommen?« Ich habe kein Auto gehört. Andererseits pfeift der Wind mittlerweile wie nichts Gutes.

»Auf ’nem Besen.«

So was macht sie öfter. Sie fährt voll darauf ab, wenn ich der vertrottelte Soldat bin und sie auf alles eine Antwort hat. Dann sieht sie irgendetwas in meinem Gesicht und erbarmt sich. »Skye hat mich hergefahren.«

»Was läuft hier? Wieso?«

Sie zuckt die Achseln, rührt sich jedoch nicht aus dem

Türrahmen weg. »Die Taucher haben Port Fitzroy abgesucht und nichts gefunden. Das heißt, alles, was sie gegen mich in der Hand haben, sind Indizienbeweise. Bob Stopford hat beschlossen, dass sie eigentlich gar nicht darauf eingerichtet sind, jemanden längere Zeit in Gewahrsam zu halten. Und mal ganz ehrlich, ich kann ja auch nicht abhauen.«

Das kommt alles so plötzlich, dass ich Mühe habe, es zu verarbeiten. »Dann ist es vorbei?«

Sie furcht die Stirn. »Natürlich nicht. Morgen gehen die Taucher wieder runter, und ich muss mich morgen wieder auf dem Revier melden. Könntest du mich übrigens zum Hafen runterfahren? Da steht noch mein Wagen.«

»Klar, gern, gleich morgen früh. Ich bin zu Fuß hier.«

Sie nickt, und die stumme Frage zwischen uns dröhnt so laut, dass ich denke, gleich kommt das Dach runter. Sie hört es auch. »Irgendwelche Fragen?«

»Nö.« Dröhnen oder nicht, ich werde es nicht laut aussprechen.

»Du bist ein Idiot«, stellt sie fest, doch ihr Gesicht ist weicher geworden. Ich sehe, wie ihr Körper zuckt, als sei sie kurz davor, zu mir zu kommen, und ich weiß, sie muss diejenige sein, die das tut.

»Hast du Rachel gesehen?«

Es ist drei Jahre her, dass ich Catrin Rachels Namen habe sagen hören. Ich schüttele den Kopf und gehe davon aus, dass sie meint, ›seit der Kleine verschwunden ist‹. »Ihre Eltern habe ich gesehen. Die beiden Großen. Rachel selbst nicht.«

»Haben sie gesagt, wie's ihr geht?«

»Steht unter Schock. Hat Mühe, das alles auf die Reihe zu kriegen. So ziemlich das, was man halt erwarten würde.«

»Suchen die Leute nach ihm? So wie nach Archie? Aus Stopford und seinen Pappnasen habe ich nichts rausbekommen. Haben sie Suchtrupps organisiert?«

Scheiße, das hier ist Catrin. Die echte Catrin, nicht das

Gespenst, dem ich so lange hinterhergejagt bin, dass ich schon fast nicht mehr weiß, dass es jemals anders war. Auch sie sieht bestimmt irgendetwas in meiner Miene. Die Furchen in ihrem Gesicht verschwinden, ihre Wangen wölben sich. Ist sie etwa tatsächlich im Begriff, mich anzulächeln?

»Ich bin vor Angst um dich halb wahnsinnig geworden«, sage ich.

Doch kein Lächeln, jedenfalls noch nicht, vielleicht bloß die Erinnerung daran, dass so etwas früher einmal möglich war. »Ich war doch noch nicht mal vierundzwanzig Stunden eingebuchtet.«

»Ich rede von den letzten drei Jahren.«

Los, Catrin. Ein halbes Dutzend Schritte auf mich zu, mehr ist nicht nötig. Ich denke tatsächlich, dass sie genau das tun wird, als das Klirren zerberstenden Glases durch den Sturm dringt. Irgendjemand hat unten ein Fenster eingeschlagen.

Dann hören wir die Explosion.

21

Catrins Augen sind vor Schreck riesengroß. »Das war ein Schuss. Da unten ist jemand mit einem Gewehr.«

»Das war ein Chinaböller«, erwidere ich, drehe sie herum und mache das Licht aus. Catrins Schlafzimmer liegt auf der Rückseite des Hauses – der Krach, den wir gehört haben, kam von vorn. »Wahrscheinlich irgendwelche Halbstarken«, setze ich hinzu, obwohl ich mir da gar nicht so sicher bin. »Warte hier.«

Ich eile die Treppe hinunter und bin dankbar, dass ich vorhin kein Licht angemacht habe, und Catrin auch nicht. So besteht die Chance, dass der- oder diejenigen da draußen nicht wissen, dass wir hier sind. Auf dem Küchenboden liegen ein Stein und der Feuerwerkskörper, der ihm durchs Fenster gefolgt ist. Selbst gemacht, wir haben so etwas Böller genannt. Als Jugendliche haben wir die Dinger während der Guy Fawkes Night immer in die Menge geschmissen. Also, ich habe das jedenfalls gemacht, bis mir mein Dad mal gewaltig den Arsch vollgehauen hat. Ich gehe zur Hintertür und drehe den Schlüssel im Schloss herum.

Draußen kann ich Motoren aufheulen hören. Keine Autos. Quads. Die werden hier auf den Inseln immer beliebter, vor allem bei den Kids. Fürs Autofahren braucht man einen Führerschein, nicht aber fürs Quadfahren abseits der Straßen. Und mit einem Quad kommt man auch dahin, wohin es die meisten Autos nicht schaffen. Ich habe schon Zwölfjährige auf Quads mit Allradantrieb durchs Gelände fegen sehen.

Da draußen kann ich nichts erkennen, also gehe ich die Treppe wieder hinauf, begegne auf halbem Weg Catrin und zerre sie mit nach oben. In dem kleinen Zimmer nach vorn raus, das früher Neds war – und das immer noch auf wahrhaft gruselige Weise aussieht, als ob dort ein Achtjähriger wohnt –, schleiche ich mich vorsichtig zum Fenster. Catrin folgt mir auf dem Fuß und lehnt das Kinn leicht auf meine Schulter. Der Wind hat inzwischen richtig zugelegt; er rüttelt an den Wänden dieses alten Hauses, pfeift um das Dach herum. Kein Wunder, dass wir die Quads nicht haben kommen hören.

»Irgendwo da draußen sind 'ne Menge Leute«, flüstert Catrin mir ins Ohr.

Draußen sind Scheinwerfer zu sehen, und nach dem Wenigen, was ich erkennen kann, reihen sich parkende Autos ein Stück weit die Straße hinunter aneinander und blockieren sie. Nicht alle sind mit dem Quad gekommen.

»Bleib zurück. Bleib hinter mir«, weise ich sie an.

Die Außenbeleuchtung unter uns ist an, das verschafft uns

einen kurzfristigen Vorteil. Wir können mehr sehen als die da draußen. Der Wind hat die Wolken weggeweht, und die weißen Umrisse von Catrins makabren Gartenornamenten schimmern im künstlichen Licht.

»Warum konntest du dir keine Gartenzwerge anschaffen wie normale Menschen?«, brummle ich vor mich hin.

Dann sehe ich die Taschenlampen. Ich zähle drei, vier, sechs auf der Vorderseite des Hauses, zwischen den Skeletten und den Waffen verstreut. Ich sehe sie näher kommen. Schatten verdichten sich zu Substanz. Bewegung nimmt menschliche Gestalt an. Eine Menge Menschen sind da im Anmarsch, und irgendetwas sagt mir, dass das keine verfrühten Sternsinger sind. So etwas habe ich bei den Leuten von den Inseln noch nie erlebt.

Ich sehe ein Licht da draußen, eine Flamme, dicht über dem Boden. Dann kommt etwas auf das Haus zugerast, eine Rakete. Sie schießt harmlos übers Dach hinweg.

»Sieh mal hinten nach«, sage ich zu Catrin. »Schau, ob sie auch hinterm Haus sind. Lass dich nicht sehen.«

Eine zweite Rakete kommt auf uns zugeflogen. Sie verfehlt das Fenster, knallt gegen die Wand und fällt zu Boden, ohne Schaden anzurichten. Eine weitere könnte folgen. Könnte vielleicht nicht danebengehen. Wenn sie weiter Raketen auf das Haus abschießen, werden sie es irgendwann in Brand setzen. Ich schüttele den Kopf, um wieder klar denken zu können. Die *Sir Galahad,* in Flammen. Die Schreie brennender Männer.

Sie ist wieder da, steht in der Tür hinter mir. »Hinterm Haus sind auch drei. Wer sind die Typen?«

Neun Taschenlampen. Wenigstens neun Personen, der Anzahl der Fahrzeuge nach wahrscheinlich mehr. »Bring mir das Telefon, Catrin. Und mach ja kein Licht an.«

Lautes Hämmern an der Haustür, dann sehe ich, wie jemand zurücktritt und emporschaut. Eine Taschenlampe leuchtet nach oben, doch sie wird zuerst auf ein anderes Fenster gerichtet, und das gibt mir die Chance, zur Seite zu treten. Irgendetwas sagt mir, dass die Typen nicht wissen, dass wir hier sind. Sie rechnen damit, dass Catrin in Polizeigewahrsam ist, und es stand kein Auto draußen, das ihre oder meine Anwesenheit verraten hätte.

Wenn sie also nicht hinter uns her sind, was wollen sie dann?

Sekunden später wird meine Frage beantwortet, als mehrere Taschenlampen sich vom Haus weg auf die Walsammlung zubewegen. In einem unsteten Lichtstrahl sehe ich einen Hammer ausholen und das Orcaskelett treffen. Von Leim und Nägeln zusammengehalten, ruht es auf einem Podest, um den Eindruck eines großen Säugetiers zu vermitteln, das schnell und anmutig durchs Wasser gleitet. Der Sockel kippt unter der Wucht des Schlages um, und das Skelett knallt auf den Boden. Noch ein Schlag, und der Schwanz bricht entzwei. Ein dritter, und eine Flosse geht in Stücke.

Jemand anderes hat eine Sprühdose und macht sich über den langen, spitzen Schädel des Blauwals her. Ein dritter hebt eine Harpune auf und schleudert sie gegen das Haus. Ins Speerwerfer-Team würde man ihn nicht aufnehmen, aber bald folgen andere seinem Beispiel, und Harpunen fliegen auf uns zu. Wir hören, wie manche die Hauswände treffen.

Ein Stück weiter hinten werden kleine Knochenstücke über die Hecke geschmissen, um tief unten auf dem Strand zu landen.

»Die machen ja alles kaputt.« Mit dem Telefon in der Hand steht Catrin mit vor Entsetzen weit aufgerissenen Augen da. Auch wenn manche Leute den Walfriedhof vielleicht zutiefst abstoßend finden – ich ganz bestimmt –, so ist er doch Teil unseres Erbes, Teil der Geschichte der Inseln. »Ich gehe jetzt da raus«, verkündet sie.

»Einen Scheiß tust du.« Ich packe mit einer Hand sie, mit

der anderen das Telefon und wähle mit dem Daumen den Notruf. Während ich warte, wird das ganze Orcaskelett von der Klippe gewuchtet, und die Menge draußen nimmt sich die Delfine vor. Catrin zittert neben mir, und ich weiß nicht, wie lange ich sie werde festhalten können.

Während ich dem diensthabenden Sergeant die Situation erkläre, fangen die Leute draußen an, herumliegende Harpunen aufzusammeln und sie erneut gegen das Haus zu schleudern. Ich höre ein zweites Fenster zu Bruch gehen.

Ein Polizeiwagen wird mindestens fünfzehn, zwanzig Minuten bis hierher brauchen. Da die Straße draußen zugeparkt ist, könnte es auch doppelt so lange dauern.

»Die denken alle, ich hätte Peter entführt.« Mir fällt auf, dass sie nicht »Peter umgebracht« sagt.

»Das ist nicht nur wegen Peter.« Es fällt mir schwer, das zu sagen, aber sie muss begreifen, womit sie es hier zu tun hat.

»Weswegen denn? Wegen der Wale? Ich weiß, keiner hat das gut gefunden, aber die Leute hier verstehen doch, dass es notwendig war.«

Ich schiebe sie ein Stück zurück, näher an die Tür heran, während draußen weitere Böller hochgehen und immer schrillere Freudenschreie die Knochen und Walfang-Erinnerungsstücke begleiten, die von der Klippe fliegen.

»Die beiden Jungen, die vor Archie und Peter verschwunden sind? Die beiden von hier?«

Sie starrt mich an, furchtsam, aber verständnislos. »Jimmy und Fred?«

»Den Leuten ist klar geworden, dass die beiden Ned und Kit sehr ähnlich sahen. Und der Erste ist nicht lange nach dem Tod der Jungs verschwunden. Die denken nicht klar, Cat. Ihre Kinder verschwinden, und wenn Menschen genug Angst haben, wenden sie sich gegen ihresgleichen.«

Unten fängt Queenie an zu bellen. Wir haben keine Zeit mehr. Jetzt wissen sie, dass wir hier sind.

»Ruf noch mal an«, sage ich zu Catrin, während ich auf die Treppe zustrebe. »Sag der Polizei, sie soll sich verdammt noch mal beeilen.«

Noch mehr Gebrüll draußen. Wieder fliegt etwas gegen ein Fenster. Das Glas bleibt heil, aber es ist nur eine Frage der Zeit, bis es zu Bruch geht.

»Du kannst doch nicht da rausgehen.«

»Die Polizei wird in zehn Minuten hier sein. Ich sorge dafür, dass sie so lange reden.«

Sie versucht, mich zurückzuhalten, aber die Schwerkraft und gut dreißig Kilo mehr sind auf meiner Seite. Ich sage ihr, sie soll anrufen und dann hinten im Haus auf mich warten. Dann gehe ich durch die Küche, während das Herz wie wild in meiner Brust hämmert. Niemand begibt sich gern blind in eine gefährliche Situation, und ich habe keine Ahnung, wer das da draußen ist oder was sie vorhaben. Was ich weiß, ist, dass ich schnell handeln und sie überrumpeln muss. Ich öffne die Tür, trete hinaus ins Scheinwerferlicht der Außenbeleuchtung und schließe die Tür hinter mir ab. Den Schlüssel versenke ich in meiner Tasche. Wer mir den abzunehmen versucht, muss ein sehr tapferer Mann sein.

»Was wollt ihr, Leute?« Die Frage ist durchaus höflich formuliert. Mein Tonfall sagt: *Legt euch bloß nicht mit mir an.* Insgeheim scheiße ich mir fast in die Hosen, aber wenn ich sie das merken lasse, ist alles vorbei.

Eine Taschenlampe leuchtet mir direkt ins Gesicht. Dann noch eine. Verdammte Scheiße noch mal!

»Wir wollen mit deiner Freundin reden. Hol sie mal raus.« Eine Frauenstimme, und zwar nicht die einer Einheimischen, da bin ich mir ziemlich sicher. Das war ein Londoner Akzent, nicht jener weiche, kehlige Zungenschlag, den viele Inselbewohner draufhaben. Ich drehe den Kopf zur Seite. Falls die diplomatischen Verhandlungen eingestellt werden, muss ich sehen können, was auf mich zukommt. Wenn die Polizei sich sofort auf den Weg macht, sind die Beamten bestenfalls in zehn Minuten hier. Fürs Erste bin ich auf mich allein gestellt.

»Wer will mit ihr reden? Und nimm die Scheißtaschenlampe weg, sonst ramme ich sie dir in den Arsch!«

Aus der Reihe der Herandrängenden sind höhnische Rufe zu hören, doch der Lichtstrahl wird auf den Boden gesenkt. Ich kann wieder geradeaus schauen. Silhouetten heben sich von den verbliebenen Skulpturgestalten des Walfriedhofs ab. Erwachsene, dick eingemummelt wegen des Wetters. Mützen und Schals verdecken teilweise die Gesichter. Anonym. Ich höre noch mehr Fahrzeuge näherkommen, aber es ist zu früh, als dass das die Polizei sein könnte.

»Ist hier irgendjemand, den ich kenne, oder seid ihr alle von dem Kreuzfahrtschiff? Weil, wenn ja, dann solltet ihr euch wahrscheinlich gut überlegen, ob ihr euch hier Ärger mit der Polizei einhandeln wollt. Das Schiff wartet bestimmt nicht, während ihr Kaution beantragt.«

Schweigen. Ich ahne einen Vorteil. »Der Flug nach Hause kostet tausend Pfund pro Nase. Ich glaub nicht, dass eure Reiseversicherung das abdeckt.«

»Niemand handelt sich hier Ärger mit der Polizei ein.« Ein Mann tritt vor. Groß, wenngleich nicht ganz so groß wie ich, und ein bisschen aus dem Leim gegangen. Der ist nicht von dem Kreuzfahrtschiff; ich bin mir ziemlich sicher, dass es Jimmy Browns Vater ist. »Wir wollen nur mit ihr reden.«

»Sie hat den ganzen Tag mit der Polizei geredet. Die regeln das. Geht nach Hause.«

Eine Frau kommt mit großen Schritten auf mich zu, drängt sich an dem Mann vorbei. Dann schließt sich ihr eine zweite an. Ich kenne beide nicht. Sie tritt direkt vor mich hin. Mitte vierzig, mit der derben Haut und den Falten um den Mund, die auf eine Trinkerin schließen lassen. Ich kann eine Fahne riechen. Das hier ist schon schwieriger. Ein Mann würde sich vor mir in Acht nehmen, eine Frau weniger. Sie wird sich einreden, dass ich mich nicht traue, sie anzurühren. Da hätte sie auch recht, nicht vor so vielen Zeugen. Und schon gar nicht, wenn ich mir ziemlich sicher bin, dass ich ganz hinten in der Menge das Funkeln einer Kameralinse sehen kann, im Augenblick noch ganz unauffällig. Das Scheißfernsehteam ist dieser Meute hier raus gefolgt.

Die Frau steht nur Zentimeter entfernt, versucht, mich durch Nähe einzuschüchtern. »Hier wird ein zwei Jahre altes Kind vermisst.« Mit einem behandschuhten Zeigefinger zeigt sie auf mein Gesicht. »Vier Kinder sind innerhalb von drei Jahren verschwunden. Interessiert Sie das überhaupt?«

»Hol sie raus!« Die Menschenreihe drängt sich noch näher heran. Das sind nicht nur Touristen. Die Einheimischen halten sich zurück, aber sie sind hier. Ganz bestimmt die Familie Brown, wahrscheinlich auch einer oder zwei von den Harpers. Hinter dem besudelten Schädel des Blauwals kann ich Bob-Cats schwarz-weiße Haarbüschel erkennen.

Es wird noch immer zu lange dauern, bis die Polizei hier ist. Diese Menschen haben Angst. Ihre Kinder verschwinden wie von Zauberhand, und sie fühlen sich machtlos. Von Alkohol befeuert und durch die Menge der anderen bestärkt, haben sie ein Ventil für ihren hilflosen Zorn gefunden. Auf gar keinen Fall kriegen sie den Schlüssel von mir, aber inzwischen ist mehr als ein Fenster eingeschlagen worden. Sie können ins Haus.

»Ihr wollt mit Catrin reden?« Über den Kopf der Frau hinweg sehe ich einen Mann an, von dem ich mir ziemlich sicher bin, dass es sich um Archie Wests Dad handelt. »Die Frau, die übrigens Ihren Sohn gefunden hat. Die Frau, die ihn vor noch nicht mal achtundvierzig Stunden seiner Mutter übergeben hat? Um die geht's hier?«

Er hat den Anstand, ein betretenes Gesicht zu machen, andere jedoch verspüren immer noch den Mut der Anonymität. Ein paar von den Kids weiter hinten stimmen doch tatsächlich diesen Queen-Song an, den von der Frau, die Killer-Queen genannt wird. Ich hebe beide Hände.

»Okay, ihr habt gewonnen. Ich hole sie.«

Das überrascht sie. Der dämliche Gesang hört auf, aber sie drängen sich immer näher heran.

»Gebt mir zwei Minuten. Aber sie kommt raus, um zu reden, das ist alles. Sie hat nichts getan; sie hatte einen echt miesen Tag, und ihr könnt sie gefälligst respektvoll behandeln.«

Die Säuferin mit der großen Klappe folgt mir, als ich zur Tür zurücktrete. »Wie wär's, wenn ich mit reinkomme?«, sagt sie.

Ich beuge mich vor, ganz dicht vor ihr Gesicht, sodass nur sie mich hören kann. »Wie wär's, wenn ich dir deine hässliche Nase breche?« Dann richte ich mich auf. »Zwei Minuten«, rufe ich, während ich die Tür aufschließe und sie öffne. »Und niemand tut ihr was, sonst kriegt ihr's mit mir zu tun.«

Ich schlüpfe hinein und drehe den Schlüssel im Schloss. Catrin wartet im Hausflur. Sie schaut an mir vorbei zur Hintertür. »Ich rede mit ihnen; ich habe keine Angst.«

»Ja, schön, ich aber.« Ich zerre sie durchs Haus, dorthin, wo meiner Erinnerung nach ein Wäscheraum ist. Eine Waschmaschine, ordentlich an die Wand gelehnte Wäscheständer. Und ein großes Fenster direkt über dem Spülbecken, das auf einen schwer einsehbaren Teil des Gartens hinausgeht.

Ich habe mehr als einmal in diesem Haus Sex mit Catrin gehabt. Ihr Mann hat keine zwanzig Minuten von hier gearbeitet. Vor Jahren hatte ich meinen Fluchtweg ganz genau geplant.

»Hinterm Haus sind doch auch Leute«, zischt sie, als ich das Fenster öffne und aufs Spülbecken klettere.

»Die sind jetzt bestimmt vorne und warten drauf, dass du rauskommst.« Nicht ganz ohne Mühe – vielleicht bin ich ja inzwischen dicker als vor drei Jahren – quetsche ich mich nach draußen und lasse mich zu Boden fallen.

Dann recke ich die Arme, um ihr hinauszuhelfen, und sie gibt mir Queenie.

Super.

Den Hund unter den einen Arm geklemmt, helfe ich Catrin mit dem anderen. Der Wind wird jegliche Geräusche übertönen, die wir machen. Ich muss nur hoffen, dass der Hund nicht bellt. Als wir alle drei draußen sind, nehme ich mir einen Moment Zeit, um Inventur zu machen.

Wir befinden uns in dem kleinen umzäunten Areal, wo Catrins Mülltonnen stehen. Ich lasse das Fenster offen, damit sie sehen, dass wir getürmt sind und hoffentlich nicht in Versuchung geraten, das Haus zu verwüsten. Dann drücke ich die Schwingtür auf und spähe hinaus. Niemand zu sehen, und mit eventuellen verirrten Nachzüglern werde ich auf jeden Fall fertig. Ich reiche Catrin Queenie und zerre dann beide einen schmalen, gepflasterten Weg entlang, der zum hinteren Ende des Gartens führt. Wenn wir erst über den Zaun sind, befinden wir uns auf offenem Gelände. Allerdings sind keine Wolken mehr am Himmel, und die Quadfahrer werden uns mit Leichtigkeit folgen können.

Vor dem Haus haben wieder Sprechchöre eingesetzt. Ich höre lautes Klopfen und weiß, dass denen die Geduld ausgeht, aber wir haben den Zaun erreicht. Ich flanke hinüber, nehme Queenie, setze sie auf den Boden und beuge mich dann hinüber, um Catrin hochzuheben.

Eine Rakete kreischt über uns hinweg und zieht winzige Feuerfunken hinter sich her, als ich Catrin vorwärtszerre. In Skyes geborgten Klamotten ist sie für eine Moorwanderung nicht gerade passend angezogen, aber wir müssen uns beeilen.

Ich spüre, wie die Stimmung hinter uns umschlägt, blicke mich um und sehe die Taschenlampen ziellos herumtanzen. Durch den Wind kann ich wütendes, enttäuschtes Gebrüll hören.

»Die haben wohl gemerkt, dass wir weg sind.« Neben mir hört sich Catrin an, als wäre sie bereits ziemlich außer Atem. Vor drei Jahren war sie fit wie ein Turnschuh. Jetzt bin ich mir nicht sicher, ob sie einen Sechs-Kilometer-Marsch im Dunkeln durchhält. Sei's drum, ich habe schon Schwereres nachts querfeldein über die Falklands geschleppt.

Ein Taschenlampenstrahl fällt auf den Boden direkt vor mir, und hinter uns ertönt ein lauter Ruf. Wir sind entdeckt worden. Ich lege abermals an Tempo zu, aber was immer Catrin an den Füßen hat, Laufschuhe sind es nicht. Sie hat Mühe mitzuhalten, und hinter uns höre ich das Aufheulen von Quadmotoren. Das ist nicht gut. Im Haus, aus einer Position moralischer Überlegenheit heraus, hätten wir ihnen vielleicht Paroli bieten können. Jetzt, wo wir zur Beute geworden sind und von einem Mob gejagt werden, ist das etwas ganz anderes.

Optionen? Verstecken? Kehrtmachen und uns stellen? Einen von denen so zusammenschlagen, dass die anderen einen Rückzieher machen? Ich treffe eine jähe Entscheidung, drehe ab und halte auf die Straße zu.

»Die haben Autos. Auf der Straße kommen wir hier nicht weg.«

»Wollen wir auch gar nicht. Wir wollen auf die andere Seite.«

Ich warte auf den Einspruch. Darauf, dass Catrin kapiert, was auf der anderen Seite der Straße ist, und mir sagt, dass ich spinne. Wir drängen uns durch den Ginster und das Gestrüpp vor dem Graben. Über uns sind noch immer ein paar Wolken, und hin und wieder wird eine über den Mond geweht und hüllt uns in Finsternis. Jedes Mal, wenn das passiert, besteht die Chance, dass sie uns aus den Augen verlieren, also haste ich weiter, so schnell ich es wage. Nachts querfeldein auf den Falklands Strecke zu machen ist nicht gerade einfach, wenn man unter Druck steht. Hier gibt es dicke

Tussockgrasbüschel, Löcher und Tierbaue, große sumpfige Torfmoorflächen und Tümpel, wo man am wenigsten mit ihnen rechnet. Und tief im Boden steckende Felsen, niedrig, aber scharf, und genauso gemein wie Fußangeln.

Die Quads kommen näher. Als ich zurückschaue, kann ich die Scheinwerfer sehen. Sie halten genau auf uns zu.

Endlich, die Straße. Hier kommen wir schneller voran, auch ohne Licht. Die, die hinter uns her sind, allerdings auch. Ich wende mich nach links, halte Catrin dabei die ganze Zeit fest gepackt. Es sind noch ungefähr vierzig Meter, aber es geht bergauf, und sie atmet schwer.

»Du bist nicht in Form.«

»Und du bist nicht bei Trost.«

Wir haben den Zaun erreicht. Normalerweise betrete ich dieses Feld nicht an dieser Stelle, also habe ich ihn nicht präpariert. »Vertraust du mir?«, frage ich. Über ihre Schulter hinweg kann ich drei Scheinwerfer zählen, die uns dicht auf den Fersen sind und den Hügel heraufkommen.

»Scheint das Mindeste zu sein, was ich tun kann.«

Ich grinse sie an, dann lasse ich mich zu Boden fallen und rolle mich unter dem Zaun hindurch; der Stacheldraht bleibt an meiner Jacke hängen, aber ich mache mich los. Der Untergrund ist nass, doch es ist keine Zeit, nach einer besseren Stelle zu suchen. Sie folgt mir, und dann wuselt Queenie unter dem Zaun durch.

Wir sind im Minenfeld.

22

Ich halte mich dicht am Zaun, bis ich mich genauer orientieren kann. Ein kleines Stück nördlich von unserer gegenwärtigen Position ist ein kahler Felsen; wenn wir den erreichen, können wir nach Westen gehen. Ein von Schafen getrampelter Pfad führt uns fast ganz bis dorthin. Hinter mir hat Catrin Queenie wieder auf den Arm genommen.

»Schweinchen löst schon keine Mine aus. Setz sie runter.«

Frau umklammert Hund nur umso fester. Ich halte an und drehe mich zu ihnen um. »Cat, das Feld ist voller Schafe. Die sind zu leicht, um Minen auszulösen, und Queenie auch. Aber pass bloß auf, dass sie die Viecher nicht jagt, sonst werden wir noch alle abgeknallt.« Das sage ich nicht nur zum Scherz; das Minenfeld ist an Chase Wentfielt verpachtet, einen Bauern, und der hat eine Nulltoleranzstrategie, wenn es um Hunde geht, die sein Vieh belästigen. Inzwischen folgen die Scheinwerfer uns immer noch, und auf der anderen Seite des Zauns kommen sie auf der Straße schneller voran als wir. Wir erreichen den Felsen, und ich zücke meinen Kompass, um ganz sicher zu sein. Normalerweise würde ich das nicht tun, und ich weiß auch nicht recht, ob wir Zeit dafür haben, aber ich merke, dass Catrin immer noch ganz schön nervös ist.

»Hier entlang«, sage ich. »Bleib direkt hinter mir. Und setz den verdammten Hund ab.«

Ich trabe los, den Schaf-Trampelpfad entlang. Catrin ist so dicht hinter mir, dass sie mir fast in die Hacken tritt, aber das ist gut. Wir müssen im Dunkeln verschwinden, ehe die Scheinwerfer uns finden können, sonst kommen diese dämlichen Arschlöcher noch in Versuchung, uns nachzukommen. Als ich fast hundert Meter weit gerannt bin, drehe ich mich um. Die Scheinwerfer sind noch da; sie leuchten ins Feld, aber mit dem Quad kommt man hier nicht rein. Bis jetzt ist nichts davon zu sehen, dass uns jemand zu Fuß folgt. Ich ziehe Catrin in die Hocke hinunter, und ein paar Minuten später sehen wir, wie die Quads kehrtmachen und den Hügel wieder hinunterfahren.

»Ich find's klasse, wenn Pläne hinhauen«, bemerke ich.

»Echt super.« Noch immer umklammert sie Schweinchen mit beiden Armen. »Und das eine oder andere Bein zu verlieren, na, das ist die Sache doch wert.«

Als ich mich aufrichte und wieder losgehe, tappt sie hinter mir her wie ein Elefantenbaby hinter seiner Mama. »Vielleicht sollten wir ein bisschen Abstand halten«, meine ich. »Dann besteht die Chance, dass du nicht die volle Ladung abkriegst, wenn's mich erwischt.«

»Sehr witzig. Sagst du mir irgendwann mal, wie du das machst?«

»Ich hab 'ne Karte.«

Sie überlegt kurz. »Du hast eine Karte? Seit über zehn Jahren sind hier riesige Gebiete gesperrt, weil niemand sich in die Luft sprengen lassen will, und du hast eine verdammte Karte? Hast du das je irgendjemandem erzählt?«

»Niemand hat mich gefragt.« Ich schaue mich um. Hinter uns ist nichts als Dunkelheit.

Catrin ist ebenfalls stehen geblieben. Diesen Blick kenne ich. Wenn sie Queenie nicht auf dem Arm hätte, würde sie jetzt die Hände in die Hüften stemmen.

»Natürlich wissen die Leute, dass ich die Karte habe. Oder vielmehr, das Militär weiß es. Das Problem ist nur, sie können sich nicht darauf verlassen. Ich hab das Ding einem gefangenen Argie abgenommen, gegen Ende des Krieges. Sein Trupp hatte die Minen gelegt, er hat also genau gewusst, wo sie sind. Die britische Regierung will aber selbst nach den Dingern suchen, und bis sie die Kohle dafür übrig haben, bleibt das Minenfeld eben.«

Sie blickt sich um. Betrachtet den holprigen, unebenen Boden, die verstreuten Felsen, die geisterhaften weißen Gestalten in der Ferne, die wahrscheinlich Schafe sind. »Wie viele Minen liegen hier?«

»Hundertvierzig.«

»Du willst mich wohl auf den Arm nehmen. Und du weißt aus dem Kopf, wo die alle sind?«

»Großer Gott, nein. Ich weiß nur, dass dieser Weg hier sicher ist.«

Sie greift nach meiner Hand und schaut zurück. »Die sind weg; sie haben aufgegeben. Wir können zur Straße zurück.«

Es ist lange her, dass Catrin meine Hand gehalten hat. Ich merke, dass sie zittert, und ich glaube nicht, dass das nur von der Angst kommt, in die Luft zu fliegen. Also ziehe ich den Reißverschluss meiner Jacke herunter und streife sie ab. Ihr das Ding umzulegen, gibt mir Gelegenheit, sie an mich zu ziehen, etwas zu tun, was ich früher wahnsinnig gern gemacht habe: Ich lege die Hände um ihren Nacken und ziehe ihr Haar unter der Jacke hervor.

Sie erinnert sich. Ich sehe es in ihren Augen, in dem winzigen Erschauern, als meine Finger ihren Nacken berühren. »Ich fasse es nicht, du baggerst mich mitten in einem Minenfeld an«, knurrt sie.

Ich wünsche mir nichts sehnlicher, als sie zu küssen. Während ich in dieses Gesicht hinabstarre, das größtenteils aus Schatten besteht, habe ich das Gefühl, dass sich irgendetwas ändert. Zum ersten Mal seit Jahren verspüre ich so etwas Ähnliches wie Hoffnung.

»Komm weiter.« Wir machen uns wieder auf den Weg. Ein paar Schritte später halten wir uns immer noch an den Händen.

»Und ich habe die ganze Zeit gedacht, du spielst so eine Art abartiges Russisches Roulette, wenn du hier drin rumläufst. Du hättest mir ruhig sagen können, dass du eine Karte hast.«

Ich hatte keine Ahnung, dass Catrin Bescheid gewusst hat. »Hast du mir etwa nachspioniert?«

»Bild dir bloß nichts ein.«

Wir gehen weiter. Queenie, endlich wieder auf dem Boden, nimmt Witterung von ein paar Schafen auf, und ich muss sie warnend anknurren. Wie ein trotziges Kind schaut sie zu mir auf, und ich fletsche drohend die Zähne.

»Hör auf, sie zu schikanieren. Warte mal, woher willst du so genau wissen, dass die Karte auch stimmt? Dein argentinischer Freund braucht doch bloß eine vergessen zu haben, dann bist du Möwenfutter.«

»Ehrlich gesagt, hat er mehrere vergessen. Letzten Mai habe ich eine ausgelöst. Hab mir beim Landen ein paar Rippen gebrochen.«

Sie bleibt wie angewurzelt stehen. »Das ist echt nicht witzig.«

»Das ist auch echt kein Witz.«

Ich erlöse sie von ihren Qualen. »Die Argies waren nicht besonders gut im Minenlegen. Die haben die Dinger zu tief eingegraben, und außerdem haben sie den Torfboden total unterschätzt.«

Während wir weitergehen, erzähle ich ihr von jener Nacht, nicht lange, nachdem wir auf den Falklands gelandet waren, als wir die argentinischen Stellungen auf Goose Green stürmten. Wir rückten an der linken Flanke vor, nahe an einem Bach, und merkten bald, dass das Gebiet, das wir durchquerten, von den Argies vermint worden war. Einer aus unserer Kompanie, so ein achtzehnjähriger Klugscheißer aus Glasgow, trat auf eine Mine und flog gut sechs Meter in die Luft. Er landete auf sumpfigem Boden, rappelte sich auf und rannte weiter. In jener Nacht explodierten noch ein paar weitere Minen. Keiner von unseren Jungs kam zu Schaden. Jedenfalls nicht durch Minen.

»Die Argies haben gedacht, jeder Einzelne von uns wäre ein Scheiß-Superman.«

Ich lächle bei dieser Erinnerung. Inmitten der Hölle, die die Befreiung der Falklands darstellte, musste man sich an allem Heiteren aufrichten, das man finden konnte.

»Deine Soldatengeschichten haben mir gefehlt.«

Ich gehe weiter; darauf darf ich nicht antworten. Wenn ich das tue, wird das Gespräch weitergehen. Es wird nicht das Letzte sein, was sie zu mir sagt.

»Callum, was glaubst du, ist mit ihm passiert? Mit Rachels Kleinem?«

Verdammt gute Frage. Und eine, die wir wirklich beantworten müssen. »Wir wissen, dass er nicht auf der Straße weggeschafft worden ist, weil wir da waren. Mir fallen also nur zwei andere Möglichkeiten ein. Erstens, dass jemand vom Strand her auf das Grundstück gekommen ist und ihn dann mit dem Boot weggebracht hat.«

»Was bedeuten würde, dass er überall auf den Inseln sein kann.«

»Und zweitens, dass der Entführer über Land gekommen ist, und zwar nicht auf der Straße.«

»Und ihn dann zu Fuß weggeschleppt hat?«

»Also, eigentlich dachte ich eher an ein Quad. Oder an ein Pferd.«

Diese Idee nimmt sie sofort an. Viele Leute auf den Inseln halten sich immer noch Pferde. Rachel hat auch ein paar.

»Wenn irgendwas davon zuträfe, dann wären doch Spuren zu sehen gewesen. Rund ums Haus, wenn's ein Quad-Fahrer oder ein Reiter war, und am Strand, wenn's ein Boot war.«

»Hätte ja auch durchaus sein können. Aber die Polizei hat nicht danach gesucht, weil sie sich ganz auf dich konzentriert haben.«

»Und der Regen hat alles weggespült.«

»Als ich gestern da war, hatten die von der Spurensicherung einen Fußabdruck gefunden. Dachten sie jedenfalls.

Einen großen. Von einem Mann. Ich glaube, sie haben einen Abguss nehmen können, bevor es geregnet hat.«

Sie schweigt einen Moment und überlegt. »Ich kann noch immer nicht glauben, dass es jemand von den Inseln ist«, sagt sie. »Die leben doch alle schon seit Jahren hier. Man wird doch nicht plötzlich über Nacht zum Pädophilen.«

Im Laufe der Jahre bin ich oft gefragt worden, warum ich hierher zurückgekommen bin, nachdem der Konflikt vorbei war; warum ich noch immer hier bin. Die Wahrheit ist: Ich bin wegen Catrin zurückgekommen, obwohl ich sie damals noch gar nicht kannte. Und wegen Menschen wie ihr.

Eines der Dinge, die ich an der Frau neben mir liebe, an allen hier, ist ihre Unschuld. Dieser winzige Archipel ist wie eine Zeitkapsel, abgeschnitten vom Rest der Welt, in der die Menschen die Möglichkeit haben, das Beste zu sein, das ihnen möglich ist. Der Kult des Individuums, in der westlichen Welt so weit verbreitet, ist hier weitgehend unbekannt. Hier gibt es kein angeborenes Anspruchsdenken. Niemand hier redet von »Zeit für mich selbst.« Hier dreht sich das Leben um Schweiß und Schufterei, darum, sich in einer widrigen Umwelt das Leben so schön wie möglich zu gestalten, und darum – und das ist der große Unterschied –, anderen dabei zu helfen. Das hier ist eine Gemeinschaft. Ein Team.

Margaret Thatcher, die nach der Bewältigung der Invasion praktisch zur Schutzheiligen der Inseln geworden ist, hat davon geredet, dass die Gesellschaft redundant wäre, dass das Individuum König sei. Würde sie diese Inseln wirklich kennen und verstehen, hätte sie niemals solchen totalen Schwachsinn von sich geben.

Abgesehen von der Invasion – und selbst damals haben sich die Argentinier den Inselbewohnern gegenüber recht gut benommen – haben Kelper keinerlei Erfahrung mit dem Allerschlimmsten, zu dem Menschen fähig sind. Sie wissen nicht, dass es Jahre dauern kann, ein Monster zu erschaffen.

Eine halbe Stunde später erreichen wir das Ende des Minenfeldes und robben unter dem Zaun hindurch. Catrin ist sichtlich erleichtert. Mir ist saukalt. Wir haben den Weg um etwa anderthalb Kilometer abgekürzt und kommen bald zu dem Fluss, der uns direkt zu meinem Haus führt.

»Weckt das hier Erinnerungen?« Sie hat noch immer Mühe mitzuhalten, aber der Wind geht einem durch Mark und Bein, und ich kann nicht langsamer gehen. Zu meinen Füßen schleppt sich Queenie anscheinend auch nur noch dahin, und ich frage mich, ob ich sie wohl noch beide tragen muss, bevor die Nacht zu Ende ist. »Ans – wie hast du das noch mal genannt – ans Marschieren?«

»Ich muss doch sehr bitten, Lady. Marschiert sind die Marine-Infanteristen. Wir haben Strecke gemacht.«

»Das sind doch zwei Worte für ein und dasselbe.«

»Blödsinn«, wehre ich ab, obwohl sie ja eigentlich recht hat. *Marschieren* ist ein Infanterie-Begriff. Zwischen den Marines und den Fallschirmjägern bestand schon immer eine gesunde Rivalität. Wir hatten großen Respekt vor ihnen, aber eben nur bis zu einem gewissen Punkt. Als Stanley zurückerobert wurde, wollten die Hohen Tiere, dass die Marines den Union Jack wieder auf den Inseln hissten. Aus Gründen der Symbolik, was immer das heißen sollte. Was uns betraf, so waren wir der Ansicht, dass die Stanley doch überhaupt erst verloren hatten und wir auf gar keinen Fall klein beigeben würden. Wir waren das erste Bataillon gewesen, das hier gelandet war, die Ersten, die die Argies ordentlich verdroschen hatten, und wir waren wild entschlossen, dass wir auch als Erste in Port Stanley sein würden. Waren wir auch.

»Zum Streckemachen gehören schwereres Marschgepäck und ein paar Stundenkilometer mehr«, erkläre ich ihr, und ich bin nicht bereit, Widerspruch zu dulden. »Grüne Jungs marschieren, richtige Männer machen Strecke.«

Ein letzter Zaun, ein kurzes Stück bergab, und ich kann

mein Haus sehen. Neben mir stößt Catrin einen gewaltigen Seufzer aus. »Würde ich das Schicksal herausfordern, wenn ich sage, ich hoffe auf heißes Wasser?«

Urplötzlich taucht ein Bild von Catrin in der Badewanne vor meinem geistigen Auge auf, mit im Dampf rosig schimmernder Haut, und ich befehle mir, mich wieder einzukriegen. Heute Nacht sind Fortschritte gemacht worden, aber der Weg ist noch verdammt lang. »Wahrscheinlich kriege ich auch ein warmes Essen zustande, könnte allerdings sein, dass es aus der Mikrowelle kommt.«

Als sie wieder etwas sagt, ist ihre Stimme leiser, ernster. »Cal, glaubst du, Rachel denkt, ich war es?«

Ganz ehrlich, ich habe keine Ahnung. Ich habe Rachel nie näher kennengelernt; wenn wir uns mal begegnen, beschränken wir uns auf Höflichkeiten. »Sie kennt dich länger als ich. Wenn ich weiß, dass du es nicht warst, dann muss sie das doch auch wissen.«

»Aber du weißt es ja gar nicht. Und sie auch nicht. Du hoffst es vielleicht, oder du glaubst es sogar, aber wissen tust du's nicht.« Sie ist langsamer geworden, bewegt sich kaum noch von der Stelle. Alles schön und gut, aber sie hat immer noch meine Jacke an, und die Nacht wird nicht wärmer.

»Ich kenne dich doch«, erwidere ich.

»Du hast mich vor drei Jahren gekannt. Du hast mich vorher gekannt. Jetzt bin ich ganz anders.«

»So sehr verändern Menschen sich nicht.« Ich spreche aus, was ich einfach glauben muss: dass Catrin tief in ihrem Herzen noch immer dieselbe Frau ist. »Ganz gleich, was sie durchgemacht haben, ganz tief im Innern bleiben sie dieselben.«

»Ich glaube, wir wissen beide, dass das nicht stimmt.«

Wir sind fast da. Ich weiß, worauf ich hoffe, und das ist nicht unbedingt warmes Wasser und warmes Essen. Ich sage mir, dass ich sie nicht drängen darf. Und dann tue ich genau das Gegenteil. Ich mache Druck. Ich bleibe stehen und drehe mich zu ihr um. Dicht beieinander stehen wir auf dem schmalen Pfad.

»Ich habe gestern Abend mit Ben gesprochen. Er weiß Bescheid über uns. Hast du's ihm gesagt?«

Ihre Miene verdüstert sich, als ich Ben erwähne. Ich wünsche mir wirklich, dass sie es ihm gesagt hat. Oft genug habe ich sie weiß Gott darum gebeten. Wenn man gar nichts hat, bedeuten einem kleine Siege viel.

Sie weiß genau, was ich hören will, aber sie ist die Frau, die niemals lügt. »Das war nicht ich. Das war Rachel.«

»Du hast es Rachel erzählt?« Sie hat immer darauf bestanden, dass Rachel es nicht wissen darf.

Catrin kann mir nicht in die Augen sehen. Ich merke, dass es ihr wiederstrebt, das zu sagen, selbst jetzt noch. »Nein, ich hab's ihr nicht erzählt. Sie hat es rausgefunden. Sie hat uns mal zusammen gesehen. Wir haben, na ja, es war wohl ziemlich eindeutig, was wir gemacht haben.«

Ich warte auf weitere Details; ich kann mir nicht vorstellen, wann Rachel uns gesehen haben soll. Wir waren doch echt vorsichtig.

»Deswegen war sie damals bei mir zu Hause, als sie die Jungs im Auto gelassen hat.« Jetzt spricht Catrin mit dem Boden unter ihren Füßen. »Sie war fast eine Stunde früher dran als abgemacht. Sie hat sich mit Ben getroffen, und sie hat ihm von uns erzählt. Meine beste Freundin war in meinem Haus und hat meine Ehe kaputtgemacht, als meine Söhne in den Tod gestürzt sind. Einen Unfall, einen Moment der Unachtsamkeit, das hätte ich vielleicht verziehen. Aber das nicht.«

Scheiße. Ich weiß gar nicht, was ich zuerst fragen soll. Hat Ben ihr das erzählt? Warum sollte Rachel Catrin derart wehtun wollen? Warum ist nichts davon bei der Anhörung zum Tod der Jungen zur Sprache gekommen? Was ich schließlich frage, ist das Irrelevanteste, Egoistischste, das mir einfallen könnte.

»Hättest du es ihm je gesagt?«

Ich bekomme die Ohrfeige nicht, die ich wahrscheinlich verdient hätte. Sehr lange bekomme ich gar nichts. Dann: »Ich hatte Angst. Ben war so … zuverlässig. Ich habe dich so geliebt, aber du warst ein total unberechenbarer Joker. Ich hatte keine Ahnung, ob ich mich auf dich verlassen konnte, und ich hatte zwei Kinder, an die ich denken musste.«

Oh, ich bin froh, dass sie das angesprochen hat. »Drei Kinder. Du hattest drei Kinder, an die du denken musstest.«

Sie weicht zurück, versucht, um mich herumzuschlüpfen. Ich greife nach ihr, aber sie ist bereits außer Reichweite.

»War es mein Kind?«, rufe ich ihr nach, als sie mit großen Schritten weitergeht. Ich weiß, sie wird es mir nicht sagen. Jedenfalls nicht jetzt. Wie dem auch sei, der Ball ist im Spiel. Jetzt ist sie dran.

Wir gehen weiter; wir sind fast zu Hause.

»Cal, ich muss dich was über Computer fragen.«

»Sollte im Bereich meiner Möglichkeiten liegen.« Ich bin ein bisschen eingeschnappt.

»Ich muss ein paar Dateien löschen. Wenn ich den Dateienmanager anklicke und sie da lösche, sind sie dann endgültig weg, oder sind sie noch irgendwo auf der Festplatte?«

Frag mich was Schwereres. »Sie sind noch da. Ich kann sie für dich richtig löschen, wenn's wichtig ist.«

»Kannst du mir sagen, wie das geht?«

Während ich mich allmählich frage, wo das hinführt, erreichen wir den letzten Hügelkamm und sind einen Steinwurf weit von meinem Haus entfernt. »Aber wenn's um deinen Computer zu Hause geht, wirst du vielleicht warten müssen. Der war vorhin nicht in deinem Zimmer. Bestimmt haben sie ihn im Zuge der Ermittlungen mitgenommen.«

Sie bleibt stehen. Gerade als ich sehe, dass zwei Polizeiwagen vor meinem Haus warten. Ich halte ebenfalls an. Als ich mich umdrehe, gefällt mir nicht, was ich in ihrer Miene sehe. Sie streift meine Jacke ab und reicht sie mir. »Danke«, sagt sie. »Nicht nur für die Jacke.«

Sie haben uns gesehen. Stopford und Josh Savidge steigen aus dem einen Wagen. Skye sitzt mit zwei Constables in dem zweiten. Sie kommen auf uns zu.

»Na, besser spät als nie, nehme ich an.« Ich habe das Bedürfnis, so zu tun, als wäre das hier keine große Sache. Dass in Anbetracht dessen, was wir hinter uns zurückgelassen haben, natürlich die Polizei auf uns warten wird.

»Ich habe mich geirrt«, sagt Catrin. »Dass Ben der Zuverlässige gewesen wäre. Du bist derjenige, der für mich da war, der nie aufgegeben hat. Entschuldige.«

Und da ist das Lächeln. Nur für eine Sekunde, aber es ist echt. Dann ist es weg. »Callum, mach keinen Blödsinn. Du kannst mich nicht mehr schützen. Handel dir keinen Ärger ein.«

»Cat, das ist doch Quatsch. Die sind wahrscheinlich nur hier, um zu sehen, ob wir okay sind.«

»Bitte kümmere dich um Queenie. Ich denke, Ben wird sie nehmen, aber bis er das arrangiert hat, kümmere dich um sie. Versprich es mir.«

»Die können dir doch gar nichts. Die haben doch keine Beweise.«

»Oh, sie haben genug Beweise. Mehr als genug.«

Sie geht los. Ich strecke die Hand aus, um sie zurückzuhalten, und sie schiebt sie sanft weg.

»Es tut mir wirklich leid, Callum«, sagt sie. Dann geht sie weiter. Während die Nacht kälter wird, bleibe ich wie angewurzelt stehen. Ich sehe zu, wie sie geradewegs auf die Polizei zugeht, wie sie ihnen die Hände für die Handschellen hinhält. Ich sehe zu, wie sie widerspruchslos zuhört, als sie sie abermals verhaften. Und dann sehe ich zu, wie sie mit ihr davonfahren.

Queenie ist ernsthaft verstört. Kratzt an den Türen, winselt, rennt von einer Seite des Hauses zur anderen. Ich weiß nicht, ob ich sie anbrüllen oder mitmachen will, also fange ich an, ebenfalls durch die Zimmer zu wandern.

Catrin wollte, dass ich irgendetwas auf ihrem Computer lösche. Nein, sie wollte, dass ich ihr sage, wie man das macht. Die Polizei hat ihren Computer. Was immer sie vor mir geheim halten wollte, sie haben es gesehen. Und weil sie wusste, dass sie es gesehen haben, ist sie widerspruchslos mitgegangen.

Catrins Computer ist nicht vernetzt. Es war kein Kabel da, das ihn mit einem Modem verbunden hätte. Und auch kein Modem. Sie hatte keine Möglichkeit, E-Mails zu verschicken oder auf Websites zuzugreifen. Bestimmt hat sie den Computer für organisatorische Dinge benutzt, als Informationsspeicher. Das heißt, es gibt keine Möglichkeit für mich, direkt darauf zuzugreifen. Um Informationen zu übertragen, hätte sie sie auf einer Diskette speichern oder sie auf einen anderen Computer herunterladen müssen. Wenn das bereits geschehen ist, kann ich sie auf dem Revier finden.

Minuten später bin ich wieder im System der Polizei, aber ich finde nichts. Ich stehe auf, mache Feuer, zwinge mir etwas zu essen hinein, füttere Queenie und versuche es noch einmal. Nichts. Ich versuche es immer wieder. Endlich, eine Stunde vor dem Morgengrauen, werde ich fündig. Ihre Dateien sind alle heruntergeladen und abgespeichert worden, eine jedoch ist in den letzten paar Stunden mehrmals geöffnet und gelesen worden. Ich öffne sie ebenfalls und finde ein Tagebuch. Ich hatte keine Ahnung, dass sie Tagebuch geführt hat. Vielleicht hat sie das damals ja auch nicht getan, als wir zusammen waren. Der erste Eintrag ist vor knapp drei Jahren datiert.

Unter anderen Umständen käme ich nicht im Traum auf die Idee, Catrins Privatsphäre zu missachten. Doch jeder, der mit der Polizei der Inseln zu tun hat, wird inzwischen den Inhalt des Dokuments kennen, das ich hier vor mir habe. Ich fange an zu lesen. Als die Sonne gerade über dem östlichen Horizont erscheint, bin ich fertig.

Tag 6

Samstag, 5. November

23

Es muss irgendeinen Mechanismus in unseren Köpfen geben, der als eine Art Filter fungiert, wenn etwas wirklich Schlimmes passiert. Er schützt uns vor der vollen Wucht des Schlages, lässt die schlechten Neuigkeiten langsam durchsickern, verabreicht sie uns tröpfchenweise, immer gerade genug, um damit fertig zu werden, ehe er »Stopp« sagt und uns eine Pause einlegen lässt. Auf jeden Fall habe ich, nachdem ich Catrins Tagebuch gelesen habe, während der ersten Stunde Schwierigkeiten, das alles zu verarbeiten, irgendetwas davon zu verstehen. Die erste Stunde lang bin ich wie betäubt.

Catrin hat Tagebuch geführt, so viel weiß ich. Angefangen hat es ursprünglich als Trauerbericht, als Ausdruck des Staunens, dass jemand mit solchem Schmerz weiterleben konnte. Damit schlage ich mich herum, während ich von einem Zimmer ins andere tigere, vors Haus trete, um mir von der kalten Luft wehtun zu lassen. Catrin hat Tagebuch geführt, und darin ist die eindeutige Entwicklung von Trauer zu lodernder Wut dokumentiert, und dann zu einer kalten, erbarmungslosen Entschlossenheit, Rache zu nehmen.

Beim Lesen von Catrins Tagebuch habe ich eine Frau entdeckt, von deren Existenz ich keine Ahnung hatte. Eine Frau, deren Leid so groß war, dass sie bereit war, lieber zu einem Ungeheuer zu werden, als als die weiterzuleben, die sie war.

Ich habe gedacht, mich könnte nichts mehr bis ins Innerste erschüttern. Ich habe gesehen, wie Freunde von Granaten in Stücke gerissen worden sind, in Nächten, in denen ich so gefroren habe, dass ich versucht war, meine Hände in die Gedärme zu stecken, die aus ihren Bäuchen quollen, nur um mich warm zu halten. Ich habe dunkelhaarige Halbwüchsige über Schlachtfelder hasten und nach ihren abgetrennten Armen suchen sehen. Ich habe größere Männer als mich nach ihren Müttern flennen sehen, während sie auf der anderen Seite des Planeten einen einsamen, eiskalten Tod starben. Ich dachte, es wäre unmöglich, mich zu schockieren. Mann, habe ich mich geirrt.

Das Klopfen an der Tür kommt völlig überraschend.

Sie ist wieder da. Das Ganze war ein Irrtum. Das Tagebuch war Blödsinn, eine Fälschung, ein schräger, fiktiver Roman. Ich stürze zur Tür und reiße sie auf. Auf meiner Schwelle steht nicht Catrin.

Sondern Rachel.

24

Sie riecht wie ein Bierfilz im Globe, ein paar Stunden nach dem Abpfiff des alljährlichen Fußballspiels. Verschmierte Wimperntusche unter ihren Augen deutet darauf hin, dass sie sich seit Tagen nicht gewaschen oder in den Spiegel geschaut hat.

»Ich muss mit dir reden.« Sie kann ihren Blick nicht recht auf meine Augen fokussieren.

Ich trete zurück, um sie hereinzulassen, aber ich bin auf der Hut. Ich kann mir nicht denken, wieso Rachel hier ist. Wir kennen einander kaum. Catrin hat viel von ihr gesprochen, wollte aber nie, dass wir miteinander zu tun haben.

»Sie wird Bescheid wissen«, hat sie immer gesagt. »Wenn sie uns zusammen sieht, weiß sie sofort, was Sache ist.«

»Wäre das denn so schlimm?« Anders als Catrin wollte ich unsere Affäre nie geheim halten. Alle sollten es wissen. Ich wollte es in alle Welt hinausbrüllen, dass sie mir gehörte. Mein Gott, ich hätte ihr »Eigentum von Callum Murray« auf die Stirn tätowiert, wenn ich gekonnt hätte.

»Es ist nicht fair, sie zur Verschwiegenheit zu zwingen.« Catrin hatte nicht mal so getan, als würde sie das in Erwägung ziehen. »Sie und Sander sind mit Ben und mir befreundet. Damit würde ich sie doch in eine unheimlich schwierige Lage bringen.«

Also war das Geheimnis ein Geheimnis geblieben, und für Catrin, die ihrer besten Freundin alles erzählte, gab es jetzt etwas in ihrem Leben, das sie nicht mit ihr teilen konnte. Allerdings sieht's ja allmählich so aus, als ob Catrin mehr Geheimnisse hatte, als uns beiden klar war.

Rachel schaudert, als sie aus dem Wind ins Haus tritt, wie ein Hund, der sich das Fell zurechtschüttelt, nachdem er nass geworden ist. Im Allgemeinen gilt sie als eine der attraktivsten Frauen der Inseln, aber ich habe das nie so sehen können. Schon bevor die Sorge um ihren Sohn alles Leben aus ihrem Gesicht vertrieben hat, war sie für meinen Geschmack immer zu nichtssagend, zu blond. Jetzt kann man durch das Blond hindurch dunkle Ansätze sehen, und die vielgerühmten blauen Augen sind blutunterlaufen.

»Catrin ist wieder verhaftet worden.« Für dieses Wetter ist sie nicht richtig angezogen; sie trägt Reithosen und ein dünnes, langärmliges Flanellhemd. Beides sieht aus, als wäre es zu eng, es spannt über ihrem Körper und wölbt sich an den falschen Stellen. Kniehohe Stiefel. Keine Jacke. »Die Polizei hat ein Tagebuch auf ihrem Computer gefunden. Die Leute sagen, was da drin steht, kommt einem Geständnis gleich, Callum. Dass sie zugegeben hat, Peter umgebracht zu haben.«

Herrgott noch mal, bedeutet Vertraulichkeit diesen Leuten denn überhaupt nichts?

Rachel sieht irgendetwas in meiner Miene und tritt ängstlich einen Schritt zurück. »Du hast das gewusst, nicht wahr? Woher?«

Ich will das jetzt nicht; ich kann mich im Moment nicht mit hysterischen trauernden Müttern herumschlagen. Ich bin selber zu nahe daran durchzudrehen.

»Catrin war hier, als die Polizei sie abgeholt hat. Vor ein paar Stunden. Rachel, du solltest bei deiner Familie sein. Komm, ich fahr dich nach Hause.«

Ich wende mich zur Tür, um sie aufzuziehen, Rachel nach draußen zu lotsen, und rieche Pferdegeruch. Sie muss hergeritten sein.

Sie tritt zurück und streckt wie abwehrend eine Hand aus. »Ich muss das selbst lesen«, sagt sie. »Sonst glaube ich es nicht. Nicht Catrin. Das würde sie doch nicht tun.«

Ich würde alles dafür geben, wieder diese Gewissheit zu haben, denke ich bei mir. Diesen Glauben an Catrin. Nur habe ich das Tagebuch gelesen. Und jetzt will diese Frau es auch lesen. Das kann ich nicht zulassen.

»Rachel, in den nächsten Tagen werden hier alle möglichen Gerüchte umgehen. Auf die solltest du nicht hören. Wenn es wirklich ein Tagebuch gibt, wird das beim Prozess zur Sprache kommen.«

»Das wird noch Monate dauern. Ich muss es jetzt wissen.«

Ich rühre mich nicht von der Tür weg. Ihr Gesicht wird kalkweiß, ihre Augen füllen sich mit Tränen. »Ich bin seine Mutter, Callum. Ich muss wissen, was mit ihm passiert ist. Ich halt's nicht aus, dass auf dem Revier alle Bescheid wissen und ich nicht.«

»Rachy.« Ohne nachzudenken, verwende ich Catrins Kosenamen für sie. »Ich weiß nicht, was ich da deiner Meinung nach machen kann …«

»Du kannst es finden.« Sie macht einen Schritt auf mich zu, streckt die Hand aus, als wolle sie mich berühren, wagt es nicht ganz. »Ihr Computer ist auf dem Revier. Bestimmt haben die ihre Dateien kopiert, und du kommst da ran. Es gibt doch nichts, was du mit Computern nicht hinkriegst.«

Ich setze zu einem Kopfschütteln an.

»Ich weiß mehr über dich, als du denkst. Ich wusste Bescheid über euch beide, schon von Anfang an. Sie konnte nie etwas vor mir verbergen.«

»Rachel, ich weiß nicht genau, was du meinst, aber …«

»Es war doch ganz eindeutig. Sie hat sich richtig verändert, äußerlich, wenn dein Name gefallen ist. Hat sich kerzengerade aufgesetzt, hat sofort mit dem aufgehört, was sie gerade getan hat, damit ihr nur ja kein Wort entgeht. Ich konnte fast sehen, wie sie die Ohren ausgeklappt hat.«

»Ich muss dich jetzt nach Hause fahren.« Ich sehe mich nach etwas um, das ich aufheben kann, nach irgendeinem Signal, dass ihre Zeit um ist. Diese Frau hat weder einen Mantel noch eine Tasche dabei, gar nichts. Ich kann nichts tun, höchstens die Tür aufmachen und sie hinausschieben.

»Sie hat dich öfter erwähnt, als sie über ihren Mann gesprochen hat. Jede Ausrede war ihr recht, in einer Unterhaltung deinen Namen fallen zu lassen. Ich habe ihre Augen gesehen, wenn sie dich angeschaut hat. Catrin konnte kein Geheimnis bewahren. Lügen konnte sie ganz sicher nicht. Ich hab's gewusst, wenn sie mit dir zusammen gewesen war, und ich hab's gewusst, wenn du dich ein paar Tage nicht gemeldet hattest.«

Nein, damit kann ich mich nicht befassen, nicht jetzt. Die Frau tut mir leid, aber auch mein Universum ist in den Grundfesten erschüttert worden. »Du bist völlig fertig; du musst jetzt bei deinen Söh– … bei Chris und Michael sein. Die fragen sich bestimmt schon, wo du bist.«

»Ich habe nichts gesagt.« Jetzt versucht sie anscheinend, mich zu besänftigen. »Ich hätte nie was gesagt. Ich habe darauf gewartet, dass sie's mir erzählt.«

Zu Catrin hat sie nichts gesagt, aber sie hat es Catrins

Mann erzählt? Ich muss das beenden, sie hier rausschaffen. »Rachel, da gab's nichts zu erzählen. Du liegst da völlig falsch.«

»Ich habe gewusst, dass sie Ben nie so geliebt hat wie dich. Ich weiß nicht genau, ob sie ihn überhaupt jemals geliebt hat, aber als du aufgetaucht bist, war für die beiden alles vorbei.«

Diese Frau ist sehr viel schlauer als Catrin. Oder vielleicht nur besser darin, andere zu manipulieren. Catrin würde niemals herumschwänzeln und schmeicheln, um zu kriegen, was sie will. Sie würde darum bitten, geradeheraus. Wenn sie es nicht bekommt, würde sie Argumente vorbringen, aber es wären saubere Argumente. Catrin hat Auseinandersetzungen so geführt wie ein Mann. Sie würde nicht im Traum daran denken, jemandes Schwächen so auszunutzen, wie Rachel es gerade tut. Und Rachel lügt. Kleine Lügen, aber nichtsdestotrotz Lügen. Wenn Catrin mir die Wahrheit gesagt hat – und ich habe bei ihr nie etwas anderes erlebt –, dann hat Rachel uns in flagranti erwischt.

»Ich rufe deine Eltern an.« Ich gehe an ihr vorbei und strebe auf das Telefon auf meinem Schreibtisch zu. Ein großer Fehler. Natürlich folgt sie mir, und natürlich ist Catrins Tagebuch auf meinem Computer noch geöffnet. Rachel braucht bloß die Maus zu bewegen, und die Datei erscheint. Ich drehe mich abrupt um und stelle mich zwischen den Schreibtisch und meinen Besuch.

»Rachel, du weißt ja nicht, was du da verlangst. Ganz egal, was Catrin vielleicht in diesem Tagebuch geschrieben hat oder nicht, das ist bestimmt nichts, was du lesen möchtest.«

Sie gibt nicht nach. Auf gar keinen Fall, wird mir klar, wird diese Frau nachgeben. »Natürlich nicht. Ich will nicht, dass Bob Stopford nachher zu mir nach Hause kommt, sich mit mir hinsetzt und sagt, es täte ihm sehr leid, aber sie hätten die Leiche meines Sohnes gefunden. Aber ich weiß, dass es so kommen wird, weil Catrins Tagebuch ihnen nämlich verraten wird, wo Peter ist. Ich will nicht die nächsten sechs Monate keine Zeitung anfassen, weil da sämtliche Details drinstehen werden, wie sie ihn umgebracht hat. Ich will Chris und Michael nicht sagen, dass ihr kleiner Bruder nie mehr nach Hause kommt. Ich will meinen Mann nicht nachher vom Flieger abholen und ihm sagen, dass ich zugelassen habe, dass sein Kleiner von einer Wahnsinnigen umgebracht worden ist, die früher mal meine beste Freundin war. Aber all das werde ich tun müssen, und wenn ich genau Bescheid wissen kann, wenn ich es in ihren eigenen Worten lesen kann, dann kommt es vielleicht allmählich durch, und ich kann anfangen, mich damit auseinanderzusetzen.«

Oh Scheiße, Oberscheiße, eine ganze beschissene Lastwagenladung Scheiße.

»Komm und setz dich hin.«

Sie lässt sich von mir ins Wohnzimmer lotsen. Queenie, die auf dem Teppich schläft, macht die Augen auf und scheint zu erschrecken. Langsam steht sie auf und wendet dabei den Blick nicht von Rachel. Ich schiebe Rachel in einen Sessel beim Kamin und schenke uns beiden einen Drink ein. Dann setze ich mich neben sie und sehe ihr fest in die Augen. Es gibt keine Möglichkeit, das hier irgendwie einfacher zu machen.

»Rachel, es tut mir aufrichtig leid, aber ich glaube, Peter ist tot.«

Sie gibt ein Geräusch von sich, halb Klagelaut und halb Aufschrei. Ihre Hand zuckt zum Mund empor, und sie scheint auf etwas direkt vor ihrem Gesicht zu beißen. Ich wünschte, ich hätte nie damit angefangen, aber ich weiß, ich muss es zu Ende bringen.

»Sie hat ihm bestimmt nicht wehgetan. Oder ihm Angst gemacht. Sie ist nicht grausam. Bestimmt ist es ganz schnell gegangen, aber es sieht aus, als wäre er tot. Es tut mir wirklich leid.«

Rachel schließt die Augen, fängt an, sich vor und zurück zu wiegen. Sie hat sich eingeredet, alles wäre besser, als nicht Bescheid zu wissen, und jetzt entdeckt sie, dass Nichtwissen eine ganze Menge für sich hat. Dann sieht sie mich an und schüttelt den Kopf. »So was würde sie nicht tun. Das weiß ich ganz einfach. Das würde sie nicht tun.«

Sie verliert den Bezug zum Hier und Jetzt. Ich atme tief durch und reibe mir die Augen, und dann halte ich sie in den Armen und kann ganz ehrlich nicht sagen, wer von uns beiden weint. Oder wer von uns beiden am heftigsten weint. Als wir uns Minuten später wieder fassen, stellen wir fest, dass Queenie in die Lücke zwischen uns gekrochen ist.

»Du hast das Tagebuch schon gelesen, nicht wahr?«, flüstert Rachel.

»Du solltest das nicht lesen«, erwidere ich. »Du kannst mir glauben, dabei kommt nichts Gutes raus.«

Sie löst sich von mir. »Trotzdem, ich muss. Ist es auf deinem Computer?«

Diesmal halte ich sie nicht zurück. Ich hebe Queenie hoch und folge ihr, und zu dritt setzen wir uns an meinen Schreibtisch.

Die ersten zwei Drittel sind schon schwer genug zu ertragen. Es sind die ganz privaten Gedanken einer Frau, die kaum in der Lage war zu funktionieren, so gewaltig war die Bürde ihrer Trauer. Jeder würde sich damit schwer tun. Für zwei Menschen, die sie geliebt haben, die man vertretbarerweise für ihr Unglück verantwortlich machen kann, ist es kaum auszuhalten. Rachel klammert sich an meine Hand, noch ehe sie das Ende der ersten Seite erreicht hat. Als sie mit der zweiten fertig ist, mache ich mich los, um die Küchenrolle zu holen. Die werde ich ebenfalls brauchen.

Als ich zurückkomme, scheint sie irgendwie weniger geworden zu sein. Äußerlich ist sie noch so ziemlich dieselbe, schaut starr geradeaus auf den Bildschirm, mit Augen, die möglicherweise vergessen haben, wie Blinzeln geht. Im Innern jedoch hat sich etwas ganz essenziell Menschliches leise davongeschlichen.

Ich setze mich, lege die Küchenrolle zwischen uns, und wir machen weiter.

Als ich zum zweiten Mal von den Geistern der kleinen Jungen lese, die Catrin in ihrem Haus sieht, von den Stimmen, die sie auf See nach ihr rufen hört, denke ich bei mir, dass jeder halbwegs kompetente Anwalt auf Schuldunfähigkeit plädieren könnte. Ich lese ihre Schilderung, wie ihr Mann vor ihren Augen verblasste, wie seine Farben immer stumpfer, seine Stimme immer leiser wurde, während er schlicht und einfach aus ihrem Leben davontrieb. Wieder lese ich über ihren Entschluss, auf den Inseln zu bleiben, anstatt sich woanders ein neues Leben aufzubauen. Hier auf den Falklands, sagt sie sich, wird niemand sie je fragen, ob sie Kinder hat. Niemand wird jemals von ihr erwarten, normal zu sein.

Ich werde nirgends erwähnt. Mein Ego ist ausgeprägt genug, dass mir das auffällt. Es ist, als hätte ich für Catrin an dem Tag aufgehört zu existieren, als es mir nicht gelungen ist, ihre Kinder zu retten.

Der Teil, den Rachel sehen muss – die Worte, die, wenn sie vor irgendeinem Gericht vorgelesen werden, ihre ehemalige Freundin schuldig sprechen werden –, ist ziemlich am Ende. Am 19. Oktober dieses Jahres hat Catrin Folgendes geschrieben:

Die Leute würden sagen, ich soll Rachel verzeihen. Dass das, was passiert ist, ein Unfall war, dass niemand schuld daran ist, dass sie doch auch leidet. Sie würden sagen, dass meine Wunden nur durch Vergeben zu heilen beginnen können. Als ob eine Heilung auch nur annähernd möglich wäre. Oder wünschenswert wäre. Ich kann den Gedanken an ein Leben ohne meine Söhne nicht ertragen. In diesem Halbleben, das mir geblieben ist, in dieser Schattenexistenz sind sie immer noch bei mir. Ich kann sie nicht loslassen.

Rachel fährt zusammen, als sie ihren Namen auf dem Bildschirm sieht. Dabei ist das noch gar nichts.

Die Wahrheit ist, ich hasse gar nicht Rachel, die Frau, die ich einmal gekannt habe. Für mich ist sie nämlich nicht mehr diese Frau. In meinen Augen ist sie jetzt kein Mensch mehr, genauso wenig wie ich. Sie ist zu einem Ereignis geworden. Zu einer lebenden Katastrophe. Zu einer Leere, die auch den letzten Lichtstrahl um mich herum absaugt. Sie ist der Grund dafür, dass die Welt völlig aus dem Gleichgewicht geraten ist. Solange sie da ist, hängt das Universum schief, und diejenigen von uns, die sich auf der Unterseite befinden, laufen Gefahr, geradewegs in die Hölle hinunterzustürzen.

Inzwischen sehe ich die Frau neben mir nicht mehr an. Ich kann nicht.

Der Teil, der ohne Zweifel als Catrins Geständnis bekannt werden wird, beginnt am Dienstag, dem 1. November, am Tag nach Archie Wests Entführung.

Ein Kind ist verschwunden. Mich interessiert es nicht, wer der Kleine ist oder wie es passiert ist. Es ist mir egal, ob er heute Nacht oder in sechs Monaten gefunden wird, wenn die Vögel sein Gerippe sauber gepickt haben. Lebende Kinder interessieren mich nicht, aber ich bekomme das Bild von seiner Mutter einfach nicht mehr aus dem Kopf. Sie hat sich vor meinen Augen aufgelöst. Sich nach innen gefaltet. Ihr Schock und ihre Hilflosigkeit waren einfach zu groß, als dass sie damit klarkommen konnte. Ich fand, sie sah aus wie ich. Den ganzen Nachhauseweg über habe ich mein eigenes Gesicht anstatt ihrem vor mir gesehen.

Und dann, gerade als ich den Wagen abgestellt habe, habe ich sie als Rachel vor mir gesehen.

»Genug?«, frage ich, nur allzu bereit, es damit gut sein zu lassen.
Rachel schüttelt den Kopf.

Was wäre wohl schlimmer, frage ich mich – zu wissen, dass dein Kind tot ist, dass es schnell und schmerzlos ums Leben gekommen ist, oder nicht zu wissen, wo es ist, wer es geholt hat oder wie sehr es vielleicht leidet? Wie viele Stunden des Nichtwissens kann eine Frau ertragen, wie viele Stunden kann sie sich das Allerschlimmste ausmalen, das überhaupt möglich ist, bevor sie den Bezug zur Realität verliert?
Bevor sie so leidet wie ich?

Rachel lässt den Kopf in die Hände sinken und fängt von Neuem an zu weinen. Ich lasse ihr Zeit; ich bin klug genug, nicht noch einmal vorzuschlagen, dass wir aufhören sollen.

»Drei Jahre mit all dem in ihr drin«, sagt sie schließlich. »Wird's noch schlimmer?«

»Ich fürchte ja.«

»Okay, scroll weiter.«

»Rach–«

»Weiter.«

Es war, als hätte jemand das Licht angemacht, als wäre alles, was im Schatten gelegen hat, plötzlich ganz deutlich zu erkennen. Warum konnte es nicht Rachel sein, die da am Kai stand und aus den Fugen gegangen ist? Rachel, die leidet, so wie diese arme Tussi. Warum nicht Rachel, die innerlich langsam stirbt, genau jetzt, anstatt sich auf das Bett ihres Sohnes zu kuscheln und seinen warmen kleinen Körper wieder in den Schlaf zu wiegen? Warum starrt sie nicht auf dieses Bett, kalt und leer, und fragt sich, wo in Gottes Namen er ist?

Als wir uns dem Ende nähern, ist da dieses Bild, das ich nicht aus dem Kopf kriege. Catrin, die bleich wie ein Stein neben dem Kadaver eines großen Grindwals steht, das Gesicht mit seinem Blut bespritzt, während aus der Mündung der Pistole in ihrer Hand noch der Rauch aufsteigt. Genauso sehe ich sie über der Leiche eines toten Kindes stehen, und ich weiß, dass es dank des Artikels im *Daily Mirror* bald der ganzen Welt genauso gehen wird.

Der letzte Eintrag ist vom Donnerstag, dem 3. November, dem Tag nach der Walstrandung. Catrin muss das nur wenige Stunden, nachdem sie den kleinen Archie West seinen Eltern übergeben hat, geschrieben haben. Nach dem Wiedersehen, bei dem allen Umstehenden die Tränen kamen. Catrin war ungerührt geblieben.

Ich habe überlegt, ob ich wohl den Mumm habe zu töten. Ob ich einem lebenden Wesen in die Augen sehen und jenen einen, unwiderruflichen Akt durchführen kann, der ein Leben beendet. Die Frage ist dann wohl beantwortet. Zu töten fällt mir nicht schwer. Eigentlich bin ich sogar ziemlich gut darin.
Heute ist der Todestag der Jungen. Es ist auf den Tag genau drei Jahre her, dass Rachels Leichtfertigkeit ihr und mein Leben beendet hat. Drei Jahre, seit ich angefangen habe, Pläne zu schmieden, wie ich das Gleichgewicht wiederherstellen kann. Die meiste Zeit habe ich darüber nachgedacht, wie und wann ich Rachel umbringen könnte. Jetzt frage ich mich, ob das vielleicht nicht reicht. Ob ich vielleicht noch einen Schritt weiter gehe.

Es ist nichts mehr von mir übrig. Ich habe gerade hundertsechsundsiebzig Leben ausgelöscht. Was ist da schon eins mehr?

25

Ohne eine klare Vorstellung, wo ich eigentlich hinwill, fahre ich wieder in die Stadt, nachdem Rachel davongeritten ist. Catrin braucht einen Anwalt. Ich kann in der Kanzlei in Stanley vorbeischauen und mit einem der Partner besprechen, dass er ihren Fall übernimmt, zumindest im Anfangsstadium. Später wird man einen Strafrechtler finden und ihn aus Großbritannien einfliegen müssen. Das wird wahnsinnig teuer werden. Zum Glück sind weder Catrin noch ich besonders knapp bei Kasse.

Die Apricot-Lady, jetzt in grellem Scharlachrot, macht vor dem Revier gerade etwas, das man wohl als Vor-Ort-Reportage vor laufender Kamera bezeichnet, also fahre ich vorbei und biege auf den Privatparkplatz hinter dem Gebäude ein. Dann gehe ich durch die Hintertür hinein und finde mich in einem der Büros wieder.

Neil, der Sergeant vom Empfang, der gerade nicht am Empfang ist, bemerkt mich und verstellt mir den Weg. »Raus. Benutzen Sie gefälligst den Vordereingang wie alle anderen.«

»Da kommt man wegen der Filmcrew aber nicht durch«, lüge ich. »Sie sollten lieber sehen, dass Sie die wegschaffen, sonst gibt's noch Beschwerden.«

Vor sich hin grummelnd verlässt er den Raum.

»Ich will mit Catrin sprechen«, sage ich zu Skye, dem einzigen anderen Menschen in diesem Zimmer.

Sie schüttelt den Kopf. »Sie wird gerade vernommen.«

»Hat sie einen Anwalt dabei?«

»Sie wollte keinen.« Skye beugt sich über den Schreibtisch und schließt die Computerdatei, die sie und Neil gerade studiert haben. Aber nicht, bevor ich einen kurzen Blick darauf werfen kann.

»Ist eine volljährige, angemessen qualifizierte Person dabei?«

Skye blinzelt mich an.

»Catrin ist emotional sehr labil, wahrscheinlich sind ihre mentalen Fähigkeiten beeinträchtigt. Laut britischem Recht sollte sie nicht vernommen werden, ohne dass eine entsprechend ausgebildete, volljährige Betreuungsperson anwesend ist.«

Das ist zu ungefähr achtzig Prozent Bockmist und zu zehn Prozent geraten. Ich bin schlicht und einfach gewillt, darauf zu wetten, dass Skye und ihre Kollegen hinsichtlich der gesetzlichen Voraussetzungen dafür, instabile Zeugen zu vernehmen, nicht ganz auf dem neuesten Stand sind. Trotzdem ist sie nicht so leicht kleinzukriegen. »Das ist bestimmt in Betracht gezogen worden«, erwidert sie.

»Und wer ist dann bei ihr? Wer ist ihre volljährige Betreuungsperson, und was für eine Ausbildung hat der- oder diejenige? Skye, die ganze verdammte Welt wird diese Geschichte verfolgen. Ihr könnt euch nicht erlauben, Fehler zu machen, schon deshalb nicht, weil ich nämlich den besten Anwalt von ganz England als ihren Verteidiger anheuern werde.«

»Tja, schön für Sie.« Skye sieht aus wie ein eingeschnappter Teenager.

»Sie verstehen nicht, worum es geht. Wie sieht das denn für Sie und die anderen hier aus, wenn sie wegen irgendeiner Formalität davonkommt, weil ihr euch nicht an die Vorschriften gehalten habt? Sie werden sich nach South Georgia versetzen lassen müssen, in die verdammte Pampa, um den Leuten hier zu entkommen.«

Sie ist nicht leicht einzuschüchtern, aber schließlich kriege ich sie doch. Sie sagt, ich soll warten und mich nicht von der Stelle rühren, dann verlässt sie das Büro, und ihre Schritte verklingen auf dem Flur. Ich trete zu dem Computer. Sie hat das Fenster auf dem Bildschirm geschlossen, aber ich rufe die Chronik auf, und die Datei, die sie studiert hat, steht ganz oben auf der Liste. Es geht um den Fußabdruck, der vor dem Haus der Grimwoods gefunden worden ist.

Mit einem Gefühl der Erleichterung – wenn diese Ermittlungen noch nicht ad acta gelegt worden sind, besteht vielleicht noch Hoffnung für Catrin – öffne ich die Datei und sehe ein Bild vor mir.

Oh Gott, nein.

Einen Moment lang frage ich mich tatsächlich, ob ich gleich umkippen werde. Ich reibe mir die Augen, schließe sie kurz und versuche es dann noch einmal. Das Bild hat sich nicht verändert. Es ist noch immer dieser Abdruck, den ich sofort wiedererkenne.

Ich habe keine Erinnerung daran, an dem Nachmittag, als ich Catrin den Hügel hinauf nachgefahren bin und vor dem Haus der Grimwoods gewendet habe, aus dem Auto gestiegen zu sein. An dem Nachmittag, als Peter Grimwood verschwunden ist. Und doch muss ich es getan haben.

Meine üblichen Wanderstiefel – die, die den Abdruck hinterlassen haben, den ich jetzt betrachte, und da ist kein Irrtum möglich, ich würde das Profil eines Ex-Militärstiefels überall wiedererkennen – befanden sich nicht an meinen Füßen, als ich in jener Nacht, in der ich einen Blackout hatte, klatschnass auf freiem Feld aufgewacht bin. Offenbar habe ich sie vorher irgendwann ausgezogen. Um vor dem Haus der Grimwoods einen Fußabdruck zu hinterlassen, hätte ich an jenem Nachmittag aus dem Wagen steigen müssen. Als ich ungefähr zwölf Stunden später wieder dort war und Rob nach Hause gefahren habe, hatte ich andere Schuhe an.

Ich höre ein Geräusch auf dem Flur, schließe die Datei und mache ein paar Schritte von dem Schreibtisch weg.

Wenn ich mich nicht mehr daran erinnern kann, dass ich ausgestiegen bin, was habe ich dann sonst noch alles vergessen?

Also spule ich im Kopf ein Videotape zurück, lasse ich die Erinnerungen an den Flashback noch einmal ablaufen. Krach, Schüsse, Schreie. Völliges Chaos. Junge Augen voller Todesangst, die in meine starren. Der argentinische Junge, den ich getötet habe.

Nur sind sie nicht mehr braun, diese Augen, die in meine starren. Sie sind leuchtend blau und schreckensweit, ein Schrei bricht aus kleinen roten Lippen hervor. Ich gehe zur Außenmauer und lehne die Stirn gegen ihre kühle Glätte. Dann schlage ich mit der Faust dagegen, erst sachte, dann immer fester, als würde ich versuchen, eine Erinnerung loszuschütteln.

Blaue Augen. Helles Haar. Ein zu Tode erschrockenes Kind.

Ich habe Peter an jenem Tag gesehen. Als ich Catrin den Hügel hinauf zum Haus der Grimwoods gefolgt bin, habe ich Peter gesehen. Ich verspüre das dringende Bedürfnis, mich hinzusetzen, und weiß, dass mir nicht mehr viel Zeit bleibt.

Wenn ich Peter gesehen habe, war er nicht in Catrins Auto. Er war nicht in ihrem Wagen, und er war nicht auf ihrem Boot. Sie hat ihn nicht umgebracht.

Ein Unfall mit Fahrerflucht. Ein zweites Auto kommt hinter Catrins Wagen zu schnell die Straße entlang. Der Fahrer ist mit den Gedanken woanders, konzentriert sich nicht darauf, wohin er fährt. Ein kleines Kind, das zum zweiten Mal aus dem Garten entwischt, weil Kinder etwas, das ihnen Spaß macht, eben immer wieder tun. Ein Kind auf der Straße. Das Tageslicht verschwunden, von einem abgedrehten Naturereignis aufgezehrt. Ein Fahrer, der nicht mehr rechtzeitig anhalten kann.

Ein Fahrer, der nicht bei klarem Verstand ist. Der in Panik gerät, als er sieht, dass das Kind tot ist. Er hebt den winzigen Leichnam auf und versteckt ihn in seinem Auto, wickelt ihn vielleicht in irgendetwas ein, bevor ihn noch jemand sieht.

Fährt davon. Sagt es niemandem. Löscht es aus seinem Kopf, so wie er es mit so vielen anderen Erinnerungen getan hat, die zu grauenhaft sind, um an ihnen festzuhalten.

Ich stehe am Fenster. Ich kann meinen Land Cruiser dort draußen stehen sehen. Hinter den Rücksitzen ist eine große, abschließbare Kiste, in der der Vorbesitzer immer seine Schusswaffen verstaut hat, wenn er unterwegs war. Ich versuche, mich zu erinnern, ob ich seit dem Nachmittag, als Peter verschwunden ist, da hineingeschaut habe. Da kommt jemand. Ich schlüpfe wieder zur Hintertür hinaus.

Auf dem hinteren Kotflügel des Wagens sitzt eine Schmeißfliege. Gar nicht so ungewöhnlich. Es ist Sommer, die Fliegen setzen sich oft auf sonnenwarme Autos. Ist es nur das? Oder …

Ich bin fünf Meter von dem Wagen entfernt. Ich schaue mich um. Das Büro, das ich gerade verlassen habe, ist immer noch leer. Vier Meter, drei. Ich wühle in meiner Tasche und finde den Wagenschlüssel, ehe mir einfällt, dass mein Wagen gar nicht abgeschlossen ist. Ich schließe ihn nie ab. Und die Kiste auch nicht. Da bewahre ich keine Waffen mehr drin auf. Alles, was in der Kiste ist, kann jeder sehen, hat während der letzten achtundvierzig Stunden jeder sehen können.

Zwei Meter, einer, ich bin da. Wenn Catrin Peter Grimwood nicht umgebracht hat, dann …

Ich betätige den Türgriff und öffne die Hecktür des Wagens.

Teil III

Rachel

Ich würde mir den Arm abhacken, mir das Gesicht in Fetzen reißen, wenn das eine hinreichende Buße für das wäre, was ich getan habe. Manchmal denke ich, es gibt nichts, was ich nicht tun würde, kein Opfer, das zu groß wäre, damit Catrin mir verzeiht.

Tag 1

Montag, 31. Oktober

26

Es ist Ebbe, das Meer hat sich so weit zurückgezogen, wie es heute zu erwarten ist. Nur ein Schimmern auf dem Sand deutet darauf hin, dass es überhaupt jemals hier war, und eine Bewegung am Horizont zeigt, dass es zurückkehren könnte. Der Strand, den es zurückgelassen hat, ist breit und sanft geschwungen, umgeben von niedrigen Klippen. Eine Halskette aus Treibholz liegt nur wenige Zentimeter außer Reichweite der zurückkehrenden Wellen und ziert den Sand, der glatt und weiß ist wie die Haut eines jungen Mädchens. Nicht weit von mir stakst ein Trio aus Austernfischern runengleiche Fußabdrücke zu einem Muster, das sowohl völlig beliebig sein als auch das Geheimnis des Universums in sich bergen könnte. Irgendetwas weckt ihre Aufmerksamkeit, und ihre korallenroten Schnäbel zucken gleichzeitig herum. Sie schauen in exakt dieselbe Richtung, als seien sie drei Manifestationen einer einzigen Seele.

Ich sitze auf einem vom Vogelmist verfärbten Felsen ungefähr zwanzig Meter oberhalb des Strandes, wie so oft, wenn das Wetter einigermaßen schön ist – manchmal auch, wenn es nicht schön ist –, und betrachte eine Aussicht, die sich niemals verändert und doch nie ganz dieselbe bleibt. Manchmal schaue ich den Surfern zu. Wenn hohe Brandung ist, tauchen sie auf wie Tiefseekreaturen, schwarz und glänzend; nur ihre Gesichter sind der Kälte preisgegeben. Bäuchlings auf ihren Brettern, paddeln sie wie wild, verharren in der Gischt, warten auf den richtigen Moment. Und dann heben sie ab, schießen in die Luft empor, verschwinden vollständig zwischen schäumenden türkisblauen Wellen, nur um dann da wieder hochzukommen, wo man es am wenigsten erwartet hätte.

Heute sind keine Surfer da, nur eine einsame Falkland-Dampfschiffente, die eine Heckwelle wie das Kielwasser eines Rennbootes hinter sich herzieht. Ich mache halblaut Rennbootgeräusche wie ein Kleinkind mit einem Spielzeugauto. Die Austernfischer beäugen mich argwöhnisch, als wäre ich zwar ein Mensch von schlichtem Gemüt, aber einer, der sich vielleicht plötzlich umdrehen und beißen könnte.

Um mich herum sind stumpfgraue Grasbüschel, die sich auch die Klippe hinaufziehen. An windigen Tagen biegen sich die Halme und klatschen wie tausend winzige Peitschen gegen die Klippe. Heute weht kein Wind, und das Gras ist so still wie die Steine. Ich bin auch ganz still. Ich sitze da und starre den endlosen Ozean an, bis mir alles vor den Augen verschwimmt und es sich anfühlt, als befände ich mich am äußersten Rand der Welt.

Ein Vogelschwarm fliegt auf. Es sind Kormorane, glaube ich, die schlanken, pfeilspitzengleichen Leiber wie Glassplitter, als sie vom Strand emporschießen. Direkt vor mir ist die Zuflucht, auf die die Kormorane zustreben, der riesige Bug des Schiffswracks, der *Sanningham.* Regungslos und meerwassertriefend liegt sie da und zerfällt allmählich vor Alter. Die *Sanningham* war ein Versorgungsschiff; sie ist in den frühen Jahren des 20. Jahrhunderts vom Stapel gelaufen und war eines der ersten eisernen Dampfschiffe, die die lange, gefährliche Reise nach Südamerika unternommen haben. Vor ein paar Jahrzehnten ist sie leckgeschlagen, als sie sich um Kap Hoorn gekämpft hat, und nie mehr nach Hause zurückgekehrt. Bei Flut kann man nur die Deckaufbauten über den donnernden Wogen sehen, doch wenn das Wasser zurückweicht, kommt der Rumpf zum Vorschein. Im richtigen Licht sehen die Rostflecken daran aus wie getrocknetes Blut. Ich sitze hier und sehe zu, wie es mit jedem Gezeitenwechsel ein wenig mehr verrottet.

Vor Jahren, als die Jungen noch viel kleiner waren, als mein Leben noch ganz anders war, sind Catrin und ich und die Kinder mal bei Ebbe zu dem Wrack rausgefahren und an Bord geklettert. Es war noch genug übrig, um einen flüchtigen Blick auf das Leben werfen zu können, das die Seeleute damals, in den alten Zeiten, geführt haben müssen: die schmalen Decks, tückisch bei schlechtem Wetter, die engen Hängematten, die bestimmt oft nass waren, die niedrigen Kajüten, die auch Jahrzehnte, nachdem das Schiff das letzte Mal in Betrieb war, noch nach Schwefel zu stinken schienen.

Catrin versuchte, die Jungen etwas über die Meerestiere zu lehren, die das Wrack besiedelt hatten, doch ich war ihr weit voraus. Ich war ein paar Stunden zuvor heimlich schon mal rausgefahren und hatte fünfzig wasserdicht verpackte Schokoladentaler in Goldfolie auf dem Schiff versteckt. Es wurde die tollste Schatzsuche aller Zeiten.

Die Jungs waren natürlich hin und weg, sie liegen mir seitdem ständig in den Ohren, dass sie wieder dorthin wollen, aber ich kann sie da nicht allein hinauslassen. Bei Flut ist es zu gefährlich, und es ist immer ziemlich schwierig, an Bord zu gelangen. Sander war ein- oder zweimal mit ihnen da; ich bringe es einfach nicht über mich.

Stattdessen schaue ich. Ich sitze da und starre dieses zerschundene, rostfleckige Relikt schönerer Zeiten an und denke: Das Ding ist in besserer Verfassung als ich.

Am anderen Ende des Strandes rührt sich etwas. Ich brauche gar nicht hinzuschauen, um zu wissen, dass es Ralph Larken ist. Bei Ralph muss ich immer an Coleridge denken.

Einen alten Seemann gibt's,
der hält von Dreien einen an.

Nur hält Ralph mich niemals an. Ich glaube, wir beide haben nie auch nur ein Wort gewechselt.

Jetzt, wo er im Ruhestand ist, wandert er zweimal am Tag bei Ebbe am Strand entlang und hält Ausschau nach Treibholz, das er zum Feuermachen verwenden kann, nach vom Meer angespülten Krabben und sogar nach Aas: Vögel, Pinguine oder Fische, die intakt angeschwemmt worden sind. Dem Gerücht nach kochen er und die beiden Frauen, mit denen er zusammenwohnt, das, was er findet, und essen es. Das ist etwas, worüber ich nie allzu genau nachdenken wollte.

Ralph steht auf der »schwarzen Liste«. Eine Liste bekannter Alkoholiker, denen die Pubs, Restaurants und Schnapsläden eigentlich keinen Alkohol verkaufen sollen. Das System funktioniert, wenngleich etwas erratisch. Ein entschlossener Trinker findet für gewöhnlich eine Möglichkeit. Etwas an Ralphs Bewegungen deutet heute darauf hin, dass er während der letzten zwölf Stunden eine Möglichkeit gefunden haben könnte. Er bewegt sich wie eine Kindermarionette; jeder Schritt, jeder Armschwung ist gekünstelt und unbeholfen.

Jetzt scharrt er kurz im Sand, dann richtet er sich wieder auf und scheint mich zu bemerken. Wir starren einander an, und ich sage die Worte ganz leise vor mich hin:

Was will dein glühend Aug' von mir,
Graubärt'ger alter Mann?

»Rachel.«

Die Stimme meiner Mutter, hinter mir auf der Klippe. Ich habe erst später mit ihr gerechnet. Sie geht mit den Jungen Süßigkeiten sammeln. Sie hat sogar Halloween-Kostüme für sie gemacht, einschließlich eines ausgepolsterten Kürbis-Kostüms für den Kleinen. Die drei werden die am besten angezogenen kleinen Monster in der ganzen Stadt sein, und jeder, der sie sieht, wird denken: *Na, wenigstens haben sie ihre Grandma.*

Die Vögel nutzen die Ebbe nach Kräften; sie stelzen umher und suchen nach gestrandeten Muscheln oder waghalsigen Würmern. Es müssen hundert oder mehr sein, die da auf dem Sand umherwuseln, und einen Augenblick lang muss ich an Maden auf einem Leichnam denken. Hin und wieder scheucht irgendetwas sie auf. Ich kann es nicht sein, ich habe mich seit fast einer Stunde nicht gerührt, und Roadkill Ralph ist noch zu weit weg. Aber gelegentlich fliegen sie auf, flattern in einem plötzlichen Sturm aus Getöse, Federn und Scheiße empor. Sie scheißen alle paar Sekunden, diese Vögel, als wäre das Innere ihrer Körper vollkommen flüssig. So was fällt einem auf, wenn man lange genug zusieht.

»Rachel!« Zweimal kann ich sie nicht ignorieren. Einmal, da kann ich noch behaupten, das Rauschen der Wellen und die Vögel hätten ihre Stimme übertönt. Zweimal wäre riskant, und ich darf mich nicht mit meiner Mum verkrachen. Ich stehe auf, drehe mich um und sehe, dass sie den Klippenpfad weiter heruntergekommen ist, als es nötig war. Sie wird sauer sein. Der Rückweg ist anstrengend, und wenn ich mich früher umgedreht hätte, hätte ich ihr einen großen Teil davon erspart. Sie atmet schwer, obwohl der Pfad bergab gar nicht schwierig ist. Nicht mal steil genug, dass einem die Knie wehtun. Es geht ums Prinzip. Mal wieder.

»Wir haben seit über einer Stunde versucht, dich anzurufen.« Sie stößt einen tiefen Seufzer aus. Es ist jener Verzweiflungsseufzer, der Seufzer meiner Teenagerjahre. Der, den ich in letzter Zeit andauernd zu hören bekomme. »Wo ist Peter?«

Sie tritt näher an mich heran als nötig, versucht, eine Alkoholfahne zu riechen. Daraus wird nichts. Heute war einer von den besseren Tagen.

Es gab mal eine Zeit, da war ich entsetzt, wenn ich meine Mum angesehen habe. Ich habe ihren plumpen Körper betrachtet, in Sachen gequetscht, die immer eine Nummer zu eng waren, das ausgeblichene Blond ihres schütter werdenden Haares, das Schwabbeln ums Kinn, und ich dachte: In zwanzig Jahren bin ich das. Jetzt denke ich, dass zwanzig Jahre vielleicht ein bisschen zu optimistisch geschätzt waren, aber es fällt mir ziemlich schwer, das wichtig zu finden.

»Peter schläft«, sage ich und bedenke sie mit einem Lächeln, obwohl mir dabei mehr und mehr das Gesicht wehtut.

Sie schaut auf die Uhr, sieht, dass es fast vier ist. »Und wenn er nun aufwacht, und du bist hier unten?«

»Er wacht nicht auf. Er schläft wie ein Murmeltier.«

»Dann gehe ich ihn wohl mal lieber holen.« Sie macht sich auf den Weg, und ich fühle von Neuem diese unsichtbaren Fäden, die mich vom Haus wegziehen, die es mir so schwer machen, dorthin zurückzukehren. Widerstrebend folge ich ihr und überlege, wie ich sie höflich fragen kann, warum sie hier ist. »Was verschafft mir das Vergnügen?« ist das Beste, was mir einfällt. Ich lächle abermals oder versuche es zumindest, um den Worten die Schärfe zu nehmen.

»Dein Vater hat mich geschickt. Ein Kind wird vermisst.« Sie senkt die Stimme, wie um sich vor heimlichen Lauschern zu schützen. »Schon wieder eins.«

Jäh taucht in meinem Kopf ein Bild von den Austernfischern auf, wie sie sich in gespieltem Entsetzen ansehen. *Ein Kind wird vermisst? Schon wieder eins? Was sind denn das für Leute?*

»Welches Kind? Wieso?« Ich schaue kurz zurück. Das zweite Kind, das verschwunden ist, zumindest in jüngerer Vergangenheit, war zum letzten Mal auf dem Strand direkt unter uns gesehen worden.

»Eins von den Touristenkindern. In der Stadt herrscht Riesenpanik. Die Leute gehen den Kleinen suchen.« Meine Mutter ist nicht besonders fit. Sie geht voran, und wir kommen nur langsam vorwärts. »Der Junge und seine Familie waren drüben bei Estancia fischen. Die Kinder haben sich gelangweilt und angefangen, Verstecken zu spielen. Den Jüngsten haben sie immer noch nicht gefunden.«

»Ich nehme doch an, sie haben die Polizei verständigt.«

»Die suchen schon seit ein paar Stunden.« Sie bleibt stehen; ihr Pullover ist am Ginster hängen geblieben. Ich strecke die Hand aus, um ihn loszumachen, und sie späht über meine Schulter. »Ralph interessiert sich ja sehr für euer Bootshaus.«

Ich folge ihrem Blick und sehe, dass Ralph genau unter uns am Strand ist und auf das alte Bootshaus zugetappt ist, das am Fuß der Klippe steht.

»Alles, was er da findet, kann er gern behalten.« Ich zerre ein letztes Mal an ihrem Pullover. »So.«

Wir gehen weiter. Mum ist schon ganz außer Atem. Irgendwann wird sie mich hierfür bezahlen lassen. Oben angekommen, drückt sie das Tor auf, das den Garten von den Klippen trennt. »Bist du ganz sicher, dass dieser Riegel ausreicht?«, fragt sie mich nicht zum ersten Mal. »Wir wollen doch nicht, dass Peter den aufbekommt.«

»Und wie sieht jetzt der Plan aus? Wegen der Suchaktion, meine ich.«

»Ich glaube, er ist gerade in euer Bootshaus gegangen.« Wieder späht sie zum Strand hinunter.

»Die Tür ist seit Jahren nicht mehr aufgemacht worden«, erwidere ich. »Und er ist doch nicht mal in der Nähe. Schau, man kann ihn gerade noch erkennen, da vor der *Sanningham*.«

Sie sieht, dass ich recht habe, und schnaubt abfällig. Das schmutzige Graubraun von Ralphs Klamotten macht ihn vor dem Bug des alten Schiffes fast unsichtbar. Er kommt dem Wrack immer näher, den Blick fest auf den Sand geheftet. Bestimmt sucht er immer noch nach Krabben.

Genau in diesem Moment trifft eine unverhoffte Welle das Schiff. Gischt fliegt hoch empor und scheint fast in der Luft zu hängen. Für Sekunden, vielleicht auch länger, habe ich ganz ehrlich das Gefühl, dass die Zeit kurz stehen geblieben ist. Bitte, lieber Gott, nein. Meine Tage ziehen sich auch so schon lange genug hin.

»Wo treffen sich die Leute für die Suchaktion?«

»In der Nähe der Farm. Da, wo die Familie ihr Auto abgestellt hatte. Sie wollen, dass du mit Bee da hinkommst. Ich nehme Peter und hole die Jungs ab.«

Bee, oder wie er mit vollem Namen heißt, Beelzebub, ist mein Pferd. Ein achtjähriger Wallach mit chilenischer Abstammung und einem Stockmaß von eins dreiundsiebzig. Er ist schön wie der Sonnenaufgang und hat das Naturell des Satans, nach dem er benannt worden ist. Ich hätte ihn schon vor Jahren verkauft, aber außer mir hat ihn nie jemand reiten können.

Früher, bevor motorisierte Transportmittel so ausgefeilt waren wie heute, lange bevor halbwegs vernünftige Straßen gebaut worden waren, sind die Leute zu Pferd unterwegs gewesen. Mein Großvater väterlicherseits, ein Engländer, war der Arzt hier auf den Inseln. Er hat sehr schnell reiten gelernt, hat alle seine Patientenbesuche hoch zu Ross absolviert, und seitdem haben die Duncans immer Pferde besessen. Selbst heute noch sind riesige Landstriche mit dem Auto noch immer praktisch unerreichbar.

Wenn eine Suche wichtig genug ist, wird sie zu Pferde durchgeführt.

Schon auf halbem Weg über den Rasen hören wir Peter. Er brüllt nicht, er quengelt nur, aber Mum schießt einen bösen Blick auf mich ab. Sie wartet, bis ich meine Schritte beschleunige, ehe sie sich an mir vorbeidrängt. »Ich mach das schon«, verkündet sie.

Ist mir auch recht. Ich gehe ums Haus herum, um den Pferdeanhänger anzukoppeln. Sobald ich auf der Bildfläche erscheine, fängt mein Pferd an, mit dem Vorderhuf gegen seine Boxentür zu donnern. Ich hole Sattel und Trense und vergewissere mich, dass das Heu im Heunetz auch frisch ist. Jetzt schubbert er sich den Hals am Rand der Box. Pferde können sich so schlimm verletzen, aber Bee macht das nur, wenn ich dabei bin. Er ist eine verdammte Drama-Queen auf vier Beinen.

Hinter ihm erscheint eine hellgraue Schnute. Strawberry, die Ponystute der Kinder, kann kaum über die Tür ihrer Box schauen. Ich streichle ihre Nüstern und stecke ihr ein Pfefferminzbonbon zu, was mir ein beleidigtes Wiehern des Pferdes nebenan einträgt.

»Na komm, du miesepetriger alter Sack. Wir haben zu tun.« Ich klappe den Riegel an seiner Tür hoch. Er stößt sie persönlich mit einem Tritt auf und marschiert auf den Hof hinaus; sein Fell glänzt im Sonnenschein. Offiziell würde man Bee als Rappen bezeichnen, aber eigentlich wird ihm das gar nicht gerecht. Ich habe über ein Dutzend verschiedene Schattierungen in seinem Fell gezählt, von tiefstem Schwarz bis zu sattem Rotbraun.

»Sind hier irgendwelche Gören?« Verächtlich sieht er sich nach den Kindern um, die ihm verhasst sind. »Ich hab da so ein kleines Hüngerchen.«

»Grandma ist hier.« Jetzt senke ich die Stimme. Ein paar Fenster sind offen, und man weiß ja nie, wo sie vielleicht gerade lauert. »An dem Arsch ist ordentlich was dran.«

»Wo geht's denn jetzt schon wieder hin, verdammte Scheiße?« Ich führe ihn zum Hänger, und er ist nicht gerade begeistert. »Wir waren doch schon draußen.«

»Nach Estancia. Da findest du es doch schön.«

»Einen Scheiß finde ich. Der Tonmodder da klebt einem immer wochenlang an den Hufen.«

Diese Gespräche mit meinem Pferd sind natürlich imaginär, ich bin ja nicht völlig plemplem. Aber in letzter Zeit stelle ich so oft fest, dass ich ganz versessen auf Streit bin, den ich in der wirklichen Welt nicht führen kann. Von beiden Seiten aus zu boxen, einen Scheinkampf mit mir selbst zu inszenieren, das reicht manchmal, um mich zur Ruhe zu bringen. Manchmal.

»Rein da.« Ich klatsche ihm die flache Hand aufs Hinterteil. Er weitet den Anus und lässt drei vollendet runde, wohlriechende Kugeln aus Pferdescheiße fallen. Eine rollt mir auf den Fuß.

»Schönen Dank auch«, knurre ich.

»Gern geschehen«, grunzt er.

»Peter wollte Auf Wiedersehen sagen.«

Mum ist mir in den Hof gefolgt. Das Kind, vom Schlafen noch ganz zerknittert und unwirsch, balanciert auf ihrer Hüfte und klammert sich an ihre Schulter. Er sieht uns und fängt an zu weinen.

»Wir kommen mit ihm nicht hierher, er hat Angst vor Bee.«

Vor ungefähr einem Jahr hat er einmal gerade auf Sanders Schultern gesessen, als mein reizendes Pferd beschlossen hat, mal so richtig herzhaft zuzubeißen. Sander hat sich im richtigen Moment weggedreht, und der Zossen bekam nur ein Haarbüschel zu fassen. Der Kleine hat ihm das verständlicherweise übel genommen.

Ich gehe zu den beiden hinüber, um mich zu verabschieden. Er lehnt sich nie zu mir herüber oder reckt die Arme hoch, damit ich ihn hochnehme, dabei sehe ich ihn das bei Sander und sogar bei den Jungen andauernd tun. Seine großen blauen Augen, noch ganz schlaffeucht, starren mich mit einer Art Neugier an. »Du bleibst jetzt bei Grandma«, sage ich zu ihm. »Ihr geht zu Mike und Chris. Ich komme dich später abholen.«

»Ike un' Kiss«, wiederholt er. »Ike un' Kiss.«

»Hast du einen Termin gemacht?«

»Das mache ich schon noch, aber ich bin sicher, dass ihm nichts fehlt. Kinder entwickeln sich nun mal in ihrem eigenen Tempo. Er ist ein bisschen fauler als die beiden anderen, das ist alles.« Seit Kurzem hat meine Mutter sich in den Kopf gesetzt, dass das Sprachvermögen meines Jüngsten für sein Alter nicht ausreichend entwickelt ist. »Hast du alles, was du brauchst?«

Mit geschürzten Lippen nickt Mum. »Dein Vater wird sich dort mit dir treffen.«

Oh super, mein Vater ist auch mit von der Partie. Ich warte, bis Mums Auto die Straße hinunter davongerollt ist, bevor ich das, was ich brauche, aus dem Haus hole.

»Viel Spaß«, trillert Strawberry, als ich in den Wagen steige. Bee zeigt ihr den Stinkefinger, was sich in seinem Fall durch ein abfälliges beidseitiges Ohrenzucken äußert.

Ich will gerade losfahren, als ich die Ecke eines schlichten weißen Briefumschlags aus meiner Handtasche ragen sehe. Der hat heute Morgen in unserem Postfach auf mich gewartet und ist irgendwo auf den Inseln abgeschickt worden. Die Handschrift war mir nicht bekannt. Sauber, recht kräftig, ein bisschen zittrig an den Buchstabenenden. Vielleicht jemand, der nicht so oft schreibt oder der versucht, seine Handschrift zu tarnen.

Ich ziehe ein Blatt Papier heraus. Einfaches weißes Papier, genau wie der Umschlag. Mit der Hand beschrieben, mit demselben blauen Kugelschreiber. Vier kurze Worte.

LASS IHN NICHT ALLEIN.

27

Auf dem Weg aus der Stadt heraus komme ich gut voran, doch als ich in die Hügel zwischen Stanley und der großen Bucht von Port Salvador hinauffahre, muss ich Gas wegnehmen. Als ich über den Stone Run fahre, flattern irgendwelche kleinen grauen Vögel empor, die unter den Felsen Schutz gesucht haben, und ein paar Augenblicke lang bin ich auf allen Seiten von ihnen umgeben. Es ist, als hätten die Felsen fliegen gelernt.

Die Stone Runs sind merkwürdige, fast unirdische Felsformationen. In anderen Teilen der Welt fast unbekannt, kommen sie hier häufig vor, schlängeln sich wie Flüsse durch die Landschaft. Ich betrachte sie gern als uralte Pfade, geschaffen für Wanderer, die sich ebenso sehr von Menschen unterschieden haben, wie wir uns von den Tausenden Geschöpfen unterscheiden, mit denen wir uns diese Inseln teilen. Diese Felsströme haben einen Zweck, da bin ich mir ganz sicher, es gibt einen Grund dafür, dass sich Bänder aus Felsblöcken über das Land winden.

Es hat Zeiten gegeben, da bin ich hier entlanggefahren und hätte schwören können, dass der Stone Run zum Leben erwacht war, wieder zu fließen begonnen hatte, so wie er es nach Ansicht der Wissenschaftler einst getan hat. Das passiert, wenn das Licht einem einen ganz sonderbaren Streich spielt, wenn die Wolken tief am Himmel hängen und sowohl die Sonne als auch der Wind ordentlich mitmischen.

Dann werden Schatten geworfen, Millionen von winzigen lichtlosen Flecken, die über den Boden flitzen, und die Steine, die so fest verankert sind, wie ein Fels es nur sein kann, scheinen zu gleiten, zu rollen, den Hügel hinunterzukollern. Wenn man heftig blinzelt, halten sie an. Schaut man aus dem Augenwinkel abermals hin, setzen sie ihr irrwitziges imaginäres Fließen fort.

Viele Touristen kommen hier heraus, um die Stone Runs zu sehen.

Estancia ist ebenfalls beliebt. Die Besitzer der Farm, George und Brenda Barrell, veranstalten im Sommer Touren, meistens zu den Königspinguinen am Volunteer Point. Als ich über den Hügelkamm fahre und auf der anderen Seite bergab rolle, kann ich den größten Teil der Bucht vor mir sehen, und die Küste um sie herum ist so gewunden und zerklüftet, dass es unmöglich ist, genau zu erkennen, wo das Land endet und das Meer beginnt.

Es gibt Tage, an denen das Meer still zu verharren und das

Land in ständiger, wogender Bewegung zu sein scheint. Heute jedoch nicht. Die klare Luft lässt die Farben unter mir überdeutlich erscheinen – das blaue Meer, den weißen Strand, die grünen, grauen und gelben Hänge. Dort gibt es auch Tümpel aus Wasser, das den Weg zurück ins Meer nicht mehr findet, und die schimmern in einigen der bemerkenswertesten Farben, die die Natur hervorbringen kann. Smaragdgrün, tiefes Azurblau, sogar Violettschattierungen sind dabei.

An einem trüben Tag sieht mein Land kahl und trostlos aus, doch wenn der Himmel strahlt, scheinen diese Inseln aus Regenbögen gesponnen zu sein.

Die Suchmannschaft hat sich auf der Estancia-Farm versammelt und benutzt sie als Basislager. Als ich näher komme, kann ich mehrere Polizeiwagen ausmachen, ein paar Pferdehänger, darunter auch den meines Vaters, und ein paar Geländewagen. Ein Wagen scheint die Aufmerksamkeit der umherwimmelnden Menschen besonders auf sich zu ziehen. Ich kenne ihn nicht, also überlege ich, ob das vielleicht der Mietwagen der betroffenen Familie ist. Es ist ein neuer Land Rover, silberfarben mit schwarzen Zierleisten.

Ich parke so weit weg vom Anhänger meines Vaters, wie es nur geht, und steige aus. Gesichter wenden sich mir zu und schauen dann wieder weg. So geht das jetzt schon seit einer ganzen Weile. Ich bin auf diesen Inseln ein bisschen so etwas wie ein Dämon. Keiner sieht mich an, ohne zu denken: *Die Frau, die zwei Kinder auf dem Gewissen hat.* Ich überlege, ob ein paar von denen sich fragen: *Wo ist ihr eigenes Kind wohl heute? Hat sie ihn etwa allein gelassen? Schon wieder?*

LASS IHN NICHT ALLEIN.

Was soll das überhaupt heißen? *Lass ihn nicht allein?* Geh nicht in ein anderes Zimmer? Geh nicht mal eben in den Garten, wenn er im Haus ist? Beweg das Pferd nicht, solange du ihn dabei nicht im Blick hast?

Ich lehne mich gegen mein Auto und denke nach. Wir haben keine direkten Nachbarn, niemand kann wissen, ob ich meinen jüngsten Sohn in Reichweite habe oder nicht. Freunde kommen schon lange nicht mehr vorbei, schon gar nicht, wenn Sander verreist ist. Ralph sieht mich öfter am Strand, aber ich bezweifle, dass Ralph überhaupt schreiben kann.

Und doch hat irgendjemand beschlossen, dass die Scham, die meinen Kopf von dem Augenblick an ausfüllt, in dem ich morgens aufwache, nicht genügt. Wenn es um Schuld geht, kann man als Frau allem Anschein nach nie genug bekommen. Ich beuge mich wieder in den Wagen und suche den Zettel hervor, stopfe ihn energisch in die Tasche meiner Reithose.

Bee fängt an, gegen die Hängerwand zu treten, weil er hinauswill.

»Hör mal eine Sekunde auf zu nerven«, fahre ich ihn an.

»Bitte?« Die Stimme gehört nicht meinem Pferd. Ich drehe mich um und sehe die Polizistin Skye McNair hinter dem Hänger stehen.

»Hallo, Skye. Wie sieht's aus?« Ich lächle zu fröhlich, unpassend in Anbetracht der Umstände, doch sie antwortet mir ganz höflich.

»Nicht gut. Er ist schon seit zwei Stunden verschwunden.«

Näher bei der Farm steigen die Leute auf die Pferde. Ich kann sechs Reiter sehen; mein Vater versucht auf seiner riesigen Fuchsstute, die Führung zu übernehmen.

»Was soll ich tun?«

»Ihr Vater findet, die, die zu Pferd suchen, sollen zusammenarbeiten. Ich glaube, es ist so geplant, dass sie ausschwärmen und direkt nach Westen reiten. Die, die zu Fuß sind, nehmen sich die andere Richtung vor. Weit kann er ja wirklich nicht gekommen sein.«

Jemand ruft nach ihr. Sie dankt mir, dass ich gekommen

bin, und geht davon. Im Anhänger geht das Gepolter wieder los.

»Okay, okay.« Ich lasse die Klappe herunter, schätze rasch ab, wo dieser Hadeszossen am wahrscheinlichsten hintreten wird, und schlüpfe an ihm vorbei.

»Jemand beobachtet dich«, lässt er mich wissen, als ich ihm die Zügel über den Kopf werfe.

»Du kannst mich mal.« Ich schiebe ihm das Gebiss am langen Arm ins Maul, für den Fall, dass er mich beim Wort nimmt.

»Treibt sich bei uns zu Hause rum. Spioniert dir nach.«

»Halt die Klappe, ja?«

»Na ja, irgendjemand muss es doch mal sagen. Du musst dich in Acht nehmen.«

Ich lege den Sattel auf. »Lass die Luft ab, du dämlicher Gaul. Ich bin doch nicht blöd.«

Wie viele Pferde bläht auch Bee gern den Brustkorb auf, wenn ich den Sattelgurt anziehe, sodass er dann beim Aufsteigen gefährlich locker ist. Das eine Mal, wo ich dabei runtergefallen bin, habe ich ihn laut lachen hören, ich schwör's.

»Banditen auf sechs Uhr«, verkündet er jetzt.

Draußen vor dem Trailer sind Hufschläge zu hören. Ich hole tiefer Luft als sonst und schiebe mein Pferd rückwärts hinaus in die Welt der Verurteilungen, der Negativität und des Punktemachens, die allesamt die Beziehung zwischen mir und meinem Vater prägen.

»Tag.« Ich ziehe die Steigbügel herunter, überprüfe den Gurt und steige auf. Bee taumelt rückwärts, als würde ich fünfundneunzig Kilo wiegen und nicht siebenundfünfzig.

»Schlimme Sache das«, erklärt mein Vater mir und deutet mit einem Kopfnicken auf die Berge im Westen. »Jetzt kommt auch noch Nebel. Wir hätten schon früher losreiten sollen. Mittagsschlaf gehalten, wie?«

Ich wende Bee und treibe ihn auf die anderen zu, die jetzt

alle aufgesessen sind. Von Nebel ist nichts zu sehen. Ganz früh am Morgen gibt es nahe am Wasser oft welchen, aber nicht um diese Tageszeit.

»Ich fand, dein Motor klang unrund, als du hier runtergefahren bist.« Dad ist direkt neben mir, unbedacht nahe angesichts Bees mieser Laune. »Wann hast du den Wagen das letzte Mal durchsehen lassen?«

»Darum kümmert sich Sander.«

»So wie um alles andere.«

Ich überlege, wie mein Vater wohl reagieren würde, wenn ich ihm von dem Zettel erzählen würde, den ich heute Vormittag bekommen habe. Wahrscheinlich wäre er ganz auf Seiten des Verfassers.

»Ist bestimmt einer von diesen Dreckskerlen da oben in der Kaserne, der sich den Kleinen geschnappt hat«, brummelt er jetzt vor sich hin. »Da kommen alle paar Monate neue, wir haben doch keine Ahnung, wer die sind oder was für eine Vergangenheit die haben. Ich habe Bob Stopford gesagt, er muss überprüfen, wer heute Vormittag dienstfrei hatte.«

»Den Jungen hat doch bestimmt niemand entführt, der hat sich doch sicher nur verlaufen.«

»Oh, entschuldige, dass ich dich nicht sofort nach deiner Meinung gefragt habe.« Mein Vater hebt die Stimme, ist jetzt ganz wild darauf, andere in diesem Streit auf seine Seite zu ziehen, oder sie Zeuge meiner Demütigung werden zu lassen, wenn die Wucht seiner Argumente mich erschlägt. »Dann können wir ja wohl alle nach Hause fahren, Rachel ist nämlich der Ansicht, dass der Junge innerhalb von zehn Minuten gefunden werden wird.«

Warum er so mit mir umgeht? Oh Mann, wo soll ich da anfangen? Zum einen bin ich, anders als fünfundsiebzig Prozent meiner Altersgenossen, nach der Uni nicht sofort auf die Inseln zurückgekehrt. Mein Gott, was sind wir stolz auf diese Statistik: Fünfundsiebzig Prozent unserer Jugend – unserer intelligenten Jugend, wohlgemerkt – kommt bei der ersten sich bietenden Gelegenheit zurück auf die Falklands, so toll ist dieser Felsenhaufen im Südatlantik. Indem ich meine Rückkehr hinausgezögert habe, habe ich mich den fünfundzwanzig Prozent angeschlossen, deren Verhalten unweigerlich als persönliche und kulturelle Zurückweisung aufgefasst wird.

Jedem Einheimischen, der mich fragte, erzählte ich, dass die Erfahrung, die ich bei einer englischen Zeitung sammelte, sich als ungeheuer wertvoll erweisen, mich zu einer besseren Reporterin und schließlich zu einer besseren Chefredakteurin machen würde. Dass ich meine eigenen Neigungen für das Wohl der Inseln opferte. Das war natürlich total gelogen; ich wollte nicht nach Hause.

Wenn mich die Leute in England fragten, warum ich blieb, antwortete ich, dass ich London toll fände. Ich schrieb sogar einen Artikel darüber für die Zeitung. Ich fand die Anonymität der Menschenmassen toll, das Gefühl, dass alles möglich war und niemand zu Hause es je erfahren würde. Dass ich sein konnte, wer immer ich wollte, jeden Tag jemand anderes, wenn ich wollte: züchtig und damenhaft am Vormittag, mit wallendem fließendem Kleid und einem Füllfederhalter mit violetter Tinte; ein rauchender, fluchender Goth in zerrissenen Lederklamotten und mit weißem Make-up am Nachmittag. Und abends konnte ich Sportklamotten anziehen und durch die endlosen Parks von London laufen. Und niemand würde sagen: Rachel Duncan, seit wann läufst du denn? Rachel, weiß deine Mutter, dass du so angezogen bist? Mein Gott, Rachel, willst du zu einer Kostümparty?

Man muss von einer kleinen Insel in der Mitte von nirgendwo kommen, schrieb ich, um Anonymität wirklich zu schätzen zu wissen. Das war natürlich auch gelogen. Der wahre Grund dafür, dass ich wegblieb, war etwas ganz anderes.

Mein Vater jedoch fasste diesen Anfall von Unabhängigkeit als Überlegenheitsanspruch meinerseits auf. Indem ich nicht sofort zurückkam, verkündete ich so deutlich, wie es nur ging, dass ich mich für etwas Besseres hielt als alle, mit denen ich aufgewachsen war. Im Verhalten meines Vaters mir gegenüber erkenne ich die Verachtung, die wir jenen gegenüber zeigen, die versuchen, über uns hinauszuwachsen und uns hinter sich lassen wollen.

Oder vielleicht ist es auch viel einfacher. Vielleicht kann er die Nähe der Frau einfach nicht ertragen, zu der ich vor drei Jahren geworden bin.

Ich hatt' ein übel Ding getan.

Ein übel Ding, das man mich niemals vergessen lassen wird.

»Tally-ho!«, sage ich jetzt zu ihm und reite los, aufs Moor hinaus. Er treibt seine Stute Primrose an und folgt mir dichtauf.

Das Gelände, das wir überqueren, ist zunächst trocken und windgepeitscht. Kahle Felsen ragen aus der dünnen Erdschicht hervor, und niedriges Gestrüpp ist auf dem Boden zu dichten Polstermatten verflochten. Es ist dicht genug, dass man darauf treten kann, bildet aber einen so unebenen Untergrund, dass man unmöglich schnell vorankommen kann. Blumen schieben sich daraus hervor, wie um die Unverwüstlichkeit der Falklands-Wesensart zu symbolisieren.

»Pass doch auf!« Ich bin meinem Vater zu nahe gekommen, und Bee hat nach der Kruppe seiner Stute geschnappt.

»'tschuldigung. Hab nach einem kleinen Kind Ausschau gehalten.« Doch ich gehe auf Distanz; ich habe kein Verlangen danach, den Rest des Nachmittags mit meinem Vater zu plaudern.

Plötzlich ertönt ein Ruf zu meiner Linken. Jemand hat etwas gefunden. Für ein großes, hochgezüchtetes Pferd kommt Bee auf unebenem Boden ziemlich gut zurecht, und bald holen wir die nächste Reiterin ein, die Inseltherapeutin Sapphire Pirrus.

Nach dem Unfall war eine der Bedingungen für die Haftverschonung, dass ich eine Therapie mache. Nach der dritten Sitzung dachte ich allmählich, dass Knast besser gewesen wäre. *Wie fühlen Sie sich heute, Rachel? Wie fühlen Sie sich dabei, Rachel? Was haben Sie in diesem Moment empfunden?* Grundgütiger, was glaubte sie denn, wie ich mich fühlte? Meine Welt war zusammengebrochen. Ich konnte kaum die Augen schließen, ohne die Gesichter der beiden toten Jungen vor mir zu sehen, ihre Schreie zu hören, als der Wagen abstürzte – und sie dachte, über meine Gefühle zu reden, würde helfen?

Während meiner letzten Therapiesitzung erzählte ich ihr von Coleridges Gedicht; dem, das ich eigentlich nie besonders mochte, das ich aber trotzdem auswendig gelernt hatte, weil ich dachte, es würde Catrin gefallen, die von einer langen Ahnenreihe aus Seefahrern abstammt. Während Sapphires Augen allmählich glasig wurden, erzählte ich ihr die Geschichte von der langen, gefährlichen Reise nach Süden, von dem Albatross, der für die Seeleute so etwas wie ein Haustier oder ein Kinderersatz ist, und der von dem Matrosen, dem das Gedicht seinen Titel verdankt, totgeschossen wird.

Die Reue des Matrosen verfolgt ihn die ganze restliche Geschichte, und er trägt – entweder im wörtlichen oder im metaphorischen Sinne, da war ich mir nie ganz sicher – den toten Vogel als Symbol seiner spirituellen Bürde um den Hals.

Ich komme mir vor wie Coleridges Matrose, sagte ich zu Sapphire. Ich habe etwas Dummes, Unbedachtes getan, und jetzt wirken sich die Konsequenzen dieses Handelns auf alles um mich herum aus. Es kommt mir vor, als hätte ich alle, die mir wichtig sind, verflucht. Ich komme mir vor, als hätten die Menschen auf diesen Inseln mir den Albatross um den Hals gehängt, sagte ich zu ihr. Es kommt mir vor, als trüge ich den Gestank einer verfaulenden Kreatur mit mir herum, wohin ich auch gehe. Als ob jeder, der mich anschaut, das Blut sieht, das noch immer herabtropft. Das immer weitertropfen wird. Was ich ihr nicht erzählte, war, dass der Albatross erst am Ende des Gedichts abfällt, als der Matrose endlich lernt, zu beten.

Es wird sehr viel mehr nötig sein als ein paar Minuten in der Kirche, um diesen verrottenden Kadaver von meinem Hals loszuschneiden.

Sapphire, auf einem Grauschimmelwallach, der farblich zu ihrem Haar und ihrer Kleidung passt, und ich auf meinem Satan mit dem Mahagonifell, reiten zu der kleinen Gruppe hinüber und finden dort einen Mann vor, der ein Stück roten Stoff in die Höhe hält. Uns wurde bereits mitgeteilt, dass Archie Rot getragen hat.

»Darf ich mal sehen?« Ich lasse Bee vortreten. Sapphire bleibt an meiner Seite, und zusammen reiten wir näher heran.

Widerstrebend reicht er mir das Stoffstück. Rotkariert. Große Karos. Ein Stück Baumwollflanell, etwa zwanzig mal zehn Zentimeter groß, vom unteren Saum eines Hemdes abgerissen. Die Waschanleitung hängt noch daran.

»Nein.« Sapphire schüttelt den Kopf. »Die Marke kenne ich, die wird in Stanley vertrieben. Hat nichts mit dem Kleinen zu tun.«

Die Leute sehen mich Bestätigung heischend an. Wir sind die beiden einzigen Frauen, und natürlich müssen wir Expertinnen in allem sein, was mit Klamotten zu tun hat.

»Ja, ich kenne die Marke auch. Ich glaube, das hat jemandem von hier gehört. Und das Muster sieht ganz schön verblasst aus. Aber ich behalte es trotzdem mal, nur für alle Fälle.«

Ich stecke den Stofffetzen in meine Satteltasche, ehe Dad ihn sich unter den Nagel reißen kann. Ich kann nämlich sehen, wie es ihn in den Fingern juckt. Er meint, wir sollten wieder eine Reihe bilden, und wir reiten weiter.

»Wir müssen ihn bald finden.« Ich schaue mich rasch um und sehe, dass Sapphire mit mir Schritt hält. »Auch wenn er tot ist – und ich bete zu Gott, dass es nicht so ist –, aber so oder so, wir müssen ihn finden. Nichts löst mehr Panik in einer Gemeinschaft aus als vermisste Kinder.«

Im Stillen denke ich, dass auch nur wenige Gemeinschaften auf tote Kinder stehen, aber das sage ich nicht laut.

»Das ist unsere größte, urtümlichste Angst.« Ich kann sie atmen hören. Sie treibt angestrengt, um mit meinem größeren, fitteren Pferd mitzuhalten. »Die Möglichkeit, dass uns jemand unsere Kinder rauben könnte. Ihr Vater hat vor ungefähr einem Jahr mal etwas Ausgezeichnetes darüber geschrieben. Haben Sie das gelesen?«

Ich habe den fraglichen Artikel nicht nur gelesen – eine Abhandlung darüber, wie Gemeinschaften auf verschwundene Kinder reagieren, indem sie sie in ihre Folklore aufnehmen –, ich habe ihn geschrieben. Dad hatte gemeint – und zwar wahrscheinlich durchaus korrekt –, niemand würde einen Zeitungsbeitrag von mir über vermisste Kinder lesen wollen, also hatte er ihn unter seinem Namen in die Zeitung gesetzt. Ich glaube, inzwischen ist er tatsächlich überzeugt, dass er ihn selbst verfasst hat.

»Der Kleine hat doch gespielt«, erwidere ich. »Bestimmt hat er sich nur verlaufen.«

»Hoffen wir, dass Sie recht haben. Aber Angst verändert eine Gemeinschaft.«

»Nehmen Sie sich vor Bee in Acht.« Ich reite voraus. »Er schlägt; er ist ein echtes Mistvieh.«

»Du musst gerade reden«, schnaubt mein Pferd.

Wir finden an diesem Nachmittag keine Spur von dem Kind, obwohl wir draußen bleiben, bis die Sonne hinter den Bergen versinkt und der Himmel um uns herum sich violett verfärbt. Als wir uns der Farm nähern, lenke ich Bee dichter an Tom Barrell heran, den jüngsten Sohn der Farmer, der zu meiner Linken ist. Er unterhält sich mit Sapphire, die auf seiner anderen Seite reitet.

»Ich weiß gar nicht, ob ich Ihren Dad hier gesehen habe«, meint sie gerade zu ihm.

»Der ist weggefahren, am frühen Nachmittag. Er weiß es noch gar nicht.«

»Glauben Sie, der Junge ist in den Fluss gefallen?«

Toms Gesicht bekommt tiefe Furchen, er hat selbst ein kleines Kind. Natürlich möchte niemand denken, dass der Kleine ertrunken sein könnte, aber in Anbetracht der Tatsache, wie nahe wir hier am Wasser sind, ist das durchaus möglich. Im Frühling, nach den Regenfällen im Winter und der Schneeschmelze, können die Flüsse tief und schnell dahinströmen.

»Sieht allmählich so aus«, sagt er. »Wahrscheinlich spült die Flut ihn morgen oder übermorgen an.«

Ich schließe die Augen, atme tief durch. Ned und Kit sind nicht ertrunken, das hat die Obduktion eindeutig nachgewiesen, aber ich habe diesen grauenhaften Sturz so oft mit ihnen durchlitten. In jedem bösen Traum, im Schlaf oder wach, ist es immer dasselbe. Daher weiß ich, wie es ist, Wasser überall um mich herum zu haben, nichts als Wasser zu sehen, zu spüren, wie es mir ins Gesicht schlägt, sich in meine Kehle drängt. Ich weiß, wie es ist, sich in einer Welt aus Wasser verirrt zu haben, nicht zu wissen, ob ich da jemals wieder rauskomme. Ned und Kit haben das nicht durchlitten, aber ich tue es, und zwar jeden Tag.

Wasser, Wasser überall.

Niemand sollte im Wasser sterben müssen, schon gar nicht ein dreijähriges Kind.

Wir sind angekommen. Bee erblickt sein Heunetz und fängt an, Faxen zu machen. Er drängelt darauf zu und stößt dabei fast Constable Skye um.

»Tom, ich wollte Sie was fragen«, ruft sie zu ihm hinauf. Bee hat das Heu erreicht und fängt an zu fressen, noch ehe ich auch nur abgestiegen bin.

»Einer von Archies Brüdern sagt, er hätte vorhin einen anderen silbernen Land Rover unten an der Straße parken sehen.« Skye hopst herum wie ein nervöses Fohlen; sie hat Angst, dass eines der Pferde auf sie drauftritt. »Ist irgendjemandem von euch drüben auf der Farm irgendwas aufgefallen?«

Tom denkt nach und schüttelt den Kopf. »Die Stelle kann man, ehrlich gesagt, vom Haus aus nicht besonders gut sehen. Aber da parken im Sommer oft Leute. Manchmal ein Dutzend Autos pro Woche. Möglich wär's.«

»Und dieser zweite Land Rover hat nicht zur Gruppe gehört?« Mein Vater hat sich angeschlichen. Ständig muss er im Mittelpunkt stehen.

»Archies Familie und ihre Freunde sind mit zwei Mietwagen hergekommen«, erklärt Skye. »Mit dem Land Rover und einem roten Ford Mondeo. Es war noch eine andere Gruppe hier, als sie angekommen sind; die hatten einen blauen Vauxhall Estate, und die Leute sind auch immer noch da und helfen suchen. Also drei Autos. Und jetzt haben wir möglicherweise noch ein viertes.«

Jedes zweite Fahrzeug hier ist ein silberner oder grauer Land Rover, denke ich bei mir. Der Junge kann da doch etwas durcheinandergebracht haben.

»Wir müssen wirklich mit Ihrem Dad reden«, sagt Skye zu Tom. »Es könnte doch sein, dass er den Wagen gesehen hat. Er könnte sogar den Jungen gesehen haben. Wann, haben Sie noch mal gesagt, ist er losgefahren?«

Ich wende mich ab, führe Bee in den Hänger, steige wieder aus, um Sattel und Trense zu holen. Am Fuß der Rampe stoße ich fast mit einem Mann zusammen, den ich kenne. Mittelgroß, schlank, dunkle Augen, die häufig und heftig blinzeln. Fahle Haut. Sein einst dunkles Haar ist jetzt von Silberfäden durchzogen.

Ben Quinn. Dessen Söhne durch mein Verschulden ums Leben gekommen sind. Während wir unterwegs waren und gesucht haben, ist ein Krankenwagen eingetroffen, und ich nehme an, er gehört zum Rettungsteam.

»Oh. Hallo.« Er scheint genauso überrascht zu sein wie ich. Meinen Pferdehänger kann er nicht erkannt haben.

Einen Moment lang wissen wir beide nicht, was wir tun sollen. Also starren wir einander einfach nur an. Bestimmt bin ich der letzte Mensch, den er in seiner Nähe haben will, und doch erfordern es die Regeln der Zivilisation, dass er zumindest eine leere Höflichkeitsfloskel von sich gibt.

»Alles okay?«, fragt er und blinzelt dabei heftig, als versuche er, den Bann zu brechen, der ihn in Reichweite jener Frau festhält, die er bestimmt am liebsten erwürgen würde.

»Ja. Und bei dir?«

Was nun? Mich nach seiner Familie erkundigen? Nach seinem sieben Monate alten Baby? Gott sei Dank bekomme ich keine Gelegenheit, etwas so Dämliches zu tun, denn er wendet sich als Erster ab und stolpert dabei halb über einen Erdklumpen. Ich vergesse Sattel und Trense und gehe wieder in den Anhänger, so weit ich kann, dann lehne ich mich zitternd gegen die feste Schulter meines Pferdes.

Bee tritt unbehaglich hin und her. »Was ist denn jetzt schon wieder?«

»Schsch, einen Moment.« Ich lasse den Kopf gegen ihn sinken. Bees Fell ist warm und schweißfeucht. Ich kann sein Herz schlagen fühlen.

»Du bist erbärmlich, weißt du das?« Er wirft den Kopf hoch.

»Ja, ich weiß.«

Der Staub reizt mich zum Niesen, aber trotzdem rühre ich mich nicht von der Stelle. Ich stehe da, schmiege mich an mein Pferd und sage mir, dass ich einen Moment Zeit brauche, bloß eine Minute. Und weiß dabei doch, dass selbst tausend Minuten, eine Million Minuten, niemals ausreichen würden.

Da wir im selben Jahrgang waren, gingen Catrin und ich gemeinsam nach England, allerdings nicht auf dieselbe Universität. Sie studierte Meeresbiologie in Plymouth, ich hatte mich für Englisch und Theaterwissenschaften in Bristol entschieden.

Ich glaube, die freudige Erregung jener ersten Reise vergesse ich nie. Wir waren zu fünft in der RAF-TriStar auf dem Weg zu akademischen Weihen; auch Ben war dabei, damals im dritten Jahr seines Medizinstudiums. Die Älteren schliefen, doch Catrin und ich blieben die ganze Nacht wach und sahen zu, wie das Tageslicht schwand und unnatürlich rasch wieder erschien, als wir die Zeitzonen durchquerten.

Wir redeten uns gegenseitig ein, dass dies lediglich eine neue Phase unserer Freundschaft sei. Wir hatten vor, uns Isomatten und Schlafsäcke anzuschaffen und an den Wochenenden auf dem Fußboden der jeweils anderen zu übernachten. Catrins neue Freunde (sie war wählerisch und heikel und setzte sehr hohe Maßstäbe, wen sie in ihr Leben ließ) würden auch meine neuen Freunde sein, und meine (ich hatte vor, mein Netz so weit wie möglich auszuwerfen, den Zeh in jeden Fluss, See und Teich zu tauchen – *Wie soll ich denn sonst rausfinden, wen ich wirklich mag, Catrin?*) würden auch die ihren sein. Ich glaube mich zu erinnern, dass wir in den letzten Monaten vor unserer Abreise endlos über die wahre Natur von Freundschaft redeten, über die Synergie zweier Seelen, die sich immer mehr annähern, während jeder einzelne Teil stärker wird. Catrin studierte Zugfahrpläne und rechnete aus, wie viel wir von unseren Jahresstipendien für Fahrtkosten auf die Seite legen müssten.

»Ich würde mir ja so gern mal Schottland ansehen«, sagte ich, als das Flugzeug nach dem Auftanken auf Ascension Island wieder abhob. Ich hatte Sir Walter Scott gelesen und hatte Rob-Roy-Fantasien von verfallenen Burgen, Kriegern in Schottenkaro und heidekrautüberwucherten Bergen.

»Die Theaterfakultät in Bristol führt normalerweise beim Edinburgh-Festival ein paar Stücke auf«, versuchte ich es noch einmal, als sie nicht antwortete.

»Ist das Festival nicht im Sommer?«

Als Studienanfänger sollten wir in den langen Sommerferien eigentlich nach Hause fliegen.

Sie drehte sich auf ihrem Sitz um. »Ben, wann ist das Edinburgh-Festival?«

Er saß drei Reihen hinter uns, mit Josh Savidge, der in Bath Jura studierte und Ende des Jahres sein Examen machen würde. Damals sah Ben immer so aus, als wäre er gerade erst aufgewacht. Vielleicht lag es an seinen schwerlidrigen Augen oder an seiner Angewohnheit, schnell und heftig zu blinzeln. Vielleicht schlief er auch nicht genug.

»Im August.« Mit einer Kopfbewegung warf er sich die Haare aus dem Gesicht. Das Silber, das sich später darin breitmachen sollte, war noch nicht in Erscheinung getreten. Noch war er so schwarzhaarig wie ein Spanier. »Wieso? Wollt ihr da hin?«

»Rachel überlegt, ob sie hinfährt.«

»Kommt lieber zum Hogmanay. Ist voll der Hammer. Normalerweise haben wir da noch Platz auf dem Fußboden.«

Wir fuhren zum Hogmanay hin, dem schottischen Silvester. Unser Nachtzug kam am Dienstagmorgen um halb sieben an, und Ben holte uns vom Bahnhof ab. Dann folgten fünf Tage in einer Stadt, die aus schwarzem Eis gehauen zu sein schien. Edinburgh blendete uns, ebenso imposant und von ewiger Dauer wie die Berge um die Stadt herum. Da wir aus Siedlungen kamen, wo man seinem Haus ein stärkeres Wellblechdach verpasst, wenn es die Zeit überdauern sollte, erfüllten uns die Burg und die Herrenhäuser, Türme und Kirchen, die sie umgaben, mit Ehrfurcht. Die Säulengänge und die breiten Stufen, die kopfsteingepflasterten Straßen und die Kellerbars. Der Himmel, der dem zu Hause so sehr glich, über einer

Stadt, die sich von allem, was wir je gekannt hatten, nicht stärker hätte unterscheiden können.

Die Neujahreskälte sog uns die Luft aus der Lunge und riss uns die Haut von den Fingerspitzen, doch die bernsteinfarbene Flüssigkeit, die wir tranken, brannte bis zu den Zehen hinunter. Fünf Tage lang gönnten wir uns so gut wie keine Pause, um uns auszuruhen. Ich glaube, wir waren keine Stunde lang nüchtern. Allerdings schliefen wir nicht beide auf dem Boden, nach der ersten Nacht nicht mehr. Das war die Reise, auf der Ben und Catrin ein Paar wurden.

Ich lasse mein schnaubendes, stampfendes Pferd stehen, schleiche mich zur Heckklappe des Hängers und spähe hinaus. Ben steht drüben bei dem Krankenwagen und unterhält sich mit den Rettungshelfern.

Mir scheint, die Menschen, die wir lieben, gehören zu zwei ganz klaren Kategorien. Zuerst einmal die, die uns wichtig sein sollen, die durch Blutsbande mit uns verbunden sind, und gelegentlich auch durch die Ehen anderer. Und dann gibt es jene wenigen, die so perfekt zu uns passen, dass wir gar nicht anders können, als sie zu lieben. Die, deren bloße Anwesenheit unsere Stimmung zu heben, unser gesträubtes Gefieder zu glätten und die aus dem Gleichgewicht gebrachte Welt wieder ins Lot zu bringen scheint.

In meinem ganzen Leben hat es nur zwei Menschen gegeben, die ich auf diese Weise geliebt habe. Zwei Menschen, bei denen ich nicht anders konnte, als sie zu lieben. Meine beste Freundin und Seelengefährtin Catrin natürlich.

Und den Mann, den sie geheiratet hat.

28

Aus den fünf Tagen in Edinburgh wurden fünf Nächte körperlicher und seelischer Qualen. Allein in meinem Schlafsack auf einem schmutzigen Wohnzimmerteppich, träumte ich von Bens Händen auf meinem Körper, von der Wärme seiner Haut auf meiner, vom sanften Streicheln seiner Finger, so wie Catrin es nur ein paar Meter entfernt gerade in Wirklichkeit erlebte. Das würde nicht halten, redete ich mir ein, bald würde er wieder frei sein, und beim nächsten Mal würde er eine klügere Wahl treffen. Doch es hielt. Es hielt die ganzen drei Jahre auf der Uni, und im letzten trug sie seinen Diamantring.

Als sie nach Hause fuhr, um bei der Falklands Conservation anzufangen und ihre Hochzeit zu planen, konnte ich einfach nicht mitkommen. Ich kam erst zu dem großen Ereignis wieder nach Hause, über ein Jahr später, und heulte den ganzen Tag. Zum Glück dachten alle, es wäre vor Rührung. Ich war schon immer nah am Wasser gebaut. Danach fand ich, ich könne genauso gut hierbleiben. Schlimmer konnte es ja nicht mehr werden.

Außerdem gab es da einen neuen jungen Mann auf den Inseln, einen Holländer namens Sander, der hergekommen war, um in der Verwaltung zu arbeiten. Offenbar stand er auf Mädchen mit tränenfeuchten blauen Augen, denn er wich am Tag der Hochzeit kaum von meiner Seite. Hin und wieder habe ich mich gefragt, ob er wohl wusste, dass das echte Tränen waren, und dass mein Herz unter dem blassgoldenen Satin in Fetzen hing. Wenn ja, so hat er es sich niemals anmerken lassen.

Der Gedanke an Sander hat mich ein wenig beruhigt. Das ist meistens so. Ich liebe ihn nicht – ich weiß nicht genau, ob ich das je getan habe –, aber ich bin ein besserer, stärkerer Mensch, wenn er da ist.

Ich suche den Rest meiner Siebensachen zusammen, höre mir die halb ausgegorenen Pläne an, uns morgen früh wieder hier zu treffen – falls es notwendig sein sollte –, und dann fahren wir alle zurück in Richtung Stanley. Verzweifelt bemüht, Ben nicht wieder über den Weg zu laufen, bin ich die Letzte, die losfährt, abgesehen von den Polizeiautos und Archies Angehörigen.

Ein paar Meter, bevor die Straße den Stone Run quert, erblicke ich einen alten grünen Range Rover, der mir entgegenkommt. Er fährt an den Straßenrand, um mich vorbeizulassen. Ich hebe dankend die Hand, und George Barrell, der von seinen Besorgungen zurückkommt, winkt zurück.

Inzwischen bin ich anscheinend allein auf der Straße, und mir wird klar, dass bald Schlafenszeit für Peter ist.

Irgendetwas drückt sich in mein Hinterteil, und mir fällt ein, dass ich noch immer die anonyme Nachricht in der Tasche habe. Eine Nachricht, die ich irgendjemandem zeigen sollte, das weiß ich, und wenn es nur Sander ist. Und doch kann ich niemandem davon erzählen, ohne zuzugeben, dass ich meinen Jüngsten tagsüber wirklich oft lange allein lasse. Er hält Mittagschlaf, und ich gehe zu meinem Felsen oberhalb des Strandes oder nehme eine von den Pillen, die mein Hausarzt mir verschreibt, für die Phasen, in denen ich schlecht schlafe. Oft wacht er vor mir auf, oder bevor ich vom Strand zurückkomme, aber er kann ja nicht aus seinem Bettchen klettern. Ihm kann überhaupt nichts passieren.

Ich nähere mich der Stelle, wo sich die Straße nach Stanley gabelt; links geht es nach Darwin, Goose Green und zum Flughafen und rechts (die Straße, die ich gerade entlangkomme) in Richtung Estancia. Ein zweites Fahrzeug kommt mir von Westen her entgegen; es ist schneller als ich, als sei der Fahrer fest entschlossen, die Gabelung als Erster zu erreichen. Ich bremse und lasse einen hellen Land Rover vorbei. Dabei sehe ich die letzten drei Buchstaben des Nummernschildes, SNR, und muss unwillkürlich an den Stone Run denken.

Halloween ist in vollem Gange, als ich durch Stanley fahre. Ich komme an Scharen winziger Hexlein, Miniaturteufelchen und Babyskeletten vorbei, alle sorgsam von irgendwelchen Eltern beaufsichtigt. Ältere, größere Kinder sind auch unterwegs; ihre Masken sind viel düsterer und bedrohlicher. Ein Zombie torkelt vor mir über die Fahrbahn, sodass ich gezwungenermaßen den Motor abwürge.

Ehe ich den Wagen wieder starten kann, sehe ich, dass einige der Erwachsenen allmählich ebenfalls in Halloweenlaune kommen. Mel, der Koch aus dem Globe, stolziert im Frauenfummel die Straße hinunter. Er sieht mich und bleibt stehen, die eine Hand auf der von lila Seide bedeckten Hüfte, mit der anderen drückt er sich den Hut fester auf den Kopf. »Wie seh ich aus, Schätzchen?«

Mel ist einer der wenigen auf diesen Inseln, die aufrichtig freundlich zu mir sind. Also mustere ich ihn von oben bis unten und gebe mir Mühe zu lächeln. »Sehr verführerisch.« Er tut so, als greife er sich in den Schritt, und zwinkert mir zu, ehe er die Straße entlang davonstakst.

Zu Hause stelle ich fest, dass die Jungen noch auf sind und mit ihrer Großmutter spielen, obwohl für den Kleinsten längst Schlafenszeit ist. Sie hat ein paar alte Kartons gefunden und damit im Wohnzimmer Tunnel und Höhlen gebaut. Keiner von den vieren ist zu sehen, als ich leise durch die Hintertür eintrete, doch ich sehe Kartons wackeln und höre kleine Menschen darin herumkrabbeln.

Fieses Gelächter. Grandma klingt mehr denn je wie eine Hexe. Sie taucht an einem Ende der Pappstadt auf und macht ein verlegenes Gesicht, als sie mich in der Tür stehen sieht.

Rasch kriecht sie ins Freie und kommt unbeholfen auf die Beine.

»Ist dein Vater auch hier?« Sie klopft sich Pappstaub von den Kleidern.

»Ich glaube, er ist gleich ins Studio weitergefahren. Sie wollen heute Abend länger auf Sendung bleiben.« Das Gerangel in den Kartons hat aufgehört. Chris kommt zum Vorschein und grinst mich an, dann taucht Michael auf. Schließlich folgt der Kleinste und steht auf. Er beachtet mich nicht. »Ganny fangen!«

Alle drei sind im Schlafanzug; ich kann Shampoo und Kekse riechen.

»Und?«, formt meine Mutter lautlos mit den Lippen. Ich schüttele den Kopf.

»Habt ihr ihn gefunden?« Chris entgeht nichts. Michael kommt zu mir und schlingt die Arme um meine Taille. Er war schon immer ein sehr verschmustes Kind. Peter sieht, dass ich die Arme um seinen großen Bruder lege, und wird eifersüchtig, wie nicht anders zu erwarten. Er kommt angerannt und reckt beide Arme empor, will hochgehoben werden. Dabei sieht er Michael an, nicht mich, aber ich nehme ihn trotzdem auf den Arm.

»Wie wär's mit heißer Schokolade?«, schlägt Grandma vor.

In der Küche ist das Geschirr abgespült und weggeräumt. Auf dem Tisch liegt nichts herum. Die Arbeitsflächen glänzen. Ich versuche, das so aufzufassen, wie es gemeint war, als Gefälligkeit, doch das makellose Blitzen der Wasserhähne scheint mir mitzuteilen, dass ich eine Versagerin bin.

»Was passiert jetzt mit ihm?«, will Chris wissen, als wir uns setzen.

»Ihm fehlt bestimmt nichts«, versichere ich. »Bestimmt friert er ein bisschen und hat ein bisschen Angst, aber ihm kann doch nicht wirklich was Schlimmes passieren. Die Wettervorhersage für heute Nacht ist gut. Magst du mal Peter nehmen, damit ich Grandma helfen kann?« Ich reiche den kleinen Jungen an den größeren Jungen weiter.

»Wird er sterben?«, fragt Michael.

»Natürlich nicht. Wie denn? Glaubst du etwa, er wird von Pinguinen zu Tode gepickt?«

Blitzschnell verwandelt sich Michael in einen Pinguin, die Arme steif neben dem Körper, die Hände rechtwinklig nach außen abgeknickt, den Mund zu einem Schnabel gespitzt. Er fängt an, an seinem kleinen Bruder herumzupicken, der das natürlich sofort für das tollste Spiel aller Zeiten hält.

»Die Mum von Sam Welsh sagt, er stirbt bestimmt an Unterfrierung«, meint Chris.

»An Unterkühlung, und das ist sehr unwahrscheinlich. Im Sommer schlafen doch viele Leute draußen.«

»Mehr!«, verlangt Peter.

»Aber im Zelt. Im Schlafsack.« Chris macht noch immer ein beklommenes Gesicht.

»Ich sage ja nicht, dass er es gemütlich haben wird – nur, dass eine Nacht im Freien keinen bleibenden Schaden anrichtet.« Ich merke, dass niemand sich von meiner festen Entschlossenheit täuschen lässt, das alles nicht so schwarz zu sehen.

»Wir haben die Kürbiskerzen ausgepustet«, sagt Michael. »Damit er keine Angst kriegt, wenn er hierherkommt.«

»Ich habe gesagt, sie sollen das machen.« Meine Mum wird nicht zulassen, dass ein Achtjähriger den Ruhm einstreicht, der ihr gebührt. »Ich nehme doch an, seine Eltern waren da«, fährt sie mit gedämpfter Stimme fort, als würden Chris und Michael nicht wie gebannt auf jedes Wort lauschen. »Man weiß eben nie, was man hat, bis man es verliert.« Mum stellt zwei Becher und eine Kindertasse aus Plastik auf den Küchentisch. »Meine Güte, was muss die arme Mutter jetzt durchmachen. Oh, wolltest du etwa auch welchen, Rachel?«

»Nein, nein«, wehre ich ab, obwohl ich seit dem Mittag nichts mehr gegessen habe.

Mum hilft mir, die Jungen ins Bett zu verfrachten, und dann bringe ich sie zu ihrem Auto.

»Glaubt die Polizei, dass es da einen Zusammenhang gibt?«, fragt sie mich, während sie die Wagentür öffnet und ich mich in die Hecke drücke, um mich vor dem Wind zu schützen. »Mit den beiden anderen?«

»Davon hat niemand was gesagt.« Außer meinem Vater, denke ich bei mir. Der ist wild entschlossen, da eine Verschwörung zu sehen.

»Alle drei sind nahe beim Wasser verschwunden.« Sie lässt ihren fülligen Körper auf den Fahrersitz sinken und schaut zu mir auf. »Vielleicht müssen wir uns allmählich mal Gedanken über Leute mit Booten machen.«

Die Hälfte der Menschen, die hier leben, besitzen Boote, und das weiß sie auch ganz genau. »Morgen finden wir ihn bestimmt. Gute Nacht, Mum.« Ich bücke mich, um ihr einen Kuss auf die Wange zu geben, und tue so, als ob ich es nicht merke, als sie halb vor mir zurückzuckt. »Danke für all deine Hilfe.«

Sie schnaubt und gibt Gas, noch ehe ich zurücktreten kann. Dabei fährt sie mir zwar nicht über den Fuß, aber viel hat nicht gefehlt.

Ungefähr eine Stunde später schreckt mich jähes Weinen auf. Ich warte ein paar Minuten; im Zimmer des Kleinen brennt immer ein Nachtlicht, und oft kommt er von selbst wieder zur Ruhe. Aber heute Nacht nicht. Er fängt ernsthaft an zu weinen, und ich weiß, dass er die anderen aufwecken wird.

Ein Lichtflackern vor dem Haus lässt mich aufmerken, als ich den Flur hinuntertappe. Ich trete ans Fenster und weiß, dass man mich von draußen wahrscheinlich nicht sehen kann.

Auf der Straße steht ein Wagen. Einer, den ich sofort wiedererkenne, selbst wenn ich die blasse, dunkelhaarige Frau auf dem Fahrersitz nicht erkennen würde. Wieder einmal steht Catrin nachts vor meinem Haus und blickt zum Fenster des Zimmers empor, in dem mein jüngster Sohn schläft.

Ich schließe die Tür ab, als ich das Haus verlasse; das tue ich sonst fast nie, aber das mit dem verschwundenen Kind gibt mir zu denken, von meinem anonymen Briefeschreiber ganz zu schweigen. Der Wind, der den größten Teil des Tages abwesend war, hat jetzt aufgefrischt und lässt die Gebäude knarren und ächzen.

Ich habe einen Zettel für Chris auf den Küchentisch gelegt, was ebenfalls ungewöhnlich ist. Bisher habe ich noch nie erlebt, dass er nachts wach wird und herunterkommt, aber das hier fühlt sich nicht an wie eine ganz normale Nacht.

Bin nur mal schnell nach den Pferden sehen, habe ich geschrieben. *Dauert nicht lange.*

»Oh, das ist doch wohl nicht dein Ernst!«, stöhnt mein Pferd.

»Komm schon, du fauler Scheißer. Tu zur Abwechslung mal was für dein Futter.«

Augenblicke später habe ich ihn gesattelt und führe ihn auf dem Grastreifen, der alle Geräusche dämpft, vom Hof.

Catrins Haus ist etliche Kilometer weit entfernt, wenn man die Straße nimmt, querfeldein jedoch kann ich in gut einer halben Stunde dort sein. Dieses Spiel spielen wir jetzt schon seit einer ganzen Weile. Sie fährt nachts an meinem Haus vorbei, hält manchmal minutenlang davor an. Ich reite zu ihrem hinüber. Anscheinend merke ich es, wenn sie da draußen ist, und ich kann nicht anders, ich glaube, ihr geht es ähnlich, wenn ich in der Nähe bin. Und doch unternehmen wir nichts. Eines Nachts, vielleicht heute Nacht, wird eine von uns etwas tun, um diesen Stillstand zu beenden.

Und wenn wir das tun, dann kann ich vielleicht anfangen, wieder zu mir selbst zu finden. Mich nach getaner Buße aus der Tiefe emporziehen, in der ich haltlos umhergetrieben bin.

Über zwanzig Jahre lang, den größten Teil unseres Lebens, war Catrin meine andere Hälfte. Selbst als ich ganz krank vor Eifersucht war, weil sie Ben hatte, brauchte ich sie doch noch in meinem Leben. Jetzt – Jahre, nachdem wir das letzte Mal miteinander gesprochen haben – bin ich ohne sie verloren. Ich würde mir den Arm abhacken, mir das Gesicht in Fetzen reißen, wenn das eine hinreichende Buße für das wäre, was ich getan habe. Manchmal denke ich, es gibt nichts, was ich nicht tun würde, kein Opfer, das zu groß wäre, damit Catrin mir verzeiht.

Um des Vogels rotes Blut von meinen Händen zu waschen.

Der Sonnenuntergang hat die Inseln verwandelt. Während die Farben zu monochromer Düsternis verblassen, während die feinen Konturen der Landschaft zu Schatten zerlaufen, erwachen die Geräusche, die Gerüche und das Gewebe der Landschaft zum Leben. Menschen, die in dicht besiedelten Teilen der Welt leben, sprechen von der Nachtruhe, von der Stille der Nacht. Hier geschieht das Gegenteil, wenn die spärliche Bevölkerung sich zur Ruhe begibt. Hier bedeuten die Nachtstunden eine endlose Kakophonie aller möglichen Laute. Die nistenden Vögel, an denen Bee und ich vorbeikommen, murmeln und tratschen in einem endlosen Geräuschteppich. Über unseren Köpfen tummeln sich gefiederte Teenager im schrillen Feiermodus, trunken vom Fliegen und von der Freiheit. Falken kreischen, Pinguine rufen an der nahen Küste ins Heulen des Windes hinein, während die Albatrosskolonie oben auf der Klippe durchaus auch über Politik diskutieren könnte, so variantenreich und intelligent erscheint ihre Unterhaltung. Und das alles ist mit dem endlosen Rauschen und Brüllen des Ozeans unterlegt.

Ich verlasse den Pfad, und es geht weiter ins offene Gelände hinaus; an dem süßen Duft rings um mich herum erkenne ich, dass ich durch Ginsterbüsche reite. Wenn wir die

Torfmoore erreichen, wird es nach feuchten, modernden Pflanzen riechen. Der Wind hat zugenommen und irritiert Bee, doch bald erreichen wir die Stelle, wo ich abbiegen kann, und jetzt kommt der Wind von hinten und treibt uns voran.

LASS IHN NICHT ALLEIN.

Auf halbem Weg mache ich beinahe kehrt, um wieder nach Hause zu reiten. Ich habe alle drei Jungen allein gelassen. Wenn jemand mich beobachtet hat, dann hat er mich vielleicht das Haus verlassen sehen.

»Vielleicht schleicht der Typ ja jetzt gerade dort rum und versucht reinzukommen.«

Wieder mal leistet mein Pferd zuverlässig einen hilfreichen Beitrag zu meinem inneren Disput. Und das ist eine lächerliche Idee. Schlafenden Kindern kann hier nichts zustoßen. Das sage ich ihm auch.

»Archie Wests Eltern haben ihn auch allein gelassen.«

»Archie hat sich verlaufen. Sonst ist da nichts Unheimliches dran.«

»Red dir das ruhig weiter ein, Schätzchen.«

»Wir gehen nach Hause, wenn ich es sage. Und jetzt halt die Klappe.«

In Catrins Schlafzimmer brennt Licht, das sehe ich schon aus fast zwei Kilometern Entfernung. Allerdings ist es nicht ungewöhnlich, dass Catrin spät noch wach ist. Manchmal fährt sie nachts mit ihrem Boot hinaus und ankert in irgendeiner einsamen Bucht. Vielleicht schläft sie ja auch schlecht.

Das letzte Stück des Weges führt an der Straße entlang; ich halte mich auf dem Randstreifen, damit man Bees Hufe nicht hört. Ich kann das Obergeschoss des Hauses sehen, die obersten Spitzen der Skelette, doch die Ginsterhecke, die den Garten umgibt, schirmt das meiste gegen meine Blicke ab. Ich steige ab und binde Bee an einer geschützten Stelle hinter einem Felsvorsprung an.

In der Hecke gibt es eine dünne Stelle. Spaß macht es nicht, sich durch das Dornengewirr zu quetschen, aber ich habe das schon öfter getan. Mit gesenktem Kopf mache ich mich ganz klein und bin bald durch. Das Licht, das ich aus der Ferne gesehen habe, ist immer noch an. Als ich auf das Haus zugehe, wünsche ich mir wohl halb, dass sie hinausschaut und mich sieht, oder dass Queenie meine Anwesenheit spürt und anfängt zu bellen.

Ein kleines Stück entfernt wiehert Bee ganz leise, und gleich darauf vernehme ich einen gedämpften Menschenlaut. Ein angestrengtes Ächzen, kaum lauter als ein Seufzer. Da kommt jemand. Ich schlüpfe wieder in die Hecke und warte.

Ein hochgewachsener Mann kommt auf das Gartentor zu und steigt darüber hinweg. Dann bleibt er am Rand des Gartens stehen und sieht sich um.

»Hallo?«

Ich erkenne den Akzent sofort, wenn auch nicht die Stimme, zu der er gehört. Ein Schotte. In Kombination mit der Größe des Mannes und den breiten Schultern kann es nur Callum Murray sein.

Er scheint mich zu sehen, schaut mich direkt an, als er durch den Garten kommt, dorthin, wo ich mich verstecke. Ich weiche zurück, noch tiefer in die Hecke hinein, doch ich weiß, ohne Krach zu machen, kann ich hier nicht weg. Die Tatsache, dass er diesen Garten nicht so gut kennt wie ich und den Harpunenstapel nicht sieht, rettet mich. Er bleibt mit dem Fuß an einer davon hängen; sie fällt um und reißt die anderen mit. Klappernd fallen sie ins Gras.

Ich nutze die Ablenkung dazu, noch tiefer in die Hecke zu kriechen, doch gerade als ich mich umdrehen und davonschleichen will, geht die Haustür auf.

»Bisschen spät für Süßes oder Saures.« Catrin steht im Türrahmen, vor dem dunklen Raum dahinter ist sie kaum zu erkennen. Callum brummelt irgendetwas von wegen, er hätte gedacht, er hätte sie im Garten gesehen. Als er auf sie zutritt, übertönt der Wind ihre Stimmen, und ich kann nicht mehr hören, was sie sagen. Die Stimme in meinem Kopf jedoch ist laut und deutlich. Catrin und Callum sind wieder zusammen.

Vor drei Jahren wusste ich, dass es da irgendetwas gab, das Catrin mir nicht erzählte. Ich hatte es schon seit Monaten gewusst. Sie hatte sich verändert. Zum einen hatte sie plötzlich sehr viel weniger Zeit. Und sie hatte diese Offenheit verloren, diese Bereitwilligkeit, alles mit mir zu teilen, was in ihrem Leben geschah. Ich wusste, dass sie mir etwas verschwieg, und spielte mit der Idee, dass sie und Ben vielleicht Eheprobleme hatten, doch tief im Innern wusste ich, das war es nicht. Sie hatte überhaupt nichts Unglückliches an sich. Dann ritt ich eines Tages hierher, ohne ihr vorher Bescheid zu sagen. Ich band Bee an genau derselben Stelle an, wo er jetzt steht, ging auf die Tür zu und hörte hinter dem Haus Catrins Stimme. Also ging ich hin und blieb an der Ecke stehen.

Hinter dem Haus, auf der dem Meer zugewandten Seite, ist ein Sonnenwinkel. Wenn wenig Wind weht und der Himmel wolkenlos ist, bildet sich dort ein kleiner Flecken heller Sonnenwärme. Es war später Frühling, und nach Falkland-Maßstäben war es ein heißer Tag.

Catrin lag nackt auf einem Haufen Kissen, mit einem ebenfalls nackten Mann, von dem ich sofort wusste, dass es nicht Ben war. Die breiten Schultern, die sich über sie beugten, waren hellhäutig und unheimlich muskulös, seine Beine viel länger als die ihres Ehemannes. Die Spannung ihres ganzen Körpers, die Art und Weise, wie sie die Zehen krümmte und streckte, wie ihre Finger sich in seine Schultern gruben, verriet mir, dass sie im Begriff waren, sich zu lieben. Dann hob der Mann den Kopf, und ich erkannte sein helles Haar.

Ich machte mich eiligst davon und fragte mich, wie ich ein so ungeheures, so wichtiges Geheimnis bewahren sollte. Es war unglaublich – jedenfalls für mich –, dass eine Frau, zu der Ben jeden Abend nach Hause kam, auch nur daran denken konnte, sich anderweitig umzusehen. Gleichzeitig war es irgendwie auch vollkommen logisch, und Catrins kaum verhohlenes Interesse an dem Schotten, der in dem Konflikt gekämpft hatte, war plötzlich völlig verständlich.

Was ich an jenem Tag empfand, als ich den Schock überwunden hatte, war einfach nur pure Freude. Catrin hatte jemand anderen kennengelernt. Ich kannte sie gut genug, um zu wissen, dass sie keine Affäre mit einem Mann haben würde, aus dem sie sich nichts machte. Catrin hatte sich in einen anderen Mann verliebt. Ben konnte frei sein. Frei, um mit mir zusammen zu sein. Natürlich würde das Ganze sehr kompliziert werden, und ich hatte ein schlechtes Gewissen dabei, die Jungen ihrem Vater wegzunehmen, aber das würden wir schon hinkriegen. Plötzlich war mein Leben voller Möglichkeiten. Zum ersten Mal seit Jahren waren da plötzlich Hoffnung und Glück, und nicht nur ein Trostpflaster. Nicht nur eine Ersatzlösung.

Jetzt empfinde ich wieder ein wenig so, als ich Bee davonführe. Catrin trifft sich wieder mit Callum. Wenn er wieder in ihrem Leben ist, ist das dann ein Zeichen dafür, dass es ihr allmählich besser geht? Wenn sie wieder Glück empfinden kann, dann kann sie vielleicht auch eine Möglichkeit finden, auch mich wieder in ihr Leben hineinzulassen.

Tag 2

Dienstag, 1. November

29

Am nächsten Tag geht die Suche nach Archie weiter. Den ganzen Vormittag über patrouillieren die Reiter der Apokalypse, wie mein Vater uns hartnäckig nennt, an den Stränden, halten Ausschau nach sandigen Überresten, nach einem winzigen Schuh, der hinter den Felsen hervorlugt. Andere, darunter auch Catrin und Callum, durchkämmen sorgsam die Hügel. Als es auf Mittag zugeht, fällt uns der Optimismus allmählich schwer. Wenn das Kind sich nur verlaufen hätte, wäre es inzwischen gefunden worden. Wenn es auf dem Moor umgekommen wäre, wäre es ebenfalls gefunden worden.

Bleiben zwei Möglichkeiten. Erstens, dass der Kleine in den Fluss gefallen und stromabwärts ins Meer mitgerissen worden ist. Wenn das der Fall ist und die Flut ihn noch nicht angespült hat, wird sie es wahrscheinlich auch nicht mehr tun. Vielleicht werden wir ihn niemals finden.

Die andere Möglichkeit, über die die Meinungen heftig auseinandergehen, ist, dass ihn jemand entführt haben könnte. Kein Einheimischer außer meinem Vater ist bereit, offen zuzugeben, dass das vorstellbar ist, aber die Touristen denken es. Das Militär denkt es. Überall, wo ich hinschaue, sehe ich eine Unterströmung der Beklommenheit stärker werden. Die Leute machen kein Hehl aus ihrer Unzufriedenheit. Sie fangen an, sich auf die eine oder die andere Seite zu schlagen.

Am Mittag muss ich die Suche abbrechen. Mum, die den ganzen Tag auf Peter aufgepasst hat, hat einen Termin in der Klinik, und heute ist einer von den Tagen, an denen ich die Jungen von der Schule abholen muss. Ich sammle meinen Jüngsten ein, und da ich es nicht ertrage, auch nur eine Stunde mit ihm allein zu Hause zu sitzen, fahre ich gleich nach Stanley.

In der Stadt sind mehr Menschen unterwegs als sonst; darunter viele Soldaten, die in Stanley sind, um bei der Suche zu helfen. Andere sind von der *Princess Royal.* Das ist natürlich nichts Neues, aber normalerweise kommen Kreuzfahrttouristen immer nur für ein paar Stunden an Land, um sich die Tierwelt anzusehen oder zu den weniger leicht zugänglichen Stränden zu fahren. Sie hängen nicht in Stanley herum. Diese hier scheinen von Unglücksfällen angezogen zu werden wie Fliegen von faulendem Fleisch.

Und es ist ja auch nicht so, als könnte irgendjemand von denen Archie Wests Angehörige kennen – die Wests sind doch auf eigene Faust hergekommen, nicht auf dem Kreuzfahrtschiff. Diese Leute mit ihren schicken Frisuren, ihren grellen Klamotten und den strahlend weißen Turnschuhen sind um des Dramas willen hier. Sie sind hier, um den Gestank unseres Ungemachs einzuatmen.

Ich hole ein Bündel Post ab und stecke es in die Handtasche, ohne es richtig anzusehen. Im Laden sehe ich Roadkill Ralph Zigarettenpapier und Tabak kaufen. Er nickt mir zu und scheint drauf und dran zu sein, etwas zu sagen, doch die Frau hinter dem Ladentisch spricht ihn an, und er wendet sich ab.

Als ich alles habe, was ich brauche, habe ich immer noch eine Stunde Zeit, bis die Schule aus ist, also gehe ich in Bob-Cats Diner, um einen Kaffee zu trinken. Die Schwingtür ist schwer, mit dem Buggy kommt man da nur schlecht durch, deshalb achte ich nicht weiter darauf, wer alles dort drin sitzt.

»Peng, peng, peng!« Eine Kinderstimme. Die Stimme meines Kindes.

Etwas zerschellt auf den Bodenfliesen, während die Tür

zuknallt. Hinter dem Tresen flucht Bob-Cat. Alle anderen im Raum sind verstummt.

Callum, der zwischen der Tür und dem Tresen steht, starrt entsetzt auf meinen Sohn hinab, auf die Pistole in seiner Hand. Die Scherben eines Kaffeebechers sind über den Boden verstreut. Mein Kind bricht in lautes, hässliches Geheul aus.

»Herrgott noch mal, Alter, das ist doch nur 'ne Spielzeugpistole, was ist denn los mit dir?« Bob-Cat ist ernsthaft sauer wegen des kaputten Bechers und des verschütteten Kaffees.

Callum starrt immer noch wie gebannt, und in seinen Augen ist ein Leuchten, das mir nicht gefällt; das ich jedenfalls nicht kenne. Ich ziehe den Buggy ein Stück zurück, während Bob-Cat sich über den Tresen lehnt und an Callums Schulter zerrt. Es funktioniert. Er schüttelt den Kopf, wie um wieder klar denken zu können, dann blickt er auf die Sauerei auf dem Fußboden hinunter.

»Scheiße, tut mir echt leid.« Er bückt sich, fängt an, die Scherben einzusammeln, dann hält er inne. »Rachel, ich glaube, er hat was von dem Kaffee abgekriegt. Ich glaube, er hat sich verbrüht.«

Plötzlich ist jeder im Diner ein Experte in Sachen Erste Hilfe und scheint wild entschlossen, einen Riesenwirbel um den Kleinen zu veranstalten, der aufhört zu heulen, als ihm klar wird, dass er im Mittelpunkt des Interesses steht. Am linken Schienbein hat er einen rosafarbenen Fleck, und auf dem Söckchen sind Kaffeeflecken, aber wir ziehen es aus, wickeln ein kaltes, nasses Tuch um sein Bein, und eine oder zwei Minuten später ist nichts mehr zu sehen.

Während der Rest sich um Peter kümmert, beseitigt Callum die Schweinerei und bietet an, den Becher zu bezahlen. Bob-Cat nimmt das gern an und knöpft ihm genug ab, um ein ganzes Porzellanservice zu bezahlen.

»Es war meine Schuld«, beteuere ich, als wieder so etwas

wie Frieden eingekehrt ist. »Ich habe nicht gemerkt, dass er das Ding dabei hatte. Die gehört seinem Bruder. Hat bestimmt ganz unten im Buggy gesteckt.«

»Ist ja nichts passiert.« Callum hat auch darauf bestanden, meinen Kaffee und den Milchshake meines Sohnes zu bezahlen. Eigentlich hatte ich vorgehabt, einen leeren Tisch ganz hinten im Raum anzusteuern, aber das erscheint mir jetzt unhöflich. Außerdem, Callum und Catrin? Ich setze mich neben ihn auf einen Barhocker am Tresen. Der Kleine fängt erwartungsgemäß an zu quengeln, also mache ich seinen Gurt los und nehme ihn auf den Schoß. Er versucht, auf den Tresen zu klettern, lässt sich aber mit einem Keks ablenken.

»Hattet ihr heute Nachmittag wieder kein Glück?«, erkundige ich mich.

Callum senkt die Stimme. »Stopford ist ein Idiot. Er will einfach keine andere Möglichkeit in Betracht ziehen als die, dass der Kleine sich verlaufen hat. Also beschränkt er die Suche auf ein einziges Gebiet. Woanders sucht niemand.«

Ich überlege kurz. Denke darüber nach, wie groß die Fläche der Inseln ist. »Ja, aber der Fairness halber: Wo sollte er denn anfangen?«

»Keiner hat sich wirklich bemüht, diesen anderen Land Rover ausfindig zu machen, den der Bruder gesehen hat.«

Hinter uns geht die Tür auf, und ein Dunst aus Bratengeruch, Seetang und Dieselabgasen weht herein, als säßen wir am Ende eines Windkanals, der geradewegs zum Hafen führt. Als ich mich umdrehe, erblicke ich Roadkill Ralph. Seine nikotingelben Finger umklammern eine halb gerauchte selbst gedrehte Zigarette.

»Ha'm Ihre Jungs auf'm Wrack gespielt?«

Ich brauche einen Moment, um über meine Verblüffung hinwegzukommen, dass Ralph tatsächlich etwas gesagt hat. »Ich glaube nicht. Sie wissen, dass sie da nicht allein hindürfen.«

Er nickt und saugt an seiner dünnen, dürftigen Zigarette, ehe er kehrtmacht und den Diner verlässt.

»Irgendwann muss ich den und seine Mädels mal zum Abendessen einladen.« Callums Gesicht ist vollkommen ausdruckslos, und in diesem Moment verstehe ich genau, was Catrin an ihm gefunden hat. Was sie an ihm findet? Erstaunt ertappe ich mich dabei, dass ich lache. Gleich darauf stimmt er ein.

Ich bleibe zu lange in dem Diner, unterhalte mich zu lange mit Callum über nichts Besonderes, während ich doch einzig und allein fragen will: *Wie geht es Catrin? Glaubst du, sie wird je wieder mit mir reden? Und übrigens, ich habe mich nie bei dir dafür bedankt, was du damals getan hast, an jenem Tag. Ich weiß, du bist ins Wasser gesprungen, um nach mir zu suchen, nach meinen Söhnen. Dass du dein Leben riskiert hast, um unseres zu retten. Aber das war der Tag, an dem ihre Söhne umgekommen sind, an dem ich zu dem Ungeheuer geworden bin, dem niemand mehr richtig in die Augen sehen kann, und darüber dürfen wir doch nicht reden, oder? Niemals?*

Er geht als Erster. Ich folge ihm ein wenig langsamer und schiebe den Buggy den Hügel hinauf auf meinen Wagen zu. Bestimmt bin ich zerstreuter als sonst, ich erwische nämlich den falschen. Das ist gar nicht schwer, niemand schließt hier sein Auto ab, und hier gibt es jede Menge helle Land Rover. Ich öffne die hintere Tür und denke, jemand hat den Kindersitz geklaut. Dann sehe ich den Karton mit den Speck-Etiketten, begreife, dass mein Wagen nie so verdreckt war, so voller Sand, und mir wird klar, dass ich aus Versehen Bob-Cats Autotür aufgemacht habe. Peinlich berührt richte ich mich auf und blicke mich um, aber anscheinend hat mich niemand gesehen. Also schnappe ich mir den Buggy und schleiche ein paar Meter weiter bergauf zu meinem eigenen Wagen.

Als ich mit den Jungen nach Hause komme, sehe ich mir zum ersten Mal die Post genauer an. Wieder ist ein weißer, mit der Hand adressierter Umschlag dabei. Die Briefmarke ist von hier.

Obwohl ich sie spielen höre, muss ich ins Wohnzimmer gehen und durchzählen. Großer Sohn, mittlerer Sohn, kleiner Sohn, alle anwesend und wohlauf, ganz vertieft darin, eine Todesstern-Raumstation aus Lego zu bauen. Ich möchte den Umschlag am liebsten wegschmeißen, doch ich bringe es nicht fertig.

Ich öffne ihn. Genau wie der erste Brief. Fast.

LASS IHN NICHT ALLEIN. LETZTE WARNUNG.

Ich schlafe nicht viel. Jede Stunde, so kommt es mir vor, stehe ich auf, überprüfe die Schlösser, ziehe die Vorhänge ein wenig fester zu und schaue nach den Jungen. Jedes Mal, wenn ich das tue, überlege ich, wie spät es jetzt wohl dort ist, wo Sander gerade ist. Es überrascht mich, wie sehr ich ihn hier zu Hause haben will. Ich bin überrascht, wie sehr ich mich fürchte.

Bei meiner dritten Runde durch die Kinderzimmer sehe ich die Feuer. Ein Dutzend oder mehr erstrecken sich den Hügel hinauf und tanzen im Wind. Leuchtfeuer für den kleinen Archie West. Überall auf der ganzen Insel campieren Leute im Freien, halten Wache, damit der Kleine nicht ganz allein ist. Es ist gut gemeint, ich weiß, aber ich wünschte, sie hätten das nicht getan, denn der Anblick da oben auf dem Hügel kommt mir vor wie die leibhaftige Verkörperung jener Verse, die mir einfach nicht aus dem Kopf gehen wollen.

Und jede Nacht sahn wirbelnd wir
Die Totenfeuer glühn.

Jede der kleinen Flammen sieht für mich aus wie ein Bestattungsscheiterhaufen.

Tag 3

Mittwoch, 2. November

30

Seit zwei Nächten wird Archie West jetzt vermisst, und wo immer ich hinkomme, werde ich an das erinnert, was Sapphire am ersten Tag der Suche zu mir gesagt hat: Angst verändert eine Gemeinschaft. Auf jeden Fall verändert sie diese Gemeinschaft. Als ich die Jungen zur Schule fahre, komme ich an vier Autos vorbei, deren Fahrer mir nicht zuwinken. So machen wir das hier eigentlich: Wenn wir auf der Straße an jemandem vorbeifahren, heben wir die Hand zum Gruß. Touristen finden das komisch, sie denken, dazu müssen wir ja ständig die Hände vom Lenkrad nehmen. Aber da wir nur so wenige sind, ist das eine Höflichkeitsgeste, und es würde uns nie einfallen, es zu unterlassen. Heute jedoch bekomme ich dieses vertraute Zeichen des Erkennens nicht, obwohl ich die Wagen kenne. Und dann geht mir auf, dass ich auch nicht winke. Wir sind alle mit den Gedanken woanders. Wir denken alle an das tote Kind. Nicht mehr an »das vermisste Kind«, obgleich wir das immer noch sagen, wenn wir von ihm sprechen. In unseren Köpfen ist der Kleine zum toten Kind geworden.

Noch ein totes Kind. Was ist los mit uns? Warum können wir unsere Kinder nicht schützen?

Zwei Männer streiten sich vor dem Postamt, als ich vorbeifahre. Ich kenne sie nicht, ebenso wenig die Menschenmenge, die ihnen aus einiger Entfernung zusieht. Jemand stolpert auf die Straße, und ich bremse scharf. Der Mann, dick und in mittleren Jahren, sieht die Jungen im Auto und kommt mit lüsternem Grinsen näher, um sie sich genauer anzusehen. Dann erblickt er den Kleinsten auf dem Rücksitz, und seine

Augen werden groß. Ich trete aufs Gas. Auf der Heimfahrt beschließe ich, künftig die Autotüren zu verriegeln.

Ich drücke Chris und Michael fest an mich, als ich mich vor dem Schultor von ihnen verabschiede, und um mich herum sehe ich andere Eltern dasselbe tun. Es sind mehr Mütter hier als sonst; normalerweise gehen selbst Grundschüler allein zur Schule. Die Mütter sagen ihnen an der Haustür Auf Wiedersehen und haben kein Problem damit, sie ein paar kurze, ruhige Straßen weit zu Fuß gehen zu lassen. Aber nicht heute. Mr Savidge scheint die Kinder beim Hineingehen abzuzählen und sich zu vergewissern, dass bis jetzt alle seine Schutzbefohlenen in Sicherheit sind.

»Ich kann sie einfach nicht aus den Augen lassen«, sagt eine Mutter. Nicht zu mir. Sie sprechen nur selten mit mir, aber ich bin nahe genug, um Gesprächsfetzen aufschnappen.

Wir warten alle, bis das letzte Kind sicher im Schulgebäude ist und die Tür zuschlägt. Im Stillen frage ich mich, wie viele von uns wohl in der Pause wieder herkommen werden, nur um sicherzugehen, dass ihnen nichts passiert ist.

Wie so oft, schiebe ich den Buggy zum Einkaufen. Mein Leben ist zu einem einzigen langen Zeittotschlagen geworden. Auf den Straßen sind zu viele Soldaten. Eigentlich sind sie hier, damit wir uns sicher fühlen, heute jedoch scheinen sie uns daran zu erinnern, wie sehr wir versagt haben. Wie sehr wir immer noch versagen.

»Ein Haufen Scheißwale! Die fahren alle zu irgend so 'ner Insel am Arsch der Welt rüber, um ein paar verdammte Wale zu retten. Wie sind die denn drauf hier?«

»Man sollte doch meinen, vermisste Kinder hätten Vorrang, vor allem nach gestern Nacht.«

Ich gehe langsamer; ich bin wieder bei der Touristengruppe angelangt, die ich vorhin habe streiten sehen. Ich glaube, einer von denen ist Archie Wests Vater. Bei den anderen bin ich mir nicht sicher.

»Rufen Sie die Presse an. Besorgen Sie sich die Nummer vom *Daily Mirror.*«

»Das ist doch eine verdammte Schande, wo Ihr Kleiner noch da draußen ist.«

Diskret ändere ich die Richtung und strebe auf die Redaktion der *Penguin News* zu. Ich bin zwar nicht besonders scharf darauf, meinem Vater zu begegnen, aber wenn hier nach britischen Zeitungen gerufen wird, dann muss er das rechtzeitig erfahren.

Als ich in die Eingangshalle trete, höre ich seine Stimme über den Äther, was bedeutet, dass das rote Licht über der Studiotür an sein und er über Störungen nicht erbaut sein wird. Aber ich kann es ihm ja ausrichten lassen. Meine Großmutter stürzt sich auf Peter und hebt ihn aus dem Buggy.

»Da draußen wird's langsam hässlich«, sage ich zu Cathy, einer alten Freundin, die bei Dad arbeitet und die Jungen ein paar Tage in der Woche von der Schule nach Hause fährt.

Sie weiß, dass ich nicht vom Wetter rede. »Das kannst du laut sagen. Die Telefone klingeln wie verrückt. Als ob wir irgendetwas wüssten.«

Wie aufs Stichwort fängt eines der Telefone an zu klingeln. Cathy beugt sich vor, schaltet den Anrufbeantworter ein und hebt den Finger, damit niemand etwas sagt. Die Musik im Radio verklingt, und mir wird klar, dass mein Vater gerade Chief Superintendent Stopford interviewt.

Wir hören alle zu. Mein Sohn ist so still, dass ich mir sicher bin, dass Grandma Mabel ihm Pfefferminzbonbons zusteckt. Sie lässt sich keine Gelegenheit entgehen, meine Kinder und meine Pferde heimlich damit vollzustopfen. Außer mir ist sie der einzige Mensch, den Bee in seiner Nähe toleriert.

»Also, natürlich liegt uns die heimische Tierwelt am Herzen, Bob, aber können Sie uns versichern, dass die Suche nach dem kleinen Archie immer noch oberste Priorität hat?« Die Stimme meines Vaters klingt im Radio stets tiefer und kultivierter.

»Auf jeden Fall, Robert. Unbedingt.« Stopford räuspert sich. »Wir weiten das Suchgebiet jetzt aus. Im Augenblick ist das Militär oben in Estancia, und außerdem alle freiwilligen Helfer, die sich die Zeit nehmen konnten.«

»Außer denen, die nach Speedwell gefahren sind, um der Conservation dabei zu helfen, die gestrandeten Wale zu retten?«

»Robert, es steht mir nicht zu, den Leuten hier zu sagen, wie sie ihre Zeit verbringen sollen. Das entscheiden sie selbst. Was ich Ihnen sagen kann, ist, dass heute eine Menge Leute nach Archie suchen, und so Gott will, werden wir ihn auch finden.«

»Haben Sie die *Princess Royal* durchsucht?«

Stopford antwortet halb auf die Frage, verliert den Faden und setzt von Neuem an. Er betont, dass sie genug Leute haben, um das Gebiet abzusuchen, wo Archie verschwunden ist.

»Ist es Ihnen gelungen, den silbernen Land Rover ausfindig zu machen, der dort gesehen worden ist?«

Noch mehr Worthülsen, von wegen man verfolge eine ganze Anzahl Spuren, aber es sei gar nicht sicher, dass überhaupt ein zweiter Land Rover bei Estancia gewesen sei, und das Wichtigste für alle sei doch, dass die Suche nach dem kleinen Archie fortgesetzt werde, und zwar so lange, bis – na ja, solange es eben nötig ist.

»Was ist mit Hausdurchsuchungen? Wie viele Grundstücke gibt es in Stanley, siebenhundert? Mit all den Soldaten, von denen Sie immer wieder reden, kann das doch bestimmt nicht länger als einen Tag dauern?«

»Also, wissen Sie, Robert, wir können doch nicht einfach ohne Gerichtsbeschluss die Häuser der Leute durchsuchen, und es waren ja auch alle extrem kooperativ. Ich würde sogar so weit gehen zu behaupten, dass jeder Bewohner von Stanley in den letzten vierundzwanzig Stunden sein Haus und sein

Grundstück abgesucht hat, nur um ganz sicher zu sein. Ich denke, wir müssen die Ressourcen der Polizei dort einsetzen, wo sie am dringendsten gebraucht werden.«

»Werden Sie Polizeiunterstützung aus London anfordern?«

»Wenn es notwendig ist, natürlich, aber im Augenblick deutet nichts darauf hin, dass die Situation ... Was ich sagen will, ist: Wir investieren alle uns zur Verfügung stehenden Mittel in die Suche nach dem kleinen Archie, und ich zweifle nicht daran, dass wir ihn bald finden werden.«

Im Studio herrscht Stille. Ein oder zwei Sekunden Sendepause. Mabel und Cathy wechseln einen Blick. »Jetzt pass auf«, sagt Mabel.

»Es geht da heute Vormittag das Gerücht um, dass gestern Nacht der Leichnam eines kleinen Kindes in Port Pleasant gefunden wurde, Chief Superintendent. Können Sie uns irgendetwas darüber sagen?«

Was? Ich fahre zu Cathy herum. Sie gibt mir abermals mit einer Geste zu verstehen, dass ich still sein soll.

Im Radio gibt Stopford einen leisen, würgenden Laut von sich. »Sämtliche Informationen werden zu einem angemessenen Zeitpunkt öffentlich gemacht, Robert. Sie wissen doch, dass es falsch wäre, sich in Spekulationen zu ergehen.«

Eine Leiche? In Port Pleasant? Die Jungen und ich haben doch beim Frühstück Radio gehört. Von einer Leiche hat niemand etwas gesagt.

»Glauben Sie, es war Archie?«, fragt Dad jetzt.

»Zu diesem Zeitpunkt haben wir keinerlei Veranlassung ... Ich meine, wir sind uns so gut wie sicher, dass es nicht Archie ist, und wir haben seine Angehörigen entsprechend in Kenntnis gesetzt.«

Eine Kinderleiche? Kein Wunder, dass die Leute in der Stadt nervös waren. Aber wenn es nicht Archie war, wer ...?

»Jimmy«, formt Cathy lautlos mit den Lippen. »Jimmy Brown.«

»Wie bald rechnen Sie mit einer eindeutigen Identifizierung?«

»Ich kann hier wirklich keinerlei Mutmaßungen anstellen.« Ich sehe es quasi vor mir, wie Stopford sich von seinem Stuhl erhebt und langsam in Richtung Tür manövriert.

»Glauben Sie, zwischen diesen beiden Fällen gibt es eine Verbindung?«

»Zu diesem Zeitpunkt gibt es keinen… absolut keinen Grund, eine Verbindung, also, zu denken, dass diese beiden Fälle etwas miteinander zu tun haben. Es wäre unverantwortlich, darüber zu spekulieren. Und auch sehr unfair den Angehörigen gegenüber.«

»Drei kleine Jungen in den letzten zwei Jahren. Alle sind nahe am Wasser verschwunden – und Sie verlangen von den Leuten immer noch, dass sie denken, da gäbe es keine Verbindung?«

»Robert, das hilft uns nicht weiter und ist eine Belastung für die betroffenen Angehörigen. Wir werden es dabei belassen müssen.«

Musik ertönt, und wir hören Stühlerücken und dann das Knarren der Studiotür. Chief Superintendent Stopford nimmt uns gar nicht zur Kenntnis, als er durch die Eingangshalle und dann zur Vordertür hinausschreitet. Mein Vater steht in der Studiotür und sieht ihm nach, während »Sweat« von Inner Circle über die Inseln dröhnt. »Gonna make you sweat«, warnt der Leadsänger.

Manchmal muss sogar ich meinen Dad einfach lieben.

Als wir wieder zu Hause sind, gebe ich Peter etwas zu essen und gehe dann mit ihm zum Strand hinunter, etwas, was ich für gewöhnlich nicht tue. Bestimmt wird er schnell unleidlich werden; eigentlich sollte er nach dem Essen wirklich schlafen. Aber ich habe das dringende Bedürfnis, im Freien zu sein, und aus irgendeinem Grund – mit an Sicherheit grenzender

Wahrscheinlichkeit wegen der anonymen Briefe – will ich ihn nicht allein lassen.

Als ich das Haus verlasse, erfahre ich von Dad übers Radio, dass die Erstuntersuchung des Leichnams, von dem die Polizei noch nicht bestätigt hat, dass es sich um Jimmy Brown handelt, heute Nachmittag im Krankenhaus stattfindet.

Wieder überlege ich, ob ich jemandem von den Briefen erzählen sollte, aber bei allem anderen, womit sich die Polizei gerade herumschlägt, wird mein voreingenommener anonymer Brieffreund wohl kaum oberste Priorität haben. Es ist ja nicht so, als hätte Archies Familie Botschaften erhalten, bevor er verschwunden ist.

Oder vielleicht ja doch, und das ist geheim gehalten worden? Also, was mache ich jetzt? Die Briefe melden und riskieren, die Zeit der Polizei zu verschwenden; ganz zu schweigen davon, dass ich damit darauf aufmerksam mache, was für eine schlechte Mutter ich bin, oder … Ich werde sie melden, beschließe ich. Auf jeden Fall. Bald.

Die neue Erfahrung, am Strand zu sein, lässt mein Kind vergessen, dass es müde ist. Peter macht ein paar rasche Schritte auf einen Vogelschwarm zu, und die Tiere flattern um ihn herum empor. Ganz hingerissen von der Macht, solche Wirkung auf so viele Leben zu haben, dreht er sich auf dem Sand im Kreis.

Das ist eine gefährliche Macht, denke ich bei mir, während ich zusehe, wie sein blonder Kopf hüpft, wie seine Füße durch den Sand scharren und seine Augen vor Staunen riesengroß werden. Ich sollte das schließlich wissen.

Als Chris zur Welt gekommen war, in jenen ersten paar Tagen, nachdem ich Mutter geworden war, fand ich diese plötzliche Verantwortung fast furchterregend. Über so lange Zeiträume waren wir in jenen frühen Tagen vollständig allein; nur ich, ein winziges Geschöpf, das mir vollkommen ausgeliefert war, und mein Kopf voller erschreckender Gewaltfantasien.

Sie kamen aus dem Nichts. Ich kochte Tee und dachte plötzlich darüber nach, wie einfach es wäre, den brodelnden Inhalt des Kessels über sein Bettchen zu kippen. Ich nahm ihn zum Luftschnappen mit hinaus in den Garten, ging zum Rand der Klippe und überlegte, wie lange es wohl dauern würde, bis er unten ankäme, wenn ich ihn jetzt loslassen würde. Würde er schreien? Würde es mir leidtun? Wer würde in jenen kurzen Augenblicken, ehe er auf den Felsen aufschlug, lauter schreien – er oder ich?

Ich hatte Mühe, ihn zu stillen, und stellte ziemlich rasch auf Babymilch um. In dieses Fläschchen könnte ich doch alles Mögliche tun, dachte ich, wenn ich jeden Morgen eins fertig machte. Rohrreiniger? Unverdünnten Whiskey? Wer sollte mich daran hindern?

Ich hatte keine Ahnung, was da in meinem Kopf falsch geschaltet war, wieso diese unsäglichen Gedanken sich immer wieder dort hineindrängten. Es war ja nicht so, als würde ich mein Baby nicht lieben. Manchmal fühlte es sich an, als wäre die Liebe, die ich empfand, so stark, dass in meinem Kopf gar nicht genug Platz dafür war. Ich konnte es kaum ertragen, mich in einem anderen Zimmer aufzuhalten. Nachts wachte ich auf und fand meine Hand sachte auf seinem Bauch ruhend vor, während er neben mir in seinem Bettchen schlummerte, und ich fragte mich, wie ich so viele Jahre meines Lebens ohne ihn zugebracht hatte. Und doch kamen diese finsteren, abartigen Gedanken immer wieder.

Ich bekam Angst vor mir selbst, Angst davor, was ich tun könnte, und es gab niemanden, an den ich mich wenden konnte. Wie konnte ich denn gestehen, dass ich Fantasievorstellungen davon hatte, mein Baby umzubringen? Andere Mütter würden vor Schreck die Augen weit aufreißen und sich eine Ausrede ausdenken, um schleunigst das Haus zu verlassen. Mein Hausarzt würde mich in die Psychiatrie einweisen. Sander würde das alleinige Sorgerecht beantragen. Meine beste Freundin hatte selbst gerade ein Baby bekommen, sie war also wohl kaum in der Lage, sich mit meiner Paranoia zu befassen.

Schließlich erzählte ich es Catrin doch. Eines Nachmittags klappte ich völlig zusammen und erzählte ihr alles. Unergründlich, unerschütterlich wie immer, dachte sie eine Weile nach.

»Ich glaube, das ist dein Unterbewusstsein, das gerade eine ziemlich umwälzende Veränderung in deinem Leben verarbeitet«, meinte sie endlich. »Auf einer ganz bestimmten Ebene bist du dir bewusst, dass du das alles tun könntest, also agierst du das auf dieser Ebene aus, testest die Grenzen aus. Ich würde mir keine Sorgen machen, ich denke, das hört irgendwann auf, wenn du dich erst an diese ganze Muttersein-Nummer gewöhnt hast.«

»Und wenn nicht? Was ist, wenn ich wirklich mal so was mache?«

Sie sah mich an, als hätte ich nicht mehr alle Tassen im Schrank. »Rachy, ich habe dich mit der Hand Wespen fangen sehen, weil du's nicht über dich bringst, sie zu erschlagen. Das sind doch nur Fantasien.«

Im Laufe der Zeit kam ich zu der Überzeugung, dass sie recht hatte. Die Fantasien wurden seltener und verschwanden schließlich ganz, und als Michael zur Welt kam, traten sie nicht wieder auf.

Trotzdem ist es eine gefährliche Macht, diese Kontrolle über das Leben eines anderen Menschen. Es kam ein Tag, als ich große Wirkung auf das Leben anderer hatte, und Jahre später frisst mich dieser eine Fehler langsam auf wie ein Krebsgeschwür.

Ein Polizeiboot taucht hinter der Landzunge auf, und ich sehe zu, wie es näherkommt. Es fährt auf das Wrack zu. In den nächsten Tagen werden sämtliche Schiffswracks durchsucht werden. Auf dem alten Schiff, auf dem Menschen, die ich liebte, umhergeturnt sind und Piraten gespielt haben, werden Polizeibeamte herumkriechen.

Eine plötzliche Windbö trifft uns hart und wirft mein Kind beinahe um. Peter ist ein Stück den Strand hinuntergezottelt und schaut sich einen Augenblick lang in heller Panik um; er denkt, er hätte sich verirrt.

Manchmal kommt es mir vor, als hätten alle um mich herum sich verirrt. Über zwanzig Kilometer von hier entfernt suchen Menschen noch immer nach einem verirrten kleinen Jungen. Hundertzwanzig Kilometer von hier versuchen andere Menschen, über hundert verirrte Wale dorthin zurückzuschaffen, wo sie hingehören. Ich sitze auf dem kalten Sand, sehe einem dünnen Zweijährigen dabei zu, wie er Kormoranen und Trottellummen über den Sand nachjagt, und frage mich, wer mich wohl suchen wird und wie ich jemals nach Hause zurückfinden soll.

Chris weckt mich mitten in der Nacht. Er hat das Telefon in der Hand. Bestimmt hat es eine Weile geklingelt, ist aber nicht durch meinen Tablettenschlaf gedrungen.

»Mummy.«

Er hockt neben mir im Bett, zerrt an meiner Schulter. Panik durchzuckt mich, und ich fahre hoch.

»Granddad ist am Telefon. Sie haben ihn gefunden. Sie haben den kleinen Jungen gefunden.«

Ich greife nach dem Telefon und versuche, mich zu konzentrieren. Eigentlich ist es gar nicht so spät, nicht lange nach Mitternacht, aber die Tabletten haben mich fest im Griff. Trotzdem bekomme ich genug mit. Archie West ist gefunden worden. Am Leben und einigermaßen wohlauf.

Chris beugt sich ganz nah heran, versucht zu hören, was Dad sagt. Ein erleichtertes Lächeln macht sich auf seinem jungen Gesicht breit. Ich kann die freudige Erregung hören, die Dad sich so gar nicht anmerken lassen will, höre das Plappern meiner Mutter im Hintergrund. Es fühlt sich an, als atmeten alle um mich herum ganz tief durch, ließen die Anspannung weichen. Es ist vorbei.

Dad redet immer noch. Ausgerechnet Catrin und Callum haben Archie gefunden, auf dem Nachhauseweg von Speedwell. Dad kann seine Freude über diese Story kam verhehlen, die ihm da vor die Füße gefallen ist wie ein vom Olymp herabgeworfener Topf voller Ambrosia. Sie haben nach einer noch nie dagewesenen Walstrandung fast zweihundert Meeressäuger abgeknallt und auf dem Heimweg einen frierenden, hungrigen kleinen Jungen am Straßenrand stehen sehen.

Als Dad innehält, um Luft zu holen, nutze ich die Gelegenheit, um ihm eine Gute Nacht zu wünschen. Chris hat sich in mein Bett gekuschelt und schläft schon fast wieder.

Ich krieche auf Sanders Seite hinüber. Das Laken fühlt sich kalt an.

Der Albtraum ist vorbei, hat ein besseres Ende genommen, als irgendjemand hätte hoffen können. Der kleine Junge von weit her ist gefunden worden. Catrin und Callum sind offensichtlich wieder zusammen. Plötzlich scheint so vieles möglich zu sein. Ich komme zur Ruhe, bin froh über Sanders kühles, sauberes Laken unter mir, über Chris' Atemgeräusche neben mir. Es ist vorbei. Ganz gleich, was mit Archie passiert ist, es ist …

Dann fällt mir ein, welcher Tag heute ist. Der 3. November. Der Tag, an dem ich die Kinder meiner besten Freundin umgebracht habe.

Schlaf erscheint mir jetzt unmöglich, also ziehe ich Chris die Decke über die Schultern und steige aus dem Bett. In Michaels Zimmer zeichnet sich eine ungewöhnlich große Wölbung unter der Bettdecke ab, und zwei blonde Köpfe schauen daraus hervor. Der Kleine kann nicht allein aus seinem Bettchen klettern, also kann ich nur davon ausgehen, dass Michael ihn gehört hat, als er aufgewacht ist, und dass er ihn in sein eigenes Bett geschleppt hat.

Auf dem Rückweg in mein eigenes Zimmer stecke ich den Kopf durch Peters Tür, und obwohl ich genau weiß, wo mein Jüngster ist, erschreckt mich der Anblick seines leeren Gitterbettchens.

Sie sollten doch die Kostbarsten sein, unsere jüngsten Kinder. Die jüngsten, die süßesten, die geliebtesten, die letzten Kinder unseres Leibes. Archie ist auch ein jüngstes Kind. Wenn sie ihn jetzt wieder in den Armen hält, kommt es seiner Mutter bestimmt so vor, als könne die dünne, zerbrechliche Hülle ihres Herzens die Gefühle gar nicht fassen, die in ihr aufwallen. Bestimmt bleibt sie die ganze Nacht wach, hält seinen winzigen verfrorenen Körper mit dem ihren umfangen und kann es kaum glauben, dass ihr diese zweite Chance gegeben worden ist.

Ist es möglich, dass es für mich eine zweite Chance gibt?

»Mummy?« In meinem Zimmer ruft mich eine schlaftrunkene junge Stimme zurück ins Bett. Ich gehe nicht hin. Ich stehe da, denke nach und starre auf das leere Bettchen hinab.

Tag 4

Donnerstag, 3. November

31

»Die ist doch nicht ganz richtig im Kopf, und zwar schon seit …«

Eine der tratschenden Mütter vor dem Schultor bemerkt mich. Ein Ellenbogen ruckt zur Seite und unterbricht die Sprecherin.

»Na und? Ich sage ja nichts, was wir nicht alle wissen.« Ihre Stimme ist leiser geworden, aber nur ganz wenig. Auf meine Gefühle wird schon lange keine Rücksicht mehr genommen.

Wir warten darauf, dass die Schultüren sich öffnen. Es ist einer von diesen Tagen, an denen der Himmel wolkenlos ist, aber in der Ferne Wolken aufziehen, und wir wissen, dass es später stürmisch werden wird. Sie ballen sich draußen auf dem Meer zusammen, die langen Wolkenbänke werden dichter und dunkler, als eine nach der anderen sich dazugesellt, und der Schatten breitet sich auf dem Ozean aus. Im Augenblick leuchten die sonnenbeschienenen bunten Dächer von Stanley. Noch ein paar Stunden, und sie werden triefen wie Wäsche, die im Regen auf der Leine vergessen worden ist.

Heute vor drei Jahren war es ungewöhnlich windstill für diese Jahreszeit, ungewöhnlich warm.

Die Kinder waren am Strand gewesen, und ich fuhr Ned und Kit nach Hause. Ich weiß noch, dass ich dachte, ich muss mal mit dem Staubsauger durchs Auto fahren. Natürlich tat ich das nicht. Der Sand, die Steinchen und all das andere Strandgut stürzte mit den Jungen ins Meer.

Das Wetter war wunderschön an dem Tag, an dem Ned und Kit ums Leben kamen.

Stürme ziehen hier schnell auf, doch wir lernen, die Zeichen zu deuten. Diese Armee, die sich da im Westen zusammenschart, wird den ganzen Vormittag lang größer und stärker werden. Dann wird es jedem, der es mit ansieht, vorkommen, als senke sich einen Augenblick lang völlige Stille herab. Ein Augenblick, in dem diejenigen, die nicht mit diesen Inseln vertraut sind, denken mögen, dass das Schlimmste vorüber sei. Doch dann trifft ein Neuankömmling ein, ein langer, niedriger Wolkenschatten, der schneller dahinzieht und herabsinkt. Das ist die Vorhut, die machtvoll und furchtlos heranprescht und den Rest antreibt, und dann prasselt die volle Wucht der Naturgewalten herab.

Da kam der Sturmwind; der war stark,
und groß war seine Wut.

Ich achte nicht auf die Klatschweiber und tue so, als würde ich zusehen, wie sich Michael von seinem kleinen Bruder über den Pausenhof jagen lässt. Der Größere joggt ein Stück und wartet dann, bis der Kleine ihn fast eingeholt hat, ehe er wieder lossprintet. Bald wird Peter genug davon haben, aber im Moment findet er es lustig.

»Ich weiß nicht, wie sie so was tun konnte. Einen nach dem anderen, wie bei einer Hinrichtung.«

»Das ist doch ihr Job, oder?«

»Könntest du so was machen? Ich nicht. Über zweihundert Stück. Ganz kleine, und trächtige Muttertiere und all so was.«

Die reden über Catrin, nicht über mich.

»Sie hat doch schließlich den kleinen Jungen gefunden.«

»Sie hat beide Jungen gefunden, und der eine war tot. Das sagt einem doch was.«

»Anlegen würde ich mich ja nicht mit ihr, das weiß ich.«

Das reicht. Ich drehe mich um und trete näher an die Gruppe heran. »Wie viele Lämmer schlachtet Alan jedes Frühjahr, Alison?« Unverwandt blicke ich die Frau mit der blonden Dauerwelle und den roten Wangen an. Sie und ihr

Mann haben eine Schafzucht auf einer der kleineren Inseln. »Und wie genau macht er das?«

Sie starrt zurück. »Das ist was ganz anderes, das weißt du genau.«

Alison und ich waren zusammen in der Schule, allerdings war sie eine Klasse über mir. Ich glaube mich zu erinnern, dass ihre Schlagfertigkeit größer war als ihr Intellekt. Das macht es nicht leicht, mit ihr zu streiten.

»Massentötung aus einer Notwendigkeit heraus«, meine ich. »Lämmer werden geschlachtet, weil wir Nahrung brauchen. Die Wale sind getötet worden, um zu verhindern, dass sie leiden. Man könnte behaupten, was Catrin getan hat, war sehr viel barmherziger als das, was ihr tut, du und dein Mann.«

Sie grinst höhnisch, tritt einen kleinen Schritt vor. Mir wird die Brust eng. Sie beugt sich zu mir vor, schiebt ihr Gesicht dicht vor meins. »Oh, entschuldige. Hab ganz vergessen, dass du ja Expertin bist, wenn's darum geht, unschuldige Lebewesen umzubringen.«

Und es gibt nichts, was ich darauf erwidern könnte. Keine Möglichkeit für mich zu reagieren. Die meisten Frauen, die um uns herumstehen – inzwischen haben wir eine erkleckliche Menge Neugierige angezogen – machen betretene Gesichter, aber ich sehe auch ein paar, die das Drama genießen.

Diesen Disput kann ich unmöglich gewinnen. Was ich getan habe, hat mich für alle Zeit des Rechts beraubt, eine Meinung zu etwas zu haben, mich für irgendetwas auszusprechen. Ich kann nie wieder jemanden herausfordern, weil jeder andere eine Waffe hat, die mich vollkommen vernichten kann. Ich habe zwei Kinder getötet. Und dafür werde ich bezahlen, wieder und wieder, jede Stunde jedes einzelnen Tages.

»Sie gehen rein.« Die Gruppe zerstreut sich; ein paar von den Müttern eilen zu ihren Kindern, um ihnen Auf Wiedersehen zu sagen. Der Rest schart sich um Alison wie ein Rudel

Hunde, das darauf wartet, dass ich genug Schwäche zeige. Ich spüre das Prickeln von Tränen. Nein, ich darf nicht weinen. Nicht jetzt, nicht vor denen.

»Mum! Peter will mit rein!«

Chris' Stimme. Er ist drüben am Zaun, hält seinen Bruder hoch. Michael ist bereits verschwunden. Ich gehe zu ihm und nehme ihm das Kind ab. Natürlich will er nicht mit mir kommen, wer würde das denn schon wollen? Zappelnd und tretend streckt er sich nach seinem großen Bruder. Na toll, ein ausgewachsener Trotzanfall.

Wütende Zweijährige sind unglaublich stark. Ich schaffe es gerade eben noch, ihn in seinem Buggy festzuhalten, während ich ihn anschnalle, und es ist wahnsinnig peinlich, dass ich das unter den gehässigen Blicken von Alison und ihren Getreuen tun muss. Eine seiner herumfuchtelnden Fäuste trifft mich genau ins Auge, was einen Moment lang unheimlich wehtut, und ohne nachzudenken, brülle ich ihn an.

»Hör auf damit, du kleiner Scheißer!«

In dem Wissen, dass sie mich alle immer noch beobachten, dass sogar Chris vom Zaun aus meine Demütigung mit angesehen hat, sie mit mir teilt, bleibt mir nichts anderes übrig, als den Buggy umzudrehen und wegzugehen.

Den größten Teil des Vormittags bringen wir mit Weinen zu. Ich umgebe meinen Sohn mit Spielsachen, lege ein Video ein, das er gern mag, und bleibe bei ihm im Zimmer. Er macht sich meine Stimmung zu eigen, ist schwierig und quengelig. Mal klebt er an mir, mal versteckt er sich in einer Ecke.

Das Herz tut mir weh vor Mitleid mit ihm. Wenn Sander und die Jungen unterwegs sind, was meistens der Fall ist, dann hat dieses winzig kleine Wesen außer mir niemanden, auf den er zählen kann. Ich kann sehen, wie er sich nach etwas sehnt, das sein kleines, noch nicht richtig ausgeformtes Gehirn weder visualisieren noch artikulieren kann. Er hat keine Ahnung, was er braucht, er weiß nur, dass in seinem Leben etwas Grundlegendes fehlt. Er weint und brüllt, und jedes Zeichen seines Unglücks schreit mich an, mich zusammenzureißen, eine Mutter zu sein, mich so um ihn zu kümmern, wie ich es bei den beiden Älteren getan habe und es immer noch tue, und es geht einfach nicht.

Es geht nicht.

Schließlich mache ich das Radio an, um etwas zu finden, das mich von mir und meinem Leben ablenkt, irgendetwas. Die große Pressekonferenz habe ich verpasst, aber der Nachrichtenüberblick danach bringt mich auf den neuesten Stand.

Die sterblichen Überreste, die auf der *Endeavour* gefunden wurden, sind offiziell identifiziert worden, und die Angehörigen des siebenjährigen Jimmy Brown werden ihn bald begraben können, werden richtig trauern können. Die Polizei hat keinen Anlass, seinen Tod für etwas anderes als einen Unglücksfall zu halten.

Der Nachrichtensprecher – nicht Dad – berichtet weiter, die Polizei glaube inzwischen, dass Archie doch entführt worden ist, und sie stützen sich bei ihrer Arbeit auf die Theorie, dass der Entführer es mit der Angst bekommen und ihn einfach zurückgelassen hat. Die Suche nach einem Entführer ist in vollem Gange, und die *Princess Royal* wird in absehbarer Zukunft nicht auslaufen dürfen.

Um drei Uhr, als ich noch fast eine Stunde vor mir habe, bis die Jungen nach Hause kommen, schnalle ich Peter in seinem Kindersitz fest und fahre zu Catrins Haus hinüber. Ich weiß, dass sie bei der Arbeit sein wird. Nicht ein einziges Mal in drei Jahren war sie um genau jene Zeit, als mein Wagen über die Klippe gerollt ist, dort, wo ihre Söhne umgekommen sind. Das ist eine düstere Totenwache, die ich ganz allein halte.

Ich steige aus, nachdem ich mich vergewissert habe, dass mein kleiner Schützling sicher angeschnallt und die Handbremse fest angezogen ist. Beides habe ich vor drei Jahren nicht getan. Dann gehe ich zum Haus hinauf. Vor drei Jahren habe ich dasselbe mit glühendem Gesicht und wild pochendem Herzen getan, habe gewusst, dass Ben zu Hause war und dass ich eine Stunde früher dran war, als Catrin es ihm angekündigt hatte. Vor drei Jahren war ich ins Ungewisse hineinmarschiert.

An der Tür mache ich kehrt; ich gehe nie weiter als bis hier. Und einen Augenblick lang scheint mein Auto vorwärtszurollen, so wie damals. Das tut es natürlich nicht, das Licht gaukelt es mir nur vor, aber trotzdem stürze ich zum Wagen zurück.

Das Geräusch eines Autos, das auf der Straße wendet, weckt mich aus dem Dämmerzustand, in den ich gesunken bin. Ich höre, wie Cathy Auf Wiedersehen ruft, wie Michael und Christopher den Weg hinaufrennen. Rasch setze ich mich auf, schüttele den Kopf, reibe mir den Schlaf aus den Augen.

Als ich aufstehe, sackt mein Kreislauf einen Moment lang weg, und ich komme kurz ins Taumeln. Unter dem Fenster kann ich Chris und Michael leise miteinander reden hören. Im Zimmer nebenan ruft Peter nach ihnen.

Ich tappe ins Bad, gehe auf die Toilette und wasche mir Hände und Gesicht.

»Mum!« Normalerweise kommt Chris sofort in mein Zimmer, sobald er zu Hause ist. Andere Jungen kommen aus der Schule und finden ihre Mütter in der Küche vor, wo sie das Abendessen machen. Meine wecken mich aus meinem Medikamentenschlaf.

»Hier drin.« Ich gebe mir Mühe, ganz normal zu klingen. »Moment noch.«

»Okay.«

Er rennt wieder nach unten. Draußen höre ich Stimmen. Ich schaue in den Spiegel und erkenne die Frau nicht wieder, die mich daraus anstarrt.

Dann wird mir klar, dass es im Bad dunkler ist, als es eigentlich sein sollte, und die Sonnenfinsternis fällt mir wieder ein. Chris und Michael. Ich will nicht, dass sie im Halbdunkel den Klippenpfad hinunterklettern.

Wieder kommt ein Auto den Hügel herauf. Um diese Zeit kann das nur Cathy sein. Bestimmt hat sie etwas vergessen.

Nicht der rote Kombi, den ich erwartet habe. Das da ist ein silberner Land Rover mit schwarzem Dach. Catrins Wagen. Ich habe noch nie erlebt, dass sie tagsüber am Haus vorbeigefahren ist. Sie fährt schnell. Viel zu schnell für diese schmale, schlechte Straße. Jetzt bremst sie heftig, und gleich darauf kann ich verbrannten Gummi riechen.

Sie steigt aus. Sie ist tatsächlich aus dem Wagen gestiegen. Ihr dunkles Haar weht um ihren Kopf empor. Etwas in ihrer Miene macht mir Angst. So oft habe ich mir gewünscht, dass sie Kontakt zu mir aufnehmen würde.

Nicht heute. Heute kann ich ihr nicht entgegentreten.

Catrin verschwindet aus meinem Blickfeld, duckt sich hinter der Hecke. Dann richtet sie sich wieder auf.

Sie hat mein Kind auf dem Arm.

Mit offenem Mund sehe ich zu, wie sie sich wieder zum Wagen umdreht. Die Frau, die mich hasst, die sich meinen Tod wünscht, die Frau, die sich gestern als kaltblütiger Killer erwiesen hat, hat mein Kind.

Tag 5

Freitag, 4. November

(spätabends)

32

Erst als es im Haus still ist, tauche ich aus der Betäubung auf, die mich den größten Teil des Tages umfangen hat. Die Polizei, die Wohlmeinenden und die einfach nur Neugierigen sind nach Hause gegangen, meine Mutter schnarcht im Gästezimmer, und die beiden Söhne, die mir geblieben sind, haben sich erschöpft und unglücklich zusammen in ein und dasselbe Bett gekuschelt. Erst jetzt stehe ich auf und verlasse mein Schlafzimmer, gehe durch das dunkle Haus.

Ehrlich gesagt, kann ich mich kaum noch an den Tag erinnern; wäre nicht der Nachthimmel dort draußen, ich wäre mir nicht mal sicher, ob es ihn überhaupt gegeben hat. Und doch sind die Stunden verstrichen, und irgendetwas muss sie ja ausgefüllt haben.

Behutsam gehe ich die Treppe hinunter und weiß gar nicht, wen ich zu stören fürchte. Dabei spähe ich in jeden dunklen Winkel, nur für den Fall, dass dort etwas Kleines, Unbedeutendes ist, das ich vergessen habe. Zum Beispiel die Erkenntnis, was ich mit meinem jüngsten Kind gemacht habe. *Ach, da ist er ja! Wie konnte ich nur vergessen, dass ich ihn in dem kleinen Schuhschrank unten an der Treppe verstaut habe? Entschuldigt bitte, Leute, keine Panik, er war die ganze Zeit hier.*

Heftig ringe ich nach Luft und kann anscheinend nicht mal annähernd genug einsaugen. Ich befehle mir, den Tag in Gedanken zurückzuverfolgen, mich an alles zu erinnern, meinem Verstand einen Anker zu geben, an dem er sich festhalten kann. Einatmen, ausatmen.

Heute früh haben wir von Catrins Verhaftung erfahren. Als die Polizei kam, habe ich denen natürlich sofort erzählt, dass sie vor dem Haus angehalten hat, dass sie das Kind auf den Arm genommen hat. Wie konnten sie anders, als sie als Hauptverdächtige zu betrachten? Sie fanden schnell heraus, dass sie mit ihrem Boot den Hafen verlassen hatte, und natürlich leierten sie eine groß angelegte Suchaktion an, aber Catrin kennt die Gewässer rund um die Falklands sehr gut, und bis endlich ein Hubschrauber abgehoben hatte, war es dunkel geworden.

Sie fanden sie erst bei Tagesanbruch, und da war außer Catrin und dem Hund niemand an Bord. Niemand hat es mir gegenüber laut ausgesprochen, dass Catrin Peter zwölf Stunden lang in ihrer Gewalt gehabt hat, dass sie ihm alles Mögliche hätte antun, ihn überall allein hätte zurücklassen können, aber ich weiß, das ist es, was alle denken.

Gestern hat sich der Unfall zum dritten Mal gejährt, bei dem ich zwei Kinder unbeaufsichtigt in einem Auto gelassen habe, das gefährlich nahe am Rand einer Klippe stand. Und nicht im Traum damit gerechnet habe, dass dies dazu führen könnte, dass beide ins eisige Wasser stürzen und dabei umkommen würden. Dieser Jahrestag kann den Leuten nicht entgangen sein. Wie viele fragen sich wohl, ob Catrin sich mit Absicht diesen Tag ausgesucht hat, um meinem Sohn dasselbe anzutun?

Den ganzen Tag lang hat die Polizei der Höflichkeit halber immer wieder angerufen, hauptsächlich, nehme ich an, weil Dad sie wahnsinnig gemacht hätte, wenn sie uns nicht auf dem Laufenden gehalten hätten. Wir wissen also, dass Catrin ausführlich vernommen worden ist, aber nichts zugegeben hat, außer dass sie das Kind auf der Straße gesehen, es hochgehoben und wieder in den Garten gebracht hat. Auf ihrem Pullover waren Haare, und an ihrer Tasche waren Fingerabdrücke von einem Kind, aber das allein beweist gar nichts, außer der Tatsache, dass sie ihn auf den Arm genommen hat, und das gibt sie ja zu.

Der Hausflur am Fuß der Treppe ist kalt; der Fliesenboden fühlt sich unter meinen nackten Füßen ungemütlich an. Sander hat andauernd angerufen. Ich glaube, er dreht langsam durch, so weit weg von zu Hause und außerstande, irgendetwas zu tun. Als würde er anders empfinden, sich weniger hilflos fühlen, wenn er hier wäre.

Die Polizei ist überzeugt, dass Catrin lügt, vor allem, weil sie ein Spielzeug auf ihrem Boot gefunden haben, einen kleinen Hasen, den ich sofort wiedererkannt habe. Es ist ein altes Stofftier von Michael, das sein kleiner Bruder geerbt hat und das wir im Haus nirgends finden konnten. Die Polizei sieht das als Beweis dafür an, dass sie Peter auf ihrem Boot gehabt hat, dass sie mit ihm aufs Meer hinausgefahren ist. Taucher waren einen großen Teil des Tages in Port Pleasant zugange und haben nach Gegenständen gesucht, die Catrin vielleicht über Bord geworfen haben könnte. Das ist zumindest die offizielle Begründung. Wir wissen alle, dass sie nach dem Leichnam meines Sohnes gesucht haben.

In der Küche riecht es noch immer nach den Spaghetti Bolognese, die Grandma für die Jungen gekocht hat. Wir haben alle zugesehen, wie sie drei Teller hingestellt hat, auch den kleinen mit dem Häschen drauf, von dem Peter immer isst, und niemand hat sich getraut, etwas zu sagen. Als sie merkte, was sie getan hatte, floh sie aus der Küche. Wir konnten sie im Flur schluchzen hören. Es war dann Chris, der aufstand und den kleinen Teller seines Bruders in den Schrank zurückräumte, der sich und Michael Spaghetti auftat.

Die beiden anonymen Briefe, die ich bekommen habe, werden fürs Erste geheim gehalten. Stopford selbst sagt, es sei in solchen Fällen üblich, der Öffentlichkeit etwas vorzuenthalten. Allerdings wissen wir, dass Catrin abgestritten hat, sie geschickt zu haben. Bei einer genauen Untersuchung wurden keine Fingerabdrücke darauf gefunden außer meinen und die der Frau, die das Postamt leitet. Die verkauft natürlich jede

Menge Papier und Umschläge. Eine Schriftprobe von Catrin wird zur Vergleichsanalyse eingeschickt, doch solange kein positives Resultat vorliegt, sind die Briefe kein nützlicher Beweis.

Da es sonst nichts zu tun gibt, gehe ich wieder ins Bett. Rund um Stanley herum wird jetzt ein Feuerwerk gezündet. Jeder einzelne Böller hört sich an wie ein Schuss.

Am Morgen bin ich als Erste auf. Ich ziehe mich rasch an und gehe hinaus, durch den Garten und zum Klippenpfad. Als ich mich dem Klippenrand nähere, beginnt der Himmel sich zu verfärben, fängt Spiegelungen von der Sonne ein, die rasch emporklimmt. Normalerweise gibt es wenig, was einem mehr Mut macht, die Stimmung mehr hebt als der Anblick eines Sonnenaufgangs, jene prachtvolle Verkündigung an die ganze Welt, dass die Nacht vorüber ist. An diesem hier ist nichts Ermutigendes. Keine weichen Rosatöne, keine Pastellschattierungen von Orange sind in der Farbpalette zu finden, die sich um mich herum aufbaut. Die Wolken, so dicht und schwer und hoch aufgetürmt wie schon die ganzen letzten vierundzwanzig Stunden, werden zu einer Masse aus dunklen Schatten und dem harten Falunrot, das wir früher im Aushub von Kupferminen gesehen haben. Dies hier ist das *heiße Kupferfirmament* aus dem Gedicht von Coleridge. Dann färbt sich auch das Meer, und seine sich hebenden und senkenden Wogen sehen allmählich aus wie geronnenes Blut. Das tiefe Dunkelrot um mich herum wird immer intensiver, selbst das Gras, der Ginster, die Felsen schimmern purpurn. Die Welt ist rot geworden.

Falls jemals ein Morgenrot wie ein Unheilsbote erschienen ist, dann dieses. Dies hier fühlt sich an, als wolle die Morgendämmerung den Tod eines Kindes anzeigen.

Ich gehe zurück ins Haus und finde dort Polizisten vor, die auf mich warten. Catrin hat gestanden.

Tag 6

Samstag, 5. November
(sechs Stunden später)

33

Ich reite nicht nach Hause, nachdem Callum und ich Catrins Tagebuch zu Ende gelesen haben. Ich kann nicht. Und es ist ja auch gar nicht nötig. Die Jungen sind bei meiner Mutter, und auch wenn sie mich wahnsinnig macht, sie ist eine tolle Großmutter. Chris wird Strawberry füttern, ihre Box ausmisten und sie reiten. Dad wird über sie alle wachen, unter Einsatz seines Lebens, wenn es sein muss, das weiß ich. In ein paar Stunden ist Sander wieder zu Hause, und er ist der beste Vater, den ein Kind sich nur wünschen könnte. Sie brauchen mich nicht. Das glauben sie zwar, aber es ist nicht so.

Ich brauche nie wieder nach Hause zurückzukehren. Nachdem der erste Schock, die erste Trauer bewältigt sind, werden sie so doch viel besser dran sein. Wie ein ansonsten gesunder Körper, nachdem eine vom Wundbrand befallene Extremität entfernt worden ist. Also gehe ich nicht nach Hause. Stattdessen reite ich zur nächsten Klippe, die für das, was ich vorhabe, hoch genug ist.

Großer Gott, der Wind. Er heult, fährt mir kreischend ins Gesicht. Es fühlt sich an, als sei er stark genug und zornig genug, ganz East Falkland aufs Meer hinauszutragen. Das wird helfen, mir die Verantwortung abzunehmen, denke ich. Ich kann mich in ihn hineinlehnen, weit über alle Hoffnung hinaus, es mir noch einmal anders zu überlegen, und den Wind den Moment wählen lassen, in dem er mich loslässt.

Als wir noch zwanzig Meter vom Rand der Steilwand entfernt sind, pariere ich Bee durch. Der Wind macht ihm zu schaffen, und ich will ihm keine Angst machen, indem ich noch näher heranreite.

In meinen Augen ist sie jetzt kein Mensch mehr.

Wie gut sie das ausgedrückt hat. Ich bin in niemandes Augen ein Mensch. Wie hat sie mich noch mal genannt? *Ein Ereignis, eine lebende Katastrophe, eine Leere.* Ich bin der Sturm, der zwei junge Leben ausgelöscht hat, der stinkende Wind, der so viele andere mit Verderben besudelt hat.

Der Mann, den ich geliebt habe, meine beste Freundin, der Mann, der sie geliebt hat, sie alle sind von der Trauer zu etwas verunstaltet worden, das sie selbst kaum noch wiedererkennen. Und dann sind da noch meine Söhne, mein Mann, meine Eltern, alle durch die Beziehung zu mir mit einem Makel behaftet. Einer von ihnen hat bereits die Zeche bezahlt, die doch eigentlich meine hätte sein sollen. Einer von uns, der Kleinste, Verwundbarste, ist geopfert worden. Das muss reichen.

Ich rutsche von Bees Rücken, nehme Sattel und Trense ab und lege sie auf den Boden. Sie werden bestimmt bald gefunden werden, wie Hinweise bei einer Schatzsuche.

»Was in Gottes Namen soll denn das jetzt werden?«

Ich habe nicht wirklich damit gerechnet, dass mein Pferd das hier widerstandlos mitmacht, also bin ich nicht überrascht. Ich lehne mich gegen seinen Brustkorb, spüre das feuchte Fell in der Sattellage und strecke die Hand aus, um seinen Unterkiefer zu umfassen.

»Schsch, sei brav. Geh nach Hause.«

Sie ist der Grund dafür, dass die Welt völlig aus dem Gleichgewicht geraten ist. Solange sie da ist, hängt das Universum schief, und diejenigen von uns, die sich auf der Unterseite befinden, laufen Gefahr, geradewegs in die Hölle hinunterzustürzen.

Menschen, die ich liebe, befinden sich auf der Unterseite des Universums. Einer von ihnen ist bereits abgestürzt. Nicht noch einer. Oder vielleicht nur noch einer. Nur noch ich.

Ich löse mich von der Wärme meines Pferdes, drücke seinen Kopf in die richtige Richtung und versetzte seinem Hinterteil einen kräftigen Schubs. Dann drehe ich mich zu der Klippe um.

»Ich hab dich ja schon öfter Blödsinn machen sehen, aber das hier…« Bee ist nicht losgelaufen. Sein Kopf rammt mich genau zwischen den Schulterblättern.

»Geh nach Hause, du dämlicher Gaul. Ich hab dich lieb. Und beiß ja niemanden.« Wieder schiebe ich ihn weg, mit einem heftigen Klaps auf die Flanke, und er trabt davon. Ich kann ihm nicht mehr nachschauen. Wieder drehe ich mich um und kann eigentlich so gut wie überhaupt nichts mehr sehen, weil der Wind drauf und dran ist, mir die Augen herauszureißen. Blindlings taste ich mich vorwärts, mache einen Schritt, dann noch einen.

Warum konnte es nicht Rachel sein, die da am Kai stand und aus den Fugen ging? Rachel, die leidet, so wie diese arme Tussi. Warum nicht Rachel, die innerlich langsam stirbt, genau jetzt, anstatt sich auf das Bett ihres Sohnes zu kuscheln und seinen warmen kleinen Körper wieder in den Schlaf zu wiegen? Warum starrt sie nicht auf dieses Bett, kalt und leer, und fragt sich, wo in Gottes Namen er ist?

Das tue ich doch. Das tue ich doch alles. Genug jetzt. Ich gehe schneller. Ich werde nicht stehen bleiben und noch einmal überlegen. Ich werde immer weitergehen. Eigentlich ist es sogar besser, wenn ich renne. Einfach drauflosrennen und springen.

Ich kann nicht losrennen. Dafür reicht mein Mut nicht ganz. Aber ich bin am Rand angelangt. Ein letzter Blick. Auf dem Strand dort unten liegen überall große, solide Felsen, dicht an dicht, mit scharfen Kanten. Die werden mir den Schädel zerschmettern, wenn ich Glück habe, denn das wird der rascheste Tod sein. Doch selbst wenn mein Kopf den Sturz übersteht, die multiplen Rupturen lebenswichtiger Organe, die heftigen Blutungen, all das wird mich binnen Minuten töten. Vielleicht habe ich ja ganz großes Glück und breche mir das Genick.

Ich breite die Arme aus und lehnte mich nach vorn. Der Wind fasst mich, hält mich am Rand des Seins – und mein verdammtes Pferd schnappt nach meiner Schulter.

Dann stolpert er rückwärts, stemmt die Hufe fest in den weichen Boden und schleift mich mit.

»Lass los!« Ich versuche, mich zu befreien. Ich hätte es getan, das weiß ich, ich habe doch gespürt, wie ich gekippt bin, wie sich mein Gewicht verlagert hat.

Er kann nicht mit mir sprechen, der Stoff meines Hemdes klemmt fest zwischen seinen zusammengepressten Zähnen. Außerdem nimmt es den größten Teil seiner Energie in Anspruch, mich rückwärts zu zerren. Unfähig, mich loszureißen, sinke ich zu Boden. Er lässt los und fährt mir grob mit dem Maul über den Kopf.

»Steh auf, pack mir den Sattel wieder drauf, und lass uns nach Hause gehen.«

»Bee, ich kann nicht, ich kann einfach nicht.«

»Lady, in vierundzwanzig Stunden schubse ich dich selbst da runter. Aber vorher musst du noch was tun.«

Ich drehe mich um und sehe die weichen schwarzen Nüstern an, die schokoladenbraunen Augen, und all meinen innigsten Wünschen zum Trotz weiß ich, dass er recht hat. Wenn ich kann, werde ich bald wieder herkommen. Aber zuerst gibt es da noch etwas, was ich tun muss.

34

Es ist Bonfire Night, der Abend der Guy-Fawkes-Feuer. Da wir Briten sind – na ja, irgendwie schon –, feiern wir das gebührend. Natürlich ist das hier gar nicht so leicht, im November ist hier nämlich später Frühling, und die Abende sind lang. Große Feuer wirken im Zwielicht einfach nicht genauso gut, und wir müssen viel länger warten, bevor wir mit dem Feuerwerk anfangen können, aber wir machen uns die Mühe trotzdem.

Sobald Bee und ich nach Hause kommen, frage ich Mum, ob sie bei den Jungen bleiben kann, aber sie will unbedingt los. Sie und Dad sind fest entschlossen, an der noch immer fortdauernden Suche nach meinem Sohn teilzunehmen, und dagegen kann ich ja wohl kaum etwas einwenden. Allerdings erklärt sie sich bereit, abends mit ihnen zum Feuer zu gehen. Ich muss noch ein paar Stunden überstehen.

Ich würde gern sagen, dass ich den Rest des Tages damit zubringe, Ordnung zu schaffen – mich um die Pferde zu kümmern, das Haus aufzuräumen, Abendessen für Sander und die Jungen zu kochen –, doch die Wahrheit ist, dass mir das alles bereits abgenommen worden ist. Also fülle ich die Stunden damit aus, meinen Söhnen zuzusehen und ganz in ihrer Nähe zu sitzen, wann immer ich kann. Dabei versuche ich, nicht darüber nachzudenken, ob die Entscheidung, die ich oben auf der Klippe getroffen habe, die richtige ist. Ich sehe zu, wie die Zeiger der Uhr um das Ziffernblatt herumschleichen.

Um sechs Uhr ist es Zeit. Ich hinterlasse Instruktionen für Sander, wo was ist, wie die Pferde gefüttert werden müssen. Was ich vorhabe, oder warum, sage ich ihm nicht. Ersteres wird er bald genug erfahren, und Letzteres wird er niemals verstehen.

»Wir wollen aber nicht zum Feuer«, mault Chris los, noch ehe er auch nur im Auto sitzt. »Wir wollen hierbleiben.«

Es kostet mich Mühe, ihn nicht anzubrüllen: *Steig endlich ein, verdammt noch mal!* »Aber wir fahren doch immer hin«, erwidere ich stattdessen. »Das bringt euch ein Weilchen auf andere Gedanken.«

»Und was ist, wenn Peter zurückkommt, und wir sind nicht da?«

»Daddy kommt doch bald nach Hause. Und ich versuche, noch mal zurückzukommen, wenn ich erledigt habe, was ich noch tun muss.«

»Du kommst nicht mit?«, fragt Michael.

»Peter will aber nicht zu dir.« Chris gibt sich alle Mühe, nicht loszuheulen. Er wird immer ein bisschen gemein, wenn ihm etwas zu schaffen macht und er es sich nicht anmerken lassen will. »Er weiß genau, dass du ihn nicht lieb hast. Er will zu uns.«

Ich hole tief Luft. Chris war schon immer der helle Kopf.

»Ich habe euch doch lieb«, versichere ich ihm. »Ich habe dich und Michael lieber als alles andere auf der Welt. Bitte fahrt mit, mir zuliebe.«

»Aber Peter nicht.«

»Natürlich habe ich Peter lieb.« Ich greife nach ihm und ziehe ihn fest an mich, sodass er mir nicht in die Augen sehen kann. Bald wird er größer sein als ich. Eines Tages werde ich ihn umarmen, und er wird der Größere sein. Und dann wird mir klar, dass es jetzt niemals dazu kommen wird, und es ist, als wäre eine Antarktiswindbö geradewegs durch den Wagen gefaucht. Ich lasse ihn los, und er dreht sich schmollend weg.

In der Auffahrt ihrer Großeltern verabschiede ich mich von ihnen. Am liebsten würde ich sie beide noch einmal in die Arme nehmen, etwas sagen, das vielleicht mit der Zeit von Bedeutung sein könnte. Nur weiß ich, dass ich hier niemals wegkommen werde, wenn ich damit anfange.

Es ist nicht weit bis zum Polizeirevier, und rund um mich herum explodieren bereits verirrte Böller. Ich komme an Häusern mit bunten Blechdächern vorbei, sehe Guy-Fawks-Puppen zusammengesunken an Zäunen lehnen, Familien, die sich auf den Weg zu den Feuern machen, und es fühlt sich an, als sähe ich das alles zum letzten Mal.

»Hallo, Rachel.«

Ich kenne den diensthabenden Sergeant, seit ich klein bin.

Jetzt sehe ich, wie sich seine Miene verdüstert. »Ich weiß nicht genau, ob es etwas Neues gibt, fürchte ich, aber soll ich DS Savidge rufen?«

Das Revier fühlt sich irgendwie leer an – bestimmt sind alle unterwegs und beaufsichtigen das Feuerwerk, oder sie haben ganz einfach selbst dort ihren Spaß. Trotzdem habe ich das Bedürfnis, dicht an den Sergeant heranzutreten und ganz leise zu sprechen.

»Ist Catrin noch hier? Ich weiß, dass sie gestern Abend auf freien Fuß gesetzt worden ist und nach Hause gehen durfte. War das heute wieder so?«

Mit gerunzelter Stirn schüttelt er den Kopf. »Sie ist noch hier. Aber, Rachy … ich rufe mal schnell Josh her.«

Ich warte im Empfangsbereich und sehe, wie die Furchen im Gesicht des Sergeants zucken, während er ein halblautes Telefonat führt.

»Er kommt gleich.« Der Hörer wird mit einem Klicken aufgelegt. »Kann ich dir was anbieten? Tee?«

Ich schüttele den Kopf; ich möchte nicht, dass er jetzt etwas tut, was ihm später leidtun wird. Und dazu gehört auch, freundlich zu mir zu sein.

Josh Savidge wirkt angespannt, als er kurz darauf erscheint. Er denkt, ich bin hier, um Antworten zu fordern, um ihm die Schuld daran zu geben, dass mein Sohn immer noch verschwunden ist. Bald wird er sich wünschen, es wäre so.

»Rachel, es tut mir leid, es gibt nichts Neues.« Er blickt sich um, als suche er nach Inspiration. »Hör zu, komm doch rein, und trink einen Tee. Das Vernehmungszimmer ist doch frei, nicht wahr, Neil? Nein, gehen wir lieber in den Aufenthaltsraum.«

Alle sind wild entschlossen, nett zu mir zu sein. »Vielleicht solltest du das Ganze lieber ein bisschen förmlicher halten. Ich bin hier, um eine Aussage zu machen.«

Er blinzelt. »Okay, in Ordnung.« Dann blinzelt er noch ein

paar Mal. »Dir ist was eingefallen, stimmt's? Alles klar. Also, wenn du mir dann folgen möchtest.«

Die Wände zu beiden Seiten des Flurs scheinen sich immer dichter heranzudrängen.

»Die nächste Tür rechts.«

Wir betreten ein kleines Zimmer mit einem vergitterten Fenster hoch oben in der einen Wand und einem Tisch, der zu groß für die vier Stühle darum herum ist. Vier weitere Stühle sind in einer Ecke übereinandergestapelt. Ein Tonbandgerät steht auf dem Tisch. Durch das Fenster sehe ich eine Rakete in den Himmel steigen. Sie birst in einem Schwall lilafarbener Sterne, und ich muss unwillkürlich daran denken, dass Peter Feuerwerk nicht ausstehen konnte. Dass er letztes Jahr die ganze Zeit geweint hat, als wir ihn mitgenommen haben. »Angs', Daddy«, hat er immer wieder in die Schulter seines Vaters gewimmert.

»Scheint hier ganz schön ruhig zu sein. Auf dem Revier, meine ich.«

»Die meisten sind draußen beim Feuerwerk. Es sind immer noch eine Menge Leute von der *Princess Royal* in der Stadt, und die Stimmung ist ein bisschen … Wir haben im Moment nur eine Notbesetzung hier.« Josh macht ein schuldbewusstes Gesicht, als erwarte er, dass ich ihm Vorwürfe mache, weil er nicht alle Mann an Deck hat, wo doch mein Sohn immer noch vermisst wird. Nur, warum sollte er? Sie glauben doch, dass Catrin ihn umgebracht hat, und der Wunsch, seine Leiche zu finden, rechtfertigt keine zahllosen Überstunden.

Skye McNair kommt dazu und stößt sich beim Hinsetzen das Schienbein am Tisch. Auf ihrem Kragen ist ein Fleck, der nach Ketchup aussieht, und ihr Haarknoten sitzt schief.

Savidge hat sein Notizbuch vor sich aufgeschlagen. Nach ein paar Sekunden des Herumhantierens zückt Skye ebenfalls eins. Beide verharren einen Augenblick lang still und warten, dass ich anfange.

»Du hast gesagt, dir ist etwas eingefallen, Rachel«, meint Savidge.

Ich gebe mir kurz Zeit, um mich zu sammeln, dann sehe ich ihm unverwandt in die Augen.

»Ich habe meinen Sohn umgebracht, Detective Sergeant. Ich habe Peter Grimwood getötet.«

35

Totenstille im Raum. Irgendwo ist hier eine Uhr, vielleicht an der Wand hinter mir; ich höre sie ticken. Dann ein Magenknurren von irgendjemandem. Unbeirrt halte ich Savidges Blick stand, kann Skye aus dem Augenwinkel sehen. Die beiden glauben, sie hätten sich verhört. Ich lasse ihnen Zeit. Tatsächlich fange ich im Stillen an zu zählen. Eins, zwei … als ich bei vier bin, beugt sich Savidge über den Tisch.

»Könntest du das noch mal wiederholen, Rachel?«

»Sarge …«

»Sekunde, Skye. Rachel?«

»Sarge, wir müssen sie über ihre Rechte aufklären.« Skye dreht sich zu hastig zu ihm um, und ihr Stuhl gerät beinahe ins Kippen. »Und wir sollten das aufnehmen.«

Er sieht ein, dass sie recht hat, und steht auf.

Skye sieht mich mit weit aufgerissenen, furchtsamen Augen an, dann blickt sie zu ihrem Vorgesetzten hinüber, der mit dem Tonband herumhantiert. »Rachel Grimwood, Sie sind freiwillig hier, um eine Aussage zu machen«, setzt sie an. »Sie sind gegenwärtig nicht in Haft, könnten aber in naher Zukunft in Haft genommen werden. Sie brauchen nicht auszusagen. Es könnte sich aber nachteilig auf Ihre Verteidigung auswirken, wenn Sie etwas, worauf Sie sich später vor Gericht stützen, auf Befragen hin nicht äußern. Alles, was Sie sagen, kann als Beweis angeführt werden.«

Savidge nimmt neben ihr Platz und sieht mich an, als hätte ich mich gerade vor seinen Augen verwandelt. Habe ich wohl auch.

»Sarge, war das okay? Was ich gerade gesagt habe?« Nervös schielt Skye zu dem Mann neben ihr hinüber.

»Ja, das war in Ordnung. Gut gemacht, Schätzchen.« Er kann den Blick nicht von mir abwenden.

»Rachel.« Wieder Skye. »Haben Sie die Rechte verstanden, die Sie gerade … ich meine, die Ihnen gerade vorgetragen worden sind?«

Ihre völlige Verwirrung hat etwas Beruhigendes. Es fühlt sich an, als hätte ich hier das Sagen, nicht sie. »Ja, das habe ich, vielen Dank.«

Savidge spricht die Formalitäten auf Band. Wir nennen unsere Namen, und dann bittet er mich noch einmal, mein Geständnis zu wiederholen.

»Ich habe meinen Sohn getötet. Es war nicht Catrin Quinn. Ich war es. Es tut mir leid, dass ich Ihre Zeit verschwendet habe.«

Sie haben Mühe, das zu verarbeiten. Ich warte darauf, dass sie mich fragen, wann, wo, dass sie mich auffordern, genau zu schildern, wie ich das Ungeheuerlichste getan habe, dass sie sich beide vorstellen können.

»Warum?«, fragt Skye stattdessen. Das macht mir nichts aus; diese Frage ist leicht zu beantworten.

»Ich habe ihn nicht geliebt«, sage ich.

Sie starren mich weiter an.

»Ich habe ihn nie geliebt. Ich konnte ihn nicht lieben.«

»Lieben Sie Ihre beiden anderen Söhne?«, fragt Skye.

»Mehr als alles andere auf der Welt.«

»Und warum nicht Peter?« Ihre Stimme ist leise und sanft, als spräche sie mit einer Schwerkranken.

Das ist eine gute Frage, aber eine, auf die aufrichtig zu antworten mir schwerfällt. Dies hier ist etwas, was ich noch nie laut ausgesprochen habe. Ich habe mit niemandem über meine Beziehung zu meinem Jüngsten gesprochen. Niemandem, meinem Mann nicht, meinen Eltern nicht, nicht einmal meinem Pferd habe ich gestanden, dass meine Gefühle für ihn weniger stark sind, als sie sein sollten. Ich habe mir nicht einmal selbst gestattet, das auch nur zu denken, doch die Wahrheit ist, es war mir immer vollkommen unmöglich, so etwas wie Liebe für ihn zu empfinden.

»Vor drei Jahren, bevor Sie vom College in England nach Hause gekommen sind, Skye, habe ich zwei Kinder getötet. Ich weiß, dass Sie das wissen. Josh weiß es ganz sicher.«

»Ich weiß, dass es da einen Unfall gegeben hat.« In dem trübe beleuchteten Raum scheint Skyes Haar eine zusätzliche Lichtquelle zu sein. »Einen ganz furchtbaren Unfall. Das ist doch nicht dasselbe.«

»Versuchen Sie mal, das meiner besten Freundin zu erzählen.«

»Weiter, Mrs Grimwood«, sagt Josh. »Lassen Sie sich ruhig Zeit.«

»Nach dem Unfall hatte ich immer das Gefühl, ich verdiene es nicht, dass meine eigenen Söhne am Leben sind, geschweige denn, dass noch ein dritter zur Welt kommt. Ich dachte immer, es wäre fairer gewesen, wenn einer von meinen Söhnen von der Klippe gestürzt wäre, und einer von Catrins. Das wäre schrecklich gewesen, aber fair, finden Sie nicht?«

Ich warte auf die Antwort, von der ich genau weiß, dass ich sie niemals bekommen werde. Als ob Fairness etwas mit der blindwütigen Grausamkeit zu tun hätte, die einem Unfalltod innewohnt.

»Einer von meinen Söhnen hätte umkommen sollen. Dann hätte Catrin noch ein Kind gehabt. Ihr Leben wäre nicht aus den Fugen geraten, sie wäre nicht krank geworden, hätte das Baby nicht verloren, das sie erwartet hat.«

Sie sehen mich an, als wäre ich ein bisschen wahnsinnig. Nur ein bisschen? Ich muss noch zulegen.

»Wenn das passiert wäre, hätten wir jetzt beide zwei Kinder, und die Trauer wäre furchtbar gewesen, aber wir wären damit klargekommen, zusammen. Wir haben doch alles zusammen gemacht. So hätte es doch sein sollen.«

»Wollen Sie damit sagen, Sie wünschen sich, dass einer Ihrer Söhne umgekommen wäre?«

»Nein, natürlich nicht. Nur dass es fair gewesen wäre. Ich glaube, wenn man zwischen furchtbarer Trauer und furchtbarer Schuld wählen muss, dann ist Trauer letzten Endes wohl einfacher, meinen Sie nicht?«

Skye setzt zu einer Erwiderung an, doch plötzlich ist es mir ganz wichtig, dass ich zuerst etwas dazu sage. »Nicht dass ich mich jemals hätte entscheiden können, welchen von beiden ich geopfert hätte. Ich liebe sie doch beide so sehr, meinen großen, ernsten klugen Jungen und meinen kleinen Kuschelfratz. Ich liebe meine Söhne mehr als irgendetwas sonst.«

»Aber den Kleinsten nicht?« Das hat sie mich schon gefragt, sie scheint nur nicht imstande zu sein, die Wahrheit dessen zu verinnerlichen, was ich ihr hier erzähle. Ich habe ein Kind geboren. Ich habe es nicht geliebt.

»Ich konnte nicht. Ich war nie gemein zu ihm, ich habe ihn nicht schlecht behandelt. Ich habe ihm zu essen gegeben und ihn sauber gehalten. Aber ich konnte nicht mit ihm spielen oder ihm etwas vorsingen oder so mit ihm schmusen, wie ich es mit den beiden anderen getan habe. Und die Bindung war einfach nicht da. Die postnatalen Hormone haben mein Gehirn nicht überschwemmt, wie sie es eigentlich tun sollten, mir sagen sollten, dass ich mein Leben für dieses winzige Ding hingeben würde. Diese ganze normale Mutter-Baby-Nummer, das hat bei ihm einfach nicht funktioniert.«

Und die Schuld, die mich innerlich ohnehin schon auffraß, hatte ein neues Bankett, über das sie sich hermachen konnte.

Von draußen ist Gebrüll zu hören, rennende Schritte. Eine Dose wird die Straße entlanggekickt. Es wird Zeit, die Feuer anzuzünden, den Grill anzuschmeißen, aber anscheinend sind nicht alle auf dem Schulsportplatz.

»Ist bei Ihnen eine postnatale Depression diagnostiziert worden? So was kann ja ziemlich ernst sein.« Skye scheint die Vernehmung übernommen zu haben.

»Ich hatte jede Form von Depression, die jemals dokumentiert worden ist, und dazu noch ein paar ganz neue Arten.« Auf merkwürdige Weise ist es eine Erleichterung, das alles zum ersten Mal laut auszusprechen. Sapphire Pirrus habe ich während unserer Pflichttherapie-Sitzungen ganz bestimmt nichts davon gesagt. »Wenn ich ehrlich sein soll, kann ich mich an sein erstes Lebensjahr kaum erinnern. Und dann musste ich mich plötzlich mit diesem brüllenden, fordernden Kleinkind herumschlagen. Es war, als wäre er ganz plötzlich aus dem Nichts aufgetaucht. Als wäre uns da ein kleines Wechselbalg ins Haus gekommen.«

»Wechselbalg?« Josh ist aufgewacht. »Was ist denn ein Wechselbalg?«

Skye wendet sich kurz zu ihm um. »Ein Feenkind. Britische Folklore, Sarge. Die Feen haben Säuglinge gestohlen und an ihrer Stelle Feenkinder zurückgelassen. Nur waren die fies und hässlich und ständig mies drauf. Haben Sie Peter so gesehen, Mrs Grimwood?«

Jäh taucht ein Bild in meinem Kopf auf, wie das Kind mich durch die Stäbe seines Gitterbettchens hindurch ansieht, noch ganz aufgeplustert vom Schlaf. »Nein, natürlich war er überhaupt nicht so. Er war ein süßer kleiner Fratz. Nur eben nicht mein süßer kleiner Fratz.«

Josh räuspert sich. »Was ist also am Donnerstagnachmittag passiert? Am Nachmittag des 3. November?«

Ich lasse mir Zeit. Das hier wird schwerer werden.

»Ich war in meinem Zimmer.« Ich sehe es beim Sprechen vor mir. Wie ich aufwache und feststelle, dass der Sonnenschein des Spätnachmittags verschwunden und durch eine unheimliche, unheilvolle Düsternis ersetzt worden ist. Ich kann das Rauschen des Meeres durchs offene Fenster hören, den bitteren Salzgeruch riechen, der von Zeit zu Zeit hereinweht.

»Die Jungen sind nach Hause gekommen.« Ich höre, wie das Auto sie absetzt, wie Cathy Auf Wiedersehen ruft, ihre Schritte auf der Treppe. Ich höre, wie der Kleine nach ihnen brüllt, aber sie kommen immer zuerst zu mir.

»Sie sind in mein Zimmer gekommen.« Zu diesem Zeitpunkt war ich im Bad, habe versucht, die Benommenheit abzuschütteln. »Ich habe ihnen gesagt, ich hätte Kopfschmerzen.« Hatte ich nicht, ich konnte nur einfach den Gedanken an diese Stunden voller Lärm vor dem Schlafengehen nicht ertragen. Es gibt Zeiten, da kommt es mir vor, als würden meine Kinder mit kleinen Steinchen nach mir werfen, weil ihre Forderungen hintereinander weg kommen, ohne Pause. *Mum, kann ich Chips haben? Mum, krieg ich einen Keks? Mum, Peter hat die Windel voll. Mum, mein Finger tut weh.* Es ist gnadenlos, mit drei kleinen Jungen klarzukommen, selbst wenn sie sich nicht streiten, was sie gut fünfzig Prozent der Zeit tun. Sander weiß, dass ich mich mit Abendessen und Ins-Bett-Bringen schwertue; normalerweise kommt er früh nach Hause.

Irgendetwas knallt draußen gegen die Wand. Savidge springt auf und geht zum Fenster. »Halbstarke«, brummt er, als er zurückkommt. »Weiter, Mrs Grimwood. Die Jungen sind aus der Schule gekommen, Sie hatten Kopfschmerzen.«

»Chris und Michael sind in Peters Zimmer gegangen.« Ich höre sein Freudenquietschen, als er sie sieht, das leise Ächzen von Chris, als er seinen Bruder hochhebt. »Ich glaube, Chris hat ihn gewickelt.«

Noch mehr Gebrüll draußen. Der Blick beider Augenpaare mir gegenüber huscht zum Fenster und wieder zurück. Skye bedeutet mir mit einem Nicken fortzufahren.

»Dann sind sie alle zusammen rausgegangen. Ich konnte ihre Stimmen hören, und wie sie herumliefen. Sie waren so lieb zu ihm, meine beiden. Hatten ihren kleinen Bruder so gern, haben sich so um ihn gekümmert. Und dann haben das Kichern und das Geschrei aufgehört. Ich konnte sie nicht mehr hören. Da musste ich an die Warnung meiner Mutter denken, wegen dem Gartentor. Die Sonnenfinsternis ist mir wieder eingefallen, und dass Chris und Michael wahrscheinlich zum Strand runterwollten, um sie sich anzusehen.

Ich bin aufgestanden; ich habe draußen ein Auto gehört und bin ans Fenster gegangen. Da habe ich Catrins Wagen draußen gesehen, und dann, wie Catrin ausgestiegen ist und sich auf der Straße gebückt hat.«

»Das haben Sie uns alles schon erzählt.« Skye zieht die Stirn kraus und fängt an, ihre Notizen durchzublättern.

»Als sie sich wieder aufgerichtet hat, hatte sie das Kind auf dem Arm«, achte ich nicht auf Skyes Einwurf. »Er muss irgendwie auf die Straße rausgekommen sein. Das habe ich Ihnen alles schon erzählt. Was ich Ihnen nicht erzählt habe, ist, dass ich gesehen habe, wie sie sich über das Tor gebeugt und ihn abgesetzt hat, und wie sie dann wieder eingestiegen und weggefahren ist.«

Ein Seufzer scheint beiden Polizisten gleichzeitig zu entfahren. Sie sehen sich an und wenden sich dann wieder mir zu.

»Dann stimmt es also, was sie uns gesagt hat?«

»Natürlich.« Ich empfinde eine seltsame, verschrobene Freude dabei, meine ehemalige Freundin zu verteidigen. »Catrin kann gar nicht lügen.«

Eine Pause entsteht. Wieder sehen sie sich an und seufzen einstimmig. Ich habe den Eindruck, es freut sie, dass Catrin entlastet ist.

»Weiter, Mrs Grimwood«, sagt Savidge.

Diese knappe Anweisung überrascht mich, aber natürlich lebt mein jüngster Sohn in der Geschichte noch, die ich ihnen gerade erzähle. Ich muss zum Ende kommen.

»Ich konnte ihn am Tor stehen sehen und habe darauf gewartet, dass seine Brüder kommen und ihn holen, aber die waren bestimmt weiter nach hinten in den Garten gelaufen, in Richtung Strand. Ich konnte sie nicht hören. Und dann ist er wieder zur Hecke marschiert und hat Anstalten gemacht, da durchzukriechen. Er muss eine Stelle gefunden haben, wo das geht, und wollte raus. Also musste ich natürlich zu ihm runtergehen.«

»Und das haben Sie getan?«

»Es hat ein paar Minuten gedauert, ich war nicht ganz angezogen. Aber als ich unten war, stand er doch tastsächlich wieder auf der Straße.«

»Und Mrs Quinn war nirgends zu sehen?«

»Nein. Von ihrem Wagen war nichts mehr zu sehen. Mir war, als würde ich irgendwo ein Stück weiter unten auf der Straße einen Motor hören, dass da jemand anderes den Hügel raufkam, aber das habe ich nicht abgewartet. Ich habe den Kleinen genommen und ihn wieder in den Garten getragen.«

»Weiter.«

»Sobald wir wieder durch das Gartentor gegangen sind, ist er ausgerastet.«

»Inwiefern ausgerastet?«

»Er ist vollkommen durchgedreht. Ein Wutanfall vom Feinsten. Hat gebrüllt, gestrampelt, geheult. Mit den Fäusten auf mich eingeschlagen. Ich weiß ja nicht, wie viel Erfahrung Sie beide mit Wutanfällen bei Zweijährigen haben, aber solche kleinen Kerle können unheimlich stark sein.«

»Das wollen wir Ihnen dann mal glauben«, meint Josh. Skye ist verstummt, und ich habe den Eindruck, sie würde sich lieber nicht anhören, was als Nächstes kommt. Ich würde es auch weiß Gott lieber nicht sagen.

»Er wollte raus auf die Straße, wollte zu seinen Brüdern. Was er nicht wollte, war, dass ich ihm den Spaß verderbe.«

Ich halte inne. Auf dem Tisch steht Wasser, obgleich ich mich nicht erinnern kann, dass einer von ihnen es geholt hat. Ich greife nach dem Glas. Warm, genau wie das Zimmer. Von blasser Farbe, wie ein guter Scotch. Es schmeckt bitter, als wäre es schon vor Tagen eingeschenkt worden. Die beiden Polizisten warten. Ich schaue erst ihn an und dann sie und sehe die Verdammung, die, das weiß ich genau, von jetzt an in jedem Augenpaar zu finden sein wird, das mir ins Gesicht blickt.

»Weiter«, sagt Josh.

»Ich habe ihn abgesetzt, und er ist sofort wieder auf die Lücke in der Hecke zugerannt. Ich habe ihm den Weg verstellt, und er hat angefangen, nach mir zu schlagen und zu treten. Zweijährige können richtige Ungeheuer sein, wirklich.«

»Und was haben Sie mit diesem Ungeheuer da vor Ihnen gemacht?«

Skye sieht ihren Kollegen vorwurfsvoll an. Sie will nicht, dass er mich verurteilt, nicht, bevor sie mein vollständiges Geständnis gehört haben.

»Von dem, was als Nächstes passiert ist, weiß ich nicht mehr viel«, versuche ich es. »Tut mir leid, es ist wirklich sehr schwer, darüber zu sprechen.«

Wir fahren alle drei zusammen, als ein Stein gegen das Fenster knallt. Josh greift zum Telefon und führt ein kurzes, gedämpftes Gespräch mit dem Sergeant am Empfang, dass der sich um die verdammten Hooligans da draußen kümmern soll. Dann wendete er sich wieder mir zu.

»Was haben Sie mit ihm gemacht?«

Ich schaue den Mann an, den ich seit meiner Kindheit kenne, und ich kann sehen, wie sein Mitgefühl sich verflüchtigt. Mit jeder Sekunde, die vergeht, verhärtet sich sein Urteil. Skye ist von beiden diejenige, die sich besser hält; sie beugt sich zu mir herüber und tätschelt mir die Hand. »Ich fürchte, wir müssen genau wissen, was passiert ist, Rachel. Lassen Sie sich Zeit. Sie machen das ganz prima.«

Dann lehnt sie sich wieder zurück und reibt sich die Finger, dort, wo sie meine berührt haben.

»Ich habe ihn an den Schultern gepackt und ihn einmal geschüttelt, damit er aufhört zu heulen. Er war völlig hysterisch, er brauchte einen Schock.« Ich kann sie beide nicht ansehen, während ich das sage, also starre ich auf die Tischplatte hinunter.

»Durch das Schütteln schien es nur noch schlimmer zu werden. An viel erinnere ich mich nicht. Wahrscheinlich habe ich ihn noch mal geschüttelt. Ich weiß es wirklich nicht mehr. Ich weiß nur noch, wie ich nach unten geschaut habe und er ganz schlaff in meinen Armen lag.«

Ich glaube, aus dem Augenwinkel zu sehen, wie Skye den Kopf in die Hände sinken lässt. Sie fängt sich rasch wieder. Als ich aufblicke, ist ihr Gesicht blass, aber gefasst.

»Ich habe ihn auf den Boden rutschen lassen. Er hat nicht geatmet.«

»Haben Sie es mit Mund-zu-Mund-Beatmung versucht? Mit Herzdruckmassage?«

Ich blicke unverwandt in seine kalten blauen Augen. »Das hätte nicht viel Sinn gehabt, Josh. Sein Genick war gebrochen.«

»Wie konnten Sie sich da so sicher sein?« Skye flüstert praktisch. Ich bin versucht, ihr zu sagen, dass sie lauter sprechen soll, wegen des Tonbands, aber der gesunde Menschenverstand setzt sich durch, und ich lasse es bleiben.

»Haben Sie schon mal ein gebrochenes Genick gesehen, Skye? Glauben Sie mir, das ist unverkennbar. Außerdem dauert es nur ein paar Sekunden, bis ein Leichnam blau anläuft.« Jetzt wird es leichter. Ich muss mich nur daran erinnern, dass ich von meinem eigenen Sohn spreche.

»Haben Sie daran gedacht, Hilfe zu holen? Die Behörden zu verständigen?«

»Eigentlich nicht. Mir ging es mehr darum, ihn wegzuschaffen, bevor die Jungen ihn sehen konnten.«

Ich höre mich selbst reden. Mein jüngster Sohn. Mein Baby ist zu einem Ärgernis geworden. Zu einem lästigen Stück Müll, das ich entsorgen musste. Ich habe den Rubikon überschritten.

»Die Jungen waren zu dieser Zeit nicht in der Nähe?«

»Großer Gott, nein! Als ob sie zulassen würden, dass ich ihrem Bruder etwas antue.«

»Und was haben Sie gemacht?«

»Ich glaube, ich bin ein bisschen in Panik geraten. Ich habe überlegt, ob ich ihn von der Klippe werfen und so tun soll, als wäre er durchs Tor rausgeschlüpft und bei dem schlechten Licht gestolpert. Aber ich wusste nicht genau, ob sie bei der Obduktion das gebrochene Genick feststellen und genau wissen würden, dass das nicht bei dem Sturz passiert sein könnte. Außerdem habe ich die Jungen zurückkommen hören. Ich konnte ihren kleinen Bruder ja wohl kaum über ihre Köpfe hinweg die Klippe runterschmeißen, nicht wahr?«

Jetzt sind es die beiden Polizisten, die ein bisschen Zeit brauchen. Savidge lehnt sich zurück und hebt in einem halbherzigen Versuch, mich zu bremsen, einen Finger. Ich gebe ihm ein paar Sekunden, aber es ist Skye, die sich als Erste zu Wort meldet. »Die Jungen kamen zurück. Sie hatten nur ein paar Minuten, um die Leiche wegzuschaffen. Was haben Sie also gemacht?«

»Ich habe ihn in den Kofferraum meines Autos gelegt.«

»In Ihr Auto?«

Ich zucke die Achseln. »Das stand da gerade so praktisch.«

Savidge macht ein Gesicht, als hätte ich ihn soeben geohrfeigt. »Unmöglich. Wir haben den Wagen durchsucht. Wir haben alles auf dem Grundstück durchsucht.«

»Um ehrlich zu sein, Josh, Ihre Leute waren ziemlich oberflächlich. Sogar ich konnte sehen, dass sie nicht mit dem Herzen dabei waren. Alle sind doch davon ausgegangen, dass er entweder von Catrin oder von derselben Person entführt worden ist, die Archie West gekidnappt hat. Sie sind davon ausgegangen, dass er entweder gerade zu dem Versteck eines Sexualverbrechers irgendwo draußen auf den Inseln gebracht wird oder dass er mit einem Boot aufs Meer rausgeschippert wird. Niemand hat damit gerechnet, dass er ganz in der Nähe ist. Und niemand hat in den Kofferraum meines Autos geschaut.«

Es verschafft mir ein klein wenig Befriedigung, darauf hinzuweisen, dass sie ebenfalls Mist gebaut haben.

Savidge ist im Begriff aufzustehen. Skye legt ihm die Hand auf den Arm. »Das können wir überprüfen, Sarge«, beschwichtigt sie ihn. »Bringen wir das hier zu Ende.«

»Also, was haben Sie mit ihm gemacht, Mrs Grimwood?« Auch für sie bin ich nicht mehr Rachel, stelle ich fest. In ihren Augen ist kein Mitgefühl, sei es nun echt oder vorgetäuscht. »Oder soll ich etwa annehmen, dass er immer noch im Kofferraum Ihres Wagens liegt?«

»Nein. Ich habe ihn weggebracht.«

»Wohin?«

Das, was jetzt kommt, wird ihnen nicht gefallen. Sie warten, lassen mir einen Augenblick Zeit. Aber nur einen Augenblick.

»Mrs Grimwood?«

Ich antworte noch immer nicht.

»Mrs Grimwood, was haben sie mit der Leiche Ihres Sohnes gemacht?«

»Das sage ich Ihnen nicht«, erwiderte ich. »Aber ich sage es Catrin.«

36

Es fühlt sich an, als würde die Luft aus dem Raum gesaugt, als kribbele es zwischen uns dreien vor Spannung. Ich sehe eine Auseinandersetzung kommen und weiß, dass es eine ist, die ich unbedingt gewinnen muss.

»Kommt überhaupt nicht in Frage.« Wieder sieht Josh Savidge aus, als hätte ich ihm gerade eine Ohrfeige verpasst.

»Wieso nicht? Was glaubt ihr denn, was ich mit ihr machen werde? Ich weiß doch, dass sie meinem Sohn nichts getan hat, das weiß ich besser als jeder andere. Und wenn sie mir was tun wollte, hätte sie die letzten drei Jahre jederzeit Gelegenheit dazu gehabt. Ich will mit ihr reden. Wenn ihr mich mit ihr sprechen lasst, sage ich euch, wo ihr die Leiche meines Sohnes finden könnt.«

»Wir finden ihn auch so, ob Sie uns nun sagen, wo er ist oder nicht«, entgegnet Josh. »Er muss ja irgendwo in der Nähe Ihres Grundstücks sein. Sie hatten einfach nicht genug Zeit, irgendetwas anderes mit ihm zu machen, und ich weiß, dass Sie so gut wie nie allein waren, seit er verschwunden ist. Und diesmal suchen wir richtig. Wir finden ihn. Letztes Mal waren wir vielleicht durch das abgelenkt, was mit Archie West passiert ist, aber …«

Es klopft an der Tür. Josh fährt sich mit der Hand übers Gesicht, aber ich glaube, er ist ganz froh über die Störung. Er unterbricht die Vernehmung, erhebt sich und öffnet die Tür. Die Stimme auf der anderen Seite kenne ich nicht.

»Rufen Sie den Boss an«, höre ich Josh sagen. »Wir brauchen hier ein paar Mann von der Streife.«

Noch mehr halblautes Gemurmel.

»Es ist mir egal, was da oben gerade abgeht, sagen Sie ihm, ich habe hier zwei Frauen in Gewahrsam, eine Besetzung von genau fünf Leuten und eine Gang draußen vor der Tür, die Ärger machen will.«

Die Tür schließt sich. Das Tonbandgerät wird von Neuem eingeschaltet, und Josh geht zum Fenster und schaut hinaus, ehe er sich wieder hinsetzt.

»Sarge.« Skye hat in ihrem Notizbuch zurückgeblättert; zwischen ihren Augenbrauen zeichnet sich eine Furche ab. »Was uns Kopfzerbrechen gemacht hat, ist doch die Frage, welche von den vier Vermisstenfällen irgendwie miteinander in Verbindung stehen, falls die Fälle überhaupt etwas miteinander zu tun haben. Die Leute haben gemeint, Catrin müsste Fred und Jimmy entführt haben, weil sie beide ihren eigenen Söhnen so ähnlich gesehen haben, und weil sie Jimmys Leichnam gefunden hat. Aber andererseits, Archie war doch blond, ganz anders als die beiden anderen, und ihm ist nichts getan worden.«

Blaue Augen richten sich unverwandt auf mich. »Also, haben Sie auch Archie West entführt, Rachel? Haben Sie Fred und Jimmy getötet?«

Ich bin froh, dass er gefragt hat. »Natürlich nicht. Ich habe keine Ahnung, was mit Jimmy und Fred passiert ist, aber meiner Einschätzung nach war es bei beiden ein Unfall, genau wie Chief Superintendent Stopford es schon seit Jahren sagt.«

»Aber sie haben Catrins Kindern wirklich sehr ähnlich gesehen«, bemerkt Skye.

»Ein Viertel der Kinder auf den Inseln hat südamerikanische Vorfahren«, erwidere ich. »Ich glaube nicht, dass das irgendwas zu bedeuten hat.«

Savidge macht Anstalten, mich zu unterbrechen. Ich gebe ihm keine Gelegenheit dazu. »Aber ich kann Ihnen ganz genau sagen, was mit Archie West passiert ist. Das ist mir vor ein paar Tagen klar geworden.«

Wieder ein verdutzter Blickwechsel. Dann sagen sie fast wie aus einem Munde: »Ja?«

Ich lege die Hände auf der Tischplatte übereinander, bemühe mich, ganz entspannt zu wirken, wie das Monster, für das sie mich jetzt halten. »Wenn Sie mich mit Catrin sprechen lassen, sage ich's Ihnen.«

Savidge klatscht beide Hände auf den Tisch. Ein Ring an seiner Linken knallt auf die Platte und lässt die Geste aggressiver erscheinen, als sie wohl gemeint war. »Warum ist es Ihnen so wichtig, mit Mrs Quinn zu sprechen?«

»Ich möchte ihr sagen, dass es mir leidtut. Ich will ihr in die Augen sehen und ihr sagen, dass es mir aufrichtig leidtut, dass ich ihr Leben zerstört habe. Dass ich die Jungen getötet habe, die ich übrigens fast genauso sehr geliebt habe wie sie.«

Das kauft mir Savidge nicht ab. »Dafür hatten Sie doch drei Jahre Zeit.«

»Nein, weil sie nämlich in diesen drei Jahren einen Riesenbogen um mich gemacht hat und ich Angst hatte, zu ihr zu gehen. Sie wollte meine Entschuldigungen oder Erklärungen nicht hören. Sie wollte mich nicht sehen.«

»Es ist durchaus wahrscheinlich, dass sie das immer noch nicht will«, gibt Skye zu bedenken.

»Aber sie wird es tun, wenn sie weiß, dass das dazu führt, dass mein Sohn gefunden wird.«

Schweigen, während sie überlegen. Es ist eindeutig, dass die beiden sich am liebsten in eine Ecke zurückziehen und flüsternd einen Plan aushecken würden. Aber wenn sie jetzt das Zimmer verlassen, verliert das Ganze an Schwung.

»Hey, Quinn! Wie ist das so, ein Kind kaltzumachen?«

»Mörderdreckstück! Was hast du mit Fred gemacht?«

»Sag uns, wo sie sind, Quinn!«

Die Stimmen klingen, als seien die Typen direkt draußen vor dem Gebäude. Skye kann sich nicht mehr auf mich konzentrieren, ihr Blick huscht andauernd zum Fenster hinüber.

»Diese Idioten da draußen sind wegen Catrin hier«, sage ich. »Wo ist sie? Ist sie sicher untergebracht?«

»Ihr passiert nichts.« Joshs Stimme ist lauter als nötig. »Sagen Sie uns, was Sie über Archie Wests Verschwinden wissen.«

»Können die hier rein?« Skye schaut Josh ängstlich an.

Er schüttelt den Kopf. »Neil hat sämtliche Türen abgeschlossen, bis wir hier mehr Leute haben. Dauert bestimmt nicht lange.« Sein Lächeln wirkt gezwungen.

»Fragen Sie sie, ob sie mit mir sprechen wird«, sage ich. »Fragen Sie sie einfach.«

»Ich halte es für besser, wenn Sie mit ihr reden, nachdem wir diese Geschichte geklärt haben.«

Joshs Unterstellung, dass ich strohdumm bin, ärgert mich. »Und was bleibt mir dann noch, um zu verhandeln? Warum sollten Catrin oder Sie zustimmen, wenn es nichts mehr gibt, was ich Ihnen sagen kann? Außerdem, wenn das hier vorbei ist, werde ich nach England verfrachtet, in den Knast oder irgendwo in die Psychiatrie. Ich werde sie nie wiedersehen. Das hier ist meine einzige Chance.«

Hinter mir tickt die Uhr. Ich zähle mit – vier, fünf, sechs. Draußen herrscht kontinuierlicher Lärm. Bierdosen werden geschmissen, Beschwerden und Gebrüll ertönen. Steine knallen gegen Mauern. Was ich nicht höre, sind Polizeisirenen. Ich frage mich, was um Himmels willen bei dem Feuer los ist, das verhindert, dass Beamte hierhergeschickt werden, und dann fällt mir ein, dass Chris und Michael dort sind. Das hier muss ein Ende haben, und zwar jetzt gleich.

»Wie wär's, wenn Sie uns sagen, was mit Archie West war, als Geste des guten Willens, und dann lassen wir Sie mit Catrin sprechen?«, schlägt Skye vor.

Josh steht auf. »Vernehmung um zwanzig Uhr vier unterbrochen. Kommen Sie mal kurz mit raus, Constable McNair.« Er deutet auf die Tür, und Skye erhebt sich ebenfalls und kippt dabei ihren Stuhl um. Allerdings ist sie es, die die Pausetaste drückt, und nicht der Mann, der hier das Sagen hat.

»Einverstanden«, sage ich, als sie auf die Tür zustreben.

»Kommen Sie wieder her, schalten Sie das Tonband wieder an, und ich sage Ihnen, was mit Archie passiert ist. Dann können Sie das überprüfen, und wenn Sie feststellen, dass ich die Wahrheit sage, können Sie mich zu Catrin lassen. Diese ganze üble Geschichte könnte vorbei sein, bevor das Guy-Fawkes-Feuer niedergebrannt ist, und Sie beide könnten auf bestem Weg zu Ihrer nächsten Beförderung sein.«

»Das ist uns doch völlig egal«, beteuert Skye rasch. Ohne auch nur darüber nachzudenken, glaube ich ihr. »Wir wollen… wir wollten doch nur Ihren Sohn lebendig und unversehrt wiederfinden.«

Josh sagt gar nichts, er schaltet lediglich das Tonbandgerät wieder ein. Wie zwei Hunde sehen sie mich an, hungrig, aber zugleich wachsam. Ich werfe ihnen den Knochen hin, den sie brauchen.

»Archies Verschwinden auf der Estancia-Farm war in jeder Hinsicht ein Versehen.« Obwohl das Tonband läuft, kritzelt Skye emsig Notizen, und ich gebe ihr Zeit mitzukommen. »Er, seine Brüder und ihre Freunde haben Verstecken gespielt«, erkläre ich, als der Stift innehält. »Wie oft haben wir gehört, dass Archie unheimlich gern Verstecken spielt? Das war sein Lieblingsspiel, und deswegen haben sich seine Eltern zuerst auch keine Sorgen gemacht. Sie dachten, er hätte ein ganz besonders tolles Versteck gefunden.«

Trotz allem bin ich eigentlich ziemlich stolz auf mich, weil ich dieses Rätsel gelöst habe.

»Und wo hat er sich versteckt?« Skyes Stift klopft auf ihren Block.

»In dem Land Rover, den seine Eltern gemietet hatten. Oder vielmehr in dem Wagen, den er für den Land Rover seiner Eltern gehalten hat. An diesem Tag war nämlich noch ein Auto dort, vom selben Typ und derselben Farbe. Es hat nur ganz kurz da geparkt, während ein Besucher auf der Farm vorbeigeschaut hat, und die hintere Tür war offen. Dann kam der Besitzer zurück, hat die Tür zugemacht und ist weggefahren, wobei er nicht die leiseste Ahnung hatte, dass sich ein kleines Kind in seinem Auto versteckt.«

»Archies Bruder hat doch was von einem silbernen Land Rover gesagt«, erinnert Skye Savidge.

»Den sonst niemand gesehen hat«, bemerke ich. »Also haben Sie nicht weiter darauf geachtet, weil niemand das bestätigen konnte und Archies Bruder ja bloß ein Kind war.«

Savidge gefällt das gar nicht. Den Mord an einem Kleinkind darf ich gern gestehen, aber auf gar keinen Fall wird er zugeben, einen Fehler gemacht zu haben. »Wir haben die Barrells gefragt. An diesem Nachmittag war niemand auf der Farm zu Besuch. Sie wussten nichts von einem silbernen Land Rover.«

»Haben Sie George Barrell gefragt?«

Während Savidge blinzelt und versucht, sich zu erinnern, schüttelt Skye den Kopf. »Der war an dem Nachmittag nicht da, aber wir haben am nächsten Tag mit ihm gesprochen. Es ist niemand zur Farm gekommen.«

»Er lügt. Aus gutem Grund, aber er lügt trotzdem.«

Wieder eine Pause, während sie überlegen, was sie mich als Nächstes fragen sollen. Savidge macht den Anfang. »Okay, also Archie ist in diesem mysteriösen Land Rover und wird Gott weiß wohin gekarrt. Warum sagt er nichts?«

»Zuerst denkt er, es ist seine Familie, die das Auto fährt, und er versteckt sich weiter. Als ihm klar wird, dass das gar nicht stimmt, dass er in Wirklichkeit bei einem Wildfremden im Auto sitzt, verhält er sich still, weil er sich fürchtet. Höchstwahrscheinlich hat er vor Angst gar nicht gewusst, was er tun soll. Wie oft sagen wir unseren Kindern, dass sie nicht zu Fremden ins Auto steigen sollen? Na ja, hier nicht so oft, aber in England sind die Leute doch paranoid, wenn's um Kinder und Fremde geht. Und der kleine Archie war Engländer.«

»Und dieser Land Rover fährt also zu dem Schuppen, wo wir ihn gefunden haben?« Skye macht ein verständnisloses Gesicht.

»Genau. Und zwar zu einer heimlichen Verabredung. Der Fahrer hat sich dort seit einiger Zeit mit jemandem getroffen. Die beiden hatten sich den Schuppen für ihre Zwecke zurechtgemacht. Sie dachten, niemand würde je darauf kommen, und wahrscheinlich wär's auch so gewesen, wenn sie nicht einen kleinen blinden Passagier an Bord gehabt hätten.«

»Sie hatten eine Affäre.« Skye sieht aus, als hätte sie gerade die Geheimnisse der Alchemie ergründet. »Zwei Einheimische, beide mit jemand anderem verheiratet. Dieser Schuppen war gar nicht das Versteck eines Pädophilen, das war ein Liebesnest.«

»Und wer?«, will Savidge wissen.

»Zum einen George Barrell«, antworte ich. »Deshalb hat er auch wegen dem silbernen Land Rover gelogen. Seine Freundin hat kurz vorbeigeschaut, sie haben vereinbart, sich in dem Schuppen zu treffen, und dann ist sie weggefahren, und niemand außer Archies Bruder hat sie gesehen. Ein paar Minuten später ist George ihr gefolgt. Er ist mir auf dem Rückweg entgegengekommen, am frühen Abend.«

»Und wer ist die Frau?«, fragt Skye. »Mit wem hat George sich getroffen?«

»Roberta Catton.« Ich glaube, unter anderen Umständen hätte ich meinen Miss-Marple-Moment wohl ziemlich genossen. »Bob-Cat aus dem Diner. Ich habe ihr Auto an dem Nachmittag auch gesehen, ein silberner Land Rover, genau wie der, den die Wests gemietet hatten. Das Kennzeichen ist SNR. Der Wagen ist ein ganzes Stück älter als der von den Wests, aber ich weiß nicht, ob ein Dreijähriger das merken würde. Sie kam gerade auf der Straße von Darwin her zurück, als ich auf die Hauptstraße gefahren bin. Ich habe sie zwar damals nicht wiedererkannt, aber ich habe ihr Nummernschild gesehen, und dann stand der Wagen am nächsten Tag vor dem Diner.«

Angespannte Konzentration zieht tiefe Furchen in Skyes Gesicht. »Die müssen den Kleinen doch gesehen haben, als sie bei dem Schuppen ausgestiegen sind.«

Ich schüttele den Kopf. So wie ich es sehe, haben Barrell und Catton sich außer Ehebruch nichts zuschulden kommen lassen, und dafür werde ich sie nicht verdammen. »Nicht unbedingt. Archie hatte bestimmt schreckliche Angst, schon vergessen? Ich glaube, er ist aus dem Land Rover gekrabbelt und hat sich versteckt. Er hat doch etwas von einem Mann und einer Frau gesagt, als Sie später mit ihm gesprochen haben, nicht wahr? Er hat sich versteckt, während die beiden im Schuppen waren und getan haben, was sie nicht lassen konnten. Und ich denke, danach sind sie ziemlich schnell weggefahren, und er stand allein auf weiter Flur da. Also hat er das einzig Mögliche getan: Er hat in dem Schuppen Zuflucht gesucht, hat von dem bisschen Essen gelebt, das die beiden da gebunkert hatten, und als er die Einsamkeit nicht mehr ausgehalten hat, ist er in Richtung Straße losgezogen. Es war ein Glück für alle Beteiligten, dass Callum und Catrin gerade da vorbeigekommen sind.«

»Oh mein Gott, der arme Kleine«, murmelt Skye.

Savidge reibt sich heftig das Gesicht. Seine Hände sehen ein bisschen fettig aus, als er sie sinken lässt. »Okay, das ist plausibel. Aber es ist bloß eine Theorie, mehr nicht.«

»Und zwar eine, die wir vielleicht nie beweisen können.« Skye ist sichtlich noch immer mit der Angst eines kleinen Jungen beschäftigt, der ganz allein mitten im Nirgendwo festsitzt. Ich überlege, ob sie vielleicht ein zu weiches Herz hat, um eine wirklich gute Polizistin zu sein.

»Reden Sie mit George und Bob-Cat. Sichern Sie ihnen Diskretion zu, dann geben die beiden bestimmt zu, dass sie an dem fraglichen Nachmittag in dem Schuppen waren und dass Bob-Cat ihren Wagen davor bei Estancia abgestellt hatte. Wahrscheinlich ist ihr auch schon der Gedanke gekommen, dass Archie durch sie in dem Schuppen gelandet ist.«

»Aber die beiden hätten doch bestimmt was gesagt?« Skye ist nicht überzeugt.

»Warum sollten sie es riskieren, dass ihre Affäre ans Licht kommt? Archie war gefunden worden, alles gut, nichts passiert. Ich kann mir vorstellen, dass die beiden keine schlafenden Hunde wecken wollten. Ach ja, und dann ist da noch das hier…« Ich greife in die Tasche meiner Jeans und ziehe den Plastikbeutel hervor. Dann lege ich ihn auf den Tisch, genau zwischen Skye und mich. Sie greift danach, und Savidge legt seine Hand auf ihre.

»Dafür brauchen wir eine Beweismitteltüte«, sagt er. »Was ist das, Mrs Grimwood?«

»Sand, den ich am Donnerstag hinten aus Bob-Cats Wagen gekratzt habe. Ich wette, es ist genau derselbe wie der am Strand von Estancia. Und ich wette, er ist an den Schuhsohlen von Archie West in den Wagen reingeschleppt worden.«

»Vernehmung um zwanzig Uhr fünfzehn unterbrochen.« Savidge steht auf, holt eine zweite durchsichtige Plastiktüte hervor und tut meine hinein. »Ich lasse Ihnen eine Tasse Tee bringen, Mrs Grimwood.«

Skye folgt ihm nach draußen, und ich bin allein.

Es wird einige Zeit dauern, Bob-Cat und George ausfindig zu machen, ein paar Stunden oder mehr. Auch wenn sie mitspielen, wird das alles nicht schnell über die Bühne gehen. Sie können in Bob-Cats Wagen nachschauen, sauber gemacht hat sie den bestimmt nicht. Aber selbst wenn sie mehr Sand darin finden, ohne ihn zur Analyse einzuschicken, können sie nicht nachweisen, dass er aus Estancia stammt. Alles hängt davon ab, ob das Liebespärchen auspackt. Ich kann nicht damit rechnen, Catrin in nächster Zeit zu sehen zu bekommen.

Blaues Flackern an der Wand gegenüber dem Fenster zeigt, dass mindestens ein Streifenwagen eingetroffen ist. Ich höre, wie er langsam um das Gebäude fährt.

Mein Vater wird bald aufkreuzen und wissen wollen, was los ist, warum ich so lange hier festgehalten werde. Wahrscheinlich werden sie ihm sagen, dass ich gestanden habe. Er wird mit mir sprechen wollen. Ich nehme an, man wird mir erlauben, das abzulehnen, also werde ich das natürlich tun.

Meinem Vater nie wieder in die Augen sehen zu müssen, nie wieder zu erleben, wie ich den Ansprüchen, die er an mich zu stellen beschlossen hat, nicht genüge, das könnte der Silberstreif am Horizont sein, nach dem ich Ausschau halte.

Draußen ist alles still. Der Polizeiwagen ist fort. Die aufmüpfige Menge der Catrin-Hasser, die die Streife zur Räson bringen sollte, vermutlich auch. Bald wird diese Menge ihren Hass von Catrin auf mich übertragen.

Ich sitze da, versuche, nicht auf das Ticken der Uhr zu lauschen, und denke an meine Söhne, an meine lieben Jungen, und wie es sein wird, nicht mitzuerleben, wie sie aufwachsen. Sie ein paar Mal im Jahr über einen Tisch hinweg zu sehen, einen Tisch wie diesen hier. Ihnen in die Augen zu schauen, die bei jedem Besuch anders sein werden, zu versuchen, dort einen Rest Liebe zu finden, und nur Ablehnung und Scham zu erblicken.

Eine Woge des Schmerzes brandet so hart auf mich herab, dass ich aufstehen, im Zimmer umhergehen, mich an die kalten, harten Wände lehnen muss. Draußen ist es still. Und doch kommt mir diese Stille bedrohlicher vor als das Gebrüll und Gerenne, das wir vorhin gehört haben.

Die Uhr zählt tickend die verbleibenden Sekunden des Lebens herunter, an das ich mich immer noch klammere, und ich denke an Sander, der etwas so viel Besseres verdient hätte als mich. Er ist ein guter Mensch, mein Ehemann. Klug, fleißig, treu. Er ist jederzeit und unbedingt bereit, seine Familie zu schützen, und er hat mich sehr, sehr gern. Ich wünschte, ich hätte mir ein bisschen mehr Mühe gegeben. Es gibt doch so vieles, was man an meinem großen, hässlichen Holländer lieben könnte, warum habe ich das nicht gesehen, als ich die Chance dazu hatte?

Das Ticken der Uhr wird lauter. Ich drehe Runden durchs Zimmer, starre zum Himmel hinauf, zum vielleicht letzten Feuerwerk, das ich jemals sehen werde. Und ich denke ans Gefängnis. Ich werde eine Kindsmörderin sein, etwas, was niemand toleriert. Ich denke an die Prügel, an die Beschimpfungen, die mich erwarten, und ich denke, dass ich vielleicht in gewisser Weise froh darüber sein werde.

Ich denke an die Leute, die vorhin da draußen waren und nach Catrins Blut gelechzt haben. Bald wird es meins sein, nach dem sie verlangen. Ich habe so eine Ahnung, dass sie zurückkommen. Hören kann ich sie nicht, aber ich spüre eine lauernde Gegenwart ganz in der Nähe.

An Catrin kann ich nicht denken. Jedes Mal, wenn ich es versuche, ist es, als sei da eine Barriere, die den Gedanken den Zugang verwehrt. Catrin und ich werden uns heute Abend begegnen, aber das ist eine Begegnung, auf die ich mich nicht vorbereiten kann. Wenn sie und ich endlich aufeinandertreffen, werde ich improvisieren müssen.

Und so denke ich endlich an meinen jüngsten Sohn. Er hätte mir doch der Liebste sein müssen, das heiß geliebte letzte Kind, das ich noch in einem Alter als Baby betrachte, in dem ich seine Brüder längst habe unabhängig werden lassen. Er hätte mein Liebling sein sollen, mein Schoßkind. Stattdessen war er der Eindringling, der Wechselbalg, eine ständige Erinnerung an das Grauenhafteste, das ich jemals hätte tun können. Er war die Verkörperung meiner Schuld.

Ich denke an seine Haut, wie sie den Elfenbeinton von billigem Wachs annimmt. Ich denke daran, dass er da draußen im Dunkeln ist, so kalt, so allein. Ich sehe es vor mir, wie sein

Leichnam verfault und seine Seele nach mir ruft, nach der Liebe, die ich ihm verweigert habe, als er noch am Leben war.

Ich kann die Uhr nicht mehr sehen, ich kann die Zimmerwände nicht mehr sehen. Ich kann nichts mehr sehen außer den schimmernden Wassertropfen, die aus meinen Augen auf den Tisch fallen.

Als sich die Tür wieder öffnet, bin ich ruhiger. Mein Kopf ruht auf der Tischplatte. Er tut weh, ich glaube, weil ich damit auf den Tisch eingedroschen habe, und er ist feucht von Tränen oder Schweiß. Nicht von Blut, hoffe ich, das wird nur zu weiteren Verzögerungen führen. Es ist der Sergeant vom Empfang. Er hat mir Tee gebracht.

»Ihr Mann ist hier.« Er wahrt Distanz, als er den Becher hinstellt, und ich begegne seinem Blick. Er weiß Bescheid. Sein Körper rührt sich nicht, doch ich kann sehen, wie sein Verstand vor dieser Monstrosität da vor ihm zurückschreckt.

Gewöhn dich dran. So wird die Welt von jetzt an reagieren. Er hat etwas gesagt. Konzentrier dich. Sander. Er hat es geschafft, einen Flug zu kriegen.

»Er ist hier? Auf dem Revier?«

Ein kurzes, knappes Nicken. An meinesgleichen werden keine unnötigen Worte verschwendet.

»Will er mich sehen?«

»Ja.«

»Muss ich mit ihm sprechen?«

Er zuckt die Achseln. Stünde es in seiner Macht, ich glaube, er würde mich zwingen, meinem Ehemann gegenüberzutreten. Und er würde dabei sein und zusehen. »Ist Ihre Entscheidung.«

»Ich will ihn nicht sehen. Sagen Sie ihm, die Jungen sind bei ihren Großeltern.«

»Ich sage ihm, zwei von Ihren Söhnen sind bei ihren Großeltern.«

Die Tür schließt sich, und der Schlüssel wird im Schloss gedreht. Ich trinke Tee. Ich warte.

Als ich die Tür das nächste Mal höre, stehe ich am Fenster, die Hände um die Gitterstäbe geklammert. Eine Brise dringt durch die schlecht eingepasste Scheibe und bringt den Geruch von Torfqualm und brennendem Salz herein, der in der Bonfire Night stets die Luft erfüllt. Hier gibt es nur wenige Bäume, und Holz ist immer massiv überteuert, also verbrennen wir Treibholz und halten das Feuer mit Torf in Gang. Ich habe zugesehen, wie die Raketen den Sternen entgegenfliegen, denen sie nacheifern, und habe gedacht, dass ich in einer Parallelwelt zu Hause sein könnte, in einen Sessel am Fenster gekuschelt, mit meinem Jüngsten auf dem Schoß. Aus der Ferne hätte das Feuerwerk ihm keine Angst gemacht. Aus der Ferne, in meinen Armen, hätte er sich in die seltsame, flüchtige Schönheit von durch den Himmel fliegendem Feuer verliebt.

Lebendig wird die obre Luft,
Und Feuerflaggen zischen.

»Ihr Mann war hier, Rachel.« Skyes Stimme.

»Ich weiß.« Das Feuerwerk erreicht seinen Höhepunkt. Die Explosionen sind heftiger geworden. Natürlich werden die Leute bis spät in die Nacht weiterfeiern, aber es werden private Feiern sein. In klaren Nächten kann man hier auf einen Hügel steigen und zusehen, wie überall auf den Falklands Feuerwerkpartys steigen.

»Und aus und ein, und ein und aus; Die Sterne glühn dazwischen.«

»Bitte?«

»Samuel Coleridge.« Ich schaue immer noch zum Himmel empor. »›Der alte Matrose‹. Ich musste gerade daran denken, wegen dem Feuerwerk. Was haben Sie gerade gesagt, von meinem Mann?«

»Er ist Chris und Michael suchen gegangen, er bringt sie nach Hause.«

Ich sende meinem Mann einen stummen Dank dafür, dass er heute Abend heimgekommen ist, dass er dafür sorgt, dass die Jungen nicht allein sind.

Skye und Savidge stehen zu beiden Seiten der Tür. Ein Constable in Uniform wartet im Flur. Die drei sehen aus wie ein Erschießungskommando.

»Wir haben mit George Barrell und Roberta Catton gesprochen.« Savidge sagt als Erster etwas. »Beide geben die Affäre zu, und dass sie am fraglichen Nachmittag in dem Schuppen waren. Morgen kommen sie jeder für sich vorbei und machen eine offizielle Aussage. Beide streiten natürlich ab, irgendetwas davon gewusst zu haben, dass der Junge dabei war, allerdings …«

»Das können Sie eh nicht beweisen, also versuchen Sie's gar nicht erst«, unterbreche ich ihn.

Savidge sieht aus, als würde er mich am liebsten ohrfeigen, und ich nehme mir im Stillen vor, ihn nicht noch einmal zu provozieren. Wir müssen sehen, dass wir weiterkommen.

»Kommen Sie.« Er zeigt auf die Tür.

»Wohin?« Ich rühre mich nicht von der Stelle. »Ich will mit Catrin sprechen.«

»Und sie hat sich sehr zu meinem Erstaunen dazu bereit erklärt. Wir sind im Besprechungsraum. Kommen Sie, wir haben schon genug Zeit verschwendet.«

Das sehe ich ganz genauso. Also folge ich ihm, so schnell ich kann. Am unteren Ende des Flurs biegen wir ab, und ein zweiter Constable hält die Tür des Besprechungsraums auf. Catrin wird dort drin warten. Ich stelle sie mir vor, wie sie aus dem Fenster schaut, wie ihr langes Haar ihr über den Rücken herabfällt und sie sich im letzten Moment zu mir umdreht.

So ist es natürlich nicht. Catrin tut nie irgendetwas nur um des Effekts willen und käme nicht im Traum auf den Gedanken, sich in Szene zu setzen. Sie ist der unaufdringlichste Mensch, dem ich jemals begegnet bin. Still sitzt sie am Tisch und blickt nicht auf, als ich hereinkomme.

Ich werde auf den Platz direkt gegenüber gelotst. Sie trägt Sachen, die ihr viel zu groß sind. Baumwollhosen, fest um die Taille zusammengezurrt, ein Hemd, in dem ihre zierliche Gestalt beinahe ertrinkt. Ihr Haar ist mit einem Gummiband nach hinten gerafft. Die Arme hat sie vor sich auf dem Tisch verschränkt, und sie schaut darauf hinunter. Sie ist ein Bild der Ruhe, nur die Finger ihrer rechten Hand zittern. Ihr Gesicht sieht schmal aus, verhärmt. Die Falten, an die ich mich erinnere, sind jetzt deutlicher als vor drei Jahren. Jetzt sind es Kummerfalten, nicht mehr nur Spuren von Sonne und Wind.

Rundherum nehmen die anderen Platz. Skye zu meiner Rechten, Savidge zur Linken. Die beiden anderen flankieren Catrin. Wir sind zwei gegnerische Armeen, nur gibt es hier bloß einen einzigen Feind, und das bin ich. Das Tonband wird eingeschaltet, und wir nennen alle unsere Namen. Als Catrin an der Reihe ist, hakt ihre Stimme ein wenig, als hätte sie sie eine Weile nicht mehr benutzt. Sie hustet und versucht es noch einmal.

»Okay.« Savidge versucht, die Kontrolle zu übernehmen. »Mrs Grimwood, Sie haben darum gebeten, mit Mrs Quinn zu sprechen, und sie war einverstanden. Mrs Quinn, ich muss Sie darauf hinweisen, dass Sie dieses Gespräch jederzeit beenden können, Sie brauchen es bloß zu sagen. Sie sind nicht verpflichtet, mit Mrs Grimwood zu reden. Darf ich Sie beide daran erinnern, dass die Rechtsbelehrung für Sie immer noch gilt?«

Draußen ist Füßescharren zu hören, dann hört es sich an, als würde ein Fußball gegen die Hauswand gekickt. Einer der Constables steht auf und spricht leise in ein Telefon an der Wand. Ich kann den Blick nicht von Catrins Gesicht abwenden. Sie kann den ihren nicht vom Ärmel ihres Hemdes abwenden.

»Okay, Mrs Grimwood, Sie haben, was Sie wollten. Und jetzt können Sie uns bitte sagen, was Sie mit Peters Leiche gemacht haben?«

Da blickt sie auf. Ruhige graue Augen. Sie starren in meine, und ich weiß, sie werden nicht wegschauen, bis wir diesen Raum verlassen. »Ich will von Rachel das hören, was sie Ihnen erzählt hat.« Ihre Stimme ist immer noch dieselbe. Ein bisschen zittrig vielleicht, aber im Großen und Ganzen wie früher.

»Das hatten wir doch schon.« Savidge spricht leise, als würde Catrins Ruhe auf ihn abfärben. »Wir haben Ihnen doch alles mitgeteilt, was sie gesagt hat. Das brauchen wir doch nicht alles noch einmal durchzukauen.«

»Ich muss es aber mit ihren eigenen Worten hören«, entgegnet Catrin. »Ich will, dass sie mir erzählt, wie sie ihren Sohn umgebracht hat.«

Damit habe ich gerechnet. Ich bin bereit. Ich erzähle es ihr, exakt so, wie ich es vorhin Josh und Skye geschildert habe. Wie ich ihren Wagen vor meinem Haus habe halten sehen, wie ich zugesehen habe, als sie Peter hochgehoben und ihn wieder in den Garten gesetzt hat.

Ihre Brauen klimmen empor, sie wendet den Blick nicht von meinen Augen.

Ich erzähle ihr, dass ich sie habe wegfahren sehen, und entlaste sie damit von jeglicher Beteiligung am Verschwinden meines Sohnes. Noch immer sagt sie kein Wort. Ich gebe ihr ihre Freiheit zurück, entlaste sie von sämtlichen Vorwürfen, eröffne ihr die Möglichkeit einer Zukunft mit dem Mann, den sie liebt. Ich nehme mein Leben in beide Hände und übergebe es ihr, und sie bietet mir nichts als Gegenleistung dafür. Außer ihrer ungeteilten Aufmerksamkeit.

Ich lasse nichts aus. Fast Wort für Wort wiederhole ich das Geständnis, das ich vor Skye und Josh abgelegt habe. Die beiden Constables, die das alles noch nicht gehört haben, sind schockiert – das merke ich an ihrem scharfen Luftholen, an den verstohlenen Blicken, die sie sich zuwerfen –, Catrin jedoch bleibt ungerührt.

»Ich habe ihn in den Kofferraum meines Autos gelegt.« Ich bringe es nicht über mich, »seine Leiche« zu sagen. »Mir war klar, dass es einen Riesenwirbel geben würde. Dass die Leute nach ihm suchen würden. Also habe ich ihn versteckt, um mich später um ihn zu kümmern.«

Graue Augen blinzeln und werden feucht. Blinzeln noch einmal. Ihr fester Blick weicht nicht von mir.

»Und das ist alles«, schließe ich. »So viel zu der Frage, wie und warum ich meinen Sohn umgebracht habe.«

Alles wartet auf Catrin. Einen Moment lang tut sie gar nichts. Und dann heben sich ihre Hände und klatschen, einmal, zweimal, dreimal. Sehr langsames Händeklatschen, das durch den ansonsten stillen Raum hallt. Niemand sonst rührt sich. Es ist, als hielte sie uns in ihrem Bann. Ich kann ihrem Blick nicht ausweichen. Wir spielen dieses Spiel, das uns damals solchen Spaß gemacht hat, als wir Kinder waren, das Spiel, bei dem wir versucht haben, die andere niederzustarren. Wer zuerst wegschaut, hat verloren. Sie hat mich immer geschlagen. Diesmal wird sie nicht gewinnen.

Draußen explodieren Feuerwerkskörper. Irgendwer hat die Dinger direkt neben dem Gebäude hochgehen lassen. An der Wand hinter Catrin kann ich Spiegelungen von roten, blauen und lilafarbenen Funken sehen. Ein Band aus silbernen Sternen. Das Knallen und Krachen dauert fast eine ganze Minute lang an, dann wird es wieder still. Und damit ist auch der Bann gebrochen.

»Okay.« Jetzt ist Savidge fest entschlossen. »Das wär's dann. Wir haben getan, worum Sie gebeten haben, Mrs Grimwood, wir haben getan, worum Sie gebeten haben, Mrs Quinn. Und jetzt will ich wissen, wo das Kind ist.«

Ich warte darauf, dass Catrin etwas sagt. Sie wartet darauf, dass ich etwas sage.

»Mrs Grimwood. Rachel.« Savidge weiß genau, dass er ein Risiko eingegangen ist, indem er erlaubt hat, dass Catrin und ich miteinander reden, und jetzt hat er panische Angst, dass es sich nicht ausgezahlt hat. »Ihrer Familie zuliebe, allen zuliebe, Sie eingeschlossen, sagen Sie uns, wo wir Peter finden können.«

»Das kann sie nicht.« Es hat den Anschein, als hätte Catrin gesprochen, ohne die Lippen zu bewegen, oder vielleicht bin ich auch so auf ihre Augen fixiert, dass ich nichts anderes sehen kann. »Sie weiß es nicht. Sie lügt euch etwas vor.«

»Was?«, entfährt es Skye neben mir wimmernd. Die Männer sehen sich an. Catrin und ich sind immer noch in unserem seltsamen Anstarr-Wettstreit gefangen, und ich bete, wie ich noch nie im Leben gebetet habe. Ich sehe, wie ihre Lippen weicher werden, sich verziehen.

»Sie konnte schon immer gut manipulieren, die miese Zicke.«

Alle vier Polizisten versteifen sich auf ihren Plätzen und schieben entweder ihren Stuhl sachte ein Stückchen zurück oder ziehen dies zumindest in Erwägung. Ihre Blicke wandern von Catrin zu mir, als rechneten sie jeden Augenblick damit, dass sich eine von uns beiden auf die andere stürzt.

Oh, bitte, lieber Gott, bitte, lieber Gott, bitte, lieber Gott.

Catrin setzt sich ein wenig gerader auf, ehe sie den Blick von mir abwendet und ihn auf Savidge heftet.

Ich bin mir nicht sicher, ob ich schon wieder atmen kann. Erst, wenn …

»Rachel hat Peter nicht umgebracht.« Ihr Ton ist verächtlich, fast ungläubig. »Du solltest dich schämen, so was auch nur zu denken, Josh Savidge. Du kennst sie doch, seit sie fünf Jahre alt war, was hast du dir eigentlich dabei gedacht?«

»Sie hat doch gestanden!« Skye sieht aus, als hätte sie ein

bisschen Angst vor Catrin. »Wir haben ihr Geständnis zu Protokoll genommen.«

Draußen rennen von Neuem Leute umher. Wir achten nicht darauf.

»Sie hat gestanden, weil sie denkt, ich habe ihn umgebracht.« Catrin sieht jetzt wieder mich an. »Sie glaubt, sie schuldet mir etwas. Sie hat mein Leben zerstört, also gibt sie mir ihres dafür. Sie lässt mich mit dem Mord an ihrem Sohn davonkommen, und sie wird die Gefängnisstrafe absitzen, die von Rechts wegen mir zusteht, weil sie glaubt, das ist die einzige Möglichkeit, wie sie es wiedergutmachen kann.«

»Ich verstehe nicht…« Savidge hört sich an, als würde er gleich in Tränen ausbrechen. Ich kann ihn nicht ansehen. Ich kann den Blick nicht von der Frau abwenden, die den Rest meines Lebens in den Händen hält.

Diese Frau lehnt sich jetzt zurück, sie könnte ohne Weiteres völlig entspannt sein. »Vielleicht hat sie ja gesehen, wie ich Peter auf der Straße hochgehoben habe, aber sie kann unmöglich gesehen haben, dass ich ihn in den Garten gesetzt habe. Von ihrem Schlafzimmerfenster aus kann man das Gartentor gar nicht sehen.« Entrüstet blickt sie sich um. »Herrgott noch mal, ich war zigmal in diesem Zimmer. Ich weiß, was man von dem Fenster aus sehen kann und was nicht. Sie hat gesehen, wie ich ihren Sohn auf den Arm genommen habe, sie ist in Panik geraten und nach unten gerannt, um ihn zu beschützen, aber als sie in den Garten kam, war ich weg. Und er auch.«

»Rachel, ist das wahr?«

Meine Hände umklammern den Rand der Tischplatte. Wenn ich loslasse, falle ich um.

Catrin ist noch nicht fertig. »Nur, meine ehemalige beste Freundin ist ja sogar noch ein bisschen schlauer. Sie verlässt sich darauf, dass ich sie das nicht durchziehen lasse. Dass ich im letzten Moment weich werde und selber gestehe, euch sage, was ich mit Peter gemacht habe und wo er ist. Sie ist bereit zu riskieren, dass sie ins Gefängnis kommt, nur um die Leiche ihres Sohnes zurückzubekommen. So sehr liebt sie diesen kleinen Jungen, von dem sie euch gerade erzählt hat, dass sie ihn umgebracht hat.« Sie schüttelt den Kopf, und irgendetwas in ihrer kalten, strengen Miene wird weicher. »Du arme, arme, blöde Kuh.«

Ich will keinen Jammerlaut von mir geben, ich kann nur einfach nichts dagegen machen. Es kommt aus dem Nichts, und plötzlich halten sowohl Skye als auch Josh mich fest, versuchen, mich daran zu hindern, mit dem Kopf wieder und wieder auf die harte Tischplatte zu schlagen. Endlich, nach einer gefühlten Ewigkeit, die wahrscheinlich aber nur ein paar Minuten gedauert hat, halten sie mich auf meinem Stuhl. Skye hat die Arme um mich geschlungen, aber es fühlt sich mehr an wie eine innige Umarmung als wie ein Haltegriff. Josh hockt neben mir und keucht heftig.

»Ich sage euch, ich sorge verdammt noch mal dafür, dass ihr alle beide angeklagt werdet, wenn ich nicht bald ein paar Antworten bekomme.« Er meint das nicht so, das merke ich. Er ist genauso entgeistert und verwirrt und unglücklich wie wir alle. Außer vielleicht …

Catrin wartet, bis ich mich beruhigt habe, bis ich aufhöre zu schluchzen, bis ich ihr wieder in die Augen sehe.

»Bitte«, stammle ich, und mir ist klar, dass ich betteln und flehen werde, auf Händen und Knien, wenn es sein muss. Ich werde alles tun, um meinen Kleinen ein letztes Mal zu sehen. Jäh spüre ich, wie mein Gesicht in sich zusammenstürzt, und ich weiß, gleich fange ich wieder an zu weinen.

»Rachy«, sagt sie und beugt sich über den Tisch. Ihre beiden Aufpasser tun es ihr gleich, bereit, sie zurückzureißen. »Hör mir zu.«

Ich glaube, ihre Stimme ist das Einzige, was mich davor bewahrt, den Verstand zu verlieren.

»Ich habe drei Jahre lang darüber nachgedacht, wie ich dir wehtun werde. Drei Jahre mit nichts als Unglück und dämlichen Racheplänen im Kopf. Ein paar davon habe ich sogar aufgeschrieben, deswegen bin ich ja überhaupt hier. Und es haben auch alle recht damit, dass der Donnerstag eine ganz besondere Bedeutung hatte. Donnerstag war der Tag, an dem ich alles zu Ende bringen wollte.«

Ich kann das nicht. Ich dachte, ich wäre stark genug. Aber das bin ich nicht.

»Rach, hör mir zu, sieh mich an. Ich wollte dich am Donnerstag anrufen, so gegen drei, bevor die Jungs von der Schule kommen. Ich wollte sagen, wir müssten reden, das ginge jetzt schon lange genug so, und ich wollte vorschlagen, dass wir auf mein Boot gehen, damit wir allein sein können, damit niemand mitkriegt, was wir vorhaben, oder versucht, uns zu stören. Ich habe gewusst, dass du einverstanden sein würdest.«

»Ja.« Das stimmt. Ich wäre sofort einverstanden gewesen.

Catrins Blick bleibt fest auf meine Augen gerichtet, doch ihre Lippen wölben sich zu einer ganz schwachen Andeutung eines Lächelns. »Ich wollte mit dir aus dem Hafen rausfahren, und dann, wenn uns niemand an Land hätte sehen können, hätte ich dir eins mit dem Betäubungsgewehr verpasst.«

Damit hat niemand gerechnet. Das sehe ich daran, wie sie zusammenfahren, an ihrem verwirrten Stirnrunzeln, den nervösen Augenbewegungen.

»Das war riskant.« Catrin achtet nicht auf die Polizisten. Was sie betrifft, könnten genauso gut nur wir beide hier im Raum sein. »Ich wusste natürlich ungefähr, wie viel du wiegst, und konnte die Dosis ansetzen, die ich für einen Meeressäuger von ähnlicher Größe brauchen würde. Aber verschiedene Spezies reagieren nun mal unterschiedlich auf Medikamente. Es bestand die Chance, dass ich dich umbringen würde.«

»Und du hattest nicht vor, mich umzubringen?«

Ihre grauen Augen sind kalt wie Stahl. »Natürlich hatte ich das vor. Bloß nicht so schnell.«

Wieder verändert sich die Stimmung im Raum. Savidge räuspert sich, scheint aber nicht zu wissen, wie er anfangen soll. Skye ist diejenige, die sich als Nächste zu Wort meldet, von ihrem Platz neben mir am Boden aus. »Und was hatten Sie dann geplant? Wenn – falls – Rachel wieder aufgewacht wäre?«

»Wir wären nach Süden gefahren.«

Die Polizisten um mich herum wechseln Blicke. »Was ist denn im Süden?«, fragt einer der Constables.

»Gar nichts«, antworte ich, weil sie mir mit diesen fünf Worten genau erklärt hat, was geplant war. »Wir wären zusammen umgekommen, nicht wahr? Nach ein paar Tagen, nach einer Woche vielleicht, wären die Wellen einfach zu hoch für das kleine Boot geworden, und wir wären draufgegangen.«

Catrin senkt bestätigend den Kopf. »Ich hatte mindestens ein paar Tage eingeplant. Genug Zeit, damit du dich gründlich damit beschäftigen kannst, was passieren wird. Was du zurücklässt. Ein paar Tage Qualen schien eigentlich nicht genug zu sein, aber es war das Beste, was ich hingekriegt hätte.«

»Bis Sie Peter auf der Straße gesehen haben?«, fragt Savidge. »Und da hatten Sie plötzlich einen viel besseren Plan. Sie haben beschlossen, statt der Mutter das Kind mitzunehmen.«

»Ja.«

Jetzt kommt's. Ich greife nach Skyes Hand, aber sie hat sie weggezogen. Ich kann nicht danach suchen, ich kann den Blick nicht von Catrin abwenden.

Sie stößt einen tiefen Seufzer aus, als sei ihr Geständnis unheimlich anstrengend, genau wie meins. »Als ich Peter an dem Tag auf der Straße gesehen habe, habe ich angehalten, bin ausgestiegen und habe ihn hochgehoben. Genau wie du es gesehen hast.«

Ich will, dass sie aufhört. Ich hab's mir anders überlegt, ich halte es nicht aus, das zu hören.

»Das war das zweite Mal in zwei Tagen, dass ich ein kleines Kind auf dem Arm hatte. Archie war viel zu durchgefroren und unter Schock, um irgendwas anderes zu tun, als sich an mir festzuklammern, als wir ihn gefunden haben. Aber bei Peter war das ganz anders. Er hat mir die Arme um den Hals gelegt und sein Gesicht gegen meine Schulter gedrückt, so wie Kit es in dem Alter immer gemacht hat.«

Ihre Augen bleiben fest auf meine gerichtet, aber ihr Fokus verliert sich. Sie schweift ab, erlebt abermals den Moment, als sie Peter in den Armen gehalten hat. Ich glaube, ich kann das Schimmern einer Träne sehen.

»Und …«, drängt Savidge.

Sie kommt wieder zu uns zurück, blinzelt, zuckt halb die Schultern. »Und plötzlich war alles anders.«

Savidge öffnet den Mund, aber sie gibt ihm keine Chance.

»Ich habe gewusst, dass ich Peter niemals umbringen könnte.« Wieder wendet sie sich direkt an mich. »Ich wollte nicht mal mehr dich umbringen. Also habe ich ihn zum Tor getragen und ihn wieder in den Garten gesetzt. Und dann habe ich gewendet und bin den Hügel wieder runtergefahren. Als ich deinen Sohn das letzte Mal gesehen habe, Rachel, war er quicklebendig.«

Und wieder starren wir einander an, und wieder kommt es mir vor, als täten wir das sehr lange.

Bis Savidge dazwischengeht. »Wenn Sie Peter also nicht mitgenommen haben, Catrin, warum sind Sie dann so schnell zu Ihrem Boot hinuntergefahren? Warum waren Sie stundenlang verschwunden?«

Ihr Blick huscht kurz von meinen Augen weg. »Weil ich nachdenken musste. Ich hatte monatelang geplant, dass mein Leben am Donnerstag quasi endet, und ich musste mich mit der Erkenntnis auseinandersetzen, dass es nicht so sein würde. Dass ich nicht sterben würde, und dass ich Rachel nicht umbringen würde.«

»Und warum haben Sie uns das nicht schon früher erzählt?«

Genervt wirft sie den Kopf zurück. »Das hätte mir ja wohl kaum geholfen, oder? Und außerdem war es völlig irrelevant; soweit es mich betrifft, hat Peter nämlich absolut nichts gefehlt, als ich ihn zum letzten Mal gesehen habe.«

Sie scheint das Interesse an Savidge zu verlieren und wendet sich wieder mir zu. »Ich weiß, was damals passiert ist«, sagt sie. »Du weißt schon, an dem Tag, als Ned und Kit verunglückt sind.«

Ich kann nur stumm zurückstarren. Sie weiß es? Sie weiß, was ich damals getan habe?

»Ich weiß, was du für Ben empfunden hast.« Traurig schüttelt sie den Kopf. »Niemand heult doch bei der Hochzeit seiner Freundin geschlagene fünf Stunden lang. Und ich weiß, dass du das mit Callum gewusst hast.« Sie zuckt die Achseln. »Die Versuchung war wohl zu groß.«

Dann streckt sie mir die Hand entgegen, doch der Tisch ist zu breit. »Es ist okay«, sagt sie, und der Hauch eines Lächelns liegt auf ihrem Gesicht. Ein Lächeln des Mitleids, aber ich nehme, was ich kriegen kann. »Weißt du was? Wenn der Unfall nicht gewesen wäre, hättest du mir wahrscheinlich einen Gefallen getan. Wirklich, es ist okay.«

Ich habe nicht gewusst, dass Unglück so wehtun kann. Und doch klickt irgendwo im Getriebe des Universums ein Zahnrad wieder an seinen Platz. Die Räder fangen wieder an, sich zu drehen, und sie laufen rund.

Des Vogels rotes Blut wäscht er

Von meinen Händen bald.

»Es tut mir so leid«, stammle ich.

Ihr kleiner schlanker Körper entspannt sich, als ihr Hass auf mich aus ihm entweicht. Sie weiß, dass ich es gesehen habe. »Ich weiß.«

»Wenn ich irgendwas tun könnte, ganz egal, was …«

Sie lässt einen kurzen, fast erheiterten Blick durch den Raum wandern. »Na klar.«

Das Scharren von Holz auf dem Boden. »Das reicht.« Savidge ist aufgesprungen. »Ich hol den Boss. Und ich trenne euch beide. So oder so, wir kriegen die Wahrheit raus.«

Ich mache den Mund auf. Catrin ist schneller.

»Sei doch nicht so ein Arschloch, Josh. Hol ruhig Stopford, nur zu, holt die ganze verdammte Polizeitruppe zurück, aber uns zu trennen, bringt überhaupt nichts. Wir haben dir alles gesagt, was wir wissen. Rachel hat Peter nicht umgebracht. Sie könnte gar nicht töten, nicht mal, wenn's um ihr Leben geht.«

»Und Catrin kann nicht lügen.« Ich rede mit Josh, sehe dabei aber meine beste Freundin an.

Sie erwidert meinen Blick. »Im Gegensatz zu dir. Du bist verdammt noch mal Meister darin.«

»Dir konnte ich nie was vormachen, stimmt's?«

Ein winziges Lächeln, dann wendet sie sich wieder an Savidge. »Komm schon, Josh. Während du dich ganz auf uns konzentrierst, sucht niemand nach Peter. Ihr habt nicht mehr nach ihm gesucht, seit du dir in den Kopf gesetzt hast, dass ich ihn entführt habe.«

Sie hat ihn nicht überzeugt, ich kann es seinem Gesicht ansehen. Er hatte heute zwei Verdächtige, kampflos wird er uns nicht drangeben.

Es klopft an der Tür. Sie geht auf. Der Sergeant vom Empfang. »Josh, ich muss Sie kurz sprechen.«

»Augenblick, Neil.«

»Nein, jetzt gleich. Ich mein's ernst, Josh.«

»Herrgott noch mal, was ist denn?«

Der Sergeant blickt sich um und scheint einen Entschluss zu fassen. »Ich hab Callum Murray im Vernehmungszimmer sitzen. Er behauptet, er hat Peter Grimwood umgebracht.«

37

Ich sitze wieder im Vernehmungszimmer, allein. Catrin ist in ihre Zelle zurückgebracht worden. Callums Auftauchen – ganz zu schweigen von seinem Geständnis – hat uns alle umgehauen, aber Josh Savidge hat genug Grips, um zu begreifen, dass er allein mit ihm reden muss.

Schon zehn Minuten sind verstrichen, und sie sind bestimmt noch nicht mal damit fertig, seine persönlichen Daten aufzunehmen. Für so was haben wir keine Zeit. Mein Baby ist irgendwo da draußen. Peter. Ich habe angefangen, seinen Namen vor mich hinzuflüstern wie ein Mantra. Peter, Peter, Peter.

Ich kann mich nicht hinsetzen. Ich tigere im Zimmer auf und ab und hämmere mit den Fäusten gegen die Wände, jedoch nicht so laut, dass es Aufmerksamkeit erregen würde; ich darf doch nicht noch mehr Zeit verschwenden. Dann spähe ich in den Flur hinaus und sehe nichts; ich gehe zum Fenster und schaue zum Himmel hinauf.

Ich glaube das nicht. Doch nicht der Mann, an dessen Schulter ich erst heute Morgen geweint habe. Ich konnte Callum immer gut leiden. Er ist groß und freundlich, in jeder Hinsicht überlebensgroß, und ja, es könnte durchaus dunklere Seiten an ihm geben. Niemand kann das, was er während des Krieges durchgemacht hat, unbeschadet überstehen. Aber er hält seine dunklen Winkel vor anderen verborgen. Für gefährlich habe ich ihn niemals gehalten.

Mein Dad hält große Stücke auf ihn, und der irrt sich nie, wenn es um andere Menschen geht. Mich hat er jedenfalls schon vor Jahren durchschaut.

Callum kann meinem Kind nichts getan haben. Und doch glaube ich nicht mehr, dass es Catrin war. Ich habe ihr in die Augen gesehen. Es war nicht Catrin.

War ich es doch? Habe ich ihn getötet und die Erinnerung daran aus meinem Gedächtnis gelöscht? Geht so etwas überhaupt? Wenn das noch lange so weitergeht, glaube ich allmählich noch alles Mögliche. Ich denke zurück, sehe Catrin mit Peter auf dem Arm auf ihren Wagen zugehen, verliere sie aus den Augen (damit hatte sie vollkommen recht), stürze aus dem Zimmer, aus dem Haus, durch den Garten.

Draußen springt röhrend ein großer Motor an, und unwillkürlich trete ich von der Wand weg. Das Motorengeheul hält an, wird immer lauter. Dann ein plötzliches Vorpreschen. Ich weiche zurück, beinahe bis zur Tür, und der Truck hält an. Seine Scheinwerfer leuchten durchs Fenster herein. Und dann kreischt der Motor ebenso schnell wieder auf, Reifen quietschen auf der Straße, und der Truck rast davon.

Im Innern des Gebäudes höre ich eilige Schritte. Eine Sirene heult, doch sie bewegt sich den Hügel hinauf, auf das Guy-Fawkes-Feuer zu. Am liebsten würde ich gegen die Tür hämmern, würde fragen, was da vorgeht, aber es sind einfach nicht genug Leute auf dem Revier, um sich mit einem hysterischen Anfall von mir zu befassen. Ich mag ja vielleicht gerade durchdrehen, aber ich muss es leise tun.

Irgendwas ist oben bei dem Feuer los, sonst wären mehr Polizisten hier. Ich bete darum, dass Sander genug gesunden Menschenverstand hatte, die Jungen nach Hause zu bringen, dass meine drei Männer in Sicherheit sind, wo auch immer sie gerade stecken.

Ein Alarm geht los und übertönt sämtliche Geräusche von draußen. Aus dem Innern des Gebäudes höre ich abermals eilige Schritte.

Ein Ausbruch? Callum hat es sich anders überlegt und ist getürmt?

Der Alarm heult weiter, so schrill, dass es wehtut. Jemand ist an der Tür. Ich trete zurück, und Skye kommt hereingestürzt. Sie trägt ihre grellgelbe Warnjacke.

»Nehmen Sie Ihren Mantel.« Ohne abzuwarten, bis ich reagiere, schnappt sie sich den Mantel von der Lehne des Stuhls, auf dem ich gesessen habe.

»Was ist denn los?« Ich denke nicht nach, bevor ich frage, denn aus dem Flur dringt der schwache, aber unverwechselbare Geruch von Rauch herein. Auch Skye hat ihn mit hereingebracht; er umgibt sie wie ein billiges Parfüm.

»Irgendjemand hat einen Böller durchs Fenster geschmissen. Das große Büro brennt.« Sie hält mir Handschellen hin. »Die muss ich Ihnen anlegen, fürchte ich. Befehl vom Sergeant.«

Im Flur ist der Rauch dichter, und irgendwo ganz in der Nähe kann ich Knistern hören, während Skye, nunmehr mit Handschellen an mich gefesselt, mich in Richtung Empfang schleift.

»Atmen Sie so wenig wie möglich, bis wir draußen sind.« Sie bekommt einen Hustenanfall.

Meine Augen fangen an zu brennen. Hinter uns sind Schritte zu vernehmen, aber ich drehe mich nicht um. Wir hasten durch die Türen der Sicherheitsschleuse in den Empfangsbereich. Neil, der diensthabende Sergeant, hält uns die Eingangstür auf, ein Taschentuch vors Gesicht gepresst.

Rauch quillt vor uns ins Freie, wird in der kühlen Luft noch dichter. Skye zerrt mich aus der Wolke heraus, aus der Hitzewoge, die jede Sekunde größer wurde. Die kühle, reine Luft ist eine gewaltige Erlösung.

Ein Fenster zerspringt, als Catrin, mit Handschellen an den Constable gekettet, uns nach draußen folgt. Sie reibt sich mit der freien Hand die Augen und schaut sich um. Ihr Blick bleibt hängen, nicht an mir, sondern an Callum. Er steht bereits auf dem Parkplatz, genauso gefesselt wie wir, wartet mit seinem Betreuer neben dem Polizei-Minibus. Er schaut zu Boden, und seine Schultern heben und senken sich mit jedem Atemzug.

Josh Savidge verlässt das Gebäude als Letzter. »Die Feuerwehr?«, erkundigt er sich.

Neil hebt hilflos die Hände. »Ist unterwegs. Aber raten Sie mal, wo die alle gerade sind.«

Josh kommt mit großen Schritten auf uns zu. »Alle in den Bus.« Er sucht in seinen Taschen. »Na los. Wir wissen nicht, wer den Böller geworfen hat, und ich will euch drei nicht hier draußen im Freien haben.«

»Wo wollen Sie denn hin?«, fragt Neil.

Josh hat keine Ahnung, das sieht man ihm ganz deutlich an. »Ich bin über Funk zu erreichen«, erklärt er Neil. »Sehen Sie zu, dass Sie den Boss zu fassen kriegen.«

Wir werden mit sanfter Gewalt und guten Worten in den Bus bugsiert. Josh hat den Motor angelassen, noch ehe wir anderen uns richtig hingesetzt haben, und wir rollen vom Parkplatz.

»Zum Rathaus«, schlägt Skye vor.

»Keine gute Idee«, meldet sich Callums Constable zu Wort. »Da wimmelt's heute Abend doch nur so von Leuten. Wollen Sie wirklich drei geständige Kindsmörder da reinschmeißen?«

»Himmel, Arsch und Zwirn.« Josh lehnt sich aufs Lenkrad. Wir stehen mitten auf der Straße.

»Und die Kirche?«, meint der Constable, an den Catrin angekoppelt ist.

»Die ist nachts zu«, erwidert sie. »Josh, fahr zur Conservation. Wir haben auf der Veranda einen Ersatzschlüssel versteckt. Da sucht uns niemand, und du kannst den Bus hinterm Haus verstecken.«

Josh sieht ein, dass das vernünftig ist, oder vielleicht greift er inzwischen auch nach jedem Strohhalm. Er nimmt den Fuß von der Bremse, und wir fahren zu dem Bürogebäude in der Ross Road, wo Catrin arbeitet.

Dort angekommen, steigen wir nacheinander aus. Niemand ist in der Nähe, oder wenn doch, können wir ihn nicht sehen.

Der Rauch diverser Guy-Fawkes-Feuer hat die Luft erfüllt. Es ist, als hätte sich Nebel über die Falklands gelegt, und das endlose Feuerwerk hört sich an wie Artilleriefeuer.

Catrin holt den Schlüssel hervor, und wir gehen hinein. Nachdem die Tür wieder geschlossen und abgesperrt ist, werden Catrin und mir die Handschellen abgenommen, und sie führt uns in einen Konferenzraum. Er hat beklemmende Ähnlichkeit mit dem auf dem Polizeirevier. Sie zieht die Rollos herunter, und wir sind von der Welt abgeschnitten.

Callum werden die Handschellen nicht abgenommen. Die vier Polizisten gehen bei einem neunzig Kilo schweren Ex-Soldaten kein Risiko ein. Sie bringen ihn zum Kopfende des Konferenztischs, und er setzt sich, ein Stück von uns anderen entfernt.

»Und was jetzt?« Noch immer kann er niemandem in die Augen sehen, am allerwenigsten mir. »Wie geht's jetzt weiter?«

Es geht damit weiter, dass wir uns in die Wolle kriegen. Josh besteht darauf, dass wir auf Stopford warten, dass wir warten, bis noch andere dabei sind. Die Vorschriften müssen eingehalten werden, sagt er, und wir drei Verdächtige müssen getrennt voneinander vernommen werden.

Catrin meldet sich zu Wort und meint, es wird zu lange dauern, bis Stopford hier aufkreuzt, bis er auf den neuesten Stand gebracht worden ist. »Und er ist ja auch nicht gerade der Allerhellste«, erinnert sie uns. »Uns zu trennen, ist doch bescheuert«, fährt sie fort. »Jedes Mal, wenn einer von uns etwas sagt, müsst ihr das erst bei den anderen verifizieren. So sitzen wir die ganze Nacht hier. Und während wir hier rumeiern, ist Peter irgendwo da draußen.«

Das wird für Catrin zu einem Mantra. Jedes Mal, wenn sie uns an die Dringlichkeit der Lage erinnert, sagt sie, dass Peter irgendwo da draußen ist und darauf wartet, dass jemand ihn findet. Wenn ich nicht hier wäre, würde bestimmt jemand darauf hinweisen, dass Peter doch tot ist und dass ein paar Stunden auch keinen großen Unterschied mehr machen. Aber ich bin nun mal hier, und niemand sagt das laut.

»Wenn wir die Vernehmung vermasseln, kriegen wir nie einen Schuldspruch«, warnt Skye Josh.

»Er hat doch gestanden«, wendet einer der Constables ein. »Der Schuldspruch ist doch schon unter Dach und Fach.«

»Tja, schön, aber ich habe gerade an ein und demselben Abend drei verdammte Geständnisse präsentiert gekriegt«, faucht Josh. »Entschuldigt bitte, wenn ich das nicht mehr ernst nehmen kann.«

Fast zehn Minuten lang streitet Catrin sich mit ihm herum, wobei ich gelegentlich auch meinen Senf dazugebe. Josh will Verstärkung, aber seine Versuche, von Neil irgendwelche Informationen zu bekommen, führen zu nichts. Für den diensthabenden Sergeant hat es verständlicherweise Priorität zu verhindern, dass das Revier niederbrennt. Callum scheint in Trance versunken zu sein. Schließlich gibt Josh nach, obgleich ihm die Missbilligung praktisch in die Augäpfel graviert ist. Er ist genauso scharf auf die Wahrheit wie wir alle.

Catrin treibt irgendwo einen Kassettenrekorder auf. Der wird überprüft und eingeschaltet, und wir nennen alle fürs Protokoll unsere Namen, Callum als Letzter.

Sein Gesicht ist stärker gerötet als sonst; er hat so eine helle Haut, durch die jede Emotion hindurchscheint. Er atmet schwer, wirkt aber ansonsten ganz ruhig. Bis man auf seine Hände schaut, die hinter seinem Rücken fest zu Fäusten geballt sind. Diese Hände können einfach nicht still sein.

Josh hat auf einem Stuhl am anderen Ende des Tisches Platz genommen, Callum gegenüber. Es ist zehn vor elf. Draußen ist es stockdunkel.

»Erzählen Sie uns, was am Nachmittag des 3. November passiert ist«, fängt Josh an. »An dem Nachmittag, an dem Peter Grimwood verschwunden ist.«

Callum schluckt. »Ich hab mir Sorgen um Catrin gemacht.«

Er sieht sie nicht an, obwohl sie ihn kaum aus den Augen gelassen hat, seit wir den Raum betreten haben. »Ich wusste, dass sie das Foto im *Daily Mirror* gesehen hatte. Ich wusste, dass sie ziemlich fertig sein würde. Ich wollte sie suchen, wollte sicher sein, dass sie okay ist.«

Er schaut nach rechts, begegnet ganz kurz ihrem Blick. Sie scheint drauf und dran zu sein, etwas zu sagen, dann schüttelt sie den Kopf.

»Ich bin ihr nachgefahren.« Sein Blick huscht kurz zu mir herüber. »Zu dir rauf, Rachel. Ich fand, sie sollte nicht allein sein.«

»Um welche Uhrzeit war das?«, will Josh wissen.

»Kurz vor vier, glaube ich. Ich weiß noch, dass es anfing, dunkel zu werden.« Wieder schaut er zu Catrin hinüber, als suche er Bestätigung. Sie sieht verdutzt aus. Catrin, die die ganze Zeit über eisige Ruhe gewahrt hat, während ich gestanden habe, mein eigenes Kind umgebracht zu haben, hat jetzt, wo Callum zu reden begonnen hat, die Fassung verloren.

»Okay, weiter, bitte.«

»Ich hätte nicht fahren dürfen, ich hab gemerkt, dass sich ein Anfall angekündigt hat.«

»Ein Anfall?«

»Ein Blackout. Nein, das stimmt nicht ganz, ich bin kein Epileptiker oder so was, aber ich habe manchmal so Zustände.«

Verwirrte Gesichter ringsumher.

»Ich leide an einer posttraumatischen Belastungsstörung. Manchmal habe ich Flashbacks, dann kommen Sachen zurück, die bei dem Konflikt passiert sind. Das kann mehrere Stunden dauern, und hinterher weiß ich so gut wie nichts mehr davon, wo ich war oder was ich gemacht habe.«

Rund um den Tisch geht den Leuten allmählich ein Licht auf. Von PTBS haben wir alle schon mal gehört.

»Kann irgendjemand das mit diesen Flashbacks bestätigen?«

»Dr. Pirrus. Ich bin seit ein paar Jahren bei ihr in Behandlung. Und Catrin. Vor ein paar Nächten hätte ich sie fast erwürgt.«

Als er von seinen Flashbacks angefangen hat, hat Catrin den Kopf in die Hände sinken lassen. Jetzt schaut sie ihn über ihre Finger hinweg an. »Du hast mir doch gar nichts getan. Nicht so richtig. Ich habe dir viel mehr getan.«

Sein Blick wird weich. »Du lässt dir auch von niemandem was gefallen. Aber stell dir mal vor, ich bekomme ein Kind in die Finger …«

Erschrockene Blicke zucken zu mir herüber. Ich konzentriere mich darauf, ein- und auszuatmen; mir ist klar, dass sie mich aus dem Zimmer schicken werden, wenn es so aussieht, als würde mich das Ganze zu sehr mitnehmen. Ich bemühe mich, Callum nicht anzusehen, nicht daran zu denken, wie diese starken Hände mein Kind packen.

»Okay, Sie sind also hinter Catrin her die Airport Road entlanggefahren, und sie haben gemerkt, dass sich ein Anfall ankündigt?«

»Genau. Aber noch bevor ich am Haus der Grimwoods war, noch bevor ich es überhaupt sehen konnte, kam mir Catrins Land Rover wieder entgegen. Ich weiß nicht genau, ob sie mich gesehen hat, obwohl sie praktisch durch den Straßengraben gefahren ist, um an mir vorbeizukommen. Sie ist weitergefahren, und ich war plötzlich in die falsche Richtung unterwegs.«

»Ich habe dich gesehen«, sagt Catrin.

»Ich wäre fast nach Hause gefahren und hätte dich in Ruhe gelassen.« Jetzt wendet er sich direkt an Catrin. »Dann ist mir klar geworden, dass du wahrscheinlich zum Boot willst, und das hab ich für keine so gute Idee gehalten. Also bin ich weiter die Straße raufgefahren, ich wollte umdrehen und dir zum Hafen hinterher.«

»Kurz vor vier«, meint Josh. »Catrin hat den Kleinen gerade

wieder in den Garten gesetzt, Rachel hat sie vom Fenster aus gesehen und rennt die Treppe runter. Weiter, bitte.«

»Inzwischen fahre ich zu schnell, ich mache mir Sorgen um Catrin, und ich komme ins Trudeln.«

»Ins Trudeln?« Diesmal ist es Skye.

»Ich habe mich nicht mehr im Griff, ich merke, wie der Flashback die Regie übernimmt.«

»Fast vier Uhr. Inzwischen müssten Sie bei dem Haus angekommen sein.«

Fast vier Uhr. Callum ist vor dem Haus, und ich bin … wo? Ziehe ich mir gerade Schuhe an? Nein, ich war barfuß, als ich damals hinausgerannt bin.

»Ich bin vor das Haus gefahren.« Callum erzählt seine Geschichte weiter. »Ich war zu schnell, hab nicht aufgepasst. Peter war wieder auf die Straße gelaufen. Ich hab ihn frontal erwischt. Er ist in die Luft geflogen, auf die Kühlerhaube geknallt, gegen die Windschutzscheibe, und dann war er weg, unter den Rädern.«

Catrins kalkweißes Gesicht schaut Callum an, dann mich, dann wieder ihn. Ich reagiere nicht. Ich kann nicht reagieren. Ich denke: *Dann ist es schnell gegangen.* Er wird keine Angst gehabt haben. Er hat nicht gelitten. Wahrscheinlich hat er nicht einmal viel Schmerz verspürt. Das kann ich mir doch immer wieder sagen, nicht wahr? Es gibt doch für einen kleinen Jungen bestimmt schlimmere Arten, ums Leben zu kommen.

Callum spricht immer noch. »Ich hab natürlich angehalten. Ich bin ausgestiegen, aber der Junge war tot. Das hab ich sofort gesehen. Sonst hätte ich doch was unternommen, hätte jemanden angerufen, das weiß ich. Aber ich hab genug Tote gesehen, um Bescheid zu wissen, wenn jemandem nicht mehr zu helfen ist.«

Auf der Stelle tot. Wenn er denn doch tot ist, dann ist es so doch am besten, oder? Ich merke, dass Skye meine Hand hält.

Ich drücke ihre Finger, um ihr zu zeigen, dass ich ihr dankbar bin.

»Was haben Sie mit ihm gemacht?«, fragt Josh.

Callum sieht niemanden an, als er weitererzählt. »Ich hab ihn aufgehoben, ihn in eine Decke gewickelt, die ich im Wagen hatte, und ihn in den Gewehrkasten hinter den Sitzen gelegt. Dann hab ich gewendet und bin den Hügel wieder runtergefahren. Ich glaube, ich bin zum Hafen gefahren und hab immer noch Ausschau nach Catrin gehalten, aber ganz sicher bin ich mir da nicht.«

Genau wie das, was ich behauptet habe. In meiner dämlichen, erfundenen Geschichte habe ich gesagt, ich hätte ihn in den Kofferraum meines Autos gelegt. Jetzt bezahle ich dafür.

»Sie sind sich nicht sicher?« Skye hat meine Hand losgelassen. »An den Unfall erinnern Sie sich genau, aber Sie wissen nicht mehr, was Sie unmittelbar danach gemacht haben?«

»Nicht so richtig.« Er atmet ein paar Mal tief durch, schickt sich an, es noch einmal zu versuchen.

»Eben haben Sie doch gesagt, Sie wissen immer nur noch ganz wenig von dem, was Sie tun, wenn Sie einen Flashback haben«, sagt Skye. »Da sind nur Bilder von dem Konflikt, haben Sie gesagt. Und trotzdem erinnern Sie sich, dass Sie Peter überfahren und seine Leiche in ihren Kofferraum gelegt haben?«

»Leute, ihr müsst mich zu Ende erzählen lassen.«

Josh räuspert sich. »Weiter, Callum. Lassen Sie ihn erzählen, Skye.«

»Später am Nachmittag hab ich dann die Leiche beseitigt«, berichtet Callum. »Ich weiß nicht mehr, wann genau, das ist alles ein bisschen verschwommen, aber ich weiß noch, dass ich zu den Klippen über Port Pleasant raufgefahren bin.«

Catrins Kopf zuckt hoch, wie der eines Hundes, der etwas wittert.

»Ich bin von der Straße runter, bin so nahe an den Rand

rangefahren, wie es ging, und dann habe ich Peter aus dem Wagen geholt. Ich hab ihn von der Klippe geworfen.«

Skyes Hand ergreift abermals die meine. Es spielt keine Rolle, rede ich mir ein. Da hat er keine Angst mehr gehabt. Da hat ihm nichts mehr wehgetan.

»Sarge, ich finde, ich sollte Rachel rausbringen.«

»Ich bin okay«, beteuere ich, obgleich ich ihre Hand so fest drücke, dass das auf sie wohl nicht zutrifft. »Danke, Skye, aber es ist okay. Weiter, bitte.«

»Haben Sie gesehen, wie er unten angekommen ist?«, will Josh nach einem besorgten Blick auf mich wissen.

Callum schüttelt den Kopf. »Ich hab nicht runtergeschaut. Ich glaube, es war Flut. Ich bin wohl davon ausgegangen, dass das Wasser ihn wegschwemmt.«

Ich überlege, ob ich wohl ohnmächtig geworden bin. Ich kann nichts sehen. Gleich darauf begreife ich, dass ich die Augen geschlossen habe.

»Und warum haben Sie nicht schon früher etwas gesagt?«, fragt Josh. »Warum kommen Sie jetzt damit an?«

»Weil ich mich an nichts von all dem erinnern konnte. Ich hatte keine Ahnung, bis ich den Fußabdruck in Ihrem Computer gesehen habe, auf dem Revier.«

»Moment, Moment. Fußabdruck?«

Jetzt sind es nur noch Stimmen, die in der Finsternis durcheinanderwirbeln.

»Ich war heute auf dem Revier. Im Büro waren ein paar von Ihren Leuten, aber die mussten sich um irgendwas kümmern, und dann war ich da allein. Da hab ich auf Ihren Computer geschaut, Skye, und hab den Fußabdruck gesehen, den ihr vor Rachels Haus gefunden habt. Ich hab ihn sofort erkannt, er war von mir. Aber diese Stiefel hatte ich nur an dem Nachmittag angehabt, an dem Peter verschwunden ist, das heißt, ich muss ausgestiegen sein, auch wenn ich mich nicht mehr daran erinnere.«

Ich habe das Gefühl, dass daraufhin zustimmend genickt wird.

»Als ich den Abdruck gesehen habe, war mir klar, dass ich damals Peter totgefahren und das dann aus meinem Kopf gelöscht haben muss. Ich bin sofort zu meinem Wagen rausgegangen und hab voll damit gerechnet, ihn in der Kiste zu finden. Natürlich war er nicht da drin, und die Decke auch nicht.«

Nein, er hat am Strand gelegen, von den Felsen zerschmettert. Oh Gott, und wenn er nun nicht tot war? Was ist, wenn er sich dort unten ans Leben geklammert hat, wenn er geschrien hat, nach … nicht nach mir, nach mir würde er nicht rufen.

»Rachel, alles okay?«

Skyes Frage holt mich wieder ein bisschen zu mir selbst zurück. Ich öffne die Augen und nicke. Alle vier Polizisten sehen mich an. Catrins Blick ist fest auf Callum gerichtet. Seine Augen starren ins Nichts.

»Ich glaube, Sie sollten wirklich draußen warten«, versucht Josh sein Glück.

Ich schüttele den Kopf; ich gehe hier nicht weg.

Skye ist etwas aufgefallen. »Callum, ich verstehe ja, warum Sie sich Gedanken machen, aber nichts an all dem weist darauf hin, dass Sie den Kleinen getötet haben.«

»Das sehe ich auch so.« Josh sieht auch nicht glücklicher aus als Skye. »Wenn ich das Ganze richtig verstehe, haben Sie keinerlei Erinnerung an all das, Sie haben das alles lediglich gemutmaßt, als Sie den Fußabdruck in unserem Computer gesehen haben, und wegen Ihrer verschwundenen Decke.«

Callum blickt jetzt starr auf die Tischplatte hinab. Ich kann die Erleichterung der Polizisten um mich herum nicht teilen. Catrin auch nicht, wie ich sehe. Wir wissen beide, dass da noch mehr kommt.

»Ich bin heute Nachmittag zu dem Strand rausgefahren«, sagt er. »Dahin, wo die Leiche des Kleinen gelandet wäre.«

Wir warten.

»Ich hab ihn gefunden.«

Ich kann ein Aufschluchzen nicht zurückhalten. Auf der anderen Seite des Tisches hat sich Catrins Gesicht vor Kummer verzerrt. Ich glaube zu sehen, wie sie mir die Hand entgegenstreckt, doch dann zieht sie sie jäh zurück.

»Sie haben ihn gefunden? Da am Strand? Er ist noch dort?«, fragt Josh eindringlich.

Callum lässt den Kopf vor und zurück kippen. Mein Baby liegt noch immer dort am Strand. Ich versuche, das nicht vor mir zu sehen. Bemühe mich, meinen Kopf ganz leer sein zu lassen. Diese dünnen kleinen Glieder, diese blasse, makellose Haut.

Josh erteilt den beiden Constables Anweisungen. »Wir müssen da runter. So schnell es geht. Melden Sie sich, sobald Sie ihn gefunden haben, sofort.«

»Wartet.« Catrins Gesicht ist ebenso weiß wie die Wände.

Josh denkt nicht daran. »Nein, ich warte nicht mehr. Ab mit euch beiden. Sagt mir Bescheid, sobald ihr was findet.«

»Seien Sie vorsichtig«, ruft Catrin den beiden nach. »Die Klippe da hat's schon bei Tageslicht ganz schön in sich. Nehmen Sie gute Taschenlampen mit, und passen Sie bloß auf, wo Sie hintreten.«

Sobald die Tür hinter den beiden Männern zuschlägt, dreht sie sich zu Callum um.

»Was hast du gesehen, da an dem Strand? Erzähl mir ganz genau, was du gesehen hast.«

Was macht sie denn? Skye greift abermals nach meiner Hand. Josh räuspert sich. »Ich glaube, das lassen wir mal. Wir müssen Rachel zu ihrer Familie zurückbringen. Catrin, könnten Sie hier bleiben, bis wir all das geregelt haben?«

Jetzt sieht Catrin mich an. »Vertrau mir«, sagt sie. »Rach, vertrau mir.«

Ich nicke. Es kommt mir vor, als sei das das Mindeste, was ich tun kann, und sie wendet sich wieder an Callum.

»Was hast du da am Strand gesehen?«

Callum sieht mich an, als warte er auf meine Erlaubnis.

»Sag's ihr«, dränge ich.

»Die Decke hab ich ziemlich schnell gefunden«, berichtet er. »Die hing an einem Felsen, gerade eben außer Reichweite der Flut. Zuerst konnte ich sonst nichts anderes sehen, aber als ich näher rangekommen bin … es tut mir leid, Rachel … da hab ich seine Leiche gesehen.«

Ich möchte tapfer sein. Ich möchte Catrin vertrauen, aber der Gedanke, dass mein Baby am Fuß einer Klippe liegt …

»Nein!« Catrin knallt die flache Hand auf den Tisch. »Sag uns, was du gesehen hast. Nicht, was du glaubst, gesehen zu haben. Was hast du gesehen?«

»Herrgott noch mal, Catrin!«

Als Antwort steht sie auf, geht mit großen Schritten zu ihm, ehe einer der beiden Polizisten sie aufhalten kann, und beugt sich vor. »Hast du seine Kleider gesehen? Peter hatte blaue Shorts und ein gelb-weiß gestreiftes T-Shirt an, als ich ihn hochgehoben habe. Hast du diese Sachen gesehen?«

Irgendwie behält er die Fassung und schüttelt den Kopf. »Die Sachen waren nicht da. Ich denke, die sind bestimmt weggerissen worden. Catrin, er hat im Frühling zwei Tage da am Strand gelegen. Du weißt doch, was da mit ihm passiert sein wird.«

Der Leichnam meines Babys, jeder Kreatur ausgeliefert, die auf diesen Inseln herumfliegt, -kriecht oder -schwimmt. Ich spüre, wie sich ganz unten in meiner Kehle ein Schrei aufbaut. Wenn der erst so weit ist, dass ich ihn loslasse, wird es kein Halten mehr geben.

»Hast du seine Schuhe gesehen?« Catrin ist erbarmungslos. »Ich bin mir ziemlich sicher, dass ich mich an Sandalen erinnere, mit Schnallen. Die gehen nicht so leicht ab.«

Er scheint darüber nachzudenken. Erinnert er sich an braune Ledersandalen an kleinen, pummeligen Füßchen?

»Was ist mit Haaren? Peter ist blond. Ich fand sein Haar ziemlich lang. Sah aus, als müsste es mal geschnitten werden. Hast du Haare gesehen?«

»Ich hab genug gesehen! Ich hatte nicht vor, da 'ne Scheiß-autopsie durchzuführen!«

Ich habe mich von Skye gelöst, habe die Arme um meinen Oberkörper geschlungen. Jetzt fange ich an, mich zu wiegen, vor und zurück, die uralte physische Reaktion auf Trauer und Schmerz. Ist das hier dann ihre Strafe für mich? Dass sie mir das hier zumutet?

Sie kniet jetzt neben Callum, hat die Arme gehoben, um sein Gesicht zwischen ihre Hände zu nehmen. Ich glaube, er versucht, sich loszumachen. Sie lässt ihn nicht.

»Sag mir, was du gesehen hast. Rachel kommt damit klar. Sie ist härter im Nehmen, als man ihr ansieht.«

Das bezweifle ich. Ich hänge hier am seidenen Faden.

»Rippen, einen Schädel, eine Wirbelsäule. Etwas, das wie Finger ausgesehen hat. Mehr konnte ich nicht ertragen. Ich hab das alles gesehen und bin abgehauen.«

»Skelettiert, oder noch mit Fleisch dran?«

Jetzt schluchzt er fast. Sie quält ihn, genau wie mich. »Größtenteils skelettiert. Ein bisschen Fleisch war noch da, aber da waren Vögel dran, als ich da hingekommen bin. Es war nur noch ganz wenig übrig.«

Catrin stößt einen tiefen Seufzer aus, dann steht sie auf, beugt sich vor und drückt ihm einen Kuss auf die Stirn. Ich kann nicht fassen, was ich da sehe. Ich weiß ja, dass sie mich hasst, aber …

»Du hast einen Seehund gesehen, du Idiot«, sagt sie.

»Was?«, fragen Josh und Skye wie aus einem Munde.

Sie richtet sich auf. »Einen Südamerikanischen Seebären, würde ich sagen. Die jungen, gerade ausgewachsenen Tiere haben mehr oder weniger die Größe eines kleinen Kindes.« Sie schaut sich um, blickt zur Tür. »Ich kann's euch zeigen.

Ich mache mal schnell einen Computer an und zeige euch ein Seebärenskelett.«

Josh und Skye starren einander an. Callum kann den Blick nicht von Catrin abwenden. Ich kann mir einfach nicht gestatten zu denken. Ohne auf eine Erlaubnis zu warten, verlässt Catrin den Raum. Josh bedeutet Skye, ihr zu folgen. Ich gehe ebenfalls. Hinter uns bilden Josh und Callum die Nachhut.

Jetzt scheint alles in Zeitlupe abzulaufen. Jedenfalls für mich. Ich konzentriere mich auf Catrins Hinterkopf. Sie hat einen Computer angeschaltet und einen Benutzernamen sowie ein Passwort eingegeben.

»Du bist an dem Tag wirklich nach Port Pleasant rausgefahren.« Sie spricht lauter, damit Callum sie auch versteht. »Am frühen Abend, so gegen halb sieben. Ich habe erst deinen Wagen gehört, und dann habe ich dich gesehen.«

Wir bilden einen Halbkreis um Catrin herum. Alle Blicke sind auf den Bildschirm gerichtet, aber Josh und Skye achten darauf, dass sie zwischen Callum und mir stehen.

»Sie können also bestätigen, dass Mr Murray am 3. November gegen halb sieben Uhr abends zu der Klippe oberhalb von Port Pleasant hinaufgefahren ist?«, fragt Josh.

»So ungefähr um diese Zeit, ja.« Catrin ist abgelenkt, durchsucht die Datenbanken. Sie gibt etwas in eine Suchmaschine ein, tippt aber zu schnell, als dass ich es lesen könnte. »Er ist ungefähr eine halbe Stunde geblieben. Die meiste Zeit war er in seinem Wagen, aber einmal ist er ausgestiegen und zum Rand der Klippe gegangen.« Sie wendet sich an Callum. »Einen Moment lang hatte ich richtig Angst. Du warst ganz dicht an der Kante.«

»Hat er etwas getragen?«, will Josh wissen. »Hatte er irgendetwas bei sich?«

Sie klickt von einem Bild zum nächsten. »Überhaupt nichts. Er hatte eine verwaschene Jeansjacke an und Jeans. Einen

Schal um den Hals, blau und braun. Nicht das, was er davor angehabt hat. Ich weiß noch, ich habe mich gefragt, warum er sich wohl umgezogen hat.«

»Hab ich dich gesehen?«, fragt Callum.

Sie schüttelt den Kopf. »Ich war unter Deck und habe dich durch die Luke beobachtet. Aber ich habe dich die ganze Zeit nicht aus den Augen gelassen. Ich wollte gerade raufkommen und winken, da hast du dich umgedreht, bist in dein Auto gestiegen und weggefahren.«

»Dann hab ich's eben später gemacht.«

»Du bist wirklich später noch mal wiedergekommen.« Sie nickt nachdrücklich. »Viel später. Am nächsten Morgen. Ich habe gesehen, wie du den Wagen geparkt hast, wie du ausgestiegen und wieder zum Klippenrand gegangen bist. Diesmal hattest du dir die Decke um die Schultern gelegt. Ich kann's dir nicht verdenken, es war noch ganz früh und sehr kalt. Du hast zugesehen, wie ich verhaftet worden bin und wie sie mich auf das andere Boot gebracht haben.«

Er nickt. »Daran erinnere ich mich. Da war der Flashback vorbei. Schon seit ein paar Stunden. Ich war die ganze Nacht auf gewesen.«

»Du hast auch wirklich ein bisschen fertig ausgesehen. Bevor das Polizeiboot kam, habe ich dich durchs Fernglas beobachtet.«

»Hat ihn sonst noch jemand gesehen?«, fragt Josh. »Einer von den Beamten, die die Verhaftung vorgenommen haben?«

»Möglich, aber ich glaube, die haben hauptsächlich auf mich geachtet. Aber ich sage dir, was ich gesehen habe, bevor sie mich auf dem Polizeiboot unter Deck gebracht haben.«

»Was denn?«

»Ich habe gesehen, wie du dich umgedreht hast und wieder zu deinem Wagen zurückgegangen bist. Und ich habe gesehen, wie die Decke weggeweht worden ist, in die Luft hinauf und dann die Klippe hinunter.«

Er schüttelt den Kopf, wagt nicht, zu glauben, was sie ihm erzählt.

»Das hast du gar nicht gemerkt, nicht wahr? Du hast nur an mich gedacht. Hier.«

Sie vergrößert das Foto auf dem Bildschirm. Wir starren das Skelett eines Südamerikanischen Seebären an. Ungefähr einen Meter lang, unverkennbar ein Seehund …

»Catrin, ich weiß wirklich nicht …«, setzt Josh an.

»Das da am Strand war bestimmt nicht so intakt und vollständig wie das hier.« Sie spricht lauter, um ihren Standpunkt klarzumachen, sich unsere Aufmerksamkeit zu sichern. »Das Gerippe am Strand war bestimmt von Aasfressern malträtiert worden. Callum, heute am Meer, da hast du die Decke gesehen, und das hat deine schlimmsten Befürchtungen bestätigt. Dann hast du ein Gerippe gesehen, das dem eines Kindes sehr ähnlich gesehen hat. Du hast Teile des Rückgrats gesehen, das sich ebenfalls eigentlich kaum von dem eines Kindes unterscheidet, vielleicht Teile des Schädels. Auch die Knochen der Flossen können für jemanden, der nicht ganz klar im Kopf ist, aussehen wie die einer menschlichen Hand. Aber jetzt, wo du weißt, dass du die Decke nicht da runtergeschmissen hast, gibt es doch keinen Grund zu glauben, du hättest das Kind von der Klippe geworfen.«

Die Gesichter um mich herum sehen alles andere als überzeugt aus. Ich will ja überzeugt sein, aber …

Jetzt hat sich Catrin von dem Computer abgewandt, sieht Callum unverwandt an. »Ich habe dich die ganze Zeit beobachtet, als du da oben auf der Klippe warst. Du hast Peter nicht runtergeworfen. Du hast Peter nicht getötet.«

»Und wer zum Teufel hat es dann getan?«

Beide sehen mich an. Ich schüttele den Kopf. Ich habe ihn nicht umgebracht. Ich weiß nicht, wer es war. Zu dritt sehen wir uns jetzt an. Es ist, als hätten die beiden Polizisten aufgehört zu existieren. Callum sagt als Erster etwas.

»Er ist innerhalb eines Zeitraums von – wie war das? – fünfzehn Minuten verschwunden. Sowohl Catrin als auch ich waren zu dieser Zeit vor dem Haus. Drei Autos auf dieser Straße, innerhalb dieser Zeitspanne? Unmöglich.«

»Ich habe ihn nicht gesehen«, sage ich. »Als ich rausgerannt kam, war er nicht da.«

»Genau, also muss ich es gewesen sein. Tut mir leid, Cat, aber ich bin der Einzige, dem Zeit abhandengekommen ist. Ich bin der Einzige von uns mit einer nachgewiesenen psychischen Störung. Ich bin der Einzige, der anderen Menschen gegenüber schon einmal gewalttätig geworden ist.«

Sie schüttelt den Kopf. »Nein.«

»Es war doch sonst niemand da.«

»Nur seine beiden Brüder«, sagt Skye zaghaft.

38

Eigentlich hatte ich ja gedacht, ich könnte nicht mehr empfinden. Wie sehr habe ich mich geirrt. Ich kann das Spiegelbild meines Schocks im Gesicht meiner Freundin sehen. »Nein«, widerspricht sie abermals.

Callum ist nicht bereit, die Schuld so ohne Weiteres abzugeben. »Seien Sie doch nicht albern, Skye.«

»Fünf Personen waren auf dem Grundstück oder ganz in der Nähe, als Peter verschwunden ist«, erwidert Skye leise, aber beharrlich.

»Als Sie in den Garten gekommen sind, Rachel, waren Ihre beiden älteren Söhne da bei Ihnen?«, erkundigt sich Josh.

Ich tue so, als würde ich überlegen. »Nein«, antworte ich nach ein paar Sekunden. »Sie waren irgendwo unten am Strand; sie hatten etwas davon gesagt, dass sie sich da die

Sonnenfinsternis anschauen wollten. Als sie mich haben rufen hören, sind sie wieder raufgekommen. Sie haben mir geholfen, nach Peter zu suchen.«

»Sind Sie zusammengeblieben?«

Nein, sind wir nicht. Sobald Peter verschwunden war, bin ich in Panik geraten, habe aufgehört, klar zu denken. »Ich glaube, die beiden sind wieder zum Strand runtergelaufen«, sage ich. »Ich habe das Haus und den Stall abgesucht. Wir waren ungefähr zwanzig Minuten getrennt. Dann habe ich die Polizei angerufen.«

Schweigen. Mit dem, was ich in den Gesichtern da vor mir sehe, werde ich nicht fertig. »Aber sie lieben ihren Bruder. Sie kümmern sich besser um ihn als ich. Sie würden ihm doch nie etwas tun.«

»Bestimmt nicht, Rachel.« Wieder nimmt Skye meine Hand. »Aber es könnte ihm doch etwas zugestoßen sein. Vielleicht hatten sie das Gefühl, sie wären schuld. Und haben sich nicht getraut, es Ihnen zu sagen.«

Das Gartentor. Das Tor, wegen dem Mum mir ständig in den Ohren gelegen hat. Der Klippenpfad könnte wegen der Sonnenfinsternis im Schatten gelegen haben. »Ich muss nach Hause. Ich muss mit ihnen reden.«

»Sind sie denn dort? Ich dachte, sie sind bei ihren Großeltern.«

»Sander ist wieder da. Er hat sie bestimmt abgeholt.« Ich sehe Josh an. »Ich muss mit ihnen reden.«

»Wir können da jetzt nicht einfach so überstürzt rüberfahren. Wir haben nicht genug Leute.«

Callum zuckt die Achseln, um darauf hinzuweisen, dass er immer noch Handschellen trägt. »Allzu gefährlich sollte ich nicht sein.«

Ich sehe, wie Josh beschließt, dass er ebenso gut ganz auf die Vorschriften pfeifen kann, nachdem er heute Abend schon gegen so viele verstoßen hat. Wir eilen hinaus und klettern von Neuem in den Minibus. Skye fährt, Josh sitzt ganz hinten und behält uns alle im Auge. Er bräuchte sich gar keine Gedanken zu machen, wir konzentrieren uns einzig und allein auf die Straße vor uns. Alles, was uns interessiert, ist, möglichst schnell anzukommen.

Skye fährt aus Stanley heraus, weicht Leuten aus, die mitten auf der Straße unterwegs sind. Bis Mitternacht ist es nicht mehr lange.

Jedes Mal, wenn ich denke, noch schlimmer kann es unmöglich werden, passiert genau das. Wenn mein Sohn denn tot sein muss, dann wäre es mir unendlich viel lieber, wenn er von Catrin aus Rache oder von Callum in einem traumatisch bedingten Flashback getötet worden wäre, als von seinen eigenen Brüdern.

Mir fällt wieder ein, dass Ralph mich gefragt hat, ob sich meine Jungen auf dem alten Wrack herumgetrieben haben. Bestimmt hat er etwas gesehen, Fußspuren, die darauf zuführen, oder wie einer der beiden an Bord geklettert ist. Haben sie ihn dort versteckt? Wie soll ich sie jemals davon überzeugen, dass es nicht ihre Schuld war? Sondern meine. Es war doch meine Aufgabe, auf ihn aufzupassen. Ich habe versagt, nicht sie.

Wir erreichen das Haus, und ich bin als Erste aus dem Bus heraus.

Ich höre, wie Josh mir nachruft, dass ich warten soll, aber ich bin durchs Gartentor, haste durch den Garten und durch die Haustür, bevor die anderen ausgestiegen sind.

Eigentlich rechne ich damit, dass die Jungen im Bett sind, doch ich kann den Fernseher leise im Wohnzimmer hören. Sander schaut vom Sofa zu mir hoch; seine blauen Augen sind vor Kummer blasser als sonst. Zu beiden Seiten von ihm, die Köpfe in seinem Schoß, liegen die Jungen. Jeder ist mit einer Decke zugedeckt. Beide schlafen fest.

Skye hat mich eingeholt. Sie legt mir die Hand auf die Schulter. »Ruhig, Rachel«, flüstert sie.

»Ich muss mit den beiden reden.« Mein Blick wandert von Chris zu Michael, beide noch so jung, so schön, wenn sie schlafen. »Weck sie auf.« Auch ich flüstere, spreche so leise davon, sie zu wecken, dass sie weiterschlafen können.

Sanders Hände strecken sich über die Kinder, um sie vor mir zu schützen. Ich kann ihm am Gesicht ablesen, dass er mich für die Mörderin unseres jüngsten Sohnes hält. »Was soll das?«, fragt er. »Verschwinde.«

»Mr Grimwood, wir müssen mit Christopher und Michael reden.« Skye tritt vor mich. Hinter uns sind Josh, Callum und Catrin angekommen.

Irgendetwas, vielleicht die Geräusche oder der kältere Luftzug, hat Chris geweckt. Er reibt sich die Augen und öffnet sie. »Mummy.«

Dann springt er auf, so wie nur die ganz Jungen es gleich nach dem Schlafen fertigbringen, und als ich auf ihn zustürze, schlingen sich seine Arme fest um meinen Hals. Über seine Schulter hinweg frage ich Sander: »Hast du's ihnen gesagt?«

Chris versteift sich. »Was gesagt? Mummy, was soll er uns gesagt haben?«

Ich nehme seinen Kopf zwischen meine Hände; ich glaube nicht, dass ich jemals ein Gesicht mehr geliebt habe als seins. »Chris, du musst mir jetzt die Wahrheit sagen. Daddy und ich haben dich und Michael lieber als sonst irgendetwas auf der ganzen Welt, und wir werden euch immer lieb haben und immer für euch sorgen, aber du musst uns die Wahrheit sagen.«

Ich sehe es in seinem Gesicht. Das Zusammenschrecken seiner Züge, das dunkle Licht in seinen Augen. Er braucht nicht zu fragen, wovon ich rede.

Oh Gott, nein.

»Rachel, was ist denn los?«

Ich kann nicht weitersprechen. Ich will es nicht hören. Chris' Mund zittert. Seine Augen beginnen zu glänzen. »Es tut mir leid, Mummy.« Er beginnt zu schluchzen. Ich ziehe ihn an mich. Ich habe einen Sohn verloren; noch einen werde ich nicht verlieren.

»Ist ja gut, mein Engel. Egal, was passiert ist, es ist okay. Ich hab dich lieb.«

Jetzt schluchzt er heftig an meiner Schulter. Jedes Mal, wenn er Luft holt, höre ich die Worte »tut mir leid«, und mir ist, als könnte es mir das Herz brechen, wenn er das nur noch ein einziges Mal sagt.

»Rachel.« Sander, der noch immer auf dem Sofa sitzt, um Michael nicht zu wecken, fleht jetzt.

»Peter ist verunglückt«, sage ich, weil mir jetzt alles so klar ist. »An dem Tag, an dem er verschwunden ist. Es war ganz und gar meine Schuld, ich habe nicht auf ihn aufgepasst. Er hat versucht, den Jungen zum Strand runter zu folgen, und ist dabei abgestürzt. Sie haben gesehen, was passiert ist, haben gesehen, dass er tot war und haben gedacht, sie wären schuld daran. Aber ihr wart nicht schuld, mein Liebling, wirklich nicht.« Ich wiege Christopher hin und her; ich glaube, er versucht, sich von mir loszumachen, aber ich bin noch nicht bereit, ihn loszulassen.

»Sie sind in Panik geraten und haben die Leiche irgendwo versteckt. Wahrscheinlich auf dem alten Wrack. Sie haben gedacht, ich würde wütend werden. Dass ich ihnen Vorwürfe machen würde, aber das hätte ich doch nie getan, mein Engel. Du darfst nicht denken, dass es deine Schuld war.«

Hinter mir höre ich Skye schniefen.

»Aber jetzt musst du es uns sagen, Schatz. Du musst uns sagen, wo er ist.«

»Peter ist doch gar nicht tot, Mummy. Er ist im alten Bootshaus.«

Ich erstarre regungslos. Alle anderen auch. Ohne dass wir es gemerkt haben, ist Michael aufgewacht und hat sich neben seinem Vater aufgesetzt. Sein Blick huscht von mir zu der Gruppe in der Tür hinüber. »Hi, Tante Catrin.«

»Was?«

Ich weiß wirklich nicht genau, wer das gesagt hat. Ich war es nicht; ich bekomme kein Wort heraus. Ich kann ihn nur anstarren.

Michael blinzelt sich den Schlaf aus den Augen und blickt dann zu Boden, so, wie er es immer tut, wenn er weiß, dass er etwas ausgefressen hat. »Wir haben ihn im Bootshaus versteckt, als alle sich die Sonnenfinsternis angeguckt haben. Wir haben ihm welche von deinen Schlaftabletten gegeben, damit er nicht weint. Chris hat gesagt, wenn du denkst, er ist weg, dann fängst du an, ihn auch so lieb zu haben wie uns. Er hat gesagt, du wärst dann wie die Mummys von den anderen kleinen Jungen, ganz traurig und so. Es war Chris' Idee.«

Chris rührt sich nicht mehr. Es fühlt sich an, als wäre sein Kopf an meiner Schulter festgeleimt. Ich glaube, er atmet nicht mal.

»Chris hat auch die Briefe geschrieben. Ich hab gesehen, wie er sie abgeschickt hat.«

Vage bekomme ich mit, wie Sander aufsteht.

»Ich glaube, Peter will jetzt raus«, sagt Michael. »Die Tabletten sind alle. Er hat heute ganz viel geweint.«

Ich bewege mich nicht, ich kann mich nicht bewegen. Also gerät die Welt für mich in Bewegung. Das Haus löst sich zu Nebel auf, und ich bin draußen, spüre den Wind, die feine Salzgischt auf meinem Gesicht. Geräusche prasseln im Finstern von allen Seiten auf mich ein. Feuerwerk über mir. Die Rufe von Menschen, die ich liebe. Möwengeschrei. Das ohrenbetäubende Brüllen des Windes und von der nahe gelegenen Stadt her die Kirchturmuhr, die Mitternacht schlägt.

»Rachel, lass lieber uns gehen. Komm zurück.«

»Langsam, Rachel. Du kannst doch im Stockdunkeln nicht so da runterrennen.«

»Kann mir mal jemand diese verfluchten Handschellen abnehmen?«

»Mummy, es tut mir leid!«

»Mummy!«

Ich sehe den Strand, der blass im Widerschein von tausend Silvesterraketen schimmert. Er liegt tief unter mir, dann nicht mehr so tief; der Strand hebt sich, kommt mir entgegen. Explosionen hallen von den Felsen wider wie Gewehrfeuer. Ich falle, und der Strand fängt mich auf. Keine Luft mehr, keine Kraft mehr in den Gliedern, kein Gedanke mehr in meinem Kopf, aber jetzt ist das alte Mauerwerk des Bootshauses genau vor mir. Das Bootshaus, das seit zehn Jahren oder mehr niemand mehr betreten hat.

»Rachel!« Sanders Stimme oben auf den Klippen. »Sie sagen, ein Oberlicht ist locker. So sind sie reingekommen.«

Suchend schaue ich mich um, wie die Jungen aufs Dach gelangt sind. Ich sehe Felsen, Fugen in den Mauern, und gerade als ich mich darauf stürzen will, ist Callum neben mir. Er tritt zu, und die Tür fliegt nach innen auf. Der Geruch nach feuchtem Stroh und nassen Windeln flutet uns entgegen. Callum will als Erster hinein, und ich dränge mich vor ihn.

Peter, tränenüberströmt, schmutzig und ganz benommen von Schlaf und Medikamenten, sitzt auf einer alten Pferdedecke. Um ihn herum liegt Stroh, und er umklammert sein Stoffhäschen. Ein Ausdruck verwirrter Verzweiflung macht sich auf seinem Gesicht breit, und er hebt mir die Arme entgegen. Als ich auf die Knie falle, höre ich rennende Schritte und dann einen erstickten Aufschrei, und meine beste Freundin ist wieder an meiner Seite. Die Arme meines Sohnes recken sich zu mir empor, schlingen sich fest um meinen Hals, und mit seinen kleinen Pummelfingerchen löst er die rostige, schleimverkrustete Kette, die dort hängt.

Der Albatross fällt von mir ab und versinkt tief, tief im Meer.

Freitag, 3. November 1995

(Zwölf Monate später)

39

Dads Stimme dringt aus dem Radio, als ich vor Catrins altem Haus oberhalb der Whalebone Bay ankomme.

»… das war John Wilcox von der Falkland Conservation mit den neuesten Nachrichten über die Beseitigung des Ölteppichs um Carcass Island herum. Und hiermit möchten wir alle, die im Umkreis der Inseln mit dem Boot unterwegs sind, daran erinnern, sich sofort bei der Conservation zu melden, wenn sie Spuren von Verschmutzungen im Wasser entdecken. Um diese Jahreszeit kann sich dergleichen sehr nachteilig auf unsere Tier- und Pflanzenwelt auswirken.«

Ich parke an der sichersten Stelle, die es hier gibt, weit weg von jeglichem Gefälle, ziehe die Handbremse fest an und drehe mich um, um mich zu vergewissern, dass Peter friedlich auf dem Rücksitz schläft. Unwillkürlich muss ich lächeln. Er ist im letzten Jahr so gewachsen. Und wenn er wach ist, hört er einfach nicht auf zu plappern. Ein richtiges Muttersöhnchen ist er außerdem, er läuft mir überallhin nach.

»Sie hören Rob Duncan, und das ist der Insel-Nachmittag beim Falklands Broadcasting Service. In ein paar Minuten verabschiede ich mich, zuerst aber eine Nachricht, die ich mir den ganzen Tag hierfür aufgehoben habe. Und zwar eine gute Nachricht, aus St. Andrews an der Ostküste Schottlands, über gute Freunde, die die Inseln leider vor knapp einem Jahr verlassen haben.

Okay, das muss ich jetzt richtig hinkriegen. Wo ist denn der Zettel? Danke, Mabel. Also:

›Catrin und Callum Murray verkünden mit großer Freude die wohlbehaltene Ankunft ihres ersten Kindes, eines Mädchens. Skye Elise ist heute früh um Viertel nach zehn westeuropäischer Zeit

zur Welt gekommen und wiegt dreitausendzweihundertdreiunddreißig Gramm. Sie hat hellrotes Haar, und hier steht, dass beide Augen genau dieselbe Farbe haben. Welche Farbe das ist, nun ja, bleiben Sie auf Empfang. Außerdem habe ich gehört, dass es Mutter und Kind ausgezeichnet geht.«

Ich steige aus und gehe zur Klippe. Am Horizont hält ein Boot auf mich zu. Ein Boot, das mir selbst aus der Ferne bekannt vorkommt.

Es ist ein ungewöhnlich warmer, windstiller Tag, und unten am Strand vergnügen sich Familien. Ein paar Kinder spielen ein Stück entfernt Fußball. Ein kleiner Junge, ungefähr sechs Jahre alt, hat sich aus der Gruppe gelöst. Er scheint wie gebannt den Sand zu betrachten. Hinter mir kann ich immer noch Dad hören.

»Jeden, der der frischgebackenen Familie eine Karte oder Glückwünsche schicken möchte, wird es interessieren, dass meine Tochter Rachel – die sicher nichts dagegen hat, wenn ich Ihnen verrate, dass sie bereits gebeten worden ist, Patentante zu werden – nächsten Mittwoch per Luftpost ein Päckchen abschickt. Melden Sie sich also bei Rachel, wenn Sie Porto sparen wollen.«

Das Boot kommt näher, es ist langsamer geworden, hält auf den kleinen Steg unten am Strand zu. Ich kann gerade eben eine einsame Gestalt am Steuer ausmachen.

Catrin und ich können niemals wieder richtige Freundinnen sein. Das habe ich akzeptiert, nicht lange nach der Nacht, in der wir Peter im Bootshaus gefunden haben. Es ist unmöglich, mit jemandem befreundet zu sein, der einem so viel genommen hat. Daher war ich auch fast erleichtert, als Callum sie überredet hat, nach Schottland zu ziehen. Aus der Ferne können wir den Schein wahren, und indem sie mich gebeten hat, Patentante zu werden, gibt sie der Welt zu verstehen, dass mir vergeben worden ist. Das genügt. Es muss genügen.

Nach wie vor pilgere ich jedes Jahr zu der Stelle, wo ich ihre Söhne getötet habe.

Es ist heute genau vier Jahre her, dass ich hierhergekommen bin, eine Stunde früher als verabredet, in der vergeblichen und ziemlich erbärmlichen Hoffnung, ein bisschen Zeit mit Ben verbringen zu können, während Catrin ganz sicher nicht da war. Ich hatte so ein Gefühl, dass sie ihn bald verlassen würde, und ich war fest entschlossen, diejenige zu sein, die ihn trösten würde. Ben, das war alles, woran ich denken konnte. Ein Leben mit Ben.

Über mir, im Auto, verabschiedet sich Dad.

»Und jetzt verlasse ich Sie mit einem Song aus dem Jahr 1982, das Jahr, in dem Callum zum ersten Mal auf diese Inseln gekommen ist. Für seine kleine Tochter Skye singt Elton John jetzt ›Blue Eyes‹.«

Ich hätte Ben nie von Catrins und Callums Verhältnis erzählt, da hat sie vollkommen falschgelegen. Wenn Sie mich fragen, wie das passiert ist, dann ist Ben alles klar geworden, als ihr drittes Kind tot zur Welt kam. Ein Junge mit dem rotblonden Haar seines leiblichen Vaters. Ich bin vor vier Jahren hergekommen, um sie zu verraten, aber nicht so, wie sie gedacht hat. Ich bin hergekommen, um meinerseits eine Affäre mit ihrem Mann anzufangen.

Ich atme schnell, wie immer, wenn ich hierherkomme, doch durch das Geräusch meines Atems höre ich, wie der Motor des Boots unter mir verstummt. Es ist Catrins Boot; kein Wunder, dass es mir bekannt vorkommt. Aber das da am Steuer ist nicht Catrin, die liegt Tausende von Kilometern entfernt auf einer Entbindungsstation. Das da unten ist Ben, der das Boot gerade am Steg festmacht.

Der Traum ist natürlich ausgeträumt. Das war er schon, bevor ich seine Söhne auf dem Gewissen hatte, er hat mich nämlich an jenem Tag abblitzen lassen. Noch ehe ich auch nur ein Dutzend Worte herausgebracht hatte, wusste er, warum ich da war. Ganz freundlich – denn Ben war immer ein freundlicher Mensch –, aber bestimmt sagte er mir, dass das unmöglich sei. Dass er einfach nicht so für mich empfinde und es auch nie tun würde. Selbst wenn ich nicht die beste Freundin seiner Frau wäre.

»Wo sind die Kinder?«, fragte er, als ich mich von ihm abwandte, das Schluchzen unterdrückte und im Begriff war, Hals über Kopf aus dem Haus zu flüchten. »Rachel, wo hast du die Jungs gelassen?«

Er folgte mir nach draußen. Sah, was geschah, fast noch, bevor ich es bemerkte. Er rannte auf das Auto zu, doch es war zu spät. Ich glaube, den Anblick seiner Finger, die sich um die Stoßstange des Wagens krallten, werde ich nie vergessen. Den Anblick von Kits entsetztem Gesicht, als er seinem Vater zum letzten Mal in die Augen sah.

Bis zu meinem Todestag werde ich Bens Aufschrei hören, als der Wagen verschwand.

Und doch erwies sich Ben als der Stärkste von uns allen. Während Catrin, Callum und ich haltlos ins Trudeln gerieten, in unserer Trauer verloren gingen, fand Ben einen Weg heraus. Während Catrin sich immer mehr von der Welt zurückzog und nur noch nach den Geistern derer suchte, die sie verloren hatte, suchte Ben nach dem Leben, fand Liebe und begann die Welt ganz neu. Während Catrin vom Hass aufgefressen wurde und endlose, aber letzten Endes fruchtlose Rachepläne schmiedete, brachte Ben den Mut auf zu verzeihen.

Der Schmerz, der ihn innerlich zerriss, war bestimmt genauso furchtbar wie der, der Catrin, Callum und mich heimsuchte, doch Ben, der Heiler, fand eine Möglichkeit, sich selbst zu heilen.

Jetzt beobachte ich ihn, wie er vom Boot auf den Steg tritt und langsam zum Strand geht, ganz locker und entspannt, wie es seine Art ist. Er schiebt die Sonnenbrille über die Stirn hinauf und blickt sich um. Ich trete zurück, allerdings glaube ich nicht, dass er mich hier oben sehen kann. Zum einen sind vor mir Ginsterbüsche, und außerdem steht die Sonne hinter mir. Jetzt hockt er sich hin, und ich sehe, dass der kleine Junge auch auf dem Steg ist. Sie fangen an, sich zu unterhalten. Ben scheint dem Kleinen etwas zu zeigen, das er in der Hand hält, etwas, das er aus der Tasche gezogen hat. Und jetzt kann ich erkennen, dass das Kind dünn ist, mit dunkler Haut und dunklem Haar, wie Ned und Kid – die beiden Jungen, die ich getötet habe.

Ben deutet auf das Boot. Der Blick des Kindes folgt seinem.

Dünn, dunkelhaarig und mit dunkler Haut, wie Fred und Jimmy, die beiden Jungen, von denen inzwischen jeder glaubt, dass sie durch tragische Unglücksfälle umgekommen sind. Von denen die Leute kurze Zeit dachten, Catrin hätte sie umgebracht, weil sie sie in ihrem Trauerwahn auf unerträgliche Weise an ihre toten Söhne erinnerten.

Plötzliches panisches Geschrei aus meinem Auto. Peter ist aufgewacht, allein und desorientiert, und ich bin froh über den Grund, zum Wagen zurückzurennen, mich hineinzubeugen und ihn mit einem Kuss wieder zur Ruhe zu bringen. Es ist Zeit zu gehen. Bald kommen seine Brüder nach Hause, und in letzter Zeit bemühe ich mich stets, sie am Gartentor in Empfang zu nehmen.

Während ich Peter die Tränen abwische und ihm Brownies verspreche, wenn wir nach Hause kommen, höre ich, wie der Bootsmotor wieder anspringt.

Ich will mich nicht nach dem Strand umdrehen, doch ich kann nicht anders. Ich kann einfach nicht anders. Das Boot, mit Ben am Steuer, legt langsam ab, der Motor tuckert leise, doch es ist bereits ein ganzes Stück vom Steg entfernt. Es nimmt Fahrt auf, als es das flache Wasser hinter sich lässt und Kurs auf The Narrows und das offene Meer nimmt. Von dem Kind ist nichts zu sehen.

Ich steige ins Auto, lasse den Motor an und setze zurück. Dann fahre ich los nach Hause und weiß, dass ich nie wieder herkommen werde. Ich sehe weder das Meer noch den Himmel an. Und vor allem blicke ich nicht auf den Strand hinab. Ich schaue nicht zu dem Stück Sand hinüber, etwa zweihundert Meter vom Steg entfernt, wo eine Familie Picknick macht und sich bestimmt allmählich fragt, wo ihr Jüngster ist.

Anmerkungen der Autorin

Böse Lügen ist eine fiktive Erzählung, zu der ich zum Teil durch den Falkland-Konflikt im Jahre 1982 inspiriert worden bin. In der Erzählung beziehe ich mich auf Ereignisse, die tatsächlich stattgefunden haben, meine Figuren jedoch entstammen meiner Fantasie. Jegliche Ähnlichkeit mit realen Personen, ob lebendig oder tot, die mit den Falklands in Verbindung stehen, ist reiner Zufall.

Am 3. November 1994 gab es tatsächlich eine Sonnenfinsternis, allerdings habe ich ihr Erscheinen auf den Falklands um ein paar Stunden nach hinten verlegt.

Danksagung

Bücher sind nur selten das alleinige Werk des Autors, und meine sind es ganz sicher nicht. Mein Dank gilt folgenden Personen:

Adrian Summonds – es war seine Idee, die Handlung eines Buches auf den Falklandinseln spielen zu lassen.

Trish Preston Whyte, die eine Zeitlang als Offizier der RAF auf den Falklands gedient hat, und Andy Williams, der viele Jahre dort gelebt hat.

Dem Team von Transworld, das mir nach wie vor mit Rat und Tat und Freundschaft zur Seite steht. Ich kann mir nicht vorstellen, mit netteren Menschen zusammenzuarbeiten. Mein ganz besonderer Dank an Sarah Adams, Alison Barrow, Larry Finlay, Frankie Gray, Claire Ward, Suzanne Riley, Kate Samano und Bill Scott Kerr.

Und an Elizabeth Lacks, Andrew Martin und Kelley Ragland von St. Martin's Press, meinem Verlag in den Vereinigten Staaten.

An Belinda Bauer, die zugelassen hat, dass ich ihr ihren Titel klaue.

An die Familie Buckman (Rosie, Jessica und Peter), meine reizenden Agenten daheim und im Ausland.

Und schließlich an Anne Marie Doulton, die es dieses Jahr verdient hat, in den Frontberichten extra namentlich genannt zu werden (sie weiß, warum).

Bibliografie

Folgende Bücher haben sich als nützlich erwiesen und mir viel Freude gemacht:

A Little Piece of England, Andrew Gurr; John Blake 2001
Storming the Falklands, Tony Banks; Little, Brown 2012
Forgotten Voices of the Falklands, Hugh McManners; Ebury Press 2007
A Falkland Islands Story (A Doctor on Horseback), Tom Hopwood; Lulu Enterprises 2007
Atmosphere, Landscapes of the Falkland Islands, Ian und Georgina Strange; Design in Nature 2005
Birds and Mammals of the Falkland Islands, Robin W. und Anne Woods; Princeton University Press 2006
Falkland Adventure, Andrew Coe; Bluebell Publishing 2000
Old Whaling Days, William Barron, Irving Lewis Press, 2007